《文学性讲演录》

广西师范大学出版社　2006

《文学解读基础——孙绍振课堂讲演录》

福建教育出版社　2017

孙绍振文集

文学解读基础讲演录

海峡出版发行集团 | 海峡文艺出版社

图书在版编目(CIP)数据

文学解读基础讲演录/孙绍振著. —福州：海峡文艺出版社，2025.6
(孙绍振文集)
ISBN 978-7-5550-2999-1

Ⅰ.I206

中国国家版本馆CIP数据核字第202541XD12号

文学解读基础讲演录

孙绍振 著

出 版 人 林 滨
丛书统筹 林可莘
责任编辑 张琳琳
出版发行 海峡文艺出版社
经　　销 福建新华发行(集团)有限责任公司
社　　址 福州市东水路76号14层
发 行 部 0591—87536797
印　　刷 上海盛通时代印刷有限公司
厂　　址 上海市金山工业区广业路568号
开　　本 787毫米×1092毫米 1/16
字　　数 451千字
印　　张 22.25 **插页** 1
版　　次 2025年6月第1版
印　　次 2025年6月第1次印刷
书　　号 ISBN 978-7-5550-2999-1
定　　价 120.00元

出版说明

孙绍振先生是我国著名的文艺理论家、文学评论家、语文教育理论家、作家，是“闽派批评”的旗帜性人物。

他学贯中西、思通古今，全面梳理中国传统文艺理论中的重要命题，对当代西方文论进行了系统的分析和批判。他的文学研究贯穿着“实践真理论”的世界观和辩证方法论。他以一个“文学教练”的矫健身手，在“文学创作论”和“文学文本解读学”的坚实理论基础上，进行海量的经典文本分析，洞察小说、诗歌、散文等文类的艺术奥秘。由此，他建构了富有原创性的中国特色文学理论话语体系，在理论和实践结合方面发出中国声音。

他以先锋姿态投入“朦胧诗”大论战，业已留下重要的历史文献；以创新思维和精准表达，体现文学批评的力量与高度。

在语文教育改革中，他以犀利的思想拨乱反正，为语文教育的学科建设做出独特的贡献。其成就不仅深刻影响祖国大陆语文教育学界，还辐射至宝岛台湾，有力助推两岸学术、文化与教育交流。

作为一个作家，他钟情于诗歌、散文创作，产出丰硕的成果。其演讲体散文，卓尔成家。

为了全面展示孙绍振先生的研究成果和学术成就，我社组织出版“孙绍振文集”（20册），汇编其迄今为止的全部代表性学术著述和文学作品，涵盖文学理论建构、文艺评论、演讲、语文教育、文学创作等诸方面内容。希望这套文集能全面展示孙绍振先生的理论成就、评论成果和文学创作的整体风貌，呈现中国学派崛起的绰约风姿及其在世界学术话语体系中日渐突出的自主地位。

海峡文艺出版社

二〇二五年六月

目　录

第三单元　诗歌形式的规范性和开放性

第四单元　散文的审美规范性和开放性

第五单元　小说的审美规范性和开放性

第六单元　审美规范的解构与重构

附录

第一单元

形象结构和真、善、美价值错位

第一讲　面对理论与审美阅读惊心动魄的经验为敌的困境

我们这门课程的关键词是“文学”，讲的是文学理论。可在我们课堂上，有关文学理论的课程已经很多了，有“文艺理论”，有“西方文艺理论史”，有“中国文学批评史”，等等。为什么又要来这么一门课程呢？说句老实话，因为我对这些课程有看法。说得客气一点，没有一门课是令我满意的；说得粗暴一点，其中许多东西是让我讨厌的。我考大学中文系，就是为了懂得艺术，成为艺术的内行，本来以为“文艺理论”这门课一定会讲出许多有趣的艺术奥秘，让我的艺术感觉精致起来，让我会欣赏艺术，甚至提高文学创作水平。但这门课一上来就讲艺术的起源——起源于劳动，不是起源于游戏——我就觉得失望，讲来讲去，始终没有讲到形象是怎么回事。接着讲文学是生活的反映，更令我丧气。大家都在生活之中，为什么只有少数人成为艺术家，而大多数人却不行呢？当时流行一个权威命题，叫“美是生活”，我觉得这是废话。（活跃）我想，反过来说，美不是生活，美是想象，美是虚构，难道就没有道理吗？这种理论实在太让人烦了。（笑声）我在心里抬杠，如果有人问花是什么，你回答，花是土壤，肯定会遭到人们的嘲笑。如果有人问酒是什么，你回答，酒是水果或是粮食，人家会觉得你神经有问题。（笑）但当你问艺术或美是什么，得到的回答是：美是生活。说这话的人反而成了大理论家，岂不是咄咄怪事！其实，说这话的人，不过是一个大学毕业生，名叫车尔尼雪夫斯基。这句话出自他的大学毕业论文，写作的时间是 1860 年。一百多年过去了，这样一句包含着明显偏颇的话，居然被当作神圣的经

典来崇拜，叫不叫人郁闷？叫不叫人委屈？（笑声）

植物学家、酿酒专家研究学问，目标很明确，就是如何把原料（泥土中的养分、水分、淀粉）变成花朵，变成酒。而我们研究文学理论，却反反复复地说艺术就是生活，这事实上相当于说，艺术和原料没有什么分别。时间真是太不值钱了，这样的话居然说了一百多年。其实，人们学习文学理论的目的，就是要知道生活——平常的、普通的生活——是怎样变成动人的艺术形象的。

从方法论来说，关键不在于二者的同一性，而在于它们之间的不同。

自亚里士多德以来，这一流派的文学理论（模仿自然论）一直雄踞主流宝座。在我国，至少在 20 世纪 80 年代以前，这一理论一直被认为是天经地义的。艺术是“自然（按：用我们的话来说，就是生活）的模仿”。美是生活的真实的反映，美是生活的典型的反映，美是生活的本质的反映。反反复复强调文学是一种认识，认识就是主观和客观的统一，文学的任务就是帮助认识生活、认识人。

归根到底，美就是生活的真。

用美学术语来说，美就是真。

模仿自然论推崇现实主义这一创作方法，其极端者甚至说按生活本来面目表现生活。这根本是不可能的。文学都是想象。作家梁鸿说，“在通行的文学标准中，‘真实’只是最低级的文学形式。韦勒克在《文学理论》中谈到现实主义时认为，‘现实主义的理论从根本上讲是一种坏的美学，因为一切艺术都是“创作”，都是一个本身由幻觉和象征形式构成的世界’。‘真实’从来都不是艺术的标准”①。

但是，我们却一直以为，文学因为真了，就能教育人、改造人、改造社会，就有实用价值。文学艺术是一种工具，是革命机器上的“齿轮和螺丝钉”。

这种理论可以叫认识论加工具论。

真的，就是有用的；有用的，就是好的，用美学术语来说，就是善的。在这个意义上，美的也就是善的，美就是善。

归结起来，就是真、善、美的统一。

传统的理论不能说没有道理。美是生活的反映，文学要写得美，有感染力，就一定要反映生活；作家一定要体验生活，深入生活，才能真实地、本质地、典型地反映生活。不能说这是胡说八道——我们总不能提倡歪曲生活，总不能让作家一味骗人吧。但传统的理论有一个明显的缺点，它忽略了文学与一般意识形态之间的不同或矛盾。

所以，拿这种从国外引进的理论来解释我国文学史上的经典文本，困难相当大。就连

① 该文刊发于《文学》2014 年春夏卷。

一些很简单的、看来是小儿科的问题，都没有办法解决。《三国演义》无疑是一个经典文本，其中主要的英雄人物，如刘备、关羽、张飞、诸葛亮，还有孙权，这些形象的艺术感染力经得起好几百年的考验。可是，如果用美是生活的典型的、本质的、真实的反映来衡量，这是没法解释的。从传统理论来说，本质上这些英雄都是地主阶级的头子、大军阀，刘备也不例外，也是镇压农民起义起家的。他们之间混战，打过来，打过去，实际上都给人民带来了灾难，造成了国家的分裂。为刘备服务的诸葛亮也是一样。刘备之所以有号召力，是因为他姓刘，据说是中山靖王之后，过了多少代了，可能与刘邦有几十分之一的血缘关系吧，真是淡得不能再淡了。那么，把最大的同情给予这样的人，难道是反映了生活的本质？把为军阀服务的诸葛亮写成英雄，算是什么样的生活本质呢？

再举一个例子。《西游记》中孙悟空大闹天宫，看起来很痛快。孙悟空代表了下层平民的力量，动摇了最高统治秩序，对玉皇大帝、如来佛都不买账，弄得整个天宫人仰马翻。当然，这很过瘾、很痛快、很精彩，几百年来不但一直得到中国读者的宠爱，而且得到朝鲜、越南、日本读者的宠爱，现在还被改编成电视剧，仍然受到宠爱。它为什么有感染力呢？它超越历史的艺术感染力的奥秘在哪里呢？如果大闹天宫代表了农民起义对封建秩序的反抗，那么孙悟空后来被收服，保唐僧取经，听从如来佛的旨意，在取经路上百折不挠地打败了一个个与他同类的、从动物进化来的妖精，能不能说是投降呢？如果是为封建统治者服务，又把他写得很可爱、动人，那么，这不是歪曲生活、美化投降了吗？

反映论或工具论的引进少说也有七八十年了，连这样一个问题都没有说清楚，是我们太弱智，还是这种理论本身就有漏洞呢？这是值得深思的。

现代文学的经典之作《阿Q正传》写的是一个雇农，按照我们的社会科学理论，雇农是中国“最大的民主派”。毛泽东在《湖南农民运动考察报告》里将贫民分为赤贫、次贫二类，赤贫即包括雇农。贫农是“革命先锋”，谁打击贫农，就是打击革命。可是这个阿Q是个怎样的革命先锋呢？他向往“革这伙妈妈的命”，无非就是抢了秀才家里的宁式床（这是一种比较高级的床），把人家的女人拿来自己享受一番而已。从理论上讲，革命先锋的本质应该是崇高革命精神的象征，可是阿Q精神集中表现在“精神胜利法”上，其实是非常麻木，给人打了，给人欺负了，自我安慰、自我麻醉、自我欺骗，这难道算是革命精神的典型和本质吗？

正是由于碰到这些问题，这个理论就不断被突破。20世纪80年代中期，我们就引进了一些其他的理论。康德的审美结论、结构主义、权力话语以及其他五花八门的理论，都引进来了，一下子摆在大学生面前，真是头绪纷繁、精彩纷呈。不可否认，每一种理论都有其本身的价值，有的则在文本解读上有更高的价值，但其中一些理论，只有纯理论的价值、历史的价值，用它来解读文本，尤其是经典文本，常常是无效的，是文不对题的。硬要用一下，也是削足适履。

李欧梵先生在“全球文艺理论二十一世纪论坛”的演讲中勇敢地提出了这个问题，认为西方文论流派纷纭，却很难达到对文学文本进行有效解读的目的。李先生以挑战、怀疑西方权威为荣，而内地文论界以服膺、崇拜西方大师骄人，这种对照不仅有趣，而且发人深省。李先生的文章写得很幽默，我在前面已经讲过了：各色流派的文学理论，在文本这个“城堡前混战起来，各露其招，互相残杀，人仰马翻”“待尘埃落定后，众英雄（雌）不禁大惊，文本城堡竟然屹立无恙，理论破而城堡在”[①]。

李先生的意思很清楚，检验理论的重要路径就是解读文本，现在理论出了一大堆，旗号那么多，文本的解读却毫无进展，理论的价值就值得怀疑了。当然，李先生的说法可能有一点极端了，也许不是这些学派本身的问题，而是我们不会活学活用，在实际运用上没有出息而造成的后果。这个我们且不去管它。

但是，就是西方文论大家希利斯·米勒也十分坦诚地告白：“我的结论是，理论与阅读之间是不相容的。”[②]

这位被中国许多权威理论家推崇备至的大家，已经说得很干脆了，西方前卫理论对于解读文学文本无能为力。可是，我们在培养中文系大学生、研究生、博士生时，却把最多的精力用来钻研他们的理论。近二三十年的实践说明，这些号称文学理论的理论，虽然看起来很具严谨的学术规范，但是，却只是从概念到概念的空转。

当然，我不反对，有一些课程专门讲理论旗号（当然有它的自由），就是不解读文本，纯粹是从理论到理论，可能有它的成就（如文化批评）。我不和这样的理论争一日之短长，但请允许我把生命奉献给另一种风格的理论，也就是在我这个课堂上，拒绝从理论到理论的理论。我们所追求的是有助于最大限度地解读经典文本的有效性的理论。

不是有一种很有名的说法——不管白猫黑猫，抓住老鼠就是好猫。在我们这里，只要能有效解读经典文本的就是好理论。

我不想先花上许多工夫，解释这个文学作品是从哪里来的，它是反映生活还是怎么样怎么样，我们暂时把这个问题搁一搁。社会科学、历史学、哲学可能是反映了历史的真实的，也有歪曲了历史的本质的，这不是我所关注的。我所关注的是，它能不能、为什么能感染人。为什么《三国志平话》《大唐三藏取经诗话》就没有《三国演义》《西游记》那么感人？为什么《水浒传》就比《荡寇志》动人？白居易的诗，为什么有的十分精彩，有的

① 李欧梵：《世纪末的反思》，浙江人民出版社 2002 年版，第 274—275 页。

② J. 希利斯·米勒：《致张江的第二封信》，《文学评论》2015 年第 4 期。

就比较一般，甚至可以说是败笔呢？

这是个大问题，并不如一些论者想象的那样已经解决了，而是没有解决。

有人认为，目前的主流理论是文化批评，研究民族潜在意识形态的成规。这当然是不错的，但是，既然有那么多的人去研究这个问题，也就不少我一个人了。

我想，认真对待这个问题并不是理论上抱残守缺，而是我对文学艺术万分沉迷。

有人要说了，什么叫艺术，你能说得清吗？何况人家有一个流派？例如伊格尔顿就不像韦勒克和沃伦在《文学理论》中那样把文学性当一回事，甚至怀疑文学性的存在。[①] 他们说，自古以来文学是怎么回事，从内涵到外延就不断在变化。再如中国文学史，一开头的权威文本，现在看来就不是文学。周诰殷盘，是行政部门的布告、文件；孔夫子的语录，庄子、老子的作品，是哲学；刘勰算是文学理论家了，可是《文心雕龙》把一切文章包括在内，根本不想分别文学与非文学；韩愈的《师说》，本来是议论文，可也堂堂正正地写在中国文学史里。这与金圣叹的文学观念有多大差别？用上海话来说，就是“悬空八只脚”。

你连研究的对象都不能确定，还谈什么理论？

还有一种理论认为，就算人家认同了、肯定了文本的文学性、审美价值，可作品并不是终点，要给人看了才算是完成了。但人是不同的，读者在接受作品时，并不完全是被动的，而是主动地把感情和智慧投入进去。读同样的作品，不同的读者投入并不相同，评价就众说纷纭，故有“一千个读者就有一千个哈姆雷特”之说。其实，福建师范大学赖瑞云教授提出，就是一千个读者有一千个哈姆雷特，那也还是哈姆雷特，而不是李尔王。我们的任务是从一千个哈姆雷特中分析出那个最哈姆雷特的。

对一个经典的认识，往往要经历漫长的历史过程，认识的过程是进化的，并不是越弄越糊涂，越弄越混乱。陶渊明的诗，当年在钟嵘的《诗品》中也就是个二品，可现在几乎是公认的极品、神品。《三国演义》中的孔明的形象，世世代代受到读者的喜爱，可鲁迅在《中国小说史略》中认为不好，智慧太超人了，像妖怪（“多智而近妖”）。虽然鲁迅具有很高的文学威望，可是老百姓读《三国演义》，根本不买他的账，照样如痴如醉。更明显的是，鲁迅说过，一部《红楼梦》，经学家看见《易》，道学家看见淫，才子看见缠绵，革命家看见排满，流言家看见宫闱秘事。[②] 毛泽东则从中看到了阶级斗争、四大家族的兴衰史。我当年读它的时候，这一切都没有看到，只看到一点：大家族里，普遍存在着人的精神危机、接班人的危机，特别是男性接班人从道德、能力到身体的总体危机。究竟哪一个说法

---

① 参见伊格尔顿《二十世纪西方文学理论》，伍晓明译，陕西师范大学出版社 1986 年版，第 1—18 页。

② 鲁迅：《〈绛洞花主〉小引》，《鲁迅全集》第八卷，人民文学出版社 2005 年版，第 179 页。

比较接近《红楼梦》的实际呢？阅读实践会慢慢证明。新诗闹腾了八十年了，流派纷呈，博士、教授一大堆，在大学中文学科是“显学”，但到现在还有人不承认它的艺术价值。朦胧诗在20世纪80年代崛起的时候，舒婷、北岛在青年读者中风靡一时。我写了《新的美学原则在崛起》为之欢呼，可有些人觉得大事不好，组织批判我。就连艾青也不欣赏，还写了文章，批评“崛起派”。三十多年过去了，历史是最公正的法官，把朦胧诗视为大逆不道的人，已经羞言过去的事。

不管读者的主体性有多么强大，多么纷纭，但他读的文本总是固定的，他的感觉、情感要受文本所提供的感觉、情感的经验和生动的形象的制约。再说，读者的思想意识随着时代的变化而变化，这种变化很快，而艺术价值虽然有变化，相比起来要缓慢得多。李白死了多少年了，社会生活的变化可以用多次“翻天覆地”来形容，可是人们对李白越来越欣赏，越来越着迷。艺术的欣赏，有跨越政治、经济的历史阶段性的特点，因此，恩格斯才说，古希腊文学不但是希腊艺术宝库，而且在某种程度上还是人类艺术“不可企及的规范”。那些经历了历史考验、获得了不同时代读者喜爱的作品，就成为经典。不管不同历史时代的读者在具体价值评判上有多么大的差异，那些感动了一代又一代的作品，本身就雄辩地证明了它的艺术价值是可超越时空甚至历史的，是相对稳定的。

为什么这么稳定？为什么产生一种不朽的感觉？这就是我们要奉献生命和青春去探究的。

对艺术价值采取虚无主义的西方文论，有一种共同作风，就是制造自己的精神优势，把你的嘴巴封住。你不是要和我讨论文学理论问题吗？对不起，我认为文学这个东西根本不存在。你不是要和我讨论小说的优劣吗？对不起，小说这个东西要灭亡了。德里达就宣称过小说要灭亡了，你还孜孜不倦地研究它，不是太傻气了吗？但这是一种蛊惑，一种诡辩。第一，这只是一种猜想，所指的另外一个不确定的历史语境，既不能证明，也不能证伪，是没有任何意义的。第二，说小说要灭亡，等于什么都没有说，因为按照辩证法，按照解构主义，一切都在走向自身的反面，走向不存在。太阳要灭亡，地球要灭亡，人类也要灭亡，你德里达也要灭亡。可是这并没有妨碍你德里达有滋有味地活下去，当你的教授，发表演说。吊诡的是，小说还没有灭亡，德里达已经灭亡了，上帝没有把握，不知道小说什么时候灭亡，能让他无限期地活下去。（笑声）

从理论上来说，德里达把艺术在不同历史语境中的变化、不确定性偷换为在同一历史语境中的变幻，把不确定性绝对化，好像每秒钟都在变化。你根本抓不住；你刚刚抓住，它就变了，你研究它是徒劳的。

在德里达们看来，一切都是绝对不确定的，都是绝对相对的，只有他们的相对主义才是绝对的。

他们就是这样在哲学上陷入了悖论。

一切的相对主义看起来神乎其神，但是，都有一个漏洞，当你把相对主义作自我关涉的时候，把他们的绝对的相对性拿来检验他们的理论，他们就自我否定、自我消解了。

按照他们的相对主义，一切都应该是相对的，世界上没有绝对的东西，相对主义也应该是相对的。可他们却把相对性当作不受一切时间、地点以及其他条件的限制的大前提，也就是说，一切都是相对的，只有相对主义是绝对的。

不要让这种艺术的犬儒主义搅昏了我们的头。

除非确切地告知我，地球在这一秒钟就要毁灭，我马上就没命了，我才停止对艺术奥秘的探求。艺术比之其他文化历史现象，具有相对的绝对性，或通俗点说，具有相对的稳定性。

不管别人怎么样，反正我学习艺术理论的目的就是为了这个。

我们学习理论的目标是解读作品——我们经常见到的或经典性的文学作品。

首先要艺术地解说，而不是非艺术地解说。比如我们讲《西游记》，“大闹天宫”好在哪儿呢？好在它表现了农民、市民或一般的下层人民对现存秩序的反抗。这还没解释出“大闹天宫”为什么会那么艺术。孙悟空和二郎神打仗，施展变身术，变成老鹰，变成鱼，对这种变化，读者兴味比较一般，而到孙悟空变成一个庙，把尾巴变成旗杆竖在庙后面，读者就有兴味了。为什么这个尾巴变旗杆放在庙后，就比变成鱼、变成老鹰更生动、更有趣呢？西方前卫的艺术理论到这儿就哑巴了。其实，这反映了猴子的尾巴在屁股后面的特点，也反映了机灵万分的孙悟空一时的粗心大意。我觉得应该有人去解决。文学理论和流派，花样翻新，一茬又一茬，但没有一茬是有意解决这样的问题的。我今天就要来试试看，我不怕被人家说是“老土”。（笑声）“土”有什么不好？一切吃的都是从土里来的，《圣经》上说，连人都是从土里来的，最后还要回到土里去。不回到土里去，还想上天吗？（大笑声）天上那么冷，零下一百多度，没有氧气，没有冰激凌，没有电视，我才不去呢。（大笑，鼓掌，喊叫）

许多学者写了许多学术论文来谈论文学，其中有不少还是艺术的外行。要真正变成内行，最好自己也“下海”弄一点创作，古典诗词也好，现代散文小说也好，多少有一点感性的体验。克罗齐说过：“要了解但丁，我们必须把自己提升到但丁的水准。”① 如果这不算空想，那么，我希望文学理论有一点操作性，不但是解读的操作性，而且是创作的操作性。

---

① 朱光潜：《克罗齐哲学述评　欣慨室逻辑学哲学散论》，《朱光潜全集》第九册，中华书局2012年版，第34页。

好比看排球比赛，需要评论员来解说，但更需要教练员，像陈忠和那样的培养世界冠军的教练员。文学理论的最高任务应该是培养进行文学创作的人，至少是对文学创作不陌生、不外行的人。

正因为这样，我们研究形象的时候，就不能仅仅从文学的外部关系去研究，而要从作品的内在结构去分析，也就是不单纯从读者的角度去被动接受，而是从作者的身份去分析。

打一个比方，研究一盆水，你光是研究它的外部关系，说是从天上落下来的、地底下冒出来的、河里引进来的，这个只是外部原因，并没有提示出水的内在奥秘。要分析水的内在结构，就要说水分子是由两个氢原子和一个氧原子构成的，氢气是可以自己燃烧的，氧气是帮助燃烧的，二者生成水以后，却能灭火。我们就用类似的方法探究形象的结构。

我来分析一个形象的结构，以贺知章的《咏柳》为例：

碧玉妆成一树高，万条垂下绿丝绦。

不知细叶谁裁出，二月春风似剪刀。

这首诗写出来有1000多年了，艺术生命仍然鲜活。它为什么好？怎么好？就是大学者，专门研究唐诗的，头发都白了，说起来却很少沾边；有的权威人士，连门儿都摸不着。北京大学有一位权威教授，写了一篇文章《〈咏柳〉赏析》来分析这首诗。

他说它好在这里。第一句“碧玉妆成一树高”，写的是一个总的印象。第二句“万条垂下绿丝绦”，是具体地写柳丝很茂密，好在最能反映“柳树的特征”。第三句“不知细叶谁裁出”是设问。第四句“二月春风似剪刀”是回答，为什么这个叶子这么细呢？哦，原来是春风剪出来的。那么它的感染力在哪里呢？在这里：第一，它非常真实地写出了柳树的特征。第二，“二月春风似剪刀”，这个比喻十分巧妙。我读到这里，就不太满足。我凭直觉就感到这个比喻很精彩，这个不用你大教授说，我也知道。我读你的文章，就是想了解这个比喻怎么巧妙，可是你只说十分巧妙，这不是糊弄我吗？（笑声）第三，他认为这首诗好在它不但歌颂了春天，而且赞美了“创造性的劳动”①。对于这一点，我的怀疑就更大了。一个唐朝的贵族，他脑子里怎么会冒出什么创造性的劳动？一个新时代的青年，读唐诗，难道也要想着劳动，还要有创造性？这是不是太累了？这里，没有唐朝人的情感，也没有今天的读者的感受，这种感想是在中国20世纪50年代的大学中文系受过苏式文艺理论教育的教授才有的。只有这样的人，才可能从春风的“剪裁”想到用创造性的劳动建设社会主义的祖国。他为什么会这样解释呢？我想原因有两点。第一，美就是真。要真实地反映对象，把柳树的特征写出来就很动人了。但这一点很可疑，如果只把柳树的特征反映出来，不同的诗人写出的柳树不都是一样了吗？不是接近于说明文了吗？还有什么诗人的

① 袁行霈：《〈咏柳〉赏析》，《初中语文课本》第一册，人民教育出版社1992年版，第199页。

创造性呢？第二，这是一首抒情诗。抒情诗凭什么动人呢？凭感情，这是陆机《文赋》中就提出来的。我补充两点，不是一般的感情，而是有特点的感情。要写得好，就要把柳树的特征和诗人的情感的特点结合起来。柳树的特征和诗人的特征本来是互不相干的，八竿子打不着的。要让二者融合起来，就不能拘泥于客观的真，而是要进入想象的境界，假定的境界，也就是诗的境界。诗的境界和自然的境界有什么区别呢？

这个客观特征和主体情感特征结合起来，就不完全是真的了，而是真假互补，虚实相生的。这话不是我的发明，而是一个古典诗话家黄生的：

> 极世间痴绝之事，不妨形之于言，此之谓诗思；以无为有，以虚为实，以假为真，灵心妙舌，每出常理之外，此之谓诗趣。①

其实，只要不为自己先入为主的观念所遮蔽，这首抒情诗的作者的情感是很有特征的，很符合黄生所说的有点“痴绝”“出常理之外”的。明明柳树是木质的，却说它是玉的，明明柳叶不是丝织品，你说它是女性的线带，明明柳叶不是春风剪出来的，人偏偏说它是春风剪出来的。这是因为你太喜欢它了，喜欢得有点不讲理了。这就是“痴绝”。

这位教授似乎不太明确，是不是每一首诗都要有道德的教化作用？如果读这首诗，诗人为大自然美好而惊叹，读者仅仅是情感上得到陶冶，这样的诗是不是就没有价值了？

最重要的，也是我们今天讲的重点，我们的观念和方法是不是只限于考究艺术形象与客观对象之间的统一性？统一了，就真了；真了，就美了。检验这个理论有没有问题，首先还是要看文本。

这个柳树的形象与生活是不是真的完全一致呢？如果不一致怎么办？按照“美就是生活”、美就是真的理论，这应该是不美的，是不是？但这首诗是一首抒情诗，它借助柳树表现感情，是以情动人，而不是以物的特征动人。当一个人带着感情去看对象的时候，他还能不能很客观、很准确？不是有这样一句话：不要带情绪看人，带情绪看人，就爱之欲生，恶之欲死。情人眼里出西施，哪来那么多西施呢？瘌痢头的儿子自己的好。反过来说如果不是情人而是仇人呢？同样的对象，仇人眼里出妖魅。（笑声，哈哈大笑）带了感情去看对象，感觉、感受、体验与客观对象之间就要发生一个变异。要很真实、准确、本质地反映对象，就不能带感情。而文学家多半天生就是多情种子啊。

不动感情是科学家的事，科学家不相信自己的眼睛、鼻子和身体的感觉，他宁愿相信仪表上的刻度，体温是多少，脉搏是多少，不能跟着感觉走，只有把感情排除掉，才能科学、准确、客观。文学和科学最起码的区别就在这里。诗以情动人，要表现对柳树的感情，但不能直接喊出来，必须通过对柳树的主观感觉。

① 诸伟奇主编：《黄生全集》第四册，李媛校点，安徽大学出版社 2009 年版，第 325 页。

如果诗人说柳树是一种到了春天就发芽的乔木，这很客观、很科学，但没有诗意；如果带上一点情感，说柳树真美，也不能称其为诗。他要通过主观感觉，还要让感觉带上一种假定和想象并发生变异才成。柳树本来是黝黑的树干、粗糙的树皮、绿的小叶子和柔软的枝条，他说不，柳树的树皮不是黑的，也不粗糙，他说柳树是碧绿的玉做的。第二句，他说柳叶是丝织品，飘飘拂拂的。柳树的枝条是不是丝的呢？明明不是丝。从这个意义上来说，它不是绝对真的、客观的。那么，他为什么这样写呢？要表达感情。表达感情就要带上一点点想象，让它更美好一点，变成另外一种样子。没有想象，感情很难表达，所以说，进入想象不是一个绝对的真的境界，相反，想象就是假定。进入假定的境界，想象自由了，感情就不难诗化了。

前面提到的那位教授说这首诗的好处是它写出了柳树的特征。特征是什么呢？是柳丝很茂密。我觉得他说得不到位。柳丝茂密，不是贺知章的成就所在。柳丝很茂密而叶子很细、很尖，这才是特点。通常情况下，植物到了春天，树枝长得非常茂密的时候，叶子也相应肥大，这就叫枝繁叶茂。可柳树的特点恰恰相反，柳枝非常繁茂的时候，叶子却很细。这是特点，这使诗人感觉非常美。这种美，从科学的眼光来看，是由于春风吹拂，温度、湿度提高了，是自然而然的。但诗人觉得这不过瘾，觉得不是这样的，它比自然美更美，应该是经过创造的。“不知细叶谁裁出，二月春风似剪刀”，是由于春风像剪刀一样，把它创造出来的，比自然美更美、更精致，是有意设计的。这不是假的吗？按照美就是真的理论，这不是不真了、不是不美了吗？但这是一种假定，是一种想象，诗人美好的情感只有通过想象才能充分表现。在诗人的感觉中，这样惊人的美是不能用自然生长来解释的，而要从心理学角度来解释。从语言运用来说，诗人在诗中充分显现了语言方面的天赋。

如果我问你们：这首诗共有四句，前两句把柳树写得很美，后两句进一步赞美它，哪两句更好呢？你们一定会告诉我后两句更好。为什么呢？后两句更有想象力，更有独创性。把柳树的绿色比作玉，把柳树的枝条比作丝，这在唐朝诗人中是谁都会的，谁都有这个水准。今天的诗人也大都有这个水准，但“不知细叶谁裁出，二月春风似剪刀”，语言就精彩绝伦了。那位著名教授说，把春风比作剪刀，比喻“十分巧妙”，我表示怀疑。春风原来是温暖的，是非常温柔的，一般的人不会有春风像剪刀的感觉。如果是冬天的北风——尤其是北方冬天的北风——吹在脸上，刀割一样，那倒是可能。春风恰恰不是这样，但诗人把它比作剪刀不但没有引起我们心理的抵抗和怀疑，觉得这是诗人的失败，是对艺术形象的破坏，相反，却给我们一种震惊，引起了我们的联想，并把我们的感情调动起来。

这个问题可以从两个方面来解释。

第一，从文艺心理学上阐释。在这样的想象底层还有一种东西，就是联想很自然，联想的渠道是相近的。春风吹过，柳叶非常尖，非常细，叶子的尖、细和春风的软之间，因为相近而自然地通过联想转换了。从柳叶尖、细转换为春风的利，就有自然的过渡，这叫相近联想，而联想的过渡也较自由。诗人冒险把春风比作剪刀，是想象和联想的胜利。

第二，从语言学上解释。我刚才说过春风不是尖利的，但我可以为之辩护。这是二月春风啊，春寒料峭嘛，但为什么一定尖利得像剪刀呢？同样是刀，我们换一把行不行？菜刀，二月春风似菜刀。（大笑声，活跃）这就很滑稽、很有打油诗的味道嘛。这个矛盾要揪住不放，不能随便蒙混过去。这里有个学问到家不到家的问题。剪刀行，菜刀不行，不仅仅是因为一般的心理联想作用，而是特殊的汉语的词语联想自动化。前面有一句，我念一下，你们中稍微聪明一点的，就明白了："不知细叶谁——裁——出"，注意到没有，这里有一个关键词，是什么？（下面答：裁）对了，为什么春风似"剪刀"好？因为和前面的"裁"字联系在一起。"裁"字和下一句的"剪"字联系在一起，这是汉语自动化的联想。看来，我的教学还是比较成功的，我一启发，你们就超过了大学教授的水平。（大笑声）如果是英语，不管是"裁"还是"剪"，都是一个词"cut"。如果要强调有人工设计的意味，就要再来一个词"design"。这样运用语言，在俄国形式主义者那里叫作"陌生化"。通常的词语，因为用得太久，其间的联想就自动化了，也就没有感觉了。一定要打破这种自动化，让它陌生化一下，读者的感觉和情感才能被充分调动起来。但是，陌生化又不能太随意，陌生化如果在自动化的潜在支撑下，就比较精彩了。

你们在文艺理论课上可能对俄国形式主义者的"陌生化"耳熟能详，但光是耳熟能详不算真本事，要能够用它来解读作品，哪怕就解读一首诗，也是真功夫。

现在，解构主义、文化批评、女权主义等是显学，但有几个人能用它们来解释这一首诗呢？我看不多。

我们来试一试。

这首诗写的是柳树，很美，仅仅是柳树的美吗？

前面我提到的那位教授在其文章开头提到，"碧玉妆成一树高"，碧玉，联想到"小家碧玉"。这里有女性的美，应该是没有错的，碧玉"妆成"的"妆"就暗示了一点，这是一个女性的装扮。但是，这似乎不太准确，因为下面还有一句"万条垂下绿丝绦"。这可不是小家碧玉，而是贵族的盛装啊。"妆"中隐含着一双观察的眼睛，是什么样的人呢？这里是不是有一个男性的视觉？是不是有一种潜在的眼光，男性的眼光？化妆当然是为了美，怎么才算美呢？玉，是贵重的；丝绦、丝织品，也是贵重的，以贵重为美，这是不言而喻的。这里是不是有一点顺从贵族的眼光？（从这一点来说，根本就不存在什么"创造性的劳动"）这个女性的美，还归结到裁剪上去，就更明显了。把女性的美局限在裁剪上，局限在女工上，是不是一种潜在的陈规呢？归根到底，在这首诗里，女性的美就是两点：第一，化妆；第二，裁剪。这都是男性给女性规定的。

我们回过头来再看，是不是觉得那位教授所说的“这首诗写柳树的特点，歌颂了创造性的劳动”有点可笑，又有点可恨呢？

我们和他在两个方面不一样。

第一，根本理念不一样。在那位教授看来，如果不从鼓舞人们进行创造性的劳动去阐释，就没有办法肯定诗的价值。而我们却认为，只要诗能表现诗人心灵对大自然美的赞叹，诗人对语言的驾驭，它本身就是一种价值。这不是认识价值，也不是狭隘的功利价值，而是超越功利的审美价值。这一点我们以后还会讲到。

第二，从方法论来说，传统的、反映论的方法论要求我们研究形象和对象的一致性，而我们的方法恰恰相反，研究事物对象和艺术形象之间的矛盾。原来不是玉，你说是玉，不是丝，你说是丝；原来不是有意剪裁，你说是有意剪裁；原来春风是柔软的，你说是剪刀。把本来不是诗的、原初的状况与经过心灵创造的艺术加以对比，发现其间的差异和矛盾，这就是我们用的分析方法。

分析什么呢？分析矛盾和差异。为什么有些现象分析不下去？因为没有分析矛盾。为什么没有分析矛盾？因为矛盾是潜在的，不是存在于表面的。矛盾存在于这个作品的结构内部，是要我们揭示的，如果没有揭示矛盾的方法，你就没有办法研究。

我这里提供一个办法，叫还原法。就是说原来生活是怎样的，原来在通常情况下是怎样的，现在怎么样，原来不是这个样子你写成这个样子，我们就可以分析。反过来说，如果不是分析矛盾，原来柳树的特征是这个样子，你也写成这个样子，就没有办法分析。研究事物的统一性和矛盾性是两种方法。要把矛盾揭示出来，就要把原来的形象与想象出来和写出来的艺术形象之间的差异抓住不放，才能进行分析；如果连揭示矛盾的能力都没有，就不能分析。

举一个散文的例子。朱自清的《荷塘月色》描写了清华园的一角——非常宁静、偏僻的夜晚的荷塘。他一个人非常孤独，在孤独的境界里，他感到“独处的妙处”，感到非常美好，所以风啊，荷花啊，都充满诗意。风是静静的，云是薄薄的，雾是轻轻的，微妙的花香就像“远处高楼上渺茫的歌声似的”。月光照在荷塘上，光和影的关系像小提琴奏出来的旋律，非常优美，构成诗的意境。作为经典文本，这篇散文好在哪里呢？

如果用前面提到的传统的方法论，就要分析文章与客观生活、事物之间的一致性。文章写于 1927 年 7 月，是“四一二”反革命政变以后，到处弥漫着白色恐怖。一方面大地主、大资产阶级背叛了革命，工农阶级坚持革命，而小资产阶级动摇于革命和不革命之间。因而，作为小资产阶级的作者，心情苦闷，一个人在清华园里徘徊。但这里所写的不仅仅是苦闷，而且有自我欣赏，淡淡的哀愁被美化、诗化了。这就是这篇散文的价值。

我感觉这样分析不妥。当时有许多知识分子感到苦闷，当然不乏和政治有联系的，这篇散文中作者的苦闷是不是一定跟政治有联系？朱自清这个人，当时有倾向革命的一面，但也有与革命完全隔膜的一面。我看了他的传记，说 1942 年闻一多还跟他商量要不要加入国民党——当然后来没加入。他也说过，他当时的立场和“政府”是一致的。这说明，他并不是一些文章中所强调的那样倾向革命。到了 1947 年、1948 年他才倾向革命。他当时的淡淡的哀愁是不是有政治性，现在还没法确定。就算朱自清政治苦闷，是不是一天到晚都苦闷？干什么事都一样苦闷？和太太在一起苦闷，不和太太在一起也苦闷？进一步说，我们研究这篇散文从何处入手呢？它跟表现对象的不一致性。事实上，清华园有宁静的一面、幽僻的一面，就没有其他的一面吗？这是关键，这是矛盾。文章里有一句话：“这时候最热闹的，要数树上的蝉声与水里的蛙声；但热闹是它们的，我什么也没有。”我们来还原一下，就可以分析矛盾了。清华园有两面：一方面是幽僻、宁静，非常和谐的宁静；另一方面是喧闹，吵得不得了，树上的蝉声，水里的蛙声。朱自清选择了宁静，而排斥了喧闹，“热闹是它们的，我什么也没有”。

为什么要这样呢？因为他的情感。他在宁静中创造了一个氛围，在这个时候，在这个孤独的世界里，他感到非常美好，感到独处的妙处、独处的自由。白天要干的活，现在可以不干，因为他是一个父亲、丈夫，又是一个教师，他感到压力很大，现在离开了太太、孩子，回到家之前有半个小时的时间完全属于自己，这使他感到轻松自由。因为感到轻松自由，所以内心感到特别宁静。因为他心情好，所以他觉得周围的池塘特别好。其实这个地方本来不一定太好，为什么呢？原来是个小煤渣路，且有不知道树名的树，“白天也少人走”，晚上走过去还“有些怕人”，不怎么样。

有个中学生看到这篇文章，觉得清华园非常美，考取清华大学后，跑到那里看了看，觉得上了朱自清的当，清华园根本没那么美。这个中学生不懂得朱自清所创造的荷塘月色是属于朱自清的，他是用宁静的心情感受孤独、自由的美好。你没有那种心情也就没有那种诗意。朱自清的诗意是客观环境的宁静和他主观的某种情感猝然遇合的产物，就像氢和氧发生化合反应，成为另外的东西了。客观的特点，心灵的特点，遇合为水乳交融的艺术形象。这样的艺术形象达到高度的和谐、诗的意境，它的艺术感染力能经得起时间的考验。直到今天，我们仍然体验到它的精彩。

第二讲　生活、情感和形式：三要素结合在逼真的幻觉里

传统的文学理论都从真实动人讲起，艺术的感染力来自真实性。这种说法不能说没有一点道理，但我们前面讲了，作家的情感和外部世界本来是两个东西，在真实的现实世界中，二者不可能猝然遇合，作家只有在想象或假定中让它们遇合。所以，艺术又是一个假定性的东西，不是一种绝对的真。闻一多曾经讲过，绝对的现实主义便是艺术的破产。如果照抄生活的话，就没有艺术了。所以西方有一个理论家，是德国的莱辛，他就提出一个理论，艺术与真有关系，与假也有关系，艺术是一种“逼真的幻觉”，这是他在著名理论著作《拉奥孔》①的前言里说的。

只有进入幻觉世界，才有情感的自由，感觉才有变异的自由。

到了这个想象的、假定的世界中，两个东西遇合只能是形象的胚胎，还不能成型。这时，另外一个要素就变得很重要，这就是艺术的形式。艺术形象是三个要素的结构：一是客观的生活，二是主观的情感，三是艺术的形式。第三个要素，一般的美学著作较少提及，比较重视它的是苏珊·朗格的《情感与形式》。可惜的是，她在“伟大的文学形式”这一章，只是罗列了一些文学形式的历史现象，并没有说出什么东西来。事实上，要分析形象，忽略第三个要素是不成的。从作家方面来说，很明显，没有万能的作家，什么都会写的作家是没有的，只有具体的诗人、小说家、戏剧家、散文家。就是造型艺术家，也只能有油画家、国画家、木刻家、雕塑家。客观生活和主观情感在假定中遇合的时候，要受到形式规范的制约。同样的素材，写成诗和写成小说、戏剧是不一样的，不能用写诗的办法写小说，也不能用写散文的办法来写戏剧，除非有特殊的追求，否则一般是吃力不讨好的。从文本分析来说，在考究客观生活和主体情感的同时，还要考究艺术形式所起的作用。

生活、情感和形式在假定的虚拟中统一起来，才能构成艺术形象。上一讲我们讲朱自清，讲贺知章，只是从生活和主观情感两个要素去分析的，这不够完全。

同样是想象，贺知章通过什么想象呢？通过诗想象。朱自清通过什么想象呢？通过散文想象。散文的想象和诗的想象是不太一样的。贺知章说柳树之美，是诗的美，叶子是春风剪的，是直接讲出来的，这明显是虚拟幻觉，并不追求生活原型的逼真。朱自清说，清华一角很宁静，他正在享受独处的妙处，但他也老老实实地承认，还有一部分非常喧闹，就是蝉声和蛙声。散文家追求生活原型的逼真，把它交代出来，比较现实；诗人却可以把

① 莱辛：《拉奥孔》，朱光潜译，人民文学出版社1979年版，第1页。

它隐瞒起来，诗人的逼真带有幻觉的变异性，因而更具情感色彩。所以说，有了客观生活的柳树、荷塘，有了作家、诗人的感情，还要考虑驾驭或遵循什么形式。

关于这一点，以后的课程会慢慢讲到。我们先讲艺术的真和假的关系。

要把三个东西变成一个东西，若不通过（充分）假定性，客观的柳树的特点、荷塘的特点和作家情感的特点以及形式的特点，是没有办法统一起来的。莱辛认为艺术是“逼真的幻觉”，是非常有启发性的。

举一个例子来帮助我们感觉一下。齐白石画虾非常精彩。虾是不是真虾呢？真虾再好，挂在墙上，最多一星期，肯定就会发出一种不太美好的气味了，但画出来的假虾可是越挂越值钱，几十年后，几十万都卖得出。因为齐白石有一种本事，造成一个逼真的幻觉。其实，齐白石笔下的虾的腹足，按实际状况有十几对，但他后来画的虾的腹足越来越少，最终只剩下五对。可越少越逼真，艺术性更高，更值钱。艺术是一种真实性的假定，这个虾是经过想象提炼的，只有在想象里，真实性与假定性才能结合。

任何一个作品，无论是诗与画，还是戏剧与电影，都是这样。你不要以为演员在演戏的时候是真戏真演。舞台上打仗是假打仗——真打仗是不能看的，也不敢看。舞台上谈恋爱是假恋爱，真谈恋爱不是艺术，（笑声）是不欢迎参观的。（笑声）你们谈过恋爱没有？没有？我不相信。有的人不是没谈过，而且不是过去时，是进行时或完成时，（大笑声）却在装外行。（大笑声）反正不是过去时、完成时，就是未来时，每个人都有份。（大笑声）反正你们总有一天会体验到一条真理，真恋爱不是艺术，把真恋爱当作艺术的人，是很可怕的，女孩子特别要注意。（大笑声）假恋爱才是艺术，可能得个梅花奖、金鸡奖，甚至奥斯卡奖之类，外加发一点不大不小的财。（大笑声，鼓掌声）

正是因为这样，所以弗洛伊德才写了一本书，把文学叫作“梦的畸变”（distortion）。按他的说法，就是人生下来，其本我就受到种种的压抑，其欲望被压到潜意识里去了。这种欲望有时会在梦中以一种“畸变”的形式出现，但梦不是招之即来的，而文学则是通过虚拟、想象、假定的形式将之实现。

要懂得文学，首先要从美和真的等同中解放出来，这是第一关。这是一个普遍规律。看中国京戏中的大花脸、二花脸、三花脸，不能死心眼：戴着那么长的胡子，怎么吃饭喝水啊？不只是中国，古希腊的歌剧也是这样，不过是戴面具。现代西方的歌剧每一句都是唱的，比如《茶花女》“还有几个法郎”等都是唱的，生活中哪里会这样呢？

在艺术的真和假的问题上，混淆的事情很多，而理念上的混淆必然导致实践中的笑话。司汤达在《莱辛和莎士比亚》中写了这样一件事。1825 年，佛罗伦萨的大剧院演出莎士比亚的著名悲剧《奥赛罗》。故事讲的是一个非常英勇的黑人将军奥赛罗，跟他美丽的妻子苔丝狄蒙娜非常要好，但有个叫伊阿古的小人从中破坏，使奥赛罗怀疑自己的妻子跟别人通奸，把妻子掐死了。在最后一个场面，进入悲剧高潮的时候，一个白人巡逻士兵一枪打过去，把演奥赛罗的演员打死了。问他为什么这样把演员打死，他说他不能容忍一个黑人当着他这个白人的面把白人妇女掐死。这个白人当然是个种族主义者，而且是个罪犯，要依法惩治的，我们暂时不去管他。他为什么会犯这样一个错误呢？从理论上说，他不懂得艺术是假定的，是“逼真的幻觉”。

真实和假定是艺术的两个极端，因而产生了两个流派。一个流派非常强调真实性，比如在表演学说里，俄国著名导演斯坦尼斯拉夫斯基就强调：表演应该是绝对真实的，一个演员在扮演角色的时候要忘掉自我，让自己变成角色，进入角色的意识和潜意识，进入那种与生活没有区别的境界。由此，产生了一种没有表演的表演就是最好的表演的学说。按此理论，演奥赛罗的演员演得这么真实，以致看的人忘掉了那是一种假定，把他打死了。据说佛罗伦萨有这个演员的墓，有一天斯坦尼斯拉夫斯基到佛罗伦萨去参观，就在演员的墓前立了一个碑，碑上写着：“这是全世界最好的演员。”

另外一个流派认为艺术就是假定的。德国导演布莱希特非常欣赏中国京剧的那种虚拟的布景和表演的程序，他提倡艺术和生活的距离，有了假定的距离，或者叫间离效果（德语 Verfremdungs Effekt，英语 Alienation Effect）。演员不能忘掉自我，演任何一个人物的时候，要和这个人物拉开一点距离，要牢记是“我”在演，演出“我”的风格来，“我”演的与别人不一样，才有艺术感染力。他赞赏中国的京剧。中国的京剧有很多程序，比如官员出来，怎么念定场诗，怎么扶官帽，怎么甩袖子，都规定好了，但是不同的演员、不同的流派有不同的演法。他认为这就是艺术的假定，他提倡艺术和生活之间要有间离效果。我们看舞台上杀人，并不是看演员杀人，而是看他怎么杀得艺术，杀得漂亮，杀得和别人不一样。你演到让人没有产生幻觉，让巡逻士兵误以为真，忘记了欣赏你的表演风格，以致把你打死了，这不是艺术的成功，恰恰是艺术的失败。他认为表演的极致是，让人感觉到演员在表演，让人欣赏演员的风格意识、流派追求。传说，布莱希特也到佛罗伦萨去旅游，也看到了那位演员的墓，以及斯坦尼斯拉夫斯基立的碑。他就唱对台戏，在墓的另一边立了一块碑，碑上写着：“这是世界上最坏的演员。”

这说明什么呢？说明两种流派，一个强调真实性的绝对化，一个强调假定性的绝对化。在文艺理论领域，很长一段时期，占优势的是偏向真实性的理论，真实反映的理论，形象和客观对象完全统一的理论，这显然是比较片面的。这个理论最早来自古希腊的亚里士多德，他认为艺术就是“模仿自然”。这个“模仿论”雄踞西方文艺理论讲坛差不多两千年，带来很多后果。到了黑格尔的时候，他作了一些小小的修正，认为光靠模仿是不够的，靠单纯的模仿，艺术总不能和自然竞争，用我们的话说，就是不能和生活竞争。让艺术和自然竞争，就像一只小虫爬去追赶大象。他说："仿本愈酷肖自然的蓝本，这种乐趣和惊赏也就愈稀薄。"①

当然，这两派的艺术观念虽然对立，但对立中有统一，二者不可偏废。我们的理论长期以来却偏废于真。就是一些毕生研究《红楼梦》的人，对多至十多个版本的评注都忽略了其中很有理论价值的提示。甲戌本《脂砚斋重评石头记》第一回第一页的原文是：

原来女娲氏炼石补天之时，于大荒山无稽崖炼成……顽石。

脂砚斋于"大荒山"行边评曰"荒唐也"，于"无稽崖"行边评曰"无稽也"。在女娲炼了三万六千五百块石头补天，只剩下一块弃之未用。夹注评曰不能补天，又不下补地，才"有此一部鬼话"。②

把文学创作说成"荒唐""无稽""鬼话"，在文学的虚拟性理论上是何等有气魄啊！但是，这样具有深刻理论意义的提示，不但被皓首穷经的《红楼梦》专家忽略了，而且被专治文艺理论的同仁们忽略了。

跟艺术不能比真，而是比逼真的假象，比假定。不懂得这个道理，我们就会造成许多笑话。20世纪50年代初，新中国成立不久，苏联所谓的本质的真实、典型地反映生活的理论占优势，要把地方戏曲和京戏改造得符合所谓的本质的真实。我当时还在念初中，看到上海一张报纸上报道上演《牛郎织女》，有广告说"真牛上台"。演出时，牛郎牵着一头真牛上台，就发生问题了。牛郎、织女谈恋爱正火热，牛可不懂谈恋爱，不耐烦，要走。牛郎牵不住它，老是提心吊胆，怕牛跑掉。结果呢，终于没有牵住，牛扬长而去，还在舞台上留下了一堆冒热气的纪念品。（笑声）实际上，我们传统的地方戏曲不是这样的，传统的地方戏曲表现牛和马的时候，并不把牛和马牵到台上，而是给演员一条鞭子，这条带着丝穗的鞭子舞动起来，比真马、真牛要漂亮得多。这说明，如果我们不懂假定性，我们就不懂艺术。

但是，并不是一切假定和想象都有同样的价值。只有出奇制胜的想象，提供了思想情感的广阔天地的想象，新异的想象，符合艺术形式某种规范的想象，才有真正的艺术价值。不仅作家写作是这样，学生写作也是这样。

在中学和大学的作文教学中，我们往往过分地强调写真实、贴近生活、写真话，结果没有一点出奇制胜的想象，写出来的东西干巴巴的，真的好像爬虫在追赶大象。没有想象力，情感和思想就没有施展的空间。2001年高考，语文卷的作文要求根据材料写一篇文

① 黑格尔：《美学》第一卷，朱光潜译，商务印书馆1981年版，第54页。
② 影印甲戌本《脂砚斋重评石头记》，人民文学出版社2010年版，第7页。

章。材料是：一个年轻人过河，身上带了七个包袱，分别是才学、美貌、机敏、健康、诚信、金钱、荣誉。七个包袱加在一起很重，过河到一半的时候，艄公就提出来：七个包袱你必须扔掉一个，要不然船要翻了。这个年轻人就把诚信扔掉了。我在改卷的时候，获悉其他省的情况：满分的作文，大多是假定的、充满幻想的，不是写实的，写实的反而分数不高。有篇作文是这样写的：他家有四个兄弟，他的名字叫诚信，其他的或叫健康，或叫美貌，或叫金钱，他们的母亲的名字叫虚伪。诚信老受到歧视、压迫，就骑着毛驴去寻找幸福。他到了一个城市，旅馆老板很欢迎他，把他迎接到房间，但发现他没有钱，就把他赶出来了。这个老板叫虚假。他继续前进，到了另一个城市，又碰到好多困难，但有个姑娘对他非常好，甚至有某种感情，这个姑娘的名字叫怜悯。他说他不要怜悯，于是骑着毛驴继续前进。他又遇到一些倒霉的事，有一个姑娘收留了他，这姑娘叫同情，他说他不要同情。他又来到一个地方，被人家打了一顿，闹到庙里，碰到了一个老头，这老头叫命运。他就把自己的遭遇告诉了老头。老头说，你不要担心，我这有把秤，叫公平，叫你兄弟几个，健康啊，美貌啊，金钱啊，都来，叫他们站在那边，你站在这边，我来称。结果兄弟几个人加在一起，还不如诚信一个人重。第二天，诚信继续骑着毛驴前进，这时，他不是为了寻找自己的幸福，而是传播幸福。

这种想象就相当新异，思想容量也比较深广，不仅写了诚信坚持不懈的奋斗，而且写了他的自尊，拒绝了同情和怜悯。虽然命运是不公平的，但是，最后他取得了胜利，不是为了自己，而是为了传播幸福、追求胜利。

这完全是假定的，因为有了假定，才有想象的自由；因为有了想象的自由，思想才深化了。

但是，并不是一切想象都具有同等的艺术价值。只有那出奇制胜的、不落俗套的、思想和情感的容纳空间比较大的想象，艺术性才比较强。想象比生活的原型自由得多，它的生命就是新异。但一种新异的想象出现以后，被广泛赞赏，就可能成为模式、套路，想象的自由就变成了不自由，新异就蜕变为俗套。

我看到过另外一篇高考作文。有三个兄弟，老大、老二、老三都去经商，老大用欺诈的手段发财了，老二用投机倒把的手段发财了，老三老老实实经营，没有发财，甚至一度可怜巴巴地濒临破产。但时间是公正的，时间长了，老大、老二都破产了，老三取得了胜利。这种写法也有假定性，但比起前面一篇高考作文差得远了。什么原因呢？它的假定和想象太平庸，太没有特点，因而文章的思想和情感没有得到足够的发展空间，结果给人一种庸俗的感觉。

在这一点上，我们是不大清醒的。有一种非常简单的阅读经验：真的并不一定是讨人喜欢的，相反，假定的、虚拟的可能是吸引人的。人有时更喜欢带有幻想的，就像小孩子喜欢米老鼠。老鼠有什么好欣赏的？恶心死了。我写过散文，说老鼠那层皮啊，好像地毯浸在阴沟里；那条尾巴那么长，完全是浪费；老鼠鬼鬼祟祟，经常把东西咬破。实际生活中人们都非常讨厌老鼠，但是从美洲到亚洲的孩子都喜欢米老鼠，为什么呢？这是老鼠的一种新颖的假定，作者把它讨厌的部分淡化了，正如朱自清把清华园里喧闹的部分排除掉一样，同时把它可爱的部分强化了。例如它动作很快，很机灵，非常狡猾，非常聪敏，非常幸运，它翻过来滚过去，老是死不掉。这一形象反映了孩子天真、顽皮、机智、纯洁的心灵，还带点小小的自私。

我们欣赏金庸也是同样的道理。有消息说金庸的作品选到中学阅读课本中去了，通俗文学进入严肃的课本，有记者就大惊小怪起来。我觉得这很好嘛。我们生活在充满功利性的环境里，精神压力太大，要看看超越现实的世界，获得自由解放的精神舒展。这有什么不好呢？通俗作品变成经典的比比皆是。比如《西游记》，那个猪八戒，吴承恩的想象多么精彩。把一个人物想象得那么丑，猪头，够恶心了吧，但他并不可恶，他没有多大的品质性缺陷。他原本是天上的天蓬元帅，因为调戏了嫦娥，被下放到人间。他对女性的兴趣不减当年，还是比较好色，但我们并不觉得他有多丑，反而觉得他非常好玩、有趣。为什么呢？一方面，他那么丑，那么难看；另一方面，他的自私，他的动摇，他的小算盘，都是人性中的一些缺点。吴承恩就让他出洋相，让他的缺点带上喜剧性，从而让你感到这个人毛病不少，但非常单纯，不虚伪，不善于掩饰自己的缺点。他取经离开高老庄的时候，跟他的老丈人怎么告别的？他讲：上拜老丈人，此番西天取经，能成了正果最好，如果不成，我还是回来当你的女婿。孙悟空就骂他“夯货”，人还没有上路，就准备开小差了。开小差本来是个人的隐私，可是他却公开表露出来。艺术家的假定性多么伟大，没有这样的假定性，他怎么能把丑的外表和朴实的内心，把可笑和可爱，把可恨和可叹，把批评和同情如此水乳交融地结合在一起呢？这种想象就属于出奇制胜的一类，从理论上来说，这种想象是把审美和审丑结合起来。这是何等天才的创造啊！这是中国文学史的伟大成就，在世界文学史上，比之塞万提斯小说中的桑丘，比之莎士比亚戏剧中的小丑，绝对是有过之而无不及。

这就给我们这样一个启示，衡量假定性的层次是：能否为艺术想象力和审美创造力提供解放的空间。

讲到现在，我们一直强调假定的作用，但千万不要忘记假定性不是绝对的假，生活的形式是假的，表现的人情是真的。我们真戏要假做，就是说我上台演陈世美、演关公，是演戏，表演的是假的，但不能假戏假做，不能连人情都是假的，歪曲生活。我们当代文学史有一段最不光彩的历史，就是“大跃进”民歌中的“吹牛诗”，明明大家都饿扁了肚子，还说粮食堆成山，堆得非常高，像太阳那么高，老贫农爬到了粮食山上，“撕块白云擦擦汗，就着太阳抽袋烟”。这就是假戏假做了，是鲁迅所批判的瞒和骗的文学了。

五四运动中的文艺革命就曾批判古典诗歌虚假。刘半农批判说，明明是很有为的一个青年人，但是他写一些颓唐老境的东西，好像寿命不长了；明明自己没什么本事，可是又觉得这个世界害了他；明明没什么感情，送别朋友却写出很多有感情的诗。[①]胡适甚至曾批评过他的朋友胡光骕，明明写在美国大学的生活，还写“鸳鸯瓦”，这“鸳鸯瓦”是中国古代宫殿建筑的材料，怎么会跑到美国大学里去呢？美国大学里明明是电灯，还写“荧荧夜灯如豆”[②]，好像“荧荧如豆”才有情调，而电灯就没有情调。这就虚假得有点陈腐了。

真实和虚假是互相制约的。假人假事，一直假到底是不行的。如果整个内容假了，它就腐败了，就变成滥情、骚情、矫情，是无病呻吟，是诲淫诲盗。真和假之间是对立的统一，过分强调真实性就会变成生活的描红，过分讲假定性就意味着虚伪或思想和道德的堕落。

我们追求真和假的统一，但真和假实际上是很难统一的，经常是不平衡的。正因为不平衡，艺术才得到发展。假定性和真实性是艺术形象的内在矛盾，像一切矛盾一样，二者是不平衡的，结果没有一种形象是半斤八两的，是绝对的，平衡了就僵化了。艺术发展的历史表明，有两种相反相成的倾向推动了艺术的发展，一种是不断精确地表现生活，不断花样翻新地假定，超脱生活的具体形态的艺术形式的流派。最初的史诗，最初的诗歌和神话，都是假定的，发展到当代电影（电影是微观的真实），眼睫毛颤动都看得清楚。有一种流派甚至主张，没有表演的表演是最好的表演。另外一种倾向，就是追求虚拟、超越现实，像各民族的神话。比如精卫填海、夸父逐日，以及希腊神话中三位女神争夺金苹果的故事，都是假定的神超越现实的倾向。

物极必反，后来假定性的优势逐渐淡化了。假定性太假，追求现实的倾向就产生了，慢慢地发展为假定性降低、递减，而真实性递增。以中国为例，从神话故事慢慢地发展，产生了一些人世的故事，比如志怪、传奇，之后就是人间的事情；再发展到《世说新语》，完全是真人真事，奇人异事，非常有个性的片段；然后再进一步发展为一个完整的故事；之后发展到传奇的英雄小说，《三国演义》《水浒传》之类的；最后发展到非常现实的描绘，像《儒林外史》《红楼梦》。这个发展过程明显有一种趋向，现实性递增，假定性降低。但

① 刘半农：《诗与小说精神上之革新》，郑振铎编选：《新文学大系：文学论争集》，上海文艺出版社1981年版，第342页。

② 胡适：《文学改良刍议》，胡适编选：《中国新文学大系：建设理论集》，上海良友图书印刷公司1935年印行，第37—38页。

当逼真性过分抑制了假定性，而且成为主要的倾向，比如19世纪小说发展到高峰的时候，自然主义现象产生，小说被动地依附于生活，境界就不高了，还不如超越现实的幻想更动人。所以，假定性才能蔚为大观，安徒生的童话完全是写花鸟虫鱼及其他动物之类的，也能够引起读者强烈的兴趣。

我们在写作的时候也遇到这个问题。齐白石讲，太似，也就是太真了，叫媚俗，好像讨好庸俗的趣味；太不似，也就是太假了，就是欺负世人不懂艺术，吓唬老百姓了。我们观察当代艺术，有两种倾向非常明显。一方面出现“零度写作”，要求作家不带感情，要绝对冷峻地叙述。越来越排斥明显的感情，这种主张当然有点空想，虽然绝对化了，但也表现了一种历史的趋向。另一方面又强调超越现实，如荒诞派小说、荒诞派戏剧，完全写现实中不可能发生的事情。这两种倾向互相交替、互相补充、和平共处。你可以选择假定性较强的艺术形式，也可以选择现实性较强的艺术形式，两者之间能够达成平衡就达成平衡，不能达成平衡就往前发展，创造或复古都是可以考虑的。

第三讲　细节的特点和情思的深度

前面讲过了，我们的方法是研究内部和外部矛盾的方法。第一个层次是形象和表现对象的矛盾，第二个层次是形象的内部矛盾和内部结构。在分析内部结构时，我们不是从一部小说，也不是从文学史的某阶段来分析，而是取形象的一个细胞或形象的一个标准样本，从这里出发，然后研究内部的结构。选择形象是用随机取样的办法，取最平常的、最普通的、最常见的、随时随地都可以碰到的形象，也就是具有广泛的普遍性的形象。取样也不是一点没有讲究的，我们要取比较成熟的、比较经典的，而且不是病态的、异常的样本。病态的、异常的不是不可以研究，只是等把健康的、标准的或经典的形象细胞分析完了之后，再去研究病态的或异常的。这才会形成一个可靠的参照系。

我们已经研究过了两个形象，就是贺知章的《咏柳》、朱自清的《荷塘月色》。这都是健康的形象细胞，我们从中分析出一些矛盾、一些特点来。我们觉得，散文家、诗人要抒发感情，并不直接说出来，因为感情直接说出来，如我很爱清华园，这是抽象的，读者没有感觉。作家把这种感情变成清华园的景色，有什么好处？好处是情感更形象了，形象是不抽象，不抽象就是比较具体。什么叫具体？具体就是有感觉。比如天气很热，这个不具体，你没有感觉，如果说我满头大汗，你就有感觉了。这是不是形象呢？这还不太像形象。为什么？这个形象太一般了，这个感觉太一般了，要有形象的感觉，这个感觉要更具体，更有特点。比如如果是男孩子流汗，汗流得从下巴慢慢滴下来，他就将衬衫拉起来擦汗，不管衬衫有多脏，这就有点特点了；如果是女孩子流汗，她不是满头大汗，她就是鼻尖上冒细汗，她擦汗就不拉起衬衫很豪迈地擦，而是用小手帕在脸旁扇。这样扇（动作），（笑声）这就有特点了，就可以马马虎虎说有形象了。

形象始于感知，但不是一般的感知，而是非常有特点的感知。

这种感知首先是视觉，因为视觉在人类感知中占比超过百分之八十五。比如你觉得很忧愁，而人家没有察觉。为了这个“愁”字，中国古典诗词家耗费了上千年的心力。

最初北宋的陈师道（1053—1101）在《后山诗话》中引王斿的话。李后主“问君能有几多愁？恰似一江春水向东流”，这不但使忧愁有了视觉信息，而且带来联想，忧愁不但宏深，而且在时间上永恒（因为水在古典诗歌中象征时间）。但是古词话家是很苛刻的。他们的共同标准是要有独创性，不能和他人相似。

于是这位词话家批评秦观《千秋岁》“春去也，飞红万点愁如海”，得出结论——“例袭陈言”，不过是“以‘江’为‘海’尔”。

这种研究方法有很深厚的传统，其过程往往长到上百年，甚至上千年。南宋王楙（1151—1213）《野客丛书》卷二十（中）又上溯到唐朝刘禹锡的“蜀江春水拍山流，水流无限似侬愁”，得出的结论是好处在“翻而用之”。对于这样的追根溯源，诗话词话家是颇有耐心的。后来罗大经（1196—1242）在《鹤林玉露》乙编卷一中把这种上百年的接力赛延续了下去，又梳理出了以水喻愁，出自李颀的：“请量东海水，看取浅深愁。”陈郁《藏一话腴》内编卷一则又梳理出最早的根源应该属于李白：“请君试问东流水，别意与之谁短长？”又有寇准的“愁情不断如春水。”又过了几百年，明朝的孙绪（1499—？）在《孙绪诗话》卷十三中提出唐朝的赵嘏：“此时愁望情多少？万里春流绕钓矶”。但此人生于李白之后一百多年，他认为李后主等等“皆祖于白者也”。

诗话词话家们当然也注意到有时有“青出于蓝而胜于蓝”“意味更长”的作品，但是，他们把更多的注意力放在继承上。对于为什么以水喻愁有这样长的生命力，则没有深究。这也许就表露了古典诗话词话重具体赏析，而不重理论的局限。

夫“愁”不可直接感知，以物象喻之，则可感。以水喻之虽可感，然单薄；以江喻之，则有流动感，且有滔滔不尽之联想。同样以江水喻愁，李后主的“问君能有几多愁？恰似一江春水向东流”，比之李白的“请君试问东流水，别意与之谁短长？”可以说更胜一筹。原因在于，李白以东流之水喻离别之意，显系夸张。只要还原到前面的“金陵子弟来相送”之中，不难感到其中多少有些与萍水相逢之女郎的应酬的成分，而李后主《虞美人》“雕栏玉砌应犹在，只是朱颜改。问君能有几多愁？恰似一江春水向东流”中，亡国之痛，年华之逝，则无疑要深沉得多。

相比之下，秦观《千秋岁》之“日边清梦断，镜里朱颜改。春去也，飞红万点愁如海”固然有对李后主某种师承的痕迹（如“朱颜改”），但不仅仅是沿袭，也有创新。飞红万点，在色彩上本非愁意，然溶而为愁绪，形成反衬的效果。如海之飞红新异于一江春水者，又在其飞动，而非流动也。

到了20世纪，钱锺书在《宋诗选注》中又提出，苏轼《虞美人》：“无情汴水自东流，只载一船离恨向西州”；陈与义《虞美人》：“明朝酒醒大江流，满载一船离恨向衡州”；李清照《武陵春》：“只恐双溪舴艋舟，载不动许多愁”；辛弃疾《水调歌头》：“明夜扁舟去，和月载离愁”；张可久《折桂令》：“画船儿载不起离愁，人到西陵，恨满东州”；贯云石《清江引》：“江声搅暮涛，树影留残照，兰舟把愁都载了”。这里愁和江水的关系，已经不是本体与喻体的关系，而是把喻体江水，转向与之相联系的“船”。这种转喻，又不取船之形态而是取其功能：载。形象构成，修辞技巧更趋新异精致。至于到了王实甫的《西厢记》第四本第三折：“遍人间烦恼填胸臆，量这些大小车儿如何载得起！”则又由载超越了船，而转向了车。斯可谓举世无双的接力赛矣。

不以水喻愁，而以山喻愁者则比较少，如杜甫的“忧端如山来，澒洞不可掇”，赵嘏的“夕阳楼上山重叠，未抵闲愁一倍多”。总的来说，和以水喻愁者不但在数量上比较少，而且在质量上比较低。原因可能是愁与山固然在重压上有一些相通之处，但是，愁无定形，难以捉摸，而山有定状，一望而知，不若水之无形，且有流动感也。

不管水之喻有多精彩，诗人之最佳选择当以脱出窠臼，超越山水喻愁的套路，想落天外为上。故贺铸“试问闲愁知几许？一川烟草，满城风絮，梅子黄时雨”其出奇制胜之妙在于不但不作山水之喻，而且不作直接抒情，以一幅景观代之。三种意象高度统一，自然叠加。更胜一筹者当为李白的“抽刀断水水更流，举杯消愁愁更愁”。

直接将抒情和即景结合起来，在动作中显示无奈，所获得的情感自由，就不是拘泥于比喻所能达到的。李清照的《声声慢》主题是“怎一个愁字了得”。她没有用水，也没有用山的意象，而是用直接抒情的手法。“雁过也，正伤心，却是旧时相识”，一年又过去了。时间太快，令人愁怨，因为“满地黄花堆积”“憔悴损”的，是自己女性的生命；而“守着窗儿，独自怎生得黑？”则是时间过得太慢；特别是“梧桐更兼细雨，到黄昏、点点滴滴”，一直在提醒自己时间正慢吞吞地过去。这就是另外一种思路，是作者感知的突破，也就是艺术的创新了。故这样的词，比之在山水意象中转来转去的，在诗话、词话中评价更高。

上面讲的这些感觉是眼睛可以看到的。但形象不仅仅是眼睛可以看到的，还有耳朵可以听到的，鼻子可以闻到的，舌头可以尝到的，等等。“文革”前，福建作家郭风提出一个口号——“五官开放”。这是很有道理的，他教导我们不要光用眼睛看。我曾经看到过美国的一个新闻记者谈写新闻的经验。他说要写一个失火现场，不但要写看到火光，而且要让读者闻到烧焦了的气味，感觉到火光在烫他的脸，听到噼里啪啦的声音。五官全部动了起来，形象就丰富了。提出“五官开放”是因为人有一种惯性，过分依赖视觉。从生理习惯来说，人接收外界信息，百分之八十五左右是靠眼睛，但我们写作的时候就不能局限于生理的感觉，我们要用艺术的想象来丰富自己的表现能力。

虽然五官这么丰富，但你不能都写出来，都写出来就会杂乱无章，形象芜杂。形象要精练，要提炼出精致的局部，这意味着要排除很多东西。这就是一个矛盾：一方面五官要开放，浑身都有感觉，或者说用躯体思维；另一方面，只能写那些比较精致的东西。比如写下雨，写雨哗啦啦地下，这算是有点形象了。雨像帘子一样挂着，远远近近，白茫茫一片，树叶上、草尖上都挂着水珠，一股凉凉的水气弥漫过来，屋子里有一种清凉的气味。这样写只可以说五官感觉都有了，但是并不精彩，因为这些感觉没什么特点。要选取有特点的感觉，形象才会精致。比如古代诗人写“山雨欲来风满楼”，雨还没下，整个高楼上的风刮起来了，这是千古名句。苏联有个作家叫康·帕乌斯托夫斯基，他在《金蔷薇》中说，如果你写下雨，不要写很多，你只要写雨点打在地上的报纸上发出啪啦啪啦的声音就够了。这里似乎并没有五官一齐动员，但很精致。只写声音，在哪里发出来的呢？落在地上的报纸上。报纸通常是在桌子上的，到了地上，说明有不小的风。如果是细雨，打在报纸上是没有声音的，报纸啪啪响，说明雨非常大。这里只用了一个细节就把雨的特点——很大，雨的背景——风也很大，都写出来了。

形象要有感知，五官都要开放，但感知又要非常有特点。既然是特点，肯定是选择出来的。既然是选择过的，一定是淘汰过的，那么凭什么把其他的细节淘汰掉呢？有什么标准呢？是以雨本身为标准吗？但我们前面已经说过了，形象的胚胎是生活的特征和情感的特征的猝然遇合。那么特点肯定不仅是雨本身的特点，而且是情感的特点。

我们来体会一下何其芳的《欢乐》。

告诉我，欢乐是什么颜色？
像白鸽的羽翅？鹦鹉的红嘴？
欢乐是什么声音？像一声芦笛？
还是从稷稷的松声到潺潺的流水？

是不是可握住的，如温情的手？

可看见的，如亮着爱怜的眼光？
会不会使心灵微微地颤抖，
而且静静地流泪，如同悲伤？

欢乐是怎样来的？从什么地方？
萤火虫一样飞在朦胧的树阴？
香气一样散自蔷薇的花瓣上？
它来时脚上响不响着铃声？

对于欢乐，我的心是盲人的目，
但它是不是可爱的，如我的忧郁？

欢乐本来是抽象的，读者感觉不到，要想有感觉，就要五官有感受。

首先写可以看得见的，羽毛是白色的，嘴巴是红色的；然后是听得见的，松源声或潺潺的流水声；接着是可以摸得到的，像温情的手。如果就这样从视觉到听觉再到触觉地写下去，就可能呆板，并且不够深入了；所以接着下去，就深入到内心去了。“会不会使心灵微微地颤抖，/而且静静地流泪，如同悲伤？”这个欢乐是这样有特点，欢乐到颤抖起来。颤抖本来是和恐惧联系在一起的，而静静地流下眼泪应该是悲伤的特点。这充分显示了这是个忧郁的、孤独的诗人，他很难感到欢乐。欢乐对他来说是如此陌生，以致把缺乏欢乐的悲哀当作欢乐了。但这并不妨碍他追问欢乐的感觉，他不知道欢乐是怎样来的，是“萤火虫一样飞在朦胧的树阴？香气一样散自蔷薇的花瓣上？它来时脚上响不响着铃声”。

欢乐变成了形象，眼睛可以看到，耳朵可以听到，手可以握到，鼻子可以闻到，在花瓣上，在铃声中。从这一切，他都想象到了欢乐。花瓣、音乐、鸽子、流水、铃声、萤火虫，都是很美的，所以欢乐是很美的，但他为什么觉得很美呢？因为他没有欢乐，他非常忧郁、苦闷，不懂得欢乐，心是瞎的，没有感觉。“但它是不是可爱的，如我的忧郁？”他虽然没有欢乐，只有忧郁，他想出来的所谓的欢乐是不是像他的忧郁一样，而他的忧郁也是很可爱的。这就是他感情的特点，表面上是追求欢乐的美，实质上是歌颂自己的悲哀的美。

这首诗从思想上来说，可能并没有多少特点，但是从艺术上来说，则很有经典性，因为一般作家往往满足于视觉意象，更好一点的会注意到听觉的重要。只有真正艺术感知自觉的诗人才会这样把五官都调动起来，用特殊的语气（全诗都是疑问句）来表达。

在调动五官方面有自觉追求的作家，往往留下了经典性的杰作。

我们看余光中先生写的《听听那冷雨》：“雨不但可嗅，可观，更可以听。”雨是可以听的，哗啦哗啦地响；雨是可以嗅的，雨里有一种味道。当然余光中写的是一种故乡的味道，因为他怀念故乡。他是福建人，去了台湾，后来到美国，又回到台湾。辗转二十五年，没有回故乡。雨打在台湾瓦屋的顶上，使他产生特殊的心情，所以他不但调动了嗅觉，而且调动了听觉。从这里可以看出，这种特点不仅仅是感觉的，如果光是感觉，难免是比较表面的，而余光中对故乡是有情感的，因而这种特点是比较深刻的。他说雨可以看，“浮漾湿湿的流光，灰而温柔，迎光则微明，背光则幽暗，对于视觉，是一种低沉的安慰”。表面上是看出雨的特点，实质上，从“对于视觉，是一种低沉的安慰”中可以看出雨的温柔和低沉，这是由内在情感的特点决定的。如果不是两岸暌隔，故土难归，这里就谈不上“一种低沉的安慰”，因为思乡的情感是诗化了的，他才把触觉和听觉不但诗化而且音乐化地交融了。“‘下雨了。’温柔的灰美人来了，她冰冰的纤手在屋顶拂弄着无数的黑键啊灰键”，他把屋顶上的瓦片暗喻成钢琴上的键，“把晌午一下子奏成了黄昏”。他觉得雨是音乐，因为他的内心思乡的情感是音乐，屋瓦才是灰琴键。缠缠绵绵地下了一个下午的雨，在别人也许是很沉闷的，但他觉得这是音乐，是演奏的过程。这个特点是双重的。一是外部感觉，包括视觉、听觉等的一种交响；二是内在的、深邃的情感特点，因此形成了一种质量比较深邃的形象。

余光中先生的文章能引起我们强烈的感受和心灵的震动，因为它刺激想象，调动我们去补充它。如果余光中提供的特点仅仅是外部的，则调动起来的记忆就比较浅；如果提供的特点比较深刻，则调动起来的记忆就比较深刻。“美是生活”的教条容易造成一种误解，以为文学作品提供的是全部的信息。其实不是这样，它提供的不是全部的信息，是必要的信息。这个必要的信息很精练、不完全，但它刺激我们用自己的经验、用自己的感情去补充它，这才是好的形象。如果是单方面的传输，读者处于被动，很快就会感到厌倦。

文学艺术的全感官形象，不但解放了作家的表现空间，而且拓展了读者的感性想象。五官感知为作家选择有特点的、细节的立体空间，从而唤醒读者的感知、经验与之猝然遇合。这就是感染力层出不穷的奥秘之一。

拓展感知空间是一种功夫，但是，也可能造成对感知的一味罗列。这就需要另一种工夫，就是在某种感知中，选择其最精粹的、最有特点的。这意味着排除，对没有特点的就不要去管它了。也就是说，艺术形象是要精练的，一个细节是整个生活、整个对象的极小部分，但它提供的想象空间是非常大的。这对艺术家来说是个严峻的考验。

法国艺术理论家丹纳提出一个理论：艺术力求形似的是对象的某些特点，而不是全部，目的是要表现对象的“主要特征”，这个“主要特征”不但是表现某个突出而显著的属性，而且包括某个“重要的观点”。观点是作家的，是主观的。丹纳所说的这个“主要特征”，实际上是主要特征和主要观点之间的一种结合。事物的其他特征，都要服从这个特征。“艺术家改变各个部分的关系，一定是向同一个方向改变，而且是有意改变的，目的在于使对象的某一个‘主要特征’，也就是艺术家对那个对象所抱的主要观念，显得特别清楚。”[①]这与我们的客观特点和主观情感特点的结合是相通的。

要欣赏艺术形象，从哪里开始？从微观开始，从非常精致的细节开始，在细节里欣赏作家的感情，才算真欣赏到了。要学习写作，首先要学习用细节说话。顾恺之为裴楷画像，在裴楷的脸颊上，添了三根毛，形象就传神了。[②]还有画龙点睛的故事：张僧繇在金陵安乐寺画成于壁，不点眼睛，一点龙就飞走了。[③]这当然是传说，但却能说明，细节不在多，而在于抓住特点。在中国画论中，神似高于形似，就是这个道理。

不论创作还是欣赏，细节都很重要。有一种理论，说文学是以形象来思维的，这是俄国人别林斯基提出来的。如果这句话成立，我们就可以这样引申：所谓形象思维，就是从细节开始的。这句话可能没有太大的毛病。

作家应该发现自己的感觉的主要特征，把感情和思想隐藏在里面，这非常重要。不懂这个道理，就会以为要描写一个对象必须面面俱到，把全部细节罗列上去，这反而让人感觉烦琐。这种误导，往往令经典作家都难以免俗。例如巴尔扎克，他笔下的房屋、家具往往写得太枯燥。哪怕是《红楼梦》这样伟大的经典著作，我们有时候看到它的某些地方也会感到不耐烦。比如每逢一个重要人物出场，作者都要用一些赋体、韵语或排比、对仗的句法来渲染形容。对王熙凤第一次出场是这样描写的：

> 这个人打扮与众姑娘不同，彩绣辉煌，恍若神妃仙子：头上戴着金丝八宝攒珠髻，绾着朝阳五凤挂珠钗；项上戴着赤金盘螭璎珞圈；裙边系着豆绿宫绦，双衡比目玫瑰佩；身上穿着缕金百蝶穿花大红洋缎窄裉袄，外罩五彩刻丝石青银鼠褂；下着翡翠撒花洋绉裙。一双丹凤三角眼，两弯柳叶吊梢眉，身量苗条，体格风骚，粉面含春威不露，丹唇未启笑先闻。

应该说，在《红楼梦》中，以赋体铺陈句法写王熙凤出场，是比较好的。其中的“粉面含春威不露，丹唇未启笑先闻”相当有深度，甚至可以说比之贾宝玉出场的赋体铺陈还略胜一筹。但是，这样从头写到颈，从腰写到眼，从眉写到唇，从穿戴写到首饰，这么多

① 丹纳：《艺术哲学》，傅雷译，人民文学出版社1981年版，第32页。

② 刘义庆《世说新语·巧艺》载：“顾长康画裴叔则，颊上益三毛。人问其故，顾曰：‘裴楷俊朗有识具，正此是其识具。’看画者寻之，定觉益三毛如有神明，殊胜未安时。”

③ 张彦远《历代名画记》载：“张僧繇于金陵安乐寺画四龙于壁，不点睛。每曰：‘点之即飞去。’人以为诞，固请点之。须臾，雷电破壁，二龙乘云腾去上天，二龙未点眼者皆在。”

细节，纷繁芜杂，且都是静态的视觉图画。视觉是瞬间的、一眼全收的，而赋体却有时间延续的特点，赋体铺陈越是详尽，时间的延续越是漫长，读者越是难以把纷繁的细节完全记住，转化成眨眼间的整体形象。这个矛盾在小说中特别突出，因为小说是时间的艺术，人物是在动态之中的。我们试拿这样的赋体和对王熙凤的动态描写相比，对我们艺术品位修养的提高是很切实的。

> 一语未了，只听后院中有人笑声，说："我来迟了，不曾迎接远客！"黛玉纳罕道："这些人个个皆敛声屏气，恭肃严整如此，这来者系谁，这样放诞无礼？"……黛玉忙赔笑见礼，以"嫂"呼之。这熙凤携着黛玉的手，上下细细打量了一回，仍送至贾母身边坐下，因笑道："天下真有这样标致的人物，我今儿才算见了！况且这通身的气派，竟不像老祖宗的外孙女儿，竟是个嫡亲的孙女，怨不得老祖宗天天口头心头一时不忘。（甲戌本侧批：却是极淡之语，偏能恰投贾母之意。）只可怜我这妹妹这样命苦，怎么姑妈偏就去世了！"说着，便用帕拭泪。贾母笑道："我才好了，你倒来招我。你妹妹远路才来，身子又弱，也才劝住了，快再休提前话。"这熙凤听了，忙转悲为喜道："正是呢！我一见了妹妹，一心都在他身上了，又是喜欢，又是伤心，竟忘记了老祖宗。该打，该打！"

静态铺陈式的缺陷，不但是时间先后连续的铺排与瞬间画面有矛盾，而且在于，它是概括的（"彩绣辉煌，恍若神妃仙子""一双丹凤三角眼，两弯柳叶吊梢眉，身量苗条，体格风骚，粉面含春威不露，丹唇未启笑先闻"）；不但外观是不变的，而且语境也是不变的。而动态的描写则是多方心灵关系瞬息万变、错综交织。王熙凤先是"我来迟了"，其语境是与"个个皆敛声屏气，恭肃严整"相反，在林黛玉看来很是怪异，为什么独有她敢于这样"放诞无礼"。甲戌本眉批说：未写其形，先使闻声，所谓"绣幡开遥见英雄俺"也。很有道理，但未讲透。这个声音是在众人一个个屏气静声的氛围中，大声大气地嚷嚷出来的。王熙凤此话表面上表示抱歉，实质是对"远客"林黛玉的特别尊重。其次是夸奖（"天下真有这样标致的人物""通身的气派，竟不像老祖宗的外孙女儿，竟是个嫡亲的孙女"）。这种尊重与其说是给林黛玉的，不如说是为了讨好贾母。接着是提起林黛玉母亲的去世，马上"便用帕拭泪"。待到贾母说自己刚刚止住悲伤，不要再惹她伤心了，她马上"转悲为喜"，说道："正是呢！我一见了妹妹，一心都在他身上了，又是喜欢，又是伤心，竟忘记了老祖宗。该打，该打！"她的心态从兴奋立刻转化为悲泣，从悲泣又转化为自我批评。自我责备表面上是很真诚的，实际上，在如此短暂的时间中，有多少表演的成分，作者只用了几个细节，把空白留给读者去想象。但是作者也顺带一笔提示，原因何在呢："忘记了老祖宗"的情绪刚刚平息，就"该打，该打"，无非是反复夸张地迎合、讨好贾母。

这才叫主要特征。这种特征与前面那种罗列衣着相比，简明而强烈。它的特点是用一种动态的效果。联系到贾宝玉初见林黛玉，一见钟情，特点是绝对率性，而王熙凤则是极端做作。

对人物外貌的赋体的铺陈，虽然文辞华赡，然而与小说艺术形式矛盾，故到了五四新文学运动以后，小说作家不约而同地把它废弃了。

所以我们说，细节，精彩的细节，不但是有特点的，而且是有情感和思绪深度的。

要把人物的面貌、心灵深刻地提示出来是很难的，用主要特征的细节来表现是一种方法。这种方法的特点是直接从正面表现人物。还有一种方法，则是非直接的，也就是间接的方法。这种方法，就是效果性的。

效果有两种。第一种是外部的可以看得见、摸得着的效果，五官可以感觉的效果。比如古典诗歌《陌上桑》写那个罗敷一出场，就使“耕者忘其犁，锄者忘其锄”；还有动作，“行者见罗敷，下担捋髭须”，行者看到罗敷这么漂亮，就把担子放下，拈着胡子慢慢欣赏，这是一种外部可以看到的动作和效果。古希腊的史诗《伊利亚特》写海伦的美：两个国家为了争夺这个美人打了十年的仗，死了十万人。当海伦出现在特洛伊的城头，特洛伊元老院的老先生们一看就呆了，一个个都惊叹起来：这个真是美神，为她打十年仗是应该的。这就是效果。

第二种是内部效果，是主人公内部的感觉。这种效果是无声无息的，你看不到，但作家是可以暗示的，是可以描写的。比如“海内存知己，天涯若比邻”，这就是一种内部的效果。我跟你是知己，就算你在天之涯，我在海之角，我也觉得就像跟你住在隔壁一样。这是内心的效果，这种效果在我们古典诗歌中非常多。“结庐在人境，而无车马喧”，这是陶渊明的诗，因为他心里非常宁静，哪怕把房建在非常喧闹的地方，也听不到车马之声；后两句说：“问君何能尔？心远地自偏。”为什么能达到这种境界呢？因为心境宁静。这是一种内心的效果。形象可以从外部效果去写，也可以从内部效果去写。比如这个姑娘很美，美到什么程度？白居易写唐明皇第一次见到杨贵妃：“回眸一笑百媚生，六宫粉黛无颜色。”她回过来朝你一笑，就把你的情感震动了，再去看六宫粉黛，一个个脸色苍白。六宫粉黛有多少呢？“后宫佳丽三千人”。三千个女孩子的美丽比不上她一笑，这就是一种感觉的变异，一种内心的效果。

别看这么两句诗，只有两个细节，可是要提炼出这两个细节来，使之变成精致的意象，可不是白居易一个人的功劳。王楙《野客丛书》卷十七说，白乐天这两句诗之前，有“韦苏州诗曰：‘西施且一笑，众女安得妍？’（按：韦应物《广陵遇孟九云卿》诗句）……吴曾《漫录》谓乐天‘回眸一笑百媚生’，盖祖李白《清平词》‘一笑皆生百媚’（按：李白

《清平乐令·翰林应制》[①]）之语。仆谓李白之语，又有所自，观江总‘回身转佩百媚生，插花照镜千娇出’，意又出此”。江总的细节（转身）显然有一点聪明，不写静态的正面，而写其动态的转身，但是后面的“插花照镜千娇出”，人工的插花、照镜的动作，写的不是女性自身的气质的美，而是化妆的做作，因而显得俗气。到了韦应物手中，不写烦琐的化妆穿戴，而只一个细节“一笑”，所有的女性就比不上了，而李白也只写“一笑”，就百媚皆生了。虽然没有多少突破，但是把美女之美集中在“一笑”上。白居易的天才是把“一笑”之美，凝聚到一个极端的效果上。这个效果不是韦应物有点强加的“众女安得妍”，而是李隆基的感知的变异，六宫粉黛三千人，一个个都面色苍白了。

江总是519年至594年间人，李白生活在701年至762年间，韦应物的生卒年为737年至792年间，而白居易生于772年，卒于846年。经过了差不多三百年的提炼才将江总粗糙的诗句转化为旷世的经典。白居易的胜利就在于，把正面描写美置换成美的效果。在这方面，古今中外的经典透露出不约而同的规律。

古希腊女诗人萨福有一首《给安娜多丽雅》：

当我看着你，波洛赫，我的嘴唇
发不出声音，
我的舌头凝住了，一阵温暖的火
突然间从我的皮肤上面溜过，
我的眼睛看不见东西，我的耳朵
被噪声填塞，
我浑身流汗，全身都在战栗，
我变得苍白，比草叶还要无力，
好像我几乎就要断了呼吸，
在垂死之际。

看到爱人来，应该很快乐，她反而紧张，紧张得讲不出话来，眼睛模糊，看不清了，耳朵充满了噪音，听不见了，而且浑身发抖，好像要断气一样。这是一种效果，推动读者去想象她强烈的爱情。萨福和白居易没有通过气，但他们以效果写出强烈感情的方法是一样的，当然各有特点。李隆基是皇帝，他不紧张，他要谁就能得到谁，而女诗人感觉到她所爱的对象不一定爱她，所以她显得特别紧张。

① 词见《绝妙词选》，明代胡应麟《少室山房笔丛》以为五代人伪作。

第四讲　主要特征同化次要特征：单纯和丰富的统一

前面几讲我们讲形象，严格说来有许多是意象，不管意象还是形象，实际上不是对象的整体，而是一个局部；不是一般的局部，而是有特点的局部。选择这个局部的是作家。作家凭什么选择这个局部？凭他的感情和他的个性特征。每当你看到一个细节的时候，实际上它不仅是一个客观的局部，这个局部是作家情感选择/同化的，因而包含作家的个性和情感特征。形象实际上是生活特征和作家个性特征的结合。

创造意象就是把自己的感情特征投入对象的特点中去。

前面所讲的许多例子都是比较简单、比较单纯的，是真正的细胞形态。但实际上，作品都相当复杂，长篇小说、短篇小说、规模宏大的诗，都不外是意象的庞大集合体。意象构成的规律基本上一样，但表现形式不一样。因为对象的特征不是绝对静止的，从各方面去看，对象的特征是多种多样的。拿一个茶杯来说吧。从形状来看，它的特征是圆柱体；从颜色来看，它是白灰色的；从装饰方面来看，它还有花纹。

对一个作家或一个写作的人来说，他的第一个问题就是：写一个对象，如同学，他的许多特点都可以写，到底写他哪一点？如果光写一个特点，那么它与非主要特点或次要特点之间是个什么关系？比如说这个人眼睛很大，看人的时候清澈明亮，可以看到人的灵魂，而他的头发很乱。面对这两个特点怎么办呢？丹纳认为，一个艺术品，包括绘画，只能表现一个特征，如果特征比较多，就有主要特征和次要特征，次要特征要跟主要特征取得统一，主要特征要统率和统一、同化次要特征（这一点我们前面已经提到过了）。所以，一幅画有一个基本色调，一篇文章有一个基本情调，一部电影有一个主要特征（画面的色彩，音乐的主题，艺术上的主要风格：正剧还是喜剧等等）。比如这个人眼睛比较大，很清澈，可以从此中看到他的灵魂，说明他是一个非常坦率的人。但是他头发很乱，就要把这一点和他的个性结合起来，说明这个人是坦率的，让不修边幅服从灵魂的透明，以主要特征统率次要特征。不过丹纳是根据西方的绘画，尤其是意大利的油画的历史经验总结出他的理论的，所以他的理论就有一点绘画的局限性。

他说，主要特征是一个属性，所以说别的属性，至少说许多别的属性，都是根据一定的关系，从主要属性或主要特征引申出来的。你画一只老虎，豪迈粗犷的线条必须统一。而画像米老鼠这样滑头、天真、机智且具有儿童性的动物，就要用流畅的线条统一在一起。如果把狼的狡猾、凶猛、阴险给了米老鼠，就比较容易引起特征的冲突，互相干扰，不能给读者留下很深刻的印象。如果把狼的特性给米老鼠，可能就要把线条画得很粗率，是不是？

要写一个特征比较丰富的人，必须拿一个特点管住其他所有特点，这是艺术创作的基本原则。繁复的细节，必须统一在一个主要特征上。莫言的成名作《透明的红萝卜》中那个黑孩子，主要特征集中在虽然会说话，却从头到尾没有说过一句话。从这个焦点辐射出他其他特征：能听到别人听不到的声音，看到别人看不到的事物。这样就更加体现了他具有超乎常人的忍受痛苦的能力。因为这样突出主要特征又有丰富的从属性特征，人物的内涵就深厚了。2014 年 7 月 11 日，莫言在美国哥伦比亚大学的演说中说道："小说里的黑孩子实际上是我们那一代人的缩影。如果说有原型的话，那么他的原型就是像我这个年龄那一批生活在中国北方农村的孩子们。我们忍耐了很多痛苦，我们见证了很多别人没看到过的历史，我们经过了我们自己的忍耐、奋斗，然后都变成了今天的大人。"写文章，每一次都有一个提炼过程，一是要使它简练，二是要使它丰富，三是要使它统一，如果不能很好地做到这些的话，就可能导致形象的质量受到严重损害。追求艺术是件不容易的事情，哪怕大作家都难免在艺术上犯根本性的错误。我们来对比一下散文作品，刘白羽的《长江三日》和余秋雨的《三峡》。《长江三日》写了自然景观，从第一天一直写到第三天，都是写山水的雄浑、河山的壮丽，以及由此引起的作者的豪迈激情。文章很长，有一万多字，主要特征和主要情感特征统一在政治的、鼓动性的热情上。余秋雨的《三峡》就不一样了，他根本就回避自然景观。写什么呢？写两个东西。一个是李白的"朝辞白帝彩云间，千里江陵一日还。两岸猿声啼不住，轻舟已过万重山"。李白从白帝城出发，经过三峡回家。第二个写在白帝城听到京剧《白帝托孤》，刘备把他的儿子刘禅托付给诸葛亮，说辅佐刘禅，他能成气候就且让他成气候，不能成气候就取代他。我这里提一个问题请你们思考：

我：这两个东西就是《三峡》的主要内容，写的不是自然景观。是什么呢？你们说说看。

生：历史。

我：不完全对，余秋雨没有把握历史的野心，也缺少那样的气魄。他本质上还是一个文人才子。

生：文化。

我：对了，有一点门道了。是不是应该叫"历史文化"？你们同意吗？

生：好像差不多。

我：差不多，就是还嫌我说得不够准确。也就是说，我还差一点火候。（大笑）

我：把这一点给补上去，火候就够了。为了和前面所说的"自然景观"对称，叫它“历史文化景观”，行吗？

生：行，行，同意，火候够了。（笑）

我：可是我觉得火候还是欠缺一点，把它叫作“历史人文景观”，是不是更好一点？把自然和人文对称起来，是不是更精致一点？（议论纷纷）

不管你们有多少想法，有一点是无可怀疑的，那就是余秋雨抓到的主要特征与刘白羽的很不一样。《长江三日》中的自然景观引起一种雄浑豪迈的、革命的、鼓动的、政治的激情，而余秋雨把三峡的特征归结为历史文化的、人文性质的特点。这个特征不是常见的很单纯的那种，而是包含着矛盾的：一是“对自然美的朝觐”，一是“对山河主宰权的争逐”。余秋雨认为这是三峡的两个主题、两番神貌。而三峡底下的潮水，本来是自然景观的特色所在，但余秋雨没有把它当作自然景观来渲染，而是给了一个人文的阐释：日夜涌动的潮水是两个主题“日夜争辩”。要知道，这里提到的三个东西，三峡潮水、李白“朝辞白帝城”、刘备托孤，是八竿子打不着的，是风马牛不相及的。如果用郭沫若的写法，三个东西分别都得到表现，其结果只能混乱而芜杂，吃力不讨好。

余秋雨的才气就表现在他把三者轻松地统一为一个主要特征。这是有难度的。

首先，他把李白和刘备统一起来。这个统一的难度在于：不能在同类的意义上联系起来，因为这二者不同类。余秋雨干脆强调了二者之间的矛盾和对立，一个是对大自然的崇拜，一个是对山河主宰权的争夺。对大自然的崇拜，是对生命体验的珍惜，而对山河主宰权的争夺，是血流遍野，是生命的毁灭。不管是生命的体验还是生命的毁灭，其准则都是人的生命至高无上的观念，对立统一在人文价值观念之中。余秋雨之所以成为散文大师，首先就得力于他在思想上有一种文化价值以及人文价值至上的理想主义。

其次，他的成功得力于他诗化的想象。如果他仅仅把这二者统一起来，而没有与三峡的自然景观联系起来，也不失为一种选择。但余秋雨并不满足于此。他发挥了散文诗式的想象，把三峡潮水的喧声这一自然景象，想象（变异）为一种人文历史景象，说这是李白的主题和刘备的主题在争辩。为了突出三峡潮水作为自然景观的特点，余秋雨又加上了一个形容词“日夜争辨”。这样，余秋雨把三者水乳交融结合起来，创造了独特的诗的意象，在诗的想象和虚拟中，用人文景观的特征去阐释自然景观的特征，把激情想象和文化智性结合起来，达到了诗情和智性的交融。

从这个意义上来讲，我们描写一个对象的时候要注意这么几点：第一，要统一；第二，要丰富；第三，要丰富的统一。标准是什么呢？是作家的（包括主人公的）感情。这个感情也是有主要和次要之分的，也是要统一的。这个问题比较复杂，我们以后还会更深入地讲的。我们在读一个比较复杂的作品时，脑子要有一对复眼，要盯着那些有特点的细节，看它是不是统一的，是不是在统一中深化的。

刚才我们讲到余秋雨的作品，规模都比较大，像《一个王朝的背影》《这里真安静》等。《一个王朝的背影》写到两个园林。一个是康熙皇帝在热河（今承德）建的避暑山庄，王朝统治者的精神非常健康，跑到避暑山庄去打猎，以此强身健体。后来王朝渐渐衰败下去，到了清朝末年，皇帝也不会打猎了，避暑山庄关闭了，统治者的精神也逐渐委顿下来。另一个是清朝末年建的颐和园。时间跨度这么大，他怎么把它们联系成一个主要特征呢？建避暑山庄是让北方的少数民族跟清王朝一起发展友好关系，而颐和园却是拿了海军军费去建造的，是为了满足慈禧太后个人的私欲。

这是一条线索，一个主要特征，这不是静止的特征，而是动态的、变化的精神特征，从健全的体魄、开阔的心胸、强悍的精神退化为封闭和腐朽。余秋雨把两处建筑写成了两个时代的象征。

第二条线索是与汉族知识分子的关系。对清王朝的统治，汉族知识分子最初坚决反抗，但清王朝心胸颇为开阔，先是严酷镇压，后是加以笼络，请他们出来做官，不来就算了。日积月累，汉族知识分子也慢慢被拉拢了。等到清王朝面临灭亡了，颐和园还在，而汉族知识分子中居然有一个大学者——清华五大导师之一的王国维——跑到昆明湖自杀，为清王朝的灭亡献上自己的生命。

这么复杂的内容，如何联系起来呢？

一是用对立而又统一的结构联系。从精神强悍到精神委顿，从王朝勃兴到王朝腐败，光有这一点还不足以概括全文的信息，还有一个与之对照的，是汉族知识分子从其兴盛时代的抗争不合作到衰败时期的殉葬。

二是从形象或意象上联系。这么复杂的内容，有了逻辑的线索，也是能够成文的，但在外部形象上，主要特征还不够突出。于是，余秋雨进行了诗化意象的概括，把一个王朝的兴衰，几百年的精神变迁，集中在两座建筑上：承德避暑山庄和颐和园。二者之中，又以承德避暑山庄为主，避暑山庄整个像一把座椅，在这个座椅上“休息过一个疲惫的王朝”。这样就把主要的精神特征以及丰富的内容统一在一个具体可感的意象上了。

余秋雨让我们大开眼界，原来散文可以容纳这么深刻的、宏观的内涵啊！这么丰富的内容，这么漫长的历史，这么复杂的精神演变，能集中在承德避暑山庄的意象上，从主要意象衍生出次要意象，主要特征和次要特征之间的逻辑关系井然有序。

说余秋雨的散文是我国当代散文重大思想的和艺术的高峰，应该是当之无愧的。

前面引了许多西方的理论家，特别是法国的理论家关于主要特征的理论，其实中国的理论家也有类似的说法。清朝的一个戏曲理论家叫李渔，李笠翁，他在其戏曲理论中强调一点，要“立主脑，减头绪”[1]。他说的是写戏，要突出主要的线索。写文章也一样，要突出主要特征，就要把次要的剪掉。这一点无疑与丹纳的理论一致，但这并不全面，减了头绪，立了主脑，也可能把文章或戏剧写得太单薄。一味地减头绪，就写不出《一个王朝的背影》。余秋雨的成功经验告诉我们，在立主脑以后，还要从主脑衍生出一些从属的头绪来，像余秋雨从承德避暑山庄衍生出颐和园来一样，这才可能让文章既有主要特征的单纯，又有衍生特征的丰富，使形象达到单纯与丰富的统一。

第五讲　真、善、美三种价值的“错位”

客观对象的主要特征，不管比较单纯的还是比较丰富的，它怎么来确定呢？它还是依靠情感的主要特征来选择，用丹纳的话说，这叫主要的观念。你抱什么观念就选择什么特征，不喜欢它就不选这个特征，就选另外一个特征。我觉得说它是“观念”还不太清楚，如果把它换成“主要感情”就比较准确。有这样一个笑话，是侯宝林曾经讲过的。他说：“有一辆自行车非常破，破到什么程度呢？除了铃不响，什么都响。”这个故事里，这辆车的主要特征就是太破。本来应该响的铃，结果铃不响；本来其他部位不应该响，结果却都响了。

这个笑话是从国外进口的，不过人家说的是汽车，但我认为，用它来说明结构好像不够深刻。显然，主要特征是由情感特征决定的。

我们这样设想，如果这辆车是我爱人送给我的，她自己乘公共汽车上班，让我骑自行车上大学，这辆车就有了我的情感特征。

我：如果是你（指一个学生）听着这个自行车的响声，是个什么感觉？

生：挺好听的。（笑）

我：你们觉得这样写成文章够艺术吗？

生：不艺术，很次。（大声喧哗，活跃）

我：我也觉得不够艺术，应该怎样把它弄得艺术一点呢？

生：应该让它响得好玩一点。

我：怎么才能好玩？你（指一个男学生）说。

生：如果是我，我可能觉得这响声像唱歌似的。（学生活跃，笑）

我：这样够艺术了吗？

---

① 中国戏曲研究院编：《中国古典戏曲论著集成》第七集，中国戏剧出版社1963年版，第14页。

另一个学生（举手）：应该是除了铃不会唱歌，什么都会唱歌。（哄堂大笑，鼓掌）

这是因为强烈的爱情使感觉发生了变异。这里面充满了爱情，所以才有这样变异的感情。当然，“挺好听的”也是一种变异的感觉，但它不如“除了铃不会唱歌，什么都会唱歌”，因为前面的感情特征没有集中在“什么都会唱歌”这个感觉特征上，不能统一全部响声，因而不能成为主要特征。

从这里可以看出，主要特征要有一定的强度，才能同化次要特征。

这一点还可以想象下去。如果我的爱人抛弃了我，跟别人跑了，嫁了个富商。我还是骑着这辆车子到学校，这辆车子还是除了铃不响什么都响，那会是一种什么感觉呢？

我：（指一个学生）在你的感觉中，还会不会是除了铃不会唱歌什么都会唱歌呢？

生：不一定。

我：你这个回答是日常的回答，不是艺术的回答。我期待的是，你把你的情感的主要特征表现出来，还要用情感特征同化车子的主要特征。

生：我觉得，车子的响声是在叹气。

我：应该更强烈一点，更统一一点。

生：应该是除了铃不会叹气，什么都会叹气。（大笑）

这说明了一点什么呢？这个主要特征是由主要情趣来决定的，由主要的情感来决定的，而主要情趣决定了主要特征的性质是常态的还是变异的。更重要的是，变异的主要特征会升华出一种趣味，像在这里一样，是一种诙谐的趣味。当你讲除了铃不响什么都响，只有一种滑稽的趣味；讲除了铃不会唱歌什么都会唱歌，是一种抒情的趣味；而讲除了铃不会叹气什么都会叹气，则是一种什么样的趣味呢？

我：（指一个学生）你说说看。

生：是一种诙谐的趣味吧？

我：很好，为什么不用肯定的语气说？没有自信吗？大胆地说，这是一种幽默的趣味。有什么可怕的呢？为什么要那么谦虚啊？自信不是更可爱吗？（笑声）

作家没有特殊的情趣是不行的，但是光有特殊的情趣也不一定行。因为你要用情趣去变异客观对象，要用情趣去挑战它，要对自动化了的语词加以陌生化。例如你在日常生活中是不可能想到自行车会唱歌、会叹气的。破自行车发出的声音是难听的，你在用词的时候就会往这方面去选择。但是你要懂得艺术，就得有一种感觉的和语言的想象力，发现自行车会唱歌，也会叹气。其实，这也没有什么了不起，只要是人能感觉的，放在任何事物上都行得通。

作家的观念、情趣、情感、个性是在作家独特的想象力的诱导下表现出来的。

托尔斯泰讲过一句绝对精彩的话，他说：描写一个人本身是不可能的，但可以描写他在我心中的印象。例如《红楼梦》写贾宝玉初见林黛玉就全凭印象，一见面就一句话："这个妹妹我曾见过的。"明明没有见过，但印象是带着主观情感特征的。

这就提出了一个问题。文学作品究竟凭什么来感动人呢？是真实地反映客观对象的特征来感动人，还是表现自己的感情来感动人？托尔斯泰在《什么是艺术》里说：

> 艺术感染力的大小取决于下面三个条件：（1）所传达的感情具有多大的独特性。（2）这种感情的传达有多么清晰。（3）艺术家的真挚程度如何，换言之，艺术家自己体验他写出来的感情深度如何。①

我们来研究一下。这个说法与艺术是真实地、本质地反映现实有点区别，它强调了艺术之所以感动人是因为感情的独特性，艺术表现感情非常独特、非常真挚，就感动人。前者是反映论的美学，是现实主义的美学。托尔斯泰的美学是什么呢？情感美学。虽然托尔斯泰是个现实主义的大作家，本该突出反映论，强调真的就是美的——在反映论美学中，情感是从属性的，是第二位的，是从属于客观的真的，是没有独立的价值的，但他的理论却强调情感的价值、独立的价值。

把情感独立起来，肯定它的价值，也是一种美学理论，叫审美价值论。托尔斯泰在这方面的理论没有什么影响，更早提出这个理论的人是德国大哲学家康德，他在《判断力批判》中提出真、善、美三元价值问题。按照他的学说，科学是一种价值，一种认识的、理性的价值，而人的情感与科学的理性是有矛盾的，从认识价值来说，可能就没有价值，因为科学认识要有理性，而情感是不讲理性的，但是它有独立的价值。这种情感价值论，又叫审美价值论。这不单是德国的舶来品，在中国古典文论中也有，叫作"情本位"。据彭博网记者徐萧 2015 年 6 月 20 日报道，王德威教授在复旦大学演讲时说，1979 年王元化先生已经提出"情本位"的问题，他的朋友胡志德教授在 20 世纪 80 年代也指出，在中国，文学的"文"是在 18 世纪末一直到 20 世纪初经过一个巨变。当德国康德美学和中国的文脉结合，桐城派啊，龚自珍啊，在文坛上激荡，实现了非常了不起的突破。这就产生了一种新的形式和"文学"的观念。李泽厚在 20 世纪 80 年代末期、90 年代初期，提出"情本体"的观念，把"情"从传统文学思维没有看到的层面挖掘出来，重新提出"情"不再只是"七情六欲"的"情"，也是"情之以理"的"情"，也是历史的情形、事情的"情"，也正是真实、真理的真情的"情"。这样说，可能有点太抽象，还是用朱光潜先生的文章，可以感性地说明。他在《我们对一棵古松的三种态度——实用的、科学的、美感的》中这样说过：

① 伍蠡甫编：《西方文论选》，上海译文出版社 1979 年版，第 439—440 页。

假如你是一位木商，我是一位植物学家，另外一位朋友是画家，三人同时来看这棵古松。我们三人可以说同时都“知觉”到这一棵树，可是三人所“知觉”到的却是三种不同的东西。你脱离不了你的木商的心习，你所知觉到的只是一棵做某事用值几多钱的木料。我也脱离不了我的植物学家的心习，我所知觉到的只是一棵叶为针状、果为球状、四季常青的显花植物。我们的朋友——画家——什么事都不管，只管审美，他所知觉到的只是一棵苍翠劲拔的古树。我们三人的反应也不一致。你心里盘算它是宜于架屋或是制器，思量怎么去买它，砍它，运它。我把它归到某类某科里去，注意它和其他松树的异点，思量它何以活得这样老。我们的朋友却不这样东想西想，他只在聚精会神地观赏它的苍翠的颜色，它的盘屈如龙蛇的线纹以及它的昂然高举、不爱屈挠的气概。①

传统的文学理论中，只有一个决定一切的价值准则，那就是真和假，非真即假。但是，面对朱光潜先生的这三种知觉（实际是康德的真、善、美的三种价值），按唯一的真假之分，这个裁判员是很难当的。是木商错了吗？可对材质的鉴定，也是一门科学，是有客观标准的。是植物学家的知觉不真吗？好像更不敢这样说。那就只能说画家的知觉不真了。如果这样说，就等于取消了文学艺术。其实，这种困境暴露了主流美学思想上的局限。在这种文学理论中，只有一种价值准则，那就是美就是真，假即是丑。此外还有“真情实感”论，属于主体表现论，不同于美是生活的机械唯物论的客体反映论，然而在强调真假的一元化方面，则是异曲同工的。和客观真实唯一的标准一样，主体感知也是非真即假，非美即丑。然而，在这三种态度中，画家的，肯定是最不符合松树的真实性，却是最符合艺术想象的，最超越科学的真和实用的善的，因而，也是最美的。

真、善、美三种价值的关系是怎样的呢？在康德那里是平行的，但是，如果完全一致，就没有把三者分别开来的必要了。三者是分别的，怎么个分别法呢？我国正统的学术真、善、美之间是一个量的关系，也是“更强烈、更集中、更典型”。说得通俗一点，似乎是半径有长短的同心圆。但是，三者并不是量的关系，而是质的不同。那么是不是绝对相反呢？也不是。绝对相反了，文学就可能是假丑恶的，也就是诲淫诲盗的了。实际上，真、善、美三者既不是重合的，也不是背离的，而是相互交叉的，用我的话来说，就是“错位”的。这一点本来是非甚明，但是，由于机械唯物论和狭隘功利论非常强大，到了具体分析作品的时候，就产生了硬把“创造性劳动”强加给贺知章的笑话。真与善的关系，实用价值和审美价值的错位，不弄明白，就可能连最常见的经典文本都难以作起码的阐释。

情本位，审美价值有其独立性，至少在古典文论中不成问题，在西方前卫文论有什么

① 《朱光潜美学文集》第一卷，上海文艺出版社 1982 年版，第 448—449 页。

语言转向以前，是没有问题的，[①]但是，要说情的特点是什么，可能绝大多数理论家并没有深入钻研下去。其实，只要联系生活和阅读实践，情的特点是很明显的，它是和理相对的。通常人们说，合情合理，说得都不动脑筋了，其实，合情的，就不能合理，合理的，就不能合情。说得白一点，情就是不讲理的，越是有感情越不讲理。你们信不信？（学生回答：不信）

林黛玉跟贾宝玉讲理吗？她对贾宝玉有没有乱生气？人家不理她，她就哭，人家检讨了，她还是哭。她不就是不放心吗？干吗这么折腾人呢？人家干脆跟她把话摆明了，不就得了：你死了我当和尚去。这不是一清二楚了吗？她该笑了吧，但是，她还是哭了：呜呜呜……你怎么这样欺负我呀，呜呜呜……（大笑）

她为什么不讲理？因为她爱他，爱得越狠就越不讲理，所以康德说，审美情感“是非逻辑的”[②]。懂得这一点很有用，尤其是男孩子。有朝一日，你发现有女同学不跟你讲理了，跟你乱生气了，对你挑剔了，一心想让你表现出驯服、听话了……总之是不讲理了，你幸福的星辰就上升了。（大笑声，鼓掌）

从科学的理性来说，这没有意思，没有价值，不应该说没有价值，而是有另外一种价值——审美价值（也有人译作情趣判断、鉴赏判断）。这个情感的审美还有一点和认识不同，它不计较功利，没有实用的目的性。[③]“审美”一词源于希腊文，古希腊人把理性的科学算作一门学问，把与理性相对的算作另外一门学问，这门学问用英语写出来就是“aesthetics”。后来，鲍姆嘉通把它归结为一种系统的学问，就是把它和理性相对，是专门研究感情和感觉的学问。这种学问我们中国没有，也没有这个词，日本也没有这个词，但日本用中国汉字把它翻译成“美学”，这有一点道理。因为古典文学，情感自由抒发，大抵都是美好的。但这个翻译是比较狭隘的，因为：第一，世界当代文学已经发展到不仅是审美了，从诗歌创作来说，到了象征派以后，诗人就有意识地放逐抒情，强调智性，追求冷峻，开始审丑了。第二，这个审美的说法，从一开始就有先天的缺陷，它把情感和智性绝对地对立起来。实际上，一切深刻的审美是离不开智性的。伟大的文学家往往是伟大的思想家，深刻的审美总是以深刻的智性为基础的，所以，我主张在审美范畴之后加上两个范畴，审丑和审智。[④]审美与科学认识活动还有一个区别，就是它的非功利性。鲁迅在《诗歌

---

① 关于西方前卫文论提出的语言本位之说，我另有批判文章《西方文学理论的危机和文学文本解读学的建构》《俄国形式主义“陌生化”批判》《美国新批评“细读”批判》《西方结构主义叙事模式批判》。

② 康德：《判断力批判》，宗白华译，商务印书馆 1987 年版，第 39 页。

③ 康德：《判断力批判》，宗白华译，商务印书馆 1987 年版，第 39 页。

④ 孙绍振：《审美价值结构与情感逻辑》，华中师范大学出版社 2000 年版，第 126 页；又见《建构当代散文理论体系的观念和方法问题：在大连“散文理论创新研讨会”上的发言》，《当代作家评论》2010 年第 2 期。

之敌》里对此讲得非常清楚，也比较生动。他说科学家和艺术家的眼光是不一样的。我们做事情，按理性，都要有明确的动机，但从艺术角度来讲，是超越功利的，为情感而情感，为艺术而艺术，就要超越生物科学。一切的花，都很美好，有诗意，但从功能来说，这是植物的生殖器官，不管多么美丽，也就是为了一个实用目的，就是受精。[①]在中国古典诗歌里，菊花的地位是很高的，陶渊明写过“采菊东篱下，悠然见南山”，营造了一种非常飘逸的境界。梅花呢，林和靖写它的形象是“疏影横斜水清浅，暗香浮动月黄昏”，表示文人品格高洁。完全从科学的眼光来看，植物的生殖器官跟这种诗意有什么关系呢？但用花来象征爱情，象征知识分子的品格，还是有它的价值。艺术有艺术的价值，给它一个好听的名字，叫审美价值。

林黛玉哭得那么伤心。眼泪有什么用处吗？没有。不但没有价值，而且有负价值，哭多了，把身体搞坏了。你想，她有肺结核，又有胃溃疡，本该平静一点，有利于恢复精神和躯体的内在机制，可她觉得那不重要，情感最重要，比生命还重要。她就伤心啊，哭啊，越哭，在爱情上越没有竞争力。她哭得一点功利价值都没有，但审美价值就是这样哭出来的，审美价值大大的。（笑声）薛宝钗不会哭，审美价值就小小的。（笑声）

情感超越了科学的理性，它就获得了一种自由，所以有一个叫高尔泰的人，他认为“美是生活”不对头，声称“美是自由的象征”[②]。自由是很美好的，当然不能绝对地自由。人征服了自然，在一个共同的社会里获得生活资料，但生活资料不太充分，总是不够，那怎么办？我的情感发作了，就去偷，去抢？这不行。所以要有法律，你不能绝对地自由，不能一味地任情率性。你的情感虽然很好，很自由，但你不能抢别人的东西，你有了孩子和老婆，不能再谈恋爱。为什么？法律要规范你。这还不够，因为那是被迫的，你要有一种自觉，自己把自己管束住。自由的情感如果不受到理性管束，你这个人就是坏人了，是恶人了；如果你把自己管束住了，你就是好人了，就是有道德的人了。有道德叫善，没有道德叫恶。这就是善的价值，它也是一种实用的价值，这种价值观念是实用的，也是理性的。

传统的文艺理论只承认一种价值，就是理性的认识价值。对于其他的价值，不是不承认，就是说被理性的认识价值包含在内了，所以有一句话叫真、善、美的统一，但这是狭隘的，把真、善、美的不同内涵抹杀了。我们已经看到，认识的真和情感的美，情感的美和道德的善，既有统一的一面，也有矛盾的一面。它们又不是绝对矛盾的，我给它们一个

① 参见《鲁迅全集》第七卷，人民文学出版社1987年版，第5页。

② 高尔泰：《美是自由的象征》，人民文学出版社1986年版。

说法，这三者是“错位”的。[①]

要懂得艺术，就要懂得审美的情感价值不但与科学价值有矛盾，而且与实用的道德价值有矛盾。但这种矛盾又不是绝对的，在更高的人文的、生命的层次上（康德认为是在宗教的层次上），智、情、意三者是可以达到统一的。在艺术创造和文本分析这个层次，把它们分开是前提。美不一定是善的，甚至可能是恶的。浪漫主义把抒情的美发挥到极端，必然走向反面，激发出以恶为美的象征主义。象征主义的鼻祖波德莱尔在他的诗集《恶之花》序言中说：“什么叫诗？什么是诗的目的？就是把善同美区别开来，发掘恶中之美。”[②]这当然是一个流派的观念，但这是历史发展的必然。

科学的理性是不讲情感的，情感的美不一定是科学的，这一点我们已经讲得很多了，但美的、情感的不一定是道德的、善的，道德的不一定是美的，这一点我们讲得还不够。

美的反面是丑，道德的、善的反面是恶。

恶的不一定是丑的，相反，可能是美的。波德莱尔不是写了一本很著名的诗集叫《恶之花》吗？

这个命题，可能有些同学要抗议了，假的、丑的就是恶的。但我要请你们注意，我们这里是在讲文学创作，讲人生不是只有一种价值，而是有种种不同的价值。艺术和科学是不一样的，法律、道德和情感可能属于不同的价值体系。有一个现象，你们注意到了没有？就是文学作品里的主人公常常是强盗或妓女。一般来说，强盗和妓女都不属道德的正常规范，但关键在于，一些经典作品常把这些强盗、妓女写得相当美好，比一般的正常百姓还要美好，让人们觉得他们挺可爱。《水浒传》中的英雄乱杀人不一定是杀坏人，李逵在江州劫法场时，杀得兴起，连看热闹的也排头砍去，但读者并没有把他当作杀人犯来痛恨。这一点我们以后有机会再细讲。

举一个更平常的例子。大家都喜欢赵本山、陈佩斯演的人物。赵本山在小品《卖拐》中演一个骗子，硬是把人家忽悠得迷迷糊糊的，把人家的钱骗走了，还让人家感谢他。这在生活中是很不道德的，很邪恶的，很可恨的，但在小品舞台上，观众并不觉得他可恨，反而觉得他挺可爱。

陈佩斯演的那个人物，一心要当正面英雄人物，可是不管怎么弄，到头来还是汉奸嘴脸。还有他演的那个小偷，对他未来的民警姐夫胡搅蛮缠，结果还是露出了马脚。小偷恶不恶？但这个人物很生动，我们在笑的时候，感到他很可爱，很好玩。从理论上来说，他挺有审美价值的，从他身上，我们看出了一部分人的生存状态。

---

① 参见孙绍振《从西方文论的独白到中西文论对话》，《文学评论》2001年第1期。

② 郭宏安：《波德莱尔美学论文选》，北京大学出版社2005年版，第3页。

他们是小偷、骗子，但他们还是人，就像阿Q一样，都有人的自尊，人的荣誉感，有了这种荣誉感就活得很滋润，没有了，就像祥林嫂一样，活不下去。人的喜怒哀乐都活灵活现，并不因为他们是小偷、骗子，自我麻醉，迷信，就没有价值。我们在看过、笑过以后，增加了对人的同情、理解。这就叫审美情感的熏陶。

反过来说，在阅读作品时，发现一个不美的人物，一个情感空洞的人物，我们要否定他，不一定要从道德上把他说得很坏，很恶劣。对于一个从道德上来说有些问题的人，也不一定要硬说他不美。莫言2014年7月11日在美国哥伦比亚大学演讲时说："写人的时候应当忽略人的所有的阶级的属性，不要考虑他们是好人还是坏人，即便是个所谓的坏人，也应该把他当人来写；即便是一个好人，是一个道德模范，写的时候也应该注意到他们正面因素之外的一些负面的东西。不要把人理想化，也不要把人妖魔化。"比如周朴园，许多人说他是伪君子，这可能是把道德的恶和情感的丑混为一谈了。其实，周朴园的丑并不完全在于他是虚伪的。恰恰相反，他是真诚地赎罪。他见到鲁侍萍主动开出五千元支票，在当时，鲁侍萍在外地每月工资才八元，等于她五六十年的工资。他开的不是空头支票，而是准备兑现的。问题在于，他真诚地相信，这张支票能顶得上三十年的情感的痛苦摧残。他把金钱看得比情感更重要，就是把实用价值放在了审美价值之上，这就叫丑，丑在明明是情感的空壳，却美滋滋地自我欣赏，自己觉得挺美的。完全是臭美鸡蛋壳。（大笑声）他不一定是虚伪的，不一定是善的反面，但他越不虚伪就越丑。套用一句经典的古话"无耻之耻，无耻矣"，周朴园是"不知丑之丑，是丑矣"。丑到不知丑的程度，才是真正的丑。他的心灵完全麻木了，对情感没有感觉了。相反，鲁侍萍把这张支票撕了，这就是把情感价值放在实用价值之上，实用价值等于零，情感就无穷大了，所以是极美的。

从实践上来说，有一个办法可以把文学形象写得生动，就是让情感的审美价值和实用功利价值"错位"，用比较通俗的语言说，就是拉开距离。

当代著名作家张洁20世纪80年代初来到福建，住在福安市闽东电器厂的招待所里。那天只有她一个人住在里面，她生病了。到了中午，她想，如果不下去吃饭也没人管她，所以她还是去了，去得比较晚一点。到了食堂一看，没人，但一个大师傅在等着她。桌子上一个笼子，倒扣着，她打开一看，一碗非常满的面条。她看大师傅脸上的表情，好像非常殷切地希望她吃得满意。可她刚吃了一口，就发觉这碗面非常糟糕，非常咸，咸得不能下口。她回头一看大师傅脸上的表情，只好装作很馋的样子，把面狼吞虎咽地对付下去了。第二天她想，昨天我去晚了，大师傅给我准备了难吃的面条，今天我早点去，可以自由挑选，准能避开那碗咸得要老命的面条。但她去了以后，又是笑容满面的大师傅，大师傅受到她昨天笑容的鼓舞，准备了一碗更大的面等她。她只好硬着头皮又吃掉了。如是者三。

我：文章写到最后，她离开这招待所的时候，她说……她说……对了，她说什么？你们猜猜看。

生：我再也不来这个鬼地方了。（笑）

我：不对，这没有审美价值。我讲到现在，如果你们都是这样回答，就是我的失败，我这几天白讲了。

生：我还会来的，等那大师傅退休了。（笑声）

我：这更不能令我免除失败的感觉。

生：虽然面条这么难吃，但是，大师傅还是可爱的。

我：这有一点审美的超越性了。

生：我以后还会再来的，我不怕那咸得要命的面条。（笑声）

我：这有一点苗头了，但还不够精致。要不要我告诉你们，张洁是怎么写的？

生：要！（活跃）

我：张洁是这样写的："我还会再来，我知道，那时候，会有一碗同样的面条在等着我。"这样的句子，跟你们的比，哪个比较精彩？

生：张洁的。

我：为什么呢？因为人家含蓄，而且有一点幽默感，这就叫情感特征嘛。

一个大师傅做的面很难吃，没有价值，这属于实用价值范畴。但大师傅对远道而来的客人那么主动殷切地关心，那么体贴，这种情感的价值要高于实用的价值。情感的价值是不实用的，但它是很美好的。

有些同学不太懂写作，往往是因为把这两种价值混为一谈了。而张洁之所以成功，是因为把三种价值拉开了距离，或者说把三种价值错位了。

这里我们还要补充一点。康德讲审美的情感价值，光是讲情感，可是从文学创作和文本分析来说，光有情感还不一定有审美价值。文学作品要动人，不能是一般的情感，大家都一样的情感，而是那种个人的、有特点的、不可重复的情感。康德在这方面没有细细地分析，可能是他的历史局限。实际上，只要有一点创作经验的人就知道，大家都一样的情感是毫无个性的，是没有深意的，是很难感染人也很难深刻的。

但是，要怎样才能让感情有特点呢？一个土办法，就是让它超越实用价值。

同样写春天，孟浩然的《春晓》很简单："春眠不觉晓，处处闻啼鸟。夜来风雨声，花落知多少。"就这么二十个字，流传了一千多年，为什么有这样强的生命力呢？如果按照传统的说法，它反映了春天的特点，写了鸟语花香。这样的解释很笨，而且诗里只有鸟语，根本就没有写到花香。如果用审美价值来解释，那么它的价值在于情感，对春天的情感，而且写得很有特点。特点体现在哪里？春天来了，我们通常是用眼睛去看，去发现，“千里莺啼绿映红”“碧玉妆成一树高”都是看到的，色彩非常鲜明。孟浩然是怎么感觉到春天的呢？他不是用眼睛看到的，而是用耳朵听到的。“春眠不觉晓”，春天，睡懒觉，迷迷糊糊地听着啼鸟，很舒服地享受着春光啊。但是作者没有满足这种实用性，这一切引起的情感恰恰相反，是不舒服。一般写春天都能引起生机蓬勃的感兴，好开心啊——这没有特点，因为没有超越实用的享受春光的价值观念。诗人突然想起了昨天晚上的大雨大风，猜想花落了很多啊。丢开这么美好的享受，突然地引发了春光易逝、人生短暂的感觉。这惆怅的一闪念有什么用处？没有，但这是一种发现，对人的心理的一种发现。这种惜春的感情是一个内心很丰富的人才有的，能够发现它，并把它表现得这么简洁的机遇是不多见的。那为什么它常常被人忽略了呢？因为它不实用。

再举一个例子，是《唐诗三百首》里的《春怨》。有人写文章说，乾隆皇帝留下来的诗据说有两万首以上，金昌绪留下来的诗就这么一首，但是乾隆皇帝的几万首诗没人记得，而金昌绪这首诗可以说不朽。

打起黄莺儿，莫教枝上啼。

啼时惊妾梦，不得到辽西。

这首诗写的是一个少妇，她的丈夫到辽西打仗去了，生死未卜。她夜里做梦，梦见什么？梦见自己跟丈夫欢会。当然，也可能不是夜里做梦，而是百无聊赖，白天做梦，都可以吧。可是黄莺一叫把她吵醒了，她非常恼火，怪黄莺把她的好梦惊破了，就要惩罚黄莺。这种情感是很有特点的，为什么有特点？因为它完全超越了实用。想念丈夫，到梦里去相会，这是空的，是不实用的，也不科学；赶走了黄莺有什么用？就是把黄莺打死了，她丈夫也回不来。迁怒于黄莺是一点也不实用的，但由此表达的感情却很有特点，这个少妇的天真、任性以及她的无可奈何都表现出来了，很特别，很有特点。

第六讲　心理素质：多情善感深思

这一讲的问题是：既然在意象结构中，情感特点是起主导作用的，那么，要成为一名作家，在他的心理素质中，情感应该是怎样的呢？

情感谁没有呢？大家都有情感。可一般人的情感比较微弱，成不了作家。作家的情感是非常自由、非常有特点的，而且有相当的深度。为什么一般人的情感一写到作品里就干巴巴的，而作家一写就非常生动呢？因为普通人的情感在日常生活中被优势观念习惯性地压抑了，比如说科学的、实用的习惯。研究数学、物理学、化学都不能带情感，研究人与人之间的关系，我们强调要用理性，要有道德感，要有责任感，不能任性。在通常情况下，情感的美受到科学的真和道德的善的控制和压抑，情感是不能放纵的，放纵了，社会就乱了。从小学、中学到大学，学校教育的大部分时间是分配给智育和德育的，是理性的教育。我们的教育方针是德、智、体、美全面发展。德就是道德的善，智就是科学的真，体是健康的身体（也属于智育的范畴），美就是人的情感，美育是很容易落空的，因为高考不考，中考也不考，所以，美育实际上是放任自流的。一般来说，情感是受到压抑的，因为理性的智育是压倒一切的，高考是决定你日后穿草鞋还是穿皮鞋的关键。德育也是非常重要的，不讲道德，在孔夫子那里就变成禽兽了。情感受到教育体制的压抑，压抑到什么地方去了？据弗洛伊德说，是到潜意识里去了。不管怎么解释，一个不可否认的事实是，只有超越实用的、科学的、理性的情感，才能自发地表现出来，但这太罕见了。

一个作家的情感，首先要有特点，要有强度，没有特点不成，没有强度也不成。这本来是常识，但在中国竟然成了问题。这是由于长期机械唯物主义统治造成的，说思想是客观的反映，客观有什么状态，思想就能反映，好像有了生活，阿猫、阿狗和大思想家一样都能反映。

造成这种幼稚的误解还有一个原因，就是美国的行为主义心理学说。该学说认为，人的一切行动，人的动机，都来自外界的刺激，外界有了刺激，心理就一定有反应。事实上是不是这样呢？皮亚杰的“发生认识论”认为不是这样的，对外界的刺激，主体不一定有反应，主体的机体必须有反应形象刺激的能力，没有反应刺激的能力，就没有反应。许多人都有生活，但大多数不能成为作家；成千上万的知青都有生活，上山下乡好多年，但成为作家的凤毛麟角。要成为作家，必须有一定的心理素质，当然还需要后天培养。许多人社会经验丰富，但写出来的东西并不多。比如王安忆的母亲茹志鹃，她一辈子只写了两本短篇小说。而王安忆一年写一部长篇、一部中篇是家常便饭。王安忆的生活肯定没她母亲的生活丰富。她母亲当过兵，参加过解放战争，新中国成立后经历那么多运动，不讲质量，就算产量，反而比她少。所以，客观的生活和主观的反映之间是不对称的。王安忆经历虽然比较少，可是她创作比较多，质量也比较高。又比如魏巍，他参加过抗日战争、解放战争、抗美援朝战争，但他写长篇小说就写不过一些年轻作家，虽然年轻作家根本没有参加过战争。比如李存葆，他写的《高山下的花环》《山中，那十九座坟茔》，比魏巍写得好多了。这只能证明他的心理素质或才能比较强。还有一个作家叫苏童，他的《妻妾成群》写苏南地区新中国成立前的生活，但他根本没有经历过那种生活。他怎么能够写得那么好呢？他的情感弥补了他生活的不足。

从哲学上说，作家对生活不是被动地反映，而是主动地、自由地创造。从心理学上说，也不仅仅是被动地反应。注意，不是反映的“映”，而是反应的“应”、应该的“应”。根据皮亚杰的学说，主体对外在的刺激要有反应，首先是与内心现成的“schema”（这个英语单词，有人翻译成“格局”，有人翻译成“图式”）一致，只有和主体内心现成的这种图式一致了（皮亚杰称为 assimilation，这个词可译为“同化”），外来的刺激被内心的“图式”同化了，反应才会发生。

当然由于图式的狭隘，同化变成歪曲也是屡见不鲜的。皮亚杰观察乳儿，他们常常把手指当成母亲的乳头吮吸。柳宗元在《答韦中立论师道书》中说：

> 屈子赋曰：“邑犬群吠，吠所怪也。”（按：屈原《九章·怀沙》）仆往闻庸蜀（按：均为地名，在今四川。庸在夔州一带，蜀在成都一带）之南，恒雨少日，日出则犬吠，余以为过言。前六七年，仆来南，二年冬，幸大雪，逾岭被南越中数州，数州之犬，皆苍黄吠噬狂走者累日，至无雪乃已，然后始信前所闻者。[1]

柳宗元的经验，说明这个心理规律，人和狗也差不多，没有什么优越性。（大笑声）

人的心理不是像洛克说的那样是一张白板，而是有它自己的结构。这个结构有一种特殊功能，这种功能不是机械唯物主义者所想象的那样只是接受，而是既有接受也有拒绝，是具有选择性的。当然，这种拒绝不是绝对的，如果反复地刺激，主体的心理结构（格局、图式）也会发生一些开放性的变化。皮亚杰称之为“accomodation”，有人把它翻译成“调节”，有人把它翻译成“顺化”。

对不同的心理素质的人，反应是不同的。例如有一粒桂花落下来了，一般的人一点感觉都没有，但王维却感觉到了：“人闲桂花落，夜静春山空。”为什么他感觉到了呢？因为他的心情很闲适、很宁静。他对静的感觉特别敏感。为什么呢？因为他认为静最能寄托美妙的情感。王维在“安史之乱”中犯了一个大错误，当安禄山占据长安的时候，他接受了伪官职。等到唐王朝收复了京都，他的罪名就很不老小了，有点像周作人当了汉奸。本来，这是个可怕的罪行，幸亏他有人脉，有人把他一首诗拿出来，说他怀念过唐王朝：

> 万户伤心生野烟，百官何日再朝天。
>
> 秋槐叶落空宫里，凝碧池头奏管弦。

这首诗的题目是《菩提寺私成口号》，“口号”，不是今天的呼口号，而是口头的，没有用文字记下来的，而且是“私成”的、偷偷的，也就是没有旁证的。但是，由于王维有相当的人脉关系，他总算混过了这一关。从此他就变了，不是那个“科头箕踞长松下，白眼看他世上人”的王维了，成了“晚年唯好静，万事不关心”的王维，沉浸在佛家四大皆空的境界中去了。因为他有好静的心理图式，他才感觉到桂花掉下来的那种诗意。对这种信

① 柳宗元：《答韦中立论师道书》，《柳宗元集》卷三十四，中华书局 1979 年版。

息，别人可能是没有反应的，因为没有这样的心理图式。设想一下，换一种信息，分量比较大的，不是一朵桂花，而是一个苹果，王维有没有反应呢？可能没有。因为他的心理图式的特点是好静，是针对微妙的信息、微妙的感受。苹果落下来，太强烈了，他就没有感觉。换一个人，这个人不是宁静的情感图式，而是理性的、抽象的心理图式很活跃，这个人就可能想：为什么苹果往下掉，不往天上飞呢？（笑声）不要笑，这是很严肃的科学史上有名的问题。于是，他就研究开了，最后得出的结论是，因为地球有引力。这个人就是牛顿。当然也有人说，这是个传说，有附会的成分，我们不去管它。设想，如果让牛顿一个人在一座没有人的空山里，有一朵桂花落了下来，他就可能一点感觉都没有。当然，他也有可能从中悟到了万有引力的普遍性。

当然，如果是我的话，不管是桂花落下来，还是苹果掉下来，（笑声）我都没有感觉。（笑声）现在，是十点多钟了吧，我的肚子在唱歌了，如果掉下来一块面包或一块红烧肉，（大笑声）那感觉不但是很强烈的，而且味觉的条件反射也是很强烈的，是不是口水流出来，我没有把握。（大笑声）但是，那是实用价值，写不成诗，也发现不了科学原理。我这样的心理素质，其实不配谈文学，不配谈科学，只配研究食物品尝学，先弄个助教当当再说。（大笑）

话说回来，在主体格局之内容易感觉到，在主体格局之外不容易感觉到。比如一个美国人听我们的京戏、黄梅戏或粤剧，他听起来都差不多，因为他心理上没有这方面的图式。他听不出区别，就像我刚到福州，听福建人——不管闽南人、福州人、莆田人还是客家人——讲普通话，觉得都一样，但现在就不一样了。我有这方面的丰富的图式了，有些人一开口讲普通话，凭他的地瓜腔，我就知道他仙乡何处。（大笑声）总之，主体不是完全被动的，有心理准备状态和情感准备状态，对那种细微的差异就很敏感，否则就麻木不仁，视而不见，听而不闻，嗅而不觉，像泥菩萨一样，眼大无光，鼻子里能烧香。（大笑声）

升华到理论上，价值的准备图式是关键。所以皮亚杰认为，认识不是起因于一种自我意识的主体，也不是起因于把自己烙印在主体之上的客体。认识起因于客体与主体之间相互的作用。客体的刺激、主体的图式、主体的同化互相作用，才产生认识，才产生形象的反应，所以关键是一个图式，还没有接收到信息，它就在那里等着了。这在一些哲学家那里叫“预设”，或者叫“预结构”，或者叫“前结构”，都是一个意思。

这里，我们感受到的是作家、艺术家的多愁善感深思。作家凭借的是情感图式，与科学家，如牛顿，那样的理性是不一样的。

诗人在观察客观事物的时候不是客观的，而是用情感去同化它，这叫“移情作用”。我们看到树，可以感觉树是有感情的；看到花，可以感觉花是有感情的；哪怕我们看到的是石头，也可以感觉石头是有感情的；大海呀，星星呀，都是有生命的，有情感的。看到一个喜欢的人，明明是一个很普通的女性，但因为我对她有感情，所以“情人眼里出西施”；我的故乡明明是一个破烂的小地方，但因为是我的故乡，我会觉得这里的风特别甜。我们福州洋头口过去破烂不堪，可是有许多下放的知青，千方百计要回到洋头口。我曾经写过小说《暮雨里的自行车》，形容那里的木房子上的窗户都是平行四边形的，长期摇摇欲坠；每当汽车经过，楼和楼柱就惊慌失措地颤抖起来，不知要往左边倒比较光荣还是往右边倒比较稳妥。结果，一拖就是三十年，一直就没有倒。（笑声）可是很多知青偏偏认为那里最温暖，最漂亮。金窝银窝不如家里的狗窝嘛！虽然算不上天堂，可是离天堂最近，在天堂隔壁。（笑声）你们这里，有没有出身洋头口的？（学生举手回答：有哇）

求求你们，不要回去对你们的父亲母亲说，我今天讲了洋头口什么什么的，这样会伤了他们的自尊心。他们会骂：你这个老师，太刻薄，将来见了阎王，要发配到拔舌地狱去的。（笑声）我这个人有点迷信，务请替我开脱，不要忘记，我说的是过去的洋头口。今天的洋头口已经发生了天翻地覆的变化。过去洋头口人什么也不想，就是日日夜夜地想搬到隔壁去。现在不同了，轮到洋头口隔壁的日日夜夜地想搬到洋头口来。（哈哈大笑声）

这叫“移情作用”。这“移情作用”就是感情的同化作用，用感情来同化对象，这是作家心理素质的最重要的特点。作家的感情特别丰富，特别奇特，特别活跃。他的梦比别人多，他的眼泪比别人苦，当然，他的笑容也可能比别人甜。他分不清主观还是客观，把客观对象当成自我感情的载体。刘勰在《文心雕龙》里说：“登山则情满于山，观海则意溢于海。”

庄子在《秋水》中是这样说的：

> 庄子与惠子游于濠梁之上。庄子曰：“鲦鱼出游从容，是鱼之乐也。”惠子曰：“子非鱼，安知鱼之乐？”庄子曰：“子非我，安知我不知鱼之乐？”

我们把惠子和庄子两位哲学家的对话和作家对比，可以清楚地知道，从理论家来说，客观对象（鱼）和自我之间的界限是非常分明的，是不能够随便混淆的，你不能用自己的感觉来代替对象的感觉。这是理论家的大前提。

但对艺术家来说，情感有一种同化的作用，他可以自由地把感情移到对象上去。鱼在游，就是我在游，我在快乐，就是鱼在快乐。郭沫若在话剧剧本《蔡文姬》的序言中说：“蔡文姬就是我。……我了解她，虽然她是古代的一个妇女，但是她的经历和我的经历相像，那我就把我的感情全给了她。”[①]郭沫若曾把老婆和儿女丢在日本回来抗日，蔡文姬也是把自己的儿女放在匈奴，自己回到汉朝的土地上来。这对作家来说是非常必要的，但对科学家

① 郭沫若：《蔡文姬》，文物出版社1959年版。

和理论家来说是不允许的。

作家的创造力不一定与其生活经历成正比，倒是和他感情的强度、活跃、丰富、独特、多彩成正比。感情活跃的一个表现，文艺学上叫移情，心理学上叫同化。没有某种移情或没有某种同化气魄的人成不了作家，不管生活经历有多丰富。这就造成了生活经历和艺术创造之间的复杂关系，这种关系至少有三种情况。

第一，生活经历丰富，思想感情丰富而且很有特点，创作也丰富。像曹雪芹这样的作家，像托尔斯泰这样的作家，不是特别多，可遇而不可求。作家不能因为自己要创作，人为地去遭受磨难，弄得死去活来。有的人一辈子都没有离开自己所住的地方，没什么大起大落的经历，是不是就不能成为作家了呢？他也还有希望，但最好是两者很统一，就可以达到一种比较理想的境界。

第二，生活经历很曲折，甚至带有传奇性，但感情不够丰富多彩，心理素质有欠缺，创作就可能很贫乏。这样的作者，作品不但贫乏，而且可能格调不高。我在北戴河休养时，曾碰到一个抗日联军的老革命。他退休后，想把自己的经历写出来。他讲给我听时，故事蛮生动的，一写出来给我看，却非常差劲。他把那些非常生动、非常美妙的情节，写得很是自然主义，看起来叫人扫兴。最大的局限是，他的感情比较浅薄，大多被实用理性所淹没。我国 20 世纪 50 年代的作家，比如《林海雪原》的作者曲波，虽然经历很丰富，有的故事情节很生动，片段也很好，比如杨子荣智取威虎山，后来改编成戏曲、电影，还有些影响，但作为文学作品，《林海雪原》的艺术水平是比较低的。

第三，生活经历非常平淡，但感情体验比较丰富，比较别致。这样的作家，也有写出了好作品的。比如美国意象派诗人洛威尔，她的生活很单调，就是关起门来写诗，也不怎么出门。又比如冰心，她一生的经历比较平淡，到美国留学回来，得到政府的礼遇，除了她老公一度被打为“右派”以外，她的生活可谓平平安安，所以，她创作的成功得力于她比较丰富的感情。南唐后主李煜，他的生活经历比较平淡，“生于深宫之中，长于妇人之手”，但他的诗、词，尤其是词，具有杰出的成就。

王国维，第一个吸收西方理论的中国文学理论家。他认为，作家成才有两种情况：第一种是“客观之诗人”，要多阅世，像《水浒传》的作者；第二种是“主观之诗人”，像李后主这样的人，可以不必多阅世，就是写自己，写小生活。美国现代女诗人洛威尔，她就在家里写作，不怎么出去，但也是很有成就的。

作家的生活和感情的不平衡，表面上看生活是作家的本钱，实际上，这个本钱离开了感情，可能全部浪费。

高尔基讲过，感情丰富是达到顺利写作的最好手段。托尔斯泰讲过，才华便是爱，谁会爱谁就有才华。你看那谈恋爱的，全都才华横溢。我们说，一种非常复杂的感情，可以说是短篇小说写作的本钱。

余秋雨之所以能成大作家，就是因为他到了任何地方都有他自己的感情。他到了西湖，看到西湖景色很美，前人已经写了很多文章，但他用他的感情重新综合了西湖的特点。他说，西湖把什么宗教、什么学派都融合在一起。西湖的水波里流动的不是水波，而是传统文化中各种宗教、学派互相交融的一种波涛，但这还只是余秋雨情感内涵的一半；另一半是，西湖有一个缺点，就是把种种的严肃的哲学文化，作为一种感官享乐。他没有一味赞扬西湖，在赞扬的同时，批判了以看客为特点的西湖。正是因为这样，余秋雨才登上了中国散文大家的宝座。

汪曾祺写《泰山》也是用他强大的情感去同化的。他承认，泰山是伟大的，但他去泰山以后，他觉得：

> 我这人和泰山不合适。泰山太伟大了，又是秦始皇，又是汉武帝，又是唐朝的皇帝来朝拜，历史那么多，山那么雄伟。可是我这个人，就我本身的气质来说，我是一个小桥流水的性格。我喜欢道家和佛家的自然、通达，那么雄伟的山跟我不合适。

他的情感强大到连伟大的泰山的账都不买。他写这篇散文，不是为了歌颂泰山的文化价值，而是说自己和泰山的伟大格格不入。这是需要相当的艺术勇气的。

再比如郁达夫《故都的秋》：

> 在北平即使不出门去吧，就是在皇城人海之中，租人家一椽破屋里住着，早晨起来，泡一碗浓茶，向院子一坐，你也能看得到很高很高的碧绿的天色，听得到青天下驯鸽的飞声。从槐树叶底，朝东细数着一丝一丝漏下来的日光，或在破壁腰中，静对着像喇叭似的牵牛花（朝荣）的蓝朵，自然而然地也能感觉到十分的秋意。说到了牵牛花，我以为以蓝色或白色者为佳，紫黑色次之，淡红者最下。最好，还要在牵牛花底，教长着几根疏疏落落的尖细且长的秋草，使作陪衬。

他去欣赏北京，别的都不提，大街、商店、城楼等什么都不在话下。他要欣赏什么呢？牵牛花。而且在破屋里住着，泡一壶浓茶，从破墙破洞去观看。他欣赏的牵牛花，颜色太鲜艳的不好，要淡的才好，还要在底下长着疏疏落落的秋草。在一般人，枯草还有什么好欣赏的？这是一个古典文人的趣味，他把秋当作人生的悲凉萧瑟，当作人生的节律，人生循环的过程，体现了生命的深沉、厚实，同时表达了某种悲哀。中国传统文人是很爱悲秋的，“悲哉，秋之为气也”，从宋玉开始到欧阳修的《秋声赋》，都是按照这个传统的路子来写的。但郁达夫所写的，不是古人笔下的那种农村风味，而是大都市。他不欣赏大都市的热闹、政治化的喧嚣，他欣赏秋的悲凉。从这一点可以看出，郁达夫文章的深度非同小可。

感情的特征与思想的深度往往是不可分割的。

普列汉诺夫批评托尔列泰过分地强调感情的作用，忽略了思想。实际上，深刻的感情和思想是结合在一起的，没有思想的感情也不会深邃。世界当代文学尤其强调思想、哲学、文化的底蕴。西方许多大文学家同时是大哲学家，像萨特、加缪、罗兰·巴特，就是把文学作品作为一种哲学的表现来写作的。从这个意义上说，把审美价值绝对化是片面的，因而我提出了用审智的范畴来补充。鉴于作家的心理素质，不能片面地强调其情感独特，也要看到情感和思想之间有一种水乳交融的性质。

鲁迅在这一点上表现得特别明显。他是一个很有感情的人，又是一个很有思想的人，能在普通平常的现象中寄托深刻情感和思想。如《阿长与〈山海经〉》：

长妈妈……是一个一向带领着我的女工，说得阔气一点，就是我的保姆。我的母亲和许多别的人都这样称呼她，似乎略带些客气的意思。只有祖母叫她阿长。我平时叫她“阿妈”，连“长”字也不带……

我们那里没有姓长的；她生得黄胖而矮，“长”也不是形容词。又不是她的名字，记得她自己说过，她的名字是叫作什么姑娘的。什么姑娘，我现在已经忘却了，总之不是长姑娘；也终于不知道她姓什么。记得她也曾告诉过我这个名称的来历：先前的先前，我家有一个女工，身材生得很高大，这就是真阿长。后来她回去了，我那什么姑娘才来补她的缺，然而大家因为叫惯了，没有再改口，于是她从此也就成为长妈妈了。

表面看来很普通的叙述，没有形容也没有渲染，好像没有感情一样，但是感情很深。平常的女人，她的名字就是她自己的一个符号，她的尊严是和她的名字连在一起的。我们的女同学取名字，都是很慎重的，都与花草有些关系，表示美好的品德的意思，这是屈原留下的传统。但这个妇人，她叫阿长。“长”不是她的姓，就该是她的绰号。绰号应该和她的形体有关系，但她长得也不“长”，相反她长得很胖、很矮。那怎么叫她“长妈妈”呢？原来这个“长”是别人的名字。这个别人的名字为什么加到她头上呢？因为她替了别人的职务。把别人的名字随便地加在她头上，这说明什么呢？这个人在生活中没有地位，没有尊严，得不到尊重。随便给她一个名字，不管她本来叫什么，这就非常不幸。从这里，我们可以感受到鲁迅所说的“哀其不幸”。再说，人家随便给人一个名字，在正常情况下，这个人是要发火的，是要抗议的。比如我叫孙绍振，人家随便叫我，我是不答应的。但这个长妈妈不一样，你叫她长妈妈或长姑娘，都无所谓，都认了。这说明这个人非常麻木，很不争气。这令我们想起鲁迅的“怒其不争”。

联系到鲁迅的“哀其不幸，怒其不争”，我们可以感到这段文字是多么深刻了，不仅有情感，而且有思想。鲁迅在给人物取名字的时候是很有深意的。比如阿Q，为什么叫Q呢？就是搞不清他姓什么，叫什么，是桂花的“桂”还是富贵的“贵”？也搞不清楚，只好用阿Q。一个人没有名字，这个人是卑微的。阿Q曾说自己姓“赵”，结果给人打了一顿，骂他“你那里配姓赵”，他就认输。这是很没道理的事，但这就是阿Q的命运，卑微的命运。

祥林嫂的名字也一样。祥林嫂之所以叫这个名字，是因为她嫁给了祥林。但是后来她嫁给了贺老六，贺老六死了之后她回到鲁镇，鲁迅专门交代了一句：“大家仍然叫她祥林嫂。”为什么？这就有点莫名其妙了。嫁给祥林就叫祥林嫂，那嫁给贺老六了，应该叫贺六嫂。贺老六又死了，问题就复杂了。应该讨论一下，应该叫贺六嫂还是叫祥林嫂比较合适。但没有讨论，没有研究，还叫她祥林嫂，随她第一个丈夫的名字，这是不可更改的，是天经地义的。

鲁迅就从这样细微的事情上看出了荒唐，这不应该是天经地义的。

这在西方一些国家就很不一样了。如美国总统肯尼迪的太太，她嫁给肯尼迪，所以她叫杰奎琳·肯尼迪，把丈夫的姓放在后面。后来她又嫁给了希腊的船王奥纳西斯，她又叫杰奎琳·奥纳西斯。她死后，墓碑上的名字是三个部分：杰奎琳·肯尼迪·奥纳西斯。“杰奎琳”是自己的，“肯尼迪”是第一个丈夫的姓，“奥纳西斯”是第二个丈夫的姓。这对美国人来说，也是天经地义的，但在中国人的观念里，你嫁给第一个丈夫，你将永远属于第一个丈夫，就像贴了商标不能改变一样。“烈女不侍二夫，好马不配二鞍”，丈夫死了改嫁，不管被迫的还是自愿的，都是要受到阎王惩罚的。这种迷信，不但使周围的人麻木，连祥林嫂也麻木了。所以，祥林嫂的悲剧和白毛女的悲剧的最大区别，就是迫害白毛女是有凶手的，而迫害祥林嫂是没有凶手的。一种抽象的观念，一种对寡妇的成见，居然是能够杀人的。从这一点来说，《白毛女》就显得比较肤浅了，把黄世仁枪毙了，是不是封建思想的流毒就被扫荡了呢？

第二单元

创作心理：非智能与智能结构

第一个单元的教学到上一讲就结束了。主要讲了一些什么呢？先来回顾一下。我们讲了文学是真实性和假定性的统一，这个假定的基本结构（胚胎结构，细胞形态）我们叫它意象，这个意象由客观对象的某一特点和作家主观情感的某一特点构成。客观对象的特点和作家主观情感的特点之间是平分秋色的呢，还是有一个起主导作用呢？不是平分秋色的，起主导作用的、决定一切的是作家主体的情感：不是一般的情感，而是有特点的、不可重复的、比较深刻的一种情感。这种情感是不客观的、不科学的，与科学的真的价值是不一样的，但也是有价值的，我们叫它审美价值。这就是文学形象感染人的一个最根本的原因。在文学创作过程中，这个审美价值和科学的真、实用的善不是完全统一的，也不是完全分裂的，而是相互交叉的，我把这叫作“错位”。

我在《文学创作论》里引用过托尔斯泰的一个说法：文学之所以能感染人有三个原因，一是情感的特殊性，二是情感的明晰性，三是情感的真挚性和深度。现在我们出一个思考题，也就是做练习，请书面回答：你对托尔斯泰文学形象动人的三要素说法有什么看法？这个说法有什么可以讨论的地方？有的同学可能说，托尔斯泰那么权威，名字都有点吓人，我没有和他论争的本钱。我觉得这个想法太自卑了，孟子说“人之患在好为人师”，我觉得最可怕的不是这个，而是小瞧了自己。孔夫子不是说过“三人行，必有我师焉。”不要妄自菲薄，要相信自己在某些方面可以做别人的老师，连自己都不相信，还有什么出息呢？还有什么希望呢？要知道，安徒生当初也以为自己就是丑小鸭，但他后来变成了白天鹅。《丑小鸭》就是他的精神自传。你们不是丑小鸭，我们中文系本科一百个考生，只取二十五六个，四分之一的录取率。你们不是丑小鸭，是“美大鸭”。（鼓掌）美国人申请大学录取率多少？百分之八十。你们比美国大学生都强，还谦虚个什么劲儿？这样的谦虚不会使人进步。（鼓掌）再说，就算是权威，可是美国大学生从来不把权威当作崇拜的偶像，因为偶像使人停止思考。笛卡尔说“我思故我在”，你停止思考，你就不存在了，小命就结束了。人家信奉西方一个社会学家的话，把一切权威当作 rival，也就是争辩的对手，跟他 argue，challenging，defying，都是正常的。

形象是审美情感价值的体现。作家当然应该要多情，但是，光是多情也可能是滥情、矫情、虚情假意、为文而造情，因而有所感而深者，往往不能离开思想。没有情当然不能感，没有思想，有感也不深，也平庸。例如杜牧的《泊秦淮》，开头两句是这样的：

烟笼寒水月笼沙，夜泊秦淮近酒家。

眼前月色朦胧，水上雾气氤氲，耳边歌女声声，这不是很美好的景象吗？如果诗人感到欢乐，许多诗人就是这样歌颂美好的情景的。杜牧的不凡就在于他不屑于这样写，他的思绪突然被这么欢乐的氛围刺激了，情绪走向了反面：

商女不知亡国恨，隔江犹唱后庭花。

他听出来歌女唱的歌曲，是陈后主的《后庭花》，那是亡国之音啊。这么欢乐地歌唱着亡国之音，引起了诗人的沉痛之感，不仅仅是为了陈后主，更是为了晚唐的现实危机。一味浸溶在欢乐中的人们（包括唱的、听的、习以为常的），是多么麻木、多么可悲啊。

如果没有忧时伤世的思想，杜牧的所感可能落入吟风弄月的窠臼了。

光是情感丰富还不够，没有相当的深思，情感是不可能独特、深邃的。故作家的心理素质不能仅仅是多情善感，应该是善感而深思，严格地说，是“情思”，但是由于翻译的先入为主，一般都说情感价值，就是审美价值。我们也只好跟着这样说，但是心里要有数，这样说是不够严谨的。严格地说，我常常想用“情思”来代替情感，但是这似乎不符合目前学科的范式，只好姑妄用之。只是我觉得有责任向你们交代一下，情感的内涵中有思绪。没有一定的、独特的思想，可能流于表面的、生理的感觉，有了思绪，就可能很深刻，有独特的艺术性。

设想，在你面前出现了一个穷愁潦倒的画家，此人到四五十岁了，一事无成，却梦想着有一天会画出“杰作”来。此人语言无味，英语说得很不准确，面貌也不太雅观，这样一个人谁会瞧得起他呢？但是，美国作家欧·亨利却发现，在这样的人的灵魂深处，有闪光的东西，不平凡的东西。这个东西，不但别人看不出来，就是他自己也没有感觉到。恰巧有一个女孩子得了病，觉得自己可能随着窗外的常春藤上最后一片叶子凋零而辞世。医生说，如果她一直绝望下去，就没有多少天可活了。在那片叶子凋零以后，这个“没有出息”的画家，就冒着风寒，在病房的窗外画了一片叶子。那女孩子看到那片叶子在寒气中没有凋零，受到鼓舞，度过了危机，恢复了健康。后来人们发现这个画家倒在了窗外的地上，他是在画叶子的时候，在风寒中死去的。正是因为欧·亨利具有对人的内心深刻洞察的能力，他才能从穷愁潦倒、其貌不扬、一事无成的小人物身上感到了可以说是英雄主义的精神。

如果没有这样对小人物、失败的人物的深邃理解，这个人就是摆在你面前，也是没有感觉的。

类似的情况是鲁迅笔下的孔乙己。

在一般人眼中，他五十多岁了，连个秀才都没有考上，弄得肩不能担，手不能提，无以为生，只能替人家抄抄写写，可又手脚不干净，偷人家的纸笔，给人打得头青脸肿的。后来，他偷到举人家，给人家吊起来打断了腿。他到咸亨酒店喝酒时，遭到酒客的嘲笑，可他硬着头皮不承认。在一般人看来，这不过是一个没有出息的、接近小偷的人物。遭到嘲笑是正常的，但是，鲁迅却常常感到悲哀。这个人虽然沦落了，但是，作为一个读书人，唯一穿着长衫来喝酒的人，他还有最后一点自尊，最后的精神底线。他就是不能公开承认自己是小偷，哪怕是无效的辩解，也是要坚持的，但那些人却偏偏要在公开场合下证明他是小偷，以把他弄得理屈词穷、狼狈不堪为乐。这些人并无太大的恶意，但是，他们的笑声对于孔乙己来说，却是很恶毒、很残酷的。在鲁迅看来，拿弱者的伤痛来取乐是很不人道的。在《孔乙己》中反讽的重点并不是孔乙己，而是那些以伤害弱者心灵为乐的人。没有深邃的人道主义精神，对于嘲笑孔乙己的笑声的感觉，就可能是，这小偷活该。那就不是文学的感觉，而是小市民的感觉了。

有人批评过托尔斯泰情感决定论，说他强调了情感。那么，作家要不要思想呢？这个人是普列汉诺夫，也是一个权威，经典的马克思主义文艺理论家。还有从美学史来说，我们肯定了康德的审美情感价值论，那黑格尔的美是理念的感性显现，是不是全错了呢？两个权威“打架”，我们不参与一下，是不是辜负了上帝给我们的生命呢？其实，这个问题并不复杂，从辩证法来说，二者是对立统一的。我想，我在前面一讲用权威的实例似乎可以说把这个问题阐释了一下。但是，真正要把这个问题从理论上讲得天衣无缝，我的常识还不够。请允许我暂时说二者对立统一，暂时以“情感本位”为逻辑起点，按李泽厚的说法不只是“七情六欲”的“情”，也是“情之以理”的“情”，也是历史的情形、事情的“情”，也正是真实、真理的真情的“情”。但是，从文学创作和阅读来说，就是承认了这个逻辑起点。

第七讲 观察的深度和精度

上面我们已经讲到多愁善感是作家最大的本钱，但感情有个缺点，就是很难直接用语言表达。据心理学家研究，感情是内部心理综合的体验，非常复杂、朦胧，人类的语言不能够把它表达到位。语言是一种声音符号，并不直接指向某个事物，而是唤醒人的经验。我讲一个杯子，你脑中出现一个杯子，但是你们并不知道这是个铜杯子、银杯子还是玻璃杯子，是皇帝用的杯子还是老百姓用的杯子。这个符号表达客观对象的属性是不够的。语言是一种声音，用声音表现颜色就非常困难。据说颜色有上千种，但用来表示颜色的语词却只有几十个。它之所以能成事，就是因为它是一种符号，它有约定俗成的功能，能唤醒人们对颜色、形状等的记忆。而感情比之具体的事物，则更有一种看不见、摸不着的性质。心理学家就说，感情是一种“黑暗的感觉”。据说感情活动在大脑中是不通过语言区的，当然，这一点还在继续研究，但把感情表达出来很困难，往往只可意会不可言传，这是共识。那么，在文学作品中，感情不还是表达出来了吗？通过什么呢？通过感知。

我前面在讲“意象”时，特别讲到客观事物的特征，通过对客观事物特征的感觉来表达感情，所以作家要表达感情，就只能通过观察，把生活的特征拿出来，把自己对生活特征的感觉拿出来，感情才有所依附。

我们讲观察，如果不仔细研究的话，会以为观察就是观看。观察是不同于观看的，观察和观看的最大的区别是：观看是没有特定目的的，没有注意中心的，而观察是有目的的，是有意注意，目的是集中在一个局部上。如果我走进课堂时，没有任何人向我提出问题，我走出课堂时就来问我这个课堂里有几个戴眼镜的，我答不出来。如果在我进入课堂以前，有人提醒我说，待会儿要问我课堂里有几个戴眼镜的，答对了给我奖金，那么很简单，我在讲课时稍微有意地注意一下就行了。这说明，观察是有目的的，这个目的集中在某一点上。课堂上的学生很多，有戴眼镜的，有没戴眼镜的，有长头发的，有短头发的，有穿裙子的，有不穿裙子的，有年纪较大的，有年纪较小的。许许多多的特点，丰富多彩，无限多样。如果事先没有叫我注意哪一点，那么我的观察点就不会集中在一个点上。

观察不是中性的，它与预期有关，与主体的兴趣、经验、价值观念、目的相符，就容易被注意到，相反，就会视而不见。还有一个原因，就是上次讲过的心理图式同化的作用，你没有预期的图式，就不能同化外部信息。外部信息与人的经验储存有关系，经验储存里有类似的东西，就感觉得到，否则就是聋子、瞎子。福建漳州南山寺有个著名的菩萨像。当年的雕塑家非常自信，说是雕成以后，若是有人能挑出毛病来，他分文不取。有关当局当然非常高兴，很想节省一笔经费，就发动老百姓来看有没有毛病。挑出毛病，那就很精彩了。每天一大堆人去，都看不出有什么毛病。有一天，一个妇女抱着孩子去凑热闹，也看不出什么毛病来，就在抱着孩子要走的时候，孩子大叫一声说："妈，我看出毛病来了！"大家不相信，就问小孩毛病在哪。第一，菩萨的手指太胖了，油光光的，这算什么毛病呢？香火旺盛嘛，心广体胖嘛；但小孩子指出了第二个毛病：鼻孔太小了。大家又问：何以见得呢？小孩说，如果他要掏鼻孔的话，手指肯定伸不进去。

这个地方我去过，还特地去看了一下这尊菩萨像，的确是鼻孔太小，手指太粗，要伸进去根本不可能。（大笑声）

这就提出了一个问题：大家都在有意识地观察，在挑毛病，却挑不出毛病，那么多大人还赶不上一个小孩子，小孩子的优越性何在？这就是兴趣和近期的经验。小孩对掏鼻孔有兴趣，而且有丰富的经验，（大笑声）因而对此特别关注。大人对这个没有兴趣，小时的经验早已遗忘了，就视而不见。这说明什么呢？

生：这说明大人不要骄傲，有时应该向小孩子学习。（笑声）

我：这当然也对，孔夫子说，三人行必有我师嘛。但你回答的是人生态度问题，而我们讨论的话题是观察心理问题。有哪个同学对这个问题有兴趣？

生：我想，观察不是绝对客观的，而是与主体的心理图式、心理准备状态，主体的经验和兴趣有密切的关系。

我：对，我期待的就是这样的回答。提高到理论上，就是观察和作家主体的价值观念联系在一起。作家的观察成效取决于他的情感和文学修养等。

艺术家的眼睛要能够从司空见惯的东西上看出新鲜，使读者在习惯中解放出来。这时，作家的观察以精致见长。

这往往表现为艺术家轻而易举地看到了读者忽略了的东西，他一点出来就唤醒了读者的记忆，使读者得到了一种生命体验的喜悦。20 世纪 80 年代，福建有一个挺有才气的女作家唐敏。她有一篇散文，写她很喜欢老鹰。当解放军为了治好患头痛病的战士，用枪把鹰从天上打下来时，她心里非常痛苦。她看到老鹰的眼睛还没闭，甚至观察到老鹰眼睛周围的一颗一颗的红色的颗粒，像玛瑙一样。她观察如此精细，一下子唤醒了我的记忆。我也曾经见过类似的鸟的眼睛，但我把它忽略了。这就提高了我对生命的体验，对自我的感知自觉。她下放山村时的一篇关于"虹"的文章，写到她非常偶然地走近了虹：

彩虹溅落在地面上，激起蒸汽般颤动的气流，亿万缕漂浮着，交织着向上，形成了并不存在的虹的平面。在这平面后头，每片叶子，每一根细枝，每一块石头，直至路面上每一粒沙子，所有的物体都镶上金色的光环，溶解般地战栗。每一粒沙子，甚至泥土，都那样欢欣。红色的树，橙色的草，黄、绿、蓝风格的路面，蓝靛色的石头，紫色的泥土，洁白的云气，一切都染上不同的七种颜色。我举起双手，伸进彩虹，立刻有一双透明的光掐住了我的手，手掌、手指绕着金色的浮光，那种透明让我的手染上了超越现实的光辉。我感到了她的抚摸，无限的安慰，无限离奇。

面对这样美妙的景色，人的语言是有限的，人被震撼得没话可说了，这是常见的。余秋雨在《三峡》中就这样说过：

过三峡是寻找不得词汇的。只能老老实实，让嗖嗖的阴风吹着，让滔滔的江流溅着，让迷乱的眼睛待着，让一再要狂呼的嗓子哑着。

连余秋雨都坦率地承认，在美好的景色面前，感觉到的东西太多，语言根本应付不过来，但唐敏却知难而进，用这样丰富的视觉，写出了这样多彩的感觉。读这样精彩、这样绚丽、这样诗化的文章，是心灵的一大享受。虽然我们没有这么近地看虹，但她的这篇文章调动了我们的想象，使我们感受到大自然的美，感受到作者心灵的精致。

这是不容易的，也许大家有所体会，也许体会不深，与大自然的美和人心的丰富相比，语言是苍白无力的。

你们乘过飞机没有？（有的学生回答：没有）没有乘过的大都是农村、山区来的。那总见过云海吧，和乘飞机是一样的。天气比较晴朗的时候，从飞机上看下去，那底下的云彩真是美透了，那复杂的形状，那原始的安宁，让我用语言描述完全无能为力。这个当年还很年轻的女作家，居然把彩虹那摸不着的形状写得如此之精彩，完全得力于艺术的观察力。这是一种很高的艺术表现。现在的旅游笔会，花了国家不少的钱，鼓励作家写美景，结果很多作品都是些大话和套话，说来说去都是美丽的风景，美丽的心情，充满了诗意。太多的感觉老化、陈词滥调，弄得读者的感觉钝化，不能唤起读者的记忆，激发读者的想象。这种旅游散文现在成风了，其实，这是一伙人辛辛苦苦制造旅游散文的危机。

艺术家的观察如果不能以深刻取胜，就要以精致取胜。

苏联作家康·帕乌斯托夫斯基的《金蔷薇》里有一篇小说《海滨渔夫》。

海边有个啤酒馆。天气很冷，刮着寒风。海浪呼啸。几个年轻人在那喝着冰冷的啤酒，嘻嘻哈哈。这时来了一个非常穷苦的老人，穿着破大衣，带着一条狗。狗就跑到那群大吃大喝的年轻人座位边上去，把它两只前脚举起来，做出求食的样子。年轻人就哈哈大笑，做出非常轻薄的动作，拿一点香肠面包施舍给小狗。这个时候，老人突然愤怒起来，把狗叫回来，不许狗吃那嗟来之食。狗回来了，老人从扣子脱落的大衣口袋里拿出一些零钱——上面沾着草屑和污秽，为狗买了一份食物。

康·帕乌斯托夫斯基说，如果当时没有点出凄凉夜色下啤酒馆里喝酒取乐的氛围，没有点出这个老人穿的大衣的纽扣掉了（说明没有老婆，没有人照顾），没有点出啤酒是冰冷的（仅仅嘴里的感觉吗？），没有点出他拿出的钱币沾满了肮脏的草屑，如果说没有这些，或者说作家在观察这个场面的时候，没有注意到这些细节，这篇小说凄凉的情调就要打折扣了。

这说明艺术家的眼光能从看来可以忽略不计的细枝末节里发现深刻的东西，在行文中使之积累起来，形成一个艺术效果。故事是可以虚构的，关键的细节却常常要有一定的精确性。但是，也不能像巴尔扎克那样，故事还没有开始就不厌其烦地描写建筑、家具的细节，对环境和人物外表的描写实在是太冗长了。我年轻的时候看不下去，现在看也基本上是翻过去而已。

对作家的观察，从考古学、生理学或司法学、评价专员的角度去挑剔，发现一些错误，问题大不大呢？当然，最好不要有，如果有的话，问题也不大。如果一味吹毛求疵的话，《三国演义》就不能读了。诸葛亮居然会预测天气，预测三天以后长江有大雾，还能在隆冬时节向老天借到东风，还能预见自己什么时候死。但这一切并不非常严重地影响《三国演义》整体的艺术价值，是什么道理呢？艺术是假定的嘛。更不可忽略的是，它是几百年前的传奇小说，和现实主义小说要求细节的真实性是不一样的。这个问题，还牵涉到文学体裁，在诗歌中，细节的虚拟性就更明显了。宋代张耒《明道杂志》载：

> 古人作诗赋，事不必皆实。如谢宣城诗："澄江净如练"。宣城去江近百里，州治左右无江，但有两溪耳。

宋代严有翼《艺苑雌黄》提到这事，说：

> 予按谢元晖《晚登三山还望京邑作诗》有"澄江静如练"之语，三山在江宁县北十二里，滨江地名，则此诗非在宣城州治所作也。

现代文学形象构成的基本规律还是比较清晰的，作家观察的要害，并不是客观的反映，而是主客交融。张承志在他的小说《黑骏马》里这样写过："我长久地观察着她的一举一动。我觉得自己似乎看到她过去的日子，也看清了她未来还要继续度过的生活。"这是说得很到位的。有个世纪打工妹作家郑小琼很走红，她当然没有学过什么文学理论，也没有和张承志交往过，但是，她的一些作品，却和张承志的说法不谋而合。例如在《打工记》的开头：写一个农村妇女，十八岁到城市里打工，做的都是流水线工种，没有技术含量。到三十七岁，一般的工厂只招十八岁到三十五岁的女工，她找到不工作，只好回家。

> 我送她上车时，看着她过早爬上脸上的皱纹和头上的白发，看着她走进火车站的背影，我一阵心酸。在她转身的那一刻，我从她身上看到我未来的影子，我强忍着不

让自己流泪。她上车后把脸贴在窗口时落寞而无奈的眼神时时折磨着我，我写下两首诗，一首便是《三十七岁的女工》，在另外一首《黄麻岭》中我写到“风吹走我的一切/我剩下的苍老，回家”。

一般的观察是现场的、即时的，而作家的观察往往是突破时间和空间、渗透着过去和未来的。这就是说，作家构成文学形象，其观察是与想象结合在一起的。郑小琼的散文感人之处，是在这个女工的身上看到的不仅仅是这个女工，而是她自己的未来。从这个意义说，作家的观察，看到的并不是对象，更深邃的是她自己。台湾诗人简政珍写到在湖边，他看到的和郑小琼异曲同工：

水天一色是记忆的妄影
潮水涌动鹧鸪的啼声
油轮的黑烟
犹如昨日的梦境
展望的是
洗清面目的晨曦

请注意第一行中的“记忆”，第四行的“昨日的梦境”，第五行中的“展望”，这说明文学观察中的精彩在于从现实的瞬间突破了时间、空间局限，激起了过去的“记忆”和未来的“展望”。请不要忽略“鹧鸪的啼声”，不仅超越了视觉，进入了听觉，而且这种听觉又不仅仅是感觉，而且有“鹧鸪”[①]（“不如归去”）。其中蕴含着乡愁。古典诗歌中，常常把鹧鸪和子规联系在一起，所谓“回首湘江春水绿，鹧鸪啼罢子规啼”，隐含着“行不得也”“不如归去”的典故。

这种古典诗歌的典故，在现代诗歌中至今仍然有生命。至于小说则更复杂些。丹纳说巴尔扎克：“能在一个姿态里，窥见一种性格，一个人的整整的一生。把它们和时代结合起来，从而预见到它的未来。”[②]

广义地说，不仅仅是一个姿态，而且也包括一个道具、一个口头禅等等，都可能成为情节的核心。如《聊斋志异》中的《婴宁》，把婴宁的全部性格集中在她的“笑”上。不管在什么情境下，她都是笑，哪怕是邻居有人想动她的歪念头，她也是笑，笑到此人上当狼狈不堪。鲁迅的《孔乙己》的全部艺术奥秘都集中在酒店里的人对孔乙己嘲弄的笑声中，可以说《孔乙己》的主角就是笑。欧・亨利的短篇小说《最后一片叶子》集中在穷困潦倒

---

① 雄性鹧鸪好斗，叫声特殊，有人拟其音为“行不得也哥哥”。秦观写过“江南远，人何处，鹧鸪啼破春愁”。古诗词中写鹧鸪最著名的当属辛弃疾的《菩萨蛮・书江西造口壁》：“江晚正愁余，山深闻鹧鸪。”

② 易漱泉、曹让庭、王远泽等选编：《外国文学评论选》，湖南文艺出版社1983年版，第398页。

的画家，风雨之夜在窗户上画出的一片叶子上。他的《麦琪的礼物》集中在丈夫为妻子买的发夹，而妻子却卖掉头发，为丈夫买了表链，而等丈夫拿到了表链，却因为先前要买发夹，把怀表卖了。同样的情况发生在莫泊桑的《项链》中。

同样的事情，为什么放在我们面前却视而不见呢？因为我们的内心关注点有局限。为什么关注点不一样？因为人不一样。人的眼睛表面上看好像是个照相机，其实并不太一样，照相机是“照单全收”，而人的眼睛却有一个特点，如果是主体关心的，它就很敏感，甚至可以无中生有；如果是主体漠视的，它就视而不见。从某种意义上讲，作家观察到位的，往往不仅仅是客观信息，而是被作家主体的情思特征所同化了的东西。

这一点我们在下面还要讲到。

第八讲　从寻找人物的区别开始

当然，作家可以闭着眼睛不看对象，只体验自己内心的情志。那样也不行，因为内心的情志往往是抽象的、沉睡的、没有可感性的，所以作家要表现自我，还是要借助对客体对象的观察。这种观察是一种刺激，一种触媒，一种载体。

作家的观察对象和心理学家的观察对象是一样的，就是人物内心的精神状态、心理活动。心理学家探究的是人物共同的规律，而作家观察的首先是人物间的区别。

从这里可以看出艺术家观察的特殊规律：从人物的区别开始。

但是，为什么许多人和作家生活在同样的圈子里，却一辈子无所发现呢？为什么他们往往片面地认同“人同此心”的说法，而忽略了“人心不同、各如其面”的道理呢？

前面在以眼睛观察客观对象时，同化规律是普遍的，但是，这样的说法明显是片面的，如人和狗是不同的，如果完全一样，那就糟了。不是一般的糟，而是极其糟糕，因为人的嗅觉不如狗。小偷杀了人，警察到现场，只能辨察痕迹。可狗就厉害了，只要闻一闻味道，就沿着小偷留在空气里、地皮上的气味追过去了。为什么警察要花那么多精力豢养警犬呢？你们知道吗？（学生：这还不知道，因为人的鼻子不够灵嘛）你这个人，就是不会说话。应该说到位一些，就是人不得不承认，虽然自称万物之灵，但是，人就是不如狗灵。（笑声）当然，人也不是枉为万物之灵，人有人的优越性，主要的就是视觉可能不比狗差，甚至还高明一些。狗的眼睛不能辨别颜色，连在座漂亮女生鲜艳的口红，在它们看来都是灰色的。（笑声）不但嘴唇，而且连桃花面颊也是灰色的。在它们看来，满世界都是灰姑娘。（大笑声）当然，得不到狗眼的欣赏，并不仅仅是青春少女，就连我这样满面红光的帅哥也不能例外，在它们看起来一年四季永远是洋灰的颜色。这一点柏格森说得很清楚："狼的眼睛是不太可能区别小绵羊跟小山羊的，在它眼里，二者都是同样的猎获物。这就是说，狼只有实用的价值需求。当然，人能区别绵羊和山羊。"①柏格森说的是狼，我拿来说明狗，不是文不对题吗？但是，它们在生物学上有亲缘关系，狼是狗的表哥嘛。（笑声）人和狼没有亲缘关系，人是有情感的动物，除了实用价值，人还有审美的情操。但并不是每一个人都在同样的程度上具有区别的敏感，只有审美观念强烈的人，才能看到那些表面看来没有用处的区别。

当区别这个人和那个人有没有实用价值的时候，我们看不到不同的个性，实用认识把我们的观察束缚住了。作家的探索要集中在情感的价值上，必须超越实用的价值，这是非常重要的。有没有观察力，关键就在于能否让情感获得相对的自由。

情感这东西一自由，就好玩了。

《三国演义》中，孔明可谓是七窍玲珑心，他看人当然是很特别的。例如他一看魏延，就觉得这人虽然投降了，打仗也勇猛，但是不可靠。原因是什么呢？他脑后有反骨。也就是从背后看过去，能看到他的两腮的骨头。他临死前料定此人要反叛，就给马岱一个锦囊，其中有妙计。后来的发展果然不出诸葛亮所料，此人反叛了，马岱遵从诸葛亮锦囊所示，就从背后把他砍了。这当然是中世纪一种传奇，不能当作科学真理的，认真不得，但是从文学观察来说，却有道理。也就是下意识地看出魏延和一般人不同。一般人从背后看是看不到腮骨的，而这人却能见到。这个特点被孔明定义为"反骨"。读到这样的小说是很好玩的，可是在极左时期，却给我带来了长期的灾难。20 世纪 60 年代，我被分配到华侨大学中文系当助教。听党的话，在北京大学中文系接到调令，三天以后就到福建报到。工作量很大，连星期天都在加班，可谓勤勤恳恳、老老实实。但是，不知为什么，当时的顶头上司，系主任（号称某霸天），看我就是不顺眼。可能因为我喜欢发牢骚，所谓语不惊人死不休。这位主任老是点名或者不点名地批判我。在一次全系大会上，说我有"反骨"。那时，"反骨"不是相面的术语，而是政治话语，乃反党、反社会主义之谓。我也经常找浴室里比较大的镜子照，从背后看自己，不管怎么扭头看，也看不到自己的腮骨。（大笑声）

这当然是笑话，但是也可以想象，在罗贯中心目中，作家应该有像诸葛亮那样的本事，从人的外表特征看出人的内心特征，看出人的行为逻辑，看出人的未来。这当然是不客观的，看问题不能带着情绪，带着情绪看人，是不科学的。但是，如果没有一点主体情感去观察，就没有魏延的独特性，也就没有诸葛亮预见的独特性了。

金圣叹在评论《水浒传》时，提出一个在中国美学史上很有学术价值的观念，叫作

① 柏格森：《笑——论滑稽的意义》，徐继曾译，中国戏剧出版社 1980 年版，第 93 页。

“性格”。他说：

别一部书，看过一遍即休，独有《水浒传》只是百看不厌，无非为他把一百八个人的性格都写出来。

什么是性格呢？他这样说：

《水浒》所叙，叙一百八人，人有其性情，人有其气质，人有其形状，人有其声口。

这就是说，多至一百八人，每个人的性情、气质、形状、声口都要不同，有区别。这种观察力难度是很高的，他说：

夫以一手而画数面，则将有兄弟之形，一口而吹数声，斯不免再映也。[①]

这就是说，作家在观察生活时，难免以自己的性情、气质、声口、形状去同化对象，造成雷同。作家的特殊才能就是弱化自己的心理“同化”本能，尽可能“调节”自己的心理图式，使之开放。

这种开放，一是开放自己固有的预期。

莫泊桑转述福楼拜的话，人们用眼睛（按：包括视觉以外的其他感观）看事物的时候习惯于回忆起前人对这事物的看法。[②]这是一般人心理素质的局限，而要成为艺术家，就要突破这种局限。检验作家是否能够突破这种局限、是否有才华，最简单的办法就是选取作品中一个场景或一个事件中不同的人物的表现。如果在场人物的心理状态没什么差异，那就说明作家缺乏文学才华，反之则说明作家有才华。这种同一场合的比较，小而至于同样的笑。如《红楼梦》中刘姥姥引发的笑：

只见一个媳妇端了一个盒子站在当地，一个丫鬟上来揭去盒盖，里面盛着两碗菜，李纨端了一碗放在贾母桌上。凤姐儿偏拣了一碗鸽子蛋放在刘姥姥桌上。

贾母这边说声“请”，刘姥姥便站起身来，高声说道：“老刘，老刘，食量大如牛：吃个老母猪，不抬头。”说完，却鼓着腮帮子，两眼直视，一声不语。众人先还发怔，后来一想，上上下下都一齐哈哈大笑起来。湘云撑不住，一口茶都喷出来。黛玉笑岔了气，伏着桌子只叫“嗳哟！”宝玉滚到贾母怀里，贾母笑的搂叫“心肝”，王夫人笑的用手指着凤姐儿，却说不出话来。薛姨妈也撑不住，口里的茶喷了探春一裙子。探春的茶碗都合在迎春身上。惜春离了坐位，拉着他奶母叫“揉揉肠子”。地下的无一个不弯腰屈背，也有躲出去蹲着笑去的，也有忍着笑上来替他姐妹换衣裳的，独有凤姐

---

① 以上均引自金圣叹：《第五才子书·序三》，文子生校点，中州古籍出版社 1985 年版。

② 中国社会科学院外国文学研究所外国文学研究资料丛刊编辑委员会编：《欧美古典作家论现实主义和浪漫主义》(二)，中国社会科学出版社 1987 年版。

鸳鸯二人撑着，还只管让刘姥姥。

这在《红楼梦》中还算是比较小儿科的，真正表现出作家才华，大手笔的，还是林黛玉之死。虽然，许多学者都认为后四十回不是曹雪芹的手笔，有许多思想上、艺术上的败笔，但是，林黛玉之死却是《红楼梦》中八个少女之死的最高潮，我觉得是全世界文学写死亡之顶峰。林黛玉听了傻大姐的话，说是贾宝玉要迎娶薛宝钗，受到了沉重的打击。病体不是变得更加衰弱，不是一听就瘫下来，曹雪芹或者续作者真是有才气，而是走路更快了，行动更加迅速。再不如先前之擅哭，而是痴笑。心里已是麻木，从而转到生理的创伤。自我糟蹋身体，晚上睡觉不盖被子。紫鹃她们给她盖上，她们走了以后，她又把它褪掉，巴不得早死。她一死，来了七八批人，每个人都哭了，每个人的哭法都不一样，原因都不一样，逻辑都不一样。

首先是紫鹃，黛玉垂危之际，竟无人来看望，她深觉旁人的狠毒冷淡。

紫鹃已知八九，“但这些人怎么竟这样狠毒冷淡！”又想到黛玉这几天竟连一个人问的也没有，越想越悲，索性激起一腔闷气来，一扭身便出来了。自己想了一想，“今日倒要看看宝玉是何形状！看他见了我怎么样过的去！那一年我说了一句谎话他就急病了，今日竟公然做出这件事来！可知天下男子之心真真是冰寒雪冷，令人切齿的！”①

这个紫鹃是对黛玉最知心、最贴心的，此时尤其是对宝玉咬牙切齿。这是紫鹃，哭得那个被子都湿了。

第二重反应，是向来与世无争的寡妇李纨，见紫鹃哭湿了被子，把眼泪擦干说：

“好孩子，你把我的心都哭乱了，快着收拾他的东西罢，再迟一会子就了不得了。”②

为什么？人的身体都冷了，要赶快呀，洗身体、换衣服，要不然硬了。这是第二个人的反应，跟那紫鹃不一样，她稍微冷静一点。

第三重反应我觉得这是《红楼梦》的毒笔，非常毒，是王熙凤出的主意，因为那边贾宝玉结婚要让薛宝钗冒充一下林黛玉嘛，就怕贾宝玉不太相信，叫紫鹃去伴娘，证明盖头下的新娘子是林黛玉。这一主意遭到了紫鹃的拒绝。这怎么行呢？在林黛玉最悲惨的时候、自己也最悲伤的时候，居然叫我来作假！

第四重就是平儿，是比较善良的小妾，也感到这太残酷了，提出让雪雁去代紫鹃。雪雁也是林黛玉的贴身丫鬟，但是她没有像紫鹃那样死心塌地。

---

① 曹雪芹、高鹗：《红楼梦》，人民文学出版社1983年版，第1370页。
② 曹雪芹、高鹗：《红楼梦》，人民文学出版社1983年版，第1372页。

第五重就是雪雁了，她觉得贾宝玉说玉丢了，头脑也都昏了，其实是作假，装出傻样子来，好娶宝钗。她非常冷峻地观察贾宝玉。

第六重就是贾宝玉了，他看到雪雁来了，以为真是和黛玉完婚。

巴不得即见黛玉，盼到今日完姻，真乐得手舞足蹈，虽有几句傻话，却与病时光景大相悬绝了。①

待到发现不是黛玉而是宝钗：

宝玉此时心无主意，自己反以为是梦中了，呆呆的只管站着。②

当着新娘子——薛宝钗的面，口口声声地说，只要找林妹妹。

这是贾宝玉真正的死心塌地。

第七重是讲薛宝钗，贾母让凤姐去请宝钗。宝钗处境真是尴尬：你跟我结婚，却想着别人。这个……周围都是女孩子，你们能受得了吗？（众人大笑）

写薛宝钗，写得很精彩。薛宝钗很有修养：

贾母等才得略略放心，只好坐以待旦，叫凤姐去请宝钗安歇。宝钗置若罔闻，也便和衣在内暂歇。③

好像没发生一般的，衣服也不脱，在里面躺了一下。我觉得中国的小说，受历史家的记言记事影响太深了，像这种叙述都属于什么？都属于“春秋笔法”，叫“寓褒贬于记述之中”。好像就记这个事实，没有分析薛宝钗内心怎么想，但别人哭得都要死了，就薛宝钗置若罔闻，衣服都不脱，就在那里躺着休息。这个薛宝钗的理性太厉害了，可以说真是伟大。

虽然是简单的一笔，却是对比，所有人都哭，只有她保持着理性的冷峻，甚至可以说是冷酷，但她又是很值得同情的。

但是最后，贾宝玉一直不知道林黛玉已经死了，一直要去找林黛玉，所有人都不敢告诉他黛玉已经死了。他已经疯了，你再告诉他，不是完蛋了吗？就是薛宝钗，她去跟贾宝玉讲：

“实告诉你说罢，那两日你不知人事的时候，林妹妹已经亡故了。”宝玉忽然坐起来，大声诧异道：“果真死了吗？”宝钗道：“果真死了。岂有红口白舌咒人死的呢。老太太、太太知道你姐妹和睦，你听见他死了自然你也要死，所以不肯告诉你。”

宝玉听了，不禁放声大哭，倒在床上。④

为什么？薛宝钗是很冷峻的：迟早要告诉他，让他死了这条心。真有魄力啊！（众人

① 曹雪芹、高鹗：《红楼梦》，人民文学出版社 1983 年版，第 1374 页。
② 曹雪芹、高鹗：《红楼梦》，人民文学出版社 1983 年版，第 1376 页。
③ 曹雪芹、高鹗：《红楼梦》，人民文学出版社 1983 年版，第 1376 页。
④ 曹雪芹、高鹗：《红楼梦》，人民文学出版社 1983 年版，第 1381 页。

大笑）

所以说，栊翠庵的尼姑说薛宝钗是个“冷人”，她是吃冷香丸哪。“香”就是艳，“冷”就是冷峻，这个女人是个冷艳的女人啊！这是一个美人，因为在曹雪芹笔下，她是排第二号的。她虽然是漂亮的，但内心最大的问题是不美，她的内心是空洞的，她没有感情。她品行端庄，没有做什么有意坑害人、有意打击人的事。她和林黛玉之间并不是情敌关系。林黛玉把她假想为情敌，但后来林黛玉发现自己错了，就检讨。这是一个不简单的人物，我们的美学还不够充分阐释她。她抽到的签，是“任是无情也动人”，这个人，是美与善的统一，但是，由于太过于执着封建道德的善，她的美打了折扣。虽然打了折扣，她仍然是美的。

那么，这是七重的人的交错反应。接着是第八重，综合起来：

> 当时黛玉气绝，正是宝玉娶宝钗的这个时辰。紫鹃等都大哭起来。李纨探春想他素日的可疼，今日更加可怜，也便伤心痛哭。因潇湘馆离新房子甚远，所以那边并没听见。一时大家痛哭了一阵，只听得远远一阵音乐之声，侧耳一听，却又没有了。探春李纨走出院外再听时，惟有竹梢风动，月影移墙，好不凄凉冷淡！①

这时，记言记事，很少的描写出现了。那个人在结婚，这个人死了，就是让这两个和贾宝玉感情不太深的人，来感受这样凄凉的声音，音乐之声、庆贺之声。

最后是第九重。贾母知道林黛玉死了，她有一个总结，贾母绝对是爱林黛玉的。虽然让宝钗取代黛玉是她的决策，但是她并不是不爱黛玉，也不是不悲痛，而是眼泪交流地表白：

> 是我弄坏了他了。但只是这个丫头也忒傻气！②

联系到她说的“白疼”，就是林黛玉说的“白疼了我了”，贾母眼中的泪有自遣，也有自我开脱。这样一个悲剧性的死亡，它正面描写的跟侧面的反映相比，大概是四分之一左右；这个外界的反映，通过叙述的方式表现出来。

黛玉之死，把全书的主要人物都调动起来了，用九重变奏完成了悲痛的交响曲的主题，这就使得悲剧显得空前绝后的震撼。

第九讲　作家的感受力：找到自己

作家的观察力并不是完全被动地接受，实质上是以主体的特征来感受。

① 曹雪芹、高鹗：《红楼梦》，人民文学出版社 1983 年版，第 1384 页。
② 曹雪芹、高鹗：《红楼梦》，人民文学出版社 1983 年版，第 1384 页。

由于心理状况不同，在同一个对象面前，不同的作家观察的结果是不一样的。

看见一个东西，我们认为这是一朵玫瑰花，这是一棵杧果树，大家看到的都一样，这就是绝对的、客观的真实，与主体的主观意识没有关系，不以主观意志为转移。这种看法可能经不起推敲，为什么呢？如果这是一朵红色的花，实际上是红色波长的光线传达到视网膜产生了化学作用，触发一系列神经信息，传达到大脑，就产生了红的感觉。设想，如果不是人来看，而让一只狗来看这朵花呢？据研究，狗对颜色的感觉都是灰的，那么，狗看到的就不是红花，而是灰花。如果让蚯蚓来看呢？蚯蚓没有眼睛，它的皮肤对红外线只有一种感受。不同的动物感受同一朵花，是如此不同，有的感受到的是红花，有的感受到的是灰花，有的根本就感受不到颜色、形状，什么都没有。现在要提出的问题是，究竟有没有客观标准？如果没有标准，那么这个世界不是没有客观真理了吗？这太残酷了，这是我们许多人所不能接受的。如果真理还是有的，那么问题是以谁作为标准呢？是以狗为标准，还是以人为标准？当然不能以狗为标准，而要以人为标准。

这就达成了一致。如果有客观真理，还是要以人为标准。

对任何一个所谓的“客观真理”来说，它是离不开主体性的。这种主体性不仅是一种生理的感受，而且由于具体的人的心理、文化、价值、伦理、观念、兴趣、经验的不同，对同一个对象的感觉是不一样的。我们中国人办丧事是用白颜色，西方人是用黑颜色。白色、黑色在中国人和西方人心目中激起的情感是不一样的。

纯粹的客观观察对文学创造的用处不大，只有包含着情感的观察才有一定的感染力。作家要带着情感去观察，才能有审美价值。但作家面临的一个有点吊诡的问题是，情感在心灵深处，有时是藏在潜意识中，有某种永恒不变的性质；有时是瞬息万变的。为了建构文学形象，就得把握它，观察它，可是它却是不可观察的。构造主义心理学家铁钦纳这样说：

> 情感没有清晰的特性。快感和不快感可能是强烈和持久的，但它们绝不会是清晰的。这就是说——如果我们改用通俗心理学的语言来说——在情感上不可能集中注意力。我们越是集中注意感觉，感觉就越清晰，我们对它记忆就越牢、越明确。但我们完全不能把注意力集中在情感上，如果我们试图这样做，快感和不快感就立即消失，我们就会发现自己在观察我们并不想观察的完全无关紧要的感觉现象。如果我们想从一首协奏曲或一幅画中得到快感，我们就一定要注意领会我们听到或看到的东西；但是一旦我们注意快感本身，快感就会消失。①

① 铁钦纳：《心理学教科书》第 1 册，转引自维戈茨基：《艺术心理学》，周新译，上海文艺出版社 1986 年版，第 260—261 页。

19世纪构造主义心理学家研究过：情感和人的感觉不一样，它不明确，比较朦胧；情感可能是强烈的、持久的，但绝不是明晰的，在情感上不可能集中注意。实证主义者孔德说过，在这里，观察与被观察的，是同一种器官。为了观察，你的智力必须停止活动，然而正是这种活动是你要观察的。如果你不能使心理活动停止，你便不能观察，如果停止了它，就没有什么可以观察的。用我的话来说，要观察人的情感，必须冷静，所谓凝神屏气，但冷静了、凝神了，情感就消失了。情感本来就不明晰，又不能观察它，所以它的不明晰，不但是先天的，而且是后天也不可改变的。

这并不是说作家就不对自己的主体加以观察了。虽然观察情感很难，但一般的感觉还是可以观察的。例如什么地方疼了，什么地方难受了。对主体的观察，又叫内部观察，而一般地看外面的世界，叫外部观察。内部观察有这样几个特点：第一，内部观察要求更高程度的集中，要观察其心理，眼睛要闭上，不受干扰；一旦受到外部干扰，内部就不能集中。第二，内部观察有什么特点，只有自己知道，别人是不知道的。第三，内部观察是难以用语言表达出来的。

车尔尼雪夫斯基通过分析托尔斯泰早期的小说得出了一个结论：谁要是不在自己的内心研究人，那就永远不可能达到关于人的深刻知识。[①]

内心的观察往往成为创作的种子，比外部观察更有生命力。大家都恋爱过，或将要恋爱，但是谁能记住恋爱时感觉的流程呢？司汤达就记录了一段自己的观察："第一，是灵魂深处发生的，是惊叹。第二，是自言自语，吻他，被他吻是多么幸福。第三，是希望如果跟他互相恋爱是多么精彩。第四，也就是研究对象的种种优点，哪怕是最拘谨的妇女，在满怀希望的时候，那对眼睛也是光彩照人、顾盼神飞的，热情的，喜气洋洋。第五，爱情就这样诞生了。"[②]

这个说法的精彩在于，把人的爱情的产生当作一个内心激动、美化对方的过程。当然，这种过程只是一种可能性，属于浪漫主义的模式，因为全部都是意识到了的。其实，许多刻骨铭心的爱情最初产生的时候，并不在意识层次，而是在潜意识层次。林黛玉第一次见到贾宝玉："便吃一大惊，心下想道：'好生奇怪，倒像在那里见过一般，何等眼熟到如此！'"而贾宝玉初见林黛玉就嚷嚷说："这个妹妹我曾见过的。"发生在这里的情境，都在显示，一见钟情，都在潜意识层次，主人公自己并没有感到这是爱情。从这个意义上说，司汤达所记录的实际上不能算是一种观察，而是事后的回忆和想象；也不能算是成功的观察，因为感情不是以明晰为特点，而是以模糊为特点。这么明晰的感情，实际上已经是作

① 倪蕊琴编选：《俄国作家批评家论列夫·托尔斯泰》，中国社会科学出版社1982年版，第33页。
② 勃兰兑斯：《十九世纪文学主潮》（五），人民文学出版社1982年版，第257—258页。

家的心理分析。

20世纪80年代，当时还是青年文艺理论家的鲁枢元，就认为作家的心理素质主要是情感的记忆。作家多情善感，但情感瞬间即逝。作家在表达情感的时候，依靠的不是当时的观察，而是事后的回忆。这种情感的记忆，与当时复杂的、飘忽不定的情绪相比，已经不可同日而语了。把当时的情感完全写下来，好像是做不到的。尽管不能完全做到，但世界文学发展到现在，对人的情感内部机制、情感内部的奇观，不同的流派运用不同的形式，还是表现得如此丰富多彩。

不一定要观察才能体验情感，在感觉外部世界的时候，感受力间接带来的情感体验，也是很生动的。不仅生活是一种财富，人的内心也是一种财富，所以《文心雕龙》说“目既往还，心亦吐纳”。不单是眼睛在看，心灵也向外提供东西。心里的东西不是简单地参与进去，而是去同化眼睛看到的东西，所以《文心雕龙》接着讲“情往似赠，兴来如答”。

不是你看到什么就有东西可以写了，而是你感到了、想到了才有东西可写。你感到的东西可能很多，但不是一切都值得写，只有那些与你独特气质相一致的东西，与别人不一样的感觉，才值得写。

一个意象的质量主要取决于你内心因此激起的东西，这最为关键。内心在外物的刺激下，没有特殊的感情激起，没有特殊的情感逻辑，甚至没有那种怪怪的令人震惊的联想，就不可能产生艺术的想象，也就不可能产生独特的创造。

有些作家为什么不善于感受或者感受比较差呢？因为被外在事物的丰富属性的优势压倒。

作家的观察有一种自我挖掘的性质，有了自我的挖掘，才可能有自我的独特感受。忽略自己的内心，不是艺术家就无所谓，但你是艺术家，你是要创作的，那你就要把自己的内心亮出来，不亮给别人，也要亮给自己，把自我特征、感情特征和对象的特征结合起来。

能否成为艺术大师，条件很多，其中有一条要看他是否善于进行内部的自我观察。举个比较普通的例子，契诃夫的《万卡》——中学课本里有的。作家先是写天黑了，屋顶很黑，然后写雪很白，接着写天空：

> 整个天空布满快活得直眨眼睛的星星，天河很清楚地现出来，看上去仿佛人们为了过节拿雪把它洗擦过似的。

表面上描写夜晚天空的风景、星星、天河，实际上表现的是孩子的心情。外部夜色很黑，屋顶也是黑色的，只有星星很亮。为什么星星是快活的呢？因为孩子内心快活单纯，但又不是纯粹的快活、单纯，潜在的是难受。一方面是夜很黑，一方面是星星很亮；一方面他在难受，一方面他单纯地以为信写出去以后，祖父会来救他。作家表面上没有写孩子的心灵，实际上又让你感受到孩子的纯洁和可爱，以及孩子可怜的灾难命运。

这样就引出了一个很重要的观念，要通过外部的观察充分地调动内心的活跃，暗示出一种潜流，让你表面感觉不到，实际上深深地震撼了你。这叫有感觉了，或者更准确一点说，就是有感受了。

下雨了，你可以觉得是温柔的，也可以觉得是粗暴的，还可以觉得是恐怖的，是凄凉的，这些都来自你的自我感受，是如此有特点、有个性的深度。这就是艺术创造了。可是，在日常生活中，我们却习惯于一个漠然的结论——下雨了，这就是没有感受，不但是没感受，而且是没有感觉。没有自我感受，就没有可写的东西。有才能的作家常常对自我的感觉加以回味、审别，看哪些成分能引起内心什么样的感情，是温存的还是忧郁的，是欢乐的还是悲哀的。即使有了这些还是不够艺术，还要提炼，因为艺术的感受不但要真诚，而且要独特，是你私有的，不能是公有的、共享的。

感受是为作家的个性所净化的一系列有内在联系的独特感觉和情感。

高尔基在 1912 年写信给斯坦尼斯拉夫斯基说："艺术家是这样一个人，他善于提炼自己个人的主观印象，从中找出具有普通意义的客观的东西，他并且善于用自己的形式去表现自己的观念。"

艺术感受在表现上是个人的，但艺术家可以从中提炼出普遍性的成分。艺术家的能耐就在于从主观的特殊印象中发现那与客观、普通相通的东西。

高尔基又说：

> 大多数是不提炼出自己的主观印象，当一个人想赋予自己的感受的东西尽量鲜明和精确的形式的时候，他总是运用现成的形式——别人的字句、形象的画面。他正是属于占势的、公众所公认的意见，形成自己个人的意见，就像别人一样。
>
> 我确信，每一个人都有艺术家的禀赋，在更细心地对待自己的感觉和思想的条件下，这些禀赋是可以发展的。
>
> 摆在人人面前的任务是找自己，找到自己对生活的，对人的，对既定事实的主观态度，把这种态度体现在自己的形式中，自己的字句中。①

找自己，这似乎是一个怪问题，自己不是在自己这里吗？其实不然，大多数人虽然有自己的躯体，却没有自己的感觉，没有自己的感受。找自己就是要找到自己的感受，还要找到自己的话语，自己的形式。为什么要找呢？因为自我处于失落状态而不自知。常常以为是自我的感觉，事实上是流行的套话，自我被权威的、现成的话语统治着，处于失语状态。

① 高尔基：《高尔基文学书简》(上卷)，曹葆华等译，人民文学出版社 1962 年版，第 426 页。

笛卡尔说，我思故我在。问题在于，表面上看你是自己在思考，实际上你是以一种现成的、权威的套路在思考。你好像在说话，却是在用自己的嘴巴讲着大家都讲腻了的话。

能不能找到自己，关键就在于要找到自己的感受；要找到自己的感受，就得把自我从套话中解放出来。余光中的《听听那冷雨》，精彩并不在雨，而是从雨声中听出自己二十多年的文化记忆，因为找到了自己的故国之思的深度而成为经典。要达到这样的程度似乎很难，但是，只要把自己的情感表达出来，只要用自己的眼睛去看，用自己的话把它说出来，这就是艺术。

当然，天才是偶然的，不可多得的，可是这并不是说，一般人就没有希望进行文学写作了。在我看来，只要让自己从流行的套话中解放出来，贴近自己的感觉，就有相当的艺术性。十八年前，我看到一个大学一年级学生写的文章，感到这个孩子很有文学天赋。他考进师专而不是本科大学，走进那个校园，有一种失落感，某种不如意之感。但许多同学都不能很好地表达这种感觉。不久我看到一个同学的作文：

这所大学给我的印象很平常，该长树的地方，都长了树，该长草的地方都长了草，该建房子的地方也都建起了房子。我交了该交的钱，说了该说的话。老师也很平常，该让同学们笑的地方都笑了，只是没有一个老师想让同学哭……

这里所表达的一切似乎很正常，对于校园的树木、建筑、教师，都说不出毛病，但是，其中隐含着机械性的、被动的、无奈的感觉。最关键的是，就是在笑的时候，也隐隐感到要哭。这是有才气的表现，透露出了一种潜在的想哭的痛苦。

后来承这个学生的信任，让我看了他中学时代的日记。其中有一篇写他身为数学课代表，有一次数学考了十五分。接着又拉肚子，不能上学。数学老师就把他课代表的职位撤了。他在日记中说：

当然，我不高兴。不过也挺高兴，常常迟到，耽误同学们交作业，真有点过意不去。现在好了，可以更放心地睡懒觉了。

不过又自我安慰说：

等我有了早起习惯以后，还是要卷土重来的。要重登数学课代表的宝座，数学课代表算什么，要跟 ×× 斗斗，当上班长，全班的元首。

但是他的成绩太不稳定了，数理化三科都要补习。接着他安慰自己：什么事情都是在好与坏中慢慢地过去的。最后他用极大的字写道：

我太讨厌我自己了！

这最后一句，可以说真正地找到了自己灵魂深处的东西。既有当“元首”的雄心壮志，又不回避“讨厌自己”，坦然面对自己的矛盾心态，充满了孩子气，这样的才气实在难能可贵。

这个孩子找到了自己，看起来很轻松，但是，这说明他有才气，难能可贵。对于许多人来说，内心要复杂得多，找到自己是很不容易的。因为：第一，现成的套话往往占据着不言而喻的优势，不少作家，找到自己往往要经历一个苦难的历程，在不断地自我更正中，反复找寻自己，才有所接近。有的人顶着作家的帽子，往往一辈子都只能用自己的嘴巴唱着别人的歌。第二，自己是很复杂的，不是像前面所说的那个孩子那样单纯。邵燕祥在答上海《文学报》记者问时说："找灵魂的路，好艰难啊！"[①]贾平凹以一个画家的"写意"为喻说："既不是理性的，又不是非理性的，但它是真实的，不是概念的。艺术（家）对自己的感情、社会、政治、宗教的体验与内在的互相纠缠，形成不可分割的整体，成为内在灵魂的载体。"[②]正是因为很复杂、很丰富、很"纠缠"，又不可分割，再加上非常独特，所以很难用现成的语言加以表达。找到意味着不仅仅是自己感到，而且用自己的语言，而不是他人的、权威的、现成的语言表达出来，因而是非常非常艰难的。一般人是不能胜任的，只有艺术家、天赋甚高的人，才能达到这种境界于万一。

第十讲　感受力：把自我的特点和对象的特点结合起来

感受力不仅表现为对微观世界的感受，也是作家心灵的表现。在对客观世界的感受中，他的个性、气质以及他的情感得以结晶，个性得以深度概括。有了感受，情感就有了可以生发的台阶。有了感受，就有了形象的核心，以感受实现审美价值，在其深层也有理性作为底蕴。问题在于，如高尔基所说的，要找到自己的，有别于流行的、通用的、权威的感受并不容易，而一旦找到了，就是胜利。

我们来看萧红在《呼兰河传》中怎样写她家的那个很普通的园子里的很普通的景观：

> 太阳在园子里是特大的。花开了，就像花睡醒了似的。鸟飞了，就像鸟上天了似的。虫子叫了，就像虫子在说话似的。一切都活了，要做什么，就做什么。要怎么样，就怎么样。都是自由的。倭瓜愿意爬上架就爬上架，愿意爬上房就爬上房。黄瓜愿意开一个黄花，就开一个黄花，愿意结一个黄瓜，就结一个黄瓜。玉米愿意长多高就长多高，他若愿意长上天去，也没有人管。蝴蝶随意的飞，一会从墙头上飞来一对黄蝴蝶，一会又从墙头上飞走了一个白蝴蝶。它们是从谁家来的，又飞到谁家去？太阳也不知道这个。只是天空蓝悠悠的，又高又远。

---

① 《文学报》2015年8月13日第2版。

② 《文学报》2015年8月13日第6版。

我玩累了，就在房子底下找个阴凉的地方睡着了。不用枕头，不用席子，就把草帽遮在脸上就睡了。

在我们大学课堂上，特别是在中学课堂上，有一种占据主流的说法，那就是写作要贴近生活。按着这种理论，就要贴近这个园子里的花、草、虫子、蝴蝶。萧红写得很精彩，有没有贴近花、草、虫子、蝴蝶呢？没有。“虫子叫了，就像虫子在说话似的”，“倭瓜愿意爬上架就爬上架，愿意爬上房就爬上房”，“玉米愿意长多高就长多高，他若愿意长上天去，也没有人管”，“蝴蝶随意的飞”，它要往哪儿飞，“太阳也不知道”等，园子里的这些生物并没有这样的感觉，这不是不真实吗？但是，它很动人。原因是这些生物有一种孩子气的、调皮的心态，这种心态被萧红漫不经心地概括为“一切都活了，要做什么，就做什么。要怎么样，就怎么样。都是自由的”，不管做什么，都没人管，都是自由的。就是自己随便躺在地上，祖父也不管。这里最动人的不是园子里的花草之类，而是孩子的（富有年龄特点的）心灵，不是贴近花草之类，而是贴近孩子的心灵的那种没人管的自由。萧红没有受过多少系统的文学教育，她的不朽基本上是靠她的天才。

要找到自己，并不是一个很轻松的课题，就是伟大的作家也不是一蹴而就的，往往经历反反复复地修改，才能达到比较精确的境界。

托尔斯泰写《复活》中女主人公的出场，反复修改了二十多次，就是为了找准感受。

故事是这样的：年轻的大学生聂赫留朵夫到姑母的庄园去度假。庄园里有一个小女仆卡秋莎，是他姑母的义女。女仆非常美丽，是吉卜赛女人的私生女。第一次去，聂赫留朵夫还比较纯洁，两个人之间就有了感情。第二次去，聂赫留朵夫已经参军了，在部队里学坏了，道德堕落了，就勾引了卡秋莎，使她怀孕了。卡秋莎被赶出了农庄，流落到城市，成了妓女，并且被人诬陷，说她谋杀了商人，要受审判。而聂赫留朵夫这时已经成为上层贵族的头面人物，正是法庭上陪审团的成员之一。他看到卡秋莎变成妓女，名字叫玛丝洛娃，内心大受震动，决定忏悔。他去营救她，并向卡秋莎求婚，但遭到卡秋莎的拒绝。他跟着判处流放的卡秋莎到了西伯利亚，而卡秋莎却嫁给了一个民粹派的革命者。

我：现在，我们要研究的场面是，聂赫留朵夫在陪审团席上看到了卡秋莎，这个时候作者的任务是什么？是不是描写卡秋莎的外貌？

生：当然要写外貌。写他多少年后，震惊于旧情人的变化。

我：写这个外貌或肖像描写的难度在哪里呢？

生：写外貌的同时要找到他对她情感的特点。

我：特点在哪里呢？

生：一方面是旧情人，一方面是个妓女。

我：对了，感受是很复杂的，不是一下子就能找准的。托尔斯泰第一次写她的肖像是这样的：“她是一个瘦削而丑陋的女人，她所以丑陋，是因为她那个塌鼻子。”你们觉得，这样行吗？

生：不行！太丑了。不可爱，不好玩。

我：她当了那么多年的妓女，而且灵魂已经麻木。这样写丑有什么不可以啊？可以啊！那是因为被摧残，而且绝望。

生：写得丑，有问题。她原来不是那么丑的，很漂亮的，很迷人的，不可能一下子变得那么丑，她才二十多岁嘛，至少是风韵犹存。（大笑）

我：我同意。但还应该有什么理由，你们想想看。

生：那么瘦，那么丑，读者对她的同情就要打折扣了。如果是一个非常漂亮、非常妖艳的女人，读者会有一种怜惜的感觉。（笑声）

我：仅仅是读者的问题吗？读者的感受，是受作者提供的形象影响的。托尔斯泰对这样一个受苦、受迫害的女性，对她的同情表现在哪里呢？所以，托尔斯泰和你们一样，觉得把她写得太丑了，没有充分表现出他对她的同情，不准确，必须强调一下他的同情。怎么同情法呢？把她写得美一点：

> 她一头黑发，梳成一条光滑的大辫子，有一对不大但是显得异乎寻常的发亮的眼睛，颊上一片红晕。主要的是她浑身烙上了无辜的印记。

后来的修改稿上作家把她的美丽强化了一下，说她有着美丽的前额，发亮的黑发，匀称的鼻子，眉毛下有双秀丽的眼睛，还写她长着一张男人见了不得不回头看一下的富有魅力的脸。这样，托尔斯泰对她的同情就表现出来了。但这是否很准确地传达了托尔斯泰对她的感受呢？你们说说看。

生：好像太美了，太纯洁了，不像妓女。

我：对，太美了就不准确了。托尔斯泰不仅仅是对她同情，而且为她的落魄感到丧气，感到痛苦，感到罪过。这种感情在如此纯洁的外貌上是表现不了的，托尔斯泰不满意。她进入城市后，她的堕落生涯、卖笑生涯对她的摧残，必然在她的生理上、心理上留下痕迹。在改动二十几次后，定稿是这样写的：

> 那个女人……头上扎着一块白头巾，分明故意让几绺卷曲的黑头发从头巾里滑下来。

我：这说明了什么？

生：说明虽然是囚犯身份，但她还是有点卖俏。这是妓女生涯对她的影响，哪怕当了囚犯都没有改变。

我：我们来看托尔斯泰的功夫：

那个女人整个脸上现出长期幽禁的人的脸上那种特别惨白的颜色，使人联想到地窖里马铃薯的嫩芽。

我：作家的同情表现在哪里？

生：马铃薯的嫩芽。人在监狱里待了很长的时间，脸色惨白，这里就包含了对她的怜惜和同情。

我：对了，作家要找到自己对于人物的同情，不是抽象的，要落实在具体的细节上，在“马铃薯的嫩芽”上。马铃薯的嫩芽是有毒的，这个联想就丰富了。接下去是：

她的眼睛显得很黑、很亮，稍稍有点浮肿，可是非常有生气。

我：如果不是生活的摧残，监狱里见不得阳光，本来她是很漂亮的。虽然这样，还是很有生气。托尔斯泰从“浮肿”和“有生气”的矛盾中，找到了自己怜惜的感觉：

其中一只眼睛略为带点斜睨的眼神。她把身子站得笔直，挺起丰满的胸脯。[①]

我：这样写，没有丑化，也没有美化。把头发放下来卖俏，脸上的浮肿，马铃薯发芽的惨白带青的颜色，说明她还是有内在的美，有生气，但是，这种美是有毒的。作家的眼睛带着怜惜。斜斜地看人（少女不好意思正面看人），站得笔直，挺起了丰满的胸脯，说明她自我感觉良好。这样的感受才比较准确，既是痛心又是厌恶，既是理解，又是同情。作家非常深刻的、复杂的感受，就这样通过对人物的外在观察细致地表现出来。

我们看到的不仅是人物的肖像，而且是作者心灵的肖像。作家把自己灵魂深处深刻复杂的情感，包括某种程度的智性都表现出来，这才叫深刻的形象。一个伟大的作家，一个深刻的作家，总是把自己整个的心灵都投入进去，写出对描写对象的理解和情感。虽然表面上他不一定流露出来，不用感叹、抒情，而用比较平淡的叙述，但是内在的同情、内在的怜悯、内在的理解等都不着痕迹地渗透在外部的形象中。

《水浒传》中的英雄可谓家喻户晓，实际上，人们在生活中遇到这样的人，是觉得可怕的。这些所谓的英雄有时干起事来是不讲道理的，很野蛮的。李逵劫法场救宋江，杀官兵杀得兴起，连看热闹的头也砍去。杨志要上梁山，就要杀一个人，随便什么人，只要是给他碰上。这不是土匪吗？但作者还是把这些人当作英雄来表现，他们杀了那么多人，都是你不认识的，没有什么了解的。如果杀一个人，是你了解的，如他是一个好人，那就不同了，你就不会把他们当作英雄来崇拜了。武松血溅鸳鸯楼，杀了十几个人，其中一些你了

① 以上引文均见符·日丹诺夫：《〈复活〉的创作过程》，雷成德译，内蒙古人民出版社1982年版，第21—22页。

解的，都是坏人，是陷害武松的恶霸、官僚，可也有一些如厨子、丫鬟、老妈子，明明是无辜的，也被杀了。为什么读者不觉得武松很恶劣呢？因为你和被杀的那些人没有感情。

武松有一次被孙二娘麻醉了，差一点被孙二娘做成了人肉包子。那么，读者为什么对孙二娘这个母夜叉没有什么恶感？设想一下，如果武松真的被她杀了，等到人肉包子都吃下去了，那孙二娘的形象就比较可恶了。作者有意不让你看到那残酷、野蛮、恶劣的一面，一味突出他们被逼造反的一面。有冤无处申，只好以暴抗暴，就是杀了无辜良民，也都略而不计。作者的整个感受就是这样，他们是好汉、英雄，即使危害了好人，也是英雄，比不敢造反的要英雄。

中学课本中鲁迅的《社戏》也是以作者的特殊感受为纲的。什么感受呢？蚕豆、罗汉豆，偷来的最好吃。看完社戏回来，到一个小朋友家的田里去偷来的，这蚕豆挺好吃，以后再吃，就不好吃了。看戏呢？就是农村的草台班子戏最好看，城市里大戏园的戏就不好看，全是乱跳乱舞。这就是一种感受，对农村、对童年的纯真、朴素的人情关系的一种诗意的怀恋。生活和灵魂的密码结合在一起就构成了感受力。

但是当代的文学理论，尤其是有些流派，跟这个说法有差别，甚至是很大的差别。

有些理论家主张不重视主观感受，主张解剖人物和生活的时候，力求避免主观感情，甚至主张要有科学家的冷峻。早在 18 世纪和 19 世纪，所谓自然主义的作家，有自然主义倾向的作家，有这样的理论主张。20 世纪 80 年代，有一种流派特别强调作家在作品中不要露面，作家要撤出作品，不要流露自己的感情。所谓感情的“零度”，也就是感情是中性的，是不偏不倚的，倾向性不要流露出来，作者只提供人物的生存状态。其理论基础是，尊重读者的主体意识，作者要为读者留下空间，让不同的读者得出不同的判断。这就是罗兰·巴特为什么主张“零度写作”“作家退出作品”的原因。这种主张在 20 世纪中后期形成潮流，根据这种主张创作的小说比较强调叙述，回避感情的流露，不强调激情，更反对滥情。

但作家完全退出，绝对的零度写作，精神、情感空白，这是不可能的。作品中至少肯定有一个叙述者，有价值判断，无非比较含蓄、比较隐蔽罢了。

从历史发展过程来看，这种潮流是对浪漫主义和现实主义偏重主观情感潮流的反抗。从艺术上来说，从重描写发展到重叙述，是一种创新。读惯了新时期的小说，习惯了简洁的叙述，再读古典趣味的小说，例如巴金的小说，就会觉得他的主观的浪漫的情感太缺乏控制了。过去，有人曾预言巴金可能得诺贝尔文学奖，我当时就说这不可能。巴金感情的外露，与世界文学潮流追求叙述的趣味背道而驰。

为什么会出现这样一种理论？为什么会出现“零度写作”“作家退出作品”这样的主

张？因为文学审美强调情感有片面性。文学固然以情感为核心，但情感并非文学的全部，在这个核心的外部是感觉，内部是智性。20世纪的文学把情感探索得相当精彩，相当深刻了，但对人类的智性和情感的关系，尤其是对智性，则缺乏表现。正是在这样的情感下，人类的智性和人类的感性一直未得到更充分的重视。作家对情感的把握，离不开哲学观点和终极关怀，缺乏智性的情感可能是肤浅的。对作家的评价，单纯从审美价值来看，可能是片面的，情感和理性往往是交融在一起的。为此，我提出了“审智”作为对“审美”的补充。这个问题我们到小说和诗歌部分再细细展开。

第十一讲　想象力：联想的渠道——相似、相近、相反

作家通过观察和感受，把客观对象的特征和主观情感特征结合起来，这种结合不是原生状态的结合，而是要通过变异、假定的状态去结合。变异的性态不是现实的性态，而是想象的、假定的、虚拟的性态。不通过想象就不能把主客观统一在天衣无缝的水乳交融的意象中。

因而要研究文学形象，就不能不研究作家的想象的特征。但想象力不仅是作家的，从事任何一种职业的人都需要想象力，政治家、科学家等都有各自的想象力。总的来说，想象可以分为两类：一类是艺术家、作家的想象力，这不是实用的，而是审美的；一类是科学家、政治家、工程师等的想象力，这是科学的、实用的。

第一，作家和科学家的想象力有时候是一致的，作家的一些幻想往往是科学发现的前导。导弹就实现了《封神演义》中法宝相斗的想象。孙悟空拔根毫毛一吹，变出很多小孙悟空，这原本是艺术家的想象，看起来是很荒唐的，可是现在的克隆技术已证明是可以做到的。古代神话传说，一个人到山里去采药，回来后时间就过去很久了，“山中方七日，世上已千年”，这种时间的相对性也在某种程度上被证实了。爱因斯坦的相对论说，在火箭的速度达到光速三十万千米/秒的时候，人的寿命就会延长，已经得到部分的证明。有一种微粒子经过几十万电子伏特的回旋加速器的加速，它还未达到三十万千米/秒的速度，生命就延长了。原来它的生命大概四十八分之一秒，经过这样加速，生命延长了三倍，即十六分之一秒。根据这一点，科学家想象儿子的年纪比老子大，也是有可能的。

如果真正能制造出光子火箭的话，火箭的速度就和光的速度一样，每秒三十万千米。假设一个飞行员二十五岁，他有个一岁的孩子，而他要到某个星球上去，把孩子放在地球上。他要去的星球距离地球是十六光年，来回一趟，就是三十二光年，在地球上是过了

三十二年。可在光子火箭上，这个飞行员生活的时间并没有三十二年，而是去一次增加了一岁，回来又增加一岁，他回来的时候只有二十七岁。而他的孩子在地球上已过了三十二年，三十三岁了。

这当然是一种想象、一种推测，虽然还没有被最后证实，但说明了科学的想象和文学的想象是有相近之处的。想象对于一切创造性的学科都是必要的。如果阿基米德没有想象，坐在浴缸里时也就不能悟出浮力的原理来；如果爱因斯坦没有想象，就不会推出 $E=mc^2$，物质的能量如果能释放出来，等于质量乘以光速的平方。

所以爱因斯坦强调想象比知识更重要。他认为知识是有限的，而想象能概括全世界的一切，推动着世界进步，是知识进化的动力。

有些理论家就把想象看得很不重要。比如柏拉图，他认为诗人就是全靠想象的，因而他的《理想国》就把诗人排除了。他把不爱哭、不爱笑、没有感情的数学人放在他的理想王国。

科学和文学的想象可以说是一对冤家，若即若离。看到它们相通的一面，人们就倾向于把科学的想象和文学的想象混为一谈。

科学想象与文学想象的不同在哪里呢？第一，科学家要实证。月亮绕地球旋转，对文学家来说，这是无法证明的，文学家的许多想象是不能证明的，真要证明一下，是很可怕的。李白说："日照香炉生紫烟，遥看瀑布挂前川。飞流直下三千尺，疑是银河落九天。"如果是科学的话，整个银河的星球都掉到地球上来，地球就会被炸得灰飞烟灭，人类就不存在了。科学想象是严密的，能以数学来证明。如牛顿的万有引力，最初也是一种想象，它要成为一种科学，就需要得到数学的证明。地球的引力必须以数学形式计算出来，这又得把地球的质量计算出来，但地球的半径没算出来，地球的质量也就算不出来，这就不得不等待了好多年，等地球的半径算出来了，其质量才算出来。这才证明了引力与物体距离的平方成反比，跟质量成正比，而且前面还有一个常数。这样的想象才称得上是科学的想象。

这就是说，科学想象以数学为最高表现形式，公式化、概念化是其最高的理想；文学想象则恰恰相反，公式化、概念化是其大敌。如果我们把二者混淆了，用公式化、概念化的方法去写作，是非死不可的。

第二，科学家表现的是理性，而文学家表现的是感情。比如科学家可以说，给我一个支点，我可以把地球撬起来。这是一种想象，虽然很困难，却是有数学根据的，表现的是理性。文学的想象表现的是感情，它可以不讲科学根据，不讲理性。苏东坡在一首词里说："我欲乘风归去，又恐琼楼玉宇，高处不胜寒。"他想到天上去，但又怕月亮里的琼楼玉宇太寒冷，实际上这不是寒冷的问题，而是月球上无水无空气，根本活不成，一去就完蛋。这种想象，并不因为苏东坡没有理性而失去文学价值。相反，如果科学家讲情感就没有科学价值了，因而文学家是比较自由的，他的想象是独特的，不可重复的。每一个文学家之间的想象都可以不同，同一个月亮有多少首诗啊，问月、送月、待月、望月……我手头有一本书，是一个香港诗人编的，叫《一百种关于月亮的想象》，每一个人写出的月亮都不一样，而从科学的角度来说，只有一个月亮。

第三，文学想象是特殊的，而科学想象是普遍化的。研究原子的，哪怕是研究一个原子，得出的也是普遍性的结论，原子结构全世界都一样。研究资本主义的，像马克思主义的研究，不是研究其侵略、抢劫、贪污、海盗等特殊状态，而是研究其标准化（纯粹）的状态，如商品中的矛盾、使用价值、交换价值、剩余价值，得出的是普遍性的规律。文学恰恰相反，所以，巴尔扎克笔下的资本主义发展期间的人物，都是非常特殊的、个性化的人物。

所以，我感觉，朱光潜先生提出的“美就是想象”的命题，比车尔尼雪夫斯基的“美是生活”要好一点，但他没有把文学想象与科学想象的区别加进去，是不够完美的。

最关键的一点，文学想象来自感知的变异，感情冲击了感觉，作家的观察就掺进了情感，就不是原来的样子了。

传统理论中“如实反映生活”一说，是不可能的。因为主体的介入，客观和主体特征结合起来，肯定有所变异，不是性质的变异，就是形态的变异，或者功能上的变异。这个道理很简单，但传统的理论忽略了。过去西方的理论家强调艺术的两种精神，如尼采在论悲剧起源时说，艺术有两种精神：一种是“醉”的精神，古希腊的酒神狄俄尼索斯精神；一种是“梦”的精神，阿波罗的精神。“醉”的是不清醒的、无理性的，“梦”的也是不清醒的、朦胧的。有了这两种精神，才能变异。弗洛伊德有一本讲这个问题的书叫作《梦的畸变》（distortion）。[①]

想象难在变异，因为变异不是乱变一气，而是有相近、相似的联想渠道的。郭沫若在《凤凰涅槃》中，把古埃及的不死鸟和中国的凤凰结合为一体，自焚的火光变成毁灭旧世界和旧我的光明，是相近、相似的；把死亡的痛苦变成新生的欢乐，是相反相成的。

想象的成功与否，关键就在联想的渠道是否顺畅。

我：比较一下。“梨花一枝春带雨”是白居易在《长恨歌》中以花来形容杨贵妃的美的。能不能换一种花，如“玫瑰一枝春带雨”“桃花一枝春带雨”，都是形容美人在

① 此书有多种译本，有译成《释梦》者，车文博主编，长春出版社2004年出版；有译成《梦的释义》，张燕云译，辽宁人民出版社1987年出版。

哭，哪一个比较精彩？

生：“梨花一枝春带雨”最好，因为有相似的联想渠道。

我：再具体一点分析，能做到吗？

生：梨花是白的，女人哭和苍白有关，有点凄美之感，与李杨的爱情悲剧性有相似、相近的联想基础。玫瑰带雨，红红的色彩和眼泪的悲凉，缺乏相似性，联想不畅。“桃花带雨”很难和悲剧性联系起来，因为桃花是艳丽的。

联想渠道畅通的要领是相近的“近”，相似的“似”，想象的要害是变异的“异”，“异”就不是“近”，而是远。有了“近”和“似”，就可以自由地向相异的远方飞跃了。从梨花到苍白，提供了相似的联想渠道，就打通了雨变异为泪的渠道。“霜叶红于二月花”为何被人如此看重？霜叶是红的，二月花也是红的，是相近、相似的，有了这个渠道的畅通，就可以把秋天的枫叶变成二月的春花了。

舒婷《神女峰》中的神女原是石头，但由于它直立，直立和女人眺望在形态上是相似的，有了相似的渠道，就不难把石头变成等丈夫回来的女人了。相似与相异相反相成，相辅相成，想象就自如了。

越是相似相近，越有利于相反的联想，但这不是绝对的。也可能出现相反的情况，如从“朱门酒肉臭”联想到“路有冻死骨”，这是相反的联想；“荣枯咫尺异，惆怅难再述”，咫尺是相近的，荣与枯是相反的。最明显，最有相反联想的自觉的是闻一多的《死水》：从破铜烂铁想到翡翠是相反联想，而从铜绿想到翡翠，又是相近联想。铁锈和桃花都是红的，是相近的，但从铁锈的腐朽想到桃花的艳丽，又有相反的特点。油腻是肮脏的，而罗绮则是高贵的丝织品，其间的联想是相反的。霉菌是叫人恶心的，云霞是美好的，联想的渠道又是相反的。闻一多的这首诗之所以在想象上这样精致，是因为它把相近、相似与相反的联想渠道运用得出神入化。

闻一多这样的经典之作，并不绝对是他自己独特的创造，显然是受到了法国象征主义波德莱尔《恶之花》的影响。这里的“恶”不但是邪恶，而且还有忧郁、痛苦和病态之意，意义显然是负面的。而这里的“花”则是善的、美的。波德莱尔以相反的联想对恶进行反思：它既是邪恶的，又是美的。反之，一切善的东西，他也作反向联想，其中也有恶。例如在一首题目叫作《祝福》的诗中，本来写的是妇女生育这样美好的事情，奉全能全智的上帝的意志，所生育的还是一个诗人，但是，波德莱尔却让这位妇女这样自白：

啊，宁可生下盘成一团的蝰蛇，
也不养活这丢人现眼的东西
真得诅咒那夜转瞬即逝的欢乐

害得我怀上这赎罪的祭礼。

理解这样的诗的关键有两点。第一，诗人和蝰蛇、欢乐和诅咒、天神和罪恶的对立，而使得这一切对立统一、转化的，则是“那夜转瞬即逝的欢乐”，是人的情欲。当然，波德莱尔之所以成气候，成为一个风行一时的流派代表，而且产生影响，与西方基督教的“原罪”说有关：要得到真正的善，只能通过自身的努力从恶中去开拓；要得到美，则要从恶和丑去转化。更重要的是，当西方浪漫主义风靡一时，诗歌为美的抒情的统治，乃至走向极端，必然走向反面，造成了以丑为美、以恶为善的潮流。

第十二讲　表达力：语言的常规用法和超常规用法

形象的胚胎是客观对象的特点和作家情感的特点在想象中变异的结合，在结合时，若无恰当的语言表达仍然会落空。传统理论在这方面是有缺点的，所谓“在心为志，发言为诗”，把诗看得太简单了。首先，内心有了志，有了情，不一定就有语言，可以意会，不可言传，言不及义者比比皆是。其次，有了言，但可能并不是诗的语言。再次，就是有了诗的语言，也可能是前人的陈言。我们前面讲过，为了表现心中的忧愁，中国古典诗人耗费了上千年的心血，失败者多于成功者。无论有多强的心理素质，若没有独特的诗的语言来表达，一切都白费。这是因为，文学与其他艺术形式不同——表演艺术家靠的是身体动作，音乐家则是旋律。作家的唯一手段是语言，文学是语言的艺术。

20 世纪流行的语言学认为，语言是思想的物质外壳，人有了思想后，要寻找语言去表达，没有语言表达，就没有客观实在，对方感觉不到。现代语言学认为，语言符号和思想是一起产生的，不能分开，离开了语言，思想就不存在，而语言本身也是思想，其中包含着民族文化的价值观念。这与中国古代的言意之辨是有矛盾的。语言学家还在争议，言与意之间是有矛盾的，还是结合在一起的，我们无法介入，但作为写作者，根据经验，言与意之间有一定的差异，可能是有道理的。提出言与意不可分，若无语言，思想便不存在，至少对写作有很大好处，让我们更加明确，不仅要有思想、情感、想象，而且要有语言的训练。歌德说：“一个人能达到的最高境地，是意识到自己的情绪思想，是认识他自己，这可以启导他，使他对别人的心灵也有深刻的认识……我们说莎士比亚是最伟大的诗人之一，同时，我们也承认，不容易找到一个跟他一样感受着世界的人，不容易找到一个说出他内心的感觉，并且比他更高度地引导读者意识到世界的人。”[①]

① 《莎士比亚评论集》（上），中国社会科学出版社 1979 年版，第 297—298 页。

歌德的这个说法是很大胆的。他的话中有个意思没有明说：能够意识到自己的思想和情绪，并且能够用自己的语言来加以说明的，是少数人，多数人是没有这个能力的。因为没有说明自己的能力，因而也就没有能力去说明他人。只有天才作家、伟大作家才有这种能力。可见语言对文学、对人生具有何等决定性的意义了。

现代语言学认为，只有感知经验语词化了，才能完成感知的任务；只有表达出来了，语词化了，事物的特征化为信息的最小单位，才是真正地被感知了。我们有时的确感觉深刻，但无法表达，如爱情的感觉无限丰富，至今我们还尚未完全表达出来。曹雪芹、巴尔扎克在描述爱情之前，爱情早已存在。在他们表达后，爱情对许多人来说，才变得那么奇妙、复杂、丰富、诡秘。而按现代语言中比较极端的理论，没有表达就没有爱情了，这是可以研究的。没有化为语言的感觉，就是未完成的或处于潜在的昏迷状态的情绪，只有经历了语词的命名，才算货真价实的感觉。中国办喜事的“喜”字在西方被译作“幸福”（happiness），实际上“喜事”“喜气洋洋”与“幸福”的差距是很大的。由于两国语言的差异，中国人对 happiness 的想象是很难想到办喜事的。

语言符号还引导、制约、唤醒着人的感觉。余光中先生在《牛蛙记》中记述了这样一件有趣的事。他住香港沙田，农村环境，每夜有牛蛙喧闹，夜不能寐。而他的朋友陈之藩，初来，对之听而不闻。待到余光中告知，此乃牛蛙，第二天，他居然形容憔悴起来，因为知道了是牛蛙，就失眠了。

按传统的理论，人的特点是能够制造工具、有目的地劳动、改造世界。但按符号学的理论，人的特点是能够运用语言符号。语言符号对人可谓功莫大焉，但它有一个大缺点，就是它很有限，不够用。比如用语言表现声音就很困难，因为象声词有限，而且不论如何“象声”，其实都不大像，且中国人的“象声”与美国人的“象声”又不一样。再说，有些声音是无法模仿的，如乐曲，不能用语言，只能另外来一套乐谱。至于说到颜色，那就更丰富了，有一两千种，而能够表现颜色的词不到一百个。

语言本质上不是模仿，而是象征，是一种符号，不过是社会约定俗成的。

语言是有局限的，越是抽象的东西越难用语言表达。所以，语言的词量很少，而要表达的意思很多，便出现了需要同样的词表达许多不同意思的语言现象。这种语言现象叫一词多义，即同一个词在不同语境里有不同的意思，能唤起人们内心不同的经验。

词语是一种符号，它的任务是要表达对一个对象的知觉，而知觉是根据主体经验形成的，这也造成了一词多义的现象。同时，因为经验的极细微的不同，互为交叉、重叠、错位，所以，语词中又有同义词的现象。

语言艺术家要细致区别语言间微妙的差异。但精确用词是很困难的，完全准确运用词语也许是不可能的，由于社会文化、心理、环境、语境等的无限多样，一个词语的中心意义之外还有引申义、暗示义等。有时，引申义和暗示义比中心意义更重要。《世说新语》记载：一天，谢安在家中欣赏下雪的情景，他问一群子侄，用什么话来形容下雪比较好。他的侄儿谢朗说："撒盐空中差可拟。"而他的侄女谢道韫——这是个有名的才女——脱口而出："未若柳絮因风起。"显然，这个"柳絮因风起"更精彩。因为盐的下落是直线的，而柳絮是轻飘的，再加上风一吹，就更加没有固定的方向了。

精确的语言能体现人的联想、经验和感情，但由于人的经验不同，做到语言的绝对精确是很难的。语言有精确、不精确两方面，其中心意义可以是精确的，联想意义在某种意义上也可以是比较精确的，但其他意义由于人的经验、气质、文化背景不同而很难绝对精确，尤其是表达一种审美情感的时候。这本身便有一个悖论：文学主要表达的是审美情感，审美的精确就是情感的精确，但创作时，在性质、量度上达到情感的绝对精确是不可能的。刚才不是说了往往是可以意会不可言传吗？只能最大限度地接近。聪明的作家很明智，知道不可能完全精确，就有意朦胧一些、模糊一些。精确是一元化的，而模糊就朦胧，就千变万化，创造的空间就无限大了。法国有个大作家曾经说，一个动作或一种情况，只能有一种字眼作最精确的表达，这不但是空想，而且是对语言的创造的窒息。

当然，要精确，是有一定道理的。

这就要懂得许多词的微妙的差异，如"死"，就有不同系列的词语。比较文雅的有逝世、仙逝、辞世、弃世、亡故、故去、谢世、丧生、入土、殒命、毙命、羽化、殁、登仙、圆寂、涅槃、薨、驾崩、驾鹤西游、魂归道山等；比较口语化的有完蛋、断气、上西天、翘辫子、见阎王、见上帝、见马克思、上八宝山、睡铁板、（送他）回老家等。

表现死亡现象就有这么多的词语，要准确地把握其间极细致的差别，确切地运用，实在是一个沉重的任务。因为语言的运用不仅要表达客观的现象和自己的感情，而且要唤醒别人的经验和相关的情感。

一个朋友的父亲死了，你能不能说你爸爸完蛋了，断气了，上西天了，翘辫子了？能不能说你爸爸驾崩了，圆寂了？虽然你说的都是死亡这回事，但你这样说可能造成严重后果。人家的亲人去世了，心里很难过，而你所说的完蛋、断气、上西天、翘辫子，没有一点难过的感觉。这些词语隐含的情感色彩是很不庄重的，给人幸灾乐祸的感觉。反过来，用一些庄重的词语行不行呢？说驾崩了或圆寂了也不妥。"驾崩"是皇帝的专用词语，平头百姓用起来，不伦不类，有滑稽之感；而"圆寂"一词只适用于和尚，用在一般老百姓身上，也容易产生不严肃的感觉。

对作家而言，要对这些微妙的差异作准确的区分，不下苦功是不行的。

但是，下了苦功，掌握了这些词语不同的感情色彩，是不是就足够了呢？还很不够，这只是达到了准确用词的起码水平而已。一个作家的任务不仅在于准确用词，而且要有创造性，要开拓词语的可能性。正是因为这样，作家才被称为语言的艺术家。有时候，恰恰有这样的现象，越是看来不正确的运用，越是精彩；越是不伦不类的运用，越有趣味。比如刻意唤起幽默的感觉时就是这样。在《说唐》中，程咬金在瓦岗寨做草头王，隋朝派了大将裴元庆——《说唐》中的天下第三条好汉——来征讨。程咬金一听就怕了，慌张地说："孤王要驾崩了。"这个"驾崩"用得很不妥。首先，死亡，即使是皇帝的死亡，也不是主观意志可以控制的，要它来就来的；其次，作为皇帝，大敌当前，在公开场合这样说，也不合身份，但这恰恰表现了他的农民本性，根本不适合做皇帝。正是这种不妥，用我的话来说，语义"错位"了，才显得精彩。再如鲁迅的《风波》。七斤进城，辫子被人家剪了，他的老婆认为这是坏事，极其严重。待他回来，她就对他说："你这死尸怎么这时候才回来，死到那里去了！""死尸"，这是用最狠毒的语言骂丈夫，但她就是用这样的语言来表示她对自己丈夫的特殊关切，她把那条被剪掉了的辫子和自己的命运看得最为密切，于是把自己的痛苦转化为埋怨，把埋怨转化为咒骂，在咒骂中又流露出这个没有文化的女人对自己丈夫的命运的关切。如果不是这样，而让她像很有理性的女性一样，对他说："亲爱的，你上哪儿去了？你不回来，都把人家急死了。"（学生大笑）如果真是这样，就造成了三个后果：第一，鲁迅就不像个语言艺术家了；第二,七斤嫂也不是七斤嫂了；第三，两个人都很像主张准确用词的中学语文老师了。（学生大笑）你们不要笑，我说的不是一般的中学语文老师，而是一些没有出息的语文老师。你们今天不清醒地学习，就有可能变成那种，听说人家父亲死了，不是说你老爸翘辫子了，就是说令严圆寂了。（大笑声）

不要笑，这并不稀罕，我们周围就经常发生这样的事情。我有一个朋友，叫程少堂——我请你们把他的大名记住，因为下面还有用。他现在是深圳市语文教研室的主任了。他在一次报告中说过这样一件事：他小时候很调皮，很贪玩，妈妈叫他吃饭，他老是不理不睬的。他妈妈先是叫：少堂，回来，吃饭啦。没有应答。程少堂，回来，乖孩子。还是没有应答。他妈妈有点冒火了：程少堂，狗日的，回来。孩子马上就出现在饭桌上了。（大笑声，鼓掌声）

这就是语言的妙处。她用非常温柔、抒情、文明的语言，没有效果；她用粗野、漫骂的语言，骂得很艺术。可惜，她没有想到，其实她是在骂自己，骂得儿子和自己一样心情舒畅。这里用词不当，但最大的好处在于，这是她的专利。只许她用词不当，换一个人，这样用词不当，她就不答应，必要的时候，她还要进行武装斗争。（学生大笑）

艺术既要求语言非常精确，又要求语言不精确。有了这种特殊的不精确、不正确，读者的经验才能被唤醒，才可能自由地融合，语词新的可能性才被开发出来。

有时语词的不精确、不正确使用，意义却是很深刻的。

阿Q发现革命了，有人在衣服上挂着牌子，是自由党的牌子，但阿Q说挂的是“柿油党”。阿Q不懂抽象的“自由”概念，便以他自己的经验来歪曲新的政治概念，这种歪曲表现了他的愚昧，也构成了一种谐趣。

语言艺术家有时是以语言精确取胜，有时又是以语言不精确取胜，关键是要唤醒读者的经验。同样的语词可以唤醒不尽相同的经验，这就使语词在不同的语境中有了一种类似弹性的性质。而同一个词义，不但可以正弹，而且可以反弹。骂人的话，也可能反弹出亲热的意义来。从声音符号的局限性方面来说，词语永远是不够用的；从声音符号的弹性来说，一个词的意义是永远发挥不完的。

这就决定了词语发展的两种方式：一是词语不够，增加新词。如科技新词和社会新词：电脑、纳米、黑客、软件、下岗、择校生、牛市、熊市等应运而生。二是现有词义遵循约定俗成的原则不断发展。如原有“酷”一词，是“残酷”一类的意思，但现在流行的“酷”，融合了英语的“cool”，有“帅、冷漠、深沉”等意思，并且产生了“酷毙了”“帅呆了”这样的词语。原来的“菜”一词，本是名词，现在却做形容词，比如“这家伙很菜”。新的意义的延伸，原词的新组合、新变异，从而唤起新经验，对文学而言，都是一种源泉。

人们对某种感觉，本来有现成的语词表达，并不觉得有什么不足，但突然产生了一个新词语，不但很新鲜，而且带来了新感觉。于是，这个词语被迅速推广，被广泛地接受。在推广的过程中，它所创造的更新的感觉被确定下来。如“小姐”一词的发展就既有更新的，也有创造的。它原指富贵人家的女儿，是尊称，有把对方抬高的意味。后来革命了，富人是剥削阶级的代词，穷人出身才光荣，“小姐”变成了忌讳语，被冷落了，在很长一段时间，偶尔用一下，也是带着贬义，比如骂人是“剥削阶级的少爷、小姐”。改革开放后，“小姐”一词又回来了，一般是客气的称呼。在西方，未婚女性都叫小姐，五十岁未婚也可叫小姐；在中国，“小姐”指年轻女性，带着尊重和新潮的意味。渐渐地，年轻的在酒楼服务的女性叫小姐；再进一步变化，则变成了“三陪”小姐，指从事不正当职业的女性。这样，“小姐”一词又带上贬义了。

这和“同志”一词的语义发展形成对照。“文革”前叫同志，是政治上的认同，是信任的表现。其实，这个词的通用是国民党推动的，起初他们党内的人称“同志”，党外的人叫“先生”。后来共产党为了表示党内党外不分彼此，将之扩至党内外，一律称“同志”。在几乎毫无例外的“同志”之中，如果有人被称为“先生”，那就是政治上的一种特殊标志。改革开放以后，“先生”又取代了“同志”，表示超越政治色彩。在一片“先生”声中，如果不是党内会议，在公开场合被称为同志者，就特别引人注目了；而在某些语境中，同志则是指同性恋者。

对不同语境中语词的特殊意味要有高度的敏感，这不仅是作家必须具备的起码条件，而且是灵活使用语言的起码条件。

一个小学生的作文题为《过了一把做班长的瘾》，老师的批语说他不对，瘾是酒瘾、烟瘾、毒瘾的意思，当班长是为同学服务，不可用这种贬义词。其实用了这种在正常情况下是贬义的词，恰恰显得很调皮、很有谐趣。

词的意义是很丰富的，在不同语境里发生不同的变异，这是语言艺术的小儿科，如果对此没有一点欣赏能力，就永远是语言艺术的外行了。比如说“好”，这是肯定的意思，但在特殊语境里还有否定的意思。王熙凤听说贾琏在外包了尤二姐，便说：“这才好呢。”这完全是否定的意思。她抓住把柄了，很得意，充满杀气。林黛玉听到贾宝玉和薛宝钗成婚的音乐，说：“宝玉，你好……”本来是坏事情，好什么呢？你好狠心，还是你好恶心呢？（笑声）既不是好狠心，又不是好恶心，万语千言，从何说起，无限幽怨，无限痛楚，全在其中。

情人之间的谈话，女方骂男方“你好坏”，这与“你很坏”情感不同。“你好坏”里有一点欣赏的意味，是不是？仔细钻研这些现象，那么，弄清语言的无限丰富的变异，并不是很困难的事。

第十三讲　表达力：语义的颠覆和重构，有理陌生化和无理陌生化

我们原来认为作家的创造主要是形象的创造，其中包括语言的创造。但现代语言学就不是这样，它认为所有形象的创造都是和语言结合在一起的，形象和语言是一个东西，语言之外就没有思想，也没有情感。所以，文学创作不叫形象创造，叫书写，把语言写下来，不言而喻的思想情感的表达也就完成了。在我看来，这种说法是片面的，但这种片面是难免的，世界上有哪一种理论是完美无缺的呢？我这里采取的立场是：一方面坚持心理学的立场；另一方面吸收现代语言学重视语言的学说。语言的确是太重要了，太具有决定性了。哪怕最普通的词语，像“好”“坏”，都有那么多复杂的意味，有那么多出神入化的变异。没有一个人甚至一个作家，敢说他已经把这两个字的意义完全彻底地把握好了。即使是常规意义，也相当微妙，至于超越常规的意义，就更是无限的了。生也有涯，知也无涯，语

言艺术家的任务太艰巨了。

再举一个例子。“笑”是愉快的表情，如果说“她愉快地笑了”，这对作家来说是失败的，不如说“她笑了”，这就足够召唤读者的情感记忆了。“愉快地”就是废话，没有增加对读者记忆的召唤量，没有在“愉快地笑”中发现新的潜在量。要讲艺术、讲书写，就要创造，就必须有所发现，在语言常规之中发现超越常规的、潜在的能量，在普通平常的语词里，发现新的闪耀点。“愉快地笑”是很笨的表达。现在我们来一点对话：

我：“他痛苦地笑了”怎么样？

生：倒是比较生动。

我：“笑得很灿烂”呢？

生：不怎么动人。

我：“笑得比哭还难看”怎么样？

生：还有点意思。

我：这句话能更多地调动读者的想象和记忆，而且在调动读者的经验方面比较有特点。传统的理论对语言的运用有一个很权威的说法，即准确、鲜明、生动。你们觉得这种权威理论怎么样？

生：没有错啊！

我：没有错，但也没有对。什么叫准确？是语言准确，还是作者的情感准确？语言是固定的吗？情感只能唤醒，无法准确，它本身就是朦胧的。“她愉快地笑了”不是很准确吗？不是很鲜明吗？“他痛苦地笑了”是不是不够鲜明？但它为什么比较生动？这种理论完全是废话，一点创作的实感都没有。

生：老师，你太尖刻了。

我：我的尖刻就是我的准确，我的鲜明，我的生动。

所以说，语言不能随意地讲什么准确，不准确或者说语言的颠覆也是重要的。司汤达的《法尼娜·法尼尼》写一个贵族女子，为了阻止情人去参加暴动，泄露了机密。情人被关押，她去探监。她看那个革命家看到她的笑容，感到是“令人毛骨悚然的笑”。笑本来是令人愉快的，怎么变得这么可怕？不管从心理学还是从现代语言学来解释，“笑”和“令人毛骨悚然”都有强大的激活量。类似的还有“空洞的笑”“有传染性的笑”“皮笑肉不笑”“干巴巴的笑”，还有曹操在华容道失败时的“笑”，李白“仰天大笑出门去，我辈岂是蓬蒿人”的“笑”。“笑”的意思反差很大，在各式各样的“笑”中，只有特殊的“笑”能让你的语词在想象不到的地方发出光彩来，那才是真正的创造。

那我们就要从两个方面来研究作家了：一是从心理方面；二是从语言方面。

作家的特殊才华有时就在于“不正确”。“不正确”就是超越常规，就是对常规的颠覆。颠覆词语，实际上是一种对语言新的可能性的探索。比如说一个朋友感冒了，很轻微，可是我却把它说得很严重，说“你要驾崩了”，这样用词“不正确”，但其中的情感是很正确的，表示一种调侃。像“你要魂归道山了”“你要羽化登仙了”“你要见马克思了”“你要逝世了”“你要完蛋了”“你要上西天了”“这下你要死翘翘了”等，都是这样。事情并不严重，可我“不正确”地把它和死亡联系起来，又“不正确”地用了词汇，两个“不正确”好像是负负得正一样，变成了友好情感的准确传达。这是非常亲密的朋友才有的心照不宣的共享。如果一味正确地用词，说“感冒了，不要紧，过几天就好了，多喝开水，多休息”，那种共享的亲密的情趣就没有了，但这并没有错。

在表达调侃的情趣时，在追求幽默感时，这种“不正确”的用词，实际上是表达一种“错位”的语义，这是对语言的潜在可能性的一种开拓。关于什么是幽默逻辑的错位，这里没有时间讲，建议有兴趣的同学参阅我的著作《审美价值结构与情感逻辑》①。

有一种理论，说是现成的话语、共同的话语对人的交流很方便，是桥梁；它又是个人情感的、思想的遮蔽，是墙壁。所谓既是桥又是墙的理论，现在得到多数学者的认同，我也觉得很有道理。

现成的话语有一种不言而喻的“自动化”的惯性，这种惯性往往是艺术语言的障碍、墙壁。诗人韩东说过：“太多的词语被污染了。”“因为我们所受的文化教育，词语积淀的意思太多了，太多的词语被污染了，一些本来是中性的词，通通变成了象征，比如一提到大海，浪漫、广阔都来了，但真正的大海是什么，我们反而忘了。诗人对词语非常敏感，应当清除这种语言使用的积垢。”②于是他写了《你见过大海》：

你见过大海
你想象过
大海
你想象过大海
然后见到它
就是这样
你见过了大海
并想象过它

① 孙绍振：《审美价值结构与情感逻辑》，华中师范大学出版社2000年版，第211—234页。

② 晶报微博《我有话说》，2015年7月14日，文章来源于http：//www.sbkk8.cn/zhuanti/wenxuepinglun/77700.html。

可你不是
一个水手
就是这样
你想象过大海
你见过大海
也许你还喜欢大海
顶多是这样
你见过大海
你也想象过大海
你不情愿
让海水给淹死
就是这样
人人都这样

这好在逻辑上是同义反复，但是，其中隐含着人们对于大海这个语词的麻木，虽然见过大海，但是并没有自己的感觉，都是现成的感觉（如大海是辽阔无边的、汹涌澎湃的、伟大的等）。韩东在最后点出，只有水手，有可能被大海淹死，才可能有自己的感受，才能从现成的、自动化的话语中突围。

为了真正表述自己的感觉，就要对自动化的语义进行颠覆，作陌生化的表达。这不但是语言的突破、文学的突破，也是心灵的突破。

比如一讲到“家”，自动化的反应就是，家是温馨的、幸福的港湾。小说家王朔却说：“家就是你在那里面大便感到最舒畅的地方。”这很有一点颠覆性，非常陌生化，很不正规，但是，在表现小说家的“痞性”上是很准确的。你得承认，在家里上厕所和在外面上公共厕所，感觉的确是不一样的。但把非常温馨的家用非常煞风景的语言来概括，这是“家”在语义上的错位，这种陌生化，产生了幽默感。在曹禺改编的剧本《家》中，觉慧说：“家就是宝盖下面一群猪。”这又是另外一种情感，不是幽默、调侃，而是愤激。从这个意义来讲，每一个词语，一方面，在字典上都有一种公用的、稳定的意义；另一方面，在不同语境中，在不同的人物的不同经验和情感中，多多少少会“同化”共享的含义，使之发生某种误差。对科学来说，这种误差是危险的，因而要用界定的办法加以限制，但对文学来说，这种误差恰恰能表现人物情感的多元。

从这个意义上说，任何一个词，在任何一次文学应用中，都应该是一次新的探索、新的拓展。

余光中在《月光光》这首诗中，把“月光”比作“冰过的砒霜”。在传统意义上，月光是与思念亲人的亲情和温情联系在一起的，“但愿人长久，千里共婵娟”“举头望明月，低头思故乡”“月亮弯弯照九州，几家欢乐几家愁”，即使是忧愁，也是美好的、甜蜜的。余光中则进行了彻底的颠覆，月光不是温馨甜蜜的感觉，而是有毒的感觉，它是一种陌生化，但它是合理的，与自动化的汉语联想机制是有联系的。“月是冰过的砒霜”，在表层是陌生化，而在深层则是自动化。这个自动化与余光中特别的情感经历有关。如果是一点关系都没有，那就不是艺术了，任何一个没有艺术修养的人，就可以乱写了。例如“月光光，月光是泥巴”行不行？不行。这倒是陌生化了，但没有深层的自动化的汉语联想机制的支持。余光中的则不然：

月光光，月是冰过的砒霜，

月如砒，月如霜，

落在谁的伤口上？

关键是这个“伤口”。为什么月光照在身上有落在伤口上的感觉？“伤口”这个词语本来是生理方面的，但这里显然不是，而是心理方面的。逗引人思乡的月光居然变成了落在伤口上的砒霜，这肯定是思乡而不得回乡的结果。联系余光中的经历，我们不难明白，这里有这位台湾诗人心灵深处的隐痛。

他看到月光就害怕，已经成为一种病了；他看到月光又非常喜欢，已经达到爱恋的程度了。“月光”的语义衍生、颠覆，陌生化了还不算，还要在颠覆的基础上再颠覆，在陌生化的基础上再陌生化，使之互相矛盾：既有“恐月症”，又是“恋月狂”。

掬在掌，注在瓶，

分析化学的成分，

分析回忆，分析悲伤，

恐月症和恋月狂，月光光。

分析月光是合乎科学的，但这里分析的对象却是抓不住、摸不着的回忆和悲伤。这很陌生化但又很合情感的逻辑，因为月光而想到了故乡，因为不能回到故乡，所以看到月光就有一种解脱不出的怀念。可见，恋月、恐月都是因为怀念之深、之痛啊。

俄国形式主义的陌生化理论，看来是要加以完善的。应该说，陌生化有两种：一种是与母语自动化联想机制互为表里的陌生化；一种是脱离了自动化联想机制的无理陌生化。前者，可以从个人特殊的心理情感中找到逻辑因果，我们叫它“有理陌生化”；相对前者，后者则叫“无理陌生化”。

如果没有正面的“伤口”作为衍生的根据，没有“回忆”“悲伤”“恐月症和恋月狂”

等互为表里，互为说明，那么，“月是砒霜”也只是奇思怪想而已，没有多大深刻的内涵。作家的任务，就是要进行语义的颠覆和重构。

“月光”有一个大家都承认的公共的意思，这个意思使我们能够相互沟通。但我们又有个人的感情，是原来的“月光”的意思所不能传达的，因而必须颠覆原来的意思，进行重构，让“月光是毒药”唤醒读者的情思。

现成的公共的、群体的、自动化的语义，是公共交流的桥梁，但可能成为个人情感交流的墙，重构就是要表现个人的情感。这里有艺术家和非艺术家的区别。把本来的意义解构，把个人的情思渗透进去，这就是对语言的内涵的更新。这个任务非常艰巨，正是因为艰巨，它才叫艺术，艺术最深刻的含义就是不断更新。

朦胧诗的出现就是一场话语的革新。顾城曾在《学诗札记》中这样描述这种习惯是如何使思想情感窒息的：“诗的大敌是习惯——习惯于一种机械的接受方式，习惯于一种‘合法’的思维方式，习惯于一种公认的表达方式。习惯是感觉的厚茧，使冷和热都趋于麻木；习惯是感情的面具，使欢乐和痛苦都无从表达；习惯是语言的套轴，使那几个单调而圆滑的词汇循环不已；习惯是精神的狱墙，隔绝了横贯世界的信风，隔绝了爱、理解、信任，隔绝了心海的潮汐；习惯就是停滞，就是沼泽，就是衰老；习惯的终点就是死亡。当诗人用崭新的诗篇，崭新的审美意识粉碎了习惯之后，他和读者将获得再生——重新感知自己和世界。”①

语言的创新就是重新感知自我，没有新的语言，就会被现成的语言遮蔽。所以，余光中在《剪掉散文的辫子》中，强调散文“独创的句法和新颖的词汇”，认为“对于文字敏感的作家，必然有他专用的词汇，他的衣服是定做的，不是现成的”。

以上一切的词语，其原生的语义被陌生化后变得如此新异，读者不但能接受，而且从中能感到一种艺术的享受。这是陌生化有理的证明。

第十四讲　表达力：从外部细节的静态铺陈到动态叙述

作家的表达力问题已经讲了两次，都是从逻辑概括的角度，把古今中外所有的现象概括在一个统一体内讲的。但这样讲是很冒险的，因为这意味着作家的表达具有一种不变的，没有过程、没有历史的性质。而一切研究离开了历史发展的过程，是不可能有多少深邃的洞见的。

---

① 顾城：《学诗札记》，《福建文艺》1980 年第 12 期。

这回我们来弥补一下，从历史的角度，从发展的角度，探索表达力的奥秘。

在中国，抒情文学发展得比较早。从《诗经》、楚辞、汉魏六朝五言诗歌，到成就辉煌的唐诗，经过了几千年的发展，其中有好几个高峰，《诗经》、楚辞、汉魏风骨、盛唐气象，可以说，达到了中国乃至世界文学的高峰。但就在此时，我们的叙事文学还是比较幼稚的，甚至可以说是落伍的，最明显是没有史诗。最初，小说是不成形的，勉强找根源，只能从先秦诸子的寓言中找到故事轮廓；魏晋有了志怪、传奇，写些奇怪的事情，这也只是小说的胚胎；完整的小说，严格来说，可能是用文言文写的，宋元话本是白话的，应该是小说成形的标志。这时，抒情文学的发展是非常辉煌的，达到了顶峰，而叙事文学相比起来还比较幼稚。不论是唐宋传奇还是宋元话本的成就，要是和唐诗宋词相比，可谓相去甚远。

这时，小说家表现生活和心灵的遇合还比较原始，还不太自信，还比较呆，比较憨，还不能按照叙事的效果对语言进行颠覆和重构。除个别例外，只能勉强写些故事情节。当需要形容渲染的时候怎么办呢？他们就借助于抒情文学，也就是诗的语言，把诗拿来当作叙事的装饰。唐宋传奇中有许多描写甚至是骈文的语言。后来的长篇小说《三国演义》《西游记》《水浒传》，甚至《红楼梦》，到了关键时刻，写重要人物、重要场景的时候，都要来一套诗的语言，基本上是赋体。这是吃力不讨好的，因为它的描写是静止的，和叙事的时间过程是相悖的。现象的平面罗列和华丽的辞藻，并不能调动多少想象，而且这些词语是没有经过颠覆重构的。静止描写作为一种整体的表现方法，它是免不了要沦落的。后来，小说就学会了不依赖静止的描写。《水浒传》到了金圣叹手里，那些静止的、诗化的场面描写、肖像描写被删掉了一大堆，当然没有完全删掉。叙事文学当然要靠动态描写，动态描写是叙事文学的生命。

抒情文学和叙事文学发展不平衡，叙事文学落后于抒情文学，不仅在中国，在西方也是这样。但叙事文学不能一味依附于抒情文学，必须创造叙事文学自己的描写手段。两者的主要区别在哪里呢？有两点。

抒情文学是想象的，是虚拟的，时间、空间是概括的，人物处于想象境界。但叙事文学的动作描写必须具有相当的写实性，即使写神仙，动作语言也必须有现实性。我们来看《西游记》第一回，孙猴子来到南赡部洲寻求长生不老之术，孙猴子飘过西海，直至西牛贺洲地界，见到一个樵子打扮的神秘人物，是这样写的：

猴王近前叫道："老神仙，弟子起手！"那樵汉慌忙丢了斧，转身答礼道："不当人，不当人！我拙汉衣食不全，怎敢当'神仙'二字？"猴王道："你不是神仙，如何说出神仙的话来？"樵夫道："我说什么神仙话？"猴王道："我才来至林边，只听的你说：'相逢处，非仙即道，静坐讲《黄庭》。'《黄庭》乃道德真言，非神仙而何？"樵夫笑道："实不瞒你说，这个词名做《满庭芳》，乃一神仙教我的。那神仙与我舍下相邻。他见我家事劳苦，日常烦恼，教我遇烦恼时，即把这词儿念念，一则散心，二则解困，我才有些不足处思虑，故此念念。不期被你听了。"猴王道："你家既与神仙相邻，何不从他修行？学得个不老之方，却不是好？"

这显然是现实的叙述手法。在这个人物的指点下，孙猴子来到"灵台方寸山"这个神仙福地。背景太重要了，需要渲染，叙事语言不够用了，只能借助另外一副手法。孙猴子望见一座洞府，但见——

烟霞散彩，日月摇光。千株老柏，万节修篁。千株老柏，带雨半空青冉冉；万节修篁，含烟一壑色苍苍。门外奇花布锦，桥边瑶草喷香。石崖突兀青苔润，悬壁高张翠藓长。时闻仙鹤唳，每见凤凰翔。仙鹤唳时，声振九皋霄汉远；凤凰翔起，翎毛五色彩云光。玄猿白鹿随隐见，金狮玉象任行藏。细观灵福地，真个赛天堂！

这显然不是叙述语言，而是赋体诗语。其特点是静止的、平面的铺陈和罗列，缺乏叙述语言的动态。在《西游记》中，这样的赋体很多，大多谈不上精彩。相比起来，其叙述语言虽然简朴，却另有一番生动：

美猴王十分欢喜道："此间人果是朴实，果有此山此洞。"看勾多时，不敢敲门。且去跳上松枝梢头，摘松子吃了顽耍。

这个"跳上松枝梢头，摘松子吃了顽耍"，要比前面一连串的赋体铺陈有性格得多了。及至进入洞中，走近瑶台，见了菩提祖师，赋体铺陈语言又来了：

大觉金仙没垢姿，西方妙相祖菩提。不生不灭三三行，全气全神万万慈。空寂自然随变化，真如本性任为之。与天同寿庄严体，历劫明心大法师。

这样的语言完全脱离了孙猴子当时当地的感受，完全是局外人的一种赞颂，和猴子的性格格格不入。

这样的情况，不仅仅在《西游记》中比比皆是，在《水浒传》也一样。一百二十回《水浒传》，第七十二回，写柴进、燕青潜入东京。本来用的是叙述语言：

柴进穿一身整整齐齐的衣服，头上巾帻新鲜，脚下鞋袜干净；燕青打扮，更是不俗。两个离了店肆，看城外人家时，家家热闹，户户喧哗，都安排庆赏元宵，各作贺太平风景。来到城门下，没人阻挡，果然好座东京去处。

这完全符合柴进和燕青的感受，但是，小说作者却来了一番赋体的铺陈：

州名汴水，府号开封。逶迤按吴楚之邦，延亘连齐鲁之境。山河形胜，水陆要冲。禹画为豫州，周封为郑地。层叠卧牛之势，按上界戊己中央；崔嵬伏虎之形，像周天二十八宿。金明池上三春柳，小苑城边四季花。十万里鱼龙变化之乡，四百座军州辐辏之地。霭霭祥云笼紫阁，融融瑞气照楼台。

这样的诗化的语言之多余，原因不但是俗套，而且是脱离了柴进和燕青二人的感受，把开封府的地理、历史、天文、政治、军事、风景、形胜几乎全面地展示了一番，对于人物心灵观感，还不如接着而来的叙述：

当下柴进，燕青两个入得城来，行到御街上，往来观看，转过东华门外，见往来锦衣花帽之人，纷纷济济，各有服色，都在茶坊酒肆中坐地。

虽然简朴，没有多少华彩的文学和对称的句法，却多少表现出柴进、燕青二人眼中东京市井繁华。人们悠闲地坐于“茶坊酒肆”之中，反衬出二人作为梁山头领虽然冒险潜入京师，但内心却颇为从容镇静。

这里就提出一个艺术上相当重要的问题，那就是抒情和叙事的不同规律和不同功能。

抒情文学中，诗歌的语言往往是概括的。写春天，是一种概括的春天，不是某一个人物感觉中的特殊的春天。写柳树就是春天的柳树，并没有说哪一个地方、哪一户人家、什么时候的柳树。

这一点本来是常识，可许多大人物不懂，因而出过丑，闹过大笑话。

2000 年全国统一高考语文试卷中，有一题是关于郑敏女士的诗。这是一首现代派的诗，题目叫《金黄的稻束》，原诗如下：

金黄的稻束站在
割过的秋天的田里
我想起无数个疲倦的母亲
黄昏路上我看见那皱了的美丽的脸
收获日的满月在
高耸的树巅上
暮色里，远山
围着我们的心边
没有一个雕像能比这更静默
肩荷着那伟大的疲倦，你们
在这伸向远远的一片
秋天的田里低首沉思
静默。静默。历史也不过是
脚下一条流去的小河
而你们，站在那儿

将成为人类的一个思想

题目要求考生指出对这首诗解释不恰当的一项。标准答案指出唯一不正确的是如下一项："金黄的稻束站在/割过的秋天的田里"一句涉及时间，从全诗来看，除了"秋天"外，还隐指"暮色"降临以前。

命题者的意图显然是让学生明白，这首诗的时间应该是在暮色降临时或以后，因为诗中已经明确指出是在"暮色里"，而且点明"收获日的满月"。但是，诗中又明明说是在"黄昏路上"，"黄昏"是在暮色降临以前还是以后呢？这就很难说了。再说，这首诗写的并不是一个静止的场景，而是一个概括的场景，暮色、黄昏只提供一个比较昏暗的背景，从此出发延伸到"历史"（不过是脚下一条流去的小河）和"人类"（站在那儿将成为人类的一个思想）。显然，这是超越了时间和场景的具体性的。确定时间根本没有意义，过分纠结时间的具体性暴露了命题者在诗歌理念上的外行。抒情诗与散文有一点不同之处，就是它是高度概括的，超越了具体时间的确定性。本来，这首诗的立意是，以收割的稻束象征母亲的伟大。母亲奉献了自己的生命，衰老了，垂下了头，而这正是种子丰硕的表现。一代衰亡，换来下一代的生机，从而才有"皱了的美丽的脸""伟大的疲倦"。正是因为这样，作者才把稻束放在一种暗淡的背景上。至于是在黄昏以前，还是黄昏以后，根本就不值得纠缠。但是，暗淡中有生机，所以才有"历史小河"，揭示生生不息，是人类历史进化的必然。除了特殊的例子外，在时间、地点上过分确定，不利于想象，具体的时间、地点、条件，可能使得它为散文所同化。不论是艾青的《乞丐》《手推车》、闻一多的《死水》、徐志摩的《再别康桥》、臧克家的《老马》、郭沫若的《骆驼》、戴望舒的《雨巷》、舒婷的《致橡树》，还是雪莱笔下的云雀、普希金笔下的大海、李白笔下的月亮、苏东坡笔下的长江，都有超越具体时间、空间的倾向。以初中语文课本第一册中贺知章的《咏柳》为例：

碧玉妆成一树高，万条垂下绿丝绦。

不知细叶谁裁出，二月春风似剪刀。

诗人并没有点明柳树是农村的还是城市的，也没有暗示时间是早晨还是黄昏，正因为具体时间、地点的不确定性，才有概括的普遍性和想象的自由。时间、地点、人物具体性的递增，必然导致想象的自由的递减，抒情性也相应递减，而抒情性的递减必然导致叙事性的递增。

葡萄美酒夜光杯，欲饮琵琶马上催。

醉卧沙场君莫笑，古来征战几人回！

不但现场的时间因素是淡化的，而且未来的时间（醉到何种程度，难道经过行军的漫长过程，上了前线还不醒）以及在什么样的战场上，都留作空白。

秦时明月汉时关，万里长征人未还。

但使龙城飞将在，不教胡马度阴山。

时间跨度几百年不确定，如果把时间和地点确定得死死的，不是成散文了吗？

艾青的《乞丐》：

在北方

乞丐徘徊在黄河的两岸

徘徊在铁道的两旁

不但时间、地点是不确定的，连性别、年龄都没有。

教育部考试中心的这个常识性的错误被我抓住了。我这个人经常写些文章骂高考，其中最为著名的就是《炮轰全国统一高考体制》，把他们气坏了。据确切消息，第二年高考命题，他们就把我的文章加上领导的按语，在命题组里讨论，实际上是批判，肃清流毒。他们对我相当感冒，背后散布说，这个人的文章很霸气。听到这样的反应，我心里也不是滋味，像我这样的人，眉清目秀的，怎么就弄得人家把我看成恶霸。（笑声）实在是有点悲哀！抓到这个把柄，我本想冤家宜解不宜结，采取人道主义的态度，以悲天悯人的姿态写一封信给他们，让他们偷偷改正错误。（笑声）但是，考虑到他们这些年教条主义地引进美国托福考试模式，搞标准化、客观化，弄得中学生焦头烂额，扼杀了一代人的想象，还自以为得计，有时，还做出一副乐不可支的样子。（笑声）是可忍，孰不可忍！（大笑声）我就写了一篇非常辣的文章《伪问题和荒谬答案》，登在北京的《中华读书报》上。这下子把他们打痛了，他们没有话可说，连检讨的话也说不出。后来他们内部开会，也不敢批判我了。据我的一个在漳州工作的学生说，他们中一个很牛的权威说，孙绍振这个人，虽然写文章很毒辣，但有时候我们不得不承认，他还是对的。（活跃，笑）看起来，这些人还是比较善良的嘛！（大笑）第二年，他们就偷偷把古典诗歌的标准化客观试题取消了，（鼓掌，大笑声）改成主观题。（学生大笑声，鼓掌）

我：你们这些年少受这样荒谬而且弱智的试题的折磨，要不要感谢我？

生：要，大大地要。（鼓掌，欢呼）

我：不要抒情了，叙事不能这样，抒情可以不讲时间、地点地欢呼，还是回到叙事上来，要考察时间、地点。你们在这里欢呼，人家隔壁还要不要上课？或者人家也欢呼起来，你们还想不想听我讲下面的叙事和抒情的不同？

生：要！要！要！

如果要叙事，那么，这棵柳树就要有具体的时间、地点或其他条件，说明这是一棵独特的柳树，而不是柳树的代表。从这个意义上说，叙述文学没有抒情文学的华丽的语言和表现手段，但它比较适合于表现特殊的人、特殊的事。没有什么超现实的东西，不一定是非常高贵的，可能是世俗的。叙事文学就是在和抒情拉开距离以后，才开始有了自己的表现手段，虽然简陋、粗糙。有些宋元话本以及《三言二拍》中的一些文章，错别字连篇，甚至文句不通，但不要紧，只要是和人的现实性、个别性、独特性联系在一起，就会有生命力。在历史发展过程中，在竞争过程中，叙事文学取代抒情文学，艺术的王冠被小说拿去了。特别是到了20世纪中后期，诗的读者愈来愈少，于是诗衰落了，小说却方兴未艾。

从文艺复兴开始算起，叙事文学不过才几百年。在几百年时间里，它的生活表现、语言表现的准确性以及语言的陌生化手段，大大超过了抒情文学几千年的艺术成就。一个发展非常迟缓，一个发展非常迅速。直到18世纪，西欧文学还不懂得环境描写、肖像描写，大量都是叙述。即使有一些描写，如卢梭的《忏悔录》也比较简陋。到了19世纪，到了巴尔扎克的时代或者说是左拉的时代，文学家就学会描写了，细节的真实性已经成为一个很重要的因素，以至于恩格斯在给现实主义文学下定义时，把细节的真实性放在第一位。除此以外，就是要表现典型环境的典型人物。

细节描写的盛宴是随着浪漫主义潮流而兴盛起来的，左拉说浪漫主义带来了滔滔不尽的描写的洪流。这时候的描写不是简陋而是宏大。浪漫主义、现实主义大师们豪华的视觉、听觉、触觉、嗅觉、味觉乃至更复杂的内在机体觉，空前地渗透在丰富的、令人眼花缭乱的细节之中。环境描写、动作描写、心理描写像洪水一样泛滥起来、膨胀起来，连睫毛的一次跳动、内心难以觉察的波动、稍纵即逝的闪念，都被逼真地表现出来。一种家具上可以刻下一个家族的历史，一朵茶花上可以透露断肠的悲情。凡此种种，细微之处都被大张旗鼓地描写，情绪化的场景，人物的衣着，十倍地膨胀起来，显示出空前的感染力。描写的技巧飞速地普及，以致像巴尔扎克这样的大师都放纵了自己的才情，滥用文学的最新技巧。

为什么西方作家在两百多年的时间里，从不会描写一下子学会了宏大规模的描写呢？这主要是受自然科学的影响，得益于“持久耐心的观察”。这是莫泊桑讲的，莫泊桑又是其老师福楼拜告诉他的。这也并非福楼拜发明的，而是生物学家布封讲的，布封的研究就从观察开始。他研究自然科学、植物学，把自然科学的方法弄到文学里来，就是要观察细节，观察要全面，从而使观察的深度和丰富性大大提高了。

自然科学的伟大成就不但影响了作家的世界观，而且影响了作家观察的方式。

左拉把自己的小说称为“实验小说”，也是本着科学的精神，就是用事实来检验人物感情的变化，就像在化学实验中用试剂来检验化学成分的性质一样。这样就产生了以左拉为代表的“自然主义”的创作方法。茅盾的小说就受到过自然主义的影响。如在《子夜》一开头，就是这样的：

> 太阳刚刚下了地平线。软风一阵一阵地吹上人面，怪痒痒的。苏州河的浊水幻成了金绿色，轻轻地，悄悄地，向西流去。黄浦的夕潮不知怎的已经涨上了，现在沿这苏州河两岸的各色船只都浮得高高地，舱面比码头还高了约莫半尺。风吹来外滩公园里的音乐，却只有那炒豆似的铜鼓声最分明，也最叫人兴奋。暮霭挟着薄雾笼罩了外白渡桥的高耸的钢架，电车驶过时，这钢架下横空架挂的电车线时时爆发出几朵碧绿的火花。从桥上向东望，可以看见浦东的洋栈像巨大的怪兽，蹲在暝色中，闪着千百只小眼睛似的灯火。向西望，叫人猛一惊的，是高高地装在一所洋房顶上而且异常庞大的霓虹电管广告，射出火一样的赤光和青磷似的绿焰：Light，Heat，Power。

中国早期的叙事文学是不太会描写的，文人山水游记的描写虽然有成就，但是，在散文性作品中所占比例极小。叙事文学比山水诗文要晚几百年。像茅盾这样，用很大的篇幅写环境，在五四时期，是比较常见的，可以说是某种时髦。从艺术上来说，过度静止的描写，与小说中人物心灵的动态毕竟有矛盾。这就决定了当代小说描写的风貌必然改变。同样以大城市为背景，很难找到这么长的、静态的、平面的、离开了主人公感受的大幅度的描写。让我们拿当代作家贾平凹的代表——长篇小说《废都》的开头来比较一下：

> 一千九百八十年间，西京城里出了桩异事，两个关系是死死的朋友，一日活得泼烦，去了唐贵妃杨玉环的墓地凭吊，见许多游人都抓了一包坟丘的土携在怀里，甚感疑惑，询问了，才知贵妃是绝代佳人，这土拿回去撒入花盆，花就十分鲜艳。这二人遂也刨了许多，用衣包回，装在一只收藏了多年的黑陶盆里，只待有了好的花籽来种。没想，数天之后，盆里兀自生出绿芽，月内长大，竟蓬蓬勃勃了一丛，但这草木特别，无人能识得品类。抱了去城中孕璜寺的老花工请教，花工也是不识。恰有智祥大师经过，又请教大师，大师还是摇头。其中一人却说："常闻大师能卜卦预测，不妨占这花将来能开几枝？"大师命另一人取一个字来，那人适持花工的剪刀在手，随口说出个"耳"字。大师说："花是奇花，当开四枝，但其景不久，必为尔所残也。"后花开果然如数，但形状类似牡丹，又类似玫瑰。且一枝蕊为红色，一枝蕊为黄色，一枝蕊为白色，一枝蕊为紫色，极尽娇美。一时消息传开，每日欣赏者不绝，莫不叹为观止。两个朋友自然得意，尤其一个更是珍惜，供养案头，亲自浇水施肥，殷勤务弄。不料某日醉酒，夜半醒来忽觉得该去浇灌，竟误把厨房炉子上的热水壶提去，结果花被浇死。此人悔恨不已，索性也摔了陶盆，生病睡倒一月不起。

同样是写大都市的景观，贾平凹却不是从静态的景观铺陈开始，而是从一个怪异的故事开始。所用的手法不是描写，而是叙述。叙述中有悬念，也有古老历史（唐代杨贵妃）

的提示。在我看来，这不仅仅意味着小说脱离了诗的束缚，而且脱离了自然科学的束缚。如果当代作家还用茅盾那样的写法，可能要被认为是犯傻的。(笑声)

这里有某种规律性，那就是，外部静态刻画过度烦琐，必然走向反面。语言只能提供必要的信息，它刺激人的想象，调动人内在的情感、经验，调动得愈多，描写就愈生动。作家发出的信息愈精练，读者的创造、投入就愈多，如果写得太多，非常丰富，内在感情的调动反而有限，反而影响作品对读者的吸引力。

20 世纪的文学史，尤其是现代派的文学史表明，丰富的描写渐渐地被冷落了，剩下的是另外一种方法，写得越精练越好，感情越隐蔽越好。这就是我们常讲的“冰山风格”，这些我们下一次再讲。

第十五讲　表达力：从外部效果到内心效果

西方文学理论发展到 20 世纪，有所谓“语言转向”的说法。本来文学按康德的说法是表现人的感性的，按黑格尔的说法是人的理性的感性显现，而西方现代语言文化，从俄国形式主义到美国新批评、结构主义、符号学，则说文学的动人不在表现人的心灵、情感、理性世界，而在语言。作家的创造不叫创作，而叫写作或书写，和人的心理的关系不大，作家的才能主要在于对语言的驾驭。这种说法很流行，甚至可以说，占主流地位。这是个历史性的课题，不是我们课堂上一两次讲授所能解决的。我们暂且把它放在一边。不管怎么说，文学创作也好，文学书写也好，总不能完全离开人的心灵，我们在这两者之间平衡一下。

我在前面一讲说过，最初，小说或其他的叙事文学，表现手段是很少的，后来取得了文体独立，表现手段就迅速膨胀起来。这是受了自然科学的影响，迎来了描写的一大高潮，一双手，一张脸，都可以写出几千字。这和语言符号的本性是有矛盾的。语言符号是唤起经验的，它提供一个符号，一个刺激，提供一个艺术细节，激起读者的想象和回忆。过多的、繁杂的描写，可能变成想象的沉重压力。

细节描写不能滥用，滥用的结果必然走向反面。

从文学发展的历史看，直接描写人物的外貌，是一个历史的难题。列夫·托尔斯泰说过“描写一个人本身是不可能的，但可以描写他给我的印象”[①]。这是因为，语言是声音符号的象征系统，属于听觉，而人物的面貌、身材，其形状、色彩，主要是视觉的，是声音

① 列夫·托尔斯泰:《列夫·托尔斯泰论创作》，董启译，漓江出版社 1982 年版，第 139 页。

（听觉）所不能直接表达的，即使象征符号具有约定俗成的经验唤醒作用，也很难穷尽视觉直观的丰富信息。俗话说，耳听为虚，眼见为实，百闻不如一见，就是这个道理。故直接描写人物，特别是美人，成为世界文学经典不断探索的课题。

《诗经》一开头，对美女的描述，大都是“窈窕淑女”“静女其姝”之类，只以“窈窕”“淑”“静”“姝”来表现，是比较单纯的，缺乏直接的感知。只有《卫风·硕人》比较勇敢地正面地写了：“手如柔荑，肤如凝脂，领如蝤蛴，齿如瓠犀。螓首蛾眉。巧笑倩兮，美目盼兮。”一连用了五个比喻，每个比喻都富于细致的感知，但是，五个比喻是分散的，“领如蝤蛴”和“齿如瓠犀”，一个是动物的，一个是植物的，给人的印象是游离的，很不统一，谈不上和谐。还不如“巧笑倩兮，美目盼兮”动人。朱光潜先生在《从生理观点谈美与美感》中，对之批评得很尖锐：“前五句罗列头上各部分，用许多不伦不类的比喻，也没有烘托出一个美人来。”①

宋玉的《登徒子好色赋》中表现女性美人，有了些发展：“天下之佳人莫若楚国，楚国之丽者莫若臣里，臣里之美者莫若臣东家之子。东家之子，增之一分则太长，减之一分则太短；着粉则太白，施朱则太赤；眉如翠羽，肌如白雪；腰如束素，齿如含贝。”虽然正面所写“眉如翠羽，肌如白雪；腰如束素，齿如含贝”是从诗经《硕人》中模仿来的，有《诗经》同样的不足，但是宋玉也有些发明，不是从正面刻画如何美，而是从反面强调：“增之一分则太长，减之一分则太短；着粉则太白，施朱则太赤。”强调这样的美有一种完美到无以复加的程度。但是，这一点发明并不太高明，原因在于，本来是要表现美人如何美，但是，文章却做在如何不美上（稍加改变就不美了）。从严格意义上说，这里是虚晃一枪。

这个难题在西方也同样存在。在古希腊的史诗《伊利亚特》中，两国为了争夺美女海伦引发了十年的战争，史诗对她相貌的正面描写，使用的修饰语似乎是简陋的，甚至可以说是贫乏的，如“女人中闪光的佼佼者”“长裙飘舞的”“美发的”，至于最常用的是其家乡“阿尔戈斯的”，这样的形容应该是无效的。

从外貌上写美女的课题在汉乐府民歌中，表现出突破的迹象。

那就是不直接在身体、容貌上下功夫，而是间接写效果。

《陌上桑》接下去的几句突然换了一种手法，不再借助华贵的外表。

行者见罗敷，下担捋髭须。

少年见罗敷，脱帽着帩头。

耕者忘其犁，锄者忘其锄。

① 朱光潜：《谈美书简》，人民文学出版社2001年版，第49页。

来归相怒怨，但坐观罗敷。

这里呈现的是一系列的、大幅度的动作。罗敷的美，使各式各样的人物都被吸引了，都表现出异常的动作。挑担的忘了挑担，耕田的忘了耕田，青春少年赶紧换装，都耽误了工作，还相互埋怨。其实，都是因为被她的美色吸引得忘神了。

但人们如此异常地活动是结果，而原因则是罗敷之美。这就在很大程度上把表现美人的历史课题推进了一步。本来美人的美是用语言说不清的，光有淑女、静女，读者的五官不可感。有了被美吸引得颠颠倒倒的人物的动作，美的效果就看得见了，就有感染力了。

其实，这种手法早在宋玉那儿就有了苗头。他在“增之一分则太长，减之一分则太短”“着粉则太白，施朱则太赤”后面还有一句“嫣然一笑，惑阳城，迷下蔡”，是《诗经》“巧笑倩兮”的延伸，但还缺乏感觉，而其效果“惑阳城，迷下蔡”则是具体的、可感的，因为这是动态的。这种动的艺术特点突出的乃是美的效果。这种效果到了李延年，就更夸张了：

北方有佳人，绝世而独立。一顾倾人城，再顾倾人国。宁不知倾城与倾国？佳人难再得！

在宋玉那里，只写了一笑，就把阳城、下蔡的人都迷惑了，而在李延年这里，则是回头一看，城池、邦国就倾倒了。这样的夸张，据说还让李延年的妹妹得了汉武帝的宠，成了有名的李夫人。为了美人不顾国家的兴亡，明知有“倾城与倾国”的严重后果，但是比起“佳人难再得”，美人很难重现，似乎就算不得什么了。“倾城倾国”广泛被接受，成为形容美人的成语。

中国人写美的效果的原则如此极端，无独有偶，与古希腊史诗里写海伦居然异曲同工。海伦走向特洛伊城上，俯望战场，那些为她而血战的数万战士，望见她时，全看傻了，都不想打仗了，于是双方休兵一天。战争结束后，希腊老兵唯一的要求是，看一看令他们十年血战的美女。当海伦站在城墙上向他们致意时，这些士兵老泪纵横地说：“值得！”

罗敷的美和海伦的美夸张的效果固然如出一辙，但是，从艺术表现来说，不可忽略的是，海伦之美的效果，其抒情超越血腥暴力，带着正剧性的，而罗敷的美的效果的抒情，是带着喜剧性的。所有的人的动作毫无例外地都耽误了正经事，显而易见地可笑，却毫无道理地相互埋怨。还是诗人客观地指出，其实都是因为不由自主地看罗敷看呆了。

这个场面不但本身精彩，而且使得罗敷的美增加了幽默的成分，这就不是一般的“倾城倾国”所能涵盖的了。

从叙事文学言之，中国古典小说长于叙述动作和对话，很少西方浪漫派主义、现实主义小说那样长篇大论的心理分析。故《红楼梦》中生生死死的爱情，几乎全部是用心理错位的对话展开的。从艺术上说，就是将内心不可感之情显现于外部可感之效果。

林黛玉深爱贾宝玉，由于爱之深而时时感到危机，把薛宝钗，甚至把史湘云也作为假想敌，来挑剔，来“歪派”她最爱的贾宝玉，在折磨宝玉的同时折磨她自己，把一点一点小小的误会，弄成大大的痛苦。《红楼梦》第二十九回写到张道士给他说亲，“心中不自在”，“口口声声说从今以后不再见张道士了。别人也并不知为什么缘故”；又听说“林黛玉昨日回家又中了暑”：

> 心里放不下，饭也懒去吃，不时来问。林黛玉又怕他有个好歹，因说道：“你只管看你的戏去，在家里作什么？”宝玉因昨日张道士提亲，心中大不受用，今听见林黛玉如此说，心里因想道：“别人不知道我的心还可恕，连他也奚落起我来。”因此心中更比往日的烦恼加了百倍。若是别人跟前，断不能动这肝火，只是林黛玉说了这话，倒比往日别人说这话不同，由不得立刻沉下脸来，说道：“我白认得了你。罢了，罢了！”林黛玉听说，便冷笑了两声：“我也知道白认得了我，那里像人家有什么配的上呢。”宝玉听了，便向前来直问到脸上：“你这么说，是安心咒我天诛地灭？”林黛玉一时解不过这个话来。宝玉又道：“昨儿还为这个赌了几回咒，今儿你到底又准我一句。我便天诛地灭，你又有什么益处？”林黛玉一闻此言，方想起上日的话来。今日原是自己说错了，又是着急，又是羞愧，便颤颤兢兢的说道：“我要安心咒你，我也天诛地灭。何苦来！我知道，昨日张道士说亲，你怕阻了你的好姻缘，你心里生气，来拿我煞性子。”

本来宝玉因为外人提亲，又因黛玉中暑，才不去吃饭看戏，一心只在黛玉身上，而黛玉只说了一句“你只管看你的戏去，在家里作什么？”宝玉竟以为是奚落自己，居然“沉下脸来”说了“白认得了你”。这本来是气话，却激起林黛玉的心病，引申出自己不像“人家”（暗指薛宝钗）“有什么（指金锁）配的上”。宝玉的真心遭到这样的“歪派”，就赌咒发誓地说起“天诛地灭”狠话来。这本是向黛玉表白，黛玉本当喜欢，然而黛玉却感到自己说错了话，“又是着急，又是羞愧，便颤颤兢兢的说道：‘我要安心咒你，我也天诛地灭。’”光是这样，心理错位不严重，更严重的是，她把张道士提亲，硬说宝玉是因为有了“好姻缘”才这样发作。最大的好心被有意说成了最坏的恶意，这才见得二人心灵的深度。其实内心二人是有默契的，这一点《红楼梦》中有明确的交代。

> 原来那宝玉自幼生成有一种下流痴病，况从幼时和黛玉耳鬓厮磨，心情相对；及如今稍明时事，又看了那些邪书僻传，凡远亲近友之家所见的那些闺英闱秀，皆未有稍及林黛玉者，所以早存了一段心事，只不好说出来，故每每或喜或怒，变尽法子暗中试探。那林黛玉偏生也是个有些痴病的，也每用假情试探。因你也将真心真意瞒了

起来，只用假意，我也将真心真意瞒了起来，只用假意，如此两假相逢，终有一真。其间琐琐碎碎，难保不有口角之争。

即如此刻，宝玉的心内想的是：“别人不知我的心，还有可恕，难道你就不想我的心里眼里只有你！你不能为我烦恼，反来以这话奚落堵我。可见我心里一时一刻白有你，你竟心里没我。”心里这意思，只是口里说不出来。那林黛玉心里想着：“你心里自然有我，虽有‘金玉相对’之说，你岂是重这邪说不重我的？我便时常提这‘金玉’，你只管了然自若无闻的，方见得是待我重，而毫无此心了。如何我只一提‘金玉’的事，你就着急，可知你心里时时有‘金玉’，见我一提，你又怕我多心，故意着急，安心哄我。”

看来两个人原本是一个心，但都多生了枝叶，反弄成两个心了。那宝玉心中又想着：“我不管怎么样都好，只要你随意，我便立刻因你死了也情愿。你知也罢，不知也罢，只由我的心，可见你方和我近，不和我远。”那林黛玉心里又想着：“你只管你，你好我自好，你何必为我而自失。殊不知你失我自失。可见是你不叫我近你，有意叫我远你了。”如此看来，却都是求近之心，反弄成疏远之意。如此之话，皆他二人素习所存私心，也难备述。

但是，这一切心理分析，在《红楼梦》中是极少见的，因为这不是《红楼梦》的艺术追求。曹雪芹的追求说得很明白“如今只述他们外面的形容”。内心的分析往往被曹雪芹说成是“妄拟”，而“外面的形容”才是曹雪芹大展宏图的空间。请看下去：

那宝玉又听见他说“好姻缘”三个字，越发逆了己意，心里干噎，口里说不出话来，便赌气向颈上抓下通灵宝玉，咬牙恨命往地下一摔，道：“什么捞什骨子，我砸了你完事！”偏生那玉坚硬非常，摔了一下，竟文风没动。宝玉见没摔碎，便回身找东西来砸。林黛玉见他如此，早已哭起来，说道：“何苦来，你摔砸那哑吧物件。有砸他的，不如来砸我。”二人闹着，紫鹃雪雁等忙来解劝。后来见宝玉下死力砸玉，忙上来夺，又夺不下来，见比往日闹的大了，少不得去叫袭人。袭人忙赶了来，才夺了下来。宝玉冷笑道：“我砸我的东西，与你们什么相干！”

袭人见他脸都气黄了，眼眉都变了，从来没气的这样，便拉着他的手，笑道：“你同妹妹拌嘴，不犯着砸他，倘或砸坏了，叫他心里脸上怎么过的去？”林黛玉一行哭着，一行听了这话说到自己心坎儿上来，可见宝玉连袭人不如，越发伤心大哭起来。心里一烦恼，方才吃的香薷饮解暑汤便承受不住，“哇”的一声都吐了出来。紫鹃忙上来用手帕子接住，登时一口一口的把一块手帕子吐湿。雪雁忙上来捶。紫鹃道：“虽然生气，姑娘到底也该保重着些。才吃了药好些，这会子因和宝二爷拌嘴，又吐出来。

倘或犯了病，宝二爷怎么过的去呢？”宝玉听了这话说到自己心坎儿上来，可见黛玉不如一紫鹃。

又见林黛玉脸红头胀，一行啼哭，一行气凑，一行是泪，一行是汗，不胜怯弱。宝玉见了这般，又自己后悔方才不该同他较证，这会子他这样光景，我又替不了他。心里想着，也由不得滴下泪来了。袭人见他两个哭，由不得守着宝玉也心酸起来，又摸着宝玉的手冰凉，待要劝宝玉不哭罢，一则又恐宝玉有什么委曲闷在心里，二则又恐薄了林黛玉。不如大家一哭，就丢开手了，因此也流下泪来。紫鹃一面收拾了吐的药，一面拿扇子替林黛玉轻轻的扇着，见三个人都鸦雀无声，各人哭各人的，也由不得伤心起来，也拿手帕子擦泪。四个人都无言对泣。

一时，袭人勉强笑向宝玉道：“你不看别的，你看看这玉上穿的穗子，也不该同林姑娘拌嘴。”林黛玉听了，也不顾病，赶来夺过去，顺手抓起一把剪子来要剪。袭人紫鹃刚要夺，已经剪了几段。林黛玉哭道：“我也是白效力。他也不希罕，自有别人替他再穿好的去。”袭人忙接了玉道：“何苦来，这是我才多嘴的不是了。”宝玉向林黛玉道：“你只管剪，我横竖不带他，也没什么。”

如果纯用西方小说的心理分析法，也就是“求近之心”“反弄成疏远”之意，有了这样的心理分析就够了，但是，《红楼梦》的作者的天才就是反反复复地让这两个人与内心奥秘隐藏在对话和动作中。“只看外面的形容”就是外部话语极端的伤害性与内心极端的爱的“错位”。以这种外在的可感的效果，来表现内心的隐秘，这正是中国古典小说高度发达时期的艺术特色，可能与中国小说受历史叙述强调“记言”“记事”的寓褒贬的传统有关，因而主要功夫不在心理分析上，而在外面的“形容”（包括动作对话）上，因为这里有错位。

西方小说写人与中国异趣，他们也写效果，但是更侧重内心的效果。

契诃夫有一篇小说《美人》，写一个祖父带着一个少年来到了中亚草原，这里非常干燥、闷热，让人感到无聊、烦闷、四肢无力，到处是苍蝇、灰尘。他希望他的祖父赶快离开这个鬼地方，而祖父却没完没了地和一个头上有着辫子的亚美尼亚老头谈话。这个孩子就非常恨草原、太阳、灰尘、苍蝇。接着，那个亚美尼亚老头就说：玛丽亚，倒茶来。他就看见一个光着脚的女孩从墙角走过来，他抬头一看：这是个美人。怎么美法呢？这就是我们要讲的核心了。契诃夫用内心效果来写：

我瞧她一眼，立刻觉得一阵风刮过我的灵魂，立刻产生一种要和她说一些美丽、愉快、诚恳的话。

这是美对人的精神的纯净化，少年不但没有恨了，而且有一种精神文明的向往，这是内心的第一效果。

但不管这孩子内心如何向往，女孩子始终低垂眼帘，让少年觉得仿佛有一股特别幸福高傲的空气将他们隔开，严密地掩着她。美丽让人可望而不可即，这是内心的第二效果。

可是后来，我仍沉醉在美丽的感觉里头，我再也不去想苍凉的草原与灰尘，嗡嗡的苍蝇，尝不出茶的味道。

美使味觉麻木，这是内心的第三效果。

只觉得对面，隔着一张桌子，存在一个美丽的姑娘。所激起的不是欲望，也不是一种快乐，而是一种既痛苦又愉快的感觉，是一种忧郁。

美引起了忧郁，这是内心的第四效果。

这样的描写很简洁，基本上没有外部描写，风景、首饰、眼睛、头发、睫毛、嘴巴等，一概没有，只写内心的一种美的冲击效果，仍然很动人，而且很有特点：美不是欢欣，而是忧郁——这是心理上的感觉，而不是生理的占有感觉。

少年在离开的时候，留下的是精神上的迷失，感到怅惋。他好像失去了对生活来说很重要、很必要的东西。在这样破烂的地方有这样美丽的一个姑娘，美显得如此珍贵。这不仅是因为美的吸引，不仅是因为缺乏美的交流而感到失落，也因为感到美的价值在这样一个荒凉落后的地方，不被发现，不被欣赏，不被尊重。这是内心的第五效果。

这种传统在西方得到相当的重视。中学语文课本选入了美国新闻记者罗森塔尔的《奥斯维辛没有什么新闻》，奥斯维辛本是纳粹大量屠杀犹太人的集中营，是种族绝灭和死亡象征。时间过去了几十年，许多屠杀的罪行对于世人来说仍然记忆犹新。他来到这个地方，写什么呢？历史恐怖的一切，世人都耳熟能详了。他写什么呢？一开头：

从某种意义上说，在布热金卡，最可怕的事情是这里居然阳光明媚温暖，一行行白杨树婆娑起舞，在大门附近的草地上，还有儿童在追逐游戏。

本来阳光明媚、绿树婆娑起舞、儿童追逐游戏，是生机蓬勃的表现，但是，他的内心感受却是“最可怕的”。

在文章结尾，他又写道：

在奥斯维辛，没有新东西可供报道。这里天气晴朗，绿树成荫，门前还有儿童在打闹、嬉戏。

其间的内在情感反应就很深邃而复杂。一来，这个地方的历史，那么残酷的大屠杀，那么多的血泪，与眼前美好的自然景观，与新一代儿童的欢乐，似乎毫不相干。从表面上看，无论是大自然还是孩子，都意味着遗忘。这样美好的欢乐是最可怕的。文章的题目是《奥斯维辛没有什么新闻》，说的是黑暗的历史没有什么新的报料，但是，这篇文章又是新闻，新在哪里呢？新在作者以为大自然和儿童对历史的悲剧似乎越来越无动于衷。

在中国，这种内心反应的写法，还是比较受重视的。如张洁在早期小说《谁能生活得更美好》中写一个普通的然而内心又十分美好纯洁的女售票员，她没有什么特别的姿色，可是一些平时大大咧咧的小痞子，见了她就不由得想起那久已遗忘的礼貌来。内心效果虽然比较精致，但这样的描写，作家主观色彩，也就是浪漫的情调，比较浓。在现代西方，浪漫主义早已成了陈词滥调，故现代西方小说广泛采用的是外在的效果。似乎是以某种旁观的“看”（当然也包括听）来表现人物。发展到极致，乃有所谓“零度写作”的追求，甚至有作者死亡的说法。这是就要讲到的。

第十六讲　表达力：现代叙述——电报文体和冰山风格

西方小说心理分析的逻辑规范、逻辑性太明确了，与人的感情、人的内在的非逻辑性、人的非理性的随机联想的偶然性、多元的复杂和曲折发生矛盾，意识流小说应运而生。它逼近人心理的原生状态，产生了许多经典的作品，在中国 20 世纪 80 年代一度还产生过很大的影响。但有一个现象很值得深思，就是意识流小说在所有的小说流派里，寿命可能是最短的。它从 20 世纪中叶开始，曾经一度风行，但到了下半叶就渐渐地冷落了。因为读意识流小说，读者的注意力要非常集中，读起来比较费劲，不高度关注就可能走神。而现代社会，人们追求文学艺术的娱乐性超过了文学艺术的审美欣赏，而意识流小说却给人摸不着头脑的感觉，要花很大力气去追随它。相比起来，大众文学就不需要这么费神。意识流小说的经典作品，像詹姆斯·乔伊斯的《尤利西斯》，福克纳的《喧哗与骚动》，虽然称赞的人很多，但读得下去的不一定很多。伍尔芙的小说也是意识流小说的经典，如《墙上的斑点》算是比较简短的了，不要说一般读者，就是大学本科毕业生，在中学当了许多年的语文老师，面对选入了语文选修课本的此文，要对学生讲出什么名堂来，也是束手无策。我这样说是有根据的。北京有个《语文建设》编辑，反复请求我写一篇《墙上的斑点》的解读，原因是许多中学语文老师反映根本看不懂。当然对之赞赏的理论家不少，但是，我怀疑这些理论家是不是真正读出它的好处。这个问题等我专门讲意识流小说时再细说。

意识流小说是艺术发展的一个探索，是语言可能性的一个尝试。从这个意义上说，它有其历史的重要性和艺术的重要性。艺术的本性是不断地探索，不断地更新，因而，这类作品具有里程碑的性质。

事情的发展难免从一个极端走向另一个极端，意识流小说是把人的内心世界，人的想象，人的感情互动、联想、意识的随机变幻，意识的原生状态等，用正在形成中的话语，尽可能地逼近它，但发展到一定程度，就受到局限。对原生意识、情感、感知作绝对本真的描述是不可能的。语言本身就不能做到这一点，读者也难以完全接受。

这个问题我在讲小说的时候将详加论述，请诸君耐心等待。

正是因为意识流太极端了，产生了一种相反的倾向，干脆不把人的原生的心理状态作为追求的目标，坚决排斥感情的流露，排斥感叹，排斥渲染，排斥形容，更排斥意识流动过程的追随，而是追求冷静的叙述。这种叙述方式很快就比意识流的叙述方式更受欢迎，似乎表现出更强的生命力。到目前为止，叙事文学是小说的主流，就是用精练的叙述加以表现，尽量减少内心的直接表白，而增加表面的冷峻的叙说。现代叙事文学，把叙述变成不带明显情感色彩的倾向，以无动于衷为自豪。叙述最大的特点是它的概括性，概括就可能脱离感性。而文学是一种形象，形象就是不抽象，不抽象就要带感性，感性的深处是情感。于是，产生了一种新的倾向，无动于衷就是不带感情的倾向，这给文学带来了挑战和机遇。

美国评论家沃伦·贝克在《威廉·福克纳的文体》中这样说："现代小说中的两个主要趋势：一是倾向于采用越来越有形的戏剧性描述，直截了当地依靠列举物件和行为的名称，报道人物所说的话；另一个方面，是倾向于对不受阻遏的意识之流作表面完整的、连贯的复制。这些方法产生了《太阳也上升了》（海明威的作品）和《尤利西斯》（乔伊斯的作品）。可是，它们仍然有共同的因素。在这两个类型中，作者都试图把自己完全隐藏在素材后面，使素材看上去具有一个整体现象的性质。为了适应这个要求，所取文体，就得着意于纯粹的复制而绝不许以任何独立的观点来进行限定或解释。"[①]这就是说，两种风格的作品虽然风貌迥异，但有一点是相同的，那就是作者都试图把自己完全隐藏在素材后面，好像不是很有感情，作者好像没有参与。一个是罗列外部的现象和外部的细节，一个是内心思绪的自发的浮动，作者都没有露面，隐藏在素材后面，着力于纯粹的复制，而不允许任何独立观点的限定或阐释。

外部的自然呈现，也就是叙述，其特点是冷峻。在这一点上表现最突出的是海明威的那种"电报文体"。他写小说不浪费文字，像打电报一样。电报每一个字都算钱，打多了，钱就花得多。他以"冰山风格"自称，冰山露在海面上，被看到的部分占整座冰山的八分之一，海面下的部分占八分之七。也就是说，他写的是八分之一，让人想的是八分之七，甚至有种"白痴的叙述"，好像没有感情。[②]这种文风对现代文学的影响很大，因而现在的小说都变短了。过去长篇小说《战争与和平》《静静的顿河》一写就是四部，一百多万字，

① 李文俊选编：《福克纳评论集》，中国社会科学出版社1980年版，第96页。

② 董衡巽编著：《海明威研究》，中国社会科学出版社1985年版，第73页。

而现在的十万字的小说就是长篇小说。苏联的长篇小说是一个大家族的历史，写一个人的小说，如《钢铁是怎样炼成的》，三四十万字，只能叫中篇小说（在俄语中是 ПОВЕСТЬ，长篇小说叫作 РОМАН），区别是非常严格的。

海明威的冰山风格产生了世界性的影响。首先，这种风格把外露的感情色彩、直接的心理描写减少到最低限度，构成一种潜隐式的封闭描写；心理不是没有，但不是直接表露出来，而是从可感的动作和对话上流露出来。这是一种新的方式，影响非常大，风靡一时。不管是外部的描写还是内在的心理分析，过多的渲染和形容、感叹和阐释，对现代读者来说都变得有点沉重了。像 20 世纪姚雪垠的《李自成》，把本来只够写二三十万字的东西写成几百万字，只能说是和读者作对。当代读者一是没有时间，二是没有耐心，三是觉得你艺术上落伍了。你把东西写得那么满，一点都没有留下想象的空间，就是对我的不尊重。现代读者的主体性很强，作家提供必要的信息，然后读者去补充，留下的空间大，想象的余地就大，那是对读者的尊重。作家把什么都讲得清清楚楚，描写得那么细致，没有读者介入的余地，也就没有感染力。

我们国家的文学在这方面的觉悟是比较晚的，20 世纪 80 年代初期，开始有人对此有感觉。那时，刘心武到国外访问，感觉我们的语言和西方的语言有一个很大的差别。我们的感情和感慨、渲染和形容非常多，西方没有那么多感慨，认为把观点讲得那么透，是对读者不尊重。海明威甚至提出废除形容，不许用形容词，只许用名词和动词，只要叙述，作家的本事就是把情感和种种倾向留在空白之中。有人问海明威写作简练的秘诀，他非常俏皮地回答：站着写，不要坐着写。站着写，腿一会儿就酸了，迫使你赶快写完。其实他还有一个办法，就是删节。他的删节比鲁迅要豪迈得多。鲁迅说，写完之后，将可有可无的字句毫不留情地删去。这毕竟是文字上的事情，文字上可有可无的东西不会太多。而海明威则不单纯从文字上取舍，而是将可有可无的人物、人物的来龙去脉、人物的传记等，毫不留情地割爱。他获得诺贝尔文学奖的小说《老人与海》，初稿有二十万字左右，现在我们看到的定本，只有几万字，删掉了大部分。

我们有一个不太好的习惯，什么好事情都是鲁迅，好像在这个世界上，没有什么人能做超越鲁迅的事情似的，这是迷信！其实鲁迅的作品也不是篇篇都好，也有写得很一般的，如《一件小事》；也有写得很粗暴的，如骂人家梁实秋是“丧家的资本家的乏走狗”，可是又写文章说“辱骂和恐吓决不是战斗”；也有艺术上不成熟的，如《故事新编》中的许多篇章，现实和讽刺与超现实的神话就很不和谐，至少赶不上马尔克斯魔幻现实主义的《百年孤独》和谐。如果按海明威的那种删节法，我想《故事新编》可能要删节三分之一。（学生骚动）

其实海明威式的风格并不神秘。在我们传统的历史、文学（特别是小说）里，早就有这种因素的萌芽或精神。我们的古代文学特别强调“春秋笔法”“寓褒贬”，褒贬不能由历史学家、作家自己讲出来，而是在“春秋笔法”里流露出来。

中国史传文学的叙述传统甚为西方一些有见地的文学家所欣赏。有一位西方汉学家，不顾《左传》是编年史，而推崇其语言的文学性叙述，完全是“实录”，很少主观的评论和感喟。周天子送给齐桓公一块肉，《左传》只写了“下”“拜”“登”“受”四个动作，“在整本《左传》中，几乎没有什么形容词，而副词就更少了”①。用这种观念去分析《郑伯克段于鄢》就更明显了。表面上郑庄公对他心怀偏袒的母亲和野心勃勃的弟弟很宽容，他顺从母亲，给了弟弟特别的封地，弟弟有反叛的迹象，他又数度拒绝臣下的建议，让他恶性发展，说“多行不义必自毙”。让他闹得造反了，才一举将他歼灭。表面上没有一点评论，但后世论者却感到了他的“虚伪”“阴险”和“毒辣”。这就是“寓褒贬”的“春秋笔法”的代表。

《儒林外史》也是这样的。一位先生，一个虔诚的道学家，他的女儿先是守节，然后自杀了。开始他还说“死得好，死得好”，但后来跑到西湖游玩的时候，看到西湖红男绿女，看到女孩子怡然自得，不禁流下泪来。《红楼梦》里也有这种非常含蓄的笔法。像妙玉自命清高，她有好茶留在那里招待客人。刘姥姥用了她的茶杯，她就不要了，扔掉。可是贾宝玉用了她的茶杯以后，她就拿去喝了。这就写出妙玉的所谓“清高”。方外人士六根清净，但她的性意识还是昭然若揭。《祝福》写鲁四老爷的一段非常简练，相当于海明威的冰山风格，相当于现代叙说的一种风格。这一段几乎没有主观感情的渲染，只是非常冷静地叙说，提供了必要的信息。

他是我的本家，比我长一辈，应该称之曰“四叔”，是一个讲理学的老监生。

道学家精神本来是非常纯粹的，自命很有修养，不大容易发火的。

他比先前并没有什么大改变，单是老了些，但也还未留胡子……

老了没有胡子是特点，说明还不是很老。可他的思想非常老。

一见面是寒暄，寒暄之后说我“胖了”，说我“胖了”之后即大骂其新党。但我知道，这并非借题在骂我：因为他所骂的还是康有为。但是，谈话是总不投机的了。

这里要注意的是，话语之间的逻辑的缺乏，表明了人物之间的隔膜。

作为长辈，见了远道回家的晚辈，问寒问暖，这是一种关心，也是一种礼貌。如果有真正的感情的话，那么就有好多话题，毕竟分别那么久嘛。但没多少话可说，只是说说表面的，说我胖，以后就没话说了，就大骂新党，完全没有逻辑。从“胖”怎么联系到大骂

① 孙绍振：《中国古典小说的叙事传统和海明威》，《挑剔文坛》，福建人民出版社2001年版，第267页。

其新党呢？没有逻辑的过渡。这说明两人之间一点感情都没有，一点共同语言都没有。大骂其新党，这很唐突嘛。说明他最恼火的就是这个“新党”，但这个“新党”是康有为，而康有为已经不是新党而是旧党，保皇党。与孙中山他们在东京论战的时候，康有为是保皇的。把保皇党认为是新党，可见这个人是多么愚昧、落伍，说得不好听就是反动。但在字面上，没有说他守旧，没有说他保守，没有说他愚蠢，没有说我们的寒暄是空洞的，说“胖了”是无聊的，所有这些都在字里行间。

这种叙述的功夫在我们的叙事文学中被忽视了。20 世纪 50 年代的小说，感情的外溢，感情的渲染，感情的泛滥，尤其政治感情的泛滥，成为一种通病。后来就成了流行病：滥情甚至矫情。1976 年以后，小说开始注意到把感情放在语言以外，文字以下，防止感情过分泛滥。这就是西方人所回避的 overstatement，他们提倡 understatement，很多渲染、形容、感叹，叫人讨厌。应该 under，也就是说，感情要放在叙述以下。

受过西方现代小说熏陶的杨绛，她写起文章对叙述就很讲究。她的《老王》选入了中学语文课本。大部分中学语文老师讲起来，都不得要领。江苏师范大学中文系请了全国十个特级语文老师去讲，还录了像，拿到各地散文教学研讨会上，没有一个让人感到满意的。原因是，这些特级教师缺乏西方现代文学叙述的修养。杨绛写一个落伍的踏车工人，眼睛瞎了一只，人家都说，他年轻时“不老实”害了脏病。但杨绛发现，他在为她拉冰时，收费服务是最老实的。后来另一只眼撞了，视力不行了，她女儿给他吃了鱼肝油，视力就恢复了，说明他的眼病并不是害脏病的结果。“文革”期间，杨绛和丈夫钱锺书都成了挨整的对象。钱锺书要到医院，老王送他去，不收钱，还“哑着嗓子悄悄问我：你还有钱吗？”这里，杨绛就省略了浩劫期间，挨斗、扣发工资、剃阴阳头、被打入另册的遭遇。后来老王送给她鸡蛋、麻油等。她给了他钱，借此心安理得。不几天听说老王死了，杨绛渐渐感到不安，终于觉得自己物质待遇高，不过是“多吃多占”，因而感到“愧怍”。文章到此戛然而止。许多老师讲不出什么东西来，原因就是没有看出来：第一，当时鸡蛋、麻油等，没有票证有钱也是买不到的；第二，这个贫困的普通人在临死之前，把他最好的食品奉送给她，情谊完全是无条件的。杨绛原以为给了他钱就两清了。事后意识到不安，甚至觉得给钱是对人家的“侮辱”，所以感到“愧怍”。这种“愧怍”，是情感的高潮，也是全文的高潮。杨绛虽然没有歧视老王，甚至同情他、为他辩解、感谢他，但在精神上却是居高临下的。到了最后才发现，人家给予自己东西的背后是无条件的，而自己却以为给了物质（钱）报偿就抵消了。这说明在精神上自己低于对方。从居高临下到感到“愧怍”，也就是抬头仰视，这是情感的高潮，也是文章的高潮，杨绛却只写了两个字“愧怍”，其他的由读者去想象。

20 世纪 80 年代初期，我们的叙事文学开始复兴的时候，在文学领域显示出这种简洁的追求。

这让我懂得一个最起码的道理：文学艺术的感染力，它的审美价值，是一种情感价值；这种价值，直接讲出来不如隐含在字面之下。

西方小说中甚为流行的叙述与我国现代文学的叙述也有些不同，那就是他们的情致更隐蔽。例如海明威早期的一篇小说中有这样一段叙述：

> 清晨六点钟，他们在一家医院墙根枪毙了六名部长。院子里有好些个小水坑，柏油路面上覆满淋湿的落叶。雨下得很大，医院的百叶窗都关死了。有一个部长得了伤寒病，两名士兵把他抬下楼，抬到楼外的雨地里。他们费劲地想扶他靠墙站着。后来那军官对士兵说让他站着不行。他们刚一放排枪，他就应声倒在泥水里，头耷拉在膝盖上。

文字似乎介于叙述与描写之间，有描写所常用的细节，但并没有形容和渲染。作家明显地作了两种省略：第一，只写了很有限的一些细节，连细节之间的联系都没有点明，空白留得这样多，好像都不大连贯了似的；第二，作家好像不带任何感情，但感情却在字里行间。

政变以后，一个部长被处决。处决是一件非常悲惨的事情，可以写得非常凄惨，像祥林嫂的死；也可以写得非常喜剧化，像阿 Q 那样的；也可以像海明威这样，非常平静，没有喜剧，也没有悲剧。作者写起来好像没有感情一样，这就叫冷峻的叙述，冰山风格的叙述，非常简练。表面上是没有感情的，但把所有的评价都放在字里行间，放在字面之下，叙述之下，也就是西方人所强调的 understatement。枪毙人跑到医院里去枪毙，医院是救人的地方，部长是病人，把病人拿来枪毙，其间的残酷都在叙述之下。气氛是怎样的呢？清晨六点钟，光线是暗淡的，院子里有好些个小水坑，雨下得挺久的了。柏油路面铺满了淋湿的落叶，没有人来清扫。这就让人产生联想，感到一种荒凉的、凄清的氛围。医院的百叶窗都关死了，人都躲在里面没有反应，这究竟是为什么？是不是因为恐怖？至少这是一种冷寂的象征。处决部长，下雨也要处决，得了伤寒病也要处决，站不直也要处决。所以，“砰”的一枪打过去，部长还没有站稳就应声倒下了，“头耷拉在膝盖上”。这个细节多么精致。一般被枪毙的人，是头往前冲栽倒在地，这里却是腿软下来，“头耷拉在膝盖上”。

这里，没有鲜血，没有抒情，没有渲染、感叹，但已经有足够的暗示，构成一种悲惨的、凄凉的、残酷的氛围。这就是大师的手法，语言是平静的，只提供必要的信息，医院、水坑、落叶、雨、关着的百叶窗、抬下楼、站不住、开枪、头耷拉在膝盖上，这就够了，再多就浪费了。

没有艺术修养的人就会拉拉扯扯，写出非常多的东西来。《白鹿原》写枪毙一个革命积极分子，写舌头都咬断了，掉在地上，血淋淋的，然后用脚去踩，舌头还在地上跳啊什么的。又写被拖着，一只脚尖朝后，表明腿关节被折断了，这还不满足，又写另一只腿也是这样。血腥的细节写了很多，生理的刺激成分太多，看了都觉得难受。

你看人家海明威，并没有说枪一响，鲜血溅到了什么地方，沿着水流到什么地方，墙上没有，树上、衣服上也没有。对于这种缺乏现代艺术修养的现象，我写了文章批评。

现代小说流行这样的方法，也就是把一些东西隐藏起来，故意显得非常平静，显得不是特别的激动，哪怕面对很重大的事情，也比较淡漠。

西方现代小说比较重视叙述，不像古典风格的小说比较看重情感。这是因为时代风习变了，浪漫主义的强烈感情的流泻，显得比较肤浅了。原本中性的 sentimentalism（感伤主义）已经翻译成“滥情主义”了。在这方面诗歌觉醒最早，早就引进了“放逐抒情”的口号。反滥情艺术追求，在 20 世纪 50 年代已成为世界性潮流，但因为我国当时处于比较封闭的状态，所以小说和散文的风格仍然是以抒情为主。杨朔提出把散文当作诗来写，居然产生了风靡一时的影响。直到 80 年代，主要是 90 年代，我们文学的主流趣味才向叙述方面转化。

但是，我们许多评论家、教科书的编者的艺术趣味并没有与时俱进，把一些滥情的作品选到语文课本里去。如人民教育出版社的语文课本就选了《安塞腰鼓》，其中对鼓声的描写是这样的：

> 一捶起来就发狠了，忘情了，没命了！百十个斜背响鼓的后生，如百十块被强震不断击起的石头，狂舞在你的面前。骤雨一样，是急促的鼓点；旋风一样，是飞扬的流苏；乱蛙一样，是蹦跳的脚步；火花一样，是闪射的瞳仁；斗虎一样，是强健的风姿。黄土高原上，爆出一场多么壮阔、多么豪放、多么火烈的舞蹈哇——安塞腰鼓！
>
> 这腰鼓，使冰冷的空气立即变得燥热了，使恬静的阳光立即变得飞溅了，使困倦的世界立即变得亢奋了。
>
> 使人想起：落日照大旗，马鸣风萧萧！
>
> 使人想起：千里的雷声万里的闪！
>
> 使人想起：晦暗了又明晰，明晰了又晦暗，尔后最终永远明晰了的大彻大悟！
>
> 容不得束缚，容不得羁绊，容不得闭塞。是挣脱了、冲破了、撞开了的那么一股劲！
>
> 好一个安塞腰鼓！
>
> 百十个腰鼓发出的沉重响声，碰撞在四野长着酸枣树的山崖上，山崖蓦然变成牛

皮鼓面了，只听见隆隆，隆隆，隆隆。

百十个腰鼓发出的沉重响声，碰撞在遗落了一切冗杂的观众的心上，观众的心也蓦然变成牛皮鼓面了，也是隆隆，隆隆，隆隆。

隆隆隆隆的豪壮的抒情，隆隆隆隆的严峻的思索，隆隆隆隆的犁尖翻起的杂着草根的土浪，隆隆隆隆的阵痛的发生和排解……

好一个安塞腰鼓！

后生们的胳膊、腿、全身，有力地搏击着，疾速地搏击着，大起大落地搏击着。它震撼着你，烧灼着你，威逼着你。它使你从来没有如此鲜明地感受到生命的存在、活跃和强盛。它使你惊异于那农民衣着包裹着的躯体，那消化着红豆角角老南瓜的躯体，居然可以释放出那么奇伟磅礴的能量！

黄土高原啊，你生养了这些元气淋漓的后生；也只有你，才能承受如此惊心动魄的搏击！

多水的江南是易碎的玻璃，在那儿，打不得这样的腰鼓。

除了黄土高原，哪里再有这么厚这么厚的土层啊！

好一个黄土高原！好一个安塞腰鼓！

每一个舞姿都充满了力量。每一个舞姿都呼呼作响。每一个舞姿都是光和影的匆匆变幻。每一个舞姿都使人战栗在浓烈的艺术享受中，使人叹为观止。

好一个痛快了山河、蓬勃了想象力的安塞腰鼓！

愈捶愈烈！形体成了沉重而又纷飞的思绪！

愈捶愈烈！思绪中不存任何隐秘！

愈捶愈烈！痛苦和欢乐，生活和梦幻，摆脱和追求，都在这舞姿和鼓点中，交织！旋转！凝聚！奔突！辐射！翻飞！升华！人，成了茫茫一片；声，成了茫茫一片……

当它戛然而止的时候，世界出奇地寂静，以至使人感到对她十分陌生了。

这是一篇追求抒情的散文，但是作者显然不懂得，不管多么强烈的感情，也都要有所节制，要有起伏，要有节奏，才能动人。不加节制，就叫作滥情，叫作 overstatement。从语言上说，这么多的形容词，其实是同质的、同类的，这就陷于堆砌了。同质的形容，使感情停滞，情绪一直强烈到底，就单调了，没有内在的意脉了，情感就不运动了，就没有节奏了。很可惜的是，我们许多语文课本的编者缺乏起码的艺术修养，把排比抒情的好处绝对化了，对于叙述的功力，对于 understatement，太缺乏常识了。

光是这样说，你们可能没有太深刻的感觉，让我们以余华的《活着》中的一段叙述和它对比一下：

> 四十多年前，我爹常在这里走来走去，他穿着一身黑颜色的绸衣，总是把双手背在身后，他出门时常对我娘说：
>
> “我到自己的地上去走走。”
>
> 我爹走在自己的田产上，干活的佃户见了，都要双手握住锄头恭敬地叫一声：
>
> “老爷。”
>
> 我爹走到了城里，城里人见了都叫他先生。我爹是很有身份的人，可他拉屎时就像个穷人了。他不爱在屋里床边的马桶上拉屎，跟牲畜似的喜欢到野地里去拉屎。每天到了傍晚的时候，我爹打着饱嗝，那声响和青蛙叫唤差不多，走出屋去，慢吞吞地朝村口的粪缸走去。
>
> 走到了粪缸旁，他嫌缸沿脏，就抬脚踩上去蹲在上面。我爹年纪大了，屎也跟着老了，出来不容易，那时候我们全家人都会听到他在村口嗷嗷叫着。

这里，明显地可以看出作者有两种倾向：一是竭力回避静态的描写，神态、衣着、表情、动作，一概简略到不能再简略的程度；二是回避直接表达作者对人物的感情。这个人物虽然是自己的父亲，非常神气，但他大便时和穷人一样，而且拉起来很困难，发出嗷嗷的叫声。这是很丑的，很可笑的，与他神气活现的优越感和人们对他的尊重形成一种反差，一种怪异，一种可笑，调侃、讽喻的意味全在不言中。

许多文学评论家已经把文学当作话语的艺术，几乎把话语当作文学唯一的或最重要的因素，因为他们接受了法国人的说法，认为在话语以外没有人的任何思想和情感可言。可是他们在评论作品时却对话语的渣滓无动于衷，这是话语理论本身的局限，还是话语理论的追随者缺乏艺术感受力呢？

第十七讲　表达力：对话——心口错位

这一讲，我们主要讲对话。

这本是一门大学问，原因是它和叙述描写不同。在叙述描写中，我们说过要找到自己。在对话中，光是找到自己就不够了，还要找到不同人物不同的自我。这在西方有不少的成功的实践。据说好莱坞电影剧本制作，有专门写对话的，但却缺乏严格的理论。在我国，由于文学理论的体制以美学的形而上学为务，对文学创作实践也以脱离为荣。研究经典小说戏剧的学术著作汗牛充栋，就是没有以对话作为课题的。唯一的例外可能是香港大学孙爱玲女士的博士论文《〈红楼梦〉对话研究》。此文由北京大学出版社 1997 年出版。我购得甚喜，但是草草阅读之后，甚喜变成了愤怒。（笑声）为什么呢？我先把结论告诉你们。我在此书的扉页上写了这样的话："此书为西方文论学术奴隶的代表作，对洋人的粗浅理论，缺乏起码的质疑、分析和批判精神，一味用中国旷世经典为洋人不着文学边际的理论做例子。浪费生命。"（学生活跃）

这本书的核心部分是"《红楼梦》的对话与会话"原则。作者先引用了英国牛津学派代表之一格赖斯的对话合作原则①（The Co-operative Principle）：

1. 质的原则（The Maxim of Quality）

努力使所说的话是真实的，特别是：

不要说自知是虚伪的话；

2. 量的原则（The Maxim of Quatity）

使所说的话包含交谈上目的所提供的信息；

不要使所说的话提供的信息多于所要求的信息；

3. 关系原则（The Maxim of Relevance）

使所说的话有关联；

4. 方式原则（The Maxim of Manner）

须明确清楚；

避免晦涩；

避免含糊；

要简练；

要有条理。

这样的"理论"，可以说不成其为理论，大部分好像是对小学生作文的要求，有些连起码的常识都不相符。不要说小说，就是日常交际，只要是大活人，在不同关系中，在不同语境中，在不同的心情中，人们讲话很少是绝对真实的。有时，人们出于亲情，讲些善意的谎言；出于调笑，说些心照不宣的假话；出于恶作剧，虚构不存在的噩运当头；出于仇恨，制造恶毒的谣言。在谈判桌上，讲真话，泄露投标的底牌，会危害企业；在外交场合讲真话，会成为国家的叛徒。在《魔鬼辞典》上，外交官的定义就是为了国家的利益而说谎的人。

至于"不要使所说的话提供的信息多于所要求的信息"也是废话。有些事，出于特别慎重，要反复叮嘱；有些人，明明一句话就能说明白的事，偏偏反反复复地重复。祥林嫂

---

① 孙爱玲：《〈红楼梦〉对话研究》，北京大学出版社 1997 年版，第 65 页。

就是不断重复阿毛的故事，才表现出她深沉的痛苦和周围人的冷漠。一定要求所说的话不多于所要求的信息，无异于要求说话都达到为文之精练。事实上，精练之文大多是反复删改的结果，对话发生在现场，很难一次即兴完成。讲话出口成章、绝对精练，就不像是在说话，而是在背诵事先准备好的讲稿。说到“使所说的话有关联”，这在现场对话时，也很难做到。对话不是作文，是可以颠倒、随机补充的。最后一条“方式原则（The Maxim of Manner）须明确清楚；避免晦涩；避免含糊；要简练；要有条理”就更是弱智。首先是“要有条理”和前面的“使所说的话有关联”，“要简练”和“不要使所说的话提供的信息多于所要求的信息”，几乎是重复。至于“须明确清楚”“避免含糊”“避免晦涩”看似有理，但是，在日常交往、外交领域，故意晦涩，故意含糊其词，顾左右而言他者，比比皆是。

把这样弱智的东西作为天经地义的前提，毫无反思，不加分析，就拿来硬套《红楼梦》中精美绝伦的对话，简直是对《红楼梦》的亵渎。

拿着这个洋人的所谓理论，说了一大车子话，实际上还没有沾到小说的边。

小说中的对话和叙述、描写不同，叙述、描写可能是作家的语言，或者第一人称人物的语言，第三人称视角下的对话则是人物讲话。人物讲话是讲给人物听的，不是讲给读者听的，人物已经知道的，即使读者不知道，也不用讲。对话不是作家的语言，是人物的语言。以作家的语言代替人物的语言会扼杀人物的个性。琦君在《红纱灯·孩子快长大》中这样写她和自己孩子的对话：

> 他才念二年级，比起我的朋友们的子女，考大学的，出洋的，真是望尘莫及。我不免羡慕地对一位朋友说：“你多轻松呀，最小的也念初中了。我的孩子念大学时，我都不知老成什么样了。”
>
> “那是因为你结婚晚的关系。”她说。
>
> “妈妈，你为什么不在结婚前生我呢！到你结婚的时候，我不已经很大了吗？”叫我怎么回答他呢？
>
> ……
>
> 我在灯下陪儿子做功课，一面看报，一面不时用手抚着额角。
>
> “妈妈，你又头痛了，给你抹点百花油好不好？”儿子抬起头来关心地问我。
>
> “抹百花油也没用，戴眼镜看书久了就会头疼。”
>
> “那你就别戴嘛。”
>
> “不戴眼镜怎么能看书呢？妈妈老了呀。”
>
> “妈妈你别老，等我长大了，我们一起老多好。”

文章好就好在，作者写的是孩子的话：结婚前就生他，现在不要老，等他长大了一起老。这是孩子的逻辑，在孩子看来是天经地义的，而在成年人看来是荒谬的。正是因为荒谬，才表现了孩子的天真，孩子对妈妈的爱。

前面说过，对话是一门很精致的学科，但是，似乎全世界都没有把它当回事。我今天要不自量力，把它当回大事稍稍系统地讲一下。

首先要明白，叙述者的语言可以是书面的，也可以是口语的，与作家的文化水平和风格追求有关，但对话一般是口语的。当然，人的身份不同，口语与书面语是有区别的。比如说天气很热，表现一个有学问的人，不会让他讲天气很热，怎么讲呢？他说“其热无比”。这是文言语词。一般的北方百姓，就完全是口语词语了：“这老天热邪门了。”一般人讲这事情令人发笑，用口语表达的话是“挺逗乐的”，上海人的口语则是“挺有噱头的”。一般来说，除了在特殊的情况下，如特殊人物、特殊个性、特殊语境的情感，口语中很少用文言来作口头表述。李汝珍的《镜花缘》里写一个国家，日常对话都是文言。酒店的招待员，也就是酒保，问客人：“要酒一壶乎？要酒两壶乎？”这就是一种文言的书面语言，有点怪异，也就是幽默感。鲁迅笔下的孔乙己对小孩子讲碗里的茴香豆不多了，用口语讲，本来是很简单的，但他说：“多乎哉？不多也。”口头交谈，而且是对小孩子，他用文言，这就流露出特殊的性情来。

举一些比较复杂的经典例子。

《水浒传》第三十七回“及时雨会神行太保　黑旋风展浪里白条”写宋江、戴宗、李逵第一次见面。

宋江与戴宗有一定的社会地位，他们的对话充满了书面语言。在戴宗那里有“冒渎”“万望恕罪”；在宋江那里有“拜识尊颜”“慰平生之愿”，等等。宋江自称“小可”，戴宗自称“小弟”；戴宗称呼宋江则多用“仁兄”，宋江称呼戴宗也是很文雅的“尊兄”“足下”，就是见了陌生的李逵，打听名字，应该用礼貌语，如“这位大哥”。可是，李逵当着生人的面问：“这黑汉子是谁？”戴宗告诉他，不能这样粗鲁，应该用文雅的书面语言：“这位官人是谁？”仅仅是一个称呼，就可以看出人的修养秉性，或者用李逵自己后来的话说，就是“性格”（“便知我兄弟的性格”）。李逵没什么文化，故说话文雅不起来，得知来人就是他生平一向仰慕的宋江，也冒失地说：“莫不是山东及时雨黑宋江？”其中的“黑”字，通常是背后才说的，可是李逵却在当面说了出来。其不谙礼数，不完全是由于戴宗所说的“粗鲁”，而且还因为心直口快，根本就分不清文雅还是粗鲁。

李逵讲话，这样没有礼貌，倒是符合格赖斯的对话合作原则（The Co-operative Principle）中的质的原则（The Maxim of Quality），努力使所说的话是真实的，特别是不要说自知是虚伪的话。

但是，问题在于，讲自己心里的真话，是极其个别的人物在特殊情况下才可能的，如果宋江和戴宗都像李逵一样心直口快，有什么说什么，三个人就都没有性格了。

这里隐藏着一个规律，那就是在人际交往中存在礼貌原则，一味心口如一，就是没有礼貌。这说明要有礼貌就要违背格赖斯的真实的原则，遵循避真的原则。

但是，在小说和叙事性散文中的确大量存在着心口如一的对话。当然，有些心口如一的对话，非常枯燥，像我批评过的三毛的《哭泣的骆驼》那样，完全是拖沓，语言的浪费。今天时间不够，有兴趣的同学可以参考我的《三毛作品中蹩脚的对话》，文章收在《挑剔文坛》中，福建人民出版社出版。这不是打广告，书出版太久，已经买不到了。（笑声）

李逵的对话之所以有趣，不但是因为词汇，而且是因为违反初次相见的常情。为了表现对人的尊重，才强调礼貌和语词的文雅，但是礼貌和文雅又必须把原初感知掩盖起来，因此人与人之间的对话往往是拐弯抹角，心口错位，口中所讲并非心中所想。如宋江长得黑，一望而知，由于他在江湖上的地位，人们就把自己的真实感觉加以抑制，不讲出来，讲出来就是没有礼貌，不但是对宋江的不尊重，而且表现自己无修养。李逵的“性格”却是相反，凡有感知，直截了当，现场表达。戴宗告诉他，他所冒犯的黑汉子就是所景仰的宋江，要他下拜时，他说：

若真个是宋公明，我便下拜。若是闲人，我却拜甚鸟！

这里有两点出格。第一，心里想的直接变成口头说的。一般是要用心机把这样的思虑隐藏起来，不会隐藏，就可能被人家笑话，但是李逵为了不被笑话，却把一切都讲出来。这使读者通常的预期落空了，就有趣了。第二，更有趣味的是他的用词，粗鲁到把“鸟”这个词都直接讲了出来。这在通常会话中，特别在当事人在场的情况下要省略的，但是，光是这样的话，充其量不过是滑稽而已。接下来李逵的话，却使滑稽变成了幽默诙谐：

节级哥哥不要瞒我拜了，你却笑我。

原来，这是他的自我防御。看来，由于他的社会地位和“性格”，少不了受人愚弄。在一般人那里，戒备之心是要隐蔽起来的，而李逵却和盘托出。这就不但是粗鲁，而且是率真了。粗鲁是丑的，率真却是化丑为美，粗野的滑稽变成了有品位的幽默。

与经典文本一对照，格赖斯所谓讲真实的话的“理论”是经不起检验的。孙爱玲把这种理论弄到小说对话中来，完全是洋教条。格赖斯的根本原则是“合作”，其实不能成立。对话时，即使各方有合作的愿望，也因所持信息、立场、利害、性情等不同，心思各异。对话的目的，要么是增加对方所不知者，或者说服对方改正所已知者，在许多情况下，旨在让对方放弃自己的立场，这就使合作中潜隐着不合作。固然，戴宗一开头就希望李逵合作，而李逵讲真话表现出来的却是“不合作”，他怕受骗，被捉弄。正是这种合作和不合作的矛盾，与后来的转化构成了这个场面的喜剧性。

有时双方都有合作的愿望，但是，却不能像格赖斯所要求的那样讲真话了。

《水浒传》写宋江与鲁智深第一次见面，宋江让鲁智深坐下，鲁智深道："久闻哥哥大名，无缘不曾拜会，今日且喜得见阿哥。"鲁智深没什么文化，但毕竟当过军官，他在宋江大人物面前会憋出一些书面语言来，如"无缘不曾拜会"。但他毕竟没有什么文化，接下来就露出了马脚，又土里土气地叫人家"哥哥""阿哥"。这里的对话妙在半文不白。宋江是县政府的工作人员，大概相当于现在的主任秘书之类，他看到鲁智深，就用了另外一套语言："不才何足道哉！江湖义士，甚称吾师清德。"这是用佛家的语言说奉承话，实际上是牛头不对马嘴。鲁智深有不少优点，唯独称不上"佛家清德"。做和尚，他违反了佛门的清规戒律，德行是绝对称不上"清"的。用佛家准则来衡量，说他有点"混"还差不多。（笑声）宋江接下去说："今日得识慈颜，平生幸甚。"宋江用佛家语言来奉承鲁智深，说他的长相很是慈祥。鲁智深长得非常粗犷，脸上横肉很多，可见宋江是滥用文雅语言，"今日得识慈颜"，宋江的假话，这也是马屁拍到马腿上。（笑声）但是，很精彩。

这里就不能不涉及对话更为深邃的理论问题。在什么情况下讲真话是艺术的升值，在什么情况下，讲假话是艺术性的贬值。

孙爱玲的论文说的是小说，小说写的不是一个人，而是人与人之间精神关系的变动。如果讲真话，不能触动人与人之间感情哪怕是微妙的变动，则可能是废话。相反，如果讲出来的真话，造成人与人之间关系的变动，则可能在艺术上出彩。如《红楼梦》中，王夫人谴责金钏儿、羞辱晴雯的话，都是真话，固然也很有个性，但是，其感染力却是在金钏儿被逐自杀和晴雯被逐困死以后才显得精彩。傻大姐告诉林黛玉，宝玉要和宝钗结婚了，这是大实话。结果导致林黛玉感情的崩溃。本来身体衰弱的她不仅不再弱不禁风，反而变得走路很快，找到宝玉，两人相视傻笑。黛玉回到自己房门中，一口血吐了出来，自此觉得生不如死，暗暗糟蹋自己的身子。

傻大姐的讲真话和林黛玉是合作的，但是，加速了林黛玉的精神崩溃，所以是精彩的。

孙爱玲的论文也举了一个讲真话的例子：宝钗来看望黛玉，说起这病症老不见好，得请一个高明的来看病。黛玉对自己的病有点悲观。

宝钗道："昨儿我看你那药方上，人参肉桂觉得太多了。虽说益气补神，也不宜太热。依我说，先以平肝健胃为要，肝火一平，不能克土，胃气无病，饮食就可以养人了。每日早起拿上等燕窝一两，冰糖五钱，用银铫子熬出粥来，若吃惯了，比药还强，最是滋阴补气的。"

黛玉叹道："你素日待人，固然是极好的，然我最是个多心的人，只当你心里藏奸。从前日你说看杂书不好，又劝我那些好话，竟大感激你。往日竟是我错了，实在误到如今。细细算来，我母亲去世的早，又无姊妹兄弟，我长了今年十五岁，竟没一个人像你前日的话教导我。怨不得云丫头说你好，我往日见他赞你，我还不受用，昨儿我亲自经过，才知道了。比如若是你说了那个，我再不轻放过你的；你竟不介意，反劝我那些话，可知我竟自误了。若不是从前日看出来，今日这话，再不对你说。你方才说叫我吃燕窝粥的话，虽然燕窝易得，但只我因身上不好了，每年犯这个病，也没什么要紧的去处。请大夫，熬药，人参肉桂，已经闹了个天翻地覆，这会子我又兴出新文来熬什么燕窝粥，老太太、太太、凤姐姐这三个人便没话说，那些底下的婆子丫头们，未免不嫌我太多事了。你看这里这些人，因见老太太多疼了宝玉和凤丫头两个，他们尚虎视眈眈，背地里言三语四的，何况于我？况我又不是他们这里正经主子，原是无依无靠投奔了来的，他们已经多嫌着我了。如今我还不知进退，何苦叫他们咒我？”宝钗道：“这样说，我也是和你一样。”黛玉道：“你如何比我？你又有母亲，又有哥哥，这里又有买卖地土，家里又仍旧有房有地。你不过是亲戚的情分，白住了这里，一应大小事情，又不沾他们一文半个，要走就走了。我是一无所有，吃穿用度，一草一纸，皆是和他们家的姑娘一样，那起小人岂有不多嫌的。”宝钗笑道：“将来也不过多费得一副嫁妆罢了，如今也愁不到这里。”黛玉听了，不觉红了脸，笑道：“人家才拿你当个正经人，把心里的烦难告诉你听，你反拿我取笑儿。”宝钗笑道：“虽是取笑儿，却也是真话。你放心，我在这里一日，我与你消遣一日。你有什么委屈烦难，只管告诉我，我能解的，自然替你解一日。我虽有个哥哥，你也是知道的，只有个母亲比你略强些。咱们也算同病相怜。你也是个明白人，何必作‘司马牛之叹’？（庚辰本双行夹批：通部众人必从宝钗之评方定，然宝钗亦必从颦儿之评始可，何妙之至！）你才说的也是，多一事不如省一事。我明日家去和妈妈说了，只怕我们家里还有，与你送几两，每日叫丫头们就熬了，又便宜，又不惊师动众的。”黛玉忙笑道：“东西事难得你多情如此。”宝钗道：“这有什么放在口里的！只愁我人人跟前失于应候罢了。只怕你烦了，我且去了。”黛玉道：“晚上再来和我说句话儿。”宝钗答应着便去了，不在话下。

这一段对话双方说的都是真话，可是这种真话的重要并不是在于什么“合作原则”，更谈不上孙爱玲所强调的用语的质的、量的原则，而是林黛玉一向以薛宝钗为爱情的假想敌，认为薛宝钗“藏奸”，如今感受到如此周到的关切，联系到自己说话把《西厢记》中的词语漏了出来，受到薛宝钗的背地里劝导。黛玉真心为之感动，并且直接检讨：“往日竟是我错了。”这是从不合作到合作的关键。两人不但消除了芥蒂，而且开起玩笑来。故在此庚辰本双行夹批曰：

宝钗此一戏直抵通部黛玉之戏宝钗矣，又恳切、又真情、又平和、又雅致、又不穿凿、又不牵强，黛玉因识得宝钗后方吐真情，宝钗亦识得黛玉后方肯戏也，此是大关节大章法，非细心看不出。二人此时好看之极，真是儿女小窗中喁喁也。

庚辰本夹批才说“黛玉因识得宝钗后方吐真情，宝钗亦识得黛玉后方肯戏也”。这样的真话，吐真情，被称赞为“大关节大章法”，原因不在片面的“合作原则”，而在从不合作到合作，从假想敌到讲知心话的转折，这才是对话的精彩。读者注意，这是《红楼梦》第四十五回，完全是曹雪芹的原作。

当然，孙爱珍毕竟于对话还是有感觉的，后来她提起格赖斯的“违反‘会话原则’的对话”，但是，她狭隘地把在小说中的违反仅仅局限在“谎言”中，所举的例子仅仅是贾宝玉与两个小丫头会话，询问晴雯死时叫的是谁，小丫头说叫的是娘，宝玉不满意。骂她糊涂，没有听清楚。另一个比较伶俐的小丫头同意宝玉，说她糊涂，即兴编造了美丽的谎言，说是她亲耳听到晴雯最后叫的是宝玉：

他拉着我的手问“宝玉哪儿去了”，我告诉他实情，他叹了一口气说：“不能见了。”我就说：“姐姐何不等一等他回来见一面，岂不两完心愿？”他就笑道，“你们还不知道，我不是死，如今天上少了一位花神，玉皇爷命我去司主。我如今在未正二刻任司花，宝玉须未正三刻才到家，只少得一刻工夫，不能见面。……我如今是有画龙点睛的神仙来召请，岂可挨得时刻！”我听了这话，竟大不信，及进来到屋里留神看时辰表时，果然是未正二刻他咽了气，正三刻上就有人来叫我们，说你来了，这时候倒都对合。

这小丫头编谎编得活灵活现，的确是“违反‘会话原则’的对话”。但是，在《红楼梦》中，这样的对话并不是特别精彩的，不过是表现了小丫头的伶俐而已。这个丫头是个配角的配角，其功能不过是衬托宝玉对晴雯的感情。这个人物连名字都没有，可见曹雪芹觉得她并不太重要。《红楼梦》中最精彩的对话，并不限于这种读者一望而知的“谎言”。

其实只要悉心研究一下古典小说经典，就不难发现，最生动的对话，往往不是心口如一的，而是“心口错位”的。人们往往指桑骂槐，指鸡骂狗，把要说的意思，掩藏起来，但是，又让对方感觉到自己掩藏的意思。在这方面，《红楼梦》的对话可谓世界性的经典，如第二十八回“蒋玉菡情赠茜香罗　薛宝钗羞笼红麝串”中写贾宝玉现场一句随意的话，引起了林黛玉一连串的“心口错位”。原文是这样的：

贾母房里的丫头找宝玉林黛玉去吃饭。林黛玉也不叫宝玉，便起身拉了那丫头就走。那丫头说等着宝玉一块儿走。林黛玉道：“他不吃饭了，咱们走。我先走了。”说着便出去了。宝玉道："我今儿还跟着太太吃罢。"王夫人道："罢，罢，我今儿吃斋，你正经吃你的去罢。"宝玉道："我也跟着吃斋。"说着便叫那丫头"去罢"，自己先跑到桌子上坐了。王夫人向宝钗等笑道："你们只管吃你们的，由他去罢。"宝钗因笑道："你正经去罢。吃不吃，陪着林姑娘走一趟，他心里打紧的不自在呢。"宝玉道："理他呢，过一会子就好了。"。

"理他呢，过一会子就好了"是宝玉随意说的话，应该是心口如一的。如果光是这样，就没有什么对话的艺术了。关键在于这句话被林黛玉听到了，她是绝对不能容忍宝玉对她的态度有一丝一毫的差池的。如果林黛玉等贾宝玉来了跟他吵一顿，那就没有个性了。庚辰本在这里的侧批是："后文方知。"曹雪芹的天才在于，让林黛玉抓住这句话，反反复复地作"心口错位"的讽喻。后来宝玉来访看见：

黛玉弯着腰拿着剪子裁什么呢。宝玉走进来笑道："哦，这是作什么呢？才吃了饭，这么空着头，一会子又头疼了。"黛玉并不理，只管裁他的。有一个丫头说道："那块绸子角儿还不好呢，再熨他一熨。"黛玉便把剪子一撂，说道："理他呢，过一会子就好了。"

甲戌本在这里的侧批是："有意无意，暗合针对。"表面上无意，实质上有意，实质上是刺贾宝玉，但是，并不明指向宝玉。这并不是什么谎言，但是很生动，很精彩。等到宝钗来了，贾宝玉搭讪笑道：

"妹妹越发能干了，连裁剪都会了。"黛玉笑道："这也不过是撒谎哄人罢了。"宝钗笑道："我告诉你个笑话儿，才刚为那个药，我说了个不知道，宝兄弟心里不受用了。"林黛玉道："理他呢，过会子就好了。"

甲戌本在这里的眉批是："连重二次前言，是颦、宝气味暗合。"表面上是说给宝钗听的，实际上矛头是指向宝玉的。贾宝玉装作没有注意把话岔开去，向宝钗道："老太太要抹骨牌，正没人呢，你抹骨牌去罢。"宝钗走了。林黛玉道："你倒是去罢，这里有老虎，看吃了你！"因为没有外人，黛玉的话更加具有明显的进攻性，但是，表面上却做出若无其事的样子，继续裁剪。只是不理宝玉。宝玉只得还赔笑说道："你也出去逛逛再裁不迟。"林黛玉总不理。

语言进攻性这么明确，但是，行为上却似乎与这无关。说明黛玉一心只想惩罚他一下。宝玉束手无策，便问丫头们："这是谁叫裁的？"林黛玉道："凭他谁叫我裁，也不管二爷的事！"这话表面上说的是不关你的事，实际上就是与刚才那句话"理他呢，过会子就好了"紧密相关。宝玉正辩解，家人进来说"外头有人请"。宝玉有了逃避的充分理由"忙撤身出来"。惹不起，还躲不起吗？对于黛玉来说，暂时也可以罢手了，但是，黛玉不但不罢手，反而放出更狠毒的话来：

阿弥陀佛！赶你回来，我死了也罢了。

口头上是“阿弥陀佛”，谢天谢地，你走了，我心不烦了，但接着是“赶你回来，我死了也罢了”。这表面上绝对的无情，对自己的咒骂，实质上是对宝玉的警告：你这样溜掉，后果是严重到要命的。这里没有什么谎言，只是“心口错位”，错位的幅度越大，对话的质量越高。

在《红楼梦》通篇精彩对话面前，格赖斯原则显得苍白、毫无生命。

第十八讲　形式感：不同媒介，不同的优越和局限

作家的观察、想象、感受以及语言表达，要受到作家形式感的制约，不是有了特殊的感情和客观对象结合在一起，就能成为艺术形象或意象。这时，不过是形象的胚胎。要成为什么样的意象，还要受到形式的制约。同样的情感和对象的特点，是要变成散文、诗歌、小说的形象，还是要变成戏剧的形象，遵循的规律是大不相同的。作家在这个时候不是绝对自由的，而是在形式的局限中争取表现生活和自我的自由。就是同样的形式，也还有亚形式的诸多名堂。比如说同样是戏剧，喜剧有喜剧的规范，悲剧有悲剧的规范，正剧有正剧的规范。相互间的距离蛮大的。比如诗，现代新诗和古典诗歌各有各的门道，西方的十四行诗，中国的绝句、律诗、古风、骚体等，都是很不一样的。

这是最明显的外在形式。

再具体深入一点，风格问题。比如喜剧性，就是要有一种荒谬感，有更强的假定性。契诃夫的《小公务员之死》是一篇具有很强的喜剧风格的小说。这个小公务员到剧院里看戏，坐在他前面的是他的上级，一个高官，当时叫“将军”，实际上是文官。小公务员打了个喷嚏，唾沫星子可能喷在了将军的光头上。他连忙不停向将军道歉，将军并不觉得这是什么了不起的事情，表示无所谓。这个小公务员却以为将军拒绝接受道歉，就一直纠缠着将军道歉，还跑到将军家里，以致将军发火了。小公务员吓坏了，回到家里以后就死了。如果是现实主义正剧风格的小说，会让人感到不真实，而喜剧就可以用连锁性荒谬的逻辑表现小人物的卑微。喜剧形式给了作家特权，拥有更大幅度地超越生活的逻辑，比如说《阿Q正传》中的阿Q，最后莫名其妙被枪毙了，这本来是很悲惨的事情，可鲁迅却把这个悲剧用喜剧的形式来表现。这样，阿Q就显得不是很悲惨，而是显得很可笑、很荒唐。他被绑赴刑场游街，还要在人群中找一找有没有吴妈，吴妈其实根本不爱他，给他带来了

很大的灾难。死到临头了，他还想出风头，觉得自己还应该唱唱京戏，那才显得英雄好汉，最后就冒出了一句“再过二十年后又是……”，这就显得非常荒谬，好像他慷慨就义一样。从正剧的眼光来看，从诗的眼光来看，这是不是很真实呢？是不是把文人的玩世不恭放到了贫农阿 Q 头上呢？何其芳先生就为之感到“不安”。这是因为他没有考虑到喜剧风格，这是非常艺术的，在表现阿 Q 的精神麻木方面是极其深邃的。

有了观察，有了感受，有了深沉的智慧，有了很强的想象力，还要有相应的语言，也就是表达力。20 世纪西方文论有所谓“语言转向”，以为不存在内容与形式，甚至也与情感（审美）无关，以俄国形式主义为代表主张，决定一切的就是语言，就是“词”。其实，文学形象光有语言，离开了人，离开了人的内心情志，可能变成文字游戏。这在中国古典文学中最极端的就是“回文诗”。苏东坡在这方面是高手。苏东坡被贬湖北黄冈后数游镇江，与金山寺大和尚佛印谈诗论画。苏东坡《题金山寺回文体》如下：

潮随暗浪雪山倾，远浦渔舟钓月明。

桥对寺门松径小，槛当泉眼石波清。

迢迢绿树江天晓，霭霭红霞海日晴。

遥望四边云接水，碧峰千点数鸥轻。

把这首诗从最后一个字倒过来往上读，也同样是诗：

轻鸥数点千峰碧，水接云边四望遥。

晴日海霞红霭霭，晓天江树绿迢迢。

清波石眼泉当槛，小径松门寺对桥。

明月钓舟渔浦远，倾山雪浪暗随潮。

正读、反读同样通顺流畅，对仗工稳，平仄协调，所表现的同样是金山寺日出霞光之中、月光笼罩之下的美景，不过，前者是从夜晚写起，后者则从黎明写起。苏东坡驾驭汉语达到出神入化的境地，是其他民族的诗人所不可能想象的。举这个例子，目的是要说明，第一，苏东坡在律诗严酷的平仄、对仗等形式的规范中能如此自由驾驭，实在是天才。第二，语言最后要跟着形式转，由形式来最后定型。

能把形式规范驾驭到这样自由的程度，实在是令人惊叹。在这一点上，是不是可以说，连杜甫也望尘莫及。

从这里，我们可以看到，形式的伟大，只要能自如驾驭，就是游戏文字也可以轻松地变成有一定质量的诗。

形式的伟大功能，在诗歌小说、戏剧中是普遍的。

在悲剧中，崇高的人物必然走向毁灭，如果不毁灭，就不会有悲剧的净化（即亚里士多德所说的“卡塔西斯”）作用。梁山伯、祝英台不仅是因为生活注定他们要死，而且是因为悲剧要求他们走向死亡。不管你是多么善良、多么无辜、多么多情、多么伟大的好人，悲剧只有把你逼上死路，才有悲剧的效果。贾宝玉和林黛玉也一样，要有悲剧的震撼力，就得让有情人不成眷属。不是有一句古话吗？“天上落下无情剑，斩断地上有情人”。这话不全面，应该是“悲剧高悬无情剑，斩杀书中有情人”。而喜剧就是另外一回事了。《秋菊打官司》，一个农村妇女，没有文化，是弱势群体里的弱势分子，到城里打官司，“讨个说法”。结果，官司打赢了，因为她处处遇到好人。有人说，这不真实，但这是喜剧，喜剧的假定性给她一种特权，到处遇到好人的幸运。就像小公务员打了一个喷嚏结果被吓死了一样，社会学的概率论思维模式与艺术是不兼容的。

黑格尔有个命题，就是内容决定形式，事实上，这是简单化了。有时候，不是内容决定形式，而是形式决定内容。人物的命运和结局，不完全是由作家的感受决定的，也不完全是由生活决定的，它同时是由形式决定的。也就是说，要有形式的约束、形式的诱导，形式就是一种规范。规范是历史的一种积累，因为从作家的内心体验到艺术创造，太玄妙了，太复杂了，太精致了，难度太大了。一个人，哪怕他是天才，也不能完成一种艺术形式的确立。像中国古典诗歌、近体诗，从沈约搞平平仄仄，到盛唐写出成熟的律诗和绝句，其间经历了四百年左右，是好几代人的积累。形式规范是艺术成就的历史积累。对于历史积累，我们不但欣赏其生活内容、作家的内心世界，也要欣赏作家对语言的驾驭，从形式的规范中获得自由，开拓新的可能性。

形式是一种规范，是一种难度，要自由地驾驭，就要克服难度。艺术就是克服难度，克服了难度才有自由。比如绝句只有四行，每行只能七个字或五个字，而且每一个字都有平仄的限制，还有韵的限制。在这么严格的限制里，能写得非常自由，非常自然，而且有突破，让你感觉不到限制。这就说明，对艺术的欣赏不仅是对内容的欣赏，也是对作家自由驾驭形式的欣赏。

从这个意义上讲，高尔泰说“美是自由的象征”是有道理的。难度是生命创造的，又用生命来克服，从而获得驾驭和突破的自由。

每一种形式都有优越性和局限性，所以我们讲审美，讲美的创造，关键是要按艺术形式的规律性去思维。艺术的规律像其他规律一样，有它的普遍性和特殊性，但从某种意义上说，特殊性是更重要的。

各种艺术形式的规律有互相矛盾的一面。

在戏剧舞台上演千军万马，不可能把千军万马搬上舞台，只要一条马鞭，背后插上几面旗就可以了。演牛郎织女的时候，不能把牛牵上台，如果把牛牵上台，它会不跟演员配合，干扰牛郎织女谈恋爱的热情。它不是演员，它又不拿工资，也不屑于参加评奖。（大笑）但如果是电影，就要求微观视觉的逼真，千军万马就得有千军万马的大场面。张艺谋在这方面是花钱的能手，场面小了，钱花少了，他还不过瘾。

这就要求我们培养对不同艺术的高度敏感。

刚才讲《秋菊打官司》，秋菊可以尽碰上好人，因为是轻喜剧。如果是写正剧的话，就要严峻一点，生活中的矛盾非常复杂，翻不过来的冤假错案多如牛毛，那是另外一回事情。卓别林的《城市之光》里有这么一个情节：一个有钱人，经常醉醺醺的，有天晚上就到河边去投河，一个流浪汉把他救起来了。有钱人非常感激流浪汉，把他带回家里，让他住非常豪华的公馆，但第二天有钱人就把他忘得光光的，不认识他了。到了晚上，有钱人又去投河，流浪汉又把他救起来。第二天有钱人又把流浪汉忘记了。这在正剧中根本不对头，不可信，但喜剧就以这种逻辑为基础，反复地呈现一种荒谬的逻辑，把人生的困惑升华为艺术的发现。不懂得这一点，就说这个不真实啊，政治倾向性有问题啊，等等，都是外行话。我们经常见到，越是外行越是大言不惭，最好玩了。傻乎乎，死心眼，还自以为很可爱、很了不起啊。（笑）谁乐意把自己的傻相笑眯眯地公之于众呢？要有一定的勇气嘛。（笑）不要笑，你们如果一味迷信那些解构主义的理论，不把艺术形式的规律当回事，将来就是当了教授，当了理论家，还是会以傻乎乎为荣的。（大笑）不过水平多多少少要高一些而已。（笑）

丹纳在其《艺术哲学》中把各种艺术形式比喻为不同的植物，不同的植物有不同的生理机能，因而就有不同的培养方式，不能把它们当成同样的东西。作家不仅要考虑自己的生活感受，心理状态，同时要考虑自己驾驭的形式。演电影要求有微观的逼真，眼睛、眉毛的动作不能太夸张；演话剧就可以夸张一点，因为舞台离得远，动作不大一点，人家看不见；京剧的脸谱，古典式的想象力更丰富，因为古代的舞台跟观众的距离更遥远。

我们必须培养对特殊的艺术形式的审美感觉，不能把它们搅浑了。搅浑了，就会付出代价。精致的修养和微妙的形式的敏感是分不开的。我这里要特别提到杨朔，他曾在 20 世纪 60 年代风行一时。他有历史的贡献。在解放区，20 世纪 40 年代至 50 年代的散文都变成报告文学了，已经不完全属于艺术，而是实用的文体。到了杨朔，就是从 1958 年，特别是 1959 年以后，他提出散文应该是艺术，散文是诗，应该把每一篇散文都当作诗来写。这些主张是写在他那轰动一时的散文集《东风第一枝》的后记中的。应该说，这是杨朔的一个贡献，他恢复了散文的艺术生命。

但诗与散文是两种不同的形式，有两种不同的规范。我曾经说过，这就好像两种血型或两种性别，你不能混淆。杨朔在这方面的修养不足，他太马大哈了，刚刚把散文从报告文学中解放出来，又把散文投入了诗的牢笼，把诗歌和散文混淆了。他不懂得，特殊的艺术形式的优越性到了另一种艺术形式中，就变得不优越了，变成局限了。比如芭蕾舞只能用脚尖跳，这是它的一个看点，但你能用跳芭蕾舞的方法去演京剧吗？闻一多曾经讲过，“诗是戴着镣铐的舞蹈”，而杨朔不在乎这一点，他以为诗的优越性到了散文里还是优越性。他的艺术从一开始就酝酿着危机。

我们来分析一下杨朔的成名作《荔枝蜜》。杨朔是把它作为诗来写的，这对表现感情是有好处的。

他说他小时候很恨蜜蜂，因为被蜜蜂蜇过一下。后来人家说你不去侵犯它，它也不会来蜇你，蜇一下人，它就死了，所以他心里觉得应该原谅它，但感情上疙疙瘩瘩。等到长大了，都快五十岁了，到广东的一个地方参观了养蜂场，养蜂员老梁给他介绍了有关蜜蜂的科普知识，他就大为感动起来，还感动得“心头一颤”。蜜蜂太伟大了，吃得很少，但奉献得很多，最后它老了，就不回来了，死在外面了。他联想到这很像我们国家的农民。他感动得夜里做了一个梦，梦见自己变成了一只小蜜蜂。这自然是一种抒情的赞歌，但他对抒情的局限性没有提高警惕。这里的抒情，是一种强化感情的套路，最根本的法门就是使感情突出，但这种感情的强化或极端化，是和诗的想象性、虚拟性结合在一起的，与散文的相对现实性有一定的矛盾。我们来推敲它一下。文章最后说自己变成了一只蜜蜂，按散文的现实性，细心的读者可能就怀疑了，作者快五十岁了，还是小蜜蜂！有五十岁的小蜜蜂吗？这不是太谦虚了吗？（大笑）我看，老蜜蜂还差不多。（大笑）

不可否认，杨朔的散文有历史的功绩，但就是那些有历史成就的散文，也很难给人以够真诚的感觉。有许多人批评他，说他的文章有点“做作”。杨朔在十年浩劫中含冤逝世，我很同情他；他有贡献，我怀念他；但他在特殊形式的规范上粗心大意，我没有办法救他。就是让我当文化部部长，我也不想自己拥有挽救他的霸权。（笑）

还是回到散文的想象和诗的想象吧。诗的想象更自由，比如说我是一片云，我是一棵树，我是一棵小草，人家不会考虑我的年纪。舒婷在她的《祖国啊，我亲爱的祖国》里，一会儿是老水车，一会儿是矿灯，可她写这些诗的时候，才二十几岁。有谁会去挑剔她，说她“做作”呢？诗就有这个自由，不管把自己说成什么，纤绳啊，古莲啊，起跑线啊，都可以。但你把诗的自由弄到散文中去，说这个老头子是小蜜蜂，就可能闹笑话。散文没有诗的自由。

用理论的语言说，审美的思维就是在艺术形式的优越性和局限性双重制约下的思维。

这种自由和局限的矛盾从何而来呢？我觉得，主要原因是工具不同，性能不同。我这里声明一下，我暂时把语言作为一种“工具”，这是传统的说法。现在更多的学者认为，语言不仅是工具，还是文化、意识形态、人文价值观的载体。这个问题我们暂不讨论，因为就是人文学派，也不完全否定语言在一定层次上具有工具性。我只恳求你们暂时允许我把语言当成一种工具，因为这样比较简明，可以用来区别绘画、音乐和舞蹈等。

文学的工具或媒介（回避一下“工具”吧）是语言，原来我们以为语言是万能的——俄罗斯有一句谚语：不是蜜，但是能粘住一切——但这太乐观了，它不过是一套有声的符号，刺激你，引起你对经验的回想。这个我们暂时不讨论，先说文学的媒介是语言，它有局限性。比如它是一种有声符号，它要表现颜色，表现气味，但用它表现颜色、气味是很困难的。用语言来表现声音，它却不能记录乐曲，所以才有五线谱和简谱；用语言来表现颜色更困难了，颜色有一两千种，有关颜色的不同词语可能不超过一百个。至于用语言来表现抽象的因果关系、对立统一关系，就更困难了。“不但”“而且”“因为”“所以”……这是符号，不是什么具体的东西，它能引起人的经验，有很大的优越性，但有的艺术不像文学这样用语言作为媒介，如舞蹈、音乐、绘画等，是用线条、色彩、躯体等作为媒介。媒介差异大，规律差别就更大了。

西方和中国都有一种说法，画是无声诗，诗是无声画。这话说得对不对？他讲的是诗与画的共同规律，应该说，二者存在共性，但这仅仅是一个方面。

苏东坡针对王维的《蓝田烟雨图》说：“味摩诘之诗，诗中有画；观摩诘之画，画中有诗。”原诗是：

> 荆溪白石出，天寒红叶稀。
>
> 山路元无雨，空翠湿人衣。

每一句诗中都有画面，这是不错的，但这个道理是片面的。明朝的张岱就很有见解，很有头脑，他说如果真是这样的话，那么，“以有诗句之画作画，画不能佳；以有画意之诗为诗，诗必不妙”[①]，这就是说诗与画是有矛盾的，诗的艺术规范和画的艺术规范是不一样的，特点是不一样的，一个用语言，一个用色彩和线条。他说，李太白《静夜思》“举头望明月，低头思故乡”这幅画你怎么表现？这个人低着头，你怎么能确定他想的一定是故乡？你本事再大，也没有办法。还有“山路元无雨，空翠湿人衣”，没有下雨，衣服是湿的，至少在当时是画不出来的。画面的可视性是画的优点，可诗人的想象、内在的体验和思绪是没有直观性的。这是语言胜过色彩和线条的地方。

西方美学史上也有类似的例子。莱辛在他的《拉奥孔》里讲，他看到古希腊有一个雕塑，题材来自古希腊的神话。一条蛇把拉奥孔父子缚住了，几个人都快缠死了。史诗写拉奥孔父子此时挣扎着，发出公牛一般的叫声，把天都震动了。可是他看到的拉奥孔的雕像，

① 参见孙绍振《文学创作论》，海峡文艺出版社2004年版，第134页。

嘴巴张得并不大，也没有特别的痛苦，好像是发出轻微的叹息。

为什么呢？工具不同而已。

雕塑是直观的，嘴巴张得很大，像一个黑洞，看起来很难看。[①]所以拉奥孔父子能不能大喊大叫，不仅取决于内容，而且取决于形式。所以，雕塑不能让拉奥孔发出恐怖的叫声，震动天庭，只能用他的躯体姿态、他的挣扎，调动人的经验去想象他的痛苦。

我们得出一个比较重要的结论：艺术形式对作家生活情感和表达手段有一种制导作用或预期作用。形象不仅是客观的反映，也不仅是主观的表现，而且是客观、主观和形式的三维的结构。不仅客观的生活和主观的情感对形象有预期和制导作用，而且形式也是如此。形象是三种力量互相制约，或者用我的话来说，是三维结构的功能。这样，生活只有在形式的制导下发生变异，情感也只有在形式的制导下发生变异，才能上升为艺术形象。

这个道理还没有讲完。前面已经讲清楚了，形式的不同是由于工具的不同，那么接下去的问题是，如果工具相同，是不是形象的构成规律就统一了呢？如果同样都是用语言来作艺术形式，如诗歌、小说、散文，构成形象的门道是不是相同呢？

人是很复杂的，语言的局限性又很大，所以没有一种艺术形式能够把人的一切方面都表现出来。不同的艺术形式，只能以不同的假定形态表现其一个方面。

叙事作品容纳很完整的情节，很复杂的情节，而抒情作品就不可能有太复杂的情节，太复杂了，就没有诗意了。用诗的办法来写小说，那太抒情了，就没个性了，这个以后我还会专门系统地讲。

这就说明，形式的东西也要受到情感和生活的制约，但是，艺术形式又是开放的，是不断发展的。这个时代觉得过分夸张的，到了另外一个时代就不算什么夸张了，可能还有更为夸张的，甚至怪异的。

北岛的《回答》是非常有名的：

卑鄙是卑鄙者的通行证

高尚是高尚者的墓志铭

这样的写法，逻辑的跨越到了颠倒的程度，也许在贺敬之看来是不可思议的，因为这首诗写于 1976 年春天“天安门事件”之后，时代本身就是是非颠倒的。当时，“四人帮”镇压广大人民群众悼念周恩来。“卑鄙是卑鄙者的通行证”，只有卑鄙的人才能通行无阻；“高尚是高尚者的墓志铭”，非常高尚的人，为了信念不怕牺牲的人，反而被摧残，甚至因此而牺牲。一点也不做作，不矫情；虽然很隐晦，但很深刻。这完全是用一种新的想象的语言，站在历史的高度发言。

---

① 莱辛：《拉奥孔》，朱光潜译，人民文学出版社 1979 年版，第 16—22 页。

上面讲的是对一种艺术形式的驾驭，已经是非常困难了，何况各种不同的艺术形式？它们之间的差异是很奥妙的。古今中外，一个作家往往只能精通一两门艺术形式，很难有全能作家，就是大艺术家对艺术形式的驾驭也是有限的。写小说的不会写诗，写诗的不会写散文，写散文的不会写剧本，写剧本的不一定会写电影剧本，不一定会写京戏剧本。这个问题非常复杂，就是托尔斯泰这样的大艺术家，也免不了犯一些错误，他写的剧本根本是不能演出的。即使这样，他还非常凶狠地批评过莎士比亚："莎士比亚缺乏主要的（如果不是唯一的）塑造性格的手段——语言，亦即让每个人都用合乎他性格的语言来说话。这是莎士比亚所没有的。莎士比亚笔下所有的人物，说的不是他自己的语言，而常常是千篇一律的莎士比亚式的刻意求工、矫揉造作的语言，这些语言，不仅塑造出的剧中人物，（而且）任何活人，在任何时间和任何地点都不会用来说话的。"[①]

托尔斯泰忽略了不同的艺术形式之间的重大差异。莎士比亚的戏是一种诗剧，虽然不押韵，但是五步抑扬格，与诗的节奏一样，一个轻一个重，英文叫 blank verse，翻译成中文就是无韵素体诗。不押韵，但有诗的节奏。他的批评有没有道理呢？好像有道理，因为他追求的是叙事文学的现实性，他是写小说的，他写小说时必须尽可能地接近日常口语。所以，托尔斯泰就把他小说的起码规范强加给了诗剧。他非常反感莎士比亚写的情人见面、烈士遭难，都是长篇大论的。李尔王在草原上，对着无人的旷野大喊大叫，用诗的语言发表大段的独白。现实生活中，这是发神经。罗密欧见了朱丽叶，第一次见面就对着人家的阳台说"我的太阳"，然后就朗诵一段诗。这在现实当中不但是不可能的，而且是很危险的。一见陌生姑娘就念诗，在座的女同学请告诉我，这样的人，你们受得了吗？太夸张了吧！太吓人了吧！（大笑）但我在这学期一开始就说过，文学是一种假定，不能用生活中是不是这样来衡量。这是诗剧，是歌剧，我们不是讲过布莱希特的"间离效果"吗？诗剧和歌剧跟小说的假定性是不太一样的。这种不一样对艺术家是特别重要的。托尔斯泰的小说写得非常漂亮，但托尔斯泰写剧本就不行，他不懂得如何写剧本。鲁迅写小说很棒，但他写白话新诗就不是很好。茅盾也是这样，他的剧本《清明时节》就全是演说。

我们说过，作家要找到自己，不但要找到自己情感世界的主要特征，而且要找到恰当的表现形式。而要找到最适合自己个性或特长的那种表现形式，必须有丰富的艺术修养，有形式感。

有一种现象很值得研究。有的作家往往从写诗开始，最后诗写不好，就写小说、散文。像徐迟，原来是写诗的，而且写现代派新诗，接着改为写朗诵诗，新中国成立以后写了很多抒情诗，但都不景气。后来他写了报告文学《祁连山下》，写知识分子，非常精彩。后来

① 《莎士比亚评论集》（上），中国社会科学出版社 1979 年版，第 504 页。

他写《哥德巴赫猜想》，轰动全国，开报告文学的一代文风，对中国现代报告文学作出了历史的贡献。杨朔原来是写小说的，《三千里江山》有过相当的影响，但他觉得不能得心应手，就写散文，成为一个时代的代表。现在有个新的散文家，很轰动的，叫刘亮程，他写的散文，大家都叫好，其实他原本是写诗的。由此可见，一个作家要探索自己，发现什么是自己的长处，什么是自己的短处，但这是一件很艰难的事情。不可能有一个作家什么都行，连曹雪芹也只是在写小说方面表现出天才，他的诗写得差一点，他的诗不如词，词不如曲，写得最差的是他的排律。这并不奇怪，作家即使有天分，在各个方面也是不平衡的。

第十九讲　形式感：艺术形式对生活和情感的规范

任何一种形式规范都不是静态的，而是动态的、开放的，是在漫长的历史过程中逐步积累并不断丰富、不断突破的。具体的形式规范虽然是不可混淆的，但它们之间互相渗透，在发展过程中互相借鉴。借鉴无疑是一种促进，但又可能变成依附。形式规范就是在借鉴与摆脱依附之间发展的。比如小说，从原先的志怪传奇发展到唐宋传奇，志怪是片段的，是不完整的，唐宋传奇有了完整的故事，这是一个重大的发展。这种发展从诗歌中吸收了华丽的话语和抒情的趣味。到了宋元话本，人物开始有个性，特别是《水浒传》，人物有了性格，性格的发展还能从环境中找到说明。因为这时期的作者已经觉醒，不再一味追求抒情的趣味，发展出一种独立于抒情趣味之外的叙事的趣味。市井小民的柴米油盐，勾栏瓦舍的世态人情，江湖上粗鲁的口语、血腥的杀戮，甚至淫荡的感官刺激（在《金瓶梅》中特别如此）、罪恶的勾当，都以丰富的细节、曲曲折折的过程展示出人物的心理。如果以唐诗宋词的准则来说，这些都缺乏诗意，甚至是反诗意的，但它们却成了一种小说艺术感染的空间。在漫长的历史过程中，探索了上千年，小说才发展出它自身的一套名堂。这种名堂把小说推上了高峰，形成了与抒情文学并驾齐驱的古典小说规范，但这同时给小说带来了束缚。到了五四新文化运动，古典规范又发生了破裂，出现了现实主义、浪漫主义乃至现代主义的小说，新的形式规范又前赴后继、花样翻新、层出不穷地更迭。

从借鉴到摆脱，就是形式规范从草创到成熟，从成熟到更新的过程。

电影的历史最短，至今才一百多年。起初，大师借助其他的艺术表现手段，比如绘画、摄影、戏剧，尤其是戏剧，来发展自身。借鉴有两种可能：一种是照搬照抄，之后就是毁了自己；一种是把姐妹艺术形式转化为自身营养。电影借助了戏剧的表演手段和摄影、绘画等的表现手段，但它没有照搬照抄，而是根据自身工具的特殊的优长或局限，发展出自身的一套艺术。例如同样是画面，是视觉形象，电影虽然借助了绘画的表现手段，但它很快就从绘画中解脱了出来，创造出一种“蒙太奇”的手段。因为绘画是静止的，而电影的画面是连续的，但又与戏剧不同。戏剧的画面是不中断的，距离是固定的，而电影的画面则是在连续与中断中远近交替的。

有一个著名的实验，是苏联的导演库里肖夫做的。他从旧影片中选出一个镜头：一个演员毫无表情的脸。再在他面前分别接上三个镜头：一盆汤，一个棺材，一个孩子。这就可以分别引起饥饿、悲痛、慈爱的联想。

这种镜头的内涵，是原来独立的镜头所没有的，也是单独的绘画所没有的，但电影不是单独的画面，而是画面的连贯组合结构。结构的功能大于要素之和。蒙太奇从平行的到对比的、交叉的，成套地发展出来了，正是在这种发展中，电影获得了自身的独特的艺术生命。

同样的素材可以形成完全相反的主题和观念。电影利用镜头自由剪接，超越时空，在非连贯性的时间组合中，摆脱了对于绘画和戏剧的依附，获得了自己的艺术生命。电影的历史只有短短一百年的时间，比之老牌的小说、诗歌上千年的历史，可以说是小毛毛，但发展特别快，可谓突飞猛进。

有一点要特别说明一下，我们特别强调了不同艺术形式规范的区别性，但从更高层次讲，也不可忽略不同艺术形式规范有其共同性。正是因为这种不言而喻的共同性，我们才能说形象是主观情感、客观生活、形式的审美规范的三维结构。

这里，我们不得不作一些可能是枯燥的，但又是很重要的对基本观念和思想方法的阐释。

当主观与客观统一时，客观生活和主观感情都要在想象中发生变异。这种变异的可能性是无限的，并不是任何一种变异都能够转化为艺术。不转化为艺术的机遇多于艺术的遇合的机遇。

说艺术美是主观与客观的统一，这是不完全的。主观与客观统一了，就是真了；不统一就是假了。统一只是达到真的途径，而真并不等于美。美和真是两个范畴、两种价值。传统美学过分强调真与美的统一，以致真代替了、淹没了美。其实真、善、美三者的关系并不是完全统一的，当然也不是绝对分裂的，而是错位的。

我们讲艺术反映生活，这是问题的一方面；艺术也是表现自我的，这是问题的另一方面。那么，二者之间主观和客观的统一，客体的特征和主体情感特征的统一，要往哪里统一呢？如果这种统一变成真，那是科学的或道德的善，二者都是理性的，还不是美。要保证它统一到美中，如何保证呢？这就要让真、善、美处在一种错位的结构中。我们长期所受的教育中，理性教育占优势（审美的情感不占优势），所以，我们很自发地让主观和客观统一到哲学的真或者善。要让主观和客观不完全统一到真或者善，保证统一到美，就得有个途径，有个办法。有一个东西可以保证，这就是艺术形式。它有一种稳定的、规范的力量，是千百年来形成的，有足够的能量去抗拒真和善的优势。

保证主观和客观最后统一到美的是形式。这种形式不是原生、原始的形态，而是规范形式。任何主观和客观的遇合，只有经过艺术形式规范，才能上升到艺术的审美层次；任何主观情感特征和客观生活特征，也只有经过艺术形式的规范，才能构成形象的三维结构。在主观特征和客观特征发生变异性的交融时，作家进入了假定的想象境界：云蒸霞蔚、万途竞萌、恍惚迷离。有一万种可能性存在，只有经过形式特征的诱导，才能排除那非艺术的可能性；在形式特征的规范和诱导下，才能超越生活，超越自我，登上艺术历史积累的高度。

许多理论大师论及美的时候，不是在反映客观一维上踏步，就是在客观和主观二维上徘徊，为什么呢？这里有个思想方法问题。

我们的说法是，美是三维统一的结构：情感特征——一维，生活特征——二维，形式特征——三维。

美学上有过长期的争论，美是主观的还是客观的，还是主观和客观的统一。观念虽然不同，但究其思想方法，基本是一样的，那就是执着于主观与客观之间。这叫二维思维。要解决形象的奥秘，必须从思维方法上突破：不能只在二维之间徘徊，要向第三维寻求突破。黑格尔的方法的局限在于矛盾的统一，超越不了二维。

实际上，对立统一，一分为二，并不是命中注定的。思维模式可以是多维的，如老子的方法的精华："道生一，一生二，二生三，三生万物。"①

老子也承认一分为二，也承认主客观的矛盾统一，但同时提出一个方法，即"二生三"，从三个角度考虑世界的奥秘。这使我们得到一个启发，思维有无限的可能性，但无限的世界和无限的主体感知，就是接触了，也只能是混沌一片，不能成为思想方法。对立统一，不完全，太简约，但有一个好处，作为思想方法的诱导，比较方便。从正到反，从肯定到否定，从优越到局限，从积极到消极，二分法很好用，但有缺点，就是很片面，因为事物和思维不仅只有正反两面。事物和思维中的不同的要素，不是对立的就是统一的，这太粗暴了。全面的办法不是一分为二，而是多分法，越多越全面。

我：你们举个例子看，只要比二分法多一点就行。

生：一分为五，一分为十。（笑）

---

①《老子》第五十一章。

我：很好，有根据。你们笑什么？这不是开玩笑，是很严肃的。不是有一句话叫"一五一十"吗？（举手示意）这是很朴素的方法，是从人的躯体出发的，因为人的手指是五个，最早的牧羊人统计他的财产，就是掰手指的。

生：一分为十二，十二分法。一分为六十，六十分法。（大笑）

师：为什么要笑？觉得这很荒谬是不是？一点也不荒谬。十二分法，一分为十二，我们至今还在应用。例如欧洲人和美国人买东西，不是十个十个买，而是一打一打买。这就是英语的 dozen。我们的阴历不是把一年分成十二个月吗？六十分法，一分为六十，也没有错啊。现在，我们每分钟不是六十秒吗？把一分钟，分成六十份。这个同学的提法，十二分法，六十分法，都是人类在用着的方法。除此之外，我们已经习惯了的，还有三十分法，把一个月分成三十份；二十四分法，一年分成二十四个节气。还有什么分法吗？

（众声喧哗：没有了，没有了。穷了，光了）

我：还有，肯定还有。你们非常熟悉的，日常生活中经常碰到的。

生：一分为七，七分法。（笑）

我：对了，这是上帝分的，把时间分为七天一个档。到了第七天，就该休息了。从思想方法来说，这个同学很不错，能从平常的、普遍的、不起眼的、天经地义的现象上进行思考，考虑它潜在的思维模式。你们难道不应该给这个同学鼓掌，以表示对他的赞赏吗？

（学生鼓掌）

我：从理论上说，分得越多，就越是全面，但你们考虑过没有，为什么这么多的多分法，在生活中运用得不广呢？它不过是统计的方法，没有成为思想方法。用处很狭隘，连你们天天用的人，都没有感到它的存在。这是因为，越是少分，越容易成为方法。对立统一，一分为二，从正面想到反面，从优点想到缺点，从光明想到黑暗，这没有任何难度，太舒服了。但一分为三就有一点难度。从正面不想到反面，你往哪里想呢？

生：能不能先想到反面，再想到正反面的当中呢？

我：这不是不可以考虑的，虽然它不一定很科学。一分为五，一分为十，麻烦比一分为三要大得多。一分为七、一分为十二的啰唆，一分为三十的纠缠，弄得大家老是要问，今天星期几，今天几号。这很伤脑筋，对谁都没有好处，除了对钟表商人，除了对台历、挂历还有皇历印刷厂。

越是多分越是不成方法，向相反方向变幻万千的主体感觉和知觉，是混乱的、芜杂的，是缺乏统一性的，是效果不集中的。要化为形象，就得经过第三维，即形式的规范，不经过规范，就有两种可能：一是陷入杂乱无章；二是变成理性，变成科学。面对客观的物理属性和生理、心理感觉时，不同的规范把想象和情感的记忆加以变幻，对之加以改造。

传统的理论强调主客观二维的统一，但另一方面又强调内容与形式的对立和统一。

怎么考虑这个问题呢？前卫的理论认为，内容与形式的对立本身就不存在。俄国形式主义者认为，一切都取决于语言，一切的艺术形式都是语言的陌生化，没有陌生化的语言是自动化的，把人的感觉都钝化了，没有艺术感觉了。要有艺术感觉，也就是要有我们前面所说的感知变异的方法，这是属于心理学的范畴，但俄国形式主义者不从心理学出发，而是从语言出发。这二者并非绝对矛盾。语言陌生化了，还是和表达心理有关系的。一个年轻的媳妇和丈夫经历了一番冲突，和解了以后做了一个打他的样子，说：我恨死你了。这个“恨”按自动化的意蕴，表示一种仇恨，但夫妻打情骂俏，实际上是相反，是又爱又恨，爱多于恨。

不管从语言还是从心理的角度来阐释文学性，有一个东西是不可忽略的，就是形式。从上面所举的例子来看，这个“我恨死你了”，在小说和戏剧里，乃至在散文里，都可能是很生动的，但如果是在古典绝句里呢？这样的大白话就可能大煞风景了。

有一点很明显，我们所讲的形式，是艺术的规范形式，不是原生的形式。那么，内容能不能决定艺术形式呢？

首先，从艺术创作的角度上说，内容好像不能完全决定艺术形式，同样的内容我们可以写成小说，也可以写成诗，同样的内容可以有不一样的包装，内容不能决定其具体样式或体裁。其次，形式也不完全是被内容决定的，规范形式可以按照规范来重新组织、删节，甚至消灭一部分内容。艺术的提炼是必要的，否则内容就变得庞杂，放任内容无限制进入形式，就会破坏形式。

艺术形式是作家长期积累的结果，是几代人生命积累的结果，同时是读者的一种心理预期。读者习惯了并且认同的东西，一旦成了形式，就有相当的稳定性和强制性。如《长恨歌》写唐明皇和杨贵妃恋爱的故事，写唐明皇沉迷酒色，致使朝政荒废，并导致叛乱。若用小说的形式写，如陈鸿写《长恨歌传》，就写出了具体过程。若用戏剧的形式写，就写杨贵妃与安禄山的关系、杨国忠的腐败行为以及战争的过程。这样复杂的过程，戏剧和小说可以容纳，但抒情诗是不行的，抒情就要对这样复杂的过程进行强制性同化，要消灭一部分内容。那怎么写呢？“渔阳鼙鼓动地来，惊破霓裳羽衣曲。”这是虚拟的想象，安禄山一打鼓，“地震”就到了长安，杨贵妃的舞蹈就停止了。在科学上，在历史上，这个“地震”是找不到根据的，但这是天才的诗，是天才的想象。这是从文艺心理学的角度看问题。

如果不这样说，而是说这是天才的语言陌生化，就是从俄国形式主义的语言角度研究问题的。不管从什么角度来看问题，都以能够把艺术形式的奥秘揭示出来为好。

形式的同化作用，不但使形式分化为不同的规范，而且使内容分化为不同的生活和情感的表现方式；不但使内容的表层分化了，而且使内容的深层分化了。

形式对内容还有一种预期，如写古典诗，有平仄的交替和对仗，内容还没有，形式就在那里等着了。还有小说对细节的预期，戏剧对冲突的预期，非情节小说对回避过程的预期，等等。

就形式的历史发展过程而言，有草创的与内容不甚协调的原始的形式，有充分发展并强化内容的精致形式，还有走向衰亡的脱离内容并抑制新内容的僵化形式。

第二十讲　形式感：丰富的统一

文学形式是一种艺术的规范形式，审美是一种情感的自由。规范和自由经常发生矛盾，绝对的规范可能扼杀自由，但没有规范也就没有艺术的自由。作家的才华就在于，在感觉和想象、思绪和智慧经受规范的约束的时候，能找到最大限度的自由。闻一多说“诗是戴着镣铐的舞蹈”，但我们不能怪镣铐太紧。中国古典诗歌是平平仄仄，仄仄平平，从律诗、绝句到词、曲，每一句、每一个字都规定好了，章有定句，句有定字，而且押韵是按照官方规定的韵书，和口头的不一样，要死记，非常难。但古典诗人就在这样严酷的形式中，驾驭得很自然。形式的严酷约束锻炼和发展了作家驾驭形式的能力，也训练了读者的想象，这也是不可忽略的。

古典诗歌的章有定言，句中平仄相间，句间平仄相对，既是一种规范和束缚，又是一种自由的空间；它比日常话语困难，但驾驭得法，又比日常话语自由。在日常话语中不通的，在诗中可能是创造。杜甫有一句很著名的诗：“香稻啄余鹦鹉粒。”把它还原成正常的语序是：“鹦鹉啄，香稻余粒。”这样一来，后面的三个字结构就被破坏了。如果说“香稻乃鹦鹉啄余之粒”，这就不是诗了。原诗“香稻啄余鹦鹉粒”，从语法上讲是不太通的，省去了许多，颠倒了逻辑关系，但由于形式上的平仄和语义的容纳性，不自然的语句却变为规范的语句，而自然的规范语句“香稻乃鹦鹉啄余之粒”，在律诗里反而显得不合规范，有些不伦不类了。

格律是一种制约，也是一种自由，它允许词句的颠倒，允许省去在散文或口语中相当重要的甚至是不可缺少的语法成分，这有助于读者想象的参与。西方人非常欣赏我们古典诗歌省略许多介词、连词等的规范，如“鸡声茅店月，人迹板桥霜”，全是名词，连谓语都没有，本来在口语和散文中，这不成句子，但诗有这样的自由。美国诗人非常欣赏这一点，称之为“意象并列”，并且要模仿，以此改进自己的诗歌创作。后来还形成了一个叫作“意象派”的流派。这个以后再说。

再举个例子，如“春风又绿江南岸”一句，七言诗句，是一种规格，是一种限制，同时，只要保存最后的三言结构，你就获得很大的自由。你可以改为：

又绿春风江南岸

又绿江南春风岸

江南又绿春风岸

江南春风又绿岸

本来非常严格的限制，变成了诗的自由，比散文更自由的自由。

这种自由不是没来由的，因为它植根于民族语言的深厚土壤之中。

就诗的形式而言，它从民族语言中产生出来，一旦成熟，就有了相当的强制性，又会深入到民族语言中去，积淀为强大的稳定性。其中的规范性，成为民族审美心理的一个元素，蕴含着深刻的统一性。

比如“清明时节细雨纷纷”这句话，说起来觉得挺顺口，但如果说这不是说话，而是作绝句，这样就不行。诗有诗的规范，七言诗，尾巴三个字是强制的，应该是“清明时节雨纷纷”。尾巴的三个字一变，成为“清明时节细雨纷纷”，就不像诗了，没有诗吟咏的调性，好像是在说白了。

在这里，你们是不是有点怀疑，难道“清明时节细雨纷纷”，这样的节奏就永远成不了诗吗？也不尽然。

这里我想起小学五年级的语文老师潘祖谨在课堂上举过这个例子。她说：

清明时节雨纷纷，

路上行人欲断魂。

借问酒家何处有？

牧童遥指杏花村。

可以把每行前面两个字减去，变成：

时节雨纷纷，

行人欲断魂。

酒家何处有？

遥指杏花村。

这样读起来，还是有一种古典诗歌的吟咏调性，还可以再把头上两个字去掉：

雨纷纷，

欲断魂。

何处有？

杏花村。

可见，中国五七言诗歌的吟咏调性不是取决于前面的四个字，而是取决于尾巴上三个字。后来读大学，从林庚先生那里得知，这叫作“三字尾”，这个结构是固定的、强制性的，一旦把它改动了，诗歌的调性就变了：

清明时节细雨纷纷，

路上行人皆欲断魂。

借问酒家何处可有？

牧童遥指杏花之村。

这就有点像平时说话，近似于京戏的道白了。我把它叫作说白调性。这个调性也不是由全部字句决定的。我们可以把每行的前头两个字取消，变成：

时节细雨纷纷，

行人皆欲断魂。

酒家何处可有？

遥指杏花之村。

甚至还可以去掉开头的两个字，变成：

细雨纷纷，

皆欲断魂。

何处可有？

杏花之村。

由此可见，这个诗句的调性也是由最后的四言决定的。

如果这个说法没有错，我们可以得出结论，中国的七言诗，其实是由四言结构和三言结构的连续构成的。四言（六言）结构就是诗经的调性，三言节奏乃是五七言诗的调性。二者都是固定的、强制性的。中国古典诗歌和民歌这样的节奏，深深植入中国的语言当中，决定了中国的成语都是四言的。成语如“高高在上”“不可救药”，出自诗经的《小雅》，而谚语如“兔子不吃窝边草”“有钱使得鬼推磨”；《三字经》就是三言的，《百家姓》则是四言的，“赵钱孙李”“周吴郑王”；《千字文》也是四言的，“天地玄黄”“宇宙洪荒”等。

这种在节奏上内在的深厚的统一性，正是我国古典诗歌高度发达，其被接受的程度并不亚于现代新诗，仍然有生命的原因。

古典诗是这样，现代诗也是这样。

现代诗里经常出现表面上不合散文逻辑、不合散文语法的句子，但它调动了诗人的自由，这种自由不仅是想象的自由，而且蕴含着情感的自由，还有智慧的自由。我们已经讲过余光中的“月是冰过的砒霜”，这里不但有情感，而且有思想。有人形容月光“像空罐头在屋顶滚过去”“月光是苦的”，这些都可以，关键是看我们能否驾驭这种规范获得自由。从这个意义上说，越是规格严谨的形式，越是好对付；越是没有规范，越是难以获得自由。好多新诗人，如臧克家、郭沫若，晚年写不出精彩的新诗来，就是缺乏对新诗形式探索的冲击力，只好倒回去写古典的格律诗。中国古典诗歌表面上看是非常严格的，但要熟练地驾驭它并不难，不但诗人会写，宰相、元帅、皇帝都会写，据说乾隆写了两万多首诗，甚至妓女、军阀都会写。

艺术都有一定的规范，我们已经讲了许多特殊的规范。那么，反过来问，规范有没有共同的东西呢？有。

一切特殊中均有普遍，一切普遍中都有特殊，二者是相辅相成的。不同艺术形式的共同性是不言而喻的，最古老也最基本的一个原则，即有机统一的原则，也就是说，一个艺术品必须是完整、统一、和谐的。当然，我这样说，后现代的人士就要骂我了：你这个老顽固，我们偏偏不和谐，不统一，就是要颠覆你们的和谐统一！我当然没有办法，人家搞一些拼贴，搞一些错乱，也是一个流派，而且搞这个流派的人，原来都是传统艺术修养很高的人，深谙传统文学的壶奥，这是他们突破的条件。我想，不管你属于哪个流派，都有一个共同的基石，那就是传统艺术的普遍性规律，懂得了这个规律，你才更有条件反抗它。你要先懂得，几千年来，有机的统一是如何从杂乱的、草创的形式中升华起来的，才有可能更自觉地去颠覆它。比如写小说，刚开始情节并不十分统一，甚至不完整；经过多少年的积累，才比较连贯、和谐；再后来就不是一般的统一，而是有机的统一，也就是每一个部分都处在一个互相联系、互相渗透的机理中，每一个要素不但为了自身存在，而且是其他相关要素存在的前提或者后果。你懂得了这些，才能更有效地和它唱反调，所谓“知彼知己，百战不殆”嘛。你要反抗人家，就得理解人家。古典艺术发展的水准很高，已经得到历史的肯定。就小说而言，甚至一个细节、一个道具，只有与其他细节发生了联系，才有艺术的生命。

契诃夫曾经讲过，如果第一幕把枪挂在墙上，到了第三幕、第四幕，这个枪就必须有用，否则就别挂。看电影就知道，如果反反复复有个特写镜头，比如一只手镯、一块手帕等，后来都是要用到的。这符合有机统一原则，你不要到用它时才用，你得事先就准备好。

有机统一并不是静止的、固定的、僵化的，而是在发展的过程中积累的。

从外部的统一发展到内部和外部同步统一，到后来又变成内部和外部的错位，外部情节的统一性淡化了，但内心的情绪是完整的。以契诃夫的小说《瞌睡》为例。一个小童工，白天要做工，晚上要看护老板的儿子。这个儿子有个怪脾气，一到晚上就大哭大闹。小童工必须哄他睡觉，可她自己非常瞌睡，刚刚做梦有人躺下，甚至躺在泥水里，好舒服的时候，小孩又哭了，老板娘就大骂，她疲倦得实在受不了。她必须解决瞌睡和小孩哭之间的矛盾，最后就下决心把小孩子掐死了。小说到此为止，从外在的情节来说，这是不完整的。第二天警察来了，老板娘揍她了，都没有写，但其内在的感情是有机统一的：异常瞌睡与小主人哭闹的矛盾，克制自己打瞌睡让他不闹。最后，她想出一个方法：自己可以睡，小主人不吵闹。虽然在读者看来这是危险的、暂时的，但在她看来不是这样，她内心完成了一个对转。从瞌睡得不得了，到深深睡去，脸上还带着笑容，在动机和结果上是有机统一的。这与即将发生的外部事件形成一个对比，留下很多的东西，让读者去想象。所以，这里的统一性的特点就显示出来了：内心的统一高于外部事件的统一。明天怎样，可想而知，令人悬心。作家要的就是这个效果。有头有尾不一定是外部的，而是内在的，把外部的空白留给读者去统一。

内在的焦点有的是用外在的标志来表现的。传统小说是内外都统一的，如《水浒传》，所有的人，包括小官僚、地主、农民、猎户，乃至军事学院的领导，最后都官逼民反，走上了造反的道路，这是内在的线索统一。这好像还不够，《水浒传》又设计了外在的统一。本来造反的并不完全在梁山，有的在二龙山，有的在青龙山，最后统一到梁山上，叫“三山聚义打青州，众虎同心归水泊”。这就在外部统一了，都上了梁山。有这样的统一，才有后来的成语“逼上梁山”。《红楼梦》故事本来很完整，贾宝玉是个叛逆分子，不参加考试，不入仕途，拒绝做家庭和社会的接班人，最后做和尚去了，这是完整的。但曹雪芹觉得，光有内在的统一还不够，又设计了一个外部的统一。宝玉本来是女娲补天时剩下的一块石头，“无才可去补青天，枉入红尘若许年”，所以，最后他又变成一块石头，这是与前面的神话呼应的。这就是一种神秘的、神话式的统一，也蛮有味道。

形式统一的原则在理论上是亚里士多德发明的，曹雪芹并没有和他商量，但英雄所见略同，完全符合审美规范的有机统一的原则。

不仅文学如此，建筑、电影也一样。电影有统一的色调，统一的主题音乐，不统一就很幼稚，互相干扰。

这里有个心理学的根据，就是格式塔学派的统一效应。格式塔学派认为，人都有一种心理基础，比较倾向于把相似、相近的东西统一起来；同一事物发射的信息是没有组织的，是各自独立的，人们之所以会感知到完整的事物，主要归功于神经系统的“组织作用”，使感知有整体性或单元性。格式塔学派用物理学上的“场”来说明神经系统有组织作用，乱糟糟的外部事物通过心理组织就统一了。这个组织作用互相矛盾又互相统一：一方面，把相似的成分集中为一个整体，叫“集合作用”；另一方面，把这个整体从它的环境里分离出来，叫“分离作用”。格式塔学派大师考夫卡认为，“感知整体性的形成是一个普遍的法则”。

凡是接受相同作用的区域就将组成一个单一的场的部分，而与其他部分，由于刺激作用的区别而分离开来。[①]格式塔学派大师韦特海默为之归纳出一个基本规律，叫“完形趋向律”。简单地说，就是只要条件允许，神经组织总是趋向于完善，包括整体、对称、简单等。他说的是可以直接感知的外在形状，要经过神经组织作用。该学派认为，质和量、秩序、意义和外在形状同样可以构成作家心理的完形。事物的信息经过组织作用，由于整齐、对称、简单而变得“完善”、统一、有机了。韦特海默又对点、线、图形作了一系列试验，进而归纳出许多具体原则，其中的主要原则是相等性、相似性和相近性，这些都易于组成一个整体或单元，而不相等、不相似的部分就倾向于分离。

我之所以比较肯定古典的审美形式的统一和有机原则，除了艺术的考虑外，还因为这是有心理科学的根据的。而后现代的一些流派，他们的反抗仅仅是艺术的，好像还没有找到心理科学的根据，因而我们评价作品时以相等、相似、相近的和有机统一的原则为标准，就更适合人性，适合人的心理结构。如果把喜剧和悲剧混淆了，那读起来就不是很有机了。《高山下的花环》是很动人的，但在评奖时有人提意见说，前面喜剧性强，后面来个悲剧，不和谐、不统一，因而后来就没有得奖。这是第一种。第二种是连续性和闭合性比较容易统一，同是连续的部分，有共同边界包围的部分趋向于闭合，甚至于画一个三角，底下一条线空着，人们在看的时候还是将其看作三角，自动加上去一条线，将其闭合起来。

传统小说完整的、闭合的情节，后来开放了，有头无尾了，但内在结构是一致的。现代许多小说留下很多空白，尤其是博尔赫斯的小说，好像情节没有什么逻辑似的，目的是留下更多的空间让读者去创造，但过分杂乱、过分不连续、过分不相似等，过多地堆积在一起，也影响了读者与作品的交流。所以现在许多诗歌，甚至小说，读者看不懂，反应很冷漠。这不用着急，后现代的艺术和文学还处在实验阶段，不忙下结论。

当然，反过来说，过分统一也不行，过分统一会变成单调。形式规范是开放的，不统一时要寻求统一，有了统一性后，要防止单调，追求打破僵化的统一。

统一并不是绝对的、单调的统一，而是多样的统一。从小说来说，不但要有连续性，

① 杨清：《现代西方心理学主要派别》，辽宁人民出版社1982年版，第288页。

有故事，而且故事不能一下子达到高潮，要一波三折；人物要有性格，多侧面的性格，但性格如果不统一，在艺术上就会有损失。如贾宝玉原来反对科举，最后中了举，还生了个儿子，有人就认为这和宝玉原来的性格不统一，是个缺点。

艺术需要有高度的统一性，又需要异常的丰富性，统一和丰富不仅表现在文学上，而且表现在音乐上。狗叫为什么不好听，你们知道吗？对，是因为它乱叫，没有规律，不讲规矩；火车开动的声音为何让人感到沉闷，是因为它太统一，没有变化，单调，叫人疲倦。

那么音乐呢？它一方面是有规律的，四分之二,四分之三，都有固定的节拍；圆舞曲，呼嚓嚓，呼嚓嚓。另一方面在音高上有变化。谁唱一首四分之三节拍的歌曲？（一个学生唱，大家鼓掌）

艺术的基本形式和规范就是统一性中的多样性，所以奏鸣曲的曲式就是呈示部、展开部、再现部三部曲。也就是说，主题有了，还要有变奏。诗歌里的押韵，二四押韵，这是统一,一三不押韵，就是变化。《水浒传》中的林冲，原来逆来顺受，连别人调戏他老婆都忍了；受了冤枉，差一点被两个公差杀害，鲁智深要将公差杀死，他都不愿意，不想造反；但到了草料场，差一点被人杀害，这个时候的他，怒从心中起，恶向胆边生，把人杀了，造反了，变得义无反顾了。挑着酒葫芦，问人要酒，别人不给，一向温文尔雅的他居然把对方打倒，抢过酒来就喝。上了梁山后，则非常勇敢地火并王伦，反对招安。他好像变成了另外一个人，但仍然是统一的，不但变得更丰富了，而且变得更深刻了。

长篇小说有主角，有主线，也有陪衬的角色，有副线。光有主导没有陪衬，小说容易变得单调。《安娜·卡列尼娜》中，安娜与渥伦斯基的爱情和她丈夫卡列宁的关系，是小说的主线，但这不够，又安排了吉蒂和列文的关系。安娜是不幸的，最后得不到幸福自杀了，而吉蒂和列文是幸福的，二者相辅相成。主题和副主题、主线和副线、主要人物和次要人物，形成一个丰富的整体，既有机统一，又丰富深厚。不论大型的作品还是微观的绝句，都是这样的。

第三单元

诗歌形式的规范性和开放性

第二十一讲　诗的意象：客体的概括性和情感的独特性

前面已经讲过，文学形象是客观特征、主观特征和形式特征的三位一体。关于文学形式的普遍特征，我也讲了，那么你们顺理成章地要问，还讲什么形式特征呢？这要说明一下，前面只讲了形式的共同特征，就好像生理学上讲了人的一般特点，是不够的，还要追究下去，因为男人的特点和女人的特点是有区别的。

如果作一个最基本的分析，文学形式应该只有两种模式：一是散文的叙事模式，二是诗歌的抒情模式。二者正如人的两种性别或两种血型，混淆了要闹笑话的，要出人命的。（笑声）西方没有散文这种文体，散文只是一种表现方法，当然也有少数抒情的，但是，不是一种普遍的文体。我国的古典散文，抒情的也只占很小一部分，大体应该归入叙述和论说模式。可以说，散文在根本上有别于诗。杨朔把散文当诗来写是一种有中国历史特色的误会，这一点我以后要细讲。当然，作为文学，叙事文体的核心不是作为文体的散文，而是小说，因为小说里包含着文学叙事的、表现人类心灵的、有别于诗的另一种奥秘。如此说来，我们讲文学的特殊形式，好像只要讲诗歌和小说就够了。其实不然。散文虽然在西方正统文学史上不登大雅之堂，但在中国古典和现代文学史上占有非常重要的地位。它在表现心灵方面积累了巨大的成就，不断形成又不断瓦解自己独特的规范。因此我对文学形式的划分，不用二元对立的方法，而用我前面说过的三分法，把文学形式分为诗歌、散文、小说。

我们先讲诗歌。诗歌这种形式特征，在作家用主观情感去选择、同化客观对象特征的时候，其变异作用，形成了一套成规，在一个短暂的时间里成为规范。在诗歌发展的稳定时期，诗歌不遵守这个规范，就不像诗，读者就不承认或拒绝阅读。我要讲的不是市场问题，而是理论问题。它规范什么？它规范情感，也规范客观事物的特征。它怎么规范？通过想象。在想象中，不但事物的特征变异了，而且情感的特征也变异了，变得符合当时历史语境中诗的形式特征了。诗歌这种形式特征不同于小说和散文。客观特征和主观特征在想象中结合、变异的时候，情感是占优势的，这样，诗歌与小说、散文就有了区别。第一个区别，诗歌的意象或形象的情感特征的优势，使意象或形象中的生活特征并不是个别的，而是相当普遍化的，甚至是类型化的。这是不是有点危险呢？不，只要情感有特点就不会概念化或干巴巴的。

举一个例子，贺知章的《咏柳》："碧玉妆成一树高，万条垂下绿丝绦。不知细叶谁裁出，二月春风似剪刀。"这里的柳树是没有时间、地点的特殊性的，读者并不去追问，是宫中的还是乡村的，是早晨的还是傍晚的。它就是早春一切柳树的一个模型。再举一个例子，舒婷的《致橡树》。那个橡树是什么地方的橡树，是中国南方的还是北方的，是冬天的还是春天的，都无须交代。贺知章和舒婷如果把柳树和橡树所在的地点和时间交代得清楚，就不像诗了。

生活特征的概括性和情感特征的特殊性并不是平衡的，诗歌的形象也由此演化为叙事性的和抒情性的两种形式。具体的特殊的场景、人物、过程的描绘成分增多，叙事的性质就随之递增。越是写得具体，写个别的人、具体的时间、特殊的地点，叙事性就越强，这就是叙事诗了。具体的成分越高，叙事性越强，抒情就越难，抒情的成分就越弱。要抒情就要概括，概括了，不具体了，想象的空间就大了。概括性提高了，就可能给特殊的主体感知提供了广泛的自由，而形象的变异就比较自由了。叙事成分的相应递减，主观的感情特征和抒情成分则相应递增。离开了想象的概括性，写实性的诗歌就像散文了。

再举个例子，著名的北朝名歌《敕勒歌》："敕勒川，阴山下，天似穹庐，笼盖四野。天苍苍，野茫茫，风吹草低见牛羊。"写的是一片空旷辽阔的景象，视野广阔遥远，细节就被忽略了。"天苍苍，野茫茫"，是一片静止的空间，但当草原上特有的风一吹动，生命活动的细节就出现了，单纯的空间被打破。这是很鲜明、很有特点的，但这又是草原上普遍的特征。作者没有写在哪个地方，没有写在什么时间，也没有写一个什么特殊人物出现，所以，它是一首很著名的抒情诗。而鲍尔吉·原野则以蒙古人的心灵去感受草原：

城里的人大睁着眼睛看草原，因而困惑。草原不可看，只可感受。

脚下的草儿纷纷簇立，一直延伸到远方与天际接壤。这颜色无疑是绿，但在阳光与起伏之中，又幻化出锡白、翡翠般的深碧或雾气中的淡蓝。

在散文中，光是草原的绿色就幻化为“锡白、翡翠般的深碧或雾气中的淡蓝”，这是诗歌所不可能容纳的。诗歌容纳了这样具体的描述，就失去了诗的概括性。接下去的这句话“因而草原的风景具有了看不到与看不尽这两种特点”，把草原的特点划分成为两点，其鲜明的逻辑性就与诗不相容。接着拿草原和海相比，说“与海不同：观海者多数站在岸边，眼前与身后迥然不同。草原没有边际，它的每一点都是草原的中心。与站在船上观海的相异处在，你可以接触草原，抚摸、打滚甚至过夜，而海上则行不通”。这显然是在展现草原之美，但是，这种分门别类的方法，是诗歌所不取的。鲍尔吉·原野的散文虽然是抒情的、诗化的，是在想象中抒发对蒙古和草原的赞美的，但是，他的内在的丰富性和外在的分类，使得他和诗拉开了距离：

在克什克腾，远方的小溪载着云杉的树影拥挤而来时，我愿意像母牛一样，俯首以口唇触到清浅流水。当我在草原上，不知站着坐着或趴着合适时，也想如长鬃披散的烈马那样用面颊摩挲草尖。

草原上没有树，所以即使有风也听不到啸声，但衣襟已被扯得飘展生响。我扯住衣襟，凝立冥想。关于克什克腾的一些旧事，譬如霍去病在狼居胥山立碑、康熙大战噶尔丹等等一俱杳然无踪。

草原与我一样，也是善忘者，只在静默中观望未来。

这么丰富的细节和想象，使这样的作品显示出抒情散文可贵的深邃。

抒情诗的局限性表现在不能充分描述生活场景、人物。但写得太具体，具体的场景、具体的过程、具体的人物、具体的对话都写出来了，情感就抒发不出来了，而描写空疏一点，感情就获得了自由。这是一个非常有意思的现象。新诗的描写对象都有一种普遍性和概括性。新诗中的经典作品，像闻一多的《死水》，没有讲哪个城市、哪个地方、哪个时间所看到的一潭死水，它只是一个概括的意象。臧克家的《老马》，写的是苦难农民的形象：在重压下拉着大车，鞭子来了往前走。这也是概括的，它没有写这是山东的马或河南的马，是富农的马还是地主的马。

对诗歌来说，强大的概括力是非常重要的。法国作家梅里美有一句很著名的话，他说普希金写的诗都是很普遍的事情，但他用自己的方式、个别的方式来表达，是个别与特殊的一种紧密的结合。这本来是一种很重要的规律，不知道为什么许多理论大师都有所忽略，一般人士就更是漠视，其结果必然是闹笑话、出洋相。

这个理论并没有多么高深，古典美学经典很早就提到了。亚里士多德讲过：诗与历史的不同在于，诗是最接近于哲学的，因为诗所描写的事带有普遍性，历史说的是个别的事。

当然他不是把诗同散文、小说进行比较，但把诗和历史进行比较也是这样，那就是诗的对象是具有概括性、普遍性的。[①]我们这样讲的时候，不要忘记更重要的一点：抒情诗中的感情必须非常特殊。如果感情不特殊，就概念化、公式化了。亚里士多德是把诗跟历史的叙述进行对比，历史是叙述个别的事，与散文有共同之处，因为散文也是叙述个别的事，不是概括的。

在整个诗歌的历史发展过程中，诗歌的个性化、特殊化，诗的感情的不可重复性，诗的感情创造和想象，成了诗人追求的核心。这一点在20世纪发展到极端。艾略特就提出，诗以非个人化为好。为什么要非个人化呢？这就是强调诗的概括性。当然他这个说法我们可以讨论。如果诗都非个人化，那不都变成哲学了吗？他把诗的概括性强调得过分了。所以我们说，诗歌创作的概括化和个性化是对立统一的。同样是写花，诗歌中的千朵花万朵花，都是一样的花。比如杜牧说“千里莺啼绿映红”，一千里的花都是红花绿叶。他没有说这个村子的花是这种颜色，那块地里的花是另一种颜色，说的是普遍的花；而在小说里，每一种花以不一般为优点，这朵花是爱人献给我的，那朵花是母亲栽种的，就不一样了。每一朵花都发出不同的色彩，光谱都互相错位，构成一种复合的网络格调。

概括性要求诗人具有排除其他一切属性的魄力。这是诗歌的优点，但其中又隐含着缺点。因为概括并不是轻而易举的，于是产生了一种倾向，一旦一种概括性意象得到认可，就可能变成通用的符号。比如竹代表气节，梅代表高雅，桃花、李花显得比较俗气，这样一来，它的概括性就渐渐地稳定了，使诗的意象容易老化，而老化的结果，是诗歌的语言变得封闭，变得贫乏。与此相关的是，诗歌意象的稳定化、现成化，使写诗变成批量生产，风花雪月这一类东西拿出来组装一下就成了。如此，则诗人真切的感受得不到表现。所以诗从概括化走向概念化，比小说从典型化走向类型化的危险更大。诗比较短，把握几个意象，难度不太大，就像几张扑克，翻过来组成一副，翻过去还是那几张，又是一副。没什么才华的人，心灵不敏感的人，也可能写得中规中矩。“熟读唐诗三百首，不会作诗也会吟”说的就是这个意思。

于是，要想补救的办法，最好是不让个性受到抑制，而且让个性花样翻新。诗人一辈子写诗，而个性很难改变，翻来覆去的，也可能造成重复单调。西方诗人就有意往叙事方面发展，因为叙事诗说的都是个别的、特殊的、个体的。这个办法很不错，所以西方的大诗人不像我国古典诗人把全部精力奉献给抒情诗，他们似乎更在意叙事诗。我们看弥尔顿、拜伦、雪莱、歌德、普希金的全集，叙事诗的分量大大超过抒情诗。在这些叙事诗中，也有相当多的抒情名篇，如拜伦的《哀希腊》，就是叙事诗的一个片段。我们中国的诗歌中也

① 参见《古典文艺理论译丛》第1册，人民文学出版社1982年版，第82页。

不乏其例，如睢景臣的套曲《高祖还乡》，以一个乡巴佬的视角看刘邦当上皇帝后还乡的景象，充满了谐趣。

与叙事相近的一个办法，就是戏剧的独白。不是以诗人的身份，而是以戏剧中人物的身份进行抒情，这样就不会单调、不会重复了。比如哈姆雷特那句著名的“活着，还是去死，这是个问题”，就是哈姆雷特的抒情，而不是莎士比亚的抒情。五四时期，闻一多、徐志摩等都受到戏剧独白的启发，有的用下层老百姓的口气写，有的用民间艺人的口气写，有的用小贩的口气写，但好像都没有取得很大成功。这可能是因为其中叙事的成分太多，被隐性地叙事化了。

20世纪40年代，叙事诗《王贵与李香香》被奉为经典以后，叙事化的倾向造成了一种错觉，以为诗是一定要有情节的。50年代中期，我在一本文学杂志《文艺学习》上看过一篇文章，它把情节作为诗的必要条件。情节的个别性和抒情的概括性是有矛盾的，叙事性递增造成抒情性递减，而抒情和叙事混淆的结果，是把抒情诗推向叙事诗。20世纪50年代和60年代，外在描摹泛滥，导致抒情诗窒息，抒情诗走向了危机。最后，戏剧性的独白体也夭折了。中国传统的叙事诗本来就不发达，不像西方有史诗的传统，人为地制造叙事，对叙事诗本身以及抒情诗和戏剧诗都没有什么好处。所以说，关键不在于戏剧不戏剧，而在于你的感情是否独特化、主动化，是否强化。在客观对象面前，你要显出非常强大，而且征服、超越这个对象，并且有所突破。这里有一个关键，就是诗对细节的容纳是有限的，因而它必须是很精致的，必须讲究提炼。抒情诗和叙事散文的区别，在这一点上更不能忽略。

所以，有作为的诗人，不仅要表现自己的感情，而且要让感情带着深刻的智性。解放战争时期，国民党控制的城市物价飞涨，以致大学教师高兰在他的女儿早夭时写诗说：“姗姗而来的是别人的春天。”女儿死去以后，他觉得春天不是自己的了。通读上下文，不难发现，其中不但有感情，而且有对当局政治上的不满。辛弃疾也是这样：“是他春带愁来，春归何处？却不解、带将愁去。”你把春天的忧愁带来了，年华一年一年过去，可是我收复中原的志向一直不能实现，而春走了，我的忧愁并没有消失。这里就写出了他的一种思想。

你们有没有注意到，我在这里进行着一场理论的冒险。冒什么险？冒犯康德的审美价值论。我觉得，光是有审美感情是不够的，深刻的感情和深刻的思想是分不开的。所以我提出，深刻的审美必然与审智联系在一起。怎么样？胆子够大的吧？够狂妄的吧？够“酷”的吧？（学生欢笑）其实，我是有权威根据的，因为黑格尔说，美是理念的感性显现。在20世纪五六十年代，我们的理论基础是认识论美学，因而黑格尔的理性得到强调，但是，同样是认识，文学艺术的特征是什么呢？老是弄不清楚，使得一些人挨批判。80年代，又强调康德的审美情感价值，从一个极端走向另一个极端，把情感和理性绝对对立起来，把情感深处的理性忽略了。我们今天的课堂上，理论高度是超越了80年代的，这一点你们可能没有疑义，但是，还有一点，你们可能不敢想，那就是我们的精神是站在康德和黑格尔的肩膀上的。（学生鼓掌，欢笑）

第二十二讲　浪漫想象和意境：强烈感情和不强烈感情

诗的意象符号不但要特殊，而且要不断更新。这是从符号学的角度来讲的。如果从心理学的角度来讲，诗的感觉符号所指是诗人的心理感觉，它的创造和更新实际上是心理感觉的变异。诗的感觉和知觉，并不简单就是日常生活中的感觉和知觉，它有不可忽略的特殊性。这个特殊性表现在哪里呢？表现在感觉是有变异的，这我们以前都讲过。怎么样变异呢？粗浅地说，它表现为两个极端：一是高度地凝聚在一个非常细小的点上；二是高度地扩张，非常铺张，与散文有区别，也有相近之处。诗的凝聚是超过散文的，诗的扩张也是超过散文的。

感觉的对象、符号的对象是事物的整体、感情的整体，但我们一开始讲形象的构成，就讲主要特征，以有特征的感觉为中心，凝聚全部的感觉，尽可能把全部的感觉向一种或两种知觉集中起来，用一种或两种（或者少量）意象符号把它统一起来。《二十四诗品》里有“万取一收”的说法。观察客观对象是无限的，但表现在诗歌中是极其有限的，万分取一，这是多么大的气魄啊。

王昌龄的“秦时明月汉时关”，也是“万取一收”的手法。诗句写长城上的守卫战士，从秦时开始筑长城、守长城，经秦汉到唐，守卫长城的战士经历了一代又一代人。时间过了那么久，诗人只选择了“明月”和“关”两个意象，而且明月是秦朝的明月，关口是汉朝的关口。这是什么意思呢？选择这两个有特征的东西，代表长城守卫的历史之长。不是说秦朝就没有关口，汉朝就没有明月，更不是说秦汉之后，特别是晋朝，就没有明月，没有关口了。李后主的“春花秋月何时了”也是一样，一年四季只选择春天的花和秋天的月。即在通常情况下，以尽可能少的细节，以凝聚的形象、精致的形象，表现尽可能多的生活。“春风得意马蹄疾”“猎猎轻风在碧蹄”“雪尽马蹄轻”都是精致的，因为不管是得中时的欢乐，还是朋友离别时的惆怅，还是出征时的意气豪迈，行走的马的主要特征集中在马蹄上。读者先用想象的眼睛看到了马蹄，自然会补充出马身、马头、马尾巴、马鞍来。

这些都说明，意象符号的突出是一种不完整的完整。它在量上好像不完整，但由于特征的强化，对想象有更大的激活力，能使读者产生更主动、更自由、更广泛而且弹性更大的联想。读者也因此才有更大的还原力、更大的想象空间和创造自由。

艺术不仅是作者的事情，而且是读者的事情，如果读者不乐意接受，艺术也是白费。所以说要凝聚，要调动读者。调动读者不能把所有的都给他，只给他一个刺激，让他自己去启动想象。凝聚的方法之一，是诗人大刀阔斧地切割、删除，把整体中的一个细微的部分突出，有时则是把整体投射到一个细微的局部。这是非常独特的创造。

另外一种方法是反过来，它不是追求凝聚，而是反凝聚，故意扩张一点，把整体放大。如岑参的《白雪歌送武判官归京》：

北风卷地白草折，胡天八月即飞雪。

忽如一夜春风来，千树万树梨花开。

再如他的《走马川行奉送封大夫出师西征》：

君不见走马川行雪海边，平沙莽莽黄入天。

轮台九月风夜吼，一川碎石大如斗，随风满地石乱走。

诗的感觉绝不是对感觉的简单摹写，而是对感觉的改造。它不是把生活和感情的特征凝聚在一个精致的意象符号上，就是把它扩张到生活的总体概观之中。如果说选择、切割细节，要求诗人敢于把特征缩微的话，那么，扩展则恰恰相反，要求诗人敢于把特征放大。

意象符号的扩张方式也有多种。在民歌和古典诗歌中，有一种古典风格的方式，叫图案式的扩展，但在不以凝聚为特点而以铺张为特点的感知中，情况就不同了。如《木兰诗》中写买马的场面："东市买骏马，西市买鞍鞯，南市买辔头，北市买长鞭。"有时写一个马蹄就够了，有时却一定要这么繁复。事实上，现实生活中，买马没有这么个买法，这不是瞎折腾吗？（大笑）但这是诗啊，这是想象的假定，强调的是买马，在折腾中有夸耀。这既是一种特殊的感知，又是一种特殊的意象符号系列，只有这样，才能充分表现一个女孩子出征时那种非常自豪的心情，换个说法，叫意气风发，是吧？挺兴奋的感觉。用你们经常讲的口语词语，就是非常爽，（笑）非常滋润，（笑）非常 excited。（大笑）

我：你们说说，用英语说。

生：Wonderful！ Great！

我：这太一般了，完全是套话，stereotype。更准确地说说，你们的英语都学到哪里去了？是不是 in high spirit，或者 elated，得意扬扬的，对吧？（学生鼓掌，大笑）不仅民歌有这种手法，现代诗歌也经常运用这种手法。20 世纪五六十年代非常著名的诗人郭小川，他写的诗就比较铺张。他写厦门的凤凰木，从四面八方来写，像写图案画一样。当然现在看来，他的语言显得不够精练，因为写得过分铺张了，感情也过分泛滥了。但这并不是说这种方法就不能用了。西方浪漫主义的诗歌传统强调“强烈感情的自然流露”，这是华兹华斯在他的《抒情歌谣集》的序言中说的。

我：怎么说？用英语说“强烈感情”。

生：Strong feeling。

我：不太准确，在华兹华斯的原文中不是strong，而是另外一个词，应该是powerful feelings。要变成复数，因为是多种多样的感情。

这种观念，五四时期被郭沫若引进，开了一代浪漫主义诗风。浪漫主义的两大旗帜是激情（passion）和想象（imagination），主要是激情，想象是用来强化激情的。诗人的感觉、直觉在激情的冲击下发生变异，就是想象。雪莱甚至说：“诗使它触及的一切变形。”当郭沫若从中国古典诗歌中寻求突破的时候，他的本钱就是强烈的激情和出格的想象。他的成功，就是根本无视胡适在《文学改良刍议》中提出的“八不主义”的存在。胡适说不要用典故，可是郭沫若在《女神》中，偏偏不但用了中国古代的典故，而且用了外国的典故。如果他不把古埃及的phoenix和中国的凤凰这两个典故结合起来，新诗史上就没有《凤凰涅槃》那样的杰作了。在胡适理论的君临下，在把外部观察和内心的感兴直接当成诗的时候，郭沫若却在追求想象的超越。

直到五四运动发生，郭沫若觉得旧的祖国和旧的自我，一起被赵家楼上那场大火烧毁了，新的祖国和新的自我同时诞生了。《凤凰涅槃》成为狂飙突进的时代精神的象征。诗人的想象经历漫长的岁月才从现实的“真”中解放出来，进入了一个完全假定的艺术境界。古埃及的神话和中国传统的形象结合起来，构成一个在烈火中翱翔的、永生的凤凰形象。现实的、粗糙的“寻死”，原生的悲观情绪，进入了一种想象的神话的虚幻境界，发生了性质的变异。在这个想象的境界中，不但形象发生了超越现实的变异，而且逻辑也是如此。自觉地毁灭旧“我”，导致了新“我”的永恒的复活。自觉地毁灭旧“我”，与毁灭旧世界统一起来，痛苦地否定了旧的自我、旧的现实，转化为新的自我、新的现实，两者和谐结合，从而产生了永恒的欢乐，达到了现实与自我矛盾的永恒的统一。这不但是想象的解放，而且是思想的解放，是情感的浪漫飞越，是浪漫艺术的胜利。

把想象和激情作为诗歌的生命，这一点与我国的古典诗歌有共通之处。屈原、李白、杜甫、苏东坡、辛弃疾等杰出的诗人莫不如此。但把一切的好诗都说成是“强烈感情的自然流露”，未免以偏概全。顺便说一下，“自然流露”中的“自然”，在英语中不是natural，而是spontaneously，有自发的意味。你们学英语是为考试，为四级、六级而学，是学不好的，要和专业结合起来，和应用结合起来，才能学到骨头里去。不论西方的诗歌还是中国的诗歌，都有不以激情而取胜的，从威廉·布莱克到歌德，有许多温情的诗。这一点西方诗歌理论忽略了，但我们的古典诗论注意到了，提出了“意境”的范畴。这是我们民族的伟大原创。它强调的不是激情，并不只有强有力的感情才能写成诗，一种特别微妙的感情也可以写成诗，而且是好诗。当前对古典诗论的研究，往往习惯于从概念上去研究这个范畴、这种话语。这种研究有一些成就，但有许多重复，而且踏步不前。我们换一种方式来研究，不从概念出发，从事实出发。对一首诗，进行抽样调查，进行细胞解剖，进行分子或原子意义上的分析，是不是也可以产生理论？有一种成见，是要分析的。理论从哪里来？是不是一定要从西方的理论中演绎出来？如果一定要这样，那么西方的理论又从什么地方来呢？还不是从他们的历史和现状中抽象出来的。那些大师，如德里达、福柯，就是这样做的。我们为什么不试一下呢？我今天研究意境，就不从权威怎么说开始，不从介绍王昌龄、皎然、王国维的说法开始，而是从具体的文本开始。因为权威的经典理论语言有点难进去，有时与审美阅读为短，不钻进去，不知所云，钻进去了，又难免头晕。不从他们开始，从作品开始有个好处，就是自由，而且我看出了王昌龄、皎然、王国维没有看出来的东西。吹牛吗？新中国成立前卖狗皮膏药的有句话，叫“灵不灵，当场试验”。试验的方法用毛泽东的话来说，就是解剖一个麻雀。

现在就把陶渊明的《饮酒》押上台来。

结庐在人境，而无车马喧。

问君何能尔？心远地自偏。

采菊东篱下，悠然见南山。

山气日夕佳，飞鸟相与还。

此中有真意，欲辨已忘言。

陶渊明不当官，觉得农村的环境令人心情舒畅，但这并不意味着一定要回到农村去。虽然“结庐在人境”，把房子建在闹市区，像南京路、王府井，但听不到汽车的声音。为什么呢？因为“心远地自偏”。心在遥远的地方，也就是心里很宁静。车马喧闹，我就是充耳不闻。这是非常悠然、飘然、超然的一种感觉，所以“采菊东篱下，悠然见南山”是千古名句。后来有人争论：是“望南山”好，还是“见南山”好。“见南山”是无意的，它暗示诗人悠然、怡然的自由心态。“望南山”就不大好，因为有了动机，有了目的，就不潇洒了，不自由了。“南山”和“菊花”两个意象，体现着并不是有意寻找这种美，而是无意之美。“山气日夕佳，飞鸟相与还”，“佳”字用得不吃力，与前面的情感比较一致，比较和谐。这里，一切景象、一切意象都互相照应，互相补充，互相渗透，构成一种情感和景物的“场”。这里，不能用强烈的字眼，不能说美极了，说美极了就成为强烈的感情了。虽然那也是诗情，但太强烈的字眼，和前面悠然的、飘然的心态就不和谐、不统一了。不统一就可能破坏意境。意境是内在的、微妙的、若有若无的、不能直接由文字表达出来的。它不在语言上，而在话语以下，又在话语之中。“飞鸟相与还”，也是很平静的、习惯性的景象，与诗人一样，是没有特别的动机的。不夸张、不夸耀、不在乎是否有欣赏的目光，甚至不关注是否值得自我欣赏。“此中有真意”，关键词是一个“真”字。世界只有在这样的自然境界里才是真的，人心也只有在这样的自由、潇洒的意态中才是真的。不这样，就不真了；不真就是不自由，是束缚，不但是束缚，而且像坐牢。这是不是有点夸张？是不是太强烈？他在《归园田居》中坦诚地说“误落尘网中”，把世俗的生活当作“网”。这还不过瘾，还要加码，“久在樊笼里”不是直接道出了牢笼吗？这不是很难受吗？要逃脱这种牢狱，不是需要反抗吗？不是需要斗争吗？这样不是需要强烈的情绪吗？不需要。这个牢笼不仅是外部的，而且是内心的；不是物质的，而是精神的；不是他人的，而是自己的。所以，面对牢笼不是逃脱，而是超越，自己解放自己，因而是不难的。“复得返自然”，只要自我解放就成。诗的一开头就说，哪怕住在闹市也无所谓，只要“心远”就成。远到什么程度呢？不一定远离闹市，就是在闹市也可以解放的，只要远离自己的世俗之念。不但是世俗之念，就是不俗的“真”意，也不要劳神去解说。这就是“此中有真意，欲辨已忘言”的深意所在。为这种意境去寻找语言，去费劲，去动脑筋，就不自然了。一种不为任何外部动机也不为自身的内在动机所役的、不强烈的、有意无意的自由情致，渗透在一切细节、一切意象之中。这样就构成了一种“意”和“象”却又看不见的“场”。古代人没有“场”的概念，现代人的“场”的概念是物理的，而古代的类似的“场”的概念则是心理的。

一系列景象，表面上是罗列，但实质上都是主观的，和“意”同化了，不着痕迹地同化了，统一在诗人无意的、不为任何外部动机也不为自身内在欲望所役的一种境界里。这里的大自然平静安然，顺其自然才是真正的自然。真正动人的意境，用语言是无法描述的，这就叫“不着一字，尽得风流”，“场”或“境”统一着一切，但它以不用语言直接表达出来为上，连诗人的技巧都不能留下痕迹，这样品位才高，才是神品。在看似平淡的、不显眼的、没有什么诗意的对象上，诗人感觉到一种享受，这种享受的特点，是没有享受。多少年来，一直没有人感到，他却感到了，而且用他自己从容不迫的、宁静致远的语言表现出来了。这就是伟大了。

我们再来欣赏孟浩然的《过故人庄》：

故人具鸡黍，邀我至田家。
绿树村边合，青山郭外斜。
开轩面场圃，把酒话桑麻。
待到重阳日，还来就菊花。

有个朋友拿出一只鸡、一把小米，邀我去他家。路上风景不错，四面都是树，斜斜的青山在城郭外，打开窗户外面是打谷场，拿起酒来说说今年的收成。就这样很平淡的事情，似乎并没有什么特别的美，没有什么特别的友情，也没有什么特别好吃的东西，没有什么好玩的事。感情也不强烈：打谷场上，谈谈收成，一点不激动，一点不 powerful，一点不像你们讲的 strong。人家并没有邀请，自己就说了，到明年我再来，根本没有去想人家欢迎不欢迎。人与人之间的关系，就是这样平静、自然，好像没有什么物欲的障碍，没有什么心理障碍，更没有心灵的隔膜。没有外界的牵挂，也没有内心的负担。请特别注意，没有内心负担是中国古典山水诗歌所特有的一种境界。这是一种自然、自由、自在，甚至是感觉不到自在的自在。这种平静的、不激动的情致，可能是中国诗和西方诗最大的不同，也是中国诗歌最大的创造。这首诗是写对自然的生活和自然的心情的一种体验和享受。从语言上来说没有什么特别，用中国古典诗话的说法，就是“不可句摘”，但整首诗的氛围、语境构成一个非常和谐的情与景、内心与外物、意与境相互交融的“场”。出现在诗里的系列意象，表面上很自然，天然去雕饰，实际上已被加工过、创造过，与原始的生活状态有质的不同。诚如“采菊东篱下，悠然见南山”，表面上是对自然生活的自然摹写，但菊花的美，是对生活、对灵魂和精神没有任何负担的一种美。菊花的高洁、自然、不受污染，都已经变成精神的了。它妙就妙在不让你意识到这究竟是外物还是内心，两者浑然一体，所谓“镜中之花，水中之月”“羚羊挂角，无迹可求”。如果有痕迹，就没有“场”了，用王国维的话来说，就是“隔”了，也就是不和谐、不统一，构不成意境了。从作品总结出来的“意境”是比较实在的，因为其中有些是古代理论所遗漏了的，古人没有说清楚的。当然，我们自己总结的也会限于狭隘的经验。意识到这一点，我们就要注意扩大视野。

第二十三讲　诗的感受层次：从审美到审智

我们继续从心理的角度研究诗歌。

从纵深层次说，诗的感受是独特的感觉和情感，而情感不是孤立的。情感是艺术的核心，但只强调它是核心并不彻底，它以外、以内是什么呢？核心以上是感觉，核心以下是深层的智性。情感上面，是人的最为表面的感觉、感知，深入一个层次，就是情感了，而在情感的深处，是智性，或者更深邃一些，是理性。分开来说是三个层次，总的来说，是不可分割的三位一体。

诗人的自我能不能得到表现，首先取决于能不能找到独特感受，感受就包含着感觉和情感。找不到自己的感受，只能写别人的感受，就失去自我了，但诗人的感受不是心理上的感受和知觉，而是一种概括性的、具有审美价值的情感和感知。自亚里士多德以来，人们都说诗是最接近哲学的。诗的感觉不像一般日常感觉那样零碎，它的概括力很强。例如菊花，包含着特殊主体对世界和生命的观照，有一个复杂的多层次的结构。它的表层是感觉，中层是感情，深层活跃着智性。这种智性又不是简单的感觉的背后，而是通过感情牵制着感觉，三者互相制约，互相导致变异。前面我们介绍过托尔斯泰的理论，托尔斯泰认为，情感的特殊性是艺术形象感染力的主要原因。普列汉诺夫批评说，情感不能没有思想。这个批评也是有道理的，但光有思想也不行，为什么呢？如果用思想来代替情感，那么艺术就成为概念化的说教，缺乏艺术感染力，就等于把艺术取消了。我们可以接受其中一点，把思想作为情感的深层基础，但我们不能让思想赤裸裸地出来嚷嚷，而是把它和情感联系在一起，叫智性而不叫思想，以免混淆。

感情的冲击使得表层感觉发生变异，而感情是有深度的，有深厚的感情，也有肤浅的感情。深厚的感情与人的价值观念、人的智性、人的思想联系在一起。这一点我们要更仔细地讲一下。我们曾经特别介绍过郭沫若在五四时期的主张——“一切的好诗都是感情的自然流露”，这个观念是从英国浪漫主义诗人华兹华斯那里来的，但郭沫若把它简单化了，只接受 powerful feelings（强烈的感情）和 spontaneously overflow（自然地流露）。郭沫若的诗往往充满激情，他说，他写诗有时跟发神经差不多。写诗的最佳境界就是激动得不得了，像发疟疾一样、打摆子一样，浑身发抖、打哆嗦，灵感来了，赶快写，要不然，就忘记了，缪斯不等人。这种写法有一些好处，含有强烈的感情，但也带来一些坏处，就是写得比较粗糙，甚至概念化，最后变成标语口号。所以，鲁迅就不主张激动得不得了的时候写诗。鲁迅的观点是有道理的。郭沫若接受了情感的自发倾泻，忽略了华兹华斯还强调了“强烈的情感”的另一面：第一，是从宁静中聚集（凝神）的（it takes its origin from emotion recollected in tranquility）；第二，是在“审思”（contemplation）中产生，又在“审思”中消退（disappear）的。华兹华斯还有一个很重要的补充，认为好诗应该是“in good sense”，用曹葆华的译法就是“合情合理的”，更准确的说法是，有良好的不是表面的感受力，有西方人的情理交融的意味。

华兹华斯特别强调一个诗人要有五种能力：一是观察描绘能力；二是我们所讲的感受性；三是沉思，通过沉思去把握意象；四是想象，我们已经讲过了；五是虚构。其中沉思非常重要。华兹华斯讲的观察、感受、沉思，大概与我们所讲的感觉、感情和智性相对应。观察、感受和沉思统一在想象过程中，想象把感情、智性融化在感觉当中。这个大家都比较容易理解。诗人蔡其矫曾经讲过，形象思维是一种躯体思维。老诗人郭风曾经提出“五官开放”，也就是用感觉来思维。感觉、身体怎么思维呢？这是我们今天要讲的。

在所有的感觉里面，最重要的是什么呢？是视觉。人的大脑接受外在信息的时候，百分之八十五以上的信息来自视觉。信息不仅来自眼睛，可在汉语中，我们习惯把获得基本信息的方法叫观察。有一个画家提出，中国文人的思维特点是用汉字来思维的。把全部感官思考说成是用形象图画来思考，这个说法是有争议的。最主要的是，诗人的视觉意象，与日常的视觉不一样，其视觉是带着思考的，所以台湾诗人通常把这种视觉叫“灵视”，是心灵的透视，是带着感情和智慧的，不那么肤浅，又带着艺术形式的规范。

举王安石“春风又绿江南岸”句为例。据说王安石原来写的是“春风又过江南岸”，后来改成“春风又满江南岸”，又改成“春风又入江南岸”，改来改去都不满意，最后改为“春风又绿江南岸”。为什么老不满意呢？有人说，因为他觉得春风“又过”“又满”“又入”都看不见，只有“又绿”能够直接感知，但这个解释还不完全，因为这个“绿”不仅是一种纯粹的视觉，而且表现了他美化故乡的感情。整个江南的土地全都绿了，哪可能啊？只有一部分是绿的，有草地、有庄稼的地方是绿的，有的地方不是绿的，光秃秃的，有的地方还有积雪。但诗是高度的概括，除了“绿”以外，把其他的东西都舍弃了。这里有对江南的感情，还有一点对故乡的思念，感情和思考都在里面。这就是华兹华斯的“沉思”，康德的“情趣判断”（这是朱光潜的翻译，宗白华的翻译为“鉴赏判断”）。这一切说明情感是有深浅之别的，而深刻的情感是有智性的思想作为基础的。

一个诗人，如果没有思想只有感情，是很糟糕的，很可能跟着感觉走，而感觉是不深刻的，不可靠的，而且可能是随大流的，跟着流行的调子，用自己的舌头唱别人的歌。1958 年，我国陷入一种狂热，在“大跃进”运动中，虚假的口号吓死人，比如“十五年赶超英美”“跑步进入共产主义”等，实际上这是不可能的。诗坛上也充满了假大空的诗，后来被徐敬亚称为“吹牛诗”。这种诗风靡一时，绝大部分诗人都跟着瞎咋呼。

诗人不能光靠感情，还需要有非常深刻的智性。正是因为这样，我才说“审美”这个范畴不够用，还要加上一个“审智”。深刻的感情不是纯粹的感情，它可能渗透着思想。纯粹的感觉和情感是肤浅的，但纯粹的思维又是抽象的。蔡其矫说用身体思维，就是一方面有感情和感觉在，把全部身体的五官感觉都调动起来；另一方面也要有智性、思考。有一个比较经典的例子，是戴望舒的一首诗。他当时在香港，被关在日本人的监牢里。他纯粹用触觉来表现他对祖国的全部感情，其中有他的思想，也有他的感觉变异。

> 我用残损的手掌
> 摸索这广大的土地：
> 这一角已变成灰烬，

为什么呢？国土已经沦陷了，被炮火毁灭了。

那一角只是血和泥；

损害非常严重！“这一片湖该是我的家乡”，戴望舒生于浙江。“春天，堤上繁花如锦幛，嫩柳枝折断有奇异的芬芳”，诗人为什么在诗中要把这两句放在括号里呢？因为一句是视觉，一句是嗅觉，不属于触觉，而这是一首表现触觉的诗。在江南水乡摸到水是非常“凉”的：“这长白山的雪峰冷到彻骨，这黄河的水夹泥沙在指间滑出；”滑的感觉，凉的感觉，冷的感觉，都是手的感觉，诗人就用这一种感觉来表现祖国山河沦陷的痛苦：“江南的水田，你当年新生的禾草 / 是那么细，那么软……现在只有蓬蒿”。这首诗集中在一种感觉上，触觉以外的感觉都被省略了，被挪移了，诗人借用冷、凉、滑、细、软概括出对国家和家乡的热爱。当然，把感情绝对集中在手掌的感觉上，也可能过分束缚思想。所以，后半部分写到大后方、解放区的时候，就不能不多多少少地突破手的感觉了。不管多么挑剔，这都不算太大的毛病。值得一提的是，他的题目是《我用残损的手掌》，但他抚摸的过程中，只有手的感觉，没有残损的感觉，如果有残损的感觉，应该是更痛苦的。手上受伤了，受了伤再去摸就更痛了，那样写，会不会更好一点？应该看到，这里不仅是感觉有特点，感情有特点，而且诗歌里有一种深刻的理念，就是民族的理念。这在别林斯基那里叫“对真理的直感”。诗人要进入创作过程，就要找到这种深度，找到这种感觉、感情，让它深入到智性的层次。

我们已经反复强调过，艺术家用身体思维，与科学家、理论家的抽象思维不一样。科学家、理论家讲究实证，实事求是，艺术家在用感情思维时，他感觉的独特和变异不一定是科学的，如果是科学的那就是灾难了。像李白的“疑是银河落九天”，从诗的角度看是一种美丽的想象，但如果从科学的角度说那就糟了：整个银河系掉在地球上，地球早就毁灭了，我们都不能活了，还有什么诗意？ 20 世纪的现代派诗人都强调抽象智性的作用，不管感觉、错觉、变异有多奇妙，都必须以一种深层的哲学文化理念为内核，把抽象的、智性的隐藏在幻觉的底层，迫使读者调动更多的智性去理解。不仅诗歌要有感情，而且读者要有同样深层的智性，所以现代诗变得更难懂了，变得更深刻了，变得更精英化了。为什么会变成这样呢？因为 19 世纪末，西方浪漫主义诗歌把抒情滥用了。西方的诗歌原本就是以直接抒情为主的，感情过分放任，诗歌变成了感情的“喷射器”，于是就有象征派、意象派、现代派起来纠偏，不能一味抒情，提出了“放逐抒情”的口号。本来，在西方英语世界有一个词“sentimentalism”，指的是多情，而且善于感受的。20 世纪 30 年代，这个词被翻译成“感伤主义”，到了 90 年代就变成了“滥情主义”了。精英诗歌超越抒情，大众文化的通俗歌曲仍然抒情，于是大众文化被精英文化歧视，说它是滥情、矫情、虚情假意，抒发肤浅的感情，瞧不起它。但现代派诗歌也不是不要感性，只是把感情放逐了，并没有放弃感觉。早在20世纪五六十年代，台湾现代派诗人就提出要关上感情的窗子，让感觉直抵智性的深层。

诗歌变了，不再以抒情为夸耀了。“诗的专职在抒情”成了落伍的观念，不抒情的诗成为当代诗歌的主流。其实这股潮流，冯至、卞之琳在20世纪30年代就开始探索了。不抒情的、以感觉直达理念的诗歌，也就是现代派的诗歌，曾一度辉煌。以卞之琳的《断章》为例：

你站在桥上看风景，
看风景人在楼上看你。

明月装饰了你的窗子，
你装饰了别人的梦。

看风景，如果用抒情的写法，肯定是很浪漫的。这里却不浪漫，相反，有点煞风景。你以为自己在欣赏美景，是风景的主人，以为这很富于情调，甚至很陶醉，觉得心头充满了诗意。但你在自我陶醉之中，却不知道自己成了别人的风景，成了别人的对象。这里的核心不是抒情，不是热情，没有感觉变异的想象，而是冷峻，冷峻中有智慧，机智地表现出一种相对主义的思想。欣赏风景的主体，变成被欣赏的客体。这显然不是激情的审美，而是冷峻的审智。当然，这是早期的审智，还带着相当成分的情感痕迹。“明月装饰了你的窗子”，说的还是欣赏风景，但“你装饰了别人的梦”，就没有那么冷峻了，还有一点情感，多少还有一点浪漫。但诗人没有渲染，只是点到为止。

到了当代，这种冷峻的智性诗歌就成为主流了。这种诗歌是比较难懂的，它本身就是对读者的理解力的一种挑战。20世纪80年代初出现的朦胧诗中，有一部分智性比较深邃的诗歌，许多读者以读不懂为由而批判它们。就连比较好懂的舒婷的诗歌，也有人以看不懂为荣。舒婷当时很坚定，说你不懂，你儿子会看懂。要学会读当代的审智诗歌，就要调整自己对诗歌的预期，提高自己的智慧水准，让自己适应这种新异的文本，准备伤一点脑筋。读诗变得不太令人舒服了，这是时代的一种潮流。要不然，你就去听流行歌曲好了，那是很轻松的，但那是可以批量生产的。麻油，咸菜，各人喜爱。既然选择了现代派诗歌，就要有现代派的哲学和诗学水平。

我们来看北岛的《无题》：

永远如此
火，是冬天的中心

当树林燃烧
只有那不肯围拢的石头
狂吠不已

挂在鹿角上的钟停了
生活是一次机会
仅仅一次
谁校对时间
谁就会突然衰老

从诗人的角度看，逃避抒情的倾向在这里就更加明显。诗人通过一系列陌生的意象，在奇特的想象和话语中，表达一种冷峻的思考，而读者也就不能光是从感情的角度去理解。读者要通过想象把诗歌中脱落了的逻辑还原出来，体会到诗中的理念。这是需要智慧的。所以说，如果讲审智，作者和读者需要共同协作才能得到沟通。在这里，说北岛的思想冷峻可能还不够，可能要列入冷酷的范畴。

要读懂这首诗，先得把传统读法以及习惯了的预期丢开，因为北岛的这种风格，不但讲思想，而且追求语言的陌生化和语言的个人化。他的诗歌意象，不像一般浪漫主义的诗歌，由一系列共享的公共意象和话语为基础。“火”还有一点公共意象的痕迹，让人联想到温暖光明，“火，是冬天的中心”与传统意象还有某种关联，但这种关联是比较薄弱的，因为冬天在传统的意象中是寒冷，而北岛却说火、温暖、光明是冬天的中心，这从另一个意义上来说，是火被包围，被寒冷围困。这就有点超越传统读诗的预期了。“只有那不肯围拢的石头 / 狂吠不已”，作者给了石头以确定的性质“不肯围拢”。“不肯”，说明它有意志，它就不是石头。冬天，有意志的应该向火、向光明、向温暖围拢，但它就是不围拢，不管多么寒冷，它就是不向光明、温暖靠近。因而，从这个意义上说，它不是石头，又有石头的性质。这实质上说的是人，说的是人的一种思想倾向。这种倾向的可怕，倒不完全在于不向光明靠拢，更为严重的是它向火、向光明、向温暖“狂吠”。身居寒冷、黑暗之中，却向光明、温暖狂吠，这让我们想到某一特定的历史时期对先觉先知的声讨和批判，群众不但麻木而且顽固。这是令人恐怖的、荒谬的人生。但这还不够荒谬，更加荒谬的是，“挂在鹿角上的钟停了”。这句可真是个人化的话语。鹿角上的钟令人想到圣诞老人的雪橇（是鹿拉的），那么，钟为什么挂到鹿角上？这是表示时间的转折吧。钟停了，也就是时间停了。时间停了，就是前面所说的“永远如此”，就是这样荒谬的、麻木的恐怖永远不会过去。这太可悲了，因为“生活是一次机会 / 仅仅一次”，可这样的悲剧性麻木，这种先知者的孤独，却是永恒的，没有希望改变的。“谁校对时间 / 谁就会突然衰老”，也就是说，尽管生活的悲剧不会改变，可时间还是在流逝，而人们都没有感觉。如果“校对时间”，与过去浪费生命进行比对，人就会发现时间过去了，人也变得衰老了。为什么衰老？一是发现不知不觉间岁月流逝，二是对生命白白丧失的震惊。这么可悲，这么可怕，却永远如此。

北岛的这首诗没有标明写作时间，是不是有意揭示这并不是某一个时期孤立的现象？这么难懂的、精英化的、个人化的诗歌，对读者是一个严峻的挑战。接受这个挑战的，就要提高自己的智慧水准，向诗人围拢过去；不接受的，也不要像石头一样“狂吠”起来。

你尽可以去享受大众文化、流行歌曲，这也许是对精英诗歌的一种反抗。这是当代诗歌的一种分化，是历史的偶然还是必然，到现在我们也说不清楚，因为这是全世界的事情。全世界的诗歌都有这种分化：一方面通俗歌曲的听众无限多，大家都非常崇拜歌星，“追星族”甚至一见到偶像就晕倒在地；另一方面，严肃的精英文化，后新潮的诗，读者非常少。我们还需要思考走向精英的文化，这种非常晦涩的诗学，是不是唯一的道路。对此，大家可以讨论，但精英诗歌所取得的成就是不可忽视的。有时，大众的阅读和艺术的创造是不平衡的。从智性深度和艺术语言的突破来说，洛夫在诗歌艺术上的成就高于余光中，但他的读者群、他的知名度远远落在余光中后面。有时候，两位诗人同时出现在公众场合，余光中面前人头攒动，而洛夫面前的人就比较稀少。据舒婷说，洛夫颇为失落。其实大可不必，把余光中弄到张学友、刘德华等歌星那里去，也会有这样的反差。

为了让你们感觉一下什么叫“艺术水平更高”，我举一个例子，同样是表现乡愁主题，洛夫的《边界望乡》。与余光中的诗相比，这首诗有更为深邃的智性，也更具有艺术话语的创新性。

说着说着
我们就到了落马洲

雾正升起，我们在茫然中勒马四顾
手掌开始生汗
望远镜中扩大数十倍的乡愁
乱如风中的散发
当距离调整到令人心跳的程度
一座远山迎面飞来
把我撞成了
严重的内伤

病了病了

病得像山坡上那丛凋残的杜鹃

只剩下唯一的一朵

蹲在那块“禁止越界”的告示牌后面

咯血。而这时

一只白鹭从水田中惊起

飞越深圳

又猛然折了回来

而这时，鹧鸪以火发音

那冒烟的啼声

一句句

穿透异地三月的春寒

我被烧得双目尽赤，血脉偾张

你却竖起外衣的领子，回头问我

冷，还是

不冷？

惊蛰之后是春分

清明时节该不远了

我居然也听懂了广东的乡音

当雨水把莽莽大地

译成青色的语言

喏！你说，福田村再过去就是水围

故国的泥土，伸手可及

但我抓回来的仍是一掌冷雾

落马洲是香港最靠近内地的地方（1949 年，国民党有支部队打了败仗，没地方去，就赖在落马洲，后来成为一个特殊群落），是遥望内地的景点。作为台湾诗人，洛夫很期盼大陆和台湾统一。他采取抑制抒情的方法，用智性覆盖情感，冷峻地表现内心的激动。

诗人一点也不浪漫，“说着说着 / 我们就到了落马洲”，好像很随便的样子，与下面手中的汗水（出冷汗，紧张）形成反差。茫然“勒马四顾”，是以落马洲为谐音，暗示这与军旅有关，当然，他并没有骑马。“望远镜中扩大数十倍的乡愁 / 乱如风中的散发”，这是洛夫式的语言，把望远镜的物理特点转移到心理效果（乡愁）上，又把心理上乡愁的特点（非常乱）和外在的头发结合起来。这些都是与祖国统一的理念水乳交融的。“当距离调整到令人心跳的程度”，这是通常的语义，但“一座远山迎面飞来 / 把我撞成了 / 严重的内伤”，可以说是超现实主义的手法。这与古典诗歌中王安石的“两山排闼送青来”不同，因为王安石仅仅是写景，而这里却是写内心的痛苦。山会飞过来，妙就妙在：第一，强调望远镜的特殊功能；第二，有对乡土的苦恋，一看就心灵震动，本来是心灵飞过去，却写山飞过来，更突出了可望而不可即的痛苦；第三，撞成内伤是无声的痛苦，只有自己才明白。这里所用的语言大多是现代语言，一部分是科学语言，如“望远镜”“扩大”“内伤”等，也有古典语言，如“勒马四顾”。

洛夫花了很大的力气对古典诗意进行当代转化，力求在多重情志的错综交叉和叠加中构成一种奇崛、陌生而自然流畅的风格。远处，只有一朵凋残的杜鹃（特别点明在“禁止越界”的牌子下）“咯血”。古典诗歌中本来有“杜鹃啼血”的典故，但这里翻新为“咯血”。“啼血”是古典的诗意，《西厢记》中，张生“绿杨影里听杜宇（即杜鹃），一声声道‘不如归去’”，而“咯血”则为现代医学的术语。这就把感情的痛变成了生理的病，病因全在潜意识里，潜藏在杜鹃一声声的“不如归去”中。这可能是洛夫式的词法，特点是从古典转向现代，在错综的语义中转化；在章法上，潜藏语义在暗示中呼应暗示，形成若隐若现的暗示链接。“咯血”和前面的“病了病了”呼应，而接下来的鹧鸪的啼声，在古汉语诗歌的典故中有“行不得也，哥哥”的意蕴，与“不如归去”呼应。

当然，洛夫不满足于照搬古典的意蕴，他的目标是古典意蕴的当代转化。接下来写“鹧鸪以火发音 / 那冒烟的啼声 / 一句句 / 穿透异地三月的春寒 / 我被烧得双目尽赤，血脉偾张”。杜鹃啼血，鹧鸪思归，是符合古典诗意的，但鹧鸪以火来发音，这样粗犷的语言与怨而不怒、哀而不伤的古典优雅情调是有点冲突的；而“火”“血脉偾张”，从语义上来说，这是现代诗歌甚至是浪漫主义诗歌的常见意象。与古典的呼应链接是潜隐的不同，洛夫话语的当代性是在语言的表层的。这一点，在接下来的诗句中，就越来越明显。明明是被这种情感冲击得“双目尽赤，血脉偾张”了，但身边的朋友却问“冷，还是 / 不冷”，从语义上讲，这没有什么内在蕴含，完全是日常语言，散文意味，潜隐链断裂，但从章法上讲，这是一种反差，一种张力，益发突出了“内伤”隐痛之深，不足为外人道也。

“当雨水把莽莽大地 / 译成青色的语言 / 喏！你说，福田村再过去就是水围 / 故国的泥土，伸手可及 / 但我抓回来的仍是一掌冷雾”，这里就完全是现代语言了，有诗歌的成分。雨水让大地发青，被洛夫说成是“译成青色的语言”，这种想象风格，不属于传统的、古典的，而是来自西方的诗歌语言。大地返青，被当成“语言”，是把感性的色彩变成抽象的“语言”，充满了智性的内涵（平平常常的雨对洛夫诉说了什么？只能从上下文中去体悟他的故土之思了）。尤其见功力的是“译”字，这是只有懂得外语的人才能具备的智慧，这是只有文化水平很高的人才能表达出的诗意。洛夫的话语转换、诗意想象和联想是比较曲折的，但接下来却是平平常常的日常口语，不但来了一个口语虚词“喏”，而且“福田村再过去就是水围”近于现象罗列。这不像前面那样寻求古典诗意潜在的链接和呼应，而是在表层突出它和现代日常的（散文的）语言上的反差。所以，它仍然让人感到其中有一种章法上的张力。到了最后，诗人又来了一句诗性语言：“故国的泥土，伸手可及 / 但我抓回来的仍是一掌冷雾”。为什么说这是诗性语言呢？因为这完全是想象的、虚拟的，可以理解而不能坐实。不可忽略的是，抓回来的一把冷雾与前面的手掌生汗形成呼应。链接和张力，构成章法上绵密的肌理。

从艺术创造的角度来说，洛夫和余光中相比，余光中倾向于审美情感，洛夫则倾向于审智。虽然余光中也有审智的成分，而洛夫也不乏审美之作，但审智比起审美来，更富于才智的挑战性，更需要超越和颠覆现成话语的才能。这种挑战，不仅是对内心，而且是对语言。洛夫的语言成分是丰富的，古典诗语的现代转化，现代诗语与古典诗意在潜在层次中的密合，现代日常口语和古典诗歌语言、现代诗歌语言在表层语义反差和呼应中的统一。其反差之大，其密合之严，都为现代汉诗开拓了一片崭新的想象的天地。当然余光中也不是完全缺乏这三种成分，但在反差的程度上，在呼应的精密上，应该说是略逊一筹的。洛夫想象和联想的途径太曲折了，我们这里所举的还是比较明朗的，如果读他的《石室之死亡》，那是名副其实的晦涩，可能你们绝大多数读了会觉得一头雾水。不是瞧不起你们，事实如此。我遵循毛主席的教导，做老实人，办老实事，说老实话。（笑，鼓掌）真正的艺术家是能忍受住孤独和寂寞的，真正的教师是不在乎有没有掌声的。（笑，鼓掌，再鼓掌）你们的掌声，我没有听见，我突然发现，我耳朵出了毛病。（欢呼）

第二十四讲　直接抒情和意象并列

前几讲说的是诗歌心理学的问题，诗歌的艺术感知不同于一般的感知，而是非常深刻的一种感觉。它和情感、智性结合在一起，实际上是一种心灵的综合，但用深邃的感知来表现诗人的自我，并不是唯一的法门。有时候就不通过艺术感知，而是用直接抒情的办法。请允许我仍然用自己的方法，先不从抽象的理论上阐释，而从具体作品看，感觉一下。李

白的《宣州谢朓楼饯别校书叔云》(一作《陪侍御叔华登楼歌》):

弃我去者，昨日之日不可留；

乱我心者，今日之日多烦忧。

这里没有什么直接可感的意象，但读起来很爽快，因为诗人以另外一种形式来感动读者，而不是直接通过感觉。那另外一种形式是什么呢？我们再来看一首，陈子昂的《登幽州台歌》：

前不见古人，后不见来者。

念天地之悠悠，独怆然而涕下！

这里也没有直接可以看到、可以听到、可以摸到、可以闻到、可以触到的五官的感觉形象，但它仍然是非常动人的。这一点怎么解释呢？有一个诗歌理论家(又是诗人)叫阿垅(又叫陈亦门)，他说，诗歌可以没有形象，他举陈子昂的《登幽州台歌》，然后说：

有什么形象在里面呢？没有的。但是这一首诗，不但是诗，而且是好诗之一。①

我觉得这个说法不妥当。另外一个理论家叫黄药眠，他的说法就比较让人容易接受。他认为，事实上一个人的内心抒发，不一定都通过世界的物象来比附，比方说“老冉冉其将至兮，恐修名之不立”。这里面有一个事实，不直接通过感觉也是有形象的。为什么呢？这是因为感觉更深一层次的机制，是对自身感觉的再感知。这是内在感觉，我在感觉自己的感觉，对以往经验的再感觉。通过这样的渠道，感觉进入了更深的层次，感情和智性的交融的层次。

人的感觉虽然不如动物，如眼睛不如鹰，鼻子不如狗，但人的感知能力大大超过了动物，因为人的智性和感情有着感觉所没有的概括力。感情可以一分为二，表面上看来，我忧愁，我快乐，我痛苦，我缠绵，是不可感的，读者感觉不到，但在特殊语境里，它有时又很感性。这是个非常复杂的问题。所以，洛尔迦说：“诗人是五官的指导者。”五官是由人的心灵、感情和智性指导的。这就弥补了我们前面所说的不足，外部感觉是要用内部感情来统率的，外部感觉是为内部感情掣动的。如果没有外部感觉，内部感觉和浓厚的感情也可能是有感染力的。当然这是有条件的，条件是什么呢？就是感情必须非常深厚。说深厚的感情，就有点玄了，怎么才叫深厚呢？总得有个准则吧。这一直说不清，我觉得有一点，可以供大家参考。

这就是深厚的、独特的感情在逻辑上有一点特异性。“弃我去者，昨日之日不可留”，这个昨天的时光怎么会弃我而去呢？它是没有意志的呀。“乱我心者，今日之日多烦忧”，今天的时光怎么会乱我的心呢？这在逻辑上是不是有点说不过去？一旦在逻辑上说不通，

① 阿垅：《人·诗·现实》，生活·读书·新知三联书店1986年版，第48页。

就是不太理性，就有一点情感的特殊性了。从语言上来说，用俄国形式主义者所说的那种“陌生化”的效果似乎还不太充分；用中国古典诗话的说法，就是严羽说的“非关理”了，也就是贺裳和吴乔所说的“无理而妙”。你不讲理了，你不讲逻辑了，就充分流露出感情来了。

“前不见古人，后不见来者”，登上了幽州台，也许你觉得挺高，但登高望远，是空间的感觉，你“前不见古人”，却是在看时间了。时间是看不见的，一点物理学也不懂！但就是这种时间和空间、物理和心理的错位，才显得很特异、很陌生、很无理（无物理），才显出妙处。这不但超越物理，而且超越了生理的感觉。俄国形式主义仅仅用语言来阐释是不够的，这不能脱离人的心理。白居易在《与元九书》中说：“诗者，根情、苗言、华声、实义。”说的是，诗不仅仅是由语言决定的，其根在情，其言只是苗，其节奏乃是花，而其果实则是义。四者统一起来，才有花和果实。而且是语言问题，语言的陌生化问题。你怎么能看到古代的人物呢？你怎么能看到后代呢？你是不是神经有问题了？不是，他是把语言这个“见”字的内涵和外延无理化了。在日常的语境里，看不见古人，看不见后代，是无所谓的，但在这个语境里，诗人却哭了。哭什么？这里有两层意思：第一，燕昭王筑黄金台招揽有才气的人，现在没有这样的人了。怀才不遇，这值得一哭。第二，“念天地之悠悠”，宇宙、空间无边无际，时间没有尽头，而人生很短暂。这太令人悲哀了。对宇宙与人生的矛盾，他有这么深沉的感受。这是一种特殊的情感，非常深厚的情感。

抒情与生命的思考往往是联系在一起的，这在中国古典诗歌中比比皆是，特别是在近体诗以前，例如《楚辞》和《古诗十九首》中。像屈原的《离骚》：

亦余心之所善兮，虽九死其犹未悔。

怨灵修之浩荡兮，终不察夫民心。

众女嫉余之蛾眉兮，谣诼谓余以善淫。

固时俗之工巧兮，偭规矩而改错。

又如《古诗十九首》之十五：

生年不满百，常怀千岁忧。

昼短苦夜长，何不秉烛游！

为乐当及时，何能待来兹？

愚者爱惜费，但为后世嗤。

仙人王子乔，难可与等期。

这首诗极少直接可感的成分，却是古诗的经典。它与陈子昂的感叹有共同之处，不过更加古朴。这种方法留存在诗歌史上，代表了一个时代对诗歌表现方法的探索的成就。汉魏，特别是“建安七子”以后，这种诗风就不太流行了。为什么？这样写太困难了，稍不小心，就会缺乏感觉，议论太直，难以感动读者。

西方的诗歌本来走的也是《楚辞》《古诗十九首》那样的路子，所用的方法主要是直接抒情。今天没有时间细讲，只举一个你们中学时代学过的例子，就是普希金的《致恰达耶夫》，这首诗写于 1818 年，当时普希金才十九岁。

爱情、希望和平静的荣誉
都曾骗过我们一阵痴情，
去了，去了，啊，青春的欢愉，
像梦，像朝雾似的无影无踪；
然而，我们还有一个意愿
在心里燃烧：专制的迫害
正笼罩着头顶，我们都在
迫切地倾听着祖国的呼唤，
我们不安地为希望所折磨，
切盼着神圣的自由的来临，
就像是一个年轻的恋人
等待他的真情约会的一刻，
朋友啊！趁这颗正直的心还在蓬勃，
让我们倾注这整个心灵，
以它美丽的火焰献给祖国！
同志啊，相信吧：
幸福的星就要升起，
放射迷人的光芒，
俄罗斯会从睡梦中跃起，
而在专制政体的废墟上
我们的名字将被人铭记！

这个译文不太好，不如戈宝权译的，但还算过得去，马马虎虎吧，用福州话说，就是“满去”吧。（笑声）这里主要是直接抒情，以强烈的感情动人，虽然其中也掺杂了一些意象性的可感的成分，但总体来说，可感性比较弱。要知道，这是俄国文学之父的名篇。如果不考虑它的有规律的重音的交替，五步抑扬格（一个轻音节，一个重章节为一步，每行五步），光是读汉语的译文，是不是觉得有点枯燥？经典名篇竟是这样子呀？就是这样的。

你怀疑也没有用，用俄语读起来，还是很抑扬顿挫的。

要不要我用俄语念给你们尝尝味道？（要，鼓掌）

好，那我念。但是，你们没有一个懂俄语的，我念得再好也是鸭子听雷，还是不念吧。（学生：那可能是你不会念，吓唬我们老百姓。）好，为了证明我的诚实，也让你们有点感觉，我念一句俄语，用中文解释一句。好吧，开始。你们怎么不鼓掌啊？（学生鼓掌）谢谢，谢谢。声明一下，我的解释，用的是戈宝权的译文。

Любви，надежды и тихойславы

爱情、希望、平静的光荣

Недолго нежил нас обман，

并不能长久地将我们欺诳，

Исчезли юные забавы，

就是青春的欢乐，

Как сон，как утренний туман；

也已经像梦、像朝雾一样地消亡；

Но в нас горит еще желанье；

但我们的内心还燃烧着愿望，

Под гнетом власти роковой

在残暴的政权的重压之下，

Нетерпеливою душой

我们怀着焦急的心情

Отчизны внемлем призыванье.

在倾听着祖国的召唤。

Мы ждем с томленьем упованья

我们忍受着期望的折磨，

Минуты вольности святой，

等候那神圣的自由的时光，

Как ждет любовник молодой

正像一个青年的恋人，

Минуты верного свиданья.

在等待那真诚的约会一样。

Пока свободою горим，

现在我们的内心还燃烧着自由之火，

Пока сердца для чести живы，

现在我们为了荣誉献身的心还没有死亡，

Мой друг，отчизне посвятим

我的朋友，我们要把我们的心灵的

Души прекрасные порывы！

美好的激情，都呈献给我们的祖邦！

Товарищ，верь：взойдет она，

同志，相信吧：迷人的幸福的星辰

Звезда пленительного счастья，

就要上升，射出光芒，

Россия вспрянет ото сна，

俄罗斯要从睡梦中苏醒，

И на обломках самовластья

在专制暴政的废墟上，

Напишут наши имена！

将会写上我们姓名的字样！

你们都听呆了，是不是我太厉害了？你们都忘记鼓掌了。（掌声，欢呼）我上俄语课的时候，老师金景淑，她是朝鲜族同胞，非常好的教师，她教得我对俄语诗歌着了迷，她并没有让我背，我还是把它背上了。那时，没有什么国际俄语考试，就是喜欢，背上了就记住了一辈子，这就叫作过瘾。学习就是为了过瘾，但愿你们学英语，不是为了考托福、雅思，而是为了热爱，为了生命的质量。（掌声热烈）

这种直接抒情的表现模式的最大好处，是思想比较自由，或者说思想容量比较大，叙事也比较方便。西方古典诗歌中叙事诗有很大的比重，大诗人的作品中叙事诗往往是主要的。但这样的方法也有缺点，就是它的可感性比较弱。他们虽然有一种追求情理交融的努力，但往往产生理胜于情的倾向。西欧浪漫主义诗歌中的讲道理成分比之我国的宋诗，实在是大得惊人。席勒被恩格斯批评为“单纯的时代精神的传声筒”，歌德认为拜伦的大部分反抗现实的作品不过是“被扣押的议会发言”①。

与西方相比，我们对于直接抒情的警惕要早得多。六朝以后，诗歌的探索就向另一个

① 爱克曼：《歌德谈话录》，人民文学出版社 1983 年版，第 94 页；这一段论述参见孙绍振《当代中国文学的艺术探险》，福建教育出版社 1998 年版，第 18 页。

方向，也就是五官直接可感的方向发展（除此之外，还在声律上制定了一系列的办法）。从感觉出发，写诗就比较容易了，有一定的操作性。当然也带来了一些问题，比如不太注重情感的深度，光是讲究感觉、意象和声律。如果说在这以前，中国诗歌的方法和西方诗歌的方法是一个路子，也就是直接抒情的路子，那么，到了齐梁期间，中国诗歌主要用山水田园意象传达感觉的路子了。各种具体的方法被发现了（如对仗），规格也日益明确起来，虽然很麻烦，但要写诗，有规格还是比没有规格容易掌握，也比较容易普及。所以，诗人就批量地产生了，给诗歌带来了繁荣。由此，从抒情的角度讲，中国诗胜于西方诗。当然，同时带来了问题，那就是诗歌的思想容量和叙事功能不如西方，形式主义的毛病亦在所难免。

当然，中国的古典诗歌并没有放弃直接抒情，而西方诗歌在直接抒情时也常常融进一些意象。但总体来说，中国诗歌多意象，西方诗歌多理性。19 世纪末 20 世纪初，美国出现了庞德等大师级的人物，他们觉得西方的直接抒情不太好，要学中国诗歌意象并列、叠加的手法。这就是很著名的意象派。

第二十五讲　诗歌是把米酿成酒

今天我们来讲关于诗歌特殊的审美规范——想象，或者更准确一些，叫虚拟。一切文学和科学都是需要想象的。讲诗歌的想象需要注意两点：第一，把科学的想象和文学的想象区别开来；第二，把文学的想象和诗歌的想象区别开来。一般来说，没有一个人会直截了当地把科学和文学的想象混为一谈，但传统的文学艺术观念认为，艺术是生活的反映，好像镜子。这实际上是把科学的真和文学的美混为一谈了。至于把诗歌的想象和文学的想象当成一回事，更是比比皆是。这一点我们以后会讲到。

其实，不管是什么想象，都不是镜子。我们早就讲过了。个体生活的特征和主观感情的特征，在诗的想象的作用下，二者都发生了变异。承认变异，可能对你们来说不是问题，问题在于是什么样的变异，是一般文学的变异，还是诗歌特有的变异？

研究问题不能光从理论上来演绎，最好是用历史的方法，一切问题只有在历史中才能得到比较可靠的答案。

在中国新诗史上，想象曾有过一段相当曲折的经历。胡适最初提倡新诗的时候，什么都讲到了，就是遗漏了两点：一是没有讲到抒情，因为他受美国意象派的影响，这个派别是对浪漫派的反拨，是回避抒情的；二是他不懂得想象，只谈感觉。新诗在最初的两三年里，完全是现象的罗列，非常幼稚，所以，没有取得什么成就，得不到承认，也就产生了危机。到了1920年，一个医科大学生在日本异军突起，给新诗带来了一个高潮。他就是郭沫若。他的艺术主张中有一个很重要的东西，就是诗要有想象。他给他的朋友——当时《时事新报·学灯》的编辑宗白华说："诗人底心境譬如一湾清澄的海水，没有风的时候，便静止着如像一张明镜，宇宙万汇底印象都涵映着在里面；一有风的时候，便要翻波涌浪起来，宇宙万汇底印象都活动着在里面。这风便是所谓直觉，灵感（inspiration），这起了的波浪便是高张着的情调。这活动着的印象便是徂徕着的想像。"①

镜子变成了不平的波澜，印象、意象就发生了变异。想象，其实是一种精神的自由，神思飞扬比之呆板的反映要深刻多了。从理论上来说，西欧浪漫主义诗歌理论家都非常强调想象，这一点我们前面讲到过。这里就不再重复了。

从语言学上来讲，这也符合俄国形式主义所提倡的陌生化的话语，不是通常的自动化的、不动脑筋就运用的共同的话语。语言是熟能生巧的，因而也是一种习惯，一旦成为习惯，就失去了新鲜感，甚至连感觉都没有了，文学也因此失去了感染力。陌生化（或译成"奇特化""反常化"）就是以变异的形态，使对象和表达对象的语言变得新奇，增加感觉的难度，同时延长感觉的关注度。陌生化理论直到现在还有很大影响，这是纯粹讲语言的，但是陌生化如果离开相近、相似、相反联想规律的话，可能导致混乱，读者难以接受，造成心理的抗拒，也就是负感染力。并不是所有的陌生化都是精彩的，有的陌生化是非常自然的、深刻的，也有的是非常别扭、肤浅的。陌生化是相对于习惯的自动化而言的，但不能完全绝对地脱离民族语言的自动化。最好的陌生化，其实是和自动化互为表里的。

我们前面说过，为什么二月春风不能似菜刀，只能似剪刀呢？就是因为剪刀的陌生化，有汉语的"裁剪"在我们的潜意识里，自动化地提供联想的基础。这一点在中国古典诗论里也可得到印证，司空图在他的《诗品》里讲过："离形得似，庶几斯人。""离形"就是把形状丢掉，丢掉原来的外部形状反而更加神似；"神"就是感情。诗人不按照原来的样子，而是按照情感和思想来加以变异。

对此，我国古代诗话早有论述。比赫兹里特早一点的清代诗评家吴乔，在《答万季野诗问》中记载了这样一段问答：

> 或问："诗与文之辨？"答曰："二者意岂有异，惟是体制词语不同耳。意喻之米，文喻之炊而为饭，诗喻之酿而为酒；饭不变米形，酒形质尽变。"②

他的意见是，诗和散文在意念或情感思想方面是没什么不同的，"惟是体制词语不同

① 郭沫若、田汉、宗白华：《三叶集》，上海亚东图书馆1920年版，第7页。

② 王夫之等撰：《清诗话》，中华书局1981年版，第27页。

耳”。用俄国形式主义的话来说，就是话语不同。不同在哪里呢？“意喻之米”，写散文或诗歌，内容、观念或情感是同样的，但“文喻之炊而为饭”，散文不过是把意念拿来煮成饭；“诗喻之酿而为酒”，诗歌好像是把米酿成酒。散文的想象与诗的想象有什么区别呢？“饭不变米形”，饭煮出来还是米，一颗颗的，不过胀大了，变胖了，米的形状不会有太大的变化，还可以看出来是米做的；“酒形质尽变”，酒做出来以后，米不但形状变了，而且质地也变了，原来是固体，现在变液体了。他还说功能也不一样，饭可以吃饱充饥，酒能醉人。

吴乔不但把理论话语说得这样生动，而且在世界诗歌史上第一个突破了把诗歌的想象归结为“变形”的局限，突破了中国古典文艺理论中形与神对立统一的范畴，提出了形与形、形与质对立统一的范畴，把质变作为诗歌想象的一个特点，从而进一步探索了诗歌形象的想象性能。很可惜，这个为《四库全书总目提要》所重视的观点，在他的《围炉诗话》中并没有得到更充分的发挥。西欧浪漫主义诗歌衰亡之后，现代主义诗人提出了“诗是舞蹈，散文是散步”的说法，这与吴乔的“诗酒文饭”之说有异曲同工之妙。拿吴乔的理论阐释我国古典诗歌，例如“二月春风似剪刀”，或古希腊西门尼德斯的纪念烈士的诗，无疑比变形论更为恰当。

当然，不能说诗歌想象只有这样一种形态，有的时候表面上看来没有变异的想象也大量存在，尤其是中国古典诗歌里那些讲究意境的诗歌。就一句一句来说，它不怎么变形，比如王维的“空山新雨后，天气晚来秋。明月松间照，清泉石上流”；陶渊明的“采菊东篱下，悠然见南山。山气日夕佳，飞鸟相与还。此中有真意，欲辨已忘言”。这些诗句好像没有什么变异。碰到这样的现象，也就是例外的现象，理论家有两种选择。一种是牵强附会地成全理论，不懂装懂，歪曲事实。这是某些理论家的拿手好戏，但我们不屑为之。另一种是，一旦理论遭到证伪，不仅不丧气，反而欢欣鼓舞。波普尔说，证明只能解释难题，不能发现真理，证伪才是发现的机遇。发现是修改原来的理论的一个途径。能不能这样改？诗歌想象的规律有两类：一是明显的变形变质，像波浪里反映的风景一样，像米酿成酒一样；二是表面上看来是白描，没有什么情感的冲击，语义也没有明显的陌生化，好像都在自动化的范畴之内，但是，从根本上来说，上面那些诗句还是变异了。为什么呢？从整体上说，上面所说的“明月”“松间”“清泉”“石上”，虽然没有形变，但其性质从根本上变化了，已经是心境的一种载体。映照松间的明月，石上流动的泉水，都被诗人的心灵，也就是佛家空灵的价值观念同化了。至于“采菊东篱下，悠然见南山”，则更是一种悠然的心态，是一种既没有外在压力，又没有内心负担的境界。

吴乔的质变理论，在这一点上比一般的形变理论要深邃得多、全面得多。

现在闹得很凶的俄国形式主义理论，当然有我国传统理论所不及的优点，但并不是十全十美，并不是一切都比我们的“老古董”强。比如什克洛夫斯基认为，每种艺术形象都要靠变形获得，主要是语义上违反正常的语义。雅各布森认为，诗歌是对普通语言有组织的变形，要获得表现力，就要学会运用违反常规的词。这只能阐释一部分现象，而且还不全面。从根本来说，这个命题陌生化就是片面的，他们的前辈别林斯基的“熟悉的陌生人”就比他们全面，因为这个范畴有对立统一深度。当然也不如我国的“老古董”。可是我们往往妄自菲薄。提出陌生化的什克洛夫斯基，在晚年，也就是20世纪80年代，就声明放弃这个片面的理论了，① 可是我们竟有三千篇以上的论文拾人家过时的牙慧。

当然，我们在注意到这一点的时候，也不应该忘记西方文论和我国古典文论一致的方面，如果能普遍地印证，也是很重要的。哪怕是在一个实例上作出成功的阐释，那也是学术的成就。

不是所有的变异都有同样的水平，也不是所有的变异会同样精彩，有些变异是莫名其妙的。有两个极端：一是不敢变异，或者变异的气魄不大，这就影响了艺术感染力；二是变异过了头，给人一种疯子的感觉。当然，不能光从变异论变异，还要与当时的历史语境结合起来研究。有一种变异幅度大，但感情、理论很准确，非常深刻。这在我们读现代派、后现代派的诗时，会有更多的体悟。

在现代派诗歌中，这种变异得到了进一步的发展。在传统的诗歌中，主客体关系是不可混淆的，但在现代派那里，主客体可以交换。西方一个诗人说，你凝视着一棵风中摇曳的树……最初你把你的热情、欲望或者忧郁加在树上，它的呻吟和摇曳就变成了你的。不久，你变成了树。同样是蓝天、鸟儿，本来是直观的对象，但在诗歌里可以变成自我。像舒婷的《祖国啊，我亲爱的祖国》：

> 我是你簇新的理想，
> 刚从神话的蛛网里挣脱；
> 我是你雪被下古莲的胚芽；
> 我是你挂着眼泪的笑涡；
> 我是新刷出的雪白的起跑线；
> 是绯红的黎明
> 　　正在喷薄；
> ——祖国啊！

---

① 史克洛夫斯基：《弓弦——论似中之不似》，莫斯科，1970年，第12页；史克洛夫斯基：《两卷集》，第一卷，莫斯科，1983年，第3页；史克洛夫斯基：《散文理论》，莫斯科，1983年，第73页。

这就是诗的自由，是散文所不具备的。我们以前分析过杨朔的《荔枝蜜》，讲到他自己被蜜蜂感动，说自己变成小蜜蜂，这是把诗的想象挪到散文，就给人一种做作的感觉。

诗歌的想象不但是表面变异了，形状变异了，时间、空间变异了，主客体变异了，而且性质也跟着变异了。诗里写一匹骆驼，它就不完全是骆驼，诗里写一匹老马，它就不完全是马。诗里的骆驼是“沙漠里的绿洲”，艰难跋涉的意志，这是郭沫若写的。老马则可以象征农民坚韧的性格和吃苦耐劳的精神，这是臧克家写的。大海、手推车、云雀、西风……所有这些都是精神的载体、象征。我们来看看洛夫的诗《舞者》的开头：

呛然
钹声中飞出一只红蜻蜓
贴着水面而过的
柔柔腹肌
静止住
全部眼睛的狂啸

这里的红蜻蜓已经不是红蜻蜓，而是一个跳舞的人。把跳舞者直接说成红蜻蜓并没有什么稀奇，但这里有讲究。如果他写“舞者如红蜻蜓”，就很俗了，不过是一个明喻而已。如果换成暗喻“这舞着的红蜻蜓啊”，也不见得出色。这里的特点是，一直写红蜻蜓，舞者被掩藏起来了（藏在题目中），给人一种就是写红蜻蜓的感觉，又给人一种人体的暗示，“贴着水面而过的 / 柔柔腹肌”。读者要调动比较高的智商，才能进入诗人的意蕴。“静止住 / 全部眼睛的狂啸”，眼睛是不能发出声音的，这里却写“眼睛的狂啸”。于是，舞者的出现，把观众全部镇住了。

江河江河
自你腰际迤逦而东
而入海的
竟是我们胸臆中的一声呜咽

这里的意思是说被感动得流下眼泪，但就意象而言，已经远远地离开了舞者，也离开了红蜻蜓。这只能用质变来阐释。

阐释这样的现代诗，读者当然要调动想象，这与理解古典诗歌的想象有相同之处，都有一种感情的指向。“飞花飞花”，这是一种音乐的美感；“挥洒间 / 豆荚炸裂 / 群蝶乱飞”，这里有一种古典美的感受，但又与古典诗歌不同。这里省略得更多，不但省略意象，而且省略感情。古典诗歌中常常要大加渲染情感的地方，这里却一笔带过。那么，诗人把篇幅留给什么呢？智性的理解。“升起，再升起 / 缓缓转过身子 / 一株水莲猛然张开千指 / 叩响

着 / 我们心中的高山流水”，水莲张开千指，还是有古典抒情的，但叩响心中高山流水之音，却更多的是智性。志在高山，志在流水，这是伯牙、子期的典故，表现的是心灵相通。古典传统意象和现代的命意的融合，具有很强大的张力。

在古典诗歌和现代派诗歌中，变质的想象所包含的智慧是不尽相同的。古典诗歌重在情感，而现代诗歌重在智性，具有更多审智的成分。

第二十六讲　诗的想象：逻辑的变异——无理而妙

上次讲洛夫的《舞者》，一系列的语言表面上看都是无理的，但从情致和理念来看，却有隐约的内在联系作为根据。这里有个流派问题。上次我讲到不同流派的感情成分和智性成分不同。这次我要讲的是，不同流派在意象和语言上有另一种不同。古典的、浪漫派的诗歌中，象征的内涵是固定的，比如玫瑰象征爱情，十字架象征苦难。中国古典诗歌的一系列意象，如东风、青鸟、月亮、浮云以及松、竹、梅等，新诗的政治意象，如东风、红旗、红日等，内涵都是比较固定的；而现代派诗歌的象征是个人化的、多元的，像北岛的诗，根本就拒绝公共化的话语。诗人的创造性越大，阅读的困难也越大。“红蜻蜓”就是诗人独有的，只用一次就不用了。所有这一切都增加了欣赏的难度。

诗歌和散文不同：在散文里，米变成饭；在诗歌里，米变成酒。酒和饭的区别，不仅是液体和固体的区别，而且有功能的区别：饭可以吃饱，是实用的；而酒可以醉人，不是很实用的。更为突出的是，诗歌的想象性不仅表现在形与形、形与质之间的关系上，更奇妙的是，它表现在情与理的矛盾之间，有一种变异的逻辑。这一点西方没有直接的概括，而中国古典诗论总结出了“无理而妙”的现象。吴乔在《围炉诗话》卷一中说：“余友贺黄公（贺裳）曰：严沧浪谓诗有别趣，不关于理，而理实未尝碍诗之妙；如元次山《春陵行》，孟东野《游子吟》等直是六经鼓吹。理岂可废乎？其无理而妙者，如‘早知潮有信，嫁与弄潮儿’，但是与理多一曲折耳。”①

这番议论又见贺裳的《载酒园诗话》。一个商人的妻子，这样轻率地说宁愿嫁给船工，这自然是不大符合当时的世俗之“理”的，但这里有情。船工弄潮而归期有信，商人好利而返时不卜。从珍惜青春的价值来说，这是一种特殊的“理”。这是把男女之情放在一切之上的那种“理”，是一种以情为纲的审美的“理”。它不是吴乔所反对的那种“浅直无情”的、干巴巴的“理”，而是一种看来无理，但对诗来说是很妙的“理”。只要你天天回来，

---

① 吴乔：《围炉诗话》，国际中文出版社 2004 年版，第 11 页。

我就愿意嫁给你，不管你是不是有钱。这个“理”是一种情感的逻辑，比实际的、客观的、理性的逻辑多了一个曲折，这就叫情理交融。情和理有矛盾，因情不讲理，这才可爱，但从理性来说，这是荒谬的。这就是情感逻辑变异。

情感逻辑与理性逻辑有很大的差异，所以，一带上感情就有点不讲理了，这是我们日常生活中的一种常识，但从理论上来讲，情感逻辑与理性逻辑是不一样的。

雪莱《西风颂》的最后一句“如果冬天来了，春天还会远吗”，很精彩。冬天来了，严酷的环境已经到了，他反而感到欢欣。冬天的主要特点是严酷，但诗人认为，冬天比之秋天和夏天，离春天更近。严酷的冬天应该是越远越好，但这里回避冬天已经到了的现实，说严酷的冬天到了，意味着温暖的春天很快就要到来，逆境就要结束了。从逻辑学上说，这是诡辩，逆境就在身边呀。从辩证法来说，这是回避主要矛盾的主要方面。当前的主要矛盾是严酷的逆境，无视这一点，对理性来说就是片面的，但对情感来说，乐观开朗的精神是一种激情，又是一种诗意盎然的想象。

写调查报告或学术论文，就不能这样。

情感逻辑与理性逻辑的矛盾很多。情感可以是朦胧的，可以是不定性的。19 世纪，构造主义学派就指出情感和感觉不一样，它不具有明晰性。因而，真正的诗必然有一定的朦胧性，而概念要清晰，不能违反形式逻辑的同一律、矛盾律、排中律。不清晰，就会违反理性的规范，但情感却以不遵守同一律、矛盾律、排中律为特点。同一律，A 就是 A；矛盾律，不能既是 A 又是 B；排中律，既不能是 A，又是非 A。死了就是死了，活着就是活着，不能既是死了又是活着，也不能既是活着又是死了，但抒情就可以不管它，感情有时候就是以不确定、朦胧、矛盾为特点的。

这里，我们引用一段网络上的文章：

> “诗家语”最显著的特征就是不肯受逻辑和语法的规范，所谓反逻辑、反语法。反逻辑，使诗之出语往往有悖于常理，从而使诗人给人的印象经常是一个不合情理的人。众人看来是红的东西，他却看出是青的……他诅咒美景而为厄运欢呼，赞扬缺点并为罪行辩护。他具有疯病的各种迹象。他居然会说出“一十三省的女儿啊，就数咱兰花花好”这样的痴话（在论证或查证全国的女孩儿没有一个比你的兰花花更美丽之前，如何能下此断语）……会说出“吵闹的爱呀！亲爱的仇！沉重的轻浮、严肃的虚妄！亮的烟、冷的火、病的健康”这样的疯话，会说出“蜡烛在自己的光焰里睡着了”这样的傻话，会说出“把你的影子加点盐／腌起来／风干／老的时候／下酒”这样的胡话……理论家也会为之叫好，称赞其“无理而妙”，断言“诗有别趣，非关理也”，并为之寻找理论根据，诸如“不合理而合情”呀，“不合物理却合情理”呀，“逻辑不配

> 裁判文艺”呀，不一而足。然而，这种悖理还是应该有一个限度，应该有所节制。须知，悖于理性、有违逻辑的非常之语，是依存于情理通达的正常之语的。诗毕竟不是“满纸荒唐言”。在正常的语言表达中，偶尔嵌入一二乖张之语，可能给人以新奇、精辟之感，产生额外的艺术冲击力和感染力，但如果通篇都是痴话、醉话、梦话、疯话、傻话、胡话、陌生化，那就不堪卒读了。反语法，就是诗的遣词造句不肯遵守语法规则，就是如艾略特所说“扭断语法的脖子”。于是会有“云很天鹅，女孩子们很孔雀”“很四月”这样随机的词性改变，会有“禁城里全部的海棠／一夜凋成／秋风”这样的语序颠倒，会有“你是一簇语言倒影在酒器中／以自己的模式开放成花朵与独白”这样由暗喻、词性变幻及偏正扯平的错杂组合（其正常表达似乎是“你的表情倒映在酒杯里／仿佛一朵风格别致的独白的花”）……这种语言魔术的魅力是不容置疑的，它使我们刺痛、惊讶、喜出望外，也使我们警惕。①

这是一个诗人的自白，可惜我找不到他的名字，为了节省篇幅，还擅自作了一点删节。

这里说的都属于常识，正是因为诗的逻辑与理性逻辑有很大的不同，故对诗的分析，不能太死板，要为多种解读留下余地。可我们现在流行的理论非常反对文学性，反对艺术分析。可惜，许多理论家对此不太清楚，这问题并不太严重，无非就是水平不行而已。但如果是教育部考试中心那些命题者，对诗的常识一窍不通，问题就严重了，就可能祸国殃民了。2000 年全国语文高考考试题目中出了一道古典诗歌分析题，引用南宋赵师秀的一首诗：

> 黄梅时节家家雨，青草池塘处处蛙。
>
> 有约不来过夜半，闲敲棋子落灯花。

对诗句分析有四个的选项，要求选出其中“错误”的一个。这样的题目，我做不出来，但我不受考场纪律的束缚，偷偷看了一下标准答案：“第四句描写了‘闲敲棋子’这一细节，生动地表现出诗人此时闲适恬淡的心情。”这是错的。命题者认为诗人心情并不闲适恬淡。

从理论上说，诗的情感是比较朦胧的，想象是比较不确定的。古人云，“诗无达诂”，也就是说，诗歌是没有唯一正确的阐释的。你却硬要说它是或者不是显示了恬淡的心情，这问题本身就属于“伪问题”。诗里写的是：好友预约晚上来看我，等到半夜还不来，连灯花都等落了。灯草烧了很久，才有灯花，灯花落了，说明更久。这在一般情况下，人会怎么样呢？会焦虑、烦躁，甚至生气，也许就不管他，就去睡觉了。这就没有个性了，没有诗性了。但这个人不一样，很有个性，很有修养，他慢慢地等下去，轻轻地、从容地、

---

① 这段文字引自 www.yuyingchao.com。

悠闲地敲棋子。“闲敲”的“闲”，在这里很重要，是关键词语，不能放过。这是他表面的一种姿态，也许他内心并不那么悠闲，他不过是用闲敲棋子来消磨时间；也许他心里很恬静，他内心的宁静是任何外部事件所不能干扰的，这是一个宁静致远的人；也许他原来有一点焦虑，但他在敲棋子的过程中忘掉焦虑了。同样的一个“闲”字，可能有不同的理解。好诗，不但要给读者留下想象的空间，而且对有不同的个性和经历，不同的文化背景、心理特点的读者，可以调动起不同的经验，完成诗的想象。这个“闲”是古代汉语的单义词，到了现代汉语分化为闲思、闲暇、悠闲、闲适——你凭什么说他的内心不是闲适恬淡的呢?

对诗歌缺乏起码的修养，却敢于制定什么标准答案，你们说说看，是不是胆大包天?（学生：越是无知越是胆子大。大笑）

我们常常以为无私者无畏，可这些人是无知者无畏。他们既不懂得“诗无达诂”，也不懂得西方“一千个读者有一千个哈姆雷特”，也不懂得接受美学。胆子大，勇敢，是因为有本事，所谓“艺高人胆大”，但我们的老爷们却是“艺低人胆大”。（学生大笑，鼓掌）

标准答案是从美国托福考试模式搬来的，但是，人家考的是中级和低级英语，人家从来不敢把莎士比亚的诗歌，拜伦、雪莱的诗歌，庞德的诗歌拿来做考题，而我们的老爷们却有一点创造性，拿古典诗歌来折磨青少年。（学生大笑）

要知道，诗歌是文学中的文学，古典诗歌又是文学中的高级文学，但低级人却不管你高级不高级，我手中的权力最高级，比古典诗歌还高级。（学生大笑，鼓掌）

我看了这样低级的错误实在不能忍受了，就写了一篇《炮轰全国统一高考体制》，把他们这些位高权重的老爷们轰了一下。我不知道他们这些人的感觉怎么样，但这篇文章轰动了全国。发表我文章的那个刊物，广东的《粤海风》，也出了一下风头。为了感谢我，他们给我发了第二次稿费。只有广东人才会想出这样的奖励方法。他们还告诉我，为我的文章开了一个座谈会，叫好。只有一个人表示怀疑，说是“炮轰”不好，是“文革”语言。我在邮箱上回了一封信，大意是说，我一想到这样的命题，扼杀一代人的想象力，祸国殃民，就觉得炮轰还不解气。从他们对民族竞争力的摧残的后果来说，就是枪毙三次也不为多。（学生大笑）

这事，不过是私人邮件，大约是年底的事，我自己很快就忘记了。第二年春天，到上海开会，一个资深教授，我的好朋友，张德林先生，把我拉到一边，说，你现在讲话、写文章越来越不像话了。我说，怎么啦?我的普通话讲得挺不错的嘛。他说，你怎么写文章要枪毙教育部考试中心的人。我说，没有啊。再说，我也没有那么大权力啊。（学生大笑）他说，怎么，你还委屈?你的文章登在广东的《粤海风》上。我想起来了，可能就是那封

信被他们登出来了。回去查阅了一下，果然。（学生大笑）

这下子，我有点害怕了。怕什么？怕打官司啊。人家要我赔偿名誉损失费怎么办？（学生大笑）

打官司这玩意有点不好玩。一要花钱，请律师，还挺贵的，听说要好几万；二要花时间，要纠缠好几年；第三，可能还要赔一点银子，不知道要赔多少，如果来个十万八万，还不太要紧，若是要赔一百万，那我就要破产跳楼啰。（学生大笑，鼓掌，欢呼）

你们不要欢呼，不要幸灾乐祸。要真是破产，我就不在这儿上课了。幸亏人家教育部考试中心虽然很恼火，却没有和我法庭上见。可能是他们之中也有些善良的，觉得把一个教授搞破产，有点不人道吧。（学生大笑，鼓掌，欢呼，跺脚）

从这一点说，我要感谢他们，但这并不能改变我对他们的仇恨。（学生大笑）毛主席说，世界上没有无缘无故的爱，也没有无缘无故的恨。我所以恨他们，是因为他们出的题目经常出错。

出这种题目的人根本不懂得感情逻辑与理性逻辑的区别。感情逻辑就是很朦胧、很含糊的，以朦胧和含糊为美，这样才容纳得下想象。

无理而妙，就是在无理之中又有一种人生的理念。把它叫什么“理”好呢？我想给它一个名称，叫“情理”。它能够和情结合起来，达到情理交融、审美与审智交融。

莎士比亚在《仲夏夜之梦》中，把疯子、情人、诗人都当作想象的能手，这是片面的。因为诗人与疯子不同，他的想象自有一种特殊的逻辑，如果要说理性，那也是通过感情的逻辑表现出来的理性。别林斯基说：“想象仅仅是约束诗人的最主要的能力之一；可是仅靠这一点，还不足以构成诗人，他还须有从事实中发现概念，从局部中发现一般意义的深刻的智力。”①

从这个意义上来说，无理而妙的原因是因为它的表层无理，而在深层，则另有一种道理的。依此类推，现代派诗歌比古典诗歌更加无理。我们来看欧阳江河的《一夜肖邦》：

只听一支曲子，
只为这支曲子保留耳朵。
一个肖邦对世界已经足够。
谁在这样的钢琴之夜徘徊？

听觉存在的意义仅仅为了肖邦的一支曲子，这个世界，整个生命有了肖邦，就够了。这是片面的、极端的，是无理的，从这个意义说，这样的诗句带着明显的浪漫主义的色彩。

可以把已经弹过的曲子重新弹奏一遍，

① 别林斯基：《别林斯基选集》第二卷，满涛译，时代出版社 1953 年版，第 124 页。

好像从来没有弹过。

从字面上说，这是违反矛盾律的，弹过了，怎么会从来没有弹过呢？因为每一遍都是新鲜的。

可以

死于一夜肖邦，

然后慢慢地、用整整一生的时间活过来。

这在逻辑上仍然是极端的，弹了一夜肖邦的曲子，沉醉得像死了一样。“用整整一生的时间活过来”意思是，这一夜的曲子可以在日后体悟，在一生的回忆中持久享受。“可以 / 把肖邦弹奏得好像没有肖邦”，为什么呢？黑夜里的肖邦已经融入“撒旦的阳光”那样惊心动魄的美好。“琴声如诉，耳朵里空无一人。/ 根本不要去听，肖邦是听不见的”，说的是，肖邦的乐曲不仅仅是听觉的，而且是全感官、全身心的。“如果有人在听他就转身离去”，意味着仅仅是听就亵渎了肖邦。以这样的无理的逻辑，所突出的是强烈的、无以复加的感情，而接下去“可以把肖邦弹奏得好像没有在弹”，弹奏得像没有在弹，就是全身心地融化了。为什么又要“轻点再轻点”？因为“真正震撼我们灵魂的狂风暴雨 / 可以是 / 最弱的，最温柔的”①。

这不是矛盾吗？是的。在诗里，最灵魂、最强烈的震撼，是内在的、独享的，可能是无声、无色的，所谓“大音希声”是也。

从这里，我们可以得到中国古典诗歌“无理而妙”的现代派注解。

诗比散文更加无理，亚里士多德在他的《修辞学》中强调了诗与散文的不同：“给平常的语言赋予一种不平常的气氛，这是很好的；人们喜欢被不平常的东西所打动。在诗歌中，这种方式是常见的，并且也适宜于这种方式，因为诗歌当中的人物和事件，都和日常生活隔得较远。至于散文，则不大合适。”②

第二十七讲　主导意象和从属意象的有机整体

前几讲我们讲了诗的审美规范，都是从诗行或用词，或某种局部，或某个章节来讲的。只是这样讲是很危险的，因为一个句子的好坏，决定不了一首诗的优劣。相反，有些诗单从句子看不出好来，却可能是杰出的诗。所以，我们要把一首诗当作一个整体，当作一个有机的结构来讲。

① 第一范文网，http://www.diyifanwen.com。

② 伍蠡甫编：《西方文论选》（上），上海译文出版社1979年版，第90页。

对诗来说，不论写作还是欣赏，它首先是一种整体的有机结构。用传统的理论语言来说，这叫诗的构思；用结构主义的语言来说，这叫整体结构。我们已经讲了，诗言志，诗是诗人的自我表现，一种结合对象特征和诗歌形式特征的深度表现。那么，诗是不是有了感情就够了呢？诗毕竟是诗，感情的流泻必须通过形式的规范。规范就是多样的统一，在统一中的丰富。那么丰富的感情，那么多意象，“云蒸霞蔚，万途竞萌”，混乱而无序。要统一，怎么统一呢？它得有一个主导的激情和主导的意象，在主导的激情和主导的意象制约下，还有非主导的、附属的、衍生的意象和激情。这样，一切的感情、感觉、思绪、想象都受到强制的统一规范。如果不受制约，不达到一定的单纯度，就不成其为诗。“云蒸霞蔚，万途竞萌”是一种准备状态，可能性很多，但哪一条是主导的呢？这要好好梳理。弄不好，“万途竞萌”就成为一团乱麻。

想象面临的任务是使思想情感自由，但又有所制约。这里的原则是什么呢？是丰富中的有机统一。这种统一不是各自为政，而是互动和互补，互相处在一个有机体中，息息相通。用我的话来说，结构必须是完整的，是自洽的。这就要为想象找到核心，让它起主导作用，使丰富的感情和感觉形成有机的统一体。

诗人才华的大小不能简单地归结为想象、感觉、感情、智性的丰富，它还取决于想象对感情、感觉的驾驭能力。五四时期，郭沫若推崇“一切好诗都是强烈感情的自然流露”，但强烈的感情是需要规约、规范的。英国湖畔诗人柯勒律治认为这是一种“化众多为一致的能力和以一种主导的思想或感情影响一系列思想的能力”。他说得相当透彻：“意象不论多么美，纵使是忠诚地从自然界临摹来的，而且用文字正确地表达了出来，它本身也不能表明诗人的特性。只有在以下几种情况下，它们才变成独创性天才的证据：只有在受到了一种主导的激情的制约之后；或受到可由这种激情所引起的联想或意象的制约之后；或者它们能起使众多的事物统一，使继续发生的事物集中在一刹那的作用的时候，这才能证明诗人是有天才的。”①

严格说来，作为一个整体，诗的形象不仅是某种感觉和直觉的复合体，而且是一种在主导激情和主导意象制约下的意象的有机体。主导意象是诗人构思形成整体结构的基础。奇异而丰富的感情、感觉，如果不能被一种主导的激情、意象核心统一起来，就可能瓦解。从生活的直觉和激情的直感进入诗歌的第一关键，在于超越“万途竞萌”的关隘，从而达到净化的、单纯的、有机统一的和谐境界。现代社会日益复杂，人的感情越来越丰富。比较而言，古代的诗歌都比较单纯，绝句只有四句，律诗只有八句，古风歌行体也只有几十

① 中国社会科学院外国文学研究所外国文学研究资料丛刊编辑委员会编：《欧美古典作家论现实主义和浪漫主义》（一），中国社会科学出版社 1981 年版，第 227 页。

行而已，上百行的是非常少的，所以它集中的任务不像今天那么严重。到了工业化时代，生活和心灵都变得复杂而且多元了，诗歌要达到一种新境界，面临的挑战就严峻得多。

20世纪50年代，何其芳提出一种诗歌理论：集中。他的原话是“诗是一种最集中地反映社会生活的文学样式”。如果集中不起来，就会产生一种现象，即抒情诗写得很长，一首抒情诗，就是一本书。50年代我们受到苏联的影响。在苏联，被斯大林称为最有才华的诗人马雅可夫斯基写的《好！》，一首诗就是一大本，《列宁》也是一大本，《一万万五千万》又是一大本。当时中国受苏联的影响，表现主流意识形态的诗都是长诗，如贺敬之的《放声歌唱》《雷锋之歌》，一写就是一本，造成了一种不精练的风气。现在有兴趣读它的人就比较少了。当然，这里面还有其他的原因。《放声歌唱》有许多虚假的、空洞的东西。《雷锋之歌》里面有很多脱离实际的，强调阶级斗争的政治观念图解。这种政治图解诗被历史淘汰了。现在的抒情诗就更倾向于集中了。首先就是在篇幅上集中。把对象、动作、感情、形式单纯化，单纯到单一的程度，单纯到只有一个道具（如梁小斌《中国，我的钥匙丢了》，只有一把钥匙。虽然单纯，但内容并不单调。钥匙丢了象征着我自己找不到路了，打不开锁了）、一个场景（如闻一多的《死水》，就是一沟死水，象征着他当时理解的中国的现实）、一个人物（如艾青的《乞丐》，象征战争中苦难的中国人民），或者是一个动物（如臧克家的《老马》，象征北方农民的坚韧、忍耐和苦难），诗人的自由想象都被强制约束在单一对象的有限属性中。

越来越多的新诗人不约而同地向这种单一性的描绘对象集中，越来越热衷于在短暂的时间、狭小的空间让自己的想象忍受着几乎是严酷的约束。就像闻一多所说的“诗是戴着镣铐的舞蹈”，在严酷的制约中，争取最大限度的自由想象。任何一种形式都是有约束的，没有约束就没有艺术。现代新诗在几十年的发展过程中，产生了一种得到最大限度认同的新的凝聚方式，其特点是集中，意象的集中，集中在一个单纯的、有派生余地的意象上。当然，这不仅是意象的集中，也是情感和思绪的集中，在古典诗话中叫“精思”；不但把意象集中在一个焦点上，而且把思想集中在一个焦点上。这种集中不一定是静态的集中，有时有一定的、相对的动态性，集中在外在的动态过程中。

把情绪集中在一个动作上，一个对象上，或集中在一个感觉上，是诗歌常用的手法。20世纪40年代，戴望舒想象用残损的手抚摸着抗战时期的祖国大地，就是一个感觉，手的感觉。本来眼睛也可以看，耳朵也可以听，但他把一切感觉集中在手上。

集中的方法是无限多样的，有时是集中在内心的一声祈祷上，如蔡其矫的《祈求》：

> 我祈求炎夏有风，冬日少雨；
>
> 我祈求花开有红有紫；

我祈求爱情不受讥笑，
跌倒有人扶持；
我祈求同情心——
当人悲伤
至少给予安慰
而不是冷眼竖眉；
我祈求知识有如源泉，
每一天都涌流不息，
而不是这也禁止，那也禁止；
我祈求歌声发自各人胸中
没有谁要制造模式
为所有的音调规定高低；
我祈求
总有一天，再没有人
像我作这样的祈求！

这就把非常深刻、丰富的感觉都集中在“祈求”这个焦点意象上。如果不集中，就混乱。

有时，是集中在心灵的一句独白上，如闻一多的《一句话》：

有一句话说出就是祸，
有一句话能点得着火。
别看五千年没有说破，
你猜得透火山的缄默？
说不定是突然着了魔，
突然青天里一个霹雳
　　爆一声：
“咱们的中国！”

这话教我今天怎样说？
你不信铁树开花也可，
那么有一句话你听着：
等火山忍不住了缄默，

不要发抖，伸舌头，顿脚，

等到青天里一个霹雳

　　爆一声：

　“咱们的中国！”

整个意象都集中在“咱们的中国”这句独白上面。它反复地重现，在章法上以复沓的结构呈示。从中国《诗经》中的《将仲子》到拜伦的《雅典少女》，都在每一节重复同样的一句独白，都是出于集中的要求。这种集中的特点是以外在意象的统一强化内在情绪的单纯。当然，外在形式的单纯只能强化已经非常“精化”的内心感受的主要特征。如果内心感受的特征没有充分“精化”，即使外在形式非常统一，也很难有很好的效果。

“诗是一种最集中地反映社会生活的文学样式。”20世纪50年代初期，何其芳第一个明确地把“集中”作为诗歌形式的审美规范的首要条件。这个说法一直被广泛引用。但这是有点盲目的，难道有一种不集中的艺术形式？小说不集中吗？散文不集中吗？戏剧更要集中了。这句话，我觉得是可以质疑的，但首先，我们还是要体会它的精神、它的内涵，即认为诗必须是凝聚的、凝练的，具有“精思”的特点。其次，我们还要反思一下，说“最集中”并不准确，很难说小说、戏剧、散文不集中，而且没有任何一种文学形式不要求集中。它们各自的特征并不在于集中的程度，而在于集中的特殊性。

诗的集中表现在描绘对象、外在意象的聚焦和内心波动的精思上。不但外部要集中，而且内在也要集中。光是讲集中是容易的，关键在于如何集中。首先是构思集中。从哪一点上切入？从侧面，从正面，或是俯视？诗人公刘曾说过：“诗的构思，乃是一个最单纯最有共性的思想和一系列最复杂最有个性的形象的结合的过程。”诗的情感是共性的吗？大家可以讨论，但是我不太同意这个观点。共性的思想，大家都是一样，就没有多大出息了，就是老鼠尾巴长疖子——出脓也不多了。

有了独特的思绪，在进行构思时，不外沿着两种途径去确定形象的焦点：一是正面展开；二是侧面或反面切入。

正面展开比较多，难度也比较大，反面或侧面切入可能容易讨巧。不同的侧面不仅在于迫近焦点的途径不同，而且在于范围的缩小，从侧面或反面切入，不像正面展开那样作全面性的概括，可以选择一个角度，从某一方面进行出奇制胜的想象。正面展开，如杜甫正面写送别的场景，表现战争对人民和平生活的残害（《兵车行》），写强迫服兵役（《石壕吏》），写战士返回故里无家可归（《无家别》），写新婚妻子别离丈夫的生活艰难和感情隐痛（《新婚别》）。但这是相对的。《兵车行》《石壕吏》《无家别》，从具体的故事来说，是正面写，但反映战争又是侧面的。那么，我们再详细一点，同样是写将士出征与家里妻儿老小思念他的感情，也可以不写送别之苦，而是写梦中之欢会。如“打起黄莺儿，莫教枝上啼。啼时惊妾梦，不得到辽西”，写妻子想念丈夫，以致梦中欢会，却被黄莺闹醒。她非常生气，要把黄莺赶走。这是没有道理的。这是用轻喜剧的手法，表现单纯、天真的年轻贵族妇女内心的幽怨，从侧面反映了战争带来的离别之苦。

敦煌曲子词中有一首类似的作品，写的是一位妇女和鸟儿的对话。先是妇女怒骂：

巨耐灵鹊多谩语，送喜何曾有凭据？

几度飞来活捉取，锁上金笼休共语。

要把鸟儿关起来，以解心头之恨，这个妇女有点天真。鸟儿却很调皮，说自己好心来报喜，不想好心得了个恶报。它就劝这位妇女了：

比拟好心来送喜，谁知锁我在金笼里。

欲他征夫早归来，腾身却放我向青云里。

这就把轻喜剧风格进一步发展为幽默风格了。本来是倒霉的事，现在变成好玩的事了。这就是构思的功力：换了一个角度，让鸟和人对话。

同样是写梦，也可以不写喜剧式的失落，而写悲剧式的欢会。换一个角度，就是另一种境界了。请看陈陶的《陇西行》：

誓扫匈奴不顾身，五千貂锦丧胡尘。

可怜无定河边骨，犹是春闺梦里人！

这就不是喜剧，而是悲剧了。丈夫已死，白骨一堆，妻子还在梦中和他欢会。生与死、欢与悲、相会与永别，反差强烈，非常悲惨，悲剧感油然而生。战争的苦难，从正面写不容易讨好，选一个点切入比较好把握，关键是不要求全。不求全，就是舍弃绝大部分的信息，绕过正面，从侧面写。

所以，我们需要单纯的意象，需要一个切入的焦点、切入的侧面。一般地说，如果不是大手笔、大气魄，写诗都需要从侧面的一个角度来写，这样容易出奇制胜，显示出作家驾驭体裁、驾驭感情、驾驭形式的才华。找到了切入的焦点，就意味着找到了想象的弹跳点；找到了弹跳点，就意味着无限广阔的生活信息和心灵信息之间确定了一个接触点。接触点上现成的属性是非常有限的，这种有限的属性对诗人来说无疑是一种束缚。诗人的任务不是拘泥于这个接触点，而是超越这个接触点，展开神思飞越的想象，让无限的生活和心灵的信息在这个有限的接触上大规模重新组合。想象形态是否能大大超越现成形态是形象焦点质量的标志。形象焦点越是集中，越是凝聚到一个微观的细节上，想象作大幅度飞越的任务越是迫切。或者说，形象焦点越单纯，想象的超越就越丰富。形象焦点为诗人集中形象提供了多少方便，就为想象的飞跃准备了多少难度。

诗人的才华，首先表现在能从生活和心灵信息的千万种重组方式中，独具慧眼地选择其中一种；其次表现在用这个系列去展示那千万系列的潜在能量。“文革”期间，有一个先觉先知者张志新，反对“四人帮”，甚至反对“文革”的理论，遭到迫害，但她不屈不挠。诗人雷抒雁写这个题材，起初苦于不能集中起来。他说：“在激愤冷静之后，代之而起的是思索，也就是在思索的同时，我找到了形象：我总看到一片野草，一摊紫色。”这片小草，让诗人找到了属于他自己的直觉，而这种直觉构成了他日后的获奖诗篇《小草在歌唱》的形象的核心。诗人后来之所以成功，不能不归功于他的想象在焦点上的飞越，小草由一个生物学对象变成了审美对象，想象就在这样的“误差”中展开了。诗人想象，草把各色的花献给了烈士。这是一般人在那个时期不敢写的。草把殷红的血吸进了自己的须根，使之放出芳香。这又是一般人潜在的心理。草是不屈的，人们潜在的心理也是不屈的。花和根把小草的意象扩展了，衍生了，使之具有象征意义，同时，情绪和思想深化了、丰富了。

艺术审美的普遍规范是单纯、丰富的统一，单纯的焦点意象也要相应地丰富。诗的审美规范，不但要求它的内在形式达到统一而又多样，而且要求它的外部形式达到单纯而又丰富。不单纯，不统一，就不能传达出心灵与生活信息重新组合的主要特征，但过分单纯，过分统一，也可能造成单调贫乏。诗人所追求的应该是集中的深度与概括的广度的统一。诗人的想象就是在殊异中追求和谐的统一。“殊异”这两个字改为“丰富”也可以，不然，太集中了就会单调。艺术之所以是艺术，就是因为它在单纯的形式中包含着丰富而复杂的成分，而且组织得很精致。也正因为这样，它才经得起欣赏。各个意象、各个诗行之间形成有机的统一体，互相依存，组成一个统一的结构，其功能大大超过了个别意象之和。整体美的特点之一，是形象的魅力不仅来自意象之和，而且来自整体结构，它的功能大于要素之和；整体美的特点之二，是形象的魅力不仅取决于意象的数量，而且取决于意象结构内在要素之间的层次感和对比度。

结构要统一，但太统一了就变得单调。如果意象结构中包含的要素很单调，那么内在的层次感、对比度就变得微弱，形象结构就是一种无层次的单调结构，其功能，即感染力，也就相应地弱。这种结构叫平面结构或无层次结构。杜甫就喜欢这种两联对仗的形式。

两个黄鹂鸣翠柳，一行白鹭上青天。

窗含西岭千秋雪，门泊东吴万里船。

我们不能不赞赏这首绝句语言精致，但它不是最好的绝句，因为结构太单调了。首先，它的四句诗是两个对句，“两个黄鹂”“一行白鹭”“窗含西岭”“门泊东吴”，一般绝句不这样写。前面两句对了，后面就不对了，或者后面两个对了，前面就不对了，或者前后都不对。本来就只有四句，字数一样，比较单纯，再加上对句一对到底，不免单调。其次，四句都是用眼睛看，都是美丽图画，一直停留在平面上。再次，杜甫所用的全部是陈述句，肯定语气，没有任何疑问、否定、感叹语气与之调节。

我这个说法，可能是太苛求杜甫了，许多研究古典文学的学者不赞成我的意见，但他们讲的道理不能说服我。他们无非是说，杜甫这首诗是思念家乡的，图景中有感情，诗中有画嘛。这个反驳，文不对题。我并没有说杜甫不思念家乡，我说的是诗的构思、诗的形式的审美范式。他们在这方面没有研究，只有一个感觉，就是杜甫的诗都是好的，每一首都是同样好的，而我是不承认任何诗人的诗，包括大诗人的、诗圣的诗，每一首都是好的。老实说，杜甫就不太会写绝句，绝句是杜甫诗作中比较弱的，他这种两个对子的写法是比较呆的。

看人家王翰的《凉州词》是怎么写的：

葡萄美酒夜光杯，欲饮琵琶马上催。

醉卧沙场君莫笑，古来征战几人回？

前面两句是陈述，是描绘；后面两句有否定，有感叹。句子结构变化了，情感也自由得多，从描绘层次转入抒发层次。懂得这些，我们才能主动和作品对话，从结构的层次性上挑剔文本。实际上，绝句的层次关键在第三句，这是层次深化的转折点。[①]第三句如果像第一、二句那样一直陈述下去，是免不了要呆板的。聪明的诗人，往往是在第三句从陈述转化为疑问、感叹或否定。绝句中的艺术珍品常常采取这样的方法来深化结构的层次。如李白的《客中作》：

兰陵美酒郁金香，玉碗盛来琥珀光。

但使主人能醉客，不知何处是他乡。

第三句从陈述转入假定，从描述转入抒情。第四句是否定，也是感叹。

这一点在词中也有相似的表现。词人常常用上片描绘景物，下片抒发感情。苏轼的《赤壁怀古》就是先写“大江东去”之图景，引起“遥想公瑾当年”写出人生建功立业豪杰风流。毛泽东的《沁园春·雪》受此启发：上阕描写景色，下阕大发议论；上阕写大雪纷飞，下阕评秦皇汉武，成吉思汗，最后写到自己，“数风流人物，还看今朝”，形成对比度。

对比度是结构的手段之一，有外在形式的对比度，还有内在感情的对比度。诗人公刘就朦胧地意识到了这一点，他在《诗的构思》中这样说：“还有一个处理好艺术构思过程中的各种矛盾‘对子’的问题。因为我没有本事一言以蔽之，姑且借用‘色彩’这个显然不很贴切的语词来加以概括。这样的矛盾‘对子’有许多，随便举一些：热色和冷色，重彩

---

① 参见杨载《诗法家数·绝句》，引自何文焕《历代诗话》（下），中华书局1981年版，第732页。

泼墨与单线平涂，华丽与朴素，复杂与单纯，锥体与平面，穿插分割与迂回包围，直抒胸臆与托物寄情，酣畅淋漓与含而不露，一唱三叹与不容喘息，天外无端飞来一段游丝的扑朔迷离与'春蚕到死丝方尽'的缠绵执着……"

所有这些，都是为使单纯的焦点在衍生的过程中以对比的方法、反差的途径，变得丰富起来。

总的来说，诗歌，包括西方现代诗和中国古典诗，形象结构大致是一种复式结构。有时是分立式的，其中包含着互相对立的成分，使结构内部充满了奇异的张力；有时只是一种单纯结构，对立并不鲜明，而是非常微妙的。如王昌龄的《从军行》：

琵琶起舞换新声，总是关山旧别情。

撩乱边愁听不尽，高高秋月照长城。

好像就是一幅图画，平面的，但内在的转化是明显的。尽管琵琶和歌声表达的主题都是关山离别情，但前面两行是有声音的音乐，是动态的舞蹈；后两句则是内在的，一种突然的宁静，而这种宁静不是外在的。在内心逗引起沉吟和对家乡的思念应该是活跃的，但从外部情境上看恰恰又是宁静的："高高秋月照长城"。秋月是宁静的，但望月的内心是骚乱的。在音乐和图画的背后，是双重对比。前三句是连续不断的听觉形象，一曲又一曲的离歌，一缕又一缕的看不见的愁思，到了最后一句突然转化为望月的视觉形象，纷乱的愁绪陡然转化为宁静的凝望和对家乡的思念。

又如柳宗元的《江雪》：

千山鸟飞绝，万径人踪灭。

孤舟蓑笠翁，独钓寒江雪。

看起来很平淡，都是叙述句：千山万径，杳无鸟迹人踪，白茫茫大江上几乎什么都没有。但是一个穿着蓑笠的老翁，形成"有"与"无"的对比，而且整个大地非常宁静，这个钓鱼老翁的心灵非常空寂，形成整体非常静的意境。这种极其微妙的"有"与"无"的对立，并没有破坏画面上的空寂的统一性。这个规律是普遍的，如果没有这种结构的内在反差，诗的形象就可能退化为散文。

讲到这里，我必须声明一下，我这里所讲的，是有局限性的。你们可以看出来，这些结构形式的规范，都是比较传统的、经典的，而艺术，尤其是诗歌，则是不断更新、不承认任何规范的。有规范，就有反规范。闻一多说过，有些诗，是把诗写得像诗；有些诗，就是把诗写得不像诗。设想，在五四时期，按传统诗歌，也就是古典诗歌的规范，你会觉得郭沫若的诗是诗吗？他写得似乎不像诗，结果却开了一代诗风。当然，今天看来，郭沫若那时的诗还是有些诗意的，特别是在诗的结构方面，有许多符合我们前面所讲的统一和丰富、内在的层次、对比、张力等原则的。郭沫若是一个浪漫主义诗人，在美学历史上，属于古典的、传统的范畴。而到了后现代就不同了，诗人以反叛传统为务，不承认任何诗的规范。你说要统一而丰富，我就偏不统一，难道不统一就犯了什么天条吗？我就来一点杂乱无章，你拿我怎么样？当然，我们不能拿他怎么样，唯一的办法就是敬而远之，不读他的诗，他也不能拿我怎么样。但是，我承认他们的实验至少有一定的意义，其中之一就是此路不通。或者如舒婷早期所说，留下歪歪斜斜的脚印，为后人换取通行证。当然，在这些光怪陆离的实验中，也许在下列后现代的实验诗中，欧阳江河的诗是比较有诗的智性突破意义的。凡事都不能一概而论。

为了让你们有一点感觉，我介绍一下我的朋友陈仲义对这个倾向的论述。陈先生认为，后现代派诗人相信，只有颠覆、消解诗歌审美传统，才能开拓多种想象的可能性。陈先生对这些诗人是比较宽容的。他说，虽然在这样的颠覆中产生了不少零散的、平面的、被称为“销蚀历史与主体性”的苦果，但也带来某些不乏意义的模式，在零散与平面底下，在拆解与销蚀内里，在语言游戏后面，仍藏有深度的意图和灼灼的锋芒。如戏拟、拼贴、后设、博议、嵌镶、互文、换喻、失名、反讽、缺场、拆散、悬置、乖离、短路、还原、误推、互否、寓言、魔幻、黑色幽默等。正是这些或浅或深的花样百出的模式，集合成解构诗学的巨大威力，大有必要在客观辩证视域中加以研究，汲取其技术性的有益营养。陈先生重点考察了其中八种，我从中选择几种供大家开眼。[①]

戏拟

戏拟是对原文本在仿写、“复制”过程中的一种反讽，是对权威、经典、范型明目张胆的“误读”策略。它通常不是个别局部的仿效，而是整体通篇的“曲解”，表面形式上——在语气、措辞、情调诸方面同一，骨子里却机心险恶。戏拟在第三代诗人那里得到普遍青睐，是一种应用广泛，相对通俗的“反讽”艺术，是对权威话语的“复制盗版”。伊沙是这方面的“惯偷”。

中国诗歌考察报告

（1994 年 2 月 6 日）

同志们

中国的问题是农民

---

① 具体可参见陈仲义《扇形的展开》（浙江文艺出版社 2000 年版）第十五章，此文原载《中西诗歌》2003 年第 3 期。

中国诗歌的问题也是农民
这是一个十分严重的问题
这是一帮信仰基督教的农民
问题的严重性在于
他们种植的作物
天堂不收　俗人不食

不言而喻，伊沙在题目乃至写作时间排列上都模仿中国一个伟人的考察报告。立场观点、视角、口气何其相似，他借伟人的权威和高度，指出中国诗歌问题的严重性，利用权威传声筒，表达诗人“反神话”的写作态度，批判那种虚幻的精神乌托邦。此类戏拟本身不构成对伟人权威范型的威胁，倒是有效地利用了他者的震慑力量。另一种类型是戏拟对本文自身构成内在反讽，从而批判了本文。

1. 咱们是
同一战壕里的战友
我亲爱的女同志
2. 在祖国上下一派
莺歌燕舞的大好形势下
你的江山如此多娇
引无数英雄竞折腰
3. 我怀着朴素的阶级感情
怀揣一颗红亮的心
想与你交流交流思想
4. 向毛主席保证
我爱你
海枯石烂不变
……
7. 亲爱的女同志
我想犯回错误，就一次
8. 此致
无产阶级文化大革命的

崇高敬礼

——伊沙《当年的情书片段》

完全是那个红色年代的书信的格式、用语、口气。对30年前爱情版本的依样画葫芦，无须借助任一权威经典，本文自身所拥有的“踪迹”，就足够构成本文巨大的自嘲。虽然不乏平面单一，却谐谑了那个年代爱情的“哑语”：个体情感被强权政治榨干了，只能传达异化了的嘤嘤之音，富于喜剧性的调侃书写方式，倒也藏匿着精神顽主几许尚未泯绝的悲剧意绪。这种平行、平面的对应式仿写方式，貌似一种简单的“搬运”工作，其实不然。它产生的主要原因是大量权威、中心、圣典已塞满我们文化空间，文化处于“力竭”饱和状态，为寻求新的突破，不蹈前人窠臼，而采用的一种“反写”手段，利用模仿而获得强烈的反讽效果。这种写法正得到越来越广泛的运用。

拼贴

拼贴起源于抽象化绘画的一种技术，是在三维空间接连二维平面的艺术，当它转移到诗学上，是指间断的时间语象被拼合成共时性状态或“画面”。……诗的拼贴技术，……干脆就把最简单的术语、概念、词根作并置排列。各种各样的拼块便在关联与断裂、阻隔与碰撞、对立与对应的潜在空间中，相互流通、激发，完成本文的“诗想”。拼贴最典型的实验范本应是林耀德的《二月二十八日》，他把1947年这一天晚报的二十一条剪报，拼贴成那一时代，集政治经济文化于一体的“百科大全”，通过这一天形形色色的资讯，让人窥见时代浓缩般的影像。……近来语言诗派有一首《编排方式（底+面）16K2》，也涉及拼贴的实验。

考古探秘空军史中国水上
难忘的一瞬当代上
海修女本期特约
摄影黄贝本刊
向海内外读
者致意博
采中外
荟萃
精华开
阔视野

启迪思

想助君

为美生活年延寿益

大强力效速迅效奏

久持性药用作副无

正宗中国猛男

作者借某刊物版面，用六条广告语，有关考古探秘、空军史、海难、上海修女、特约摄影、中国猛男等，拼贴成醒目的封面（且在第14、15、16句利用倒装从右往左读形成错位效果），于同一文类的不同材料引用拼接中，透露出对中国所谓传统文化精粹和时下社会世俗心态的嘲讽。

……

博议

博议是指引用他者材料，以引发对本文新的发现，博议又可称“文类混用”或“众声喧哗”。后现代诗有意打破文类的“三八线”，不顾体裁的严格划分，最精致的容器为非诗的东西大开绿灯。比如将大量外文、数码、日记、符号、题记、公告、启事、通知、章程、守则乃至气象预报、化验单、电话留言、账单、收据统统“收编”，成为诗行某一节某一段某一章，甚至占有全篇。台湾陈克华通过《车站留言》——十余人前言不搭后语的截断式“录音”，放映出工商社会种种无序的人生世相；黄智溶在《破案》中对侦缉日记的引用，表白精神的堕落比之物质防范严重得多的忧虑。大陆“莽汉主义”的万夏，早期有一首《打击乐》，故意制造出充满各种噪音的“众声喧哗”。

巨丑

三百万唐纳宁街迪斯科大会　红　暴红

裸跑运动裸跑运动莽汉裸跑裸跑

一街一街美丽杂种

柔软小腹柔软又柔软

履恶臭　SOS　软耳朵

笨拙的打字员

10　FOA　A——初潮　TO妈妈　STEP

男人

……

我是意大利种马　情种　复辟男子汉

别人更需要我的名字——纽约1(1)17　114

09！！

若！吾将仕矣

低音鼓　重击鼓　尼龙裤衩　电鼠以及

一切一切叭叭乒乒的

狗东西

该诗异质材料的引用共计5种，有外文、符号、文言、数码、图像，在众多异质材料凑合中，插入叠字的超载堆积（醉红醉红红红红红红），数码强行嵌镶造成断裂错位，文言间杂造成语感突兀。总之，各种嘈杂打击声组成了后现代的无调性音乐。这是一种自发的“迪斯科”，无拘无束的符号游戏，歇斯底里的号叫和随机的即兴演出。其颠覆和破坏既映现了后现代人精神的无序痉挛状态，又把诗的高雅推向粗鄙的边缘，散发出浓郁的“亚嬉皮”气息。

……

乖离

……传统语言学长期以来确立的意符与指符、能指与所指是统一的、和谐的，但当它落入后现代文化语境中，常常丧失其唇齿相依的结合功能，而呈现出游离、分开、独立、自我指涉的特点。轻度乖离时，人们尚能觅寻某些关联的痕迹，一旦严重时，人们就面对近乎“神经分裂患者”的谵语了。凌乱、杂芜、重复、风马牛不相及、似是而非、矛盾互否、自相残杀，及至完全失语。例如台湾前卫女诗人夏宇在《一九七九年》中作一次语无伦次的烦琐叙述，全然是一次空无的语言自我追逐。在《造句》中，通过对“不得不”“就”“每当”“继续”“以后……之前”等介词随心所欲的信口开河，多少指证了人生名实不副。四川何小竹有一组《动词》，诗人早就看出词本身能指与所指的分裂状态，所以坚决指出：

它不是动词

她是个女孩

或漂亮的折椅

或玫瑰

钢球等等

如果我们动情地称呼

她便是女孩

如果打开它

并抚摸它

就是一把折椅

如果我们说：香

它就是玫瑰

如果在黄昏把它握在手上

毫无疑问就是那只

著名的钢球

我们将舌头悬空

将牙齿放在下嘴唇

然后果断地分开

摩擦而出的声音

……后现代文化语境导致语码偏离、断裂、中止、延异，加上前卫诗人非语义、反语义、超语义的实验，加大指符与意符之间的裂隙，乃至出现不知所云的结局。语言在取得“松绑”后大规模的能量释放，尤其是能指无节制膨胀，形成本文的自恋与语言自我运动。一个词一句话，或者无限拉长，或者变相堆积，或者同义反复，或者颠倒错位。相互乖离又相互依赖，相互截裂又相互吸引，语言在自我指涉中不断处于播撒的非确定中。

拆解

……语言作为人类安身立命的居所，千百年来受到人们的尊敬、爱戴，按照解构主义的看法，语言的不可靠真相愈发暴露无遗，因为任何所指都是人为虚构的，语言在本文只是能指运动的结果，能指完全可以脱逸所指。于是拆解变得可大可小，可内可外，大到主题动机，小到标题符号，用德里达的话说就是“拆解在场”。拆解有侧重于从内容卸下“装备”的，有着眼于从形式上碾碎秩序的，前者如欧阳江河的《手枪》：

手枪可以拆开
拆作两件不相关的东西
一件是手，一件是枪
枪变长可以成为一个党
手涂黑可以成为另一个党

而东西本身可以再拆
直到成为相反的向度
世界在无穷的拆字法中分离

诗人通过对一件小小物品的拆析，进而引申世界的非终极性、非整一性、非绝对性。生活中无法拆开的铁板一块的手枪，落入本文中便让本文利用语言的“空隙”将它巧妙卸装，这种正宗解构主义惯用的“移心”“离心”法，确实有助于人对世界的认识，从统一的神话中清醒过来。

内容意义上的拆解有时还通过一种特殊的逻辑互否方式来完成，如戈尔《无主体变形》：“那天没来的那个人不是 k/k 是在没来的时候来的 / 是本来的时候没来的 /k 在来之前就早已来了 /k 大声说请倒不要说明什么是不是。” k 的自我拆解，刚承认到场马上又否认缺席，通过反复互否，宣判主体“变形”和本文的“空无”。k 亦可以看作是虚幻真理，或虚幻乌托邦，或虚幻意念，作者利用自相残杀的逻辑来达到拆散在场的意义。

借代（顶替）

后现代诗歌特别喜欢取消文类界限，借此打击诗的贵族气和高雅风度，恢复公用话语系统，求得平民大众化效果。这里提出的借代，是指他种文体形式被借用植入诗歌；或诗歌偷梁换柱式地取代他种文体形式，从而形成一种形式替换。它与前述的博议不尽相同。博议多吸纳他种文类的质料、成分，造成众声喧哗和“混血”的杂芜，而借代则完全取其文体形式，用特定的方式来组织原本要进入诗体的内容，从而造成某种“旧瓶装新酒”。如于坚《零档案》日常生活第 8 节的日记。

8 日记
× 年 × 月 × 日　晴　心情不好　苦闷
× 年 × 月 × 日　晴　心情好　坐了一个上午

× 年 × 月 × 日　天又阴掉了　孤独　下雨　下午
继续睡
× 年 × 月 × 日　睡了一天
× 年 × 月 × 日　感冒
某日刮风
某日热
某日冷
某日等待某某
某年某月某日　新年　某日　生日　某日　节日

姑且称之为日记诗？它通过千篇一律的记载，反映一律千篇的时代，个体生活的乏味无聊，无愧一种畸形时代的巧妙“文献”。不断重复某年某月某日，单这种形式本身，就造成强烈的、先定的、僵死的氛围框架。借他山之石，顺利推出作者想表现的意图。

……

……诸如此类，表格内容还有婚否、政治面目、口音、指纹、脚印血型、胎记、绰号，以及侄儿侄女爷爷祖母大伯二外公大舅妈等等必填栏目。严密而烦琐的表格形式（包括会员表申请表录取通知书等），负载过于沉重的内涵，指向人格被消解的可怕生态，其反讽意旨十分了然了。由此可见，他种文体的形式移植，一旦吻合内容，其消解力量之大，有时是难以估量的。

当然所有这一切都是一种实验，是一些勇敢诗人的背水之战，他们力图在传统经典诗歌之外，寻找新的诗歌语言，其勇气不能不令人惊叹。诗歌从来都是语言艺术的先锋，这种探索是非常冒险的，其今后的命运，我们除了说感到忧虑以外，不能再说什么。

第二十八讲　诗歌的内部节奏和外部节奏

节奏问题是诗歌所特有的。节奏分两个方面，一种是内在的情绪、心理的节奏；一种是外在的语音的节奏。当然，电影、小说、散文都有节奏问题，但不像诗歌那样必不可少。完全没有内在情绪节奏和外在语音节奏，诗的审美价值就会受到很大损害。到现在为止，新诗的节奏问题还是没有解决，还是有人不承认新诗。

什么叫节奏呢？就是语音和情绪呈现规律的起伏变化。如果没有起伏变化，当然也就没有节奏；有了起伏变化，但没有规律，也不成为节奏。狗叫为什么不好听？因为大呼小叫的，没有规律地乱叫一气，所以没有节奏。（笑声）火车开动的声音，咔咔嚓咔咔，有规律但没有变化，不叫节奏，只是一种单调的声音。为什么呢？因为单调的重复，同样强度、同样长度的声音反反复复，使人疲倦。但如果时间距离相等，声音的高低有规律地变化，例如按三拍子或四拍子变化，这就是音乐了。诗的节奏与音乐的原理是一样的。

但诗歌和音乐略有不同。诗的内在（或情绪）节奏和外部节奏并不是同样重要的，诗可以缺乏明显的外部节奏，但不可以缺乏内部节奏。外部节奏没有独立的艺术价值，《百家姓》《千字文》是四言的，《三字经》是三言节奏，《汤头歌诀》是七言的，可都是三字尾的，也属于三言节奏范畴，都属于中国古典诗歌声音节奏的范畴，但它没有诗的内在节奏，大不了就是押韵的快板。外部节奏只有为内部节奏服务，才能体现艺术的价值，这一点我们往往忽略了。

内在的节奏，内部的韵律，就是情绪的消长，这一点大家多多少少有点感觉。但情绪的消长不像外部节奏那样摸得着、看得见，甚至数得出来，它比较难以把握，因为它是隐性的。这一点必须心中有数，不能忽略。戴望舒是很有才华的诗人，可惜在 20 世纪 50 年代初就去世了，他认为诗的韵律不在字的抑扬顿挫上，而在诗的情绪的抑扬顿挫上。①他还用了一个法语词 nuance 来概括这情绪的起伏，原文的意思是微妙的变化。我把这叫作意脉，或者情意脉、情志脉。

当年他的《雨巷》一发表，叶圣陶就称其“开辟了新诗节奏的新纪元”，但他自己却并不受宠若惊，发表了上述的看法。情绪之所以有抑扬，是因为诗的节奏强调情绪的焦点，强调情绪的精思，也就是高度的统一性；而过分的统一，则导致主导激情陷入单调，显得贫乏。只有将情绪的统一和起伏变化结合起来，才能有内在情感的脉络。

内在节奏，或者意脉，主要表现在情感统一和强弱的变化上。什么叫情感的统一和强弱的变化？这是很值得研究的，也是不容易讲清楚的。最好借助心理学来说明。心理学认为情绪有两极性，表现为肯定或否定，积极或消极，紧张、激动或松弛，强度或弱度。诗人的内心活动很少是平衡的，相反，总是以某一极为主导。这就得确定以何者为主，是以强为主还是以弱为主？是以紧张为主还是以松弛为主？是以积极为主还是以消极为主？总得有一个主导，同时在两极之间有无数个不同层次。这些就成为衡量感情的量度，而强度的变化主要是量度的推移。

构成内部的节奏有两种方式：一种是从强到更强，如王之涣的《登鹳雀楼》：

白日依山尽，黄河入海流。

---

① 戴望舒：《诗论零札》，《现代》1932 年第 2 卷第 1 期。

欲穷千里目，更上一层楼。

题目点明是登楼，是为望远，西见“白日依山”，东视“黄河入海”，视野之广到可见黄河入海，尽收眼底，显示登临之高。然而诗人还不满足，欲更上一层楼，方可尽千里之目。立意不但在目力之远，更在心气之高。此与杜甫的《望岳》相似：

岱宗夫如何，齐鲁青未了。

造化钟神秀，阴阳割昏晓。

这是扣紧题目的“望”，是远望，也是仰望山之雄伟。如果一味这样雄伟下去，就单调了，接下来是把远望的雄伟和自己拉近距离：

荡胸生曾云，决眦入归鸟。

那山峰的层云，就在我胸中，那飞来的归鸟就冲击着我的眼帘。这是第一个情绪的第一层变化。第二个则是：

会当凌绝顶，一览众山小。

不管它多么雄伟，总有一天我会登临山顶，让这些伟大的山在我的俯视下，变得渺小。

另一种意脉则相反，是由弱到强，如王昌龄的《从军行》：

青海长云暗雪山，孤城遥望玉门关。

黄沙百战穿金甲，不破楼兰终不还！

本来情绪的色调是暗淡的，环境（孤城，远离要塞）是严峻的，但是情绪却突然转折，变为高昂的英雄豪言。

这里显示出一种深层次的规律。情感的特点是动，面要动，就要变。情感强度的上升和下降，变动的意脉，在西方诗歌里，也显示出同样的规律。雪莱的《西风颂》由五首十四行诗组成。起初说西风“送飞翔的种子到它们的冬床，它们躺在那儿，又暗、又冷、又低，一个个都像尸体埋葬于墓中”“为这将逝的残年，唱起挽歌”“在海底，那些枝叶没有浆汁的湿树林，还有海花，听到你来临的声息，便突然地变色，它们大吃一惊，瑟瑟地发抖，纷纷凋谢”。

就意脉而言，这里是负面的递增，但是，限于大自然的景观。到了下面，则是诗人向西风苦苦求告：“啊，快使我高扬，像一片树叶、一朵云、一阵浪涛！我碰上人生的荆棘，鲜血直淌！时光的重负困着我，把我压倒，我太像你了：难驯、迅速而骄傲。”这一句的精彩就在于，从负面的强化，转而为正面的提升：“让我变成你，猛烈、刚强！把我僵死的思想驱散在宇宙，就像一片片枯叶，以鼓舞新生。”这本来已经够强化了，可是诗人似乎还不够过瘾，最后把自己提升到这样超越大自然和超人的程度：

把我的话传播给全世界的人，

犹如从不灭的炉中吹出火花！

请向未醒的大地，借我的嘴唇

像号角般吹出一声声预言吧！

如果冬天来了，春天还会远吗？

从意脉的运动来说，这可能是从强到更强，最后达到最强的极致了。

当然，这是西方浪漫主义诗人强烈感情的自然流泻的表现。但是，这并不是说，只有这样一种模式，与之相反的还有从强到弱的。如华兹华斯的《孤独的刈麦女郎》开头写这个女郎孤独地割麦，凄凉地唱着，但诗人感觉在这样的“深邃的幽谷”中，“歌声如此动人心弦”，甚至“划破了远至赫布里底群岛的海面宁静安详”。这显然是情感的强化。但是，诗人听不懂苏格兰的语言，不知道她唱的是“伤心往事”还是“很久前的争战”，抑或是“即将发生的自然悲哀，痛苦或死亡”，这显然违反其情感感染的强度。但是，接下来，这种激情是内在的：“我屏息聆听，凝神木然”，并没有什么外在强烈的反应，当诗人离去，“歌声虽早已在耳边消逝，但它却在我的心头盘旋”。这明显就是从外部感知的弱化转化为内在感知的弱化。

动就是变，所以汉语里有变动、转变的说法。不但是西方诗歌，只要是抒情的，就会有这样情感的变动。中国古典诗歌，尤其是近体诗，一共就是四句或者八句，相比西方的十四行诗，是比较短的。特别是绝句，一共就是四句，必须要在这中间转折，便成了精致的技巧。如杜牧的《泊秦淮》：

烟笼寒水月笼沙，夜泊秦淮近酒家。

商女不知亡国恨，隔江犹唱后庭花。

本来是秦淮夜泊，听歌女之曲，是很美好的氛围，但是，意脉却发生了转折，那欢乐的歌女所唱的《后庭花》是陈后主的亡国之音。陈后主迷恋张丽华，说她是“玉树后庭花”，整日与她沉湎于歌舞。结果赵匡胤的部队打来，他就亡国了。但秦淮的歌女并不知道这是亡国之音，唱得很欢乐，而诗人听得很悲哀。欢乐（歌女和歌曲）和悲哀（诗人为歌女，更为时事）交织，历史和现实的感喟就深沉了，意脉就由欢乐变成了悲哀。

从结构来看，前两句是美丽的景色，后两句是深刻的情绪，二者交替呈现，避免了单纯的意象的高密度。前两句意象密度很大，烟笼、寒水、月笼、沙、夜泊、秦淮、酒家，都是五官直接可感的意象，且数量都是三个以上。这可以说是“文采”。后两句意象密度很小，“商女不知亡国恨”只有一个意象，“隔江犹唱后庭花”只有两个意象，但是后两句历史体悟的容量比较大，感情的深度、浓度很高。此诗可以说是以意脉起伏的情采和疏密相间的文采取胜。

情采和文采结合自然是最理想的，但是，有时并不平衡。虽然是大诗人，也难以在每一首诗实现二者同步交响。

我们再来看看杜甫的《绝句》：

两个黄鹂鸣翠柳，一行白鹭上青天。

窗含西岭千秋雪，门泊东吴万里船。

四句的密度都很高，很有文采，但是意脉几乎没有高低起伏的变化，变成了意象的平面罗列，给人一种文采压倒情采的感觉。

意象的密度和情感意脉，情采和文采，贵在起伏疏密交替，相得益彰。一定的意象密度中介入起伏的情感，甚至引出某种程度的哲理，可以使诗歌的内在结构变得丰富。英国诗人布莱克的“从一粒沙里看世界，一朵花里看上帝的爱”是多么深刻。“一粒沙里看世界”说的是世界的统一性，只要从一个原子或一个分子中就看出来了；“一朵花里看上帝的爱”是宗教的阐释，我们是无神论者，可以这样说，从一朵花里看到人类美好的心灵，把握无限空间在你手中，一瞬间就变成永恒。这完全是一种哲理。这里几乎没有情感，但有智性、深度。这似乎不应该叫“情采”，而应该叫“智采”。我们的诗歌理论往往只重文采，轻视情采，而对智采则更是有一种忽略不计的倾向，连统一的命名都没有。其实，往往为一些诗话诟病的宋诗，姑且不论其理性说教，其智亦有可观处。如朱熹的《观书有感》：

半亩方塘一鉴开，天光云影共徘徊。

问渠那得清如许？为有源头活水来。

这首诗应该说颇有文采，但是并无情采，因为它是说理的。诗的表层是一幅图画，而其深层，联系到题目《观书有感》，说的是心灵如水之永恒洁净，原因就在读书不断提供了源头活水。

从“五四”新诗打破旧诗枷锁以来，新诗就有散文化的倾向，并出现了一种理论，叫“诗的散文美”——这是艾青提出来的，他说诗的散文美是一种非常的美。当然，诗必须是有韵律的，但我们已经说过，韵律在自由诗中主要是内在旋律，就是意脉的起伏变化和对比层次；而在格律诗中则偏重于音节的抑扬、韵脚、押韵。当代的新诗不讲究押韵，就更自由一点。戴望舒甚至把内在节奏和外在节奏绝对对立起来，他认为韵律和整齐的秩序是妨碍诗情的，会使诗成为畸形的东西。艾青认为“从欣赏韵文发展到欣赏散文是一种进步”，诗人写诗“用韵文写比用散文写要容易得多”[①]。我同意这种观点，用韵文写太容易了，所以一些老诗人，像臧克家、郭沫若，到了老年写不出新诗，或是新诗写不好了，就去写古典的律诗或绝句，因为有一个规格放在那里，你只要有一定的文化水平，有一定的修养，

① 艾青：《诗论》，人民文学出版社 1981 年版，第 20 页。

就能够按照格式来填，甚至批量生产，不一定要有真实的情感体验和形式的突围。所以艾青说，当我们知道了散文的美以后，就“发现了韵文的虚伪，发现了韵文的人工气”①。的确，韵文是人工的，平时人们说话哪里要押韵，还想什么平仄、重音呢？因此，“天才的散文家，常是韵文的意识的破坏者”②。散文先天比韵文更美，因为口语是美的，它存在于人们的日常生活中，富有人情味，它使我们感到无比亲切。这是属于散文美的理论。

艾青在《诗论》中举了个例子。有一次在武汉，他在一家印刷厂的墙上看到有人留了个条子：“安明！你记着那车子！”③他认为这就是诗，相当漂亮。我也觉得蛮好。这是一种叮嘱，也许是妻子，也许是朋友，引起人无限联想。这是追求散文美的理念的表现。尤其是艾青的诗，在抗战时期，可以说发展到极致；但也有另外一种倾向，古典诗歌形式被当作镣铐打破了以后，新诗就叫作自由诗。自由到一定程度之后，这些打破枷锁的人觉得不行，多少还应该有韵律，而闻一多干脆就去制造一种格律。闻一多认为诗不但要有音乐美，而且要有建筑美，就是要像方块一样，每个句子的字数应该大致相同。《死水》就是其代表作，被称为“豆腐干体”。这也只是实验罢了，很难推广，但这种追求节奏的潮流没有断。虽然五四时期刘半农也做过民歌体的实验，但那是因循守旧，不是创新，所以失败了。20 世纪 40 年代以后，在毛泽东的倡导下，敌后根据地提倡民歌体的诗，出现了《王贵与李香香》《漳河水》《死不着》等完全是民歌体的诗。时代变了，但诗歌形式仍然是旧的，它对人的思想、人的感情是一种束缚。到了 20 世纪 50 年代，连以《王贵与李香香》起家的李季也感到难以为继了，他就放弃了这种民歌体诗，改写自由体诗。到了 1958 年，毛泽东又提出，新诗要在古典诗歌和民歌的基础上发展，试验了一段以后还是不行，以失败告终。古典诗歌和民歌的五七言体，三个字结尾，和现代汉语的矛盾实在太大了。

从闻一多那个时代以来，诗的韵律一直是沉重的话题。“五四”新诗，完全自由，没有外在的形式，不行；后来的古典诗歌、民歌体诗，因袭旧的格律，也不行；20 世纪 50 年代，何其芳提出要创立一种现代格律诗，但这个任务至今收效甚微。现代格律诗的格律，讲的主要是外在的格律，提出以“顿”为单位，就是以停顿的时间来计算，每行“顿”数大致相等。从世界诗歌的发展来看，诗的外在格律就是诗的音节组合和韵脚的反复循环，这都是有规律的变化。比如朗费罗的诗句：

Tell me not in mournful numbers

它是英语诗歌，一个重音一个轻音交替出现，tell 是重音，me 是轻音，not 是重音，in

① 艾青：《诗论》，人民文学出版社 1981 年版，第 19 页。
② 艾青：《诗论》，人民文学出版社 1981 年版，第 22 页。
③ 艾青：《诗论》，人民文学出版社 1981 年版，第 45 页。

是轻音，mourn 是重音，ful 是轻音，num 是重音，bers 是轻音。这是很有节奏感的。西方的诗歌都是这样的。普希金《致恰达耶夫》中的“爱情、希望、平静的光荣”，在俄语里，都是轻重音交替的五步抑扬格。高尔基的《海燕》，在中国被译成了散文，其实在俄语里也是五步抑扬格，是一个轻音和一个重音交替的格律诗。英语、俄语是轻重交替；法语的重音固定，故讲究音节相等；拉丁语则是长短交替。我不懂拉丁语，就不能为大家介绍了。

汉语讲究平仄，则是另外一个路子——平仄交替。我们刚才看到普希金的诗是两个章节一组，一个轻音一个重音，这叫抑扬格；朗费罗的则是一个重音接着一个轻音，叫扬抑格。有规则地交替，就形成了节奏感。一重一轻，一轻一重，或者轻轻重，或者重重轻，成为一个单元。汉语就不大一样，一行诗里是两个平声两个仄声，平平仄仄或仄仄平平交替。所以西方一个组合是两个在性质上相反的音节，我们一个组合是两个在性质上相同的音节，平平一个单位，仄仄一个单位，平平仄仄平平仄。一行之间是交替的，两行之间又是对仗的，也就是相反的，上面一行是平平仄仄平平仄，下面一行就是仄仄平平仄仄平。如果老这样，前面一行是平平仄仄平平仄，后一行是仄仄平平仄仄平，再下面一行就再反过来，就又变成和第一行一样了（平平仄仄平平仄）。为了不重复，到了第三行，本来和第二行（仄仄平平仄仄平）相对或相反（平平仄仄平平仄），为了避免重复，就改用另外一种办法，不让它相对，让开头四个重复第一行的平平仄仄，到了第五个字本来应该接下去是平平仄，却把它改成再来一个仄声，弄成仄平平，这样就不会重复到第一行去了，这叫“相粘”。总的来说，在所有诗行中，平仄是交替的；在第二行和第一行之间，平仄是相对的；到了第三行，平仄是相粘的，因为第五个字本来应该是“平”，现在来了一个“仄”，这样就活了。这样交替的目的是什么呢？是为了发生变化，让它既有规律，有一致性，又有变化，不至于太单调。沈约在《宋书・谢灵运传论》中说到这个问题：“欲使宫羽相变，低昂互节，若前有浮声，则后须切响。”

我们解释一下，“宫”指的是平声，“羽”指的是仄声，低是仄声的特点，“昂”是平声的特点，“浮声”是平声，“切响”是仄声。这里说的是，要有统一的节奏，不要在平仄声上单调，尽可能让它有规律地变化。这和韵脚一样，韵脚就是声母不同，韵母相同。如果声母、韵母都相同，那就是没有变化，太单调了；如果声母、韵母完全不同，那就没有统一。押韵的方式也是一个道理。中国的诗歌，二四六八句都押韵，一三五七不押韵。为什么？因为都押韵就显得单调。每句都押韵的柏梁体，后来不是被淘汰了吗？

西方则更多地运用“ABAB”式，第一行和第三行押一个韵，第二行和第四行押另一个韵；或者用“ABBA”式，第一行和第四行押一个韵，第二行和第三行押另一个韵；或者“AABB”式，第一行和第二行押一个韵，第三行和第四行又押另一个韵。

现代格律诗的提倡者主要是何其芳，但他对这个规律认识不清。他说，七言诗的结构就表现在它每一行都有四个相同的“顿”，所谓“顿”，就是念诗的停顿。每行的停顿数大致相同。[①]这个分析是比较牵强的，比如白居易的《琵琶行》：

浔阳—江头—夜送—客，

枫叶—荻花—秋瑟—瑟。

我觉得这样分析节奏很不好，“秋瑟瑟”本来是一个词，现在分成了两个“顿”。

主人—下马—客在—船，

举酒—欲饮—无管—弦。

“无管”算什么意思呢？违背了词义的自然停顿。何其芳没有抓到要害，不是四个“顿”决定五七言诗诗行的性质，而是三言结构的尾巴决定了这个诗句的结构。最明显的是，按何其芳的方法加以划分，李白的原诗是四个“顿”，而把三言结构变成四言“朝辞—白帝—彩云—之间”，划分后也是四个“顿”。两个调性不同，居然有同样的“顿”数，这说明“顿”不是要害，要害是构成顿的每一顿的平仄交替。何其芳（往上推还有胡适）受了西方诗歌的影响，英语诗歌是讲究音步或音尺，都是英语 feet 的翻译。英语是讲轻重音的，轻重配合是它们的特性，决定韵律性质的不是停顿，而是音步轻重组成，同等的音步可能是，轻重，轻轻重，重轻，重重轻。故停顿数量的相等，不能决定节奏的性质，决定节奏性质的是轻重组，是抑扬格，抑抑扬格、扬抑格，还是扬扬抑格。何其芳混淆这一点，一味拘泥于停顿的数量，因而所设计出来的现代格律诗，就没有格律可言。例如何其芳有这样一首诗：

我—听见了—迷人的—歌声，

她那样—快活—那样—年轻，

就像—我们—年轻的—共和国，

在歌唱—她—不朽的—青春。

虽然它每一个诗行都是四个“顿”，但我们读起来就是没有读五七言、四六言古典诗歌那种感觉。为什么呢？古典诗歌和民歌最重要的是结尾的三言，三言结构是固定在结尾的，而现在是一会儿放在结尾（“共和国”），一会儿放在开头或句中（“她那样”“在歌唱”“不朽的”），这种随意安排造成了结构的破碎。三言结构不规则地出现在行首、行中、行末，二言和四言结构也随意地出现在行首、行中、行末，使现代格律诗失去了旧诗的节奏感，而新的节奏感也没有形成。诗歌结构形式离不开音节的组合，统一中有变化。现代格律诗之所以不理想，是由于缺乏统一感，从音组结构上讲，它仍然像散文那样，从一种结构自

---

① 何其芳：《关于现代格律诗》，《关于写诗和读诗》，作家出版社 1956 年版，第 51—73 页。

由地转换到另一种结构，缺乏诗歌节奏所必需的那种音组结构的稳定性，而稳定性是节奏的第一个要求。散文的最大特点就是自由，什么句式都可以用。

要特别说明一下，三言节奏沿用了一千多年，七言诗或词，包括曲，仍然有一定的生命力，全国发行的《中华诗词》每期的发行量达数万，可能不亚于《诗刊》。

节奏的发展有两种途径。一是打破节奏的稳定性，运用完全自由的句法，这是自由诗的办法，每一句的音组结构都由语法结构、词汇结构来决定，但这样做就缺乏节奏感了。二是仍然在三言结构稳定性的基础上发展，那就变成曲和词了。总的来说，新诗使旧的古典诗歌的节奏完全打乱了，闻一多的那种“豆腐干体”诗又太束缚了。所以，到了20世纪50年代，就采取了另一种形式，适当地吸收古典诗歌的一些东西，主要是音节节奏上的一些对仗。比如说“一路上，扬旗起落，苏州、郑州、扬州。一路上，倾心交谈，人生、革命、战斗”，这是对仗，存在某种节奏，也有某种程度的自由，不规定每一行诗有多少节奏，也不规定有多少“顿”，结尾要怎么样，何其芳称之为“半自由体”。但这种方法在接下来的发展中完全被扬弃了。早期舒婷的《致橡树》还有些不严格的对仗，到了后期，就完全拒绝对仗。舒婷的选择代表了一种历史的潮流，几乎所有的新潮诗人都是这样。在这种情况下，追求格律和节奏就有点不合时宜。但新诗缺乏节奏感的问题仍然存在，最后会怎么样呢？会不会物极必反？我还无法预言。

第四单元

散文的审美规范性和开放性

第二十九讲　散文：审美和审智的调节

现在我们来讲散文的审美规范性和开放性。

为什么要讲散文的审美规范？因为它和诗的规范不尽相同。为什么要讲开放性？因为散文这种文体特别自由，特别灵活。南帆甚至认为“散文的首要特征是无特征”，他是这样说的：“中国的散文源远流长，名作纷呈，但是，这些散文并未遗传下一套相应的惯例或者成规。事实上，散文的文体不拘一格，它的边界完全撤除。散文可以兼容诗的成分、小说的片段或者论文的雄辩，散文也可以是序、跋、书信、笔记或者铭文。作为一种文类，散文的内涵模糊不定。多种文类都可能以不同比例、不同的变异栖居在散文之中。这时人们可以说，散文的首要特征是无特征。”①

南帆是一位独树一帜的散文大家，他的话当然有道理，他看出了散文与诗歌、小说的互相渗透。这没有问题，正如小说和诗歌中也会有散文一样。问题是，散文与诗歌、小说不太相同，这是明显的。从常识来说，作家用写诗的办法写散文不会有好结果，用写小说的办法来写散文可能是画虎不成反类犬。所以，我觉得还是要探讨一下散文的特征。

首先，我们要廓清一点，我所说的散文，不是一般实用文体的散文，不是《文心雕龙》中所罗列的几十种文体。散文在传统的文学观念中，在很大程度上，不是一种文学形式。从先秦诸子到清朝“桐城派”的散文，很大一部分不是以艺术形象来动人的；“唐宋八

---

① 南帆：《文类与散文》，《文学评论》1997 年第 4 期。

大家”的散文，大多是议论文，严格说来，不属于艺术形象。但无论是“桐城派”的散文，还是“唐宋八大家”的散文，都被列入中国文学史，至今没有争议。

散文在中国古典文学史上的地位是正统的，它是一种“载道”的工具，是主流意识形态的公共话语，诗却是抒发个人性灵的“言志”的载体。在早期，文学、哲学、历史尚未分化，散文作为一种传达工具，不是为了审美，不是为了艺术创造，也不是为了感情熏陶，而是为了思辨和纪实。思辨就是先秦诸子的散文的特点，如庄子的散文、韩非子的散文、孟子的散文。纪实就是历史，如《战国策》《史记》《汉书》。散文在传达某种哲学、历史的过程中，发挥着审智的功能，与审美情感的功能有所不同，主要表现人的智能、人的思想，审美情感的传达是附属性的。先秦诸子的散文，尤其是庄子的散文，有表现情感、表现幻想的一些成分，但都从属于思想观念的表达。从中国传统来说，散文首先不是一个纯粹的文学形式，所以到不了纯粹审美的程度。它的独立性、规范性比较难讲，直到明清“独抒性灵”，才开始强调表现个性感情。有了理论指导，散文的文学性就比较自觉了。

到五四新文学运动，文学性散文的发展就比较迅速了，鲁迅甚至认为新文学运动第一个十年中散文的成绩超过了小说和诗歌。但严格来说，文学性的散文和实用性的散文界限何在？究竟什么是文学的，什么是非文学的，仍然不是很清楚。一直到20世纪80年代、90年代，还有人在争论鲁迅的杂文中那些以社会思想评论为主的作品是否属于文学之列。鲁迅的杂文中很大一部分有很强的抒情性，这肯定是散文了；表达内心反思过程的散文，属于智性的，这个也属于文学之列。

现代文学中的散文主要从传统的广义的散文中独立或解放出来，从实用性新闻通讯乃至报告文学中分化出来，逐步取得独立性，逐步积累审美规范，在曲折的历史过程当中找寻自己发展的道路，但到今天为止，散文的独特审美规范还不能说已充分发展到稳定阶段。

有一个现象很值得深思，一些类似科学小品的散文，说的是自然科学的知识，其中很多纯粹理性的东西。如杨文丰有一篇题目叫作《年轮》的文章，其中有这样的句子：

> 长日照下生长的洋槐，无论气温高低，树茎均生大量的旱材分子，在短日照条件下，却只生少量直径较小的导管或无导管。松柏类植物，木材管胞直径变化不但与日照长短有关，也与气温的高低相关。在生长季，降雨量会限制树木形成层的活动，影响年轮宽窄。一棵长在干旱贫瘠岩石缝的北美云杉，主干直径1.8厘米，年轮平均宽度仅0.1毫米，而另棵同样长在北美，因自然条件适宜些，其年轮就宽达12毫米。

这样的理性说明，其中的统计数字正是其严谨的生命。对于抒情审美来说，这显然是格格不入的。但是，这种科学小品的理性说明与当年贾祖璋《花儿为什么这样红》那样的纯粹科学的阐释，有了很大的不同。作者显然在这样抽象描述的基础上，有意识地向感性的抒情靠拢。在这以前，作者以抒情的语言引导：

你是气候变迁、尘寰寒热的活档案，你是有生命记忆的草木代表。

你储存着降水量和气温的变化。

你记录着大地霜冻、森林大火，你能从周围环境吸取化学成分。

在这以后，作者不再满足以暗喻作抒情的提升，而是以人文的故事来加强审美色彩。

著名的圣海伦斯火山爆发后，灰尘和气体进入大气对流层，遮蔽了大片阳光，使温度剧降至冰点以下，教树木的形成层原始细胞深受伤害，于是“造就”了受伤的年轮——“霜轮。”历史上，东印度群岛坦波拉火山的爆发，不但使“1816年没有夏天”，还在南非的树木里“刻下”了“霜轮”。

历史故事的引用大大加强了科学小品的审美性。这是中国当代散文智性与感性融合的明显倾向。

散文长期处于钟摆式的运动过程当中，作为一种文学形式，其审美规范和审智功能存在矛盾。有些学者的散文，动不动就是大发议论；还有周作人的一些散文，动不动就抄书。这些作品，在我看来，审美的成分不足，审智的成分也很稀薄，但也算散文。文学形象的功能主要是审美功能，但散文在形式上的自由度又使它在不同历史时期承担起审智功能，这就必然引起散文艺术审美和审智规范的内部机制的冲突和调节。20世纪五六十年代，乃至80年代，强调审美至上，“把散文当成诗来写”的口号风靡国内。而90年代中后期，突出了审智，抒情变成了滥情、矫情、煽情，浪漫几乎等于幼稚。目前，审美功能和审智功能的调节还没有结束。

中国古典的、当代的散文处在审智与审美之间，其审美规范具有不稳定的特征。这可能是一个优点，也可能是一个缺点。当代散文受到西方当代文化思潮的影响，追求智慧和深邃的哲思正成为新一代散文家的共识。

孤立地讲散文，是很难总结出散文的特征来的。

要把散文放在诗歌、小说的系统联系和转化中进行研究，并以形象的细胞状态为逻辑起点，提示出形象的胚胎是二维结构——生活特征和情感特征。然后演绎出三维结构——生活和情感统一于形式的规范。接下来分析形式，第一度分析的是普遍与特殊，形式有普遍的规律和特殊规律；第二度分析的是普遍规律，普遍规律主要是统一中的多样、单纯中的丰富；第三度分析的是特殊性，特殊性是诗歌、散文、小说的不同特点；而对这种形式，又进行了第四度的分析，它们不是原生的形式，是艺术创造的形式，是一种规范形式。

我们已经讲了诗歌的特殊性是生活特征的普遍性和情感特征的个体化。按这个逻辑，我们来找寻散文在生活和情感方面的特点。

诗歌中的生活特征是非常概括的。具体的物象必须是普遍的，比如艾青的《手推车》，必须是普遍的手推车，不是某一个手推车；贺知章的《咏柳》，写的是所有的柳树，因为它是想象的、虚拟的，所以它比较容易概括化。散文就不一样了，散文中的物象比较具体，有很强的现实性。如果在散文中写柳树，必须要有时间、地点等条件。这是什么地方的，是宫廷中的还是农民家的，是早晨的还是傍晚的，是古老的还是年轻的，是和风吹拂的还是静止的；它有多高，有多粗，这一切都要写进去。这就不再是诗歌了，而成了彻头彻尾的散文。这也说明了散文的一种规律，它所描述的生活对象特征，不是概括的而是具体的，不是普遍的而是特殊的。当情感的特殊性与生活结合的时候，在诗歌中生活向普遍性拓展，而在散文中生活则向特殊性凝聚。散文是生活特殊性与情感特殊性的遇合。在二者结合的过程中，缺乏诗意的、妨碍诗意生成的东西，变成了散文动人的因子。

诗和散文的审美规范的区别是重大的。写游记，如果没有一点精确的知识，概括地写人的寿命很短，是缺乏动人的力量的。从这里可以看出，散文比任何文学文体都更具有审智的倾向，诗歌则更加强调想象，更加依赖感情。散文不是没有感情，它的感情有时是渗透在审智的文字底下的。它不但要激活读者的感情，而且允许有一定的智性。情感是不实用的，智慧却有一定的实用性，所以，散文把诗歌遗弃了的反诗意的知识性与文献性转化为散文的审智感染力。

审美与审智的不平衡，在历史过程中消长，这是散文的一个重大特点。

审智性、纪实性与抒情性是矛盾的，一直在适当范围内调节。在20世纪50年代后期，散文的纪实性逐渐弱化，而审美性逐渐强化，因为50年代早期，审智性和纪实性过分突出了。当时最好的散文是《谁是最可爱的人》，这是一篇通讯报道。后来，杨朔和刘白羽把散文从实用性的通讯、报告文学中解放出来，强调诗性、抒情性，纪实性弱化了，审美性加强了，纪实性逐步依附于审美性。具体来说，就是把叙述事实与激活情趣统一起来。因为有了这样内部机制的调节，散文作为一种文学形式，作为一种审美规范，就有了阶段性的发展。这个阶段是以杨朔、刘白羽的散文引起重视为标志的。

杨朔，还有刘白羽，引起了当时文坛很大的轰动，因为他们对恢复散文的艺术审美价值发挥了作用。但当时杨朔也犯了一点错误，他把散文当作诗来写。散文就是散文，诗就是诗，这两者是不能混同的。对历史的功过（包括刘白羽诗的功过），我们应有一个客观的评价。散文的特征与诗的特征的区别究竟在哪里呢？诗是从普遍特征的概括到个体情感的精确感受。在诗中，客观对象往往以类的概括性出现，是最普遍的特征。例如艾青的《手推车》，只是北方的、黄河流过的地方的，其特征就是“唯一的轮子”在河床上推进，发出的则更是被诗人概括为“北国人民的悲哀”。手推车是概括的，响彻北国人民的悲哀则是个人的、特殊的。散文却不一样，它不是概括的，它的对象是特殊的，感情也是特殊的，是特殊感情和特殊对象的猝然遇合。散文中写到手推车，必须是某一个地方，在什么阳光下，在什么雨露下，在什么样的家里的手推车，我们不能笼统地写手推车。如果笼统写北国的手推车，就是写诗了。前面我们引用过吴乔的说法：诗是把米酿成酒，客观对象的形态和性质都变了；而散文是把米煮成饭，每颗饭粒都是具体的。马拉美说：诗是舞蹈，散文是散步。在日常生活中，每一个人散步的样子都不一样：老头子的样子，小孩子的样子，情侣的样子，或者战士打了胜仗的样子。

散文家的才能就是把诗人在概括、想象中作为累赘、渣滓而无情地舍弃掉的，重新拣拾起来，纳入审美情趣之中，释放感情。诗人要有强大的概括力，散文家就不能太概括。

诗和散文都可以抒情，但散文的抒情与诗的抒情是不一样的。诗可以相当概括，甚至形而上；散文非常细致，非常现实。目前报刊上的小女子散文和小男人散文，都难以逃脱滥情和矫情。不是说抒情不好，而是因为滥情、矫情、虚情、套话，完全脱离了智性，没有头脑，没有思想，没有观念，难以有深度。我们中学课本里以及一般的选本里，抒情散文占多数，但最为可贵的，至少是在艺术上最为可贵的，还有另一类的散文，那种以叙述为主的散文。这类散文表面上没有诗情画意，不直接渲染、夸张，内涵却非常深厚。

抒情散文所追求的诗意，不同于诗歌中的诗意，这是一种叙述化了的“诗”。例如《记念刘和珍君》写刘和珍之牺牲，写她：

> 在执政府前中弹了，从背部入，斜穿心肺，已是致命的创伤，只是没有便死。同去的张静淑君想扶起她，中了四弹，其一是手枪，立仆；同去的杨德群君又想去扶起她，也被击，弹从左肩入，穿胸偏右出，也立仆。但她还能坐起来，一个兵在她头部及胸部猛击两棍，于是死掉了。

这样表面看来是新闻记者式的客观报道，其中包含的悲愤却比一般抒情散文可能要深邃得多。许多评论家，许多特级老师，至今尚未引起足够注意。原因是对于叙述的抒情功能缺乏自觉的理解。这种写法，重在记事、记言，在中国古典散文中是有传统的，不过在明末公安竟陵派提倡独抒性灵（也就是抒情）以后，被忽略了，后来桐城派起而反之，以“雅洁”为务。不过桐城派因为载道，又被“五四”先驱贬之为“谬种”“妖孽”，以致把它“雅洁”的合理性忽略了。

请允许我以桐城派代表人物方苞的《左忠毅公逸事》为例说明一下。桐城派提倡古文义法，其“雅洁”“澄清无滓”，针对的是清初文坛上“絺（通“黹”，刺绣，引申为雕琢）章绘句”以取宠的文风。方苞提出：不可入魏晋六朝之藻丽俳语；不可入汉赋中板重字法；不可入诗歌中隽语；避免了这一切，文章就能达到他所追求的不俗之“雅”，不繁之“洁”。

此文所记之第一事，写左光斗识才、爱才。为官出巡，见陌生穷困书生之文，赏识到为之解衣掩户，日后于科场见之，当场评为第一。召入府中，对夫人坦言：自己的儿子都平庸，日后能够继承大志者，只有此人。事情的前因后果，明显有相当的传奇色彩。如果当作传奇文章来写，则应该有相应的形容和渲染，则骈俪、排比、抒情是免不了的。但是，本文却本先秦六经之道，重叙述，弃描写与抒情，更不着笔正面心理活动。全部过程直叙到底，没有唐宋散文的刻画和一唱三叹，没有公安竟陵文章的心灵剖白，当然也没有朱熹语录式的口语。其次，在句法上，都是简单句，句与句之间，几乎没有接连词，时间、空间的连贯性以及因果，尽在句间空白之中。这就是方苞所追求的简洁而高雅的风格。再次，文章虽然简洁，但是节奏却不单调，句读以短句为主，间有长句，最短者只有一字——“曰”，最长者“乡先辈左忠毅公视学京畿”十一字，其他句读停顿，多为二字（一日、微行、及试、呈卷、召入）、三字（入古寺、公阅毕、为掩户）、四字（风雪严寒、从数骑出、文方成草、叩之寺僧、使拜夫人、惟此生耳），其间杂以五字句（先君子尝言、即解貂覆生，公瞿然注视、即面署第一）。语言节制，节奏有起伏。最后，叙奇事，大抵为陈述语气，只在结语处用语气词（则史公可法也、惟此生耳），情感只在关键处略现。所有这一切，显然与公安派的强烈抒情、竟陵派的滥情形成对照。

文章最核心部分是史可法狱中见左光斗的场面。文章写左公受刑之惨烈，写史公冒险犯难拜见，左公报以怒斥。大义凛然，其精神、其气概，可谓惊心动魄。然而，全程并无心理直接描写，而仅写外部效果，以可见的动作，可闻之语表现。若让公安派来写同样的场景，史可法闻恩师被炮烙之惨，少不了内心悲痛之渲染，其视觉、听觉当有令人战栗之文。然文章只写左公“旦夕且死”。不写史可法内心不可见之痛，只在外在之可见效果上用名词、动词表现：一曰“涕泣谋于禁卒”，士人公然泣于狱卒，可想其内心之痛；二曰“卒感焉”，连狱卒都被感动了，可见其精诚，然而不见任何形容词。至见左公，只写“面额焦烂不可辨，左膝以下，筋骨尽脱矣”，只用了两个可视的细节，便雄辩地突出其受刑戮之烈，一个“矣”流露情感。接着写史可法前跪，抱公膝而呜咽。左光斗“目不可开”，只从声音中听出是史可法。

乃奋臂以指拨眦，目光如炬……

这里，感人的不仅仅是左光斗用了很大力气才把眼皮拨开，更令人震撼的是居然“目光如炬”。这样的形容显然夸张，一个“面额焦烂不可辨”到眼睛都睁不开的人，居然会“目光如炬”，这是情感的夸张。不可能是他所说的原话，而是他诗意的想象，这就有点接近于他反对的“诗歌中隽语”了。这在方苞的文章中是很少见的，但是，这还只是表现左光斗的精神的序曲。接下来，其大义凛然，更是惊心动魄：左光斗对史可法来探看，不但没有欢欣，感到安慰，相反，是感到愤怒。

由此我们可以看到，感人并不一定要抒情，不一定要美化、诗化。精练的叙述，同样是动人的。

散文的这种形式规范特别重要，我们要防止一种迷信，或者防止一种误解，以为散文只能是抒情的。即使是抒情，也不一定是美化的、诗化的，也可能表面上是琐碎的、煞风景的、不优美的，叙述起来是平静的。这一切就是号称散文诗的作品也不例外。波德莱尔的《巴黎的忧郁》中有好多写实性的文章，鲁迅的《野草》中有不少审智的文章，都不是以抒情为主的。不懂得这一点，就可能使自己欣赏或者创作的口味降低。总离不开花鸟虫鱼、海浪、白鸽、孩子、小草，这样的境界太小了。要从误解里走出来，对散文进行真正审美的、审智的突破。

第三十讲　散文：情趣、理趣和流派的缺失

上次我们已经讲过散文和诗不一样。诗的对象是比较概括的，散文的对象是比较特殊的，特殊的对象和特殊的感情结合在一起造成了散文的感染力，构成了散文的情和趣。散文的情和趣是散文的生命线索。散文写的东西，可以很散、很杂，但它里面有一条线索是很凝聚、很集中的，有人把它称为“神”。于是，“形散而神不散”成为散文的特点。这个说法有点怪，什么叫“神”？它没有定义。没有定义的“神”，会让人捉摸不定，所以，我们一般不用这个“神”，而用“感情和趣味”。“情”的重要，对诗歌和散文来说是一样的，但讲到“趣”的话，可能对散文更重要。一讲到“趣”，我们头脑里马上就出现了一个现成的概念——“情趣”，但光有情趣只能说明审美。我们已经说过了，还有审智，与审智相对应的则是另外一种趣味：“智趣”或“理趣”。所以，我们把情趣和理趣统一起来，作为散文的一条线索，用来取代散文中的所谓“神”。

严格来说，情、趣和感是分不开的，趣味不同于情感，情就是不讲理，超越理才有情，所以无理而妙，大体是说抒情；而理趣，则要有一定的道理，讲道理可以没有情感，但你得有趣味，甚至统计数字、讲一些煞风景的事情也要有趣味。趣味的追求不但是散文情感领域的扩大，而且使那些非形象成分也具备了某种形象性，如科学知识、统计数字、历史典故、风土人情、工艺过程。叶圣陶写《景泰蓝的制作》，一点趣味都没有，可能旨在说明吧。艺术性散文和实用性散文的根本不同，就在于有没有情趣，有情还是无情，有趣还是无趣。作家的任务，就在于使无情变成有情，无趣变得有趣。

让无情变得有情，这固然不太容易，但毕竟文学史积累的经验相当丰富。抒情的东西太多了，很容易找到门道。比较有难度的是使无趣变得有趣，使没有形象的成分变得有趣，这就需要一些才华了。我之所以称散文的情趣和理趣为“神”，与散文的“形”（即具体描述、材料、文献、外部具体的现实状态等）相对立，就是因为“神”更为重要，是决定性的。正是因为有了情和趣，有了内在的张力，才使得散文虽然自由，但不散漫；虽然自由地向外扩展，但不至于破碎。所以，散文的情感和趣味决定了散文的感染力，即审美价值。

所以说，情感和趣味非常重要。要用情感和趣味来动人，但情感不能孤立地出现，直接把情感说出来就没有趣味了，情感必须依附于一种客观对象。趣味必须依附于某种人物的行为，某种文献、某种统计数字、某种民间风俗，这样才能有情趣和外部资料的统一。情趣虽然是灵魂，但灵魂不能离开肉体。肉体不重要吗？肉体很重要，但肉体又不能离开灵魂。

“五四”以来炉火纯青的散文，都是把感情融合在叙事当中，并不把感情赤裸裸地拿出来。赤裸裸地拿出来，要打动人，难度就很大，因而“五四”经典散文总是压抑着感情的强度。这与我们20世纪50年代、60年代、70年代流行的散文或当前报刊上的散文不一样，“五四”以来的散文感情很收敛，很含蓄，不那么张扬，不那么泛滥，不给人煽情、矫情或是虚情假意的感觉。现在有些散文，有一点小事就张扬得不得了。“风行水上，自然成文”，这是古代和“五四”以来的传统，实际上也是高水平散文的一个共同追求。散文领域明显的艺术加工手段，如激化、刻意求工，对散文来说可能起反作用。

散文还有一个部分叫“随笔”[①]，写得比较随意；有的叫小品，就是说它有可能不是一个很完整的东西，只是一个局部。散文的艺术就是看不出艺术的艺术，看不出用心的用心，看不出匠意的匠意。好像是随便写出来的，那种心态的自由、自然、自在，是散文的灵魂。早在1943年，与何其芳、卞之琳齐名的李广田，在其《谈散文》中就说到了这一点：“诗人可以夸张，夸张到令人可以不感到夸张；散文常常是老实朴素，令人感到日用家常。散文的长处大概在于自然有致，而无矜持的痕迹。”[②]写散文是在肯定自己心里所知晓的事，而不是在那里很张扬，像朗诵诗一样，或者像在广场上发表演说一样；散文切忌煽情、矫情、滥情。显然，李广田不太赞同那种很外溢的感情，当然，我们也不能说外溢的感情就出不了名篇佳作。从根本上说，散文和诗歌是相对的，像人的性别有男女一样，文章有散文和

---

① 由于是讲课，对于“随笔”这样的文体，我只是在通俗的意义提起。实际上，“随笔”这种文体来自法国的蒙田，是放眼谈人生的，后来英国的培根将之变成杂谈，篇幅短小，浓缩着他对人生思考的精华，充满了哲理和格言式的警句。带着17世纪科学家的自信，其论断并不论证，但是充满了智慧的启迪性。西方的随笔和“五四”以来所说的随笔，有着一定的渊源关系，但又有很大的不同，这个问题至今在学界尚未得到真正的研究。

② 引自俞元桂主编：《中国现代散文理论》，广西人民出版社1983年版，第144页。

诗（因为小说从严格意义上来说也是散文）。李广田提倡的散文好像是自己对自己说人家的事情，这是很平静的，很随便的，不能装模作样。

散文的性能在于文学的审美性与文章的实用性相结合，又是抒情文学和智性文学的形式。智性，就是一种智慧，比感情更深刻一点。

我们必须在双重矛盾之间把握平衡。一个是审美性和实用性。审美性就是不实用的，感情是不实用的；实用性必须是有用的，宣传、教育、道德教化。还有一个是抒情性和智性。智性是一种思考，甚至靠近理性，而抒情是无理的，这两者之间也必须保持平衡。过分倾向于实用性，就可能失去文学的审美性，就像过分的道德说教、过分的政治概念，叫人厌烦；过分倾向于智性，也容易枯燥，周作人晚期的作品，抄了一大堆书本的东西，在我看来，这是滥智；过分倾向于抒情，就变成滥情。所以说，散文实在是一种非常困难的艺术。

情趣依附于客观叙述或客观对象，但它又是纲领性的，叙述性质的强度要受到情绪强度的影响。这是合二为一的，各方面都不能忽略。但散文的诗化是一种很强大的惯性，与诗的诗化、美化是有区别的，其情感的强化不像诗歌那样重要。散文中当然有浪漫的因素，像 20 世纪 30 年代何其芳的《画梦录》，基本上是唯美的，但又不像诗会形成浪漫派。把散文的艺术价值、感染力纯粹归结于诗，这种说法就比较偏颇了。郭沫若说的那种“强烈感情的自然流露”只是一个流派的风格，而散文更多的是一种比较淡化的、平静的抒情。

以我们福建郭风先生的散文为例。他写 20 世纪 80 年代的泉州，林立的牌坊，开元寺大殿后面古希腊科林斯式的雕塑，平台上古埃及狮身人面像，以及清真寺，通过视觉把读者带入平常人忽略了的世界，让读者感到了海港的凉意，听到了波涛的奔腾，闻到了豆腐的香气。这里有触觉、视觉、嗅觉，表现了他“五官开放”的主张。郭风说他的五官是常态的，不是很激动的，不是那么强烈的，但已经不是现实的，而是一种艺术的，它有穿透的力度。它可以看到现实中看不到的东西或历史上的东西：早已过去了的来自东南亚的船队，仓库里的乳香、咖啡和可可。他的五官开放的意象，表面上看是罗列的，其实统一而丰富，因为这一切的背后藏着比较深沉的情趣——情感和智性。他的智性把泉州作为一朵中外文化交流的花朵来赞美，而这种赞美把历史和现实相结合。我们说，这种散文虽然带着很强的诗性，有人称它为散文诗，但感情是温和的、含蓄的，是一种沉思的状态。散文要写得很审美，关键是要写得比较深沉，切忌肤浅。

我觉得当前最重要的就是不要让诗变成散文，也不要把散文写成诗，否则，只能使诗与散文两败俱伤，诗不像诗，散文不像散文。所以，就一般而言，对散文诗的评价是很低的，余光中先生早年在《春天的细雨》的序言里说散文诗是不伦不类的、非牛非马的东西。

有一次我在苏州，参加一个关于散文的会，当时我表示出对散文诗的一种忧虑，说它非牛非马。余光中先生似乎有点怀疑，可能他晚年有些变化，年纪大了比较宽厚。散文诗是可以存在的，但毕竟是一个小摆设。如果不能像鲁迅的《野草》那样把深邃的自我解剖和人生解剖结合起来，没有那种丰富的表现方式的话，那么，一味风花雪月、花鸟虫鱼，散文诗是没有前途的。

散文家要找到自己，找到自己的个性，比诗人更难。所以，多少人跑去旅游，到武夷山、泰山，但又有几个人能写出自己到武夷山的真正感受。我看写武夷山写到现在为止，还没有一篇特别精彩的散文。我们说余秋雨写西湖写得好。为什么呢？以后我们可能还会讲到，因为他写出了“余秋雨的西湖”。比如说写泰山，那么多人写泰山的伟大，但突然有一位作家不这样写泰山。泰山是伟大，跟秦始皇、汉武帝、唐太宗联系在一起，孔夫子的家乡就在泰山脚下，这些人都是大人物。泰山高大雄伟，是整个华北平原一直到江淮平原之间唯一的一座高山，很壮观。但这位作家反过来讲，从自己的角度出发，说“我这个人，觉得自己不适合和伟大的东西在一起，我喜欢小桥流水，我是一个平淡的人，我是一个平凡的人”。这人是谁呢？是汪曾祺。他的这篇散文我一看就记住了，因为他写泰山的伟大和自己的平凡，他找到了自己。有的人看到泰山的伟大就伟大起来，其实他的内心世界是不是伟大呢？不知道。

我们在中学读过茅盾的《雷雨前》。题目叫作《雷雨前》，也就是暴风雨来袭之前。那是象征革命高潮到来之前的一种闷热窒息。作品从感觉上来渲染，集中强调的是，不是一般的热，而是有闷的感觉。这个“闷”是很重要的。如果只有热，也可能热得痛快，但是加上闷，就不同了，生理的感觉和现实的、政治的感觉，就有相通之处了。首先是触觉：清早起来，石桥上石头还是热的，没有晨风，“这一夜就闷得比白天还厉害”。其次是视觉：“满天里张着个灰色的幔”，“河里连一滴水也没有了”，河床“裂成乌龟壳似的”，田里的裂缝则吐着热气。不管是触觉还是视觉，都向躯体感觉上集中：“浑身的毛孔全都闭住”，连深呼吸都只能吸进“热辣辣的一股闷气”，汗流出来，像“胶水一样，胶得你浑身不爽快，像结了一层壳”。在这种闷热中，反反复复出现的雷声、闪电，就是希望，就是打破黑暗、冲破闷热的伟大力量的象征。他把闪电形容为“明晃晃的刀口”在划破黑暗的天幔，在雷声和闪电里，无疑寄托着他的革命热情。

这是一个向往革命的人的自我感觉，而在另外一个孤独的青年知识分子那里，雨前的氛围、色彩完全是另外一个样子。我要说的是何其芳的《雨前》：

> 最后的鸽群带着低弱的笛声在微风里划一个圈子后，也消失了。也许是误认这灰暗的凄冷的天空为夜色的来袭，或是也预感到风雨的将至，遂过早地飞回它们温暖的

木舍。

几天的阳光在柳条上撒下的一抹嫩绿，被尘土埋掩得有憔悴色了，是需要一次洗涤。还有干裂的大地和树根也早已期待着雨。雨却迟疑着。

他的将雨而未雨的感觉和茅盾的显然是不同的。他感受的核心不是闷热，而是“灰暗的凄冷”，就是绿草也显得“憔悴”了，他和茅盾相似的方面是，心中充满着某种期待，他甚至提到了雷声和雨声：

我怀想着故乡的雷声和雨声。那隆隆的有力的搏击，从山谷返响到山谷，仿佛春之芽就从冻土里震动，惊醒，而怒茁出来。细草样柔的雨声又以温存之手抚摩它，使它簇生油绿的枝叶而开出红色的花。这些怀想如乡愁一样萦绕得使我忧郁了。

在何其芳的笔下，“雷声和雨声”的“搏击”，其功能是“春之芽”“惊醒”生出“油绿的枝叶而开出红色的花”。所有这一切，只是他心中的乡愁，从而引发的不是高亢的激情，而是“忧郁”的怀想。

我仰起头。天空低垂如灰色的雾幕，落下一些寒冷的碎屑到我脸上。一只远来的鹰隼仿佛带着怒愤，对这沉重的天色的怒愤，平张的双翅不动地从天空斜插下，几乎触到河沟对岸的土阜，而又鼓扑着双翅，作出猛烈的声响腾上了。那样巨大的翅使我惊异，我看见了它两肋间斑白的羽毛。

接着听见了它有力的鸣声，如同一个巨大的心的呼号，或是在黑暗里寻找伴侣的叫唤。

然而雨还是没有来。

他似乎也有激情，看到鹰隼的双翅，也有惊异，听到鹰隼的喊鸣声，也有巨大的心的呼号的联想，是“黑暗里寻找伴侣”。他无法摆脱内心的孤独，他期待某种改变，然而，可能改变眼前氛围的“雨还是没有来”。

每个人都是艺术家，条件是找到自己。散文的感觉特别容易被自然的、生理的、现实的信息所窒息。散文的感知比诗更难以超越。离得太远，或者太超脱，可能使散文变成诗；而离得太近，就有可能被实用价值所淹没，不能成为艺术。这里有两个东西要记住：一是要看到别人没看到的东西，二是要感觉到别人感觉不到的自我。特别是在一个特殊的对象面前，突然发现自己原来没有感觉到的东西，写出来的散文格调就比较高，就像汪曾祺到了泰山，感觉到自己不能接受太伟大的东西。

我们在讲散文的时候，需要特别强调一点，散文的审美规范特别缺乏稳定性。为什么呢？散文是处在两极之间摆动，在审美与非审美之间，在诗歌与小说之间。所以表面上看，好像谁都会写散文，小说家、诗人、剧作家、评论家都在写散文，好像写散义不需要像写小说、戏剧那样付出毕生精力。这是一种误解，其实写散文是特别难的。散文向纯文学方向发展的趋向虽然日益明显，但非文学的一些成分仍然没有消失，特别是在所谓的学者散文中。现在的学者散文满天飞了，有的人一点艺术感觉没有，写一些枯燥的历史事实，把那么多唐诗、宋词的掌故堆积在一起，然后感叹一番。这实际上是滥调散文，堆砌材料，没有情趣，也没有理趣。

为什么会这样呢？因为散文相对其他文学形式的发展来说，已经大大落后了。“五四”以来，由于流派的发展，小说、诗歌的审美规范都几经更新了。就说诗歌吧，起初是胡适的意象派，然后是郭沫若的浪漫派，郭沫若的浪漫派兴起的时候，象征派李金发的写作就已经开始。过了十年，象征派又变成现代派，现在又有后现代的诗歌。几十年间，几个流派，艺术方法车水马龙，审美规范此起彼落。可是散文到现在为止，差不多快一百年了，还没什么流派，如果说有流派也只有一个，就是抒情派。如果把鲁迅、林语堂、梁实秋、钱锺书、王力的散文加进来的话，也只是幽默风格的散文。这还不算流派，只能是亚流派。这一点我在下面两讲再说。直到现在为止，我们还不能说有一个象征派、现代派的散文。所以，散文特别需要找到自己的感觉。

散文的审美规范的狭隘性特别强。狭隘，就造成了自发性，结果就是诗化、美化长期一统天下。因此，20 世纪五六十年代，杨朔提出要把每一篇散文当作诗来写，从理论上说，真是昏了头。

在杨朔的散文产生影响以前，新中国的散文主要是师承解放区的散文，一直把散文和通讯、报告文学混为一谈。所以，在 20 世纪 50 年代初期，最好的散文就是《谁是最可爱的人》，还有《我们会见了彭德怀司令员》。其实，这只是朝鲜通讯，从某种意义上来说，这只是一种实用文体。杨朔的功绩就是把散文从实用价值的统治中解放出来，但他把散文放到诗的框架中去，就有点问题了。散文可以有诗的风格，但把每一篇散文都当成诗歌来写，就把作家的心胸搞狭隘了，至少，就可能只讲情趣，不讲谐趣、智趣了。但这种观念最适应当时的政治风气，其影响可以用“风靡一时”来形容。刘白羽在《给人民做一个通讯员》中说，要追求一个充分的诗意，而且把这和真正深刻的见解、思想联系起来，正是这种诗意，使一切生活的细节有了生命。他甚至说：“没有诗意的东西，那又要怎么来写呢？”这句话把问题暴露得再彻底不过了。没有诗意就真的不能写东西了吗？不要说现代派是反浪漫的，就是幽默也是反诗意的，幽默是可以“丑化”的，而诗意则是美化的。这一点我在后面还要细讲。

刘白羽的散文，现在看来，固然有诗化得比较成功的，像《长江三日》《日出》可以留在文学史上，但这是少数，极少数，而其他大部分都不忍卒读了。他的许多散文现在失去了价值，有些是政治原因，例如那些歌颂“大跃进”、人民公社的文章；有些是诗化的狭隘模式的结果，令人厌倦。怎么样？你们是不是觉得这太夸张了？但要有一点历史感。这些作品在当时是非常激动人心的。事实上，这就不仅是诗了，而且包含着政治的哲学和政治的鼓动，一种革命家的激情。这是刘白羽散文的特点，这个格调在当时来说甚至是一种创造。但对散文来说，这么直露的写法，是强化的抒情。许多散文都是这样，永远高亢，一味激昂，没有意脉的起伏，缺乏节奏，是有点单调的，有时还给人一种声嘶力竭之感。这一点我在《文学创作论》散文部分讲得很详细，这里就不重复了。但是，仅仅是批评刘白羽，你们对节制抒情的好处还是很难有感觉。我拿鲁迅的《记念刘和珍君》和周作人同题材的作品来展示一下，看看他们是怎么把情感用节制的方法写得深厚的。

文章一开头，鲁迅不是把自己一腔悲愤倾泻出来，而是尽量抑制。当有人建议“写一点东西”纪念死者的时候，他并没有说，这正合我意，而是感觉似乎没有多大意义，死者并无在天之灵，并不能因而得多少安慰，写了也于“死者毫不相干”。对死者无补，对生者该有价值了吧，然而，鲁迅说，就是对生者也只能“如此而已”。这里正面表现的似乎并不是愤怒，而是无奈，于事无补，似乎很消极的样子。这显然不是感情的全部，仅仅是他感情的表层，或者说内在感情相反的一种外部效果，显示内部悲愤如此强烈，以致一般的抒写不足以显其志。

鲁迅反反复复抒写的感情，从性质上来说，是悲痛、悲愤、悲凉和悲哀的郁积。从表现形式来说，力避径情直遂，情思在曲折中展现。这种曲折还是多重的，写得沉郁顿挫，回肠荡气，文章开头这一段只是情思的序曲，极尽欲扬先抑之能事。

其一，感情本来是十分深厚的，但是，鲁迅却不惜用类似无情的字眼来形容：一是“无话可说”“沉默”。原因是什么呢？太黑暗，太凶残，难以相信，无从表达；又因为，心情的郁闷，情感的压抑，无以言表。

其二，鲁迅反复强调痛苦不单纯，而是很复杂的。首先，是反动军阀政府难以置信的凶残；其次，是反动文人谣言的卑劣；再次，是感到自己是“苟活”“偷生”，用自己沉重的惭愧，来代替对烈士的赞颂。

其三，期待着“忘却的救主”。这是鲁迅式的反语。不正面写回忆清醒的痛苦，而写忘却的轻松。“忘却”而成为“救主”，说明不忘却是如何痛楚。这里的“忘却”，后来在《为了忘却的记念》中又成为立意的关键，从反面显示了回忆之痛，不堪承受其沉重。内在的悲愤越是感到深沉，表层的知觉越是追求解脱。

其四，这种悲愤情感的复杂、丰富，以极其矛盾为特点，先是写与不写，有话与无话，忘却是最轻松的了，可是又很惭愧，然而惭愧又很沉重，因为沉重而无以言说、沉默，然而，沉默者又正在为文。哀痛为文是庄重的，而作为献祭却是“菲薄”的。在忘却的救主到来之时，为文纪念也就成为想忘却又不能忘却的理由。这样的悲愤，就不但矛盾，而且在逻辑上非常曲折。这样丰富曲折的感情，如果用直接流泻的办法来表现，只能单纯地强化，只能把情感简单化。

如果孤立地看鲁迅这篇文章，其情感特点，还不够清晰的话，不妨把周作人同样纪念“三一八”的文章拿来比较一下。周作人的《关于三月十八日的死者》，在立场上和鲁迅并没有太大的分歧。同样是哀悼自己的学生，周作人比之鲁迅更加回避激情，追求情感的节制和凝重，一直提醒自己要“冷静”，要理性。特别值得一提的是，他坦言，哀悼是“无用”的，甚至说，这些烈士是“白死”。“切责段祺瑞贾德耀，期望国民军的话都已说尽，且已觉得都是无用的了，这倒使我能够把心思收束一下，认定这五十多个被害的人都是白死，交涉结果一定要比沪案坏得多……所以我可以把彻底查办这句梦话抛开……在首都大残杀的后五日，能够说这样平心静气的话了，可见我的冷静也还有一点哩。”当代读者可能感到周作人这里的“白死”太无情了，但是，一来，他和鲁迅一样，是反对学生游行的，都认为游行的风险甚至牺牲的代价太大。二来，所谓“白死”还有另外一层意思，就是对和军阀政府的谈判的绝望。正面写死者入殓，也只是看见死者的面容“很安闲而庄严地沉睡着”，“不禁觉得十分可哀”；封棺的时候，在女同学出声哭泣之中，“陡然觉得空气非常沉重，使大家呼吸有点困难”。当时的周作人，还没有堕落为汉奸。他的散文以苦涩为特点，甜蜜的抒情与他的风格是绝对不相容的。一般的情感他都要抑制，何况是激情。两个散文大师，似乎在抑制激情方面有一种默契。

给你们分析一下这两篇散文，其目的不过是让你们开开眼界，不要把刘白羽、杨朔，甚至巴金的抒情当作散文的整个天地。

第三十一讲　散文：审美、审智和审丑

一般地说，人们习惯于把散文分为三类：一是抒情的，二是叙事的，三是议论的。这种分类是不是很土？是不是很笨？是不是很不科学？散文很少是纯粹抒情而没有叙事或没有一点议论的，也没有一篇散文只是叙事，而没有抒情成分的。

近来，又出现另一种分法，把散文分成学者散文、作家散文、小女子散文等。这更不像话。这是按作者分类，对研究没有什么意义。如果按此逻辑，就应该有大男人散文、编辑散文、官员散文、医生散文等等，但没有。崔永元和白岩松的散文，你把它算成哪一

类？这种分类，存在着很多交叉，学者、作家很难分清。具体到散文家，就很难判别。比如梁衡写了许多散文，他是新闻出版部门的领导，王充闾也是官员，他们都想往学者风格的路子上走，你说他们的散文是官员散文，他们一定会发火。最根本的是，用作者的职业身份来分类，很难揭示散文的特殊个性。

我前面说过，散文落后于小说和诗歌，从分类这个基本问题上就暴露出来了。人家诗歌的分类——抒情诗、叙事诗，古典诗、现代诗，门类很清楚，研究起来也比较方便。散文还没有开始研究就要为分类问题伤脑筋，而分类又不是个小儿科的问题。你的立场，你的艺术观念，你的方法，就从分类开始，分类就是你进入学术领域的基本观念和方法的宣言。

我们追求的是这样一种分类，它应该满足这样一些条件：一是分出的门类应该是不交叉的；二是在分类基础上抽象出基本范畴，这种范畴应该深刻，不应该肤浅，也就是说，范畴应该是有系统的，包含着矛盾转化和深刻联系。

根据这个要求，我把散文分成三类。

第一类是抒情散文，也就是通常所说的诗化的、美化的、审美的散文。

第二类是亚审丑的幽默散文，其特点不是诗化的、美化的、审美的，而是有一种相反的倾向，不追求美化，有一点不回避“丑化”。这个“丑”本来应该是繁体字的“醜”，意思是不好看、不漂亮，而“丑”是一个有艺术含义的词，可能外形有点“醜”，内心却不一定。丑角有时并不“醜”，相反，内心是很美的。所以，“审丑”的正规写法应该是“审醜”，审的结果是“醜”变成了美，也就是我们常说的“以丑为美”的意思。

第三类是既不审美也不审丑的散文。因为审美和审丑都有情感的因素，而这一类，却是尽可能逃避情感，而以睿智为主，以智性为特点，它既不审美也不审丑。我们给它一个名称，实际上是一个范畴，叫审智。这是我发明的一个美学范畴，目前还没有哪一种理论给它这样一个稳定的学术范畴。

抒情散文，抒发感情，道理很简单，但感情不那么简单。写的时候，要有感情，感情要非常独特，描写的对象也必须是独一无二的。有了这些，还不能保证你的散文有很高的水平，有很惊人的深度。这只是最基本的及格线。接下来，感情要有深度，这就不仅仅是感情了，因为从人的心理来看，感情不是孤立的存在，它是和认知、意志乃至智性、理性联系在一起的。在情感的表层，是感觉、感知，在情感的深层，则是意志和智性，所以抒情不能满足于肤浅的表层，而要深入，这就不能不涉及智性。严格地说，深刻的抒情、审美的抒情，是很难和审智分开的。

通常人们把抒情的感性看得太死了，以为抒情就没有智性，其实，深刻的抒情往往与智性的深思交融在一起。例如我在苏东坡的家乡四川眉山和贾平凹对话时，这样说过：

> 刚才贾平凹先生说，要读懂苏轼，不能只是看到抒情，不能光是看审美，否则看不懂苏东坡。生命的矛盾，他想到了，曹操下荆州，“顺流而东也，舳舻千里，旌旗蔽空，酾酒临江，横槊赋诗，固一世之雄也”，但是都“灰飞烟灭”了。这是他思想深刻的地方。我念一段给大家听：
>
> > 客亦知夫水与月乎（你知道水和月亮吗）？逝者如斯，而未尝往也（水流过去就流不回来了），盈虚者如彼，而卒莫消长也（表面上是有盈有虚，实际没有变化）。盖将自其变者而观之，则天地曾不能以一瞬（天地间的一切只是一瞬间，过了一年，对宇宙来说是一眨眼，地球是三十多亿年，人类文明的历史五千年以上，用李金发的话来说，生命是死神唇边的微笑）；自其不变者而观之，则物与我皆无尽也（从不变的一面来看，我跟世界都是无穷无尽的，包括大自然），而又何羡乎！且夫天地之间，物各有主，苟非吾之所有，虽一毫而莫取（不是我的我不要去乱抢）。惟江上之清风，与山间之明月，耳得之而为声，目遇之而成色（明月有形，风有声音，很漂亮），取之无禁，用之不竭，是造物者之无尽藏也，而吾与子之所共适。
>
> 这段文字，你要当作抒情的话，你就看不懂。他有哲学，有佛理，有生命的大爱，有对生命真正的理解。他把“永恒”和“暂时”的佛家之理，跟道家的顺其自然结合在一起。所以说，你要读懂苏东坡这篇文章的话，光寻求抒情是不行的。

为了论述的方便，我们暂时把抒情当成一个独立的整体。这个整体有它的纵深结构，有它的表层和深层。所以，抒情散文最大的忌讳，就是流于表层，只有表面的感知，而没有深度的情感和智性，没有整个的人的心理纵深作为基础。

这里要特别说一下，巴金提出要“说真话”“把心交给读者”，是有一定道理的。他讲这话的时候，是粉碎“四人帮”不久。在这以前呢，文学作品中假大空的话太多了，违反现实、违背自己良心的话比比皆是。提出“说真话”有警醒的作用，有思想启蒙的作用。把心交给读者，不把真话藏起来，这是做人的道德，也是为文的基准。但对散文来说，这是一句很粗浅的话，因为这个话的背后有一个暗示，好像真话就在我口袋里，我要拿就能拿出来。事实上没有那么简单。有时候，我们一心一意要讲真话，可是讲出来的差不多还是套话，不是自己心里的话。为什么呢？真话不是现成的，它被现成话、套话蒙蔽着、压抑着、围困着，它需要智性的思考，需要花功夫去突围。前几讲谈到作家修养的时候，我说，作家要找到自我。如果不去找的话，不去深刻探寻的话，这个自我往往就是流行的、表面的，或者是权威文章的翻版，没有自己深层的智性力度。用现成的套话来代替自己的话，不动脑筋，是一个普遍存在的现象。

我们举个例子。到了西湖，大家都觉得很美，许多写游西湖的经典性文章，也给我们留下了深刻的印象。于是，不知不觉间这就成为套路，许多人的心灵、感情、智性的思考都不一样，写出的西湖却差不多。人心不同，各如其面，可文章雷同，不如其面。

这里还有一个理论问题。通常我们相信文如其人，风格就是人，以为作家的自我和文章的自我是同一的，但作家的自我和作品中的自我是不太一样的。作品中的自我是经过探索后重新创造的，是深刻的，与日常生活中的表层的自我有所不同。我曾经看到一篇散文，是福州市的一个初中生写的。她和妈妈到杭州西湖去旅游，一起玩了两天，妈妈就问她玩得怎么样，她说没有什么感觉，就是跟着你瞎逛。这个感觉是很有深度的，有孩子的心理深度。后来到了六和塔，钱塘江边那个很高的塔，她到塔上一看，发现这个地方非常平，江水也是平平的，不知道往东流还是往西流，不像福建的江水向一个方向滔滔滚滚地流。她还看出江岸和江水之间也很平，看不出来有明显的江岸，可以一直看到天边。她就感到这个太平了，不太好玩，这里的人生活太容易了，随便用锄头挖一下，花就开出来了，油菜就收获了，稻米就长出来了，太舒服了，所以只能产生美女和才子，出不了关西大汉。这种感觉留在她心头，等到火车进入福建境内，两边都是高山，这时她才感觉到，西湖真是有特点，那么平，那么美，那么舒畅！她就想，当时她为什么没有感觉到它的美呢？这就是找到深层的自我的问题。这位初中生平时并不理解自我，并不理解自己在福州这样的盆地里长大，究竟有一种什么样的内心，到了平原才有朦胧的感觉；而再次回到四面高山的环境，才发现了西湖之美。这个特点就是有深度的，它不是表面的、现成的，而是经过了反复的探求、反复的比较，找到了在山区长期形成的自我感觉的特点。

多少年来，我们以为只要直抒胸臆，只要把自己交给读者，讲真话，就会写出好的抒情散文。其实，不是这样的。人的感情是有深度的，只有在不断地摆脱现成的套话的过程中，才能摸到它的底。表层的套话是什么呢？就像“西湖是多么美好啊”之类。不从这种现成话中解放出来，就写不出深层自我的感情及其智性的底蕴。

余秋雨有一篇散文《西湖梦》，其成功就得力于从现成的赞美西湖的套话中解放出来。他在那里看到的不是西湖的自然景观，他看到了什么呢？看到了大量的文化景观，西湖各种各样的故事，如青楼女子的故事，白居易、苏东坡等文人的故事，还有道家、佛家、儒家的种种名胜，等等。这些不全是看见的，不是表层的感觉，而是有智性的深度。余秋雨发现，所有的故事都很美，西湖水中融解着中国传统文化的人格，佛教、道教、儒家的精神，从神仙到名将，从隐士到文人，这么多的文化遗迹留在这里，但其中深奥的意义并没有被游人体悟，只是幻化为一种热闹的游览方式，皈依于消耗性的感官天地。那么多复杂的文化传统，大家都不去关心，都是跑来玩的，来获得感官消遣的。隐士林和靖写过“疏影横斜水清浅，暗香浮动月黄昏”，他生前的孤傲和身后的空名、杰出的才华和忿郁，最后都化作供后人游玩的景点。大家都只是来玩耍一番，并没有关心人文的沉思；而余秋雨不仅看到了文化景观，而且在智性的思考中批判中国文化民俗的消极性。这样的抒情就深厚了。

他为林和靖这样的知识分子不负责任而悲叹，为妓女苏小小的追求而赞赏。他把后者对生命和美的追寻作为知识分子衰弱人格的对立面。在这个意义上，白娘子作为普通人的价值的牺牲，在余秋雨看来是一个民族精神的怆然的象征，比那些林和靖式的隐士要有价值得多。这就是真正意义上的抒情，不是所谓的小女子散文，什么无意义的现象都要感叹一番。有人讽刺表面的小女子散文，连放一个屁，都要写上一千字。（笑声）

把心交给读者不是那么容易的，心是有纵深层次的，心灵的深度才是抒情的宝藏。这是需要探索的，是需要文化“去蔽”——这是现象学的术语，即去套语之蔽。一个小孩子要从杭州回来才能发现自我，同样，作为文人，要调动自我，挖掘深层的、潜在的自我，是非常难的，这是需要才华的。

为什么把抒情散文排在散文的第一位呢？因为它要求很高。抒情散文最容易写，也最容易写糟、写臭，臭不可闻。如果表面的抒情、自发的感受没有节制，夸张不实，浮躁，没有思想，没有深厚的人生体悟，就会产生一种后果：感情的泛滥，即滥情。滥情是很叫人讨厌的，因为它不诚恳。五四时期，英语“sentimentalism”译成“感伤主义”，现改译成“滥情主义”了。滥情就是没有内在的思想底蕴，没有深度，不诚实，为抒情而抒情，这样抒情就变成了滥情，就产生小女子散文或小男子散文。滥情是对散文的极大公害，因为抒情的遗产太丰富，可以模仿的对象很多。一个题目出来，不动脑筋，就有许多现成的经典名句涌来。于是自己深层的情感就被淹没了，被遮蔽了。抒情在当代的真谛，就是不但不滥情，而且很深刻地调动自我的整个的生命储存。

余光中先生写的《听听那冷雨》，不过是写天上下雨，却不光是写雨的现象、观感，而是调动起自己整个生命的储存，长达二十年的文化思乡的储存。

这是在台北写的，20 世纪 70 年代写的。你们闭上眼睛想，如果出一个题目《雨》，让你写，你能写出些什么东西呢？余光中写出了他半生的情感历程。这个“雨”有深度，有怎样的深度呢？有生命的深度，也有文化的深度。首先他的感觉就不一样，雨，一般是看的，但他的“雨”是用耳朵来听的，五官开放，可以看，可以听，可以闻到它的气味，可以亲，甚至可以舔，用身体去感觉，也可以说，他是用躯体来思维吧。

“听听那冷雨”，那雨可以听出冷暖来。无论是“疏雨滴梧桐”（这是古典诗词的化用：

“梧桐更兼细雨，到黄昏、点点滴滴”）还是“骤雨打荷叶”的“沙沙”的声音，都是古典的诗意。他调动了自己生命中古典诗词的修养，听出这么多古典韵味来。他听出来的诗意，总有一点凄凉，在凄凉之外，更有一种凄迷。为什么呢？雨本来是没有政治性的，但他在雨中渗入了政治的情怀。他是福建永春人，在厦门大学念过书，1949年后去了台湾，现在，他怀念故土，却不能回到故土。对故乡的怀念，让他感到凄迷。幸而他把政治情结隐藏得很好，否则我们今天读起来是会有障碍的。

他写得不但有深度，而且有时间的也就是生命的长度，从少年写到白头。“饶你多少豪情侠气，怕也经不起三番五次的风吹雨打”，从1949年到1975年，从大学生变成了中年人，“白头听雨”，再听下去，自己都老了。“僧庐下，这便是亡宋之痛”，在当时，他的政治态度和立场毕竟与我们不太一样，他没有写政治，而是写了一种失去文化家园的痛苦。

雨打在树上和瓦上，本来是很不好听的，但他从中听出了音乐，属于中国古典诗歌的音乐，令人联想到李清照的节奏，听到了中国传统的、文化的美好诗意。不管下雨还是下雪，都是美好的，密雪声如碎玉，而且你在这种屋顶下，弹琴也好，吟诗也好，下棋也好，投壶也好（投壶是古代的一种游戏），效果都特别好，特别有诗意。看得出，余光中内心的怀念故土之情，集中在祖国的传统文化上，他的怀乡是文化怀乡，不完全是政治怀乡。

他的诗意不仅是古典的诗意，而且有当代的文化诗意。所有这些，都不是雨所固有的，而是他自己心里的。他说“雨天的屋瓦，浮漾湿湿的流光，灰而温柔”，这是对光的感觉，明显受过现代派诗歌的影响；而对于视觉，是一种低沉的安慰，是一种文化的安慰。“雨敲在鳞鳞千瓣的瓦上”是说雨像花瓣一样，这是诗意的美化；“由远而近，轻轻重重轻轻”是音节的诗化。“轻轻重重轻轻”是英语诗的，有如“平平仄仄平平”。

“‘下雨了。’温柔的灰美人来了，她冰冰的纤手在屋顶拂弄着无数的黑键啊灰键”，他把这屋顶上的瓦比为钢琴上的黑键、灰键，“把晌午一下子奏成了黄昏”。听雨非常美，为什么很美呢？因为故土很美，内心很美。诗人的自我，是一个有自己政治信念和文化信念的自我，不完全是感情用事，而是有自己的立场，有自己的文化操守。正是这样，他听出了这么深邃的思绪，饱含着如此丰富的文化底蕴，从他对凄清、凄楚、凄凉、凄迷的欣赏中，可以看出中国古代文人特有的对于生命节奏和消亡的欣赏。他听出来的已不仅是大自然的声音，而且有从自己的文化记忆中冒出来的乡愁，还有那中国古典文学特有的低回。这显然是从他自己心灵中冒出来的，是别人无法听到的。他听到的是自己心里的东西，是从心里挖出来的。

所谓讲真话，这是一个粗浅的理论，你要掀翻现成的话语、现成的感觉，深深地探索最深处的东西。受过中国古典诗歌和西方现代派诗学训练、熏陶过的心灵和耳朵，才可能有这样精妙的默契。

几乎可以说，不是余光中在听雨，而是雨在听他，和他的内心深层在对话。

为了把这一切建构成诗，他花费了很大的精力才把自己的内心深层交给读者。他调动了自己古典文化与西方文化、古典诗歌与西方诗歌乃至音乐的修养，使之在内心深处形成此起彼落的文化回响，这才冲破现成的套话，使自己的心解放出来，才创造了艺术的真话，而不是日常生活的大白话。他交给读者的不仅是外部世界的音响，而且是自己内心世界的文化交响。

心灵的深度是关键。比如同样是写白玉兰，张爱玲与张洁同样有深度，但两人笔下的白玉兰却很不同。张洁笔下的白玉兰是很美的，牙黄色的花，翠绿的叶子，显得非常高雅。她说："这一辈子，活到四十多岁，才看到如此美的花，不禁可怜自己，不禁心情黯淡起来。"但张爱玲看到的白玉兰是什么样的呢？"花园里养着呱呱追人啄人的大白鹅，唯一的树木是高大的白玉兰，开着极大的花。"这个白玉兰怎么样呢？"像污秽的白手帕，又像废纸，抛在那里，被遗忘了，大白花一年开到头。从来没有那样邋遢丧气的花。"张洁对美好的花有一种相见恨晚的感觉，因为晚了，就觉得自己很可怜；而张爱玲常见到白玉兰，却觉得"邋遢丧气"。这不是一般的感觉不同，而是整个人的不同。这种不同不是浮在日常生活的表面，而是潜藏在深处的。张爱玲的白玉兰，是她内心深处的自我，这个自我是把恶和丑当作艺术来追求的自我。

我们前面讲余光中听雨，雨本来可以说是一种噪音，他却把它听成是由温柔的灰美人弹奏的交响乐。可张爱玲听交响乐感觉是"紧张"得好像要把观众"扫数肃清铲除消灭"；大小喇叭、钢琴、小提琴一一安排布置，她感到好像是"四下里埋伏起来，此起彼应"，是一种"有计划的阴谋"；哪怕是听美好的音乐，勾起的也是内心深层那种阴暗的、对人不信任的危机感、恐惧感，以及对阴谋的警惕。这不是一时的感觉，而是她的整个人就是这个样子。

张爱玲非常直率地表述自己对于生活的看法："生活是一袭华丽的袍，爬满了蚤子。"

作为抒情散文，最可贵的是人，人的深度表现。不管它是善的，还是恶的。

我们可以不喜欢张爱玲这种感觉、这种观念、这种态度、这种人生观，但我们不得不说，她是一个天才。

抒写内心深处的情绪是比较难的，在日常生活中，人们都有荣格所说的某种"人格面具"。笼统地说要讲真话，作为一种创作主张，是不切实际的、肤浅的。因为浮在表面上的自我、真话，往往是一种人格的假象，要除去人格面具是相当困难的。比如我是一个教师，我就按教师的角色来规范自己：道貌岸然，不然就是不合规范。我是一个普通的农民工，我是一个首长，都是一样，都有一种角色面具，都有隐蔽的成规，心灵被这种成规蒙蔽。但一个真正的自我，必须挣脱角色面具，做到了就是一个艺术家，做不到就显得非常肤浅。余光中先生在其《井然有序》的序言中说道："我不认为'文如其人'的'人'仅指作者的体态谈吐予人的印象。若仅指此，则不少作者其实'文非其人'。所谓'人'，更应该是作者内心深处的自我，这是我们讲的，内心深处，不是表面的，文章跟内心深处中的自我不是一样的，有一个'另己'，甚或'真己'，往往和外在的'貌己'大异其趣，甚至相反。其实以作家而言，其人的'真己'倒是他内心渴望扮演的角色：这种渴望在现实生活当中每受压抑，但是在想象中，亦即作品中却得以体现，成为一位作家的'艺术人格'。而这种艺术人格，才是'文如其人'的'人'，才是'风格即是人格'的'人'。"[①]韦勒克和沃伦在《文学理论》中说得更彻底：

与其说文学作品体现作家的实际生活，不如说它体现作家的"梦"；或者说，艺术作品可以算是隐藏着作家真实面目的"面具"或"反自我"。[②]

"风格即人"的"人"不是表面的人，而是深刻的人。这点，我想没有多大的问题。那散文家呢？散文家要求，艺术人格并不是天然地、完整地存在于作家的内心世界。他的创作过程，并不是像从银行中零存整取那么简单。实际上，作家在创作的过程中，有一个激发的过程，或者用胡风先生的话说，有一个"主观拥抱客观"，互相搏斗、互相同化的过程。有的时候，主客观不一致，我们要想办法把深层的人格和客观的素材融化为一体。比如余秋雨写的《西湖梦》，要按自己文化人格的准则，对佛家、儒家、道家，还有妓女、隐士等素材作特殊的解构，同时把自己潜在的"另己"和"真己"调动出来，使二者达到水乳交融。

散文家自我感觉的艺术化，不仅包含着自我审视、自我表现，从表层自我向深层自我突进，而且包含着自我批判、自我拷问。从这个意义上可以说，散文的创作过程就是一种文化人格升华的过程。

人们往往以为抒情散文只要有感情就够了，但这只是很粗浅的说法。

审美散文，审美就是情感审视，但情感不是孤立的。它表层是感觉，深层次是情感，再深层次代表人的立场、观点，人的智性、修养，人的道德观念、价值准则等。感情还有程度上的分别。它既可以是强烈的激情、热情（所谓火一样的爱和憎），也可以是温情、含情脉脉，还有不太鲜明、不太强烈的闲情，甚至是一种潜在状态的"道是无情却有情"，可以意会而不可言传，这就是某种程度上的"酷"，或者冷峻，甚至无情。这也是一种情感状

① 余光中：《井然有序》，《香港作家报》1996年11月1日。

② 韦勒克、沃伦：《文学理论》，刘象愚等译，江苏教育出版社2005年版，第79—80页。

态，而且是一种深度的表现。有些人表面上很客气，对你很热情，实际上他很无情，这是散文的抒情主体不应该忽略的。

当然，感情是审美的核心，它不但和感觉联系在一起，而且和智性有着深刻的联系；智性往往深深地隐藏在情感的深层。智性的抽象与情感和感觉是有联系的，但联系比较薄弱，矛盾更为突出。因而一般的作家不是忽略了它的存在，就是因为难以克服二者之间的矛盾而牺牲了智性的深度。所以说，正如智性散文家压抑抒情一样，抒情散文家往往压抑了智性。

余秋雨自20世纪90年代崛起以来，为什么会受到那么多读者的欢迎，取得了那么大的成功，同时有许多人对他表示非议呢？有的非议是文不对题，说他是“文化杀手”等，这是媒体炒作，起哄而已。现在连那些攻击他的人都说了，说问题也不大，鸡毛蒜皮。再说，就算他有问题，如果他作品好的话，也不妨碍我们对他作出中肯的评价。有的说他作品有“硬伤”。这个要改很容易，例如把娥皇女英说成是舜的女儿（其实是尧的女儿、舜的老婆），改一下，很简单。就是鲁迅，你们去看看他的全集的注解，也有不少记忆性的错误。关键是余秋雨的散文带来了新的东西。他不仅是抒情，他在自然景观面前，将激情的抒发与智性的文化沉思结合起来。他以自然景观为意象，使激情和智性相互渗透，用文化景观来阐释自然景观。刘白羽写《长江三日》，群山壁立，波涛拂荡，云雾迷蒙，直下荆门，慷慨激昂，然后说三峡航行就像我们的人生，像革命，曙光就在前面，应当努力，生活是战斗的生活，哲学是战斗的哲学，前进吧，生活是多么好啊，最后升华为政治鼓动。余秋雨没有写自然景观，没怎么认真地去写三峡的山势雄伟，江流浩荡。他写两件事：一是写李白的诗，“朝辞白帝彩云间”那首，二是写京剧《刘备托孤》。他就用这两个历史人物——李白和刘备——来解释三峡的自然景观。他说：

> 白帝城本来就熔铸着两种声音、两番神貌：李白与刘备、诗情与战火，豪迈与沉郁，对自然美的朝觐与对山河主宰权的争逐；它高高地矗立在群山之上，在它脚下，是为两个主题日夜争辩着的滔滔江流。

三峡的潮水，大家都写了，但他笔下的滔滔江流是在争辩。争辩什么呢？一是对大自然的朝觐；二是对山河主宰权的争逐。一方面是对大自然生命的展开，一方面是对生命的赌博。这是诗性的想象。本来刘备和李白相距五百年，八竿子打不着的，但余秋雨把他们对立起来，成为一个整体，用来阐释三峡自然景观中最为突出的潮水。这是一种文化智性的抒情。而余光中从台北普普通通的雨中，听到了那么多的古典文化和当代历史，听到了他自己二十多年来的乡情的回响。从这个意义上讲，他们都摆脱了对自然景观的诗化和美化的套路，因而对中国当代散文作出了贡献。通常我们称赞抒情散文，都说情景交融，但这两篇经典散文，不仅情与景交融，而且情与智交融。这才是抒情散文的精品。

要真正深化自我的个性，不能把自己的注意力局限在感觉的表层和情感的表层；表层往往为经典的反复表述所老化。就我国当代散文来说，经典化的表述常常是与诗化和热情、激情联系在一起的，如何处理抒情中的智性，正在成为当代散文的历史课题。我们面临的问题是，为传统抒情散文所美化的只是感情中很小的一部分，与激情相对立的还有冷峻。张爱玲的许多散文之所以成为精品，除了感觉的深度外，就是因为有相当冷峻的成分。看到美的东西，她无动于衷，产生煞风景的感觉。散文家刘元举有一篇散文，讲一个人在沙漠迷路了，非常恐怖。他希望听到人的声音，但没有，最后他听到了一匹狼的叫声，就感动得忘掉了恐怖，打心眼里感到，这是一匹"美丽的狼"。像这样的散文，仍然是审美的散文，仍然是很热情的：哪怕是狼，只要有生命就好，就非常美。

有时丑的事物也可以写成散文，叫审丑的散文。审丑是一个西方的流派，主要表现在诗歌里，后来发展到绘画里，再后来到戏剧里。中国的审丑散文现在还比较少。审丑散文的特点是什么呢？丑的对象也属于审美之列，但丑的事物所激起来的，如果还是强烈的、浪漫的感觉，那还只能算是审美。审丑和对象的关系并不太大，不管对象是美是丑，只要有强烈、丰富、独特的感情，就仍然是审美的。

爱情、热情的反面不是仇恨，而是冷漠。

审丑，不是对象丑，而是它非常冷，情感冷，接近零度。李斯特威尔在《近代美学史述评》中这样说道："广义的美的对立面，或者反面，不是丑，而是审美上的冷漠，那种太单调、太平常、太陈腐或者太令人厌恶的东西。"

在美学领域，没有丑的对象，只有丑的感情，而在丑的感情中，冷漠是最根本意义上的丑。楼肇明先生写了一篇《三峡石》，他从三峡的自然景观中看到了什么呢？

> 不成规划的球形、椭圆形、圆锥形、圆柱形，你挤我压，交叠黏合，隆起上升，沉落倾斜，那经过生命和死亡的大轮回、大劫难的一堆堆岩石的云团、岩石的羊群和牛群，被排闼而来的长江水挤开，在两边站立……岩石被送上旋风的绞刑架，从地质年代的墓坑里被挖到阳光下，让苍天去冷漠地阅读……[①]

这就是审丑的散文，不但客观对象很丑——三峡不是壮丽的河山，而且感情冷漠——整个苍天对这一切无动于衷，作者自己也无动于衷。这种纯粹的冷漠的审丑散文在中国还是比较少的，相当少。想找一个标准的审丑流派非常困难。审丑的关键是作者情感的冷漠，要真正地审丑，必须与传统的热情、温情、激情拉开距离。逃避抒情，冷漠了，写什么东西呢？冷漠的感情本身也是我们审视的对象。

① 楼肇明：《三峡石》，《第十三位使徒》，中国对外翻译公司出版社 1995 年版，第 213 页。

但是，从根本上来说，情感绝对冷漠，像西方文论所说的那样“作者死了”“零度写作”，作者没有价值渗透，不要说文学，就是自然科学，也是不可能的，因为人的头脑不是如英国哲学家伯克所说的那样。但是不能否认，在经典文本中，有不少表面上写丑恶，作者表现出无动于衷的样子。我们来看鲁迅《朝花夕拾·琐记》中的一个人物：

衍太太现在是早已经做了祖母，也许竟做了曾祖母了；那时却还年青，只有一个儿子比我大三四岁。她对自己的儿子虽然狠，对别家的孩子却好的，无论闹出什么乱子来，也决不去告诉各人的父母，因此我们就最愿意在她家里或她家的四近玩。

举一个例说罢，冬天，水缸里结了薄冰的时候，我们大清早起一看见，便吃冰。有一回给沈四太太看到了，大声说道：“莫吃呀，要肚子疼的呢！”这声音又给我母亲听到了，跑出来我们都挨了一顿骂，并且有大半天不准玩。我们推论祸首，认定是沈四太太，于是提起她就不用尊称了，给她另外起了一个绰号，叫作“肚子疼”。

衍太太却决不如此。假如她看见我们吃冰，一定和蔼地笑着说，“好，再吃一块。我记着，看谁吃的多。”

但我对于她也有不满足的地方。一回是很早的时候了，我还很小，偶然走进她家去，她正在和她的男人看书。我走近去，她便将书塞在我的眼前道，“你看，你知道这是什么？”我看那书上画着房屋，有两个人光着身子仿佛在打架，但又不很像。正迟疑间，他们便大笑起来了。这使我很不高兴，似乎受了一个极大的侮辱，不到那里去大约有十多天。一回是我已经十多岁了，和几个孩子比赛打旋子，看谁旋得多。她就从旁计着数，说道，“好，八十二个了！再旋一个，八十三！好，八十四！……”但正在旋着的阿祥，忽然跌倒了，阿祥的婶母也恰恰走进来。她便接着说道，“你看，不是跌了么？不听我的话。我叫你不要旋，不要旋……”

把明明是丑的事情写得完全客观纪实的样子，在字面上无一字褒贬，但是，其中显而易见地显示出此人表面上顺从孩子，实际上是不顾孩子身体上和心灵上受伤害，心眼挺坏的。把这一点当成一种艺术流派，不仅是对感情世界的开拓，而且是对散文艺术“新边疆”的探险。

审丑世界是艺术探险的领域，主要集中在反抒情、反煽情、反滥情上。因为很长一个历史时期，抒情是通用手法，抒情滥了，成了套路了，为文而造情了，虚情假意了。抒情变成俗套了，也就引起了厌倦，结果就走向反面，干脆不动感情。不动感情也可以写成别具一格的散文。台湾有一个散文家叫林彧，他的一篇散文《成人童话》，创造出了一个荒谬而无情的境界。

——我的甲期爱情到期了吗？

——你的爱情签账卡来了吧？

——爱情可以零存整付。

——幸福可以分期付款！

——真理换季三折跳楼大拍卖！[①]

把整个爱情变成一种交易，变成银行的账户，变成单据，变成银行的一种金钱来往。这是对浪漫爱情的一种反讽，不抒情，反抒情，也成文章，而且别开生面。

还有，真理也不是什么精神追求的高尚境界，而是商店里的生意经，衣服换季、三折、大拍卖、跳楼价大拍卖。真理怎么能换季呢？跟衣服一样，这个真理不流行了，要换一个新的真理，那还称为真理吗？这就是一种冷漠。幸福不是一种情感的享受，不是一种情感的共享和体验，而是分期付款，是非常商业化的，完全没有了情感的价值，有的是一种交换的实用价值。这就是一种审丑，是对人生价值、情感价值以及审美的一种反驳。这种审丑散文毕竟是比较少的，台湾有一点，香港也有一点，大陆（内地）还是相当少的，以至于我们现在还找不到一个审丑流派的代表。和审丑散文有一点近似的，就是幽默散文，我们叫它亚审丑散文。

第三十二讲　亚审丑——幽默：以丑为美，以歪理为美

在中国，严格意义上的审丑散文，或作为一个流派，或作为一种思潮，还没有成熟起来，没有一个完整的作家群体。在这一点上，散文相对于小说、戏剧而言，相对于造型艺术——如雕塑——而言，好像是有点落后了。相对于诗歌而言更是如此，最早的象征派诗歌，一些代表性诗人，如李金发，或者说浪漫主义的追求审美的诗人，如徐志摩、闻一多，都有一点审丑的作品，如闻一多的《死水》之类。奇怪的是，在诗歌突飞猛进地更新流派的时候，散文却缓慢地发展，一直沿着抒情这个轨道——审美、诗意的轨道——前进。

幽默散文比较特殊：你说它审美吧，有时候，它把表现对象写得很煞风景，甚至令人恶心，不但不美，而且有点不怕丑的倾向；你说它审丑吧，它又并不冷漠，它有感情，有时感情多多少少有些美好的地方。所以，幽默散文不能笼统叫“审丑”，折中一下，叫它“亚审丑”或“次审丑”，跟真正的审丑有所不同。

鲁迅的《阿长与〈山海经〉》写一个保姆，晚上睡觉，她本该照顾鲁迅，但她不但没照顾，反而占领了床，摆上一个“大”字。鲁迅的母亲给了她暗示，她也听不懂，以后更加

① 郑明娳：《现代散文现象论》，台湾大安出版社 1992 年版，第 63—64 页。

糟糕，不但摆上“大”字，而且把手放在鲁迅的脖子上。她还有许多其他的毛病，把孩子节日的欢乐变成规矩的磨难。这是一个非常不雅的、不美的形象，不是充满诗意的，因而肯定不是审美的。她还会讲一些故事，非常恐怖的故事。如太平天国时期，鲁迅的祖辈、父辈，全家都逃走了，只剩下一个老妈子和一个门房看家。太平军来了，老妈子就叫“大王”，诉说自己的饥饿。太平军就扔过来一个包，带着小辫子，打开一看，是那个门房的头。故事很荒诞。按理说，鲁迅批评一下她迷信、胡说，是可以的，但那就太正经了。鲁迅并不正面揭露，而是采取一种将错就错、将谬就谬，即导出荒谬的办法。鲁迅说，他不怕，因为他又不是门房，但阿长大概也感觉到了，说像他这样一个小孩子，长毛也要掳去当小长毛。这根本是胡说八道，好像是吓人的。鲁迅说他还是不怕，原因是他不是门房。这个理由是荒谬的，好像如果他是一个门房，就要被杀掉似的，好像太平军不是过去了二十多年的事，好像太平军对所有的门户都采取这样的办法似的。这是非常荒谬的，因而是好笑的，幽默感就从这里产生了。

这就是逻辑学的导谬术，不是直接反驳你的论点，而是用你的前提推出荒谬的结果，从而说明你的前提是错误的。更荒谬的是长妈妈的话：“我们就没有用么？我们也要被掳去。城外有兵来攻的时候，长毛就叫我们脱下裤子，一排一排地站在城墙上，外面的大炮就放不出来；再要放，就炸了。”显而易见，这是更加荒谬的、迷信的。如果鲁迅正面地点出这是迷信，那就不幽默了，因为这太正经，完全讲的是正理，而幽默恰恰是讲歪理。歪理才好笑，才好玩，才有幽默感。鲁迅在文章中，不但不指出这种荒谬的可笑，反而说她有“伟大的神力”，对她产生“特别的敬意”。显而易见的荒谬和十分庄重的词语之间产生一种不和谐、不统一，逻辑错位，而且是连贯性的逻辑错位。每一个因果推论，都以极其荒谬的前提引出更加荒谬的结果，更加荒谬的结果又被当作前提，由此愈推愈谬，愈发胡言乱语，淋漓尽致地表现了心灵的混乱、心灵的愚昧。长妈妈愈是荒谬，鲁迅愈是平心静气，越是这样，越是富有幽默感。

幽默是一种心照不宣的荒谬，荒谬的逻辑和庄重的态度形成一种错位，使人感觉好笑，笑的时候，就体会到宽广的心胸包容荒谬的事。这是一种精神高度的表现。

幽默散文和抒情散文是不一样的。抒情散文是诗化，把对象美化，把自我的心灵美化；幽默散文不美化，却不回避丑化，也许我们可以把“丑”加上引号，不完全是丑，因为长妈妈这个人并不是心怀恶毒的，不是有意恐吓小孩子，她不带自私的、卑劣的目的，她自己是非常虔诚地相信这一切的。她很愚昧，但心地善良。

鲁迅的内心状态并不是冷漠的，也不是无动于衷的，而是表面上沉静，内心是有感情的：一方面“哀其不幸”，另一方面“怒其不争”，哀和怒都是感情深厚的表现。

从结构层次上分析，表层是愚昧的、丑的，深层的情感是深厚的、美的，这就是幽默在美学上的一个特点。为什么说深层的情感是美的呢？光是看到这里，还不是特别清楚。后来，鲁迅渴望得到《山海经》的时候，所有的大人都漠不关心，只有长妈妈关心，这表现了长妈妈的善良。长妈妈的外表是丑的，黄矮而胖，但鲁迅内心对她产生了“特别的敬意”，而不是冷漠的。这就是我们所说的“亚审丑”。

“亚审丑”最具有代表性的就是幽默散文，我们叫它“软幽默”，也就是没有多少进攻性的，即使是进攻，也会让你在体悟到的时候会心一笑。“硬幽默”则进攻性很强，有时则带着明显的讽刺性，像鲁迅的杂文，其中很多是“硬幽默”。

“幽默”不用别人做靶子，而是用自己。表面上很丑，实际上表现了内心对人的同情、对人的理解，表现了自己胸怀坦荡，与读者接近，没有心理距离。“软幽默”最常用的办法，是用贬抑自己来达到心灵的沟通。自我贬抑，也叫自我调侃。美国有一种幽默学把幽默分为很多种，贬低自己，表面上“丑化”自己是最高层次的幽默，这是否百分之百正确，我们姑妄听之，但这是值得重视的。如果你想幽默一番，那是很容易的，不是像诗歌、散文那样把自我的情感美化，相反，你把自己的情感“丑化”一下。中国文坛中贾平凹善于此道。贾平凹在散文《说话》里说自己说不好普通话，这没什么了不起，普通话嘛，就是普通人说的话，毛主席都说不好普通话，那他也不说了。好像有点阿Q。这种心态，在中国是常见的。他又说说不好普通话，就不去见领导、见女人。好像见领导就是为了去讨好领导，给领导留下好印象一样；和女人在一起，有什么不纯的动机。这些本来都是隐私，但作者公然坦露。这明显是虚构，不是写实，显而易见是借自己来讽喻世人、世风。他说普通话说不好，但他会用家乡话骂人，骂得非常棒，很开心。表面看来，这是有点恶劣，但从深层来说，他非常天真、非常淳朴。

这就是以丑为美，因为他并不是完全没有感情，而是另外一种调侃的情感，很难说幽默散文是纯粹的审丑散文，所以，我们给它一个名称，叫“亚审丑”。

网上疯传贾平凹的一封辞谢宴请的信：

今晚粤菜馆的饭局我就不去了。在座的有那么多领导和大款，我虽也是局级，但文联主席是穷官、闲官，别人不装在眼里，我也不把我瞧得上，哪里敢称作同僚？他们知道我而没见过我，我没有见过人家也不知道人家具体职务。若去了，他们西装革履我一身休闲，他们坐小车我骑自行车，他们提手机我背个挎包，于我觉得寒酸，于人家又觉得我不合群，这饭就吃得不自在了。

这是在地位上、装束上贬低自己。

要吃饭和熟人吃得香，爱吃的多吃，不爱吃的少吃，可以打嗝儿，可以放屁，可以说趣话骂娘，和生人能这样吗？和领导能这样吗？知道的能原谅我是懒散惯了，不知道的还以为我对人家不恭，为吃一顿饭惹出许多事情来，这就犯不着了。

这是在作风上贬低自己，把自己写得很不文明，很粗野，其实，这一切与读者心照不宣，都是虚拟的。

酒席上谁是上座，谁是次座，那是不能乱了秩序的，且常常上座的领导到得最迟，菜端上来得他到了方能开席。我是半年未吃海鲜之类，见那龙虾海蟹就急不可耐，若不自觉筷先伸了过去如何是好？即便开席，你知道我向来吃速快，吃相难看，只顾闷头吃下去。若顺我意，让满座难堪，也丢了文人的斯文；若强制自己，为吃一顿饭强制自己，这又是为什么来着？席间敬酒，先敬谁，顺序不能乱，谁也不得漏，我又怎么记得住？而且又要说敬酒词，我生来口讷，说得得体我不会，说得不得体又落个傲慢。敬领导要起立，一人敬全席起立，我腿有疾，几十次起来坐下又起来我难以支持。我又不善笑，你知道，从来照相都不笑的，在席上当然要笑，那笑就易于皮笑肉不笑，就要冷落席上的气氛。更为难的是，我自患病后已戒了酒，若领导让我喝，我不喝拂他的兴，喝了又得伤我身子，即使是你事先在我杯中盛白水，一旦发现，那就全没了意思。官场的事我不懂，写文章又常惹领导不满，席间人家若指导起文学上的事，我该不该掏了笔来记录？该不该和他辩论？

这是极写自己的狼狈，其实是在讽喻官场的庸俗。

我这般年纪了，在外随便惯了，在家也充大惯了，让我一副奴相去逢迎，百般殷勤做媚态，一时半会儿难以学会。

在这种自我贬低的字里行间，其实是在透露自己不但拒绝以“奴相”“媚态”去逢迎，而且从本性上就格格不入，难以入俗。

而你设一局饭，花销几千，忙活数日，图的是皆大欢喜，若让我去尴尬了人家，这饭局就白设了，我怎么对得住朋友？而让我难堪，这你于心不忍，所以，还是放我过去，免了吧。

明明是自己拒绝了人家的邀请，却说自己为人家设想，免得“去尴尬了人家”对不住朋友，而且求告朋友放自己过去。

几时我来做东，回报你的心意，咱坐小饭馆，一壶酒，两个人，三碗饭，四盘菜，五六十分钟吃一顿！如果领导知道了要请我而我未去，你就说我突然病了，病得很重，这虽然对我不吉利，但我宁愿重病，也免得我去坏了你的饭局而让我长久心中愧疚啊。

在平淡的语气中，坦然以平民心态为荣。

这种自我调侃属于幽默范畴，在美国被认为是高档次的。中国其实也有相当的传统。

早在扬雄就有《逐贫赋》，说自己一向贫困，哪怕是逃到昆仑之巅、岩穴之中，泛入海中，贫困总是追随不懈（“我行尔动，我静尔休”）。扬雄立意驱逐，但贫困却“色厉目张”，云虽未为君家带来荣华富贵，却赋予贵府清白无瑕的镇定、正大光明的坦荡，当富贵、奢侈与追名逐利同流，贫困与正直相伴之时，才选择了君家，如不相容，当即“降阶下堂”，发誓要离开他。扬雄立即示歉，誓与之永远同居。这种自嘲带有某种戏谑的性质，显然与诗化抒情背道而驰，但却成为延续千年的母题。到了唐朝，文起八代之衰的正统大师韩愈，以其《送穷文》拓展了这个母题。其“穷”不是物质上的贫困，而是称己智穷、学穷、文穷、命穷、交穷，恳请“五穷鬼”离去。穷鬼却称自己与韩愈同命运四十年余，虽主人迁谪南荒，百鬼欺凌，遭人讨厌，而穷鬼始终忠心不改，不离不弃，说得主人垂头丧气，“上手称谢”，“延之上座”。韩愈死后三十年，友人段文昌之子段成式为《留穷辞》（此文已佚），论者以为与韩文比，有“辞反之胜”。五年后，段成式复作《送穷祝》（一名《送穷文》）。唐宣宗时，有自称“紫逻山人”者，有《送穷辞》。北宋王令亦有《送穷文》。清戴名世有《穷鬼传》也是要遣送穷鬼，穷鬼不肯去，理由是韩愈之所以不朽，都是他的功劳，穷鬼数千年才遇到韩愈，又近千年而得遇先生，先生之道寡，“独余慕而从焉”，“岂不厚哉”[①]？

仅从“送穷”母题千年不断可以看出，审美抒情以美化、诗化主体与环境为务，而送穷母题则反之，以自我调侃、自我贬抑为务。这在中国传统上叫自嘲。这个题目并不是梁实秋的首创，金圣叹早在《西厢记·拷艳》那一折里一连串写了几十个“不亦快哉”，非常坦率地讲了一些自己不好意思的事情。中国古代散文和诗歌的主流向来是追求美化和诗化的，自暴其丑是不登大雅之堂的。金圣叹却反其道而行之。例如写天气闷热，“前后庭赫然如洪炉，无一鸟敢来飞。汗出遍身，纵横成渠。置饭于前，不可得吃。……苍蝇又来缘颈附鼻，驱之不去。正莫可如何，忽然大黑车轴疾澍澎湃之声，如数百万金鼓，檐溜浩于瀑布，身汗顿收，地燥如扫，苍蝇尽去，饭便得吃”，金圣叹为之欢呼“不亦快哉”；猫抓了老鼠去，他欢呼“不亦快哉”；私处有癞疮，以热汤澡之，他也欢呼“不亦快哉”。他很喜欢为不登大雅之堂的事情率性欢呼。他说自己想当和尚，又怕吃不成肉，如果允许当和尚的吃肉，他就马上用快刀把头发剃个干净。这些真性情的自然流露，本来可以是抒情的、美化的，但真性情流露到不怕丑的程度就有点幽默感了：其特点是把自己说得有点不堪，和读者的美化预期形成错位。

① 扬雄：《扬雄集校注》，张震泽校注，上海古籍出版社 1993 年版，第 146—147 页；韩愈：《韩昌黎文集校注》，马其昶校注，上海古籍出版社 1986 年版，第 570—572 页；戴名世：《戴名世集》，王树民编校，中华书局 1986 年版，第 429—431 页。

自我调侃的关键是分寸感，不能太温，又不能太火，不管多煞风景的事，不能有伤大雅，不能给人品质恶劣的感觉。他说：早上起来，听说城中一个人死了，大家都不免叹息。问明了此人乃“城中第一绝有心计人”，他就不但不感到悲哀，而是感到“不亦快哉”。幸灾乐祸，如果是针对心地善良的人，就太恶毒了，但针对“城中第一绝有心计人”，就能引出会心的微笑了。金圣叹更惊人的幽默还在于自我调侃到了不怕丑的程度：

身非圣人，安能无过？夜来不觉私作一事，早起怦怦，实不自安。忽然想得佛家有布萨之法，不自覆藏，便成忏悔。因明对生熟众客，快然自陈其失。不亦快哉！

这里所说的“私作一事”，我不得不作注解，显然是指手淫。身为封建士大夫，官至县太爷，居然坦率到这种程度，主动、公开地披露自己的私事，并觉得由此而得到解放。这里的关键是借佛门“布萨”制度为自己鼓勇，“布萨”就是每半月诵戒，诵完戒条，自我反思，是否破戒，如有守不住自己而破戒的则自我忏悔。

梁实秋先生就模仿这种“不亦快哉”的笔法，在《来台以后十二大快事》中，一连写了十二个“不亦快哉”，但梁先生毕竟是绅士，并不模仿他的自我暴露。林语堂也有《不亦快哉》之作，自此“不亦快哉”之风盛行海内，绵延不绝。李敖作《不交女朋友不亦快哉》《不讨老婆不亦快哉》，极尽嬉笑怒骂之能事，以玩世的姿态写李敖式的愤世之情。李敖故意把自己写得很不堪（看淫书）、很顽劣（以快速和慢速放影碟）、很无聊（和小狗咬来咬去）、很散漫（用脚趾开水龙头），但就是在这种无聊和顽皮中，显示了他在政治上和学术上的原则性和坚定性，并为自己极其藐视世俗的姿态而自豪。他的幽默好就好在亦庄亦谐，以极庄反衬极谐。

20世纪末，四川文艺出版社的两位编辑，发起《不亦快哉》征文，海内不乏名家响应，然而大多缺乏自我调侃之气魄，读之令人哭笑不得。

但对幽默而言，丑化是表层的，深层隐藏着感情的美化。自己很坦然，无所谓，不拘小节，坦然从事，从而达到个性解放，表现宽广的心胸，并不是用虚荣心来掩盖自己的本性；同时，所写的缺点并不是个人的，往往是人类普遍的弱点，不能绝对说是丑化，从更高的层次上来说，是一种美化。

不要以为写散文只有一种办法，就是把对象和自我加以美化。美化就要舍弃一些东西，强化一些东西，淡化一些东西。比如朱自清的《荷塘月色》，写的是一个非常宁静、美好而且富有诗意的月夜，他就排除一些东西，他在文章里写道：“这时候最热闹的，要数树上的蝉声与水里的蛙声。”如果把蛙声和蝉声加以渲染，就没有诗意了，但这不等于说，蛙声和蝉声就不能写成文章了。恰恰相反，抒情散文所遗弃的东西，可能成为幽默散文的好料。余光中先生在《牛蛙记》中就把蛙声引起的非常倒霉的、非常煞风景的、折磨人的过程写得很轻松，心境非常宽广，坦承了自己狭隘的一面、凶残的一面，同时写出了自己对人弱点同情的一面，这就拓宽了人的审美境界。

“亚审丑”的幽默是需要一些勇气的，因为要把自己写得很丑，甚至很恶。这方面柏杨有大手笔。作者用不怕恶的办法，把自己写得像小偷一样。这是一种幽默的想象，是一种心照不宣的假定；这是以丑为美，以恶为善，充分表现了柏杨的天真和愤世嫉俗。愤激到不怕丑、不怕恶的程度，当小偷都公开的、堂而皇之的，这里就开拓了另一种艺术趣味，这种趣味不叫情趣，而叫谐趣。有了愤激的情绪也就不是丑了，不是冷漠了，其中有审美的成分。

这一点在理论上还没有充分地研究，但事实上已成为一种共识。例如我们看春节联欢晚会，很欣赏陈佩斯、赵本山的小品。他们演的都是些什么人呢？可以说，都不是好人。陈佩斯演的那个小偷，那个一身汉奸气的家伙，都想象自己是好人，但越是想让自己神气一点，越是暴露出他的小偷嘴脸、汉奸气质。赵本山演的那个卖拐的家伙是个骗子，他为他的骗术十分得意，而另一个人却反反复复地心甘情愿地去上当。我们看着他出洋相，笑得前仰后翻。我们笑的不仅是他们，而是全人类共同的弱点。所以，我们笑归笑，但并不恨他们，不觉得他们可恶，相反，觉得他们有点好玩，有点天真，有点傻乎乎。这就是以丑为美、以恶为美的艺术效果。这不是生活，是对生活的超越。

幽默散文的风格是很丰富的。有时客观对象是煞风景的，但主观感情还是非常优美，有一点抒情性。

舒婷散文中的幽默也充满了抒情的意味。她的诗是理想化的境界，散文完全是现实的境界，她不像一般的幽默散文那样丑化对象，而是表现出自己在亲情、友情之中的率性。她的朋友、很有幽默感的作家张洁说：舒婷，你把我挖苦得好不痛快。一方面是挖苦、调侃，或者是加引号的“丑化”人家；一方面又让人听了以后觉得非常痛快，不痛苦。舒婷的散文有个特点，越是亲密的对象，她越有兴致把他们写得又可笑又可恨。表面上挖苦，实际上并不刻薄，充分显示她在浓郁友情当中的任性、放肆、调皮，显示相互之间精神放松，心灵与心灵之间不设防，人与人之间没有戒备。

在一篇散文中，她细写了烦琐的家务，作为妻子、母亲，她烦得不得了；但她又说，做一个女人真难，但也乐在其中。一方面调侃，一方面乐在其中，就是抒情。正因为这样，她在极尴尬的时候怡然自得，极劳累的时候又觉得非常甜蜜，极倒霉的时候抑制不住兴奋之感；讲丈夫极傻的时候露出欣赏，讲儿子极差劲的时候极其自豪，讲自己不走运的时候又相当自信。所有这些集中起来，就是幽默的丑化，与诗意的美化水乳交融。

她的幽默是一种特殊的幽默，或叫抒情性的幽默。

幽默的风格是无限多样的。舒婷的幽默是一种“软幽默”，与之相反的是“硬幽默”，也就是有很强的进攻性和讽刺性的。这种幽默激化矛盾。幽默本来有缓和对抗、淡化矛盾的功能，用自我调侃降低姿态，与人达到一种心灵的沟通，心照不宣的沟通。幽默是将进攻转化为共享，就是进攻也不讲出来，留在逻辑的空白里，让你在无声的空白中和我会合。所以，幽默的笑不是哈哈大笑，而是会心的微笑。

与抒情幽默不同，幽默也有进攻性的，是相当有智性的，具有严峻的意义。这时，幽默就上升到讽刺的层次了，讽刺有针锋相对、火辣辣的特点。有一次，歌德碰到一个经常批评他的批评家，两人在一条小路上狭路相逢。这个人非常傲慢，对歌德说：“我是从来不给蠢猪让路的。”歌德往旁边一让说：“我正相反。”表面上看，歌德让路了，好像是让步了，但“我正相反”，意思是我给蠢猪让路，实际上你是蠢猪了。毕竟是幽默，就是进攻也没有讲出来；如果不幽默的话，就可以直接讲出来，你才是蠢猪呢！那就谈不上幽默了。幽默需要的一个基本修养就是含蓄，用我的话来说，就是要把进攻放在逻辑的空白里。有个小品节目，妻子和丈夫吵架，妻子说，嫁给你这样的丈夫还不如嫁给魔鬼。丈夫没有顶她，而是说，你放心，婚姻法有规定，近亲不得结婚。实际上，他骂妻子是魔鬼的近亲，也就差不多是魔鬼，但这话是留在逻辑的空白里，是让你自己体会的，这倒把妻子逗乐了。含蓄就是把自己的意思放在逻辑的空白里，让对方去体悟，从而给对方一种共享的感觉。

但是，这是幽默，不是讽刺，讽刺性幽默散文是带着对人生世态很强的批判性的。钱锺书《写在人生边上·读〈伊索寓言〉》中这样说：

> 例如蝙蝠的故事：蝙蝠碰见鸟就充作鸟，碰见兽就充作兽。人比蝙蝠就聪明多了。他会把蝙蝠的方法反过来施用：在鸟类里偏要充兽，表示脚踏实地；在兽类里偏要充鸟，表示高超出世，向武人卖弄风雅，向文人装作英雄；在上流社会里他是又穷又硬的平民，到了平民中间，他又是屈尊下顾的文化分子：这当然不是蝙蝠，这只是——人。

这里讽刺的不仅仅是一般的人生，更是人类的劣根性。他在《围城》的序言里就明白宣称过，他讽刺的是人类“四毛的四足动物”的“根性”。下面再看两则：

> 乌鸦的故事：上帝要拣最美丽的鸟作禽类的王，乌鸦把孔雀的长毛披在身上，插在尾巴上，到上帝前面去应选，果然为上帝挑中；其他鸟类大怒，把它插上的毛羽都扯下来，依然现出乌鸦的本相。这就是说，披着长头发的，未必就真是艺术家；反过来说，秃顶无发的人，当然未必是学者或思想家，寸草也不生的头脑，你想还会产生什么旁的东西？这个寓言也不就此结束，这只乌鸦借来的羽毛全给人家拔去，现了原形，恼羞成怒，提议索性大家把自己天生的毛羽也拔个干净，到那时候，大家光着身

子，看真正的孔雀、天鹅等跟乌鸦有何分别。这个遮羞的方法至少人类是常用的。

他对寓言前半段的分析还只是讽喻“披着长头发”的“艺术家”和“秃顶无发”的“思想家”，二者都徒有其表，这是知识分子的病态。下半段则是说自己不行，让大家同样不行，“这个遮羞的方法至少人类是常用的”。

牛跟蛙的故事：母蛙鼓足了气，问小蛙道：“牛有我这样大么？”小蛙答说：“请你不要涨了，当心肚子爆裂！”这母蛙真是笨坯！她不该跟牛比伟大的，她应该跟牛比娇小。所以，我们每一种缺陷都有补偿，吝啬说是经济，愚蠢说是诚实，卑鄙说是灵活，无才便说是德。因此世界上没有自认为一无可爱的女人，没有自认为百不如人的男子。这样，彼此各得其所，当然会相安无事。

本来是伊索寓言，讽喻的是母蛙不自量力和牛比大，钱锺书做翻案文章，说母蛙应该和牛比小。第一个层次的结论是表面上一切缺陷都有补偿。如果仅仅止于此，就不是钱锺书了。钱锺书的批判矛头直指人类的劣根性就是习惯于颠倒是非。

与这种文章有某些相似的是董桥的《中年是下午茶》，其中有这样的片段：

中年是危险的年龄：不是脑子太忙、精子太闲，就是精子太忙、脑子太闲。中年是一次毫无期待心情的约会：你来了也好，最好你不来！中年的故事是那只扑空的精子的故事：那只精子日夜在精囊里跳跳蹦蹦锻炼身体，说是将来好抢先结成健康的胖娃娃。有一天，精囊里一阵滚热，千万只精子争先恐后往闸口奔过去。突然间，抢在前头的那只壮精子转向往回跑。大家莫名其妙，问他干吗不抢着去投胎。那壮精子喘着气说，“抢个屁！他在自渎。”

这个董桥，这样写男性的自渎，有点接近金圣叹。不同的是，金圣叹暴露的是自我，而董桥讽喻的是中年男性，在艺术上难得的是，他编撰了一个有点喜剧的情节。

在这节课的最后，我再强调一下讽刺的特殊功能。反讽和自我调侃在表层词语上都有幽默感，但二者的功能绝不相同。自我调侃是善意的，是缓和矛盾的，而反讽是进攻的，是激化矛盾的。要使幽默在强度、进攻性上有所增加，反语是常用的方式。其操作特点是：故意使语义和意向发生矛盾，使二者在两极上的对立十分强烈。其显性意味越是荒谬，与之相反的隐性意味就越发鲜明。在西方，有所谓反讽的范畴，其中很大一部分就是反语。鲁迅用反语时，往往是讽刺的锋芒比较锐利的时候。

你说甲生疮。甲是中国人，你就是说中国人生疮了。既然中国人生疮，你是中国人，就是你也生疮了。你既然也生疮，你就和甲一样。而你只说甲生疮，则竟无自知之明，你的话还有什么价值？倘你没有生疮，是说诳也。卖国贼是说诳的，所以你是卖国贼。我骂卖国贼，所以我是爱国者。爱国者的话是最有价值的，所以我的话是不错的，我的话既然不错，你就是卖国贼无疑了。[1]

由于显而易见地违反了充足理由律，以绝对主观的、不成逻辑的逻辑将对方层层加码为“卖国贼”，其荒谬之处和潜在的正常理性构成尖锐对照。表面上的层层推理，好像振振有词，实际上层层放大了他的武断和荒谬。反语的肯定语气越是坚决，其否定的效果越是强烈。字面上越是头头是道，否定的意向越是鲜明。如果不是用来针对敌者，而是用来针对同道，则未免有失宽厚，但在表达某种愤激或某种必要的讥诮时，有其特有的力度。

由此我们可以体会到一点，文学语言创造的道路是异常宽广的，不但美好的感情可以动人，而且可以以丑为美，以恶为美，以歪理、无理（而有理）为美。幽默散文的奥妙值得研究。

第三十三讲　审智散文：审智的感觉和过程

我们前面讲过，抒情散文追求美和诗意，幽默散文不追求美和诗意，有的甚至追求“丑”，我们称之为“亚审丑散文”，而智性散文既不追求美也不追求丑。这里有个理论问题，智性是抽象的，这就和文学的基本特性发生了矛盾，而且有可能与议论性的散文、学术评论、科学论文相混同。但请注意，我们称之为“审智散文”，智慧有个内心审视的过程，而有没有审视的过程是很不一样的。审智固然是超越感情的，但它并没有脱离感觉。这里，我要细致地讲述一下。

学者散文很多是审智散文，但也有不成功的审智。幽默一旦与智慧、知识结合起来，就会产生一个问题：智性是需要冷静的，而幽默往往是比较温情的，像梁实秋、林语堂那样，有时甚至是比较愤激的，像钱锺书那样。智性带有某种程度的理性的性质，和情感是有矛盾的，智性散文要冷峻（当然不是冷漠）才能有深度，因而在一定程度上远离抒情和幽默，这是常见的现象。

从逻辑上说，抒情逻辑、幽默逻辑和理性逻辑有显而易见的矛盾。抒情逻辑是极端化的，带上情绪就意味着片面，与理性的全面性相冲突，思辨的深度就受到限制。幽默逻辑具有错位的性质，与理性的思辨和分析凿枘难通。理性逻辑的基本规范是一元化的，即同一律，内涵和外延均不得转移。幽默逻辑的错位特点是概念内涵“不一致”，是概念转移，用西方的术语来讲，就是“incongruity”[2]。钱锺书如果不偷换从窗子进来偷东西和偷情的概

① 鲁迅：《论辩的魂灵》，《鲁迅全集》第三卷，人民文学出版社 1983 年版，第 29 页。

② 关于幽默逻辑的错位，参阅孙绍振《论幽默逻辑》，《文艺理论研究》1998 年第 5 期；又见孙绍振《审美价值结构与情感逻辑》，华中师范大学出版社 2000 年版，第 211—234 页。

念，不把这两种内涵不相同的“偷”混为一谈，不把窗子和门的功能的内涵片面地、牵强附会地搅乱，他的幽默就无法左右逢源，就不能妙语如珠，但他的幽默也付出了代价：从思想的全面性上来衡量，他对知识分子虚荣、作伪的批判并不十分全面，因为知识分子并不完全遵循他所批判的种种做法。

幽默不能成为真正的客观的分析。任何一种方法都有其局限性，幽默逻辑有这么大的局限，所以20世纪强调理性的新中国的散文，更多的是赞歌体的抒情散文，幽默风格受到冷遇。直到八九十年代的小女子散文，也还是抒情的。这就产生了一种现象，即过分抒情就成了滥情，看多了叫人发腻，为文而造情，虚情假意，没有智性，没有幽默感，很矫情。小男人、小女人散文之所以让人诟病，有许多原因，但思想肤浅是最大的原因。舒婷的散文比一般小女子散文要强多了，而且相当有感染力，但也不是没有缺点，即缺乏深厚的思想。有一个博士批评她的散文婆婆妈妈的，不像她的诗有那么多形而上的追求。

还有一些散文家，如邵燕祥，从20世纪50年代开始，就以杂文为主，批判社会风气乃至道德腐败，但到现在为止，看不出有什么艺术上的创造。为什么呢？他的作品只是有一点抒情、愤激，感染力是比较弱的，太正经、太理性了。我常想，他如果有点幽默感就好了。智性的深邃和幽默的调侃是有矛盾的，但只有很有才气的人才可以将之结合，如王小波，他的散文并未因为幽默而失去深度。他把思辨和幽默、正理和歪理、审美和亚审丑结合得相当成功。他的幽默和钱锺书的不同，他显得温和、从容，又有相当的深度，钱锺书只有讽刺，而且提倡“偏见”，也就是片面性思维，显得非常偏激。王小波有一篇很著名的散文《椰子树与平等》，在这篇散文中，他把幽默的戏谑性（错位逻辑）和理性的全面性和谐地结合起来。对诸葛亮砍椰子树的传说，他的推理是这样的：人人理应生来平等，但现在不平等了：四川不长椰子树，那里的人要靠农耕为主；云南长满了椰子树，这里的人就活得舒服。让四川也长满椰子树，这是一种达到公平的方法，但限于自然条件，很难做到，所以，必须把云南的椰子树砍掉，这样才公平。

他讲了歪理，讲了反话，这里“公平”的概念已被偷换了。把人家的好东西破坏掉，对自己没有好处，对人家害处很大，这怎么叫公平呢？这是对消极的绝对平均主义的调侃，损人而不利已，就成了这种“公平”的内涵。这里就有批判，但很温和，很平静。他接着说：

> 假如有不平等，有两种方式可以拉平：一种是向上拉平，这是最好的，但实行起来有困难；比如有些人生来四肢健全，有些人则生有残疾，一种平等之道是把所有的残疾人都治成正常人，这可不容易做到。另一种是向下拉平，要把所有正常人都变成残疾人就很容易：只消用铁棍一敲，一声惨叫，就变过来了。

他非常从容地讲出了一个荒谬的道理，就是把健康的人打成不健康的人。他说这很简单，但悲惨的东西就不讲了，非常含蓄，歪理歪推。这本是惨绝人寰的事，但表面上是平等的，这就讽刺了消极平均主义。人一旦看到别人比自己更好，就不过瘾，所以，把别人打残了，把椰子树砍掉了，虽然对自己没有任何好处，却觉得痛快。这种思想并没有像邵燕祥那样直接讲出来，而是通过幽默的歪理暗示。这是一种深刻的智性，不是抒情，这里的感情基本被留在逻辑空白里了。要不然，把人打残废时的痛苦就够写出好多动感情的文字。

他的幽默风格很深邃，他分析着一切迷误，既不居高临下，也不剑拔弩张，不管是简单的道理还是深奥的道理，他都不借助高昂的声调，总是相当低调，娓娓而谈。他喜欢在“佯谬”的推理中表现出一种“佯庸”，好像自己也不甚清醒的样子，也很平庸的样子，也很有点傻气的样子。这就使他的幽默显得清醒、深邃而又从容不迫。这样的幽默不但有“审丑”的一面，还有审智的一面。智慧本来是抽象的，但通过歪理歪推形成了一种很有感染力的谐趣。

由此可见，幽默散文不一定没有深邃的思想，还可以达到审美和审智的水乳交融。

中国现当代散文艺术积累最为丰厚的是抒情和幽默，作家进入散文的艺术天地最为方便的入门就是抒情和幽默，但不管抒情的审美还是幽默的“审丑”，在逻辑和思想方法上，都存在着无可否认的局限。钱锺书对中国知识分子讽刺的片面、偏激，我已经讲过了；王小波对中国传统意识的批评，以诸葛亮砍椰子树作类比，从严格理性的角度来看，也还失之浅白，因为从逻辑上来说，类比推理是不能论证任何命题的。这就促使一些把思想、文化深度看得特别重要的散文作家，在抒情和幽默的逻辑局限之外寻求反抒情、反幽默的天地。王小波接近反抒情的天地，但还要幽默。最极端的智性散文，幽默也不能要，追求的是不幽默也不抒情。这样，就只能是讲道理了。如周作人晚期的散文非常苦涩，叫苦涩散文，许多人说他是散文大师，与鲁迅齐名，但我看了很多他的文章，觉得多数非常枯燥。不知道人们为什么把他捧得那么高，百思不得其解。艺术总得有个准则吧。这个问题，我问过钱理群先生，他是写过《周作人传》的。他说，他很喜欢周作人的苦涩。我觉得，文学作品得有情趣、谐趣或智趣，周作人的散文在这三种趣味之外。我这样想，文章要形象生动，才有感染力，你总不能说，我就来个不生动，没有感染力，就是折磨你，让你难受。这也是一种趣味，叫无趣，无趣之趣，你懂得吗？这个都不懂，你这个老土！土得掉渣了！（学生大笑）

你们如果有兴趣，可以研究这个问题，不过要遵循一条原则，要凭自己的艺术感觉，不要被权威的说法吓住了；不要因为一些名人说他好，就跟着瞎起哄。

20 世纪 80 年代后期 90 年代初期，学者散文成了气候。为什么呢？因为抒情太滥了，大家都腻了、厌了。当然，不少学者也有滥情散文。比如一位学者把唐诗的故事用抒情的文章表现，这在传播知识方面是有意思的，但用抒情的笔法来写，感情很夸张，一点点事情就感叹不已，没有脱出滥情的窠臼。有的学者散文走了另一个极端，即研究历史事实，在学术方面还是比较有内容的。如潘旭澜写的《太平杂说》，对太平天国的历史揭示得比较透彻，有许多精辟的见解，但我不认为这是很好的散文。因为既不抒情，也不幽默，更没达到审智的水平，直白地把故事讲出来，不能成为散文的艺术。

真正具有严肃的智性的散文，以周国平的散文为代表。周国平把自己的专业（哲学）和散文艺术结合起来了，既有一定的思想，又有一定的感性形象。他的《自我二重奏·有与无》，我在《文学创作论》中已经分析过、称赞过，也指出过他的缺点：智性有余而感性不足。审智固然是排除情感的，但没有排除感知，感知是感性的一个重要组成部分。现代派诗歌也排除感情，但现代派诗歌紧紧抓住了感觉，而周国平往往忽略了感觉。因而，理性的思索占据了压倒性的优势，造成了智性有余而感性不足。

智性的观念缺乏审视的层次，还不足以把读者带到观念和话语的形成和衍生的过程中去。而一旦到了这个过程中，智性就由于“审”而延长了，“视”的感觉也强化了，向审美作某种程度的转化也就有了可能。关键是，要把智性观念形成、产生、变异、转化、倒错乃至颠覆的过程在读者的想象中展示出来。一般作家没有意识到这一点，也缺乏这样的才力，因而造成了有智而不审的现象。这就失去了从抽象到具象，从智性到感性，从审智到审美转化的机遇。真正的审智是逃避抒情的，但有丰富的感觉，从感觉超越情感直接深入到智性。

学者散文特有的魅力之一，就在于故事典籍的运用，但是过多引用典籍，又犯了“掉书袋”的大忌（周作人后期的散文就有这个毛病）。

审智与审美的不同之处是：审智诉诸智性，但它又十分注重感觉，因而不同于纯粹的智性抽象。它从感觉世界作智性的、原生性的命名，衍生出多层次的、纷纭的内涵，作感觉的颠覆，在逻辑上作无理而有理的转化，激活读者为习惯所钝化了的感受和思绪；在几近遗忘了的感觉的深层，揭示出人类文化历史的和精神流程的档案。

这样说，太枯燥，太抽象，挺不好玩的，举个例子作感性的说明。

南帆的散文是从审智向审美转化比较成功的代表。

南帆的《文明七巧板》的第一篇《躯体》，既不幽默也不抒情，既不审美也不“审丑”，他所追求的是智性和感觉的深化，还有话语内涵的“颠覆”。但是，我在讲《文学创作论》的时候也讲过了，再重复就没有意思了。今天我以与南帆同年龄段的韩少功的《夜行者梦语》为例：

人类常常把一些事情做坏，比如把爱情做成贞节牌坊，把自由做成暴民四起，一谈起社会均富就出现专吃大锅饭的懒汉，一谈起市场竞争就有财迷心窍唯利是图的铜臭。思想的龙种总是在黑压压的人群中一次次收获现实的跳蚤。或者说，我们的现实本来太多跳蚤，却被思想家们一次次说成龙种，让大家听得悦耳和体面。

如果让耶稣遥望中世纪的宗教法庭，如果让爱因斯坦遥望广岛的废墟，如果让弗洛伊德遥望红灯区和三级片，如果让欧文、傅立叶、马克思遥望苏联的古拉格群岛和中国的“文革”，他们大概都会觉得尴尬以及无话可说。

人类的某些弱点与生俱来，深深根植于我们的肉体，包括脸皮、肠胃、生殖器。即使作最乐观的估计，这种状况也不会因为有所谓后现代潮出现就会得到迅速改观。

这里既没有抒情，也没有幽默，只是发议论，但是，这种议论又充满了感性的细节：贞节牌坊、吃大锅饭、龙种、跳蚤、中世纪的宗教法庭、广岛的废墟……正是因为这样，这里的智慧，甚至理念，没有陷于抽象，而是充满了感性滋润。这种智性的散文，是从感知超过情感直接到达理念的。如果光说人类的“某些弱点与生俱来”，这是抽象的概念，但是加上了它“深深根植于我们的肉体，包括脸皮、肠胃、生殖器”，就具有形象的感染力了。不过，这样的智性散文，并不十全十美。它的感性和智性是并列的，而不是紧密结合的。正是因为这样，它虽然有审智的特点，但是，还缺乏一点智趣，因而，很难把它当作艺术品来欣赏。

在我理想中，真正把智性艺术发挥到水乳交融的是一个美女作家周晓枫。这体现在她的散文《斑纹》中。有些中学老师习惯于以抒情、幽默的眼光来看，就看不懂。文章似乎是说理的，但更像是在说明，有点像说明文，可是以说明文的眼光来看，也不恰当，因为说明并不是客观的，而是相当主观的，其主观又并非情感性的，因而它不属于审美的。但是，它引起读者强烈的兴趣，感到它有些地方很深刻，为什么呢？是文章中的特殊的因果逻辑。作者写的是蛇，按科学定义，辞书上是这样写的：

爬行动物，身体圆而细长，体上有鳞，没有四肢。

这是全世界的共识，如果作者也这样写，就谈不上散文艺术了。作者对蛇的表述很奇特：

著名的长腰，为了标明逶迤的长度。它省略四肢，只生出用以装饰的头与尾。这是最简约的设计，几乎躯体的每一部分都相仿。无论静止还是游动，斑纹加重了观察者的视觉混乱。密布全身的鳞片组成斑斓的图案，一条蛇，夸耀用心险恶的美。

这里没有什么审美和审丑，有的只是假定的境界。对于蛇的身体细长、没有四肢，作者提出两个原因，第一，没有四肢，是为显示其长度，还是有意“设计”的。第二，设计的好处（目的）乃是为了“简约”。这两个因果关系是很不科学的，但是，很有趣味。接着，按着这样的因果逻辑推演，蛇的头部和尾部仅仅是“用以装饰”，可有可无似的，这样的解释，显然不科学，但又相当有趣。不科学是因为抹杀了头部的重要功能；有趣是因为它贴近了蛇的体态特点，的确和一般的动物很不一样，其头部的细长与身体几乎一致。这样的阐释是那么离谱（偏离理性），但是，又那么贴切（又符合感性观察），在歪曲和贴切之间形成了似是而非的“错位”（部分重合，又部分偏离），趣味就这样产生了。这种趣味，不是由于情感，所以不属于情趣，而是显示了某种机智，可以说是一种智慧的趣味，可以归入“智趣”。

作者的匠心显然是有意回避通常的情趣和谐趣，立意在智趣方面，有所开拓。

接下去写到蛇的“斑纹”，它以“鳞片”“组成斑斓的图案”，可以说是科学知识，而断定其目的乃是“夸耀用心险恶的美”，相当贴切其感性的色彩（美）和相当离谱的论断（用心险恶），二者构成了错位，这就激发了读者的文化联想（在汉语里，蛇和蝎是邪恶的象征；在《伊索寓言》里，蛇是忘恩负义的；在《圣经》里，蛇是导致人类痛苦的罪魁祸首）。把“斑斓”的“美”与“用心险恶”联系在一起，特点是反向联想：在不相干的二者之间发现联系，在统一中发现矛盾，就不仅仅是一般的智慧，而是深刻的睿智，这正是本文最为警策之处。这时，最重要的已经不是蛇，而是由蛇引发出来的对生活的洞察。这种洞察并不是诗化的，而是严峻的，把美和险恶在矛盾中统一起来，就带上了哲理的意味。

这就是说，对于不美好的事物，如果不能写得有诗意，以情趣见长，那就只能写得很幽默，以谐趣动人，但是作者在这里，既没有选择抒情，也没有追求幽默，而是选择了智趣。

值得注意的是，文章接下来把这种智慧的趣味、理性的概括进一步加以深化。第一，蛇的运动形态，被当成了“几何爱好者”，甚至成为“天才的舞蹈家”。从这里，蛇已经不再是恐怖的、丑陋的生物，而是带上了与之相反的，也就是某种美的性质。第二，美化是要进入想象境界的，但是，驾轻就熟的想象，就是诗化，作者显然有意与美化、诗化背道而驰，回到现实中来，指出并不美的一面，这种“舞蹈家”，随笛子的音乐起舞，但煞风景的是其“听觉的阙如”。从这里可以看出作者有意以知识性的成分对诗化的想象加以控制，但是，在控制中激发出新的想象，“由于没有听觉，蛇把世界理解为绝对的寂静”，这不是诗的，而是更理性的。

从这里看出，本文智趣的一个很重要的特征，就是知识性制约着诗化和美化，迫使想象向智性延伸。深邃的洞察，不限于蛇的现成形态，而且还有蛇的缺失：失去了翅膀，没有四肢，没有声带，没有听力，没有视力，这是知识小品，但是，又不停留在知识小品上，而是把知识小品上升到哲理层次。下面这一段可以说是发挥得不着痕迹：

蛇的许多习性都与我们对罪孽的设想相符，比如它的性爱。蛇的性交时间很长，雄蛇的交配器插入雌蛇体内，少则几小时，长则数天才脱离；大多没有护卵或育幼习性，蛇产卵之后竟自离去，它在洁白柔软的蛋卵里埋伏下充满怨毒的小小杀手。贪婪无度的性欲与淡漠的责任感，让人有理由推测蛇是一种热衷享乐而丧失亲情的动物——它是冷血的，注定与温暖的物质无关。

蛇的习性本来是自然的、本能的，是非人的，而罪孽、充满怨毒则是人文的，作者把动物性和人性在矛盾对立中展开：贪婪无度的性本能与淡薄的责任，享乐和丧失亲情，冷血和温暖，并且以之来阐释生理特性（冷血）。这样的因果关系是主观的，然而又是机智的，因为这里所指已经越出了蛇，而是逼近了人，至少是人的某些方面。

不难看出，本文的智趣由两个方面互相制约。第一是知识本身，不是一般的知识，而是相当专业的、罕为人知的知识，被作者以自由的因果逻辑贯通。这种知识本来就是有趣的（许多学者散文都以此为务，由于余秋雨的影响，一般学者往往从人文景观着眼，而周晓枫则以自然景观特别是动物的生理特征为焦点）。第二，作者机智的灵气，很自由，但是在知识理性以内。对于蛇的知识，作者显然有相当丰厚的积累，如果一概作系统罗列也未尝不可，但那只能是一种科学小品，充其量如秦牧的“艺海拾贝”，作者显然不屑，她的追求是散文艺术，热衷于将那种很可怕的，甚至很丑陋的东西、很恐怖的感受，转化为人文的趣味。

学者散文、智性散文、审智散文—审智 / 审美散文，这是一个多层次转化的过程，在中国当代学者散文中，这样的转化才刚刚开始。就是在世界散文史上，一系列的理论问题（如由罗兰·巴尔特提出的“文体突围”）也还有待研究。正是由于在理论上缺乏自觉，所以散文的文体仍然存在着隐约的危机，许多并不具备文学性的论文被当作散文，而且还得到了高度的评价。最突出的就是林贤治的《旷世的忧伤》，毫无感性，语言也缺乏智趣，居然获得第一届“在场主义”的特等奖。这说明散文在理论上的幼稚。这当然不仅仅是中国人的事，散文理论的匮乏是全世界的事。西方没有散文这样的文体，有的只是智性的随笔。它不像小说、诗歌、戏剧，有西方现成的模式和理论可以追随，有不断更新的流派可以追踪。对于散文理论这个课题，我们一方面可以说白手起家，另一方面则是野心大大的，就是我们中国人要在我们的星球上为建构散文理论的大厦奠基，具体说来，就是基本范畴的体系的建构。这个范畴体系就是审美—审丑—审智。（鼓掌声热烈）

为了报答你们热情的掌声，我让你们的智力也来参与这个历史性的伟业。出道练习，大家做一做：分别以三篇个案说明审美抒情、“审丑”幽默（或“亚审丑”）、审智散文的内在区别和内在联系。

我提出三个层次的要求。一般要求：根据课堂上的说法，另外举例。较高要求：根据课堂上的说法，部分自己举例。最高要求：全部自己举例，并可以对我的观念提出挑战。

第五单元

小说的审美规范性和开放性

我们把小说放到诗歌、散文的后面，是因为它更复杂。为什么会有小说这种形式呢？因为散文和诗歌有局限，都是表现作家个人情感的。一般来说，诗与散文主要表现的是已经意识到的情感，而大量的情感是在潜意识中。诗与散文大体在常态心理结构中表现人物心灵，而小说则是把人物打出常轨，突破常态心理结构，把潜在的意识、人格挖掘出来，在情感的失衡和恢复平衡的过程中，揭示人性的奥秘。感情并不是静态的、永恒的，它在不断变动，它是有深度的，是立体的、纵深的、多维的、复合的、动态的。相对地说，诗歌和散文所能表现的是相对静态的，比较表层的。这是因为人的潜在的、深层的、复合的情感是相对稳定的，要把它发掘出来，就不能孤立地写一个人，那样是很难达到灵魂的深层的。只有把它放在人与人之间，在不同的人物的冲突中，人的深层的情感才能受到触动，才能以“错位”的形式泄露出来。也就是说，要在多元的情感交织与冲击中，情感机制才能发生动荡，其隐藏得非常深的东西才能暴露出来。诗歌和散文最明显的局限，是二者所表现的情感都是一元的，也就是自我的，而要把人的情感像开矿一样开发出来，就要让单个人进入多个不同的人的情感网络之中，让它发生动荡，而小说结构恰恰是多元情感的交织和冲击，这是诗歌和散文所不能企及的。

《荷塘月色》有诗的意境，《背影》也有诗意，但后者没有前者那么浓，更多的是散文的意味。《背影》作者的感情受到另一个人的冲击，发生了矛盾，先是觉得父亲给自己丢脸，后来才被感动。是不是可以得出一个结论，感情越复杂，用抒情形式来表现就越困难？形象的情感特征在诗中是很单纯的，那就是诗人自我的情感特征；在散文中也是比较单纯的，即散文家的情感特征。在有些比较复杂的散文中（主要是写人的散文），自然要表现散文家的感情，但人物又有人物自己的感情，这样，感情就不是单维的，而是多维的。感情复杂性的递增，导致诗意的递减，散文性递增。

第三十四讲　人物情感的多元错位

我们再以《荷塘月色》为例，它给我们的感觉为什么是诗意盎然呢？因为是一个人的情感，“什么都可以想，什么都可以不想”，“便觉是个自由的人”。他想到了些什么呢？南朝的宫廷，少男少女集体大联欢，名义上是采莲，实际上是调情。还有《西洲曲》所表现的，民间少女在采莲的时候，把莲子（“莲”与“怜爱”的“怜”谐音）当作自己的爱人。想着这样“热闹的季节”“风流的季节”，而且哀叹自己“无福消受”了。余光中批判他，这个朱自清，晚上出去散步为什么不带太太？（学生大笑）带了太太，就不会有这样的自由了，（学生大笑）就不能一个人这么自由地羡慕那些个帅哥靓妹装腔作势地调情了。如果真的让一些漂亮姑娘出现在他面前，他会怎么样呢？这不是胡思乱想，而是有根据的。在《桨声灯影里的秦淮河》中，他就有了这样的机遇，但他是与自己的朋友俞平伯等在一起，还是不自由。人家拿歌曲的折子请他点唱，也就是让歌伎来到他船上给他唱歌，可他就是不敢，因为有朋友在场，不好意思听歌伎的演唱，拒绝了以后又后悔，希望人家再来让他点。但可惜得很，人家不来了。（学生大笑）

这样的文章，还有多少诗意呢？肯定不如《荷塘月色》一个人享受“独处的妙处”那样充满了诗的情调，只是多了些散文意味。如果不是俞平伯在场，朱自清会怎样呢？那就有一种可能：他硬着头皮点了歌，引起一系列的后果，这就不仅仅是散文，也可能转化为小说的情节。关于小说和散文的区别，我的分析才刚刚开始。《世说新语·捷悟》有一则文章，许多教学参考都将之当作早期的“小说”，但是，这实在只是一篇散文。之所以被广泛认为是小说，可能是因为其带着情节性，且细读原文：

> 魏武尝过曹娥碑下，杨修从。碑背上见题作“黄绢幼妇，外孙齑臼”八字。魏武谓修曰：“卿解不？”答曰：“解。”魏武曰：“卿未可言，待我思之。”行三十里，魏武乃曰：“吾已得。”令修别记所知。修曰：“黄绢，色丝也，于字为‘绝’；幼妇，少女也，于字为‘妙’；外孙，女子也，于字为‘好’；齑臼，受辛也，于字为‘辞’；所谓‘绝妙好辞’也。”魏武亦记之，与修同，乃叹曰：“我才不及卿，乃觉三十里。”

这里提出的是，一个难题（“黄绢幼妇，外孙齑臼”），两个人的智力竞赛。对手本该是平等的，但是两个人的地位却不平等。曹操是领导，杨修是下属，智慧却相反，杨修“先得”，而曹操一时未能理解。曹操不欲在智慧上落后于部下，乃阻其明言，待己思之。行三十里，曹操“思得”以后，不说出来，用笔记下，让杨修在另外一个地方写出。曹操意公开一决高下。自己先说出来，可能让部下套了去。部下先说出来，怕被认为自己是照搬的。这表现了曹操对智慧的极其在意，也极其自信。结果答案是一样的。在《世说新语》中这一篇之所以成为名篇，原因在于：第一，在这个难度很大、有点神秘的题目面前，表现了两个人同样有不凡的才智；第二，这个难题和题解，蕴含着汉字会意的文化特点，故成千载佳话。

据刘孝标注的《世说新语》，曹娥碑在会稽郡上虞，而曹操、杨修从来未曾到过江南，无从见到此碑；明儒方以智《通雅》卷三也说：“孙权霸越，曹何以至？”故事的真实性受到根本质疑，应该是虚构的了，而虚构并非小说家的特权。

这则文章被编在《世说新语·捷悟》中，文章的焦点在悟性的快慢，本来智慧是很难量化的，而曹操却机智地将之量化为落后“三十里”，文章的要害不在杨修与曹操是否因情感而构成错位，衍生出矛盾，造成严重后果。从严格意义上说，这是散文，不过不是一般意义上以情趣取胜的抒情审美散文，也不是以谐趣意味为上的幽默散文，而是表现高度智慧的，以智趣为务的“审智”散文。

小说的笔法应该是什么样的呢？《三国演义》第七十一回把地点从江东改为汉中，这样写道：

（曹操征汉中）兵出潼关……因想起蔡邕之事，令军马先行，操引近侍百余骑，到庄门下马。时董祀出仕于外，止有蔡琰在家，琰闻操至，忙出迎接。操至堂……操偶见壁间悬一碑文图轴，起身观之。问于蔡琰，琰答曰：“此乃曹娥之碑也。昔和帝时，上虞有一巫者，名曹旴，能婆娑乐神；五月五日，醉舞舟中，堕江而死。其女年十四岁，绕江啼哭七昼夜，跳入波中；后五日，负父尸浮于江面；里人葬之江边。上虞令度尚奏闻朝廷，表为孝女。度尚令邯郸淳作文镌碑以记其事。时邯郸淳年方十三岁，文不加点，一挥而就，立石墓侧，时人奇之。妾父蔡邕闻而往观，时日已暮，乃于暗中以手摸碑文而读之，索笔大书八字于其背。后人镌石，并镌此八字。”操读八字云：“黄绢幼妇，外孙齑臼。”操问琰曰：“汝解此意否？”琰曰：“虽先人遗笔，妾实不解其意。”操回顾众谋士曰：“汝等解否？”众皆不能答。于内一人出曰：“某已解其意。”操视之，乃主簿杨修也。操曰：“卿且勿言，容吾思之。”遂辞了蔡琰，引众出庄。上马行三里，忽省悟，笑谓修曰：“卿试言之。”修曰：“此隐语耳。‘黄绢’乃颜色之丝也，色傍加丝，是‘绝’字。‘幼妇’者，少女也，女傍少字，是‘妙’字。‘外孙’乃女之子也，女傍子字，是‘好’字。‘齑臼’乃受五辛之器也，受傍辛字，是‘辞’

字。总而言之，是‘绝妙好辞’四字。”操大惊曰：“正合孤意！”众皆叹羡杨修才识之敏。

这里改变了原始素材的三个方面，一是，改二人分别笔记为杨修先说；二是，曹操后说“正合孤意”；三是最关键的，加上了“曹大惊曰”，既然与自己的想法相合，本该是英雄所见略同，何来“大惊”？

这里体现的就不是散文，而是小说的规律了。

这个“正合孤意”和“大惊曰”，提示了曹操与杨修情感的错位，其中蕴含着曹操和杨修的性格密码。在《三国演义》中，有一种奇才、奇谋决定论的倾向。曹操为争夺全国的统治权，是很重视人才的，故有时为了获得人才是不择手段、不讲道德的（如对徐庶），有时，是不计利害的（如对关公投降的迁就和逃离时的宽容）。他对于自己部下中智慧超群的谋士固然有从善如流的一面，同时也有居高临下的，甚至滥施责罚的一面。他和刘备不同，刘备对诸葛亮可以以师事之；也和孙权不同，孙权年轻，赤壁之战时才二十几岁，故对周瑜、鲁肃等的态度都比较平等，即使不满也引而不发（如对决策是否抗曹，他对张昭等投降主义的不满，只在私下对鲁肃说说），他很少斥责惩戒。刘备能够师事诸葛亮，因为他是帝室胄裔、正统的血脉；孙权则是父兄在江东建立根据地，已历三代，有相当深厚的组织和人脉基础；而曹操，论出生，很卑微，其父是宦官的养子。他自信能够领导这个庞大的政治军事集团，靠的是自己的智慧超越一切谋士。故他哪怕是失败了也不会承认错误（如赤壁战败后，用哭已死的郭嘉来反讽活着的谋士）。对于智慧超越他的人物，他的自尊心是会受伤的。杨修常常在他面前表现出超越他的智慧。如有一次打了个持久的消耗战，军士来问当晚口令，曹操随口答曰“鸡肋”，杨修立即判断曹操要退兵。盖鸡肋者，食之无味，弃之可惜也。曹操闻之乃甚忌之。部下越有智慧，本来对自己越是有利，但是杨修在曹操面前越是露才扬己，曹操越是忌恨。曹操到了晚年，考虑接班人的问题，本属意曹植，每有对答，如出诸己，曹操很是满意。但后来得知，曹植所言皆杨修所授，乃借口将之杀害。同一利害集团中，同一情感结构中，人物情感错位幅度越大，性格越是鲜明。在《世说新语》中，曹操坦然承认自己不如杨修，因而也就没有多少小说的意味。人物情感错位幅度拉开的距离越大，性格也就越是鲜明、深邃。

夏志清先生本是北大才子，1949 年前去了美国，后来成了哥伦比亚大学教授，在研究中国古典小说方面很是权威。他在《中国古典小说史论》中以西方现代小说为准则对中国古典小说有许多苛评，但是对东晋时代一个神怪小故事却不吝称道。故事出自干宝《搜神记》卷十六，是这样的：

琅邪秦巨伯，年六十，尝夜行饮酒，道经蓬山庙。忽见其两孙迎之。扶持百余步，便捉伯颈着地，骂："老奴，汝某日捶我，我今当杀汝。"伯思惟某日捶此孙。伯乃佯死，乃置伯去。伯归家，欲治两孙。两孙惊惋，叩头言："为子孙宁可有此？恐是鬼魅，乞更试之。"伯意悟。数日，用诈醉，行此庙间。复见两孙来扶持伯。伯乃急持，鬼动作不得。达家，乃是两偶人也。伯着火炙之，腹背俱焦坼。出着庭中，夜皆亡去。伯恨不得杀之。后月余，又佯醉夜行，怀刃以去，家不知也。极夜不还，其孙恐又为此鬼所困，乃俱往迎伯。伯竟刺杀之。

对这个显然迷信的故事，夏志清先生首先称赞其人物刻画：

这个老人是一位家教极严厉兼以好人自居的人，因为太急于施惩罚，又被自己的权威冲昏了头脑，所以在第二次上了当。他的不能分辨真假，表明了他的秉性。

其次，他认为这个故事中蕴含着丰厚的小说艺术的元素：

人们可将这则故事发展成一部长篇小说或剧本，并深入地探究其喜剧兼悲剧的含义。[①]

为什么对中国古典小说进行了许多苛评的夏志清先生对这个看来是超现实的鬼怪故事给了这么高的评价呢？这是因为，故事中蕴含着两种小说元素。第一，祖父对孙子家长制的责打，并不伤害亲子之爱，却因一个外在的条件而转化为对孙子的仇杀。第二，孙子出于亲情好意迎还，却导致祖父误杀。这种多重感情特征的错位，正是小说不同于散文的特征。作品包含着的感情层次越深、情感错位越多元，就越接近小说。

写小说和写抒情诗、抒情散文，作者的心情是不一样的。写抒情性的诗文，心肠可能很软，总是让有情人心心相印；而写小说心就要狠一点，不能心慈手软，随便让他们心心相印。心心相印，就没有戏可演，也没有性格可言了。为什么白居易的《长恨歌》和洪昇的《长生殿》都是写李隆基和杨玉环的故事，情节却不一样呢？在《长恨歌》里，两个人是心心相印的，先是"杨家有女初长成，养在深闺人未识"；然后是"回眸一笑百媚生，六宫粉黛无颜色"；最后弄得"从此君王不早朝"。"安史之乱"后，则是"宛转蛾眉马前死"，完蛋了。人不可复生，但多少年了，李隆基还是想念杨玉环，杨玉环已经成仙了，还是恋情不改。"在天愿作比翼鸟，在地愿为连理枝。"缠绵之极！两个人的感情从来没有冲突，一见钟情，生死不渝，充满了诗意。写戏剧就不同，《长生殿》里李隆基和杨玉环就有冲突了，因为除了杨玉环外，李隆基还有别的妃子，梅妃啊，我们福建莆田人。杨玉环妒忌了，李隆基发火了，把杨玉环赶走了，结果发现生活里就是少不了她，高力士又把她迎回来。有折腾才有戏剧性。

---

① 夏志清：《中国古典小说史论》，胡益民、石晓林、单坤琴译，陈正发校，江西人民出版社2001年版，第16—17页。

作为小说家，鲁迅也想写李隆基、杨玉环的题材，而且到西安去了，收集感性材料，但鲁迅的感觉是，两个人“七月七日长生殿”，赌咒发誓，不但今生今世，而且来生来世，都要做夫妻。在鲁迅看来，爱情要用赌咒发誓来证明的时候，已是心口误差、心口错位了。这是爱情有危机的表现。小说最重视的是，人物心理距离的拉开，牵动的感情层面愈多，距离越大，越像小说。

感情距离比较大，刻画就成功，距离比较小，刻画就比较不成功。请你们想想，在巴金的《家》里，最成功的人物形象是谁？（学生：觉新的形象最成功。觉慧的形象刻画得也不错）

为什么觉新的形象最成功？多方面的感情错位，拉开了距离。他同情觉慧和觉民，同情他们的爱情自主，但又不能公开支持他们，怕得罪了上辈；他有自己的爱情，爱梅表姐，但为了家庭的秩序牺牲了自己的感情；他爱自己的妻子瑞珏，可又不能忘情梅表姐。他妻子临产的时候，老家长的陈姨太迷信说要到外面去生产，他知道这是迷信，预计有不良后果，还是屈从了。此外，陈姨太的淫威，高老太爷的腐朽，妻子瑞珏的善良，觉慧、觉民的愤激等多重情感矛盾错位，都集中到他一个人头上。因而，读者对他同情越多，他的悲剧结局的感染力就越强。

小说与散文的不同之处还在于感情层次不是线性的、静态的延伸，而是多层次与多线索的动态交织。不是说和毫无感情的人有距离，恰恰相反，关系愈密切，拉开的距离愈大，震撼力愈大。觉新和瑞珏是夫妻关系，很亲密，但不得不屈从于陈姨太的迷信，结果导致了悲剧。像顶替鸣凤的婉儿，和觉新没有什么特别的感情，就没有情感距离，就是人死了，悲剧的冲击力也没那么强。

小说形象的感染力在于同一情感结构中的错位，曲折微妙而精致，情感线索错位越是丰富，艺术的感染力越是强烈。你们说说看，比起觉新和觉慧来说，觉民的形象如何？（学生：最没有印象了）你们觉得觉民的形象最没有印象的，原因就在于觉民的多种感情几乎没多大差距。如高老太爷要给他包办婚姻，他反抗，躲起来，但他得到觉新、觉慧的支持，也得到琴表妹的支持，这样觉民的形象就显得单薄了。相反，觉新每一个面都有很大的差距，人物就丰富了。同样，觉慧爱鸣凤，而高老太爷要把鸣凤送给别人做小老婆，如果鸣凤及时告诉觉慧，觉慧知道了，两人一起溜掉，两人没有差距，就不成为悲剧；但鸣凤去找觉慧，觉慧不知道事情刻不容缓，说今天不行，过两天去找你。这样距离就拉开了。鸣凤走出去，觉民对觉慧说，鸣凤的脸色不对，而且传言她要做人家的小老婆。这时，觉慧赶出去，是可以赶上的。那么，巴金为什么不让他赶上呢？（学生：赶上了，就没有悲剧的冲击力了）对啊。所以，巴金让他赶上时，鸣凤已浮在水上，死了。这时差距大了，悲剧的震撼力就强了。这是小说的特点，人物之间可以没有情节，甚至可以没什么性格，但不能没有感情的差距，否则就成散文了。

有良好艺术感受力的读者谅必不会忽略，《水浒传》的定稿者，每逢写到李逵，并不是像对宋江那样烘托其正剧的崇高风格；相反，他的出现往往是伴随着喜剧性的调侃。他任性而天真，常常自作聪明，造成弄巧成拙的荒谬结果。这对于他的个性来说是美妙的，然而对于一支起义队伍来说，如果不加制止，却会招致毁灭性的打击。他第一次向宋江借钱去赌博输了之后，抢张顺的鱼，此后劫法场乱杀人，不问情由就砍倒梁山的杏黄旗，都是一种自发性的表现。这种自发性与梁山的军事组织性和纪律性是不兼容的，如果不加制约，只能导致梁山事业的崩溃。所以，李逵总是在宋江的眼皮底下任性。与李逵的荒谬性的结果相对应的是宋江理性的目光，这种目光是批判性的，同时又是充满人情味的。这就是情感的错位，与夏志清先生在评论《三国演义》时指出的关公老是在诸葛亮更为睿智的审视之下极其相似。

这不仅是一种思想的深度，而且是艺术的奥秘所在。同样是喜剧性，还表现在鲁智深大闹五台山，不但在于他对于佛门清规戒律的冲击，而且在于上有方丈的睿智眼光，下有金老的无可奈何。这双重的目光，使得鲁智深的喜剧性显得丰富。在鲁智深上梁山以后，失去了这两方面目光的交织，鲁智深的喜剧性就丧失了。而李逵的性格，不但没有消失，反而有所发展，就是因为每逢有冲突，常有宋江睿智的目光代表读者在审视着他鲁莽的行为。

人物间产生了两种规律，一种是“错位”的深度，一种是“错位”的多元。

在小说形象中，感情层次之间的差距是一种心理差距，并不是现实中人际关系的差距。相反，人际关系差距越小，感情的心理差距就越大，形象就越生动。也可以说，人际关系的亲密程度和感情距离构成反差。

这里还有一个秘密，就是读者的心理。作家要让作品有震撼力，就要让人物的命运和读者的同情发生逆差。读者越是同情，作家越是要折磨他。人物的命运越是和读者的希望有反差，就越是有阅读的吸引力。苏联文艺理论家称之为“情感逆行”①。

小说家在经营形象时，往往遵循着这样一个二律悖反的原则，一方面把人际关系拉近，一方面把心理差距拉大。人际关系距离的亲密，有利于心理差距拉开。拉开的原则是和读者的同情构成反差。俄国形式主义者分析普希金的小说《叶甫盖尼·奥涅金》的时候说，不成功的爱情差不多有这样一个公式：

女主人公 A（达吉雅娜）爱上了男主人公 B（奥涅金），

① 维戈茨基：《艺术心理学》，周新译，上海文艺出版社 1985 年版，第 137—138 页。

B并不爱A，

A设法让B爱上了A，

A却发现，自己已经不爱B了。[①]

这样一来，人物的心理差距到最后都不能弥合，错位就有深度了。

这个规律，同样适用于《安娜·卡列尼娜》，她起初并不爱渥伦斯基，渥伦斯基拼命追求，等到安娜爱上了渥伦斯基，却发现渥伦斯基并不完全把她放在心上，于是自杀了。心理距离拉开了，永远无法合拢，错位就有深度了。

陀思妥耶夫斯基的《被侮辱与被损害的》中的错位不仅有深度，而且相当丰富多元：凡尼亚爱上娜塔莎，娜塔莎爱阿辽沙，阿辽沙爱上了卡嘉，卡嘉也爱阿辽沙。同时，涅莉又爱上了凡尼亚。

从根本上来说，什克洛夫斯基的公式也有点狭隘，这种错位的规律，第一，不一定是爱情的关系，而是一切方面的关系，亲情、友情、乡情等。第二，不一定是AB二者的关系，很多是三者甚至四者以上的关系，故爱情在小说中往往是三角、多角的。

托尔斯泰的《复活》中，半农奴的少女卡秋莎，爱上了大学生贵族聂赫留朵夫，怀孕了，但聂赫留朵夫遗弃了她。这是第一次错位。她被逐出农庄，在城市里沦为妓女，受到审判，而聂赫留朵夫恰恰是陪审员，他觉得自己是罪魁祸首，为了赎罪向卡秋莎求婚，但遭到拒绝。这是第二次错位。后来他护送卡秋莎去西伯利亚流放，卡秋莎嫁给了一个民粹派的革命者。这是第三次错位。

人物互相拉开了心理的距离，这才有冲击力。男女情感都是错位的。永远接近了，重合了，也就是大团圆了，不是小说要结束了，就是小说写坏了。

所以张贤亮的小说及一些有才华的小说家的小说，最后男女主人公的命运都是不了了之的。就是琼瑶也懂得其中道理，要让读者最喜欢的人遭难，让相爱的人历尽折磨，这样才能吸引读者。

我再讲一个我们最熟悉的例子。《西游记》中三打白骨精为什么成为经典情节呢？因为在取经的曲折过程中，在大部分情况下，遇到妖怪时，师徒四人是一致的，共同打败妖精，这样很有诗意，却没有性格可言。只有拉开心理距离才能有性格。白骨精一出现，在唐僧看来这是个善良的女子，在孙悟空看来这是个妖怪，在八戒看来这是个有姿色的女性，三人不同的心理就拉开了距离。孙悟空将其打死，如果八戒没有私心，而是同心同德，就告诉唐僧那是妖怪，但八戒平时受孙悟空欺侮，这回要刁难他一下，就说孙悟空生性残忍。

---

① 斯克洛夫斯基：《故事和小说的构成》，中国社会科学院外国文学研究所《世界文论》编辑委员会编：《小说的艺术》，社会科学文献出版社1995年版，第86页。

结果，孙悟空被开除了，唐僧被白骨精抓走了。拉开了心理距离，人物的性格就鲜明。其中有一个人没有拉开距离，就是沙僧，他什么个性也没有，没有自己的私心，也就没有感染力。

为什么会有这种现象呢？这里有一个最根本的心理学的解释，即维戈茨基的“情感逆行”学说。与读者的同情相反，他举了一个例子，是狼和小羊的故事。狼和小羊一起到小溪喝水，狼大叫一声，你把我的水弄脏了。羊说不对呀，你在上游，我在下游，怎么会将水弄脏呢？狼又说，去年你曾经把水弄脏。小羊说，对不起，去年我还没有出生呢。狼不管三七二十一就把小羊吃掉了。①

维戈茨基分析，小羊的理由越充足，读者越感到安慰，它的命运就越坏，读者越忧虑。读者希望小羊脱险，希望小羊说得有理，但小羊越是有理，狼就越有不讲理的可能。从这个意义上讲，我们分析觉新、觉慧、觉民、沙和尚、孙悟空、猪八戒的性格时就是这样，我们越是同情孙悟空，他就越遭难，唐僧就越倒霉，八戒就越得意。这时的每一个动机，中间都会分化，于是孙悟空被赶走了，唐僧进了蒸锅，读者又难受又高兴。难受是因为唐僧受苦，高兴是因为预见到他非得把孙悟空请回来不可。这是“情感逆行”学说，里面包含情怀和忧虑两重性。

这个道理有相当的普遍性，连第一人称的叙述者和人物间的情感都应该错位。如鲁迅和祥林嫂就拉开了距离。祥林嫂把希望寄托在鲁迅身上，希望他说出人死了没有灵魂，那死了也就不会到阎王那里锯成两半了，但鲁迅偏偏说得含含糊糊，使她死前怀着更多的恐惧。这样，文章就加深了悲剧感。

现代小说强调的是叙述者要和人物拉开距离。现代西方小说追求控制叙述角度，使得人物叙述的东西和实际情况不同，成为读者不可依靠的信息。这种情况是从亨利·詹姆斯开始的。他的《黛西·米勒》写一个天真无邪的美国姑娘，她到欧洲以后，完全不通世故人情，一切按照她的本性行事，认为什么人可以做朋友，就和他做朋友，根本不考虑其社会地位。她爱上了一个已经欧洲化了的美国人，而这个接受了欧洲教育的美国青年，一直怀疑这个女孩子一味调情，很轻浮。美国姑娘为了刺激他，就故意和一个意大利小伙子交好，目的是为了引起美国青年的妒忌。最后，这个美国姑娘死了。这是现代派小说常用的手法，叙述者像傻瓜一样，叙述他感觉范围以内的事，背后的事件、情节和字面上的叙述都被设置在一种错位之中。叙述者让你看到的是一回事，而他说的和让你想到的是另一回事。这就要求读者自己作出判断。

福克纳的经典小说《喧哗与骚动》与此异曲同工。三兄弟对他们的同一个姐姐（或妹

① 参见维戈茨基《艺术心理学》，周新译，上海文艺出版社1985年版，第157—158页。

妹）有不同的感觉和观念，而这个女孩子却始终没有出场。读者对她的了解是从三兄弟不同的看法中得到的。一个兄弟爱她爱得不得了，但他是个傻瓜，说不清她有多好，只有一种感受：嗅到她身上的气味，看到她的拖鞋，就想起有过温馨的、能给他带来爱的感动。第二个兄弟认为，妹妹本来应该是纯洁的化身，但她最后变成了一个放荡不羁的女人。最后一个兄弟则对她充满了仇恨，认为这个姐姐使他失去了当银行家的机会。这样，三个人对同一个人的感情都拉开了错位距离。

在这种倾向中产生了“零度写作”理论，作者不能把倾向流露出来，要求“作者退出作品”。事实上，真正要让作者退出作品是不可能的。

这样，读者就变得重要了，以读者为中心的理论产生了，就是所谓的接受美学。接受美学认为“一千个读者有一千个哈姆雷特”。

第三十五讲　把人物打出正常轨道

小说的基本规律就是人物的心理距离要拉开，这样才能产生错位，才能暴露人的心理和秘密。这是就人与人之间的关系看的。可如果小说中只有一个人，那怎么办？把他打出正常的轨道。

为什么要打出正常轨道呢？因为在正常情况下，人的知觉、感情、意志、欲望是一个相当稳定的多层次结构，在多数情况下是稳定的，你只能够看到它的表层。只有在动态、动荡的情况下，把人物打出正常轨道之外，这时候，他的内心深层就暴露了。小说艺术就在于冲击人物静态的感觉、知觉，使之发生动乱，这样，他内心的情感、深层结构就不难解放出来，心灵的秘密就可能被发现了。

高尔基说，文学是人学。说到小说，我看还要补充一句，文学是人的感情学，这还不够，还要再补充一句，小说是人的感情动态错位学。严格地说，文学是人以感情为核心的包括感觉和智性的动态变幻艺术。我总觉得高尔基的话不太完全，因为心理学也是人学嘛。历史学难道不是人学？所以我说，文学是人的情感表层和人的智性的深层学问，小说是人的感情发生动态的错位的艺术。小说中人与人发生关系，就是一个让人的表层瓦解和深层暴露的过程。这就是小说。

实验心理学早就说过：感情是一种内在机体觉的综合体验，它不像外在的感觉那样可以定量、定位，甚至不那么容易定性，感情是说不清楚的，尤其是爱情。爱情是特别强烈的，但又是特别糊涂的，所以西方的爱神小丘比特是瞎了眼睛的。现在，科学对人的感情还是研究不够，这一领域还是“黑箱”，任何科学方法在此都很难奏效。很普通的感情，有时都很难用语言说明；强烈的激情，有时连诗人都搞不清是悲是喜。比如舒婷写《日光岩下的三角梅》，她说到处都是三角梅，不论在故乡还是在异国他乡：“抬头是你／低头是你／闭上眼睛还是你／即使身在异乡他水／只要想起／日光岩下的三角梅／眼光便柔和如梦／心，不知是悲是喜。”所以，生动的感情是讲不清楚的。汉语把“痛”和“快”联系在一起，叫“痛快”，这是很有意思的，分不清是痛苦还是快乐，也许它是一种内在的机体觉的感情综合体验吧。

正因为这样，它很难通过语言表达出来。早期德国构造主义心理学家认为，感觉和感情不同，感觉有明晰性，感情没有明晰性。为什么有朦胧诗？因为感情本身就是朦胧的，总会有多层解释。实证主义者孔德说过，感情不但是朦胧的，而且是命中注定的，它不能观察，因为观察的工具和对象是一个。我要观察感情，但感情是一种激动的状态。要观察一个对象，必须感情平静下来，但感情平静下来后就没东西可供观察了。另一方面，弗洛伊德心理学说认为，感情处于无意识领域，决定了人潜在的动机和愿望。[1]你自己没意识到，但它最后推动着你选择，有时，本能不受意志的指挥，甚至瓦解着意志，又在冥冥之中主宰着另一种意志的形成。而意志一旦形成，又往往能制约着感情的强度，当然，不能消灭感情，但感情可以违背意志。比如明明知道一个人不应该爱，却爱上了。感情和意志是矛盾的，有时感情还没有来得及稳定，似乎就瓦解了，但几十年后却变得更强烈。比如说两个人经常在一起，不觉得有多美好，过了好多年后再见面，就分不开了。尽管双方都结婚了，但都要超越社会规约。有时意志与感情形成僵持状态，一方面，意志强制着感情适应新的环境与人事关系；另一方面，感情却顽固地抵抗。少数人是意志战胜了感情，多数人是感情战胜了意志。

感情的逻辑与理性的逻辑是如此不可混同，以至于中国古典诗话总结了个规律，叫“无理而妙”。理性逻辑早已被普泛化、理论化了，小逻辑有统一律、矛盾律、排中律、充足理由律，而感情逻辑至今仍然以无序为主，在可以预见的将来无法理论化、规律化。理性逻辑在现代人心中无疑占有很强的优势，人总是用理性克制感情，感情活动随时可能被理性逻辑所窒息。正因为这样，直接抒情是很困难的，直接抒情往往很容易变成直接表达概念，变成标语口号。

最初，人要表达自己的感情，不是直接表达，而是通过人的外部动作。古希腊的史诗和神话，都是以描写外部动作为主，而人的感情是不受重视的。比如写几个女神为了争夺

① 参见铁钦纳《心理学教科书》第 1 册，转引自维戈茨基《艺术心理学》，周新译，上海文艺出版社 1985 年版，第 260—261 页。

金苹果、成为世界上最美的女人，结果引起两个国家之间的战争，内心的感情其实没怎么表现，全部都是外在的动作。中国的精卫填海、后羿射日、盘古开天地等神话，也都没有内心感情的描写，只有外部动作。

用抒情来表现不是更好吗？但从心理学来说，感情是黑暗的感觉，是很难直接表达的，除了从外部动作表达以外，只好通过感觉来暗示，召唤读者的记忆，但这还是不能充分表现人的内在的、深层的、动态的感情。这样就产生了小说，在人与人的矛盾冲突中，冲击感情结构，让表层瓦解，使深层结构失去稳定的常态，迫使感情从意志和感情中解放出来。小说的特点就是把人放在动态的结构中，让人把本来隐秘的、深层的、可以意会不可言传的各个方面显示出来。那么，怎样把人物打出正常轨道呢？

第一种，把人物推向极端。为什么要推向极端？英国自然科学家何非说，科学研究的方法就是设法走到事物的极端，观察它有无特别的现象。比如，如果一块铁放在这里，你不知它是什么性质，把它的温度极端地升高，放在火中一烧，它就变成溶液了，它熔化了，那飞溅的火花变成了氧化铁。培根说，正如社会中每个人的能力是在最容易发生动荡的情况下而不是在其他情况下发挥出来的，同样，隐蔽在自然界中的事情，只有在技术的挑衅下而不是在任其游荡的情况下才会暴露出来。这里的关键是“技术的挑衅”。人是一个稳定的系统，表面上就是平常的样子，看不出他内心的矛盾，那么，用一种技术来挑衅、冲击他，让他走上一个命运的极端，打破他的稳定心理结构，看他有无特殊的表现。作家的任务就是捕捉常态以外的特殊情况。

张贤亮在《绿化树》的前面引用了俄罗斯作家阿・托尔斯泰在《苦难的历程》第二部《一九一八年》的题记中说的话：“在清水里泡三次，在血水里浴三次，在碱水里煮三次。”阿・托尔斯泰是为了说明旧知识分子（指从沙俄时代过来的资产阶级知识分子）灵魂深处获得改造的艰巨。我觉得以此来说明小说对人内心世界的检验是很恰当的。

有人说，川端康成的方法是把人放在试管中的方法，其实，这不是他的发明，而是左拉的发明。左拉早就提出“实验小说”理论，说明巴尔扎克的方法是“通过情况和环境”的加工修改，“好像用试剂法分析感情”一样，做出一份人物的“实验报告”。[①]

这样的情节结构就是一层一层地推向极端，把人物推出了心理正常轨道，在常规之外，看出人表面难以发现的秘密。左拉举了巴尔扎克的《贝姨》的例子，实际上巴尔扎克的全部小说几乎脱离不了这种以极端情境层层逼迫、层层深挖的方法。严格地说，这也不是巴尔扎克的特殊嗜好，许多小说家都不自觉地遵循着这个规范。不管左拉还是梅里美，不管狄更斯还是马克・吐温，不管曹雪芹还是川端康成，都不约而同地在这样一个无形无声的

① 引自伍蠡甫编《西方文论选》（下），上海译文出版社1983年版，第251页。

磁力线诱导下展开天才的想象。

极端有两种：一种是顺境，一种是逆境。小说家的拿手好戏就是把人物放在顺境与逆境中反复折磨。

两个极端情境，功能在于激发出两个极端的情感，让情感处于不平衡状态。

中国古典小说中，最显著的例子是林冲。林冲是高级军官，东京八十万禁军教头，有高级知识分子和高级将领双重身份，他非常平静地生活。高衙内调戏他老婆，他也逆来顺受，他是英雄而且有很高强的武功，由于高衙内是上司的儿子就忍受了。后来被陷害，发配沧州，走到半路差点被两公差结果了，幸亏鲁智深相救。按照鲁智深的主张，杀了两公差，造反算了。但林冲是高级军官出身，他不能轻易丢掉自己原有的对美好生活的希望，总想有朝一日能回去与妻子团圆，所以他不让杀公差，继续向充军的沧州进发。这是他逆来顺受的一个极端。他在沧州看守一个草料场，忍受外来横逆，不想反抗，但去沽酒时发现高衙内派了两个人（其中一个是他朋友）来烧草料场，欲置他于死地。这时候他的英雄气概显示出来了，他义无反顾地把来人杀了。杀了人，他知道不能在这儿待了，于是就用枪挑着酒葫芦往前走，走到一个庄上看到人家在喝酒，他去讨酒喝，人家不给他，此时他就火了，把所有的人都打倒，把酒拿来喝了。这就超出了义无反顾的反抗，是他性格中的另外一个极端，从此一以贯之。他上了梁山，一直是坚决的革命派，当白衣秀士王伦不能容纳宋江等人时，他就火并王伦，把他宰了。他从一个逆来顺受的尽可能和环境妥协的林冲变成了一个义无反顾、造反到底的大英雄，也就是说，这是两个感情的极端，好像是两个人，其实是一个人。因为他知道，造反了，杀人了，没有回头之路。后来有人告诉他，他妻子自杀了，他就更没有退路了。

把人打出正常的生活轨道，让他到另外一种生活环境里去，他内心深处那连自己都没有意识到的强烈的内在感情及意志品质全部都显示出来了。

都德的《最后一课》也是这样的。原来小孩弗朗士非常厌恶法语，但后来把他推到一个极端，另外一种不可逆的环境里——这是最后一课，从此以后不能再学法语了——他就突然觉得法语非常可爱，希望上课的时间越长越好。从厌恶法语到热爱法语，几乎是瞬间的事。

《项链》里的女主人公，为了出风头，借了一串项链，以为是真的，在舞会上出尽了风头，没想到项链丢了。为了赔项链，辛苦了十年，赔完后，才发现项链是假的。作为一个女人来说，她从非常虚荣到非常勤俭，灵魂深处起了这么大的变化。如果没有这个意外事件，把她打出正常轨道，就不能发现她感情的两种极端。这不仅是人物感情的两个极端，而且由于人物的变化，作家的感情也在分化，从对人物的讽喻到对人物的同情。

巴尔扎克也一样，在《欧也妮·葛朗台》中的第一个极端情境，巴尔扎克对查里充满同情：父亲自杀了，他还不懂事，到欧也妮家中，老葛朗台不欢迎他，少不更事又一文不名，查里非常痛苦。在第二个极端情境中，查里发了财以后，把对欧也妮的爱情全都忘了，巴尔扎克的行文就充满了讽刺、挖苦：查里追求财富，可他不知道，欧也妮的财富是那样多，他偏偏又把她甩了。在第一个极端情境中，巴尔扎克对欧也妮几乎纯粹是赞美，把她看作是一个纯情的小姑娘；而在第二个极端情境中就充满了怜惜，但不光是怜惜，还有一点严峻的讽喻：她相当吝啬，巨大的财富没有给她带来幸福。

作家的本领就是无情地在顺境和逆境中检验人物情感的变异。最常用的是逆境，列夫·托尔斯泰在《莎士比亚及其戏剧》中说：

> 任何戏剧的条件是：登场人物由于他们性格特有的行为和时间的进程，要他们处于这样一种环境，在这种环境里，这些人物因为跟周围世界的对立，与它斗争，并在这种斗争中表现出他们所禀赋的本性。[①]

面对逆境或灾难，人物情感深处的东西就显露出来了。

把人物打出常轨，对于比较单纯的人物是容易的，但是，对于比较复杂的人物，就不那么简单了。比如宋江。《水浒传》的作者，第一，让宋江外室阎婆惜发现宋江与梁山好汉交往的文书。阎婆惜正与宋江的下属打得火热。第二，让阎婆惜提出种种要求（金子、与张文远结合），宋江都答应了，他唯一的要求是把装着梁山好汉书信的招文袋还给他，因为这是造反的证据、杀头的罪名。作者让阎婆惜不肯，宋江不得已把她杀了。招文袋是拿回来了，可犯下了杀人的大罪。第三，这个杀人的行为偏偏就让阎婆惜的妈妈发现了，而且喊叫起来。这时，宋江只有造反一条路了。可是即使他后来被造反的兄弟接纳了，他和林冲、鲁智深一样，顺从内心的反叛意识（这表现在浔阳楼上题反诗："他日若遂凌云志，敢笑黄巢不丈夫。"）义无反顾地彻底造反，但本质上他是百般逃避造反。第四，让宋江弄得在江州法场上要被杀头，幸亏造反的兄弟们劫法场把他救了。这时，他应该是没有退路了吧。但是，就是在"三山聚义打青州　众虎同心归水泊"造反形势大好之时，他半路上又动摇了，又回家了。直到最后，实在没有办法，他才上了梁山。经历了四个层次的打出常轨，他内心的造反意识才占了优势。但是，这并不是他意识深层的全部。他和梁山众头领不同，他是有政治远见的，他感到这样啸聚山林，虽然军事上屡屡胜利，但是，他知道是没有出路的，所以总是想着有朝一日接受朝廷招安。第五，《水浒传》的作者，用了一个民族矛盾，给他一个台阶，让他接受招安去攻打辽国。可是这矛盾是暂时的，最后他又接受

① 中国社会科学院外国文学研究所外国文学研究资料丛刊编辑委员会编：《莎士比亚评论汇编》（上），中国社会科学出版社 1979 年版，第 502 页。

攻打另一个造反派方腊。结果弄得一百零八将，死的死，伤的伤。第六，在他不得不自杀之前，又把最可能造反到底的李逵毒死。这里，读者才看到他内心的远见和无可奈何。

反之，把人物安置在极端顺境中，同样可以破坏人物感情结构的稳定性，使表层心理结构瓦解，暴露出人的内心隐秘来。例如马克·吐温的《百万英镑》，两位绅士给一个一文不名、衣衫褴褛的青年一张一百万英镑的钞票。百万英镑的大钞，不好用，找不开，有了这张不好用的大钞，这个贫穷的美国青年到处受欢迎，爱情的天使就降临了。这就像炸弹一样，把人生中最卑俗、最势利眼和最纯洁的爱情，都从灵魂深处炸到生活的表层。

在中国古代经典小说中，很少有人物来自顺境而且能够表现出深刻的性格的。可能唯一的例外是关公华容道放走的曹操。这时形势对关公百分之百有利，曹操率领的残兵败将已经毫无战斗力。关公只要执行军令，曹操只能束手就擒，为所谓恢复汉室立下最大的功劳。鲁迅在《中国小说史略》中对《三国演义》颇有苛评，对其主要人物持否定态度，说为了表现刘备的谨厚而似伪，为了表现诸葛亮的多智而近妖，但是对关公的评价却相当高。①

> 三停人马：一停落后，一停填了沟壑，一停跟随曹操。过了险峻，路稍平坦。操回顾止有三百余骑随后，并无衣甲袍铠整齐者。……又行不到数里，操在马上扬鞭大笑。众将问："丞相何又大笑？"操曰："人皆言周瑜、诸葛亮足智多谋，以吾观之，到底是无能之辈。若使此处伏一旅之师，吾等皆束手受缚矣。"
>
> 言未毕，一声炮响，两边五百校刀手摆开，为首大将关云长，提青龙刀，跨赤兔马，截住去路。操军见了，亡魂丧胆，面面相觑。操曰："既到此处，只得决一死战！"众将曰："人纵然不怯，马力已乏，安能复战？"程昱曰："某素知云长傲上而不忍下，欺强而不凌弱，恩怨分明，信义素著。丞相旧日有恩于彼，今只亲自告之，可脱此难。"操从其说，即纵马向前，欠身谓云长曰："将军别来无恙！"云长欠身答曰："关某奉军师将令，等候丞相多时。"操曰："曹操兵败势危，到此无路，望将军以昔日之情为重。"云长曰："昔日关某虽蒙丞相厚恩，然已斩颜良，诛文丑，解白马之围，以奉报矣。今日之事，岂敢以私废公？"操曰："五关斩将之时，还能记否？大丈夫以信义为重，将军深明《春秋》，岂不知庾公之斯追子濯孺子之事乎？"云长是个义重如山之人，想起当日曹操许多恩义，与后来五关斩将之事，如何不动心？又见曹军惶惶，皆欲垂泪，一发心中不忍。于是把马头勒回，谓众军曰："四散摆开。"这个分明是放曹操的意思。操见云长回马，便和众将一齐冲将过去。云长回身时，曹操已与众将过

① 原文是："惟于关羽，特多好语，义勇之概，时时如见矣。"见《鲁迅全集》第九卷，人民文学出版社2005年版，第135—136页。

去了。云长大喝一声，众军下马，哭拜于地。云长愈加不忍。正犹豫间，张辽纵马而至。云长见了，又动故旧之情，长叹一声，并皆放去。

从理性逻辑来说，关云长放走曹操是违反了军法，犯了严重的原则性错误，是不忠于刘备事业的背叛行为，其后果可能危及自身生命；而俘虏了曹操则是忠于刘家王朝的表现，而且可能得到升迁和厚赏。然而关公的情感逻辑则恰恰相反，因为关公还欠着曹操一笔人情，关公出逃，过五关，斩了曹操六个将官，曹操没有派兵追赶。这笔人情不还就是不义。在忠（理性、共同利益）和义（感情、个人感情）之间，关云长选择了于己、于公都不利的一招，显示了他情感逻辑的彻底性，这就使他的性格达到一个饱和度。毛宗岗评点到这里时这样分析关云长的感情逻辑：

虽其人之大奸大恶，得罪朝廷，得罪天下，而彼能不害我，而以国士遇我，是即我之知己也。我杀我之知己，此在无义气丈夫则然，岂血性男子所肯为乎？①

从理性的忠来说，曹操是大奸大恶之人，人人得而诛之的乱臣贼子，但是从情感的义来说，是一个人的逻辑，在普遍性上是合乎逻辑的，一到个人就不合逻辑了。如果这个乱臣贼子曾经于我有恩遇，视我如国士，则对我说来已不是乱臣贼子，而是我的知己，我如果杀了知己，自己就变成不义。虽然我放了他便是不忠，但不忠是对于别人而言，不义却是对我而言的。关云长性格逻辑的特点就是在忠和义矛盾，理性与情感、功利和非功利矛盾时，总是选择后者，选择对自己不利的方面，感情逻辑的彻底性使关云长的形象达到饱和。

这正是鲁迅之所以称赞关公而贬抑诸葛亮的原因。

关公遵循的是自己的情感逻辑，越是超越了功利，超越了理性，越有审美价值。这在维戈茨基《艺术心理学》中叫作“情感逆行”。

我国小说中的大团圆结局，就是以客观环境与主观感情同步转化为特点，客观环境好转了，于是一切都幸福了，甚至写到五男二女、七子团圆之类的。这样内心和外部行为之间就没有反差了，这种同步转化往往把社会功利价值与审美价值混同了，内心的奥秘也就不成为奥秘了。从小说的艺术学角度来说，大团圆结局是庸俗的，所以，鲁迅是反对大团圆结局的。

打出常轨，一种状况是把人打出正常轨道，人就变了；另外一种是把人打出正常轨道，人还是那样。

鲁迅笔下的阿Q就是后一种情况。阿Q越是遭受凌辱迫害，越是麻木，哪怕到了刑场，还是麻木。明明是冤枉他了，死到临头了，还想出风头，还为自己在法庭上画的圆圈不够

① 朱一玄、刘毓忱编：《三国演义资料汇编》，百花文艺出版社1982年版，第383页。

圆而遗憾，其实，画了那个圆圈，就承认了罪状。在这一点上，契诃夫笔下的“宝贝儿”，不管换了多少任的丈夫或者情人，也永远以丈夫（情人）的爱好和语言为自己的爱好和语言，永远没有自己的爱好和语言。生活境遇屡屡越出正常轨道，与感情永远保持常态形成对比，对比越鲜明，人物的心灵就显得越深刻。

卡夫卡在《变形记》中把主人公萨姆沙放进外在的形态变幻而内心感知不变的假定境界，然后看他与父亲、母亲、妹妹之间的关系如何变异。父亲觉得非常恼火，因为房客被吓走了，没有钱了；原来和他感情挺好的妹妹也躲避他了。他受到了家庭的歧视。父亲把一个苹果扔过去打在他的背上，他非常痛苦。曾经温情脉脉的家庭现在把他当成了累赘，仇恨他，讨厌他，他完全失去了亲情起码的关怀。他感到痛苦，感到厌恶。这就是把人物打入假定性的熔炉，进入假定性状态，以此看出人世、人生、家庭、亲情的变异，暴露平时不能暴露的奥秘。

第三十六讲　情节：审美因果超越实用、理性因果

把人物打出正常轨道以后怎么办呢？发生质变，发生质变就发生故事。什么是好的故事？什么是坏的故事？什么故事能够揭示人物的心灵？这是值得我们研究的。在一个故事里，一种常规被打破之后，可能是感情没什么深化，有些武侠小说和琼瑶的言情小说之所以不能成为严肃文学，是因为其中的感情是平面的、肤浅的，虽然它的文字比较花哨。那么，怎样才能成为一个好的情节呢？不仅要有情感的多层次，而且要有统一性、因果性，这是一种传统的、到目前为止还有强大生命力的情节。什么叫情节呢？有一定的因果性故事。最初我们不懂得这种道理，所以中国小说史上最初的小说大体是片段的、没有完整情节的。

这是一个完整的情节，因果关系有了，而且挺深刻。为什么他由坏人变成好人？因为人家以为他死了，互相庆祝，这对他刺激很大，他下定决心改了，而且有人帮助他，给他以理论上的指导。这就是有了层层深化的因果关系，有了因果性，故事就一体化了，整个故事是一个完整的整体，一环扣一环。读者因此被吸引，追逐着读下去。

福斯特在《小说面面观》中把故事和情节进一步区分，认为故事是一种低级形式，而情节是比较高级的。他说：“我们曾给故事下过这样的定义：它是按照时间顺序来叙述事件的。情节同样要叙述事件，只不过特别强调因果关系罢了。如‘国王死了，不久王后也死去’便是故事；而‘国王死了，不久王后也因伤心而死’则是情节。虽然情节中也有时间

顺序，但却被因果关系所掩盖。又例如：‘王后死了，原因不详，后来才发现她是因国王去世而悲伤过度致死的。’这也是情节，不过带点神秘色彩而已。……对于王后已死这件事，如果我们问：‘以后呢？’便是故事，要是问：‘什么原因？’则是情节。”①

这个说法，有一定道理，但也不完善。要看什么样的因果性，如果是理性的因果，则还不能说是小说，至少不能说是比较像样的小说。例如国王死了，王后也死了，什么原因？因为得了癌症。这样的因果，很符合充足理由律，但是算不上小说。小说的因果应该是情感的因果。如国王死了，王后也接着死了，原因是悲伤过度。这就有点小说的意味了，但还算不上成熟的小说。情感的因果，如果是一般的，缺乏特殊性的，也只能是蹩脚的小说。要成为精彩的小说，其因果应该是极其特殊、不可重复的情感因果。在中国小说史上，一般都把《搜神记》《世说新语》作为小说重要源头，当然有一定道理。但是，在这些早期作品中，就小说的文学价值来说，是良莠不齐的。前面我举了夏志清先生十分推崇的干宝《搜神记》卷十六“琅邪秦巨伯”的故事，在人物的情感错位上有相当高的小说艺术价值，但是，在构成情节的特殊情感因果关系方面，我觉得《世说新语·任诞》中的“雪夜访戴”才是真正意义上的特殊因果关系。

王子猷居山阴，夜大雪，眠觉，开室，命酌酒，四望皎然。因起彷徨，咏左思《招隐诗》，忽忆戴安道。时戴在剡，即便夜乘小船就之。经宿方至，造门不前而返。人问其故，王曰：“吾本乘兴而行，兴尽而返，何必见戴？”

这个王子猷是王羲之的儿子，其最初动机（动因）是即兴的，一是因为大雪，引起自己的雅兴，不顾寒冷，把门打开，“四望皎然”，欣赏雪景，上下左右，一片洁白。继而动机强化了，光是看不够过瘾，还要饮酒助兴。再下去，提示这种兴，不仅仅是为自然景观，而且是为自己心境的脱俗。他吟诵起左思《招隐》诗，其中有“石泉漱琼瑶，纤鳞或浮沉。非必丝与竹，山水有清音”，表现的是隐居山林，融入自然。根本用不着人工的音乐，山中流水的清韵就足够享受的了。“踌躇足力烦，聊欲投吾簪”说的是，在这样的心情与和谐环境中，何必流连仕途，还不如辞官归隐。这样的动因，光自我陶醉还不够，引发了第二动因，欲与知交戴安道共享。《晋书·隐逸传》有戴安道“碎琴”的故事：皇族武陵王司马晞听说他善于操琴，请他演奏，不从。司马晞遣戴友致厚礼再请，戴安道深觉受辱，当场摔琴，称己“非王门艺人，休得纠缠”。朋友面带惭色而去。这样的同道，值得拜访。

文章的精彩在于，第一动因是无声的，第二动因转化为行动：居然在大雪之夜，连夜命舟前往。连夜，写性情之急迫；命舟，示陆路行走不便；“经宿方至”，舟行一夜，意指从山阴到剡溪，路途遥远。当第二动因达到目的之后，却“造门不前而返”，说明原来很急

① 福斯特：《小说面面观》，苏炳文译，花城出版社 1984 年版，第 75—76 页。

迫的、很强的动因突然发生了变化，不想见朋友了，这是第三动因。这个第三动因更强，强到否定了第一和第二动因。这一切都说明，此人的行为准则乃是听从自己情感的即时的内心动因，动因瞬息间变幻，行为也随之变化，实质上是遵从内在情感的命令，这种命令是最高的，超越一切世俗、功利的。忠于自我即时的内心动因，却造成了违反自我内心最初动因的结果。这样的因果逻辑，深刻表现了此人我行我素、天马行空、个性张扬的绝对自由。

在我看来，这在魏晋时代小说雏形中是最为难能可贵的，可能比夏志清所举的“琅邪秦巨伯”的情节要艺术得多。

关于情节的研究有很多。托多洛夫认为，故事是若干叙述命题的一种序列，“典型的”故事总是从四平八稳的局势开始，接着是某一种力量打破这种平衡（这有点像我们所说的把人物打出正常轨道，使感情失去平衡，然后揭示出内心的矛盾、内心深处的奥秘），另一种力量产生了反作用，又恢复了平衡。因此，一个故事由两类成分组成：第一类描写平衡或不平衡状态。在我看来不是平衡与不平衡状态，而是外部条件的不平衡引起心灵的不平衡。这是关键的。第二类描写一种状态向另一种状态的转变。格雷马斯、布雷蒙大体上也这样理解故事，已接近于情节，这点可以从经典作品中得到印证。例如《聊斋志异》中的《婴宁》，女主人公婴宁一开始因为笑使男主角爱慕。成婚以后，不管遇到什么好事、坏事、麻烦事，甚至是邻居男性调戏，她都是笑。但是到最后，她暴露自己的身份是狐狸后代以后，却哭了。整个情节就是从笑到哭。其原因在于她的身份，当身份不被关注的时候，她可以任意地笑、无忧无虑地笑、天真地笑，而当她必须把身份告诉亲人的时候，却不能不哭了。

我从审美价值的操作性考虑，不取他们的说法，他们的说法比较模糊。我们的说法就是打出正常轨道。实验小说检验人，用顺境、逆境考验，看你心理，主要是情感状态有没有变化，有的有变化，有的麻木。福斯特的说法我认为比较好，但福斯特的说法也不是他自己的，是从亚里士多德的《诗学》中来的。《诗学》第九章这样说：“如果一桩桩事件是意外的发生而彼此间又有因果关系，那就最能产生这样的（按：引起恐惧与怜悯之情）效果；这样的事件比自然发生，即偶然发生的事件，更为惊人。”[①]

也就是说，情节不能只是异常古怪，像武侠小说或言情小说，都很异常，人们相爱、相恨都说不出什么非常深刻的社会或心理原因，不客气地说，是胡编乱造。《文心雕龙》讲“酌奇而不失其真，玩华而不坠其实”。苏东坡说得更清楚，叫“反常合道”，奇异的、打出正常轨道的偶然事变或行为，都符合社会、人情。

---

① 亚里士多德：《诗学·诗艺》，人民文学出版社1984年版，第31页。

把因果性、可能性、必然性引进情节，在小说形式的胚胎发育史上有划阶段的意义。它对小说审美规范的作用体现在形式的一体化上。小说写了比较多的人物，比较长的过程。诗就不存在这样的问题了。诗要构思，有统一的焦点；诗不会写得很长，除了叙事诗。小说特别需要一体化，一体化就是相互间的因果性。作为一种形式，有了因果性，读者就为小说的悬念、为产生结果的原因而不断地追思。各个部分的联系不再是按时间、空间序列相随的关系，而是情感结构上的有机联系。有了情节，小说作为一种艺术形式，就具备了形式审美规范的一个主要特征——内在的统一性。由于因果链的作用，小说形象的完整性空前地提高了。完整性的提高表现在有机性上，即作品不能在统一性以外有任何的枝蔓。亚里士多德把情节分成两个部分，从开头到转入逆境之前都叫"结"，而其余部分就是"解"。贾宝玉和林黛玉不能结婚，这是什么原因呢？有很长的过程。祥林嫂死了，为什么死呢？有很长的过程。不但在因果链以外的成分是统一的，连对因果链不一定起作用的细节、道具都可能影响效果的统一集中。在情节中，任何一种道具，任何一个人物的习惯、口头禅，任何风俗特征，都要受到因果律的严密逻辑制约。比如《雷雨》，最后周冲和四凤触电身亡，在这以前蘩漪就三番五次提醒，电线坏了要找人修。为什么要重复？怕观众不注意，没有达到一体化的效果。看电影，一开始有个镜头，主人公手里拿着一朵花，那么这朵花将来肯定是有用的。不给这朵花特写镜头，后面用到它就不自然了。

当然，我们讲的是传统小说。到了后现代，小说有了一些变化，它把因果链打破了。尤其是博尔赫斯的小说，经常是从完整的情节突然截断，留下一个空白，由读者去想象。但这是前卫的探索，其艺术价值还有待历史去证明。我们这里主要讲传统的小说，这样的规范经过了一千多年或几百年。在中国，如果从魏晋志怪小说算起，是一千多年；在西方，如果从意大利文艺复兴时期的薄伽丘开始，也有好几百年了。基本模式就是这样的。当然后现代和现代小说有了一些变化，我们以后再讲。

一体化的艺术效果，在中国小说情节艺术中叫环环紧扣，达到一种因果二重连锁性的程度。什么叫二重连锁性呢？上一环的结果同时又是下一环的原因。在巴尔扎克的《贝姨》中，于洛男爵与华莱里通奸，华莱里和她的丈夫合谋以通奸证据向男爵敲诈巨额赔偿，通奸的结果变成了赔钱的原因，又引出了一个结果，于洛男爵派一个亲戚到非洲去弄钱，失败了，这个结果又变成罚款二十万法郎的原因。上一环的结果与下一环的原因环环紧扣，其特点在于，原因变成结果，结果又变成原因，在连锁性中实现效果的层层递增。情节的形式规范排斥偶然的孤悬成分，前面的原因引起后面的结果就完了，这样，情节性不强，不是好的情节。光有一重因果还不够，要有多重。因果的二重性有利于情节的连续性，互相推进，层层推进。非二重性的因果，造成因果链的松弛。只要让结果同时成为原因，任何细节就都可以出现，否则，就没有存在的理由。这样，才能使情节越来越紧张、越来越紧凑、越来越严密。这个方法被美国电影运用得特别成熟，尤其是好莱坞的电影。在情节的历史进化过程中，因果二重性规律被运用得越来越自觉了，自发的、不严密的，结构就松散，因此逐渐被淘汰。在不自觉阶段，通常用补叙说明原因，后来逐渐被淘汰了，被伏笔、插曲取而代之。什么叫伏笔？就是在结果产生之前，就把原因交代了。契诃夫所说的“枪”，《雷雨》中的“电线”，都是这样的例子。

所有这一切都是为提高情节的有机性、严密性。

即使最严密的情节，从艺术上来说，也可能是粗浅的，因为严密的考虑可以成为理性的，而最理性的因果，可能变成推理小说。从某种意义上来说，推理小说并不是真正意义上的小说，因为它的核心是理性，而不是艺术所关注的人的情感。因而，必须把情感的因果放在最核心的地位，用理论的话语来说，就是审美因果超越实用和理性因果。

作家在创作过程中，要把每一个人物、每一个环节、每一种关系都当成复杂的原因造成的结果，把每一个结果后面隐藏着的一系列多层次的原因找出来，在多元的人物环节中找出多系列、多层次的原因还不够，还不能让它们各不相干，而要把它们互相联系起来组成一个统一的结构。这么多原因用排列组合的方法，可以组成无数个结构，作家必须从中确定一种最佳的因果系统。

在多样的可能因果中，用什么标准来选择最优的一组因果呢？多种纷繁的因果大致可以分为三类：一是实用价值因果，二是科学认识因果，三是情感审美因果。前两者都是以理性的普遍性为特点，后者是非理性的，而且是独特的，不可重复的。前二者在生活中占据着优势，而艺术家的任务就是要把受到理性和实用因果压抑、窒息的审美情感因果解放出来。

鲁迅在《中国小说史略》中曾经相当苛刻地批评《三国演义》写孔明之失为“多智而近妖”[①]。这个批评当然不无道理，孔明的多智，从现实主义小说家的眼光来看，的确是超人的，或者说是神化的。但是，鲁迅说话有鲁迅的特点，他不说超人，不说神化，而说“近妖”，也就不是人，而是妖怪。从现实主义小说所谓“细节的真实”来看的确有不现实、不真实之处。拿最著名的草船借箭来说，诸葛亮料定三天以后有大雾，其准确性大大超过了中央电视台的《天气预报》。如果拿这个准则去衡量鲁迅的《呐喊》《彷徨》尚可，以之衡量《故事新编》就不通了，里边“近妖”的人物就多得很了。例如他自己最喜欢的《铸剑》中，那个复仇的孩子眉间尺，那个无条件代替孩子去杀暴君的黑衣人，还有那个国王，三

① 鲁迅：《鲁迅全集》第九卷，人民文学出版社2005年版，第135页。原文是：“至于写人，亦颇有失，以致欲显刘备之长厚而似伪，状诸葛之多智而近妖。”

个人的头杀到油锅里，翻上翻下还会唱歌。这其实很简单，《三国演义》和《铸剑》都是一种假定的想象，何况《三国演义》还是中古传奇，其想象的自由度要大得多。关键在于，这种想象是不是有利于表现人物之间的心灵错位。

不管鲁迅多么伟大，不管他的文学见解多么权威，也阻挡不了中国（还有日本、越南、朝鲜）读者对诸葛亮的赞赏甚至着迷。鲁迅的权威无论如何是敌不过经过几百年历史淘洗的阅读实践的权威的。这个问题光是从现成的文本，一味以读者的眼光接受来看，是不可能弄清楚的。欧美文学理论之所以在文本解读上不得不承认，他们在遇到具体文学作品时“陷入一种令人吃惊的、一筹莫展的境地”[①]，他们似乎都忽略了他们的祖师爷海德格尔的教导：

作品的被创作存在只有在创作过程中才能为我们所把握。在这一事实的强迫下，我们不得不深入领会艺术家的活动，以便达到艺术作品的本源。完全根据作品自身来描述作品的作品存在，这种做法业已证明是行不通的。[②]

这些西方的理论权威连海德格尔“只有在创作过程中”才能把握“作品的被创作”都忘记了。海德格尔说得很明白，“完全根据作品自身来描述作品的作品存在，这种做法业已证明是行不通的”。因为这样，只能是被动地接受。要真正理解作品的奥秘，就要化被动为主动，进入作品的“被创作”过程，也就是想象出作家如何创作，与之对话，才能把握作品的奥秘。西方文论在文学审美解读方面之所以“一筹莫展”，原因在于满足于被动地接受。其极端者，还将之理论化曰“接受美学”。原因就在于，他们总是拘泥于被动地接受现成的文本，一千个读者有一千个哈姆雷特，不但把文学形象的艺术精彩消解了，而且把文学的存在都虚无化了。只有从作者的创造实践过程才有可能提示出文学奥秘来。鲁迅满足于被动地接受现成的草船借箭这个文本，不但没有看出什么名堂来，反而得出了与几百年来读者惊心动魄的阅读体验相悖的结论。从其创造的过程来看，固然很难，因为作者已经死了，他又没有说自己是如何取舍、提炼、重构、升华。但是，对于许多经典文本来说，历史的素材并不罕见。关于草船借箭，原本的素材在《三国志》中，写到这一段，裴松之的注引的是《魏略》：

权乘大船来观军，公使弓弩乱发，箭着其船，船偏重将覆，权因回船，复以一面受箭，箭均船平，乃还。[③]

这里强调的是三十岁左右的孙权临危不乱的机智。到了差不多一千年后的《三国志平

① 韦勒克、沃伦：《文学理论》，刘象愚等译，江苏教育出版社 2005 年版，第 155—156 页。
② 海德格尔：《海德格尔选集》（上），孙周兴选编，上海三联出版社 1996 年版，第 278 页。
③ 陈寿：《三国志 · 吴主传第二》，裴松之注，中华书局 2005 年版，第 1119 页。

话》中是这样的：

……周瑜一只大船、十只小船出，每只船一千军，射住曹军。蒯越、蔡瑁令人数千放箭相射。

却说周瑜用帐幕船只，曹操一发箭，周瑜船射了左面，令扮棹人回船，却射右边。移时，箭满于船。周瑜回，约得数百万只箭。周瑜喜道："丞相，谢箭！"[1]

二者细节上虽然有所不同，但是，第一，针对的对象同样是曹操；第二，在性质上则完全是实用理性的机智。到了《三国演义》的"草船借箭"，则发生了根本性质的改变。保留了战船中箭这一核心情节，把针对的对象改为诸葛亮的盟友周瑜。为了引出曹军射箭，增加两个元素：一是大雾；二是诸葛亮准确预测天气。这样准确的天气预测，在当时是绝对不可能的，其准确性超过我们中央电视台《天气预报》啊（大笑声）。这是鲁迅要骂他多智近妖的原因。但是，鲁迅作为小说大师，却忘记了小说家虚构的权利。当然并不是说一切虚构都是艺术的，可这个预测大雾的虚构却具有不朽的经典性，表现了《三国演义》作者的伟大气魄。为什么？因为这样一虚构，诸葛亮超人的、"近妖"的多智让他的盟友周瑜不舒服、难受。作者设计了周瑜这个好人有个心理毛病，就是多妒。他的多妒有个特点，就是近距离的。他不妒忌曹操，也不妒忌孙权，他就妒忌诸葛亮。为什么呢？两个人地位差不多，具有现成的可比性。这里有个人性的弱点，妒忌产生于地位相当的人之间。故妓女妒忌妓女，凭什么你跟人家睡一天赚三千，我却只赚两百？（大笑声）她不会妒忌希拉里・克林顿演讲一次二十万美元。（大笑声，鼓掌声）当然，周瑜的妒忌不像妓女那样低级，是很高级的，他妒忌的是人的才智。他很自尊，不能忍受自己身边的人在才智上超越自己。诸葛亮越是多智到超人，越是超越《天气预报》，周瑜就越是多妒。如果鲁迅生活在罗贯中身边，给他提意见，不让诸葛亮这么多智近乎妖异的程度，那就让预测失败，其结果是诸葛亮不能完成任务，按立下的军令状，被周瑜合法地推出斩首。这不但没有艺术的审美价值，而且小说也写不下去了。读者在阅读的时候和作家有不言而喻的默契，就是让你虚构。你让诸葛亮超人也好，近妖也好，只要引起周瑜情绪的连锁反应，看着就过瘾。罗贯中构思的精彩就在于，把战事的焦点不放在实用理性的胜负上，而是放在情绪争胜上，甚至不放在斗智上，而是放在斗气上。周瑜要诸葛亮限期造箭，表面上为了打败曹操，实际是要整死诸葛亮。故罗贯中的艺术才华就表现在，第一，诸葛亮的多智是被盟友周瑜逼出来的；第二，诸葛亮超人的天气预测成功以后，还有一点冒险主义，开着满载稻草人的船大张旗鼓地向曹营进军；第三，罗贯中又让曹操多疑而自信。当他得知诸葛亮大雾中来犯，就认定诸葛亮为人谨慎、不会冒险，如今这样冒险，就怀疑诸葛亮有诡计，下令不要

① 《三国志平话》，上海古典文学出版社 1955 年版，第 81 页。

出战，用箭射住水寨阵脚，于是箭如飞蝗。这时，罗贯中把原始素材中孙权横向调船改为纵向，让诸葛亮下令“船头朝东，船尾朝西”。一方面是让船尾的稻草束也充分受箭，另一方面是便于回师江东。这里显示了罗贯中的小说家天才：多妒逼出多智，多智的冒险又遭遇多疑，形成一个情绪连锁性的错位。此后多妒的更加多妒，多智的更加多智，最后是诸葛亮三气周瑜。周瑜终于意识到自己智不如人，就活不下去了，临死还不怪自己怪老天，发出了“既生瑜，何生亮”的长叹。这是世界妒忌学上的伟大发现，直到六百年后我们的心理学在这方面还没有达到这样的水平。（大笑声）

但是，这样伟大的文学创造，许多学者都没有认识到，刘再复先生在他的《双典批判》中就说，这是对历史上周瑜的“抹黑”。他认同“既生瑜，何生亮”是“杜撰”，还引用了学者盛巽昌的著作《三国演义补证本》：

> 据史传，周瑜气量宽宏，赤壁之战时，蒋干奉曹操命来说降周瑜，回去后说，周瑜雅量高致，非言词所间……《三国志·吴书·周瑜传》说他“性度恢廓，大率为得人”，对此刘备也说他器量广大。他的器度和谦让是为诸家所认同的。[①]

这是很没有道理的。小说，尤其是历史演义，本来就是以虚构取胜的。不虚构，照搬史实，哪里来的艺术？问题的关键在于，虚构的水平如何，对人物的内心深处的探索如何。何况，《三国演义》把周瑜当作正面人物、好人。他在赤壁之战中的英勇、明智，如苦肉计、连环计，对蒋干来说降，采取将计就计导致曹操上当，在水战之前杀了水军统领，这一切都是赤壁之战克敌制胜的关键，显然这是个以少胜多的将领、英雄豪杰。但是，作为艺术家，罗贯中让他有一种心理不健康的毛病，最后，导致了自己的死亡。其实，写他心胸狭隘、多妒，原因在于为了吴国的前途。以他的政治远见，料定将来吴国与刘备之间必有冲突，留下诸葛亮这个智慧高明的人物对吴国不利，故在联合之时，就设法合法地除掉他，这在道德上谈不上“抹黑”。

海德格尔所说的被创作的过程，就是指从非艺术的素材中提炼到艺术的形象体系的完成，是从实用理性上升为审美情感循环的过程。在这个过程中，最关键的就是诸葛亮准确预测三天以后有大雾的情节设计，可以说是近妖，但是，就是这个近妖，让草船借箭成为不朽的文学经典。

鲁迅在此所犯的原则上的错误至少有两点：第一，把科学的理性当作文学审美的评价标准，忽略了小说的功能主要是表现人以情感为核心的内心世界；第二，孤立地评论小说中的个人行为。小说不同于诗歌，是在人与人的情感关系的互动、错位中揭示人的内在深层奥秘的。

---

① 刘再复：《双典批判》，生活·读书·新知三联书店 2011 年版，第 172—173 页。

不管是欣赏还是写作小说，基本训练就该从这里开始。首先学会把科学理性和情感的审美价值区别开来，超越日常生活中理性的优势，拉开错位的幅度的过程，就是艺术产生的过程。

除了科学理性的真与情感的虚拟以外，小说还得处理实用理性与情感的非实用性之间的关系。

契诃夫的《万卡》，如果只有万卡向祖父诉苦，恳求祖父把自己从城里接回去，免除当皮鞋店学徒的种种苦难等内容，那么，契诃夫与热衷于表述对劳动者的同情的民粹派小说家没什么两样。小说的最动人之处在于：由于万卡写的地址太笼统，信是不可能被祖父收到的。也就是说，其实用价值等于零。可万卡却以为爷爷一定会收到，并且做着爷爷收到信的甜蜜的梦。也就是说，在他的情感深处，这封信的价值是具有救命的价值的。正是由于这两种意义或说这两种价值拉开了距离，发生了错位，小万卡的情感世界才能得到充分显现，其形象的感染力才强烈。如果这封信被万卡的爷爷顺利地收到，实用价值提高了，情感价值就降低了。

实用理性可分为两个层次：第一个，是最初级的层次，那就是生活上的有用；第二个，则是道德上的善。因为人的本性都是追求对自己有用的，互相之间可能争夺，甚至产生血腥的后果。故文学中最大的问题是，情感的美与实用的善的矛盾。我们以曹禺《雷雨》中的人物蘩漪为例展开一下。

她是周朴园的妻子，却与周朴园的大儿子周萍发生了感情，而且有了肉体关系。当周萍要结束这种关系，带着女佣四凤远走矿山时，她为了缠住周萍，不惜从中破坏，甚至利用自己的儿子周冲对四凤的爱情，强迫他介入周萍和四凤之间。单纯从道德的角度来看，她肯定不是一个善良的女性，不是一个好人，而是一个道德上有污点的人。但在看完《雷雨》以后，观众和评论家却很难把她当作坏人看待，因为她在精神上受着周朴园的禁锢（虽然物质生活优裕），她炽热的情感在这种文明而野蛮的统治下变得病态了，这就造成了她恶的反抗。她绝不改变她自己的情感寄托，她不把情感寄托当成可有可无的，相反，她把她与周萍的关系当成生命。曹禺在她第一次出场时作了如下的描绘和分析：

> 她的脸色苍白，面部轮廓很美，眉目间看出来她是忧郁的。郁积的火燃烧着她，她的眼光时常充满了一个年轻的妇人失望后的痛苦和怨望。她经常抑制着自己。……她的性格中有一股不可抑制的“蛮劲”，使她能够忽然作出不顾一切的决定。她爱起人来像一团火那样热烈，恨起人来也会像一团火，把人烧毁。①

曹禺在这里所作的，并不是一种道德善恶的鉴定，而是对她情感世界的揭示。你很难

① 曹禺：《曹禺选集》，人民文学出版社1978年版，第18—19页。

简单地说她是好人还是坏人，甚至很难说她哪一部分行为是善，是恶。作者对此自然是有某种隐秘的倾向性的，但那是一种侧面效果。作者正面展示的是这个人物“郁积的火”，即受压抑的火，这种火有一种潜在状态，便是她外表的忧郁乃至沉静，而其爆发状态，就是以“不可抑制的‘蛮劲’”作出“不顾一切的决定”，“她爱起人来像一团火那样热烈，恨起人来也会像一团火，把人烧毁”。曹禺之所以能用这种情感奇观震惊读者，关键在于他对那些越出道德的善的范围的情感并不采取排斥的态度，而是当作一种可贵的发现。一个普通的有道德观念的人和一个有强烈审美倾向的艺术家的区别就从这里开始。艺术家并不满足于作出道德的和科学的评价，他知道这不是他的主要任务，他所追求的是在此基础上作出审美的评价。在艺术家曹禺看来，这个感情压抑不住，窒息不死，一爆发起来就不要命，甚至不要脸的女人才是一个真正的女人，充满了生命的女人。而那个害怕自己的感情的周萍，则是软弱而空虚的，他总是在悔恨中谴责自己的错误，他缺乏意志和力量，“他痛苦，他恨自己，他羡慕一切没有顾忌敢做坏事的人”。这个不再敢做坏事的人，尽管在道德上不是被否定的，但在情感上是苍白的，在审美上是被否定的。他肯定不是《雷雨》中的正面人物。要成为一个有出息的小说家在这一点上是绝不可含糊的——他必须把艺术形象的情感价值放在正面最重要的位置，哪怕这种情感与理性的善和真拉开了某种距离也不要手软。

正是在这样的基础上，曹雪芹把林黛玉和薛宝钗放在对应的位置上。她们之间有对立，但是，基本上不是道德（实用）的对立，而是情感（审美）的对立。林黛玉有一点和蘩漪相似，那就是她为情感而生，为情感而死，情感给她的痛苦多于欢乐，这种痛苦正是她的生命质量所在。她的情感是这样敏锐，这样奇特，以致她和她最爱的贾宝玉相处常以“歪派”，无理地挑剔、挖苦为务，造成相互折磨。这是因为她爱得太深，把情感看得太宝贵，以致不能容忍任何可疑的成分、不实在的成分，更不要说转移的苗头了。这样强烈的情感出于她那种虚弱的体质，这在曹雪芹可能并不是出于偶然或随意，也许他正是要把情感的执着和生命的存活放在尖锐的冲突中，让林黛玉坚决选择了情感之花的盛开而不顾生命之树的枯萎。

薛宝钗在道德上并无多少损人利己之心。有些研究者硬把薛宝钗描写成一个阴险的女曹操，在价值观念上，显然拘于实用道德理性的善恶。薛宝钗的全部特点在于，她为了“照顾大局”（也就是实用价值）而自觉自愿地，一开始甚至是毫无痛苦地消灭了自己的情感（也就是审美价值）。不管她对贾宝玉可能产生的爱，还是对王夫人（在逼死金钏儿以后）可能产生的恨，她都不在乎。她在人事关系上取得了极大的成功，她克制自己不与任何人冲突，其结果是她自己成了生命的空壳。与情感强烈但没有健康的美人林黛玉相反，她成了一个健康的没有感情的美人。她服食一种“冷香丸”，故在群芳夜宴为宝玉祝寿，行酒令时，她抽到的签是“任是无情也动人”，这正是她心灵的象征：她虽然很漂亮，但情感已经冷了，没有生命了。从美学意义上说，情感的活跃是美，而情感的冷漠则是丑。

薛宝钗在道德意义上不是不善，但在美学意义上是丑。

用同样的道理，我们可以解释安娜·卡列尼娜与卡列宁的冲突，他们之间的冲突主要不是在道德上，更不是在政治上，而是在情感的生命上，也就是在审美价值上。卡列宁对安娜说：“我是你的丈夫，我爱你。”安娜的反应却是：“但是‘爱’这个字眼却又激起了她的反感。”她想：“爱？他能够吗？……爱是什么，他连知道都不知道呢。”这正是托尔斯泰在修改安娜这个形象的过程中，找到安娜这个人物的生命的关键。在这以前，托尔斯泰原本是想把安娜写成一个邪恶的道德堕落的女人，而以后安娜却变美了。在这一点上不彻底的作家往往只能写出格调不高的作品来。中国古代有一些劝善惩恶的小说，在艺术上都是软弱的。就是在新时期的初期，有些曾经轰动一时的小说，如《窗口》《赔你一辆金凤凰》之类，甚至《明姑娘》那样的作品，都很快被读者遗忘了，倒是付了五块钱旅馆费而破坏性地在房间里沙发上一跳的陈奂生仍活在读者的记忆里。

自然，让审美价值和实用道德理性拉开距离并不是无条件的，这个条件就是不可直接与道德的善对抗，亦即不可诲淫诲盗。拉开两种价值的距离是为了在错位中充分展示情感结构的奥秘，把作者自己的道德理性结论隐蔽起来，让读者自己在潜移默化中有所感受。许多作家都希望自己的作品有一个较高的起点，审美价值的相对超越就是高起点的根本。一个作家如能在这一点上不含糊，就说明他有了摆脱公式化、概念化顽症的可能。在《安娜·卡列尼娜》中，安娜和渥伦斯基发生了关系，怀孕了，卡列宁并没有张扬，也没有责骂她。安娜在难产期间几乎死去时，卡列宁与渥伦斯基已握手和解了。她也表示，今后就与卡列宁共同生活下去，不再折腾了。可她痊愈之后却感到，卡列宁一接触到她的手，她就不能忍受了。从科学的理性说，这不是理由，可从情感和感觉的互动关系来说，这是很充足的理由。

当然，情感的美对认识的真的超越也是有限的，不能是绝对的、无限的。超越以不歪曲生活的根本性质（或本质）为限。在拉开距离以后，从根本上歪曲生活的性质无疑是应该警惕的。事实上，对艺术家来说，把握真、善与美之间既相统一又相矛盾的分寸是十分重要的。完全否认其间的矛盾，可能导致公式化、概念化；而无限夸大其间的矛盾，则可能导致诲淫诲盗或胡编乱造。真正的艺术家能游刃有余地控制真、善、美的互相错位而又不让它们分裂。

小说家在处理素材时，都可能遇到审美价值观念是否强大的考验。一个素材放在面前，就其结果来说，是很动人的，可是把理性的充足理由加上去以后，情节完整了，趣味却可能完全消失了。

就因果关系而言，科学的理性逻辑要求充足的带普遍性的理由，而情感逻辑要求的是特殊的、不可重复的、个性化的理由。对科学来说，任何充足理由都是应该可以重复验证的；而对艺术来说，每一个人物都有属于他自己的不可重复的理由，尽管这些理由是可笑的、不通的。科学的理由可能是不艺术的，艺术的理由又可能是不科学的，这是审美价值的一个很重要的特点。要进入审美创造的领域，就得彻底弄清这个道理。这不仅是小说的规律，而且是一切艺术所必须遵循的规律。

共工与颛顼争帝，怒触不周山，致使天倾西北，地陷东南，这是《山海经》对中国地形西北高而东南低、江河东流的解释。这是不科学的，但无疑是艺术的。说谎的孩子鼻子会变长，一旦诚实了，鼻子就缩短，这种因果关系也是不科学的，却是《木偶奇遇记》的一大创造。这是神话和童话的因果逻辑，它不合科学，却被古今中外广大读者所宠爱，因为它与人的情感逻辑相通，把人的强烈的主观意愿放在最突出的地位。这种现象是一切文学作品的规律，不仅对神话、童话有效。

小说家在设计情节因果时，必须严格遵循情感因果规律，而不能只根据理性的科学因果规律。正因为这样，祥林嫂之死，如果纯用理性的因果来分析，是有点奇怪的。给她打击最大的是，虽然她捐了门槛，而在过年祝福时竟然仍不让她去拿祭祖的酒杯和筷子。如果纯从理性逻辑来考虑，不让拿就不拿，落得清闲。但祥林嫂为此痛苦得丧失了记忆力，丧失了劳动力，被鲁四老爷家解雇，终于死了。在《祝福》中，“我”曾向冲茶的短工问起祥林嫂死去的原因，那个短工很淡然地回答：“怎么死的？——还不是穷死的？”按这个人的看法，《祝福》的情节因果是穷困导致死亡。如果真是这样的话，就是实用价值因果，那么《祝福》和当时以及以后许多表现妇女婚姻题材的作品，就没什么两样了。事实上，《祝福》的情节告诉读者的不是这样。从表面上看，她是流落为乞丐而后死去的，好像可以说是穷死的。但她为什么会流落为乞丐呢？因为她丧失了劳动力，连记忆力也不行了，才被鲁家解雇的。她本来不是很健康的吗？不是顶一个男人使唤的吗？她受的精神刺激太强了，她情感上太痛苦了。她痛苦的原因是：生而不能作为一个平等的奴仆，死而不能成为一个完整的鬼（两个丈夫在阎王那里争夺她）。这不是迷信吗？不是不科学的非理性吗？然而，祥林嫂不但不因为它是迷信而不相信它，反而因此而痛苦，心灵和身体都因此而受到摧残。更深刻的因果是，祥林嫂由于对损害她、摧残她的迷信观念缺乏认识而导致死亡。从这个意义上说，审美因果在超越了理性因果以后，在另一个层次上，又回归于更深刻的理性因果。

祥林嫂死于愚昧，死于缺乏反抗的自觉性。这是一种什么样的迷信？为什么这么厉害呢？仅仅是一种对鬼神的迷信吗？不全是。因为阎王要分尸给两个丈夫的说法，其前提是女人，尤其是寡妇，不能第二次嫁人，谁再嫁，谁就得忍受残酷的刑罚。祥林嫂并不要求再嫁，她拒绝再婚，而且反抗了，逃出来了。在她被抢去嫁给贺老六时，她反抗得很“出格”，头都撞破了。按道理，如果阎王真要追究责任，本该考虑到这一点，因为责任首先不在祥林嫂这一边，而在抢亲的策动者——她婆婆——那一边。但阎王并不怎样重视理性逻辑问题。这就暴露了封建礼教的野蛮和荒谬，这里有深刻的悖论。妻子属于丈夫，丈夫死了，妻子不能再嫁，她只能作为“未亡人”而等待死亡的到来。任何女人一旦嫁了什么男人，就永恒地属于这个男人，这是一种得到普遍承认的“公理”。这就是夫权。祥林嫂是没有自己的名字的，她嫁给祥林，就叫祥林嫂。后来她又与贺老六成亲了，该叫什么呢？贺老六死后，她回到鲁镇，本该研究一下，叫她祥林嫂好还是老六嫂好，然而鲁迅用单独一行写了一句：“大家仍然叫她祥林嫂。”连犹豫、商量、讨论一下都没有，就自动化地作出共同的反应。这说明“女子从一而终”在普通老百姓心中是根深蒂固的。这还只是问题的一面。问题的另一面是，她婆婆违反她的意志要卖掉她，这不是有悖于神圣的夫权吗？也不是。还有一个族权原则：儿子是父母的财产，儿子的“未亡人”自然也就属于母亲，因而婆婆有权出卖媳妇。这样的荒谬到了神权面前依然如故，阎王还是把一切责任放到祥林嫂身上。这是夫权、族权和神权的矛盾。《祝福》的因果逻辑超越了理性因果，揭露了封建礼教的荒谬悖理。

深刻的因果性显示：祥林嫂之死，最悲惨处不在于她物质上的贫困和精神上的痛楚，而在于造成物质贫困和精神痛楚的原因竟是自相矛盾的、狗屁不通的封建礼教。不但夫权主义和族权主义相矛盾，而且神权主义与夫权主义和族权主义互相冲突。然而，在一个受害的弱女子的如此可同情的悲剧面前，居然没有一个人，包括和她同命运的柳妈以及一般群众（如冲茶的短工），对她表示一点同情，更没有任何人对如此荒谬的封建礼教表现出一点愤怒，有的只是冷漠。很显然，在这背后有悲剧的理性的原因：群众对封建礼教的麻木。正因为如此，改造中国人的灵魂才显得特别重要。这正是鲁迅作为一个伟大的启蒙主义者的思想特点。

从这里我们可以看到，设计情节因果不仅关系到情感的生动，而且关系到理性的深刻。要达到情节的生动，就要避免纯用理性因果，因为理性因果就是概念化的因果；要达到思想的深刻，就要避免表面的单层次的因果，以构成多层次的因果，在低级层次上作审美超越，在高级层次上作理性回归。

第三十七讲　性格：寻找情感的着迷点

我们已讲过了情节，但情节还不是小说的特点，因为戏剧也讲究情节。小说发展成熟的标志是性格，好的情节不是一般的因果，而是性格的因果。性格因果也经过了一个历史发展过程，最初追求情节的一体化，情节有一种非常强的必然性，甚至使必然性达到一种不可逃避的程度。最有代表性的是古希腊戏剧的情节，古希腊戏剧力求使情节在必然和偶然的交叉点上发展。古希腊的悲剧有所谓命运悲剧，命运就是一种客观必然性，主观上不论如何逃避都毫无用处。比如《俄狄浦斯王》，俄狄浦斯是国王的孩子，祭司预言，他将来要杀父亲，娶母亲，国王就把他扔掉了。正好他被一个牧羊人捡起来了，送给了另外一个国王，这个国王后来让他继承了王位。接着，他跟父亲的王国打仗，在不知情的情况下，杀死了父亲，然后娶了母亲。这样一个故事，是一连串的偶然，累加起来就变成必然。在偶然与必然的交叉点上，是一系列的巧合。不断的偶然，不断的巧合，加起来就变成必然的命运。由于巧合的作用，偶然性的递增不但没有导致必然性的递降，反而导致必然性的递增。构成情节就是制造一系列的偶然性，一方面使事态的发展表面上离开必然性，另一方面又利用巧合（偶然和必然的交叉）逐步使偶然性递降，使必然性递增，直到最后在一个事件上完全重合。

自从因果性被发现，中国的古典小说也追求必然性，并发展到因果必然性愈强愈好，形成一种命运的（其实是宿命的）必然性。以《说岳全传》为例。岳飞最后被秦桧害死了，什么原因呢？宿命的原因。岳飞字鹏举，小说家编故事，说他是如来佛身边的大鹏金翅鸟。有一回，如来佛讲经正讲得天花乱坠，听讲的一个狐狸放了一个屁，非常臭。大鹏金翅鸟很恼火，就把狐狸啄死了，狐狸的冤魂投向东土，后来成为秦桧的妻子。如来佛谴责大鹏任意杀生，就把他贬到下界，到河南汤阴投胎，这就是岳飞。大鹏金翅鸟下凡时路经东海，又啄死了一个妖怪，妖怪的冤魂投胎后成为秦桧。后来这两个家伙结为夫妇，设计把岳飞害死了。这种因果关系蛮有趣的。当然，这是迷信，因为这种因果报应没有什么是非可言。

《水浒传》也是这样。三十六天罡七十二地煞，一百零八将为什么最后都到梁山聚义？为什么从各个地方向这聚义厅奔来？官逼民反？官逼民反是你从情节中概括出来的，小说的字面上不是这样说的，它有个宿命的解释："洪太尉误走妖魔"。洪太尉本是去请张天师求雨，好奇心加上滥用权力，使他不听道士的劝告，硬要把一块封石打开，锁在里面的妖魔就向四面八方飞过去了，这就是三十六天罡七十二地煞。后来，他们起来造反，这是宿命的必然性，绝对的必然性。就像绝对的偶然性一样，这不能导致人类对情感和社会生活奥秘的深入了解，反而取消了一切意义。

艺术情节不是迷信，也不是科学，它是一种审美意识，以情感的逻辑超越理性的逻辑。情节要求的因果性，不是理性的因果性，如果是理性的因果性，或是宿命的、迷信的因果性，就没什么好玩了。它是主观的甚至是幼稚的情感逻辑，即使是具有一定现实意义的因果逻辑，也要披一袭神秘的外衣。它与现实的逻辑不一样，因为不一样，情节才好玩。《说岳全传》的情节如此，《水浒传》的情节如此，《红楼梦》中也有类似的现象。林黛玉与贾宝玉的恋爱充溢着泪水，这个结果被解释成绛珠仙子欠了神瑛侍者天天灌溉的水，转世的林黛玉以泪水归还给神瑛侍者转世的宝玉。这种必然性带着很强的情感的虚幻色彩，与《水浒传》《说岳全传》的迷信有所不同。这是一种神话，不是宿命的必然性，而是情感的因果必然，因而有一定的审美属性。它为《红楼梦》的社会思想、情感矛盾造成一种“间离效果”。曹雪芹并不指望读者相信他这种游戏之笔，只是为了增加情趣而已。《说岳全传》中打动我们的，主要是岳飞英勇杀敌的精神。那些迷信的、神话的故事，在整个小说中是脱离了情节发展的，并没有太多的形象，只是开头或结尾的包装。对《红楼梦》而言，读者并不因为林黛玉的泪水是不是必然性的而减少对她的同情。《水浒传》的情况也一样，形象体系中揭示出来的生活真谛是逼上梁山，官逼民反，三十六天罡七十六地煞虽然是天上的星宿，但又有地上的绰号，是被社会环境逼上造反之路的。施耐庵只指望在“逼”这一点上征服读者，并不指望读者把洪太尉误放妖魔当作更可靠的原因。不过，这种虚幻的神秘性很能诱惑读者的想象。

人物的情感逻辑与作家的情感逻辑总是要发生矛盾的，因为人物情感逻辑是无限多样的，而作家的情感逻辑是永远单一的，虽然作家的情感逻辑或从正面美化，或从反面丑化了人物的情感逻辑，但这种美化或丑化总是有限的。当人物的情感逻辑与作家的情感逻辑发生矛盾时，作家如果过分地去同化人物的情感逻辑，就有陷入情感逻辑雷同（形象类型化）甚至概念化的危险。只有当作家的情感逻辑向人物的情感逻辑让位，人物才可能获得自己的生命。因此在小说情节的因果链中，起主导作用的应该是人物的情感逻辑，任何一个情节的因果，不能只是一般的情感因果，甚至不应该只是作家情感的因果。小说之所以是小说，就是因为它的情节因果主要取决于人物之间情感逻辑的交融，即对任何结局都应在人物情感的张力中去找特殊原因。

从这个意义上说，西方当代文学理念中提出“作家退出作品”“零度写作”（表面上不带作家倾向性），虽然绝对化了，但是有一定的道理。这里讲到小说一个很重要的特点。

决定人物心理的是人物的情感和理智。感情与理性是动态结构，既有随机变异的特点，又有逻辑一贯性的特点。人物性格就是这种情感的随机性与逻辑性的统一。无论从随机性来看，还是从逻辑性来看，人物性格都应该是特殊的。所以作家写作品，不能以自己的情感代替人物，而要找到人物自己的情感。不能像莫泊桑所说的那样，写小偷、妓女、国王，只要设想自己是小偷、妓女、国王就成了，而应该设想，如果不像自己的人成了小偷、妓女、国王，该怎么办。

理性逻辑与情感逻辑的混同是寻找人物情感逻辑的最大障碍。许多人有很丰富的经历，但为什么成不了作家呢？生活很丰富，理性太强大了，当不了作家。

"情人眼里出西施"是非理性的，但它是有情感的，从理性来讲没有道理，但是，情感本身就是充足的理由。不是冤家不聚头，明明相爱很深，但又互相折磨。这不是自相矛盾吗？这是违反矛盾律和排中律的，但情感又是生死不渝的。人的情感是人的重要部分，文学艺术就是管这个东西的，不能用理性去抹杀它。情感是朦胧的，很难定性，在其产生之初乃至高度兴奋时，是分不清酸甜苦辣的，人物因此陷入一种痴迷的欢畅。情感不符合理性逻辑，似乎自相矛盾，才更强烈。能用语言准确描述的情感往往是不强烈的。情感有不确定性，好像首尾不能一贯，但又是毫不动摇的。在情感逻辑面前，好像形式逻辑的同一律、矛盾律、排中律、充足理由律都失去了作用，理性辩证法也无用武之地。情感逻辑就是不讲一分为二，就是不全面，就是以片面性、绝对化取胜，小说人物的行为在这方面尤为突出。

作家的任务就是为每个人物找到属于他自己的情感逻辑。任何情节所要探求的，首先不是对每一个人都适用的理性因果，而是超越了普遍性的、只适用于一个人的情感因果。这种情节才是生动的，才有吸引力、震撼力。

面对同一件事，不同的人物有不同的情感、不同的选择。亚里士多德在《诗学》中说过："性格"显示人物的抉择。如果一点不表示说话人的取舍，则其中无性格，性格就是选择！

需要补充一点，并不是一切选择都是有性格的，因为选择也可能是很理性的。一般的人，在种种机遇面前，都选择有利的。如果人物选择对自己有利的，往往没有性格，因为有利是一种实用价值，而情感往往是超越实用的；如果人物选择对自己不利的，而且明明知道是不利的，还要坚持，这就有戏可演了，有个性可欣赏了。你们设身处地为贾宝玉想想，他找对象选择什么样的人比较有利？（学生：选择薛宝钗）为什么？

生：薛宝钗家境比较富，而林黛玉家里什么也没有。（笑）

生：薛宝钗身体比较健康。不像林黛玉那样，成天病歪歪的，可能不会生孩子，这个问题很严重。（哄堂大笑）

生：最关键的是林黛玉脾气不好，很爱和贾宝玉吵架。人家检讨了，她要哭；不检讨，更要哭。（大笑）

我：如果贾宝玉按你们的准则不选择林黛玉，贾宝玉这个人物还有性格吗？

生：可能是没有啰。

但贾宝玉还是选择了林黛玉，为什么呢？这就超越了实用因果，就是情感因果了。同样，如果聂赫留朵夫向玛丝洛娃求婚，贵族向妓女求婚，当然对妓女很有利，但玛丝洛娃没有答应。如果答应了，大团圆，那托尔斯泰的《复活》就写不下去了，很可能就流产了。

《三国演义》写得最精彩的并不是诸葛亮，因为它表现诸葛亮的理性智慧一直占着优势，智慧是一种理性。对此鲁迅也觉得不满，他批评《三国演义》把孔明写得“多智而近妖”，也就是神化了，不像人了。鲁迅在《中国小说史略》中，特别称赞的形象是关羽，这并不是偶然，因为关羽的感情时常与理性不统一，时常有不智的选择。最有意思的是关公华容道释放曹操。曹操赤壁大败，领着残兵败将屡中伏兵，来到华容道，正好遇到关羽率领的伏兵，绝望得灵魂出窍。关羽出于义气的考虑却选择把曹操放走。这就有性格了。这一点我们已经讲过了。

清代小说评点家毛宗岗在《读三国志法》中认为《三国演义》写人物有三绝：

吾以为三国有三奇，可称三绝：诸葛孔明一绝也，关云长一绝也，曹操亦一绝也。[①]

这话说得很有艺术见地。关于诸葛亮和关公我们说得已经够多的了。关于曹操，却说得不够。

毛宗岗说曹操之奇绝如下：

听荀彧勤王之说而自比周文，则有似乎忠；黜袁术僭号之非，而愿为曹侯，则有似乎顺；不杀陈琳而爱其才，则有似乎宽；不追关公以全其志，则有似乎义。王敦不能用郭璞，而曹之得士过之；桓温不能识王猛，而曹之知人过之。李林甫虽能制禄山，不如操之击乌桓于塞外；韩侂胄虽能贬秦桧，不若操之讨董卓于生前。窃国家之柄而存其号，异于王莽之显然弑君，留改革之事以俟其儿，胜于刘裕之急欲篡晋，是古今来奸雄中第一奇人。[②]

这个评论虽然有相当深刻之处，但是有些混乱。第一，把历史上的曹操和小说中的曹操混同了，因而在评价上，完全是实用理性的；第二，把曹操作为历史人物的才能和作为文学形象的创造，混同了。故其中许多评价并不是文学的评价，如“听荀彧勤王之说而自

① 朱一玄、刘毓忱编：《三国演义资料汇编》，百花文艺出版社 1982 年版，第 295 页。
② 朱一玄、刘毓忱编：《三国演义资料汇编》，百花文艺出版社 1982 年版，第 295—296 页。

比周文，则有似乎忠；黜袁术僭号之非，而愿为曹侯，则有似乎顺”，这在《三国演义》中只是一笔带过，并不是很精彩的片段，至于把曹操之才能与历史上的人物，如“王敦不能用郭璞，而曹之得士过之；桓温不能识王猛，而曹之知人过之。李林甫虽能制禄山，不如操之击乌桓于塞外；韩侂胄虽能贬秦桧，不若操之讨董卓于生前。窃国家之柄而存其号，异于王莽之显然弑君，留改革之事以俟其儿，胜于刘裕之急欲篡晋”，这些都是历史的、理性的评论，而不是文学的评价。倒是其中的“不杀陈琳而爱其才，则有似乎宽；不追关公以全其志，则有似乎义”，则接触到文学审美的性质。从理论上说，涉及曹操的选择。曹操爱关公之才，选择接受他投降时相当苛刻的条件。比如降汉不降曹；又如刘备如今不知下落，一旦得知，就要离去。曹操都答应了。身边的一些谋士都劝曹操，关公此人，讲究义气还知恩图报，千万不能让他立功，立了功，他觉得不欠你的了，就可能出走。后来，关公得知刘备还在，私自出走，过五关，曹营兵马层层抵挡，曹操不选择抓捕，而是选择放他走。没有正式公文，下级不执行，他就下了公文。至于不杀为袁绍起草讨曹操的檄文的陈琳，都可表明曹操的个性中有爱才、敬才的独特性。但是，毛氏的评点并不太深刻，原因比较片面。曹操爱才只是其一面，但是，他的选择有时很奸诈。如对脱光了衣服骂他的祢衡，就把他送黄祖那里，借那个大草包的手把他杀了；又如对于反对他南下的孔融，背后发牢骚，不但杀了，还把他两个不满十岁的儿子都杀了；更特别的是，当他屡屡感到自己的主簿杨修在才智上超越自己的时候，最后也是把他杀了。

曹操之绝，就在于他的选择都是很独特的，而且是很不理性的。这种不理性是很深邃的。原因就在他爱才，但是，谋士的才能再高，也不能超越自己。他不像刘备对诸葛亮那样，对自己手下的奇才诸葛亮，以师事之。后来，他不听诸葛亮的劝导，为关公复仇，结果给陆逊火烧连营七百里，大败亏输，就痛哭流涕，公然检讨自己。相反，曹操就是失败了，错误了，也还是要显示他的高明。如赤壁大败之后，率领残兵败将狼狈逃窜，见到华容道两面高山地形险要以为没有埋伏，就大笑起来，说诸葛亮用兵毕竟有漏洞，如果是自己，一定会在这里设伏。他的智慧优越感使他大为开怀。可惜，不久，闪出一支人马，关公亮相：“关某奉军师将令，等候丞相多时。”虽然他的开怀可能不到十分钟，但是，仍然活灵活现地显示了他的智慧优越感。个中的原因分析起来是很深邃的。这是因为刘备不管怎么错，他有一个资本，就是他的刘氏血统，乃是中山靖王之后，光凭这一点，不管有多大错误，都不可能改变他的领导的合法性。而曹操的出身却很卑微，他的父亲是宦官的养子。他的全部资本就是他自己的智慧优越，所以他有一种病态的自尊、自信、自恋。他在这一点上是相当强烈地着迷。这种着迷，是他性格逻辑的核心。

从这里可以看出，情感逻辑产生于人物自身的选择过程中。选择最能显示人在一点上着迷，因为逻辑的着迷，是人物私有的，抓住了这个着迷点，也就抓住了人物性格。如狄更斯小说《远大前程》那个老女人，由于年轻时，已经穿上新娘礼服，而新郎却弃她而去。受此打击以后，她就一直穿着新娘的礼服，收养一个女孩子，长大以后专门折磨爱上她的男人。

作家为了表现这种着迷点，这个性格的核心，有时会赋予人物一定的外部特征。最明显的就是给人物取绰号，这在《水浒传》中用得最为广泛。如黑旋风、霹雳火、鼓上蚤、母大虫等。在鲁迅的作品中，也常常出现，如假洋鬼子、王胡、花白胡子、驼背五少爷。至于赵树理的作品中，则可谓屡见不鲜，如常有理、小腿疼等。在西方小说里，这种手法的好处是鲜明，但是，也容易流于漫画化。现代带讽刺意味的小说，往往给主人公一种外部的道具。如契诃夫《套中人》中的别里科夫，不管晴雨，出门都要带着雨伞。有时，则是给人物一种口头禅，如九斤老太的"一代不如一代"。但情感的着迷点并不一定是自觉性，因为情感本身并不是都能意识得到的，大量的情感是处在无意识领域，情感的选择包括一种无意识的选择。尽管是无意识的选择，仍然不是没有情感的逻辑性的。如孔明的多智、周瑜的多妒、关公的多骄，均有其逻辑性，失去这种非理性的逻辑性，人物就可能不统一，陷入混乱或重复交叉。蹩脚的推理小说、武侠小说就是这样。在人物性格、情感的描绘上，严肃文学与通俗文学的最大的区别就在于情感逻辑性的有无。在严肃文学中，情感虽然不完全受理性逻辑约束，但自有情感本身的逻辑，每一个人物的情感都有特殊的因果，哪怕是疯狂的人、精神不健全的人，情感都有某种逻辑性。文学作品中的疯子、狂人，虽然表面上失去了理性，其情感逻辑也瓦解了，但在混乱的表象背后，那疯狂的情感仍然会超越生理和病理的机能，显示它的因果性。不管是果戈理笔下的狂人，还是鲁迅笔下的狂人，其感情都遵循一种疯狂的扭曲了的逻辑。其极端疯狂的语言中，恰恰隐藏着最清醒的真理。不管是装疯卖傻还是被关入疯人院，不管是间歇性的疯狂还是持续性的疯狂，如果要使他有生命，作者就不能把这种疯狂当作纯粹的生理机能、神经机能的混乱来描述，而应该作为一种心理现象或感情创伤来剖析。必要时强调病态，不过是为了从病态中揭示那种病态感情的特殊逻辑性。

无意识中的感情之所以能这样化为行动，是因为它特别强烈。无意识的选择所表现的情感强度，是有意识的选择不能比拟的；无意识的选择所表现出来的情感逻辑，比有意识的选择具有更大的深度；无意识的选择是一种自发的选择，因而它往往能暴露人类情感深度隐藏的秘密。有时，脱口而出的一句话把一生不能解脱的情感纠结道破了；有时，一个无意识的行动把人物自己也没有意识到的情感唤醒了。到达无意识的境界，往往很难区分选择性与非选择性。因为与感情相矛盾的理性、功利考虑只在意识领域才存在，而在无意识领域，人的情感就被充分地解放了。无意识的选择是一种最自由的选择，因为是最自由的，也就成了唯一的。所以，情感选择的最高境界是没有选择的选择。

即使最清醒的科学家、事业家，也对他所钟情的充满幻觉。在这个有限的领域，人的幻觉在情感的作用下，比人的现实感觉要强大得多。美国作家欧·亨利有个短篇小说《忙碌经纪人的浪漫史》，写一个经纪人成天忙得不得了，上班时提醒自己，下班时要早一点去向隔壁房间的小姐求婚，不能老是像往常一样，等到走过去，小姐已经走了。这一天，他及时赶到小姐面前，顺利地向她求了婚。他正紧张地等待小姐的回答，可是小姐却说："我们昨晚八点钟在街角的小教堂里举行过婚礼啦。"原来这个忙碌的经纪人对于只有一次结婚仪式的记忆很淡，而反反复复提醒自己争取时间求婚的记忆却很深。这使他陷入痴迷。这种痴迷的幻觉是人物心灵长期紧张焦虑的结果，要找到人物的着迷点就得找到这种幻觉。

斯坦尼斯拉夫斯基在导演《奥赛罗》时，对于伊阿古这个角色有过如下阐述：扮演伊阿古的演员必须感到自己是个"挑拨离间的艺术家"，是挑拨这一部门中的"伟大导演"，他不但"为自己的恶毒计划而动心，而且为执行计划的方式而动心"。这一点从客观上来讲是很虚幻的，但从角色的自我欣赏（自恋）来讲却是很真实的。角色在这虚幻的真实境界中是很痴迷的，找到了这个痴迷的点，人物的情感逻辑就不难自由地展现。正因为他在内心欣赏自己的诡计多端，他才沉醉在自我赞叹之中，他的内心奥秘才可能转化为公开的动作。

任何小说中有生命的人物，总是在感情的某一个点上进入着迷的幻想境界，如痴如醉。当然，并不是在一切问题上都着迷，只是在一点上痴迷，《红楼梦》把贾宝玉称为"情痴"，就是说他在感情上痴迷，当然也不是在一切感情上痴迷，只在最核心、最关键的一点上痴迷。比如贾宝玉对女孩子痴迷，对科举就不痴迷，而且对女孩子也不是全部痴迷。

所谓"痴迷"，就是不合理、不现实，在现实的痛击下不易更改，有非常强大的稳定性和一贯性。贾宝玉认为男人是泥做的，混浊不堪，女人是水做的，纯洁无比，这是极荒谬的。但在他感情的幻想境界中，他并不认为这是不合理的，是荒谬的。他确实认为这很真实，而且对此很执着。曹雪芹借《红楼梦》中一个人物之口，说他这种人"其聪俊灵秀之气，则在万万人之上；其乖僻邪谬不近人情之态，又在万万人之下"。这就是说，纯从理性逻辑来看，这种人物有许多方面是一点也不痴迷的，比一般人理智、清醒；但从情感逻辑来看，这种人又非常荒谬乖张，不可理喻。作家愈强调人物的情感，这种乖张荒谬愈是突出；而愈是在一点上突出乖张荒谬，人物性格愈是鲜明。作家的任务正是自由地创造乖张、荒谬的逻辑的不可重复的因果，这种因果逻辑不但不同于理性逻辑，而且不同于古往今来一切人的情感逻辑。脂砚斋在《红楼梦》庚辰本十九回上有一条批语："写出绝代情痴，宜乎众人谓之疯傻。”这是一条赞语，正因为是空前绝后的痴迷，正因为从世俗的普遍礼法来说是悖谬的，人物性格才是生动的。在捕捉人物性格的痴迷之点时，要有一种艺术家的魄力，从世俗情理的普遍性中解放出来。在这种时刻，理性的分析有了局限性，艺术家往往要靠直觉去把握。不要怕人物的情感在幻想境界中陷入荒谬，不可解说，只要抓住那幻想境界中似乎不可理喻的直觉就可以了。脂砚斋就这个问题曾经作过很生动的描述。庚辰本双行夹批：

> 此皆宝玉心中意中确实之念，非前勉强之词，所以谓今古未有之一人耳。听其囫囵不解之言，察其幽微感触之心，审其痴妄委婉之意，皆今古未见之人，亦是今古未见之文字。说不得贤，说不得愚，说不得不肖，说不得善，说不得恶，说不得光明正大，说不得混账恶赖，说不得聪明才俊，说不得庸俗平凡，说不得好色好淫，说不得情痴情种，恰恰只有一颦儿可对，令他人徒加评论，总未摸着他二人是何等脱胎、何等心臆、何等骨肉。余阅此书，亦爱其文字耳，实亦不能评出此二人终是何等人物。后观《情榜》评曰“宝玉情不情”，“黛玉情情”此二评自在评痴之上，亦属囫囵不解，妙甚！①

脂砚斋曾力图用理性范畴（贤、不肖、善、恶）和日常用语（混账、恶赖、好色、好淫）阐述贾宝玉的情感，但不能成功，他发现感情世界充满了矛盾，不可界说，对朦胧模糊、不可穷尽的属性，他用一个词——“囫囵”——准确地加以表现。不管用什么样的语言都很难准确概括，在这个领域，就是有些神秘的东西。对这种神秘性，直觉感受是很重要的，过分地运用逻辑规范，不但无济于事，而且可能无法进入人物情感的幻想境界。如果不能进入人物内心的这种幻想境界，就无法把握人物情感逻辑的关键。斯坦尼斯拉夫斯基的表演体系要求演员进入角色。所谓进入角色，就是进入当时当地角色的心理状态，将演员本来的心理状态消除，达到一种“忘我”的境界。这样才能消灭角色与自我的界限，产生角色的情感，在角色的情感自发地推动下行动、思维、想象。作家与演员一样要进入人物的情感境界。进入这种境界的条件，就是把自己本来的心理状态尽可能地消除。如果作家不善于抑制自我的心理，自己占优势的理性观念就必然在想象过程中无声地扼杀人物情感的着迷点，人物情感逻辑在尚未获得起点的时候就失去了显现的机遇。

找到每一个人物情感的着迷点，不过是找到了人物性格的逻辑起点，有了这个准确的逻辑起点，就可能高屋建瓴地推演人物性格的逻辑过程和终点。但这种推演并不是数学的或哲学的推理，也不是抽象地在人物内心单一的逻辑线索上进行。人物的情感逻辑是在人与人、人与环境之间交换信息的过程中展开的，所以，有了情感的逻辑起点只是有了灵魂，

---

① 冯其庸：《脂砚斋重评石头记汇校》，文化艺术出版社 1987 年版。

而要使人物活起来，还得赋予他血肉。

小说不能像京剧或莎士比亚的诗剧那样，让人物把自己的隐衷直接讲出来。小说没有诗剧那样强的假定性，它所描绘的是现实人物，在现实中能够意识到自己的着迷点的人物是很少的，能把那种“黑暗的感觉”表达出来的人就更少了。即使人物能把内心的着迷点表述出来，也与小说的特殊规律直接抵触。小说在根本上就不适合用直接抒发的形式对人物心灵作静态的表现，小说的特征是把人物放在动态过程中。因而，要表现人物内心的着迷点，就不能完全脱离一定程度的情节性，而情节是人与人、人与环境之间交流的过程。人与外界交流的直接桥梁就是人的感觉器官。离开了人的感觉和知觉，就无法表现人与人、人与自然的关系；离开了人与人、人与自然的关系，就谈不上情节和性格的因果关系。所以，在找到着迷点以后，作家的任务就是为人物找到他自己的感觉和知觉。具体地说，是找到那在着迷点作用下变异了的一系列的感觉和知觉，以至想象、语言、思维、动机、回忆。找不到人物特异的感知系统，人物仍然是个幽灵，读者无从感知人物内心的情感奇观。因此，一个作家应该是一个感知系统的艺术家。

说到这里，我要对前面所说的“一点着迷”加以补充阐释。

一方面是“一点”，可是另一方面是逻辑，那就是一条线。“一点”只是核心特征，线则是由此核心特征引出的连锁性发展。在这发展过程中，“一点”的内涵也会发展，特别是打出常轨以后，内心深层的潜在的因素会从隐性转化为显性。如《最后一课》中小弗朗士从讨厌法语变成热爱法语，《项链》中玛蒂尔达从爱慕虚荣到艰苦奋斗，《水浒传》中林冲从逆来顺受到义无反顾地反抗。这还是比较简单的。在比较复杂的人物中，人物的“一点”衍生出其对立面。如《复活》中的聂赫留朵夫，一个纯洁的大学生，第一次到姑母的庄园度假，迷上了卡秋莎。第二次来就不同了，作者说他是因为在参军时受到军官们腐败风气的影响，但这只是外因，而其内因，则是自己心中有神性和兽性。在那一夜走进卡秋莎的房间时，这两种本性发生斗争，结果是兽性占了上风。后来看到卡秋莎变成了妓女玛丝洛娃，被诬为谋杀者，而他又是陪审团成员，内心的神性又激发出来，主动去救她，还提出求婚以赎罪。这些内在情感逻辑都以“一点”分化为“两点”为特点。

在陀思妥耶夫斯基的《罪与罚》中则更是这样，大学生拉斯柯尔尼科夫，为了检验自己的内心，去杀死了一个放高利贷的老太婆，后来又不能忍受自己内心的折磨，去自首了。

这种“一点”分化为“两点”，不仅仅体现在情感逻辑上，而且在感知的变异上。同样一个对象，在不同的情绪中，呈现出不同的感知。

莫言在中篇小说《透明的红萝卜》中反复描述了那个神秘的红萝卜，在不同的情境中，有不同的形态和性质。一个在铁匠那里当学徒的黑孩，看着炉子上的一个红萝卜：

> 黑孩的眼睛原本大而亮，这时更变得如同电光源。他看到了一幅奇特美丽的图画：光滑的铁砧子，泛着青幽幽蓝幽幽的光，泛着青蓝幽幽光的铁砧子上，有一个金色的红萝卜。红萝卜的形状和大小都像一个大个阳梨，还拖着一条长尾巴，尾巴上的根根须须像金色的羊毛。红萝卜晶莹透明，玲珑剔透。透明的、金色的外壳里包孕着活泼的银色液体。红萝卜的线条流畅优美，从美丽的弧线上泛出一圈金色的光芒。光芒有长有短，长的如麦芒，短的如睫毛，全是金色……

这并不纯粹是感知的魔幻，同时还有智性的活跃。这个黑孩没有母亲，只有一个虐待他的后娘。他从小就忍受着人世的冷漠，像哑巴一样不开口诉苦，也不表述任何愿望。这时黑孩刚吃了偷来的烤萝卜和地瓜，他身边还有小石匠和他的恋人，这两个人对黑孩表现了朴素的关切。这时黑孩还想吃那最后一个萝卜。在黑孩的深层潜意识里，这种生理需求和近在身边的关切结合起来，使得黑孩眼中的红萝卜发生了质的变异，它美好的、珍贵的质地，事实上也就是黑孩潜意识中那种不可言喻的情绪的外化。可是这种美好的深深潜藏的情绪是不可重复的，也不是意志可以调动的，一旦情境变了，这种潜藏的情绪就消失了，因而那个透明的红萝卜的幻觉再也不回来了。后来，姑娘和小石匠去幽会忘了黑孩，在冷酷的小铁匠命令黑孩再去烤同样的红萝卜时：

> 黑孩把萝卜放在铁砧子上，手颤抖着拨亮炉火，可再也弄不出那一蓝一黄升腾到空中的火苗。他变换着角度，瞅那个放在铁砧子上的萝卜，萝卜像蒙着一层暗红色的破布，难看极了，孩子沮丧地垂下头。

这样的外在形状性质的变异，看来有点超现实的神秘感，不可理喻，事实上，不过是把黑孩自己也没有意识到的潜意识中朦胧浮动的内部感觉，用变幻的外部感觉加以强化的表现而已。

当然，这种强化比之一般外在动作效果的强化有所不同。外在动作效果的强化，是对读者的可意识到的感觉记忆，以想象、思维刺激为主，而这种魔幻式的变异，实际上已经超越了感觉和知觉范畴。这已经是一种想象，这种想象越是大胆，智性的思维越是获得深化的自由。

当时莫言可能受了魔幻现实主义的影响，这种影响解放了他的想象力，感知变异虽然超越了现实，仍然会产生魔幻现实主义的某种效果。这主要不是感觉和知觉的功能，而是艺术形式和创作方法的假定结构的功能，离开了形式的特殊审美规范，属于这一类的变异往往不能完全根据现实的人的感知规律作过分拘泥的解释。

莫言在《爆炸》中写父亲打了儿子一耳光，儿子产生了感知的质变："几颗亮晶晶的光点，在高大的灰蓝色天空上流星般的飞驰盘旋，把一条条明亮洁白的线画在天上，纵横交错，好似图画，久久不散。”那耳光的响声是：“初如圆球，紧接着便拉长变宽变淡，像一颗大彗星。我认为我确凿地看到了那声音，它飞越房屋和街道，跨过平川和河流，碰撞矮树和高草，最后消融进初夏的乳汁般的透明大气里。”这样的变异感知就不完全能从生理乃至心理基础上加以解释，只能从艺术形式的特定性和创作方法的更新中去解释。

感知和智性的分化，导致逻辑的分化。

中国古代的经典长篇小说，尤其是《红楼梦》，情况似乎更复杂一些。贾母是宝玉婚姻的最后拍板者，她无疑是爱宝玉的，但是，她的爱却将贾宝玉送上了痛不欲生，最后走上了遁入空门的路。她无疑也是爱黛玉的，但是，却不爱她视为比生命更为重要的情感。故黛玉在临终弥留之际，对她说“老太太，你白疼了我了”。贾母当然也是爱宝钗的，但是，她的爱却导致宝钗守活寡。她说，她选择宝钗，是为了对得起自己地下的丈夫，可是她的选择造成的后果，却肯定使她无颜见地下的丈夫。

所有这一切，说明性格特征和发展统一而丰富。应该指出，这种丰富，不仅仅是情感逻辑的线索变化，而且是人物感知的变幻，被着迷了的感情冲击后，感觉和知觉会发生比之情感逻辑更多彩的变异。在这种感觉和知觉中，作家不但能揭示人物意识和情感，而且能显示人物无意识领域的情绪动机等。有时作家似乎是在准确地描绘某种病理性的感觉和知觉，但其中往往交织着心理的、情感的变化。

艺术家就是情感、感觉、知觉的魔术家。

每一位经典作家，每一部经典作品，都是这种观念的最好注解。

第三十八讲　情节的淡化：意识流和魔幻因果

审美的因果高于理性因果，情节就比较生动，如果它很有特点，能表现突出的个性，同时有一定的普遍性，这就是性格因果。一般的因果关系不如性格因果关系，性格的原因可以成为情节的原因，这是一个很简单的道理。情节是为性格特征服务的，如果情节不为性格特征服务，不符合人物性格，那么人物就不统一，情节就非常肤浅。武侠小说、言情小说中的庸俗作品，情节往往缺乏性格的深度，审美价值比较低，艺术价值较弱。一般情况下，性格因果也好，情节因果也好，关键是把原因与结果的关系单纯化。单纯化的结果往往是某一点被强调。原因越单纯，结果就越强化，这就构成了一体化的故事和情节。在完整的情节中，这种情感逻辑的强化呈递增性，随着情节的突转，强化的程度递增，一直极化到无以复加的程度。在《卖油郎独占花魁》中，秦重（情钟）的要求很低，只要见花魁女一次就行，代价再大也无所谓。这里，情感逻辑有两次强化：一次是秦重积累了两年才获得见花魁女需要的资金；一次是见到以后，花魁女喝醉了，但秦重很尊重她，没有从她身上获得肉体的便宜。这是它情节的一个特点，原因很单纯，效果得到了强化，强化到极化是线性的，是很单调的。如果作家的想象只是在一条单线上运行，就很难超出《卖油郎独占花魁女》的水平了，读者的想象也不可能不因单调的重复而钝化。所以，与性格高度统一的情节力求避免一因一果，要避免从强化到极化的线性递增因果，追求在曲折中拓开性格的多方面因子，尽可能地容纳多因多果；情节的每一次突转，不但外在动作不能重复，内在性格的显示也不能重复，要逐步增加派生的性格特征，让派生性格特征与主要特征一起决定后续的动作和情绪。

比如武松打虎。武松是个勇敢的英雄，如果他永远勇敢下去，就单调了。实际上，他并不是一个勇敢的符号，他很英勇，但瞧不起店家，不相信店家，只相信自己很有勇力，完全不把老虎放在心上。他到山神庙一看布告，山上真的有老虎，他很爱面子，怕别人耻笑，就宁愿冒生命危险不回去。可见，爱面子也是他勇敢下去的原因。这一点是派生出来的性格，这一个性格决定下一步的行动情节继续发展：他觉得没有老虎就麻痹大意起来，去睡大觉；等到老虎来了，还吓了一跳，惊慌失措，把棒子打断了；弄到没有退路了，他才有了爆发力把老虎打死。情节的一波三折，带出了人物性格的派生和衍生，不仅勇敢，还爱面子，也惊慌失措，麻痹大意，而在山下两次碰到老虎，他也悲观失望——“此番罢了”。情节发展要与性格发展互动，情节的丰富与性格的丰富共生，不能单因单果。如果情节发展一直只有一个原因、一个结果，勇敢的武松一直只有勇敢，那可能就索然无味了。

所以，性格对情节的发展不完全是被动的，情节是为了展开性格，只有为展开性格服务的情节，才是有价值的情节；反过来说，性格对情节的发展也有作用，性格的怪异或出其不意，为情节发展提供了广阔的天地。陀思妥耶夫斯基作品中的人物性格充满了心理变态，因而其情节也充满了奇妙的突转；果戈理作品中的人物性格也很奇特，因而情节也很怪异。只要性格是真实的，情节也就是可信的，哪怕情节非常怪异，甚至超越现实。如果戈理的《外套》，写一个很穷的公务员，他刚刚买了一件大衣，就被偷了，向大人物申请补助遭到拒绝，于是郁闷而死。这件事情本身已有点离奇了，但果戈理拓展小人物的内心情感，超越现实的境界，让其幽魂在彼得堡游荡，去抢人家大衣。警察去抓这个幽灵小偷，正要抓住，打了一个喷嚏，又让他溜了。后来这个幽灵抢了一个大人物的大衣，大人物被吓得半死，从此，幽灵就不见了。他视珍贵大衣如同生命，为大衣而死，死后为大衣复仇，这就是小人物平时胆小，而一旦反抗就目标明确的性格特征。这种性格决定了后来怪异的情节，怪异不但好玩，而且深刻。

人物的感觉和知觉，并不是静态的、孤立的，而是情感、记忆、想象、意志、思维、语言等各个要素在其他要素作用下不断明灭不定、变幻不息的，它与情感、记忆、想象、意志、思维、语言等存在着复杂的、多维的连锁反应。所谓感觉艺术家，应该是善于把握多种心理因素发生多维连锁反应的艺术家，他对一系列的心理要素发生、变异、互补、互动的连锁程序能比较细致地把握。只有这样，才能创造出人物的感知系统，让每一个人物活在自己的感情世界当中，活在多元的心理感觉、一元的物理感觉和魔幻的混合感觉世界之中。

虽然所有的人都生活在同样的物理世界中，但人物的心理世界不同于人物的物理世界。物理世界是统一的，心理世界却是多元的；物理世界在人物不同的情感中分化为不同的心理世界。不同的心理世界有其各自的自洽性，互相之间不是随意地自由沟通的，但人物的感知世界的自洽并不意味着封闭，它与其他人物的感觉世界形成一个结构，在更高层次上构成一个大世界。这样，它必然要与其他人物的感觉世界交换信息。正是信息的交流，使感觉系统发生自动调节，这时人物的感觉、知觉、想象、记忆、情感、思维、语言之间的关系就有了一种失去常态然后恢复稳态的过程。小说表现的重点就是调节的过程，作家的任务就是要找到在共同调节过程中属于不同人的不同感知系统。

这有点类似托多洛夫所说的从人物之间的平衡状态的打破到恢复平衡的过程，但我所说的是人物的内在感觉和外部行为语言的不可重复的心理过程，与托多洛夫所说的不同。这种感知系统的分化在现代世界文学中越来越受到重视，感觉世界的分化规律越来越被现代作家自觉地运用，以至于逐渐形成一种技巧，那就是对同样一件事，作家先后以不同人的感知系统去表现。魔幻现实主义大师马尔克斯的中篇小说《枯枝败叶》写一个人的死亡，就是分别从孩子、母亲、外祖父三个人的感觉系统去表现。整个小说从头到尾都是这样，三个人的不同感觉世界轮流交替出现。我国青年作家张辛欣的《在同一地平线上》也是这样。小说写一对青年人的离异，把不同的章节分配给两个主人公的不同感觉体系。福克纳的《喧哗与骚动》也是把一个家族的悲剧故事，分别由班吉、昆丁、杰芝、迪尔西四个人物用自己的意识、感知、想象、记忆的自由流动去表现，犹如四道光亮映照着康普森家族光怪陆离的精神崩溃。事情是重复的，但感觉是不重复的。用这种方法更能突出人物感觉世界的自洽性。

掌握了这种规律，作家的想象才能在感觉领域更充分地展开。

20 世纪初，日本的新感觉派曾把感觉自由加以理论化，提出每一个人都有一个自洽的感觉世界。当然，完全脱离人的意志、思维，追求纯粹感觉世界的分化也不可能深刻。到了 50 年代，法国新小说派作家罗布·格里耶反其道而行之，把描写事物的物理属性提到了首位，他反对巴尔扎克的方法，反对通过人的角度去描绘现实，主张不带任何主观色彩地表现事物的纯客观状态。他自称他写的人物心灵是带着“完全的主观性”的，而且在所有人当中他是最不中立、最不偏不倚的人。[①]但他在作品中不厌其烦地描写物理世界，有时还有意地重复。例如《橡皮》中对主人公买橡皮的描写，就重复了五次；《嫉妒》写一条蜈蚣被摁死在墙上后留下的痕迹，就重复了十多次。这好像与以变异的感觉观照同一对象的方法故意唱对台戏。这种强调物理感觉一元化、抹杀心理的审美多元化是有偏颇的。艺术形象毕竟不是物理现象，而是心物交融的审美世界。没有审美感知的分化，任何生活都不能上升为艺术形象。正因为这样，新小说对客观场景的描写一般是比较冗长而沉闷的，没有特殊爱好、缺乏耐心的读者是读不下去的。我们这里说的是作品的客观效果，但在主观愿望上，新小说派的代表作家罗布·格里耶说：“我们小说中的‘物’从未脱出于人的感知之外显现出来。”[②]20 世纪中期，魔幻现实主义在感知系统的解放上走得最远。它为每一个人物创造一个自洽的感知世界，把最精确的现实描绘和幻觉世界、神话世界、超现实的鬼魂世界统一起来，把现代派注重内部感受、外部变形与拉丁美洲的神话、巫术传统结合起来。1982 年，瑞典文学院宣布将当年诺贝尔文学奖授予马尔克斯的理由是：

他创造了一个独特的天地，即围绕着马孔多的世界，那个由他虚构出来的小镇。自五十年代末，他的小说就把我们领进了这个奇特的地方。那里汇聚了不可思议的奇迹和最纯粹的现实生活。作者的想象力在神游翱翔：荒诞不经的传说、具体的村镇生活、比拟与影射，细腻的景物描写，都以新闻报道般的准确性再现出来。[③]

在这样的境界中，作家创造人物感知就获得了更大的自由，为感觉向更加多元的系统发展提供新的推动力。魔幻现实主义从 20 世纪 20 年代开始出现，到 20 世纪 50 年代取得成就；法国新小说派兴起于 20 世纪 50 年代，就目前已经取得的世界性影响和艺术成就来说，魔幻现实主义无疑超过新小说派。（当然，其原因并不限于感觉天地的开拓，还有情节、人物等因素）在魔幻现实主义作品中，人与灵魂交往，人长出猪尾巴，金发女郎变成了生锈的又老又丑的女人等，明明是幻景却并不以幻觉的形式出现，不但不以幻觉的假定性出现，而且与新闻报道般的准确性的世俗生活图景融合在一起。这为创造人物感觉世界开辟了一条新的途径。

因为它不完全是幻觉，所以它没有回到诗的境界中；因为它那魔幻似的感觉不仅在感觉世界而且在情节的因果性方面造成怪异的曲折，所以它也没有回到童话情节中去。它的

---

① 王忠琪等译：《法国作家论文学》，生活·读书·新知三联书店 1984 年版，第 398 页。
② 王忠琪等译：《法国作家论文学》，生活·读书·新知三联书店 1984 年版，第 397 页。
③ 张国培编：《加西亚·马尔克斯研究资料》，南开大学出版社 1984 年版，第 48 页。

情节发展的随机性不完全取决于虚幻性的变故，还取决于大量的现实生活的因果。

但魔幻和现实毕竟是两个境界，它所提供的感觉自由不是绝对的，离开了拉丁美洲高度发达的印第安语神话传说的深厚土壤和拉丁语系超现实主义文学的影响，在世界其他地区，它很难取得那么多的感觉自由。正因为这样，魔幻现实主义在20世纪80年代中期对中国当代小说创作产生了一阵冲击波，造就了莫言的《红高粱》系列后，就逐渐失去了对中国作家的吸引力。

不管现实的还是魔幻的，都是作家创造感知世界的一种途径，至于感知世界的感染力如何，并不取决于作家通过何种途径，而是取决于感知世界与人物本身情感世界的统一性和独特性。对作家来说，他的最终目的是探测人物生活在其中的感知深层结构，至于用什么方法，并不是最重要的。最重要的是作家要坚决获得人物自己的感觉，而这需要持之以恒的追求。

要找到人物独特的感知境界，最关键的问题是不能以作家的感知境界去代替。

上面所说的都是人物与情节的统一。这里说明一下，我有时说性格，有时说人物，因为“性格”最初是从英语“character”翻译来的，后来大家又觉得还是译成“人物”比较好。我以为，二者都是可以的，尤其是对懂得一点英语的人来说。但从论述来说，还是说性格比较清晰。

性格因果和情节因果的统一十分有限，性格因果进入情节因果的环状和链状结构，除了统一的一面以外，还有矛盾的一面。情节主要是一种外在动作的效果，而性格则是内在情感的变幻。内在情感是不可见的，当然有很大一部分可以通过外部动作效果显示出来，还有一部分是不能通过动作显示的。情节的因果性，首先是动作的因果性，外在效果是它的主要表现手段。对于情节来说，最重要的是结局；对于性格来说，情感的果并不一定以外在动作的效果直接显现出来，而且由于有不同的情感的因，同样的结果也具有不同的性质，动作的艺术价值取决于情感的因是否充分。

正因为对情节来说，重要的是果，所以情节一体化是以结局为中心的一体化。这样，结果就得到强化的乃至极化的表现，有时甚至是繁化的表现。在中国古典小说中，那些强调情节的作品，不但写了人物命运的结局，甚至写人物生了几个儿子，有时连儿子的命运也要交代几句，这才过瘾。《杜十娘怒沉百宝箱》的原始材料有杜十娘夜间托梦给作者请他不要写成小说这一细节，但这对情节来说是多余的，与人物性格是矛盾的。所以，后来写定这个话本的作者把它删去了，这是非常聪明的。

情节中还有一个重要因素，即高潮。但高潮是为结局而存在的，高潮是矛盾即将解决而尚未解决之际，原因与结果豁然贯通的临界点。高潮所占的篇幅比结局要多，许多说书艺人懂得“卖关子”，也就是用情节的延宕来强化听者或接受者的期待心理。江南的评书艺人说唐伯虎的故事，说到点秋香，说了一个月，秋香还没有下楼。一个月没有下楼并没有揭示秋香感情深层结构的秘密，她仍是被挑选的。这种“卖关子”不过是拖延结局，引起对结局更强的期待而已。过分看重情节因果，必然窒息性格因果，甚至强制人物性格去迁就情节。情节的因果自洽了，而性格的因果却分裂了。对性格来说，关键不在于有什么样的结局，而在于导致结局的内在情感因。高潮的任务并不在于外在动作的结果，而在于情感因果的饱和。只要情感因果饱和了，情感的因果相洽了，情节的结局是很次要的，是可以省略乃至不了了之的，也就是说动作效果是可以不强化的。

正因为这样，《聊斋志异》中有些非常优美的女狐最后往往不知去向，情节没有明确的结局。西方19世纪以后的短篇小说，情节性结局的脱落，外在动作效果的省略，成为一种普遍现象。“生活的横截面”的结构理论，在五四时期由胡适介绍到中国，引起了文坛极大的振奋。当时莫泊桑的《项链》风靡一时。当女主人公在公园里见到自己的朋友，知道那条项链是假的时，小说戛然而止。从情节的因果性来说，应该表现外在结果才能结束。例如把那条真的珍珠项链取回来，等等。但是从性格来说，没有这一切已经很完整：一夜的虚荣（因）导致十年劳苦（果）。这样的结果，是由情感的两极交融构成的。一则以忧，自己老得连老朋友都认不出来了；一则以喜，那项链还可取回补偿。从实用价值来说这是一种补偿，从审美价值来说是永远不可补偿了。把结局放在这里，既有强度又有深度，还有情感的多维密度，对读者的想象有高度的激活率。如果再加上如何把项链取回、卖掉等外在动作，会转移对内在情感的注意，降低形象密度，也抑制了读者的想象。

如果把情节环节的完整性叫“封闭式”的话，那么情节环节的脱落则可以称作“开放式”。情节的“开放式”与性格的“封闭式”的复合结构，成了近现代小说的一种普遍审美规范。性格逻辑和情节逻辑同样完整的几乎完全绝迹，因为二者很难同步完整。情感发展的曲线与情节发展的折线越是不同步或错位，对人物心灵检测越有深度，对读者的想象激活率越高。当然，也不能把这二者的矛盾绝对化，把矛盾绝对化了，就完全取消了结果，不但情节的果脱落了，连性格的因也残缺了。

美国小说往往有走到这种极端的情况，如马克·吐温的《中世纪传奇》。女扮男装的康拉德去继承王位，未曾加冕就要审判其堂妹康丝坦斯，因为她生了一个私生子。康拉德坐在王位上说：如果你能供出奸夫可免一死。其堂妹回答说：就是你。康拉德气得晕倒了。要否认康丝坦斯的指控，最好的办法是宣布自己是女人，但古老的法律规定：任何女人在未加冕之前，在宝座上坐一分钟就得判处死刑。如果康拉德不用这办法排除身为奸夫的可能，就只能陷入更大的困境，结局如何呢？马克·吐温最后说：下文如何，无论现在或将来，你在任何书中也找不出来。

情节的结局对于性格的完整当然是次要的。它可以不完整，但不完整并不等于没有任何对结局的暗示或倾向的流露。马克·吐温显然是过分追求出奇制胜了。

不论是马克·吐温小说的无结尾还是斯多克顿小说的无结尾，情节都没有暗示人物内在情感的必然倾向。外在情节完整成为内在感情逻辑多余的累赘固然不好，外在动作情节的不完整使内在情感逻辑的环节脱落更不好。

外在完整性比较容易被作家看到，也是比较容易表现的；而要看到外在的动作效果与内在情感逻辑的不平衡却不容易。只有内在情感逻辑的完整性冲破了外在动作、情节的完整性，情感逻辑才能得到突出，审美价值才能得到更充分的显示。

打破二者的平衡，关键在于结局，因为结局对情节来说是一体化的核心，结局往往是对开头的深刻说明。开头的“结”（果）不但为结局“解”（因）了，而且在更高层次获得新的意义。结局不但是开端的果，而且是开端的因。在环状结构中，结局是在更新的层次上实现因果二重性的统一。正因为这样，外在动作和内在情感逻辑的不平衡最突出地表现在结尾上，正是在结尾部分，二者分化了，而且这种分化并不限于结尾，还牵扯到情节的其他部分，比如高潮。有时二者的不平衡激化到这样的程度，外在动作还没有到达高潮，仍处在发展阶段，而情感逻辑却已充分完整了。

契诃夫有一篇小说《瞌睡》。小保姆白天担负繁重的劳动，夜里已十分疲倦了，可老板娘却叫她看护小少爷，只要小少爷一哭，老板娘就打骂她。无法抗拒的生理疲倦与老板娘打骂的矛盾，实在不得解脱，最后她采取果断措施，把小主人掐死了。于是，她非常甜蜜地睡着了。从外在动作来说，情节还在发展阶段，尚未到达高潮，矛盾还未激化到即将转化的临界点上，但内心情感已从矛盾的激化转化为矛盾的解决。昏昏欲睡是矛盾的发展，老板娘打骂的威胁推动着这种矛盾的发展，到掐死小少爷达到高潮，而含着微笑甜蜜地睡去则是结局。只要内在情感逻辑完整，不但外在结局可以省略，连高潮也可以省略。

经常被省略的还有开端。契诃夫甚至说，他要写一种只有开头和结尾的小说。我国古典小说中那种有头有尾、环环相扣的传统到五四新文学运动掀起时遭到肢解。

从连续性和直线性视角中解放出来，在追求性格的潮流冲击下，小说的结构原则有了重大的变化。首先是开端、发展、高潮、结局四个要素的连续性和完整性发生动摇，不连续、不完整的情节要素自由地组成了更灵活的结构。这就是胡适在《论短篇小说》中所说的生活“横截面”或“纵剖面”的方法。按这种结构原则，四个要素中只能留下性格的必要成分而不是全部。如果说情节的连续是一种因果层递性的强化，那么新兴的片段连缀方式则不仅是层递强化，而且有对照和反衬。有时则把整个过程都省略了，只剩下开头和结尾。例如鲁迅的《故乡》，只有少年时代天真、聪明、多智的闰土的形象和中年时期麻木、迷信、愚昧的反衬，既无中间的发展过程，也无高潮，但同样形成了一个有机结构，其形象感染功能大大超过了两个片段之和。

随着结构从事件的连续性中解脱出来，作家也从全知全能的第三人称的直接性视角中解放出来。作家的视角不再追求全方位的概括，第一人称的有限视角受到青睐，通过一个具体人物的特殊视角，从有限的感受中去观照事件的进程，凡在特殊人物感受范围之外的一概留下空白。这样一来，空间、时间顺序更灵活地被感知的程序所代替，自然，人物情感就处于更加主动的地位。第一人称的感受程序使一切过程都带上特殊角色的感情色彩。这一切都有利于作家和人物情感逻辑，亦即人物性格的展示。视角从第三人称中解放出来，情节在运行过程中不再为单一的视角所困了。在情节转折的关头，既可以比较自由地转换同一人物的视角，又可以自由地交替使用不同人的感受。这有利于情感色调的丰富，便于安排空白和暗场，确定重点描写和侧面交代，协调情节发展的节奏，控制情感的显性和隐性，特别是驾驭情节的密度。比如什么地方一笔带过十年，什么地方一分钟写上几千字（在中国章回小说中，叫作“说时迟，那时快”），什么地方让情节处于持续的慢镜头中，什么地方的情节作大幅度的跃进，在短短几行里凝聚着命运多层次的对转，等等。这在小说的结尾部分特别重要。欧·亨利就善于在这个关节上驾驭情节节奏。他的小说在开头和主体部分情节疏淡，让读者长久忍受着期待的折磨，在结尾部分情节浓密，在短短几行中，让读者享受一连串正反对立的转化和惊异。

性格对情节的冲击主要表现为对情节完整性和连续性的肢解、情节视角的转移以及密度的变化。所有这一切都以省略和凝聚为特点，有了对完整性和连续性环节的省略，才有片段的比照和反衬，有了高密度的压缩才有情节的疏密相间，情感的抑扬张弛，但省略和凝聚只是问题的一个方面，还有一个相反的方面，那就是补余。许多小说都在完整的情节之后加上所谓的尾声，这与省略、凝聚恰恰相反。这种尾声有时是对人物后来命运的交代。例如《罗亭》的结尾：那个语言的巨人、行动的矮子，后来在 1848 年法国的七月革命中，手握红旗爬上街垒，被法国士兵开枪打了下来。这个尾声是作家在后来的版本中加上去的。它之所以有力，是因为它揭示了罗亭终于有了与其怯于行动的性格相反的表现。话虽然很短，却能激活读者大幅度的想象，充溢了大块的思维空白。

在同一对象中寄托的情感层次越多，情感层次之间的差距越大，形象越生动。这种差距是隐性的，不是直接表达出来的，特别富于暗示力和启发性，使尾声有一种尚未结束之感。本来结局就是矛盾的解决，但任何情节的结束都不可能穷尽性格和生活的一切方面。作家为了突出性格，在情节结束时，往往有一种“反结束”的倾向，尽可能不给读者以事情、性格已经穷尽的感觉，他不是把部分结局留在空白处，就是在结局之后加上尾声，拉开种种心理差距，让读者的思绪在情节结束处不但不能宁静下来，反而更趋紧张，把读者的审美享受效果尽可能地延长。

当然，要达到这个目的，在尾声或结局中可以使用的手法很多，除了上述几种外，最常见的是作家在情节结束处抒情。像肖洛霍夫在《一个人的命运》的结尾非常细致地写“我”在与孩子告别时流了泪，而且非常认真地解释转过脸去不让孩子看到眼泪的原因。有时不用第一人称抒情，而用描绘。例如在听完了“套中人”别里科夫的故事以后，听的人夜里睡不着，发现另一个人坐在那儿不停地抽烟。这暗示他在情节结束以后思绪反而更紧张地活跃起来。这种方法的特点是情节的结束，是思绪的延长。情节的结束以及情节的封闭性，并不妨碍思绪的开放和性格逻辑在虚线上延长。

俄国形式主义者所主张的陌生化，其效果之一就是延长审美感受的时间。什克洛夫斯基说：“艺术手法就是使对象陌生化，使形式变得困难，增加感觉的难度和时间长度，因为感觉过程就是审美目的，必须设法延长。”他们认为导致审美观照延长的唯一方法就是“使形式变得困难”，这是很片面的，有时很平易的形式也可能回味无穷，使审美过程延长。

生活的自然形态没有明显的情节性，因为生活是分散的，因和果的关系被淹没了。情节因果链的构成依赖于效果的强化，强烈的效果使生活和作家情感中某一因素占据了决定地位。这种决定性从生活的自然形态里很难直接看出来，唯有在强化了的效果中才能看清楚。最清楚的效果自然是可见的动作效果，但只有动作效果是不够的，因为动作是受情感制约的，在通常情况下，强烈的动作效果总是和强烈的情感效果相一致，不过并不完全一致，不平衡也常常发生，有时强烈的情感效果并没有与之相应的动作效果。例如铁凝在《哦，香雪》中这样描写香雪出现在火车站台上：

> 香雪平时话不多，胆子又小，但做起买卖却是姑娘中最顺利的一个。旅客们爱买她的货，因为她是那么信任地瞧着你，那洁如水晶的眼睛告诉你，站在车窗下的这个女孩子还不知道什么叫受骗。她还不知道怎么讲价钱，只说：“你看着给吧。”你望着她那洁净得仿佛一分钟前才诞生的面孔，望着她那柔软得宛若红缎子似的嘴唇，心中会升起一种美好的感情。你不忍心跟这样的小姑娘耍滑头，在她面前，再爱计较的人也会变得慷慨大度。

香雪作为姑娘的这个主要特征并没有引起什么小伙子坠入情网，只有一种纯内心的效果，因而这个作品没有什么情节。外在效果的强化递增便于构成情节，内在的心理效果同样可以强化递增，构成内心的波澜起伏。它也可以有因果的二重性，形成一种连锁性甚至环状结构。不过外在的动作是可以直接感知的，内心的动作却是很难阐述的。在世界小说史上，外部动作构成的情节最先出现，在情节迅速走向成熟以后，内心动作的重要性才被发现。在我国，英雄传奇、神魔小说行将式微时，内心动作才被充分地强调了。如《初刻拍案惊奇》序的作者“即空观主人”这样说：“今之人但知耳目之外，牛鬼蛇神之为奇，而不知耳目之内，日用起居，其为谲诡幻怪，非可以常理测者固多也。”①内心动作的发现为小说打开了新的广阔天地。关于这一点，莫泊桑在《小说》中说得更清楚：“如果昨日的小说家是选择描写生活的巨变、灵魂和情感的激烈状态，今天的小说家则是描写处于常态的感情、灵魂和理智发展。”②表现常态感情、灵魂和理智，有它的难处，它不像非常态那样容易引起外在的强烈效果，引起惊奇，内心效果往往比较暧昧而且平淡。所以在相当长一个时期中，作家们竟相追逐外在动作之奇异，而忽略了内心效果的奇异。睡乡居士在《二刻拍案惊奇》序中说：“今小说之行世者，无虑百种。然而失真之病，起于好奇。知奇之为奇，而不知无奇之所以为奇。”③无奇之所以为奇，不奇在越出正常轨道的外在动作，而奇在越出正常轨道的内在情感。莫泊桑所谓“常态的感情、灵魂和理智”，很难是绝对的常态，只是与剧烈的突转、超常态相比来说是常态。之所以说它是常态，是因为它没有导致外在动作效果的强化，只停留在内心情感的变幻上。这个内心情感变幻在过程中可以叠加，可以在因果逻辑上强化，但不管感情逻辑如何强化，只要外在动作没有导致剧烈的突转，就谈不上情节的强化。动作没有层层递进地加强，而是平缓地发展，外在效果就弱化了。

从情节的角度来看，只要没有外在动作的突转就是情节的淡化。情节淡化不等于内心的情感逻辑效果也淡化，有时恰恰相反，情感逻辑效果可能强化了。许多现代作家之所以倾向淡化情节的方法，是因为强化的情节迅速变幻的外在突转不利于细致展开情感变幻。当19世纪末现实主义文学中性格的审美规范已达到成熟阶段的时候，勇敢的艺术革新者就尽可能淡化小说的情节因果，强化人物情感的因果，在非动作性中刻画人物心灵。一旦情感的因果性代替了情节的因果性成为作品构架，性格逻辑就彻底从情节框架中解放出来。艺术革新家在情节以外开拓了更为广阔的心灵天地，获得了更大的表现自由，选择的余地更大了。作家的注意力可以从大起大落的外在效果中解放出来，从而更加凝神地审视内心那个无声而变幻不已的感情世界。在这个世界中，同样有因果逻辑的连续性和效果的叠加。

进入这个境界的作家发现，对外在可见的动作效果的过分专注，不利于内心情感效果的发现。熟悉内心情感效果，使作家对外在动作效果的人为痕迹有高度的敏感。契诃夫说，并不是经常有这样的情形：丈夫到北冰洋去探险，妻子大叫一声从窗口跳下来。生活中经

① 黄霖：《中国历代小说论著选》，江西人民出版社1982年版，第256页。

② 中国社会科学院外国文学研究所外国文学研究资料丛刊编辑委员会编：《欧美古典作家论现实主义和浪漫主义》(二)，中国社会科学出版社1981年版，第233页。

③ 黄霖：《中国历代小说论著选》，江西人民出版社1982年版，第259页。

常是这样：他和她在饭桌上吃饭，就这样过了一辈子。

没有外在效果就不能写出性格来吗？不是的。谁能在平静的外表下发现不平衡的内心变幻，谁就有了新的突破。比如一个马车夫已经老了，本来应该停止劳动把位置让给他儿子，可儿子却死了。从外在情节着眼，高潮在儿子之死一事。儿子死的原因是什么？其间有什么巨大起伏的情势？但从内心着眼，高潮却可以放在儿子死了以后，让马车夫仍然在大雪纷飞的夜晚去上班，看他内心有什么变幻。契诃夫的《苦恼》就是这样构思的。失去儿子的马车夫内心有无限的苦恼，这种苦恼没法向人诉说。小说中诉说苦恼的内在追求的效果是强化了的。只要有人听他诉说一下自己的苦恼，他就轻松了。可是上来一个客人，心不在焉，这增加了他苦恼的程度；又上来三个人，兴高采烈，他们不但不听他诉说，反而侮辱他、打他。可马车夫觉得即使有人骂他，打他的脖儿拐，也能使他把苦恼淡忘。这种特异的情感反复作双向逆反运动：从正面来说，即使有人骂，也比忍受孤独轻松；从反面来说，一旦打他、骂他、嘲笑他的人消失了，他的苦恼反而增加了，他变得更加不能忍受。

> 他又孤孤单单，寂静又向他拢过来。苦恼，刚淡忘了不久，现在又回来了，更有力地撕扯他的胸膛。姚纳的眼睛焦灼而痛苦地打量大街两边川流不息的人群：难道成千上万的人当中，连一个愿意听他讲话的人他都找不到吗？人群匆匆地来去，没人理会他和他的苦恼……那苦恼是浩大的，无边无际。要是姚纳的胸裂开，苦恼滚滚地流出来，那苦恼仿佛就会淹没全世界似的。可是话虽如此，那苦恼偏偏没人看得见。那份苦恼竟包藏在这么一个渺小不足道的躯壳里，哪怕大白天打着火把去找也找不到。

情感在这样的反复中显示出起伏的节奏来。马车夫一共接过两次客人，心情轻松了两次。第三次回到旅店，大家都睡了，有一个人起身，以为又可以轻松一下，但那人喝了水又睡去了。最后他走到院子里，把他的苦恼讲给小马听，而小马安静地听着并且用鼻子闻他的手。情绪节奏开头是紧张，最后是松弛。这是可以用图表曲线表示出来的。

缺乏外在情节的小说，结构的骨架主要依靠情绪的节奏。情绪是在动态的节奏中被强化了的，它的起伏都有充足的逻辑性和连续性，因而可以发挥出形式一体化的功能。情节淡化的小说，主要依靠情绪结构来组织人物关系。淡化情节主要是淡化外在效果，外在效果有局部和总体两个方面。淡化情节也可以强化内在情感效果，情感效果也有局部和整体两个方面。

这样淡化情节的可能性有几种：

第一，总体外在效果的淡化，总体内在效果的强化。如上面所讲的契诃夫的《苦恼》。

第二，局部内在效果的淡化，总体外在效果的强化。如阿城的《棋王》。棋王棋艺之高（一个青年能同时打败许多成人）和对棋艺的着迷程度（不计功利）的外在效果，成为情节的支点，这是被充分强化了的。由于总体外在效果是强化了的，因而这种形式严格来说不完全属于淡化情节，而是接近强化情节。就局部来说，作者的内在情绪是抑制的，好像故意用一种平淡的语气叙写一种不平常的情景。例如青年们在画家家里，显得很挤，阿城这样写：

画家住在一个小角落里，门口鸡鸭转来转去，沿墙摆了一溜儿各类杂物，草就在杂物中间长出来。门又被许多晒着的衣裤布单遮住。王一生领我们从衣裤中弯腰过去，叫那画家。马上就乒乒乓乓出来一个人，……画家只有一间小屋，里面一张小木床，到处是书、杂志、颜色和纸笔。墙上钉满了画的画儿。大家顺序进去，画家就把东西挪来挪去腾地方，大家挤着坐下，不敢再动。

这里只有写一个“挤”字，但重点文字都是写挤的效果；对这种挤，作家的情感却十分节约，好像故意节制，追求一种淡化的超然的情绪。这种局部的内在淡化与总体的外在强化正成反衬。

第三，总体外在淡化和局部内在强化。这种情况与上面所述的情况恰恰相反。作品的总体因果逻辑是模糊的，甚至是故意弱化的，一些外在的重要的因果线索被省略，或者把动作效果写得非常含混，在局部的场景中并不抑制情感效果，而是强化情感效果，把强化的情感效果作为作品结构的支点。

弱化的因果导致外部动作的淡化，其目的是为了内在情感的强化。内在情感效果的强化，可以像《苦恼》中那样是连续递增的，但也可以不递增，而是反复映衬。抒情性最强的是总体和局部情感效果全部弱化。这样的小说更加缺乏动作性，更接近于诗。

以何立伟的《白色鸟》为例。两个小孩在夏日中午的河滩上游泳，蝉声充满了天空，河滩显得苍凉而寂寞。孩子以一种童真的心灵享受着大自然的和谐与宁静。这时，在河那边出现了两只白水鸟，在绿色的水草边梳理那白得耀眼的羽毛。那美丽、安详、自由自在的生命征服了孩子，使孩子们气也不敢喘，动也不敢动。孩子伏在草中觑视，“不敢稍稍对这画图有破坏”。这是一幅宁静的和谐图画，大自然的纯净与孩子心灵的纯真融成高度统一的境界。但忽然传来了锣声，是“文革”中开斗争会的锣声，把白水鸟惊走了。喧嚣的锣声破坏了这纯净的意境。这里没有外在的动作和动作效果，白水鸟并没有十分惊慌失措，只是“从那绿汪汪里，雪白地滑起来，悠悠然悠悠然远逝了”。动作是柔和的，速度是缓慢的，没有任何突然的急骤转折。小孩子的心境也没有遭到破坏，他们还没有意识到锣声对美的破坏。有了这喧嚣锣声的衬托，大自然与孩子的心灵更加显得安详与宁静了。这里最突出的是人的情感与环境之间的统一，是人与人之间情感的和谐，两个孩子之间情感的差距并没有强化，而是相互融化了。当外在动作从局部到整体都以弱化为特点时，如果人的情感效果也弱化，而且弱化到互相失去差距时，性格就被淡化了。性格是在强化它与环境的矛盾、强化情感逻辑错位中显示出来的。弱化矛盾和融化差距的结果是人物性格的融合：小说就这样被诗化了。《白色鸟》可以说是按诗的审美规范写成的小说。

问题不在于效果，而在于在淡化的效果中有着错位的复合情感。真正的小说，即使没有外在动作的矛盾，也应该有内心情感的错位，错位越大，越能达到小说所要求的那种情感的多维性。何立伟在《花非花》的结尾处，写一个辛勤劳苦的中学教师在贫病交困中死去了。小说写了悲痛的统一性，很多人一见遗像上的皱纹，便流下眼泪来。连平时思想很“左”的人也感到沉重，平时与之感情不和的妻子也痛哭失声。学生在哭，干部在哭，哀乐声声。如果光写这些，就是诗的渲染，还没有达到小说所要求的情感复合性。小说的生命在于不同人物之间的感情错位。何立伟接下去强调了这种错位。在办公室里，两位老师在为挽联上的字句进行无休止的争执（“宵旰劬劳”是“太老气”，还是“见功底”），以致挽联一个多小时还没有写出来，都要开追悼会了，急得另一个老师直跺脚；教育局局长在电话里说要来，却一直没来；而那个在“文革”中发了疯的女疯子却又踅到学校里来，大叫“天……呐……”，守门的便吆喝着让她走开。在哀乐声中，死去的老师的一个女学生（当年还是班干部）提个菜篮子经过校门口，问明老师死了的情况，只是淡淡地“哦”了一声，就走了；而对整个丧事最有贡献的却是老师生前最不欣赏的一个男生。这样，在同一场景中，在同一哀乐中，包含的情感就很多，而且在程度上和性质上很有差距，这就不再是诗，而是小说了。

正因为这样，情节淡化的小说在20世纪初取得了比情节强化的小说更高的艺术成就，从福克纳到川端康成，都立起了辉煌的丰碑。

动作效果和情感效果的弱化，也就是情节淡化，在当代小说创作中形成了一股生机勃勃的潮流。这种潮流在台湾文学中表现得相当突出，20世纪50年代以后，不但在创作实践中占据了优势，而且形成了一种淡化的理论。在台湾作家看来，传统小说中那种强化情感效果的方法已成了老古董。白先勇在《流浪的中国人》中这样把於梨华和巴金加以比较：

> “没有根的一代”（於梨华《又见棕榈，又见棕榈》中之人物群像），无疑在鼓舞作用方面（比之巴金）相形见绌，但作为艺术作品而论，却又比巴金大多数缺乏深度，充满陈腔滥调与浪漫色彩的作品优胜。虽然，也许有一天时移世易，“没有根的一代”这词不再适用，但於梨华笔下那生动真实的情景，对小说中人心理的细腻描写，将会经得起时代的考验，流传下去，而巴金的《激流三部曲》，到今日不少人已望它的冗长而生畏了。[1]

---

① 《台湾文学研究资料》（上），第218页，内部印行。

白先勇所强调的是弱化情感效果，站在弱化的立场上，因而对巴金的强化不能历史地对待，但作为一种艺术追求，弱化正是对强化发展到极端的惩罚。对这种新的审美规范，余光中借用英语中的一个字来说明：

> 作品里，感情充沛，文字稠密，一气呵成。偶尔失却控制，也会造成“流露”过分的情形。这种情形，在她早期的作品中，比较常见。了解小说艺术深如於梨华，当然熟知 understatement 的功用，何用我来赘言。[①]

弱化是 understatement，而强化则是 overstatement，从过分强化到追求弱化，对文学的审美规范来说是一种突破、一种创新，对读者来说是对欣赏心理定式的一种冲击。其实强化、弱化是一种欣赏趣味的历史更替，本无所谓孰优孰劣，但处于交替期的白先勇、余光中则难免有所偏执。

非线性因果结构的崛起，情节倚仗外部效果的强化。效果的强化不可能是全部效果，而是其中极小的一部分效果。所以，情节因果实际上“是把过程从普遍的联系中抽出来，孤立地考察它们”。小说中的因果性，往往是线性的。例如国王死了，王后因悲哀过度也死了，这个结果显然被强化了。在联系原因时，与效果相一致的原因就必须是强化的，因而必然排斥那些非强化的部分。贾宝玉结婚了，林黛玉因悲抑而死。其实，这是不全面的，林黛玉的体质本来就弱，初进贾府时，她自己就说，从小就一直吃药，而且她有胃病、肺病，神经衰弱，本来就相当严重，加上她的气量特别褊狭，精神有点变态，再加上她没有父母，寄人篱下，等等，都是她死的原因。一个结果是无数原因造成的，而在强化了的情节效果中往往只能突出很少的一部分。实际上，情节性小说的结构基本上是单因单果或少因单果的关系。这种因果又有某种不可逆性，我们把它称为线性因果式结构。而生活和情感却不这样单纯，是多因多果互相反馈的多维结构。关于这一点，李超在《电影结构类型新探》中这样说：

> 线性因果结构，由于强调事件与事件之间的因果联系而有明显的长处。如情节连贯紧凑；有向高潮发展的冲力和较强的悬念；对某一具体矛盾和问题可以深入开掘，以及有头有尾、层次分明等。因此，对这种结构不应轻易否定。但是，也应看到这种结构形式固有的弱点和局限。由于线性因果观习惯于把单个现象和矛盾“从普遍的联系中抽出来”，一事对一事的关系，看不到整体对局部以及局部之间的相互影响。[②]

情节本身对因果的容受性很有限，它为作家的创造提供了自由，也为作家错误地阉割生活准备了陷阱。追求情节惊险性的作家不管把因果二重性增加多少维，也不可能穷尽生

---

① 《台湾文学研究资料》(上)，第 210 页，内部印行。

② 李超：《电影结构类型新探》，《电影艺术参考资料》1984 年第 13 期。

活和情感的全部丰富性于万一。这是因为，情节的因果性表现为一种必然性，但是这种必然性必须借助于巧合，而巧合是偶然与必然的交叉点上的一个环节，并不是充分的必然性，因而情节的必然性充其量不过是一种可能性。就是巴尔扎克和托尔斯泰也不能不受到它的局限，哪怕是他们最伟大、最辉煌的杰作，也留下不少任意编造的线性因果关系，当巴尔扎克涉及法国政治、托尔斯泰涉及宗教时，就特别如此。直到20世纪初，小说家们才发现，把因果性的链状结构和环状结构神圣化，可能成为作家真正的锁链。作家并不一定非得把全部因果关系放在托盘里奉献给读者不可，因果性是那样复杂，不去直接显示它，只把足够的形象提供给读者，推动读者去思索其中多种可能性，也许更好。20世纪初，世界小说史上这种新的美学追求，直到20世纪80年代才姗姗来到中国小说界，并在王蒙等人的作品中有了反响。非情节化的小说向情节化小说提出了挑战，小说家西涧在写了小说《白雨》以后，谈到他的探索和追求时说：

我不知道是否有人想过，生活之所以让人感到许多难分难解的心绪，许多难即难言的等待，许多难以捉摸的情感，许多不得不为而又散散乱乱的动作，这些充满矛盾的许多现象，都是因为生活里流动的含义并不像人们理解的生活的逻辑性那样直线式的简单。……生活在当代人眼里已经不再是单一层次的了，它太复杂了，使人们对作品感到亲切动人的，就是和这种复杂相适应的生活本身的多重含义。这种多重含义用传统的拼合式原则已难追求必然性的一贯，作者应该探索的就是这种多义而一贯的认识及表达，读者可以自己寻找认识可能性，作者更应该努力从质朴的生活原型中寻找其中往往并现的多种可能性，发现那些由于观察理解的角度不同而使一件事具有多重含义。……一种只能提供单一含义的叙事方法毕竟离今天的生活远矣。[①]

是不是越出因果范畴就不能创造出新的审美规范呢？在这一点上，现代派作家的气魄是很值得惊叹的。他们把作家的想象力从单一的因果规范中解放出来，作家的创造获得了更大程度的自由。不论川端康成的作品，还是福克纳的作品，因果性已不是人物性格逻辑的唯一支点，因果链的断裂和因果环的体解并没有导致形象一体化的崩溃，形象化为一个更复杂的内外交织的过程。这更接近于恩格斯所说的“一幅由种种联系和相互作用无穷无尽地交织起来的画面”。作家在这幅画面中显示的不是单一的因果主题，而是多维的人生妙谛，既有形而下的丰富感觉和知觉，又有形而上的多维意蕴。这类小说不像传统小说那样以连续性强化效果突出偶然性和新奇感，而是在一条无形而又可感的方向上，展示一些似无联系的成分。这些偶然成分是平淡的、不奇异的。这有利于形象成为多项因果关系的复合体，诱导读者对主题作多样的解读。

---

① 西涧：《也来自生活》，《南方文学》1984年第10期。

意识流小说就是在这样的背景下产生的。

意识流小说家比一般现代派小说家更内向，更着重于人的心理。他们认为，作者要表现的不是事情的逻辑过程，不是事情本身，而是人物感觉上对事情的反应。这就是感觉、印象、想象、回忆的意识之流。英国作家伍尔芙的《墙上的斑点》，主人公看见墙上有个斑点，看来看去弄不清它是钉子还是别的什么，思绪“一哄而上”。如果是钉子，则是为挂肖像而钉的，由肖像想到只会选那一类画的房客，但斑点不像钉子，“我”感到自己认识世界是无力的，由此“我”想到宝石，想到人生的短暂和变幻无常。后来“我”稳住了自己，第一个瞬息即逝的念头是莎士比亚。后来又想起伦敦的星期天午后的散步，许多印象都有某种幻影的味道。接着“我”又由斑点是凸出的想到圆形古冢，由古冢想到文物的发现，由此又想到什么是知识，想到树、森林、草地、小河、母牛、鱼群等一系列大自然生动的景象。想象由此到达高潮，那里鸟鸣、虫舞、太阳高照、树倒、风狂，热闹非凡。然后转入低潮，有人问他要不要出去买报纸，“我”清醒过来，原来那墙上的斑点，不是钉子，而是蜗牛。小说到此结束。

艺术的生命就是革新，就是突破。《墙上的斑点》表现了艺术家的大器，对一向被视为天经地义的情节进行勇敢的颠覆。作品和打出常轨的情节小说相反，让人物在常轨之中，没有事变，甚至没有动作，人物坐在那里，情思如万花筒一样，感知纷至沓来，迷离、纷纭、偶然、无序，如梦如幻。这和传统小说有根本的不同：传统小说以人物情思的动态为脉络，而这种小说则是表现人物的静态。不但环境是宁静的，而且心理也是宁静的。这有什么东西可写呢？她在追求什么呢？伍尔芙曾经这样叙述自己的追求：“把一个普普通通的人物在普普通通的一天中的内心活动考察一下吧。心灵接纳了成千上万个印象：琐屑的、奇异的、倏忽即逝的或者用锋利的钢刀深深地铭刻在心头的印象，它们来自四面八方，就像不计其数的原子在不停地簇射。”这就是她追求的“真实的生活”。文学作品就应该“按照那些微尘纷纷坠落到人们头脑中的顺序，把它们记录下来”，“追踪它们的这种运动模式”。在《墙上的斑点》中伍尔芙这样宣称：

> 我希望能静静地、安稳地、从容不迫地思考，没有谁来打扰，一点也用不着从椅子里站起来，可以轻松地从这件事想到那件事，不感觉敌意，也不觉得有阻碍。

这样安稳地、从容不迫地思索有什么好处呢？这不仅因为，这是她所认为的真实，而且还有一种好处，他们叫作“自由联想”：首先，“可以轻松地从这件事想到那件事”，这就是说以事件之间的跳跃性和传统小说事件的连贯性分道扬镳。这样的革新是大胆的，但是，带来一个严峻的问题，情节有时间上的连贯性，情感逻辑的因果性，有发展变化，有悬念，有转折，才能吸引读者的不由自主的注意（在心理学上叫作“无意注意”），放弃时间上的连贯性，情感逻辑上的因果性，展示一片散漫的感知，凭什么让读者专注呢？这当然有风险，有难度，最大的难度应该是感知的“自由联想”是无序的。“自由联想”，虽然在时间空间上自由跳跃了，可自由不是绝对的。第一，所有的感知、回忆、遐想、幻影总是围绕着一个焦点：墙上的斑点，斑点既是联想的起点，也隐约沉浮于联想的过程，最后结尾则是突然的、简洁的对转，那不是钉子的痕迹，而是一只蜗牛。从某种意义上说，斑点作为核心意象既是有序在无序中时隐时现，又在整体中首尾呼应。第二，墙上的斑点引起的纷纭的联想是随机的，但是微妙的联系还是有迹可循的。从墙上的“斑点”，联系到“炉子里的火”，“黄色的”，壁炉上有“菊花”，壁炉的炭块是“火红”的，联想到了城堡上“鲜红的旗帜”，从而又带出了“红色骑士”。这完全是“幻觉”，甚至是“无意识”的，但是，并不绝对是散漫的：炉火、黄色的菊花、城堡上鲜红的旗帜、红色骑士，不但同属于色彩，而且大体为暖色调，就是这样的暖色调把纷纭的感知、幻觉统一起来。作品后来从斑点猜想到在更高处可能有粉红色、蓝色的“玫瑰花形状的斑块”，联想到莎士比亚，这不是脱离斑点了吗？但是，斑点是和炉火联系在一起的，因而伍尔芙让莎士比亚坐在椅子上，“凝视着炉火”。绝对的自由联想的可能本来是无限的，但是，在伍尔芙这里，控制着它们只能向边际相关的方向延伸过渡，即使在时空上有些大幅度的跳跃，马上又回到核心意象（斑点 / 炉火）上来。

小说就以此为核心，以自由联想向四面八方进行爆炸式辐射。虽没有因果逻辑的强化，但也使人物情感的深层结构发生动荡，使一些潜在的无意识活动游到了意识的表层。从这个意义上来说，意识流作为一种审美规范，并不是失去理性的表现，而是对因果逻辑过分简单化的一种反拨，它追求的是自由联想的内心深度。从内心深度这一点来说，它与情节的功能是一致的，它对情节、性格的审美规范是一种突破。伍尔芙在作品中流露出对情节的批判，说情节是“表面的生硬的个别事实”。这里包含着两个意思。第一，情节是“表面”“生硬”的，故她要用自由联想瓦解，达到思想的深度。第二，就是“个别的事实”。情节总是个别人的个别事情。《墙上的斑点》达到的哲学的高度，是普遍的，不是个别人的个别事件。把哲理的普遍性作为艺术的追求，不但是意识流小说家的追求，也是整个西方现代派文学的追求。

但意识流毕竟缺乏必要的连续性，效果不能递增，很难引起读者的内在注意持久地定向集中。所以，作为一种影响巨大的文学流派，它存在的时间是比较短暂的，大约从 20 世纪初到中叶，风行了不到五十年的时间。它所取得的成就总的来说不如强化情节和性格因果的小说，它出现的意义也许在于过渡。它打破了情节因果的狭隘程序，但并没有建立更有生命力的模式。因而，它很快就被魔幻现实主义小说所取代。在中国也一样，在 20 世纪

80 年代由王蒙开风气之先，进行了意识流的实验，一时，追随者纷至沓来，但是，不到十年就销声匿迹了。到了 80 年代中期，就被以莫言为代表的魔幻现实主义小说所取代。

在魔幻现实主义小说中，情节因果的强化和感觉、情感、意识的自由得以比较自然地结合。魔幻现实主义汲取了情节效果强化的优长，又融会了感觉、知觉、注意、想象思维变幻的自由，因而迅速取得了超过意识流派的成就。

第三十九讲　环境、性格的强化和淡化

我们说性格的因果高于情节因果，什么原因呢？情感原因，还有比情感原因更突出的性格原因。那再进一步，性格是从哪里来的？性格是什么原因决定的？似乎是在黑暗的隧道中摸索。有时，我们在宋元话本中看到一线光明，性格与社会经济条件有了联系，但并不明确，更没有作为一种普遍规律得到充分强调；有时又如坠入五里云雾，一种神秘的纯粹偶然性成了人物命运的转折点，比如死而复生之类。像《倩女幽魂》，有时明显可以看出在追求必然性，但又大都是因果报应的迷信教条，所以这些看来相反的倾向，其偏颇是相同的。追寻人的命运、性格、人的生命的体验，最后的根源是什么。到《水浒传》时期，感觉就比宋元话本时期明确，理论也较明确了。金圣叹在《读第五才子书法》中说，《水浒传》写一百零八人性格，真是一百零八样，但有一点一样，“叙一百八人，人有其性情，人有其气质，人有其形状，人有其声口”。在中国美学史上第一次提出“性格”的概念是和《水浒传》联系在一起的，这并不偶然（其实，《水浒传》本身就有“性格”的说法，那是武大郎被潘金莲谋害而未死之时，要求她高抬贵手，威胁她说，你须知我兄弟的“性格”），但《水浒传》超越前人的成就并不仅限于此。金圣叹在七十回《水浒》第一回总评中说：“开书未写一百八人，而先写高俅者，盖不写高俅，便写一百八人，则是乱自下生也；不写一百八人，先写高俅，则是乱自上作也。”金圣叹把“乱自下生”和“乱自上作”机械地对立起来，有些偏颇，但看到了《水浒传》人物命运与社会政治环境的因果关系，这是深刻的。民间通常在口头上把《水浒传》的内容归结为“官逼民反”“逼上梁山”，这和金圣叹的说法是一致的。那么，人物的性格——造反的性格——是什么原因造成的呢？社会环境逼迫的，贪官污吏和腐败政治逼迫的。对性格的解释的最经典定义是恩格斯提出来的，1888 年，恩格斯在给哈克奈斯的信中，曾把现实主义归纳为除了细节的真实性以外，还要求典型环境的典型性格。典型环境即社会环境，社会环境塑造了人物不同的性格。这是一种认识上的飞跃。环境和人物之间的关系是一个“促使”与“被促使”的关系。个性是特殊的，不管它多么特殊，只要在环境中找到根源，它就具有普遍性，或者是典型的。

祥林嫂为什么有那样的悲剧？她是一个有代表性的人物，她的悲剧具有普遍性。高尔基说，从许多人中找出具有代表性的特点综合在一起，就是典型。这好像不太对头，因为祥林嫂的环境是独特的。一般女子死了丈夫不能改嫁，祥林嫂并不想改嫁，溜出来了。寡妇守节是受社会维护的，但她非常特殊，婆婆强迫她改嫁，违背她的意愿，把她嫁给贺老六。这就没有代表性了。后来她生了个孩子，孩子却被狼吃了，丈夫也死了。这都不是必然的，非常偶然，没有代表性。她又回到鲁镇去，人家说她嫁了两次，将来到阎王殿时要被一劈两半，分给两个丈夫。她也非常迷信，没有一点反抗意识。这是很特殊的。如果她不迷信就不会受到精神打击。她用全部工资去捐门槛，以为这样就能获得人们的谅解或是消除人们对她的歧视，甚至是对她平等相待，结果还是不让她祭祖。她精神受到那样大的打击，以致走上了死亡的道路。这好像是很不普遍的、不可重复的，表现了环境逼迫的特点。这是太不像话的一个环境：我又不是主动要改嫁，为什么你强迫我改嫁还要怪我呢？

特殊特殊又特殊，反而变成了普遍，为什么？就是不讲理，不管出了什么事，都要怪寡妇。祥林嫂的悲剧是极其荒谬、极其野蛮的，野蛮的环境、野蛮的遭遇和野蛮的冷漠、野蛮的歧视，她的死亡从野蛮的环境里就能得到解释。这就是我所理解的典型。

不要怕特殊性，不管人物多么特殊，只要从特殊的环境得到解释，就可以看出其中的普遍性。祥林嫂在这样的环境里是非死不可的。巴尔扎克宣称，他喜爱写“例外”人物，认为“偶然是世界上最伟大的小说家，若想文思不竭，只研究偶然就行”。偶然不是意味着没有必然性了吗？不深刻了吗？但偶然碰偶然就像负负得正一样，就有了必然性，有了典型性。从这一意义上讲，偶然性中有现实的根源。正因为这样，巴尔扎克笔下那么多畸形的、例外的贪财好色之徒，都成了世界文学史上的典型。畸形人物是畸形社会的子宫孕育出来的，畸形的财产关系扭曲了人与人之间的关系以及人的内心世界。不要担心怪异性格缺乏典型性，只要从怪异环境中得到解释，就不怪异了。现在新潮文学评论很少谈论典型，典型就是代表性、平均数、概念化，是陈旧的话语，但陈旧的话语可以更新，只要从特殊的、偶然的环境里找到解释，其中就包含着必然性。

左拉在《卢贡-马卡尔家族》中说：“我的信条是：人总是人，好坏是由环境决定的。”他在《论“小说”》中说得更清楚：“我们认为人不能脱离他的环境，他必须有自己的衣服、住宅、城市、省份，方才臻于完成；因此，我们决不记载一个孤立的思维或心理现象而不在环境之中去找寻它的原因和动力。”他还认为：“环境描写……并不淹没人物，而几乎仅限于决定人物。”①

19 世纪自然科学的成就，包括达尔文主义在生物学方面的自然环境选择学说，对文学

① 中国社会科学院外国文学研究所外国文学研究资料丛刊编辑委员会编：《欧美古典作家论现实主义和浪漫主义》（二），中国社会科学出版社 1981 年版，第 224 页。

产生了巨大的影响，在自然科学伟大理论的推动下，19 世纪现实主义文学的大师取得了辉煌的成就。但自然科学毕竟不是人文科学，它本身是有局限的，它只能指出生物发展的外因，而且当时的自然科学，对生物本体的细胞分子、复杂的机制还不可能了解，因而直接用这样的理论来指导创作，不能不产生偏颇。这就是环境决定论。实际上，当代生物学的发展突破了达尔文主义环境决定论的局限，提出了基因突变是人与动物发展的重大原因。

高尔基在《俄国文学史》中说，现实主义到底是什么呢？简括地说，是客观地描写现实。这种描写从纷乱的生活事件、人们的互相关系和性格中，攫取那些具有一般意义且最常复演的东西，组织那些在事件和性格中最常遇到的特点和事实，并且以之创造成生活图景和人物典型。我觉得这个说法不太对头，如果是“最常复演的”“最常遇到的”，艺术还有什么感染力呢？阿 Q、贾宝玉、关公、孙悟空，哪有第二个？最常遇到的，最常复演的，恰恰是最平庸的。他还说，要写一个资本家、一个小铺老板、一个工人，就要从几十个资本家、小铺老板、工人身上汲取那最有代表性的特点。所谓“代表性”，事实上几乎成了平均数。孤立地强调普遍性，必然导致概念化，而且给中国当代文学艺术带来了极大的误导。

鲁迅虽没发表过对高尔基理论的一种正面阐述，但鲁迅实际上对人的性格与环境关系是有过思考的。他在《孤独者》中探索过环境如何通过人的性格的内因来起作用。

> “孩子总是好的。他们全是天真……”他似乎也觉得我有些不耐烦了，有一天特地乘机对我说。
>
> “那也不尽然。”我只是随便回答他。
>
> “不，大人的坏脾气，在孩子们是没有的。后来的坏，如你平日所攻击的坏，那是环境教坏的……”
>
> “不，如果孩子中没有坏根苗，大起来怎么会有坏花果？譬如一粒种子，正因为内中本含有枝叶花果的胚，长大时才能够发出这些东西来。”

我觉得鲁迅这段话很精彩。生活环境对人的性格的塑造是很重要的，但这是外部原因，关键是内心的东西，内心的根据。如果说社会环境是唯一的原因，那么长在同样环境同一家庭里的人，性格为什么不一样呢？从社会学的角度来说，同样的家庭出身，性格迥然相异是规律。西方社会学家作过这样的比较，对同一家庭的双胞胎进行比较，结果在同一家庭的个性差异比不同家庭的个性差异更大。这说明环境起很重要的作用，但影响人的性格、心理、情感、气质的因素并不是唯一的，环境是在起作用，但也要看你本身的素质，在巴尔扎克、左拉、莫泊桑笔下，往往把同样家庭出身、在同样社会环境成长的人，写得各不相同。

从社会科学的角度来说，人的本质就是社会关系的总和。但从文学的角度来说，只写出人是社会关系的总和，只能是现象。作为文学形象，人的本质与人的个性、人的选择分不开，人的选择才是人的社会本质的核心。性格是一个人对待现实的态度，以及与此相适应的行为方式，两者结合以后形成的性格特征有相当的稳定性，作家就利用这种稳定性想象人物性格的逻辑一贯性。这是一种超稳定的结构。人的思想观点可以改变，人的性格、行为方式、情感特征在社会实践中也不断有所改变，但其基本核心很难根本改变。因为人的性格与个体心理机制有密切的关系，而个体心理机制是很难改变的。据现代生理科学研究，这种现象与人血液中所含的血清素与肾上腺素的成分有关。这已不是我们所能解决的。

同一个家庭，同样的社会环境，性格却不一样，原因在哪呢？说不清，但至少有一点可以说清，就是不能完全由社会决定。对人的探索，原来非常强调环境的决定作用，因而就要加强社会环境的描写，但写到一定程度，就要对环境有所处理，就是环境开始虚化。不把环境写得那么具体，时代、地点不那么强调，是不是可以写出小说来呢？可以。现代派先锋小说就是如此，它把社会环境虚化，虚化到什么程度？虚化到不知道在什么地方，甚至不知道在什么国度。卡夫卡《城堡》中的主人公，为了进入城堡付出了徒劳无功的努力。城堡作为主人公挣扎的环境，不知在什么时代，什么国度，只是一个抽象的官僚政治的象征。在卡夫卡这类作家看来，虚化的环境有利于表现人类精神的内在实质，现实主义的真实细节和典型环境，缺乏广泛的概括力。他们的任务是突破这种表面现象直取内在心灵的本质，所谓“剥掉人的外皮，以便看到他藏在内部的灵魂”①。法国作家、诺贝尔文学奖获得者弗朗索瓦·莫里亚克的《爱的荒漠》就表现了这样的追求。医生的儿子雷蒙是个自卑的中学生，有一次在电车上看到一个穿着丧服的寡妇，被她吸引。雷蒙没有任何在异性面前的羞愧之感。以后他们经常在电车上相见，这个寡妇以安详的目光占有了这个少年的面孔，雷蒙感到这个女人用既有灵性又有兽性的眼光盯着他。在交谈中，雷蒙感到她就是有个姘夫的玛利亚，玛利亚也了解到雷蒙是经常和她幽会的医生的儿子。小雷蒙萌生了占有她的念头，而玛利亚认为爱上这样纯洁的中学生是在犯罪，但是一种本能的冲动让她仍然极力怂恿雷蒙到她乡间别墅来做客。后来她又后悔了，叫雷蒙不要来。可到了礼拜天，玛利亚却发疯地等着他来。终于传来小雷蒙的脚步声，她没有勇气站起来。雷蒙来到她面前，她也不敢呼唤他。她内心的情欲起伏翻滚，使她晕头转向。但她口中冒出的话却是冷漠而严厉的：“您没有收到我的信？”玛利亚浑身颤抖，她体会着一种含着眼泪的、高尚的爱。她镇定地把雷蒙送到门口，没有约定下回的时间。此后几天，玛利亚坠入了情欲的深渊。她的爱变成一种窒息、一种痉挛，但当雷蒙疯狂地要在肉体上占有她的时候，她却推开了雷蒙，她的心碎了。电车上纯净的孩子变成了小无赖，玛利亚从二楼跳下去自杀了。

可以看出，在这里，人的抉择和环境完全没有关系。环境淡化到这种程度，没什么时

① 引自《译林》1979年第1期。

代特点，也没具体的场景，比如巴尔扎克写的“巴黎生活场景”“外省生活场景”。人的自然属性不像传统小说表现的那样，起着微不足道的作用，相反，自然属性起着相当重要的作用。玛利亚虽然有搞姘头的坏名声，但她仍然有着人性的心灵，在情欲与人性惊心动魄的斗争中，彰显人性。

这种把社会环境淡化的原则对20世纪80年代中国文学的影响是很大的。80年代中期，弗洛伊德的学说开始进入中国文学创作领域，影响了很多年轻人。郑万隆写了六篇“异乡异闻”系列小说，王安忆写了“三恋”——《小城之恋》《荒山之恋》《锦绣谷之恋》，都是写人类的性意识本能。虽然与社会环境有关系，但主要是写人物内心，审视人物内心奥秘。环境不是决定性的，环境的直接影响淡化了。

探索是困难的，是无穷无尽的。既然环境可以淡化，那么人物性格呢？人物性格是强调一个突出的特点，而且一以贯之地强化，是一条道路。反过来，淡化人物性格也是一条道路。

早在19世纪末，这种倾向就露出了端倪。契诃夫以他既没有情节也没人物性格的《草原》宣告了对性格因果的挑战。《草原》中动人的并不是情感的逻辑性，而是情绪、感觉、知觉变幻的连续性。到了意识流小说家手中，人的内部机体觉和外部感觉系统之间的关系成为表现的中心。它的重要性不但很快超过了情节的因果性，而且超越了时空的连续性，以片段场景串联起来的人物的感觉、知觉、注意、记忆、想象、语言成为形象的主体。这时，作家不用情节的大起大落，不用把人物推出生活的常轨，也能揭示出隐藏在心灵深处的那黑暗的无意识的底层的奥秘。正因为这样，从20世纪初叶到中叶，在西方文学中，性格一度从世界文学的注意中心滑落到了朦胧的边缘。在这一历史时期，审美规范主要体现在那些性格淡化的作品中，而不是性格强化的作品中。这种性格淡化的趋向，在20世纪五六十年代很快渗透到苏联、东欧和中国的台港文学中。1976年以后，我国当代最敏感的作家王蒙、孔捷生、张洁、郑万隆的部分作品中也有了这种反响。80年代初，王蒙把他那既无情节也无性格的小说《春之声》《夜的眼》《海的梦》奉献给文坛，立即引起了巨大的震动，读者很快就分化为推崇与反对两派。以致王蒙不得不几次为文解释这种以情绪化代替性格化的缘由：“林彪和‘四人帮’千方百计地亵渎着人的尊严，抹杀人的价值，根本不准人们有什么心理活动，不准人有什么感觉、趣味、想象、憧憬……，使人变得粗暴、呆钝、麻木，在这种情况下，我们的文学作品注意一下写人的心理活动——情操、意境、精神世界，对于培养社会主义的新人，对于提高精神文明，对于完成崇高而又艰苦的‘灵魂工程师’的使命，当是很有意义的。”①

没有情节，没有性格，因而也就没有主题了。从这个意义上来讲，作品也就没什么传

---

① 王蒙：《关于意识流的通信》，《鸭绿江》1980年第2期。

统教育功能或政治宣传功能，比较淡化。这当然会引起震动。所以王蒙特别解释了这一点，我们要特别关心人，培养社会主义新人。这是一种王蒙式的自我保护。

环境虚化、性格淡化的小说，迅速为魔幻现实主义小说所取代。在魔幻现实主义小说中，环境得到了强化，人物的感觉获得了更加大幅度的自由，现实的感觉和魔幻的超现实的感觉互相融合在一个情感的和动作的逻辑线索之中，人物的性格又有了某种强化的显示。魔幻现实主义并没有解决现实的感觉与超现实感觉的矛盾，但它弥补了性格单纯虚化的不足。这是拉丁美洲的一种传统，在拉丁美洲受到欢迎。

我国一些年轻的作家也受到了这一流派的影响。比如莫言，他在《透明的红萝卜》中，一方面强化那个老铁匠的性格效果——保守（小铁匠用手去试试他淬火的水温，他竟用烧红的铁去烫他）；另一方面，作品的情感线索又不了了之，也就是有因无果，或者说那个果是朦胧的、神秘的。

在情节、环境、人物性格的虚化方面走得更远的是残雪、格非和孙甘露，他们从根本上瓦解了上述一切。在残雪的小说中，前面的片段并不预示后来的片段，人物如同鬼魅一样时隐时现。小说中的意象是并存的，而不是互相说明的。在有些小说中，故事虽有眉目，但其过程没有什么逻辑因果性，人物之间的互相折磨没有什么理由。连对话都是不连续的、断裂的，前后缺乏相关性。人物说话不是为了应答，而是出于自发的愿望。这就使小说发展的天地十分广阔，有一种探索性。

残雪的小说未来命运怎样，是否能为我们的小说开拓广阔的天地，这都非常难说，但我们不能不承认残雪、格非的这一探索，是对小说境界的开拓。这一探索也许会“牺牲”，也许有合理的因素，我们尚未充分认识。也许残雪写人物之间的互相折磨、不沟通，正是她理解的人类生存的荒谬的悲剧，她写这样七零八落的小说，因为她认为人生本来就是这样，这就不是一般小说规范所容纳的了。

这里声明一下，我说的那么多小说规范大抵是指经典小说，都是已得到认可的，但探索性作品讲得比较少，因为历史的实践还太短，我还要看看再说。

但我们不得不承认，他们的探索有一定的道理。人就是这样，人与人就是很难沟通的，按德里达的悲观的说法，人与人之间连对话都充满了误解。这种文化思想认为人的生存是一种荒诞。用这种眼光来看我们现在比较新潮的小说家，如格非，有一种哲学意义，他们把人的感性世界描写得挺深刻，在感觉以下充满了他们追求的哲理。要读者去理解他们独特的哲理是很困难的，所以阅读就有难度。这种作品在很大程度上是写给愿意读的读者去解读的。不想阅读这类作品的，就去读金庸，也无所谓。大众文化也有它的价值。

应该说，不管是格非还是北村那样的先锋派，后来都有了改变，他们又变得会讲故事了。毕竟，与阅读心理相悖的探索，肯定是要迫使作家作出调整的。

第六单元

审美规范的解构与重构

第四十讲　风格、流派：对审美规范的突破

前面讲了形象是由三个要素构成的一个结构：一是客观现象的特征；二是作家主观情感特征，作家主观情感与客观现象结合成一种意象；三是艺术形式审美规范特征，它约束意象，使之真正成为形象。同样一个作家，情感和客观对象结合时，写成诗和写成小说是不一样的，必须根据诗、小说、戏剧、散文的不同规范来写。

这里我想补充说明一个问题，就是许多文学理论著作，现在都回避用“形式”这个范畴，而用“文类”这个术语。当然，我也可以用，这可能比较时髦，比较新潮，可我还是舍弃了，因为用“文类”就不方便把它和内容在对立统一的关系中展开论述了。

这就是前面第三十九讲的全部内容。那么，是不是这样就穷尽了文学形象的全部奥秘呢？不。一味根据形式规范去写，只能是平庸的。

形式规范是长期稳定的、不断重复使用的，是大家所共享的东西，而内容却是不可重复的，是作家独有的个性的表现。我如果完全服从它，那自己的个性必然受到损害。在这里，还得有一个东西来限制形式，要有一个因子来冲击它，破坏它。这就是风格和流派。

风格是什么呢？就是个人的，就是我的。

生活、情感、形式的三维是一种结构形态，结构有它的稳定性、规范性，甚至是封闭性，而风格和流派则是对规范性的冲击、动摇，使其具有开放的特点。这里透露出三维结构的内在矛盾。

首先，生活是无限的，但作家的情感比较有限。

其次，情感应该是自由的，但它又是不自由的，因为它受到双重制约，一是客观生活的制约，二是形式规范的制约。情感的自由是有限的，如小说、诗歌、散文、戏剧的想象的法则都不一样。有限自由很难充分表现作者的自由情感，而美就是自由的象征。形式对人的情感来说，一方面是一种升华的轨道，另一方面是一种挟制。在形式规范之内就容易升华，在形式规范之外就容易被扼杀。

从世界文学史来看，只有那最激动作家心灵的生活，和作家心灵发生火一样的关系的生活，才能在形式中获得想象的自由。

鲁迅在《门外文谈》中说过这样的话：

> 我们的祖先的原始人，原是连话也不会说的，为了共同劳作，必须发表意见，才渐渐的练出复杂的声音来，假如那时大家抬木头，都觉得吃力了，却想不到发表，其中有一个叫道“杭育杭育”，那么，这就是创作；大家也要佩服，应用的，这就等于出版；倘若用什么记号留存了下来，这就是文学；他当然就是作家，也是文学家，是“杭育杭育派”。[①]

这种说法显然受到普列汉诺夫“艺术起源于劳动”的观点的影响，可能有一点片面。这里有两个问题。

第一，劳动时的号子，是为了让动作整齐，减少无效消耗。这属于实用价值，只有超越了实用价值才有可能具有审美价值。例如劳动完成之后，在河滩上，有人模仿劳动动作，肩上明明没有木头，却装得很沉重、很劳累的样子，这才是艺术。如果劳动是一种沉重的负担，为实用的价值观念所拘，没有一点娱乐性，把劳动当作审美享受的可能性就根本不存在。只有从劳累中解脱出来，劳动才能变成审美对象。比如陶渊明的“晨兴理荒秽，带月荷锄归”，写得很美，但陶渊明是否劳动还成问题，因为他家有仆人，如果他成天忙于春种秋收的话，那他就没有闲情来“采菊东篱下，悠然见南山”。只有离开劳动，回忆劳动，超越劳动，与劳动的实用价值拉开距离，才能有审美情感的自由。

第二，要实现审美价值，不光要有生活（劳动）和情感，还要有艺术形式的规范。不断地呼喊“杭育杭育”，单调刺激，令人疲倦，不符合艺术形式的规范。我们在前面已经讲过，艺术形式不是原生形式，而是规范形式。其规范之一，就是统一而又丰富，在统一中有规律地变化，而“杭育杭育”的重复，只有统一，没有变化，就不是艺术形式，也就根本谈不上流派或风格。如果要把“杭育杭育”变成艺术，至少要在重复中加入有规律的变化，如要变成乐曲，就要让它在长度和高度上有变化。这种变化还要是有规律的，例如是

① 鲁迅：《鲁迅全集》第六卷，人民文学出版社 1981 年版，第 90 页。

四分之三还是四分之二的拍子。

无限情感世界和有限的形式规范相比，形式所容纳、表现的情感是很少的。并不是人的情感有多广阔，艺术情感就有多广阔，恰恰相反，艺术已表现出来的情感边界，就是人的审美边界。一切经典既是艺术成就的丰碑，又是艺术发展的桎梏。闻一多说写诗是戴着镣铐跳舞，其实何止是诗，一切艺术形式莫不如此。形式没有规范，艺术免不了粗糙，积累了规范，在提高了水平的同时，规范又往往变成模式。要有创造，就需要颠覆稳定的模式。艺术的历史就是观念和模式的建构和解构的过程，小作家只能追随模式，大作家才能有所突破。一般的小说，如琼瑶的爱情小说，从内容上来说，都是在已表现过的情感世界内徘徊，从形式上来说，也是在已得到普及的规范里运行。形式的任何优越性都和它的局限性成为一种不可分割的互补关系，形式的积极功能都是和消极功能联系在一起的。形式的审美规范不管如何丰富，它都不能从根本上消除形式本身的局限性。即使不断创造新形式，也不能消灭形式的局限性。

严肃的艺术是以心灵和艺术形式的探索和突破为生命的。

人类生活在一个并不完美的世界上，不但客体世界是不完美的，人类的主体世界也是不完美的，人类认识客观世界使用的思维工具就更加不完美，包括人的归纳法、演绎法、辩证法，都是不完美的。归纳法的大前提要完全涵盖一切可能，但它又不可能完全涵盖。演绎法的大前提必须周延，因为归纳不可能提供涵盖一切的可能，因而不可能周延。实际上，周延的大前提，已经把结论放在大前提里了，所以符合逻辑的推理不可靠。辩证法一分为二，就是要全面，而实际上一分为二并不全面，正面和反面只是事物和思想的两个极点。所以任何事情都是不完美的，形式是不完美的，人的思维手段是不完美的。因而，表现人的心灵，尤其表现不可重复的个性，不管前人积累的形式规范多么成熟，都是不够的。我的个性一定有许多与前人不一样的地方，我的生活一定有前人没有见过的地方，形式的规范性就是模式化，必然不能容纳我的个性化的、独特的体验。但个人独自创作艺术形式是一种空想。《儒林外史》开头写王冕一个人孤独地写生，成了大画家，这既不符合历史，在理论上也站不住脚。一个人孤独地创造，是少、慢、差、费的，好比让一个人重新经历从猿到人的漫长历史，因此，继承遗产就成了创作的必由之路。学习创作，不能不首先参考、学习，甚至描摹文学遗产里的经典作品，看人家怎样表现他们的生活及感情，怎样驾驭形式。

审美是一种非常艰巨的、漫长的、历史的积累过程。一个人的寿命太短了，要经过一代又一代的积累，才从原生形式上升到草创形式，再从草创形式上升到规范形式，才为后代人提供了前进的高起点。每个作家都得从古典文学作品、当代文学作品中，从多种文学形式中，继承审美的经验，学习驾驭规范形式的技巧，逐步超越科学认识的真和实用价值的善的自发优势。学习甚至模仿，这是一种不自由，然而，不学习，不模仿，就更加不自由，因为自发优势是在科学认识和实用价值那里。人要生活，首先要实用。要更好地实用，必须有科学，这都是理性，而理性就是对情感自由的一种约束。因此，自然科学越发达，社会生产力提高越快，理性越是高涨，与情感的矛盾越是尖锐。正如马克思所说，生产力的发展与诗是有矛盾的。一种艺术形式从草创到成熟，要耗费几百年（如中国古代的律诗），而人类社会在这几百年中可能经历了好几个历史阶段。所以，艺术往往给人一种永恒的错觉。

艺术的发展并不是绝对以形式的更迭为标志的，相反，艺术的进化往往需要形式的相对稳定，也就是审美规范的相对稳定，但这种稳定不是静态的，而是动态的。形式时时刻刻遭到内容的冲击，任何一个天才的作家，他都不可能像技术革新能手那样，不断地创造新形式，但他又不能满足于运用传统形式。作家既然不可能不断创造新形式，那就只能扩展形式的表现力，对固有的形式规范进行某种突破，这种突破往往不是颠覆性的，常常是非常微小的甚至是十分微妙的一点变化。例如宋词从婉约到豪放，形式并没有多么明显的变化，但对词人来说，这就是一种了不得的创造了。

在共同形式规范下，凡是能表现新的生活、新的情感、新的主题、新的情调，对形象、意象作了新的组合等，虽然没有摧毁旧的形式规范，没有建立新的规范，但可以说是创造了一种风格。如果这种风格取得了一定的成就，有了一定的号召力，吸引了众多作家参与，从不自觉地参与到自觉地发表宣言，这就形成流派了，就是对三维结构形式的或大或小的冲击，并迫使其调整。这就是文学史上的巨大的贡献了。

如果一个作家遵循形式规范，中规中矩，什么毛病也没有，那他就免不了与人雷同，没有自己的风格。什么毛病都没有即最大的毛病。就像日本人写中国的汉诗，挑不出多少毛病，但就是没什么创造。

审美规范一旦在形式中稳定下来，它就表现出一定的强制性，即使与内容发生矛盾，也仍然长期地迫使内容就范，并不是每一个作家都能在形式规范面前获得主动和自由。绝大多数作家在受到形式规范与内容相适应的那部分诱导的同时，屈从于形式规范不适应内容的那一部分，被它钳制。作家在自己的历史环境里，受到周围现成的有形规范和无形的、潜在的陈规的束缚，好像有一种无声的命令在勒令他放弃自由。因此，迁就于形式是艺术发展的通病。

此时，最可贵的，最能显出作家才气的，是对陈规无屈从之意，有叛逆之心。当某种主题、意象、技巧成为流行的、权威的、天经地义的现象时，作家要有所反叛。

作家要求新，形式的审美规范却是相对稳定的，因而求新总是要在某些方面冲击那稳定的规范的。这是问题的一个方面。问题的另一个方面是，风格不但是“新”的，而且是自己的东西、独特的东西。

最重要的是“自己的、特殊的、个人所有的音调，这些音调在其他人的喉咙里是发不出来的”。反过来说，一般素质的作家，他们写出了大量不是自己的东西，大量是流行的、现成的甚至是老套的东西。艺术家的使命就是要冲破老套，而这是需要才华的。

风格是作家自己特有的东西，而审美规范是普遍适应的东西，因而，任何一个作家要把自己特有的、尚未在这种规范中出现过的东西不打折扣地表现出来，就不能对形式规范绝对顺从。绝对顺从必然使自己特有的东西遭到损失，真正有风格的作家必然要对审美规范有所冒犯。20 世纪 50 年代和 60 年代是颂歌、赞歌时代，到 70 年代后期是朦胧诗崛起的时代，同样是自由诗，但新的价值观念、新的情感、个人化的感觉出现了。

我在 1980 年写《新的美学原则在崛起》时，就感觉到不但要冒犯，而且要亵渎；不仅冒犯权威，而且冒犯群众，所以，革新者、权威、传统、群众之间有个“互相折磨”的过程。正是因为这样，才有了一个流派。虽然没有改变新诗、自由诗、白话诗的形式，但面貌变了，而且不是一个诗人的风格变了，而是一代诗人的风格变了，形成了一个流派——朦胧诗派。这不但是个自发性的流派，而且是个有理论纲领的流派。这个理论纲领就是三个“崛起”：一个是谢冕的《在新的崛起面前》，一个是鄙人的《新的美学原则在崛起》，一个是徐敬亚的《崛起的诗群》。当时，正统派以贺敬之为代表，策划了长达三年的围剿，批判我们三个人。真有点“黑云压城城欲摧”的感觉。但当时批判我的干将程代熙收到了大量读者痛斥的来信，我却收到了大量读者支持的来信。到了 1984 年，胡耀邦在第四次作家代表大会上提出创作自由，把我们解放了。

我之所以把这些旧事告诉你们，不过是让你们对风格流派有一种感觉。

现在想起来，真是有点奇怪，不过是诗歌领域的一点小小的革新，犯得着这么大动干戈吗？这说明风格和流派产生的艰巨。

这也不仅是中国历史上的事。当雨果的浪漫主义戏剧《欧那尼》上演时，遭到古典派的围攻，以致支持雨果的戈蒂耶不得不穿上红背心和反对者在剧院门口打架。当然，我国在 20 世纪新诗领域，在北京盘峰也打过一次架。那是发生在所谓民间立场和知识分子立场两个流派之间。

这些都是外部的表现。更为重要的是，风格和流派积累到一定程度，就必然导致对规范内部机制的突破。规范都表现为一种内部机制的求同趋向，这种趋向成为想象透明的罗网，一种“无声的命令”使作家不自觉地在已经布满脚印的道路上徘徊。契诃夫在写给格利戈罗维奇的信里，这样描述他写作中篇小说《草原》时的追求："我描绘着平原，淡紫色的远方，牧羊人，神父，夜间的大雷雨，小旅店，载重车队，草原上的飞鸟，等等。每一个章节都可以构成一篇独立的短篇小说，所有的章节，又像卡德里尔舞里的五个人一样……关系紧密地联系在一起。我力求做到使这些章节都发出共同的香味，带有共同的声调，我把一个人物贯串在所有的章节里面，这样，我就可以容易做到这一点。"①契诃夫的风格突破了情节一体化的审美规范，有了这样的小说以后，人们才发现，原来为了达到形象一体化的目的，情节的连贯性并不是唯一的手段，不用层层递进的情节，而用同类的色彩、趣味、情调、感觉、知觉，甚至一个孩子的情绪的连贯性，也可以使不同的生活场景、人物之间不同的关系紧密地连成一个统一性很强的整体。

在我国古典小说史上，有头有尾，一环扣一环，是情节从松散进化到严密的一个重要阶段，经过多年的积累，这种环环紧扣的结构就成了情节的审美规范。但到了五四新文学运动掀起时，鲁迅首先起来发难，把这种环环紧扣的规范打破。他在自己的小说中，时常以并不直接相连的生活的横断面的组合来构成形象：《祝福》中有那似乎脱落了的环节；《故乡》中则剩下开端和结局两环，连高潮这个传统的环节中心也放到幕后去了；《狂人日记》则简直毫无情节的脉络可言。可鲁迅的小说在形象的一体化方面仍然达到了很高的水平。文学形式的现成规范是一种巨大的习惯势力，这种势力甚至会在语言、叙述的观点、描写的色彩方面构成一种固定的趣味。囿于这种固定的趣味，作家就不可能有任何创造性的风格。要追求风格，不能没有向这种固定趣味挑战的勇气。梅里美的长篇小说《查理第九时代轶事》，有一章叫《读者和作者间的对白》，梅里美设想读者努力说服作家采用常见的、众所周知的写法，去渲染那些历史名人和名城的宫廷生活，写那些大人物的丰功伟业。梅里美把读者对现成审美规范的绝对驯服想象得傻乎乎的，他笔下的读者殷勤地说：

> 动手写吧，开头第一句，我来给你出主意："客厅的门打开了，可以看得见……""可是，读者先生，在马德里城堡里不曾有过客厅——商场倒有的是……""好吧，那么就写：一间巨大的厅堂里挤满了人群……等等……在人群里可以注意到……""您打算注意到谁呢？""见鬼！当然，头一个是查理第九啦。""第二个呢？""等一下。您起初得描述一下他的服装，然后描绘他的身材如何，相貌如何，最后再描写他的精神面貌。现在所有一切浪漫主义者们所用的处方就是这样。"②

但梅里美没有和他的读者妥协，他用草草几笔写了查理第九等几个历史人物，这些人物一点也不显得伟大，而是一些不讨人喜欢的有许多毛病的人。这样一来，旧的审美心理

① 引自赫拉普钦科：《作家的创作个性和文学的发展》，上海人民出版社1977年版，第144页。
② 参见孙绍振：《文学创作论》，春风文艺出版社1987年版，第580页。

定式被打破了，新的审美预期开始孕育。任何一个有创造风格的作家，总是要在冒犯读者的审美心理定式中获得主动的。有时旧的审美心理定式是这样顽强，以至于对作家构成某种压力，但正直的艺术家是不会在这种压力下屈服的。

风格与人既有统一的方面，也有矛盾的方面。风格是人的整体，是艺术的风格、作家的风格，不是一般做人的风格。马克思曾引用法国作家、生物学家布封的名言“风格就是人”（或译“风格才是人”“风格就是人本身”）。这句话是布封于1753年8月25日在法兰西学士院为他当选为院士而举行的入院典礼上发表《论文章风格的演说》时讲的：“只有写得好的作品才是能够传世的：作品里面所包含的知识之多，事实之奇，乃至发现之新颖，都不能成为不朽的确实保证。如果包含这些知识、事实与发现的作品，只谈论些琐屑对象，如果他们写得无风致，无天才，毫不高雅，那么，它们就会是湮没无闻的，因为，知识、事实与发现都是很容易脱离作品而传入别人手里，它们经更巧妙的手笔一写，甚至于会比原作还要出色些哩。这些东西是身外物，风格却就是本人。”[①]在布封看来，风格不在于客观材料（乃至发现），而在主观个性。这一点得到了青年马克思的热烈称赞。知识这东西必须变成你的东西，这句话没错。刘勰在《文心雕龙·体性》中说：“夫情动而言形，理发而文见，盖沿隐以至显，因内而符外者也。然才有庸俊，气有刚柔，学有浅深，习有雅郑，并情性所铄，陶染所凝，是以笔区云谲，文苑波诡者矣。故辞理庸俊，莫以翻其才；风趣刚柔，宁或改其气；事义浅深，未闻乖其学；体式雅郑，鲜有反其习；各师成心，其异如面。”

风格就是人。明代江盈科在《雪涛诗评》中说：“诗本性情。若系真诗，则一读其诗，而其人性情，入眼便见。大都其诗潇洒者，其人必闿快；其诗庄重者，其人必敦厚；其诗飘逸者，其人必风流；其诗流丽者，其人必疏爽；其诗枯瘠者，其人必寒涩；其诗丰腴者，其人必华赡；其诗凄怨者，其人必拂郁；其诗悲壮者，其人必磊落；其诗不羁者，其人必豪宕；其诗峻洁者，其人必清修；其诗森整者，其人必谨严。”

但这样的说法是很值得推敲的。江盈科显然把作家的自我与作品的风格关系看成是等量而同质的，一点矛盾也没有。这无疑是把问题简单化、粗糙化了。作家的自我固然与作品的风格有同一性，但同一性并不是问题的本质，而是现象。作家的自我与作品风格的矛盾如果不是一种普遍存在，那么作品的风格创造就像母鸡下蛋那样，是非常容易的事了。事实上，作家的自我与作品的风格不相统一是一种普遍的事实，巴尔扎克早就意识到了这一点：“拉伯雷——一个有节制的人——却在他的生活中驳斥了自己风格的无节制以及自己作品的形象……他喝的是白开水，却颂扬新酿的酒，正像布里亚·萨瓦兰（按：法国作

① 引自《译文》1957年6月号。

家，1755—1826）一样，他吃得很少，却赞美丰富的食物。大不列颠可以引以为自傲的是富有独创性的现代作家，马图林（按：爱尔兰小说家，1782—1824）也是这样的，马图林是一个神父，留传给我们的有《夏娃》《美尔莫特》和《贝尔特拉姆》等作品，他自命风流，殷勤体贴，尊敬妇女；这个在其作品中专门描写灾祸的人，每到夜晚，就变成了巴结献媚妇女的人，就变成了花花公子。布瓦洛也是这样，他的柔和文雅的谈话跟他那大胆诗句的讽刺精神是不相称的。”

文不如其人的情况，在古今中外的文学史上是一个普遍现象。造成这种现象的原因不外以下几种。其一，就是弄虚作假，在作品中美化自己。连隋炀帝那样的人也写了许多爱民的诗句；连李后主那样的人有时也以渔父自况；阮大铖是一个政治小丑，可是《燕子笺》写得并不俗气。在中国古典诗歌的衰微期，中国诗坛的作伪之风甚炽，可能是世界文学史上少见的。五四新文学运动时，刘半农在《诗与小说精神之革新》中曾经非常愤激地指出，当时的古典诗坛完全是“假诗的世界”，明明没有什么感情，偏偏写些送别的诗，明明处于青年有为时期，偏偏写些悲观的情绪，好像这个世界害得他好苦。

为什么会造成这种情况呢？这是因为自我的意志、认识、情感、人格并不等于艺术，而在艺术中能够表现自我的人是不可多得的。关于这一点克罗齐早就有过论述，“风格即人格说只有两种可能：如果它指风格就是具风格方面的人格，即只指表现活动那方面的人格，那就是完全空洞无意义的”。

这是明显的，如果风格即人的实践活动，那就与文学作品无关，因而是没有意义的。

如果要想从某人表现出来的作品中去推断他做了什么，起了什么意志，即肯定知识与意志之中有逻辑的关系，那就是错误的。

这正是江盈科的那种简单的线性思维的特点。因为生活中所表现的是生活的层次，而作品中所表现的是艺术的层次，二者是有矛盾的。克罗齐接着说：“许多艺术家传记中的传说，都起于风格即人格一个错误的等式。好像一个人在作品中表现了高尚的情感，在实践生活中就不可能不是一个高尚的人，或是一个戏剧家在剧本中写的全是杀人行凶，自己在实践生活中就不可能没有做一点杀人行凶的事。艺术家抗议道：‘我的书虽淫，我的生活却正经。’不但没有人相信，反而惹到欺骗和虚伪的罪名。可怜的梵罗那城的妇女们，你们谨慎得多了，你们看到但丁的黝黑的面孔，就以为他真正下过地狱！你们的猜测至少还是一种历史的猜测。”

克罗齐尖锐地指出了作品内容与作家人格之间的根本区别，但他把问题简单化了。风格即人的风格，并不完全指作品的内容，更重要的是一种总的倾向，一种特殊的情调，写杀人行凶，写淫乱放荡，并不是风格的主要标志，风格在于作品对杀人行凶、淫乱放荡的情绪是津津乐道还是厌恶之情溢于言表。光有生活的特征、题材的特征还不能构成形象，还得有作家的情感特征，再加上形式的审美特征（包括意象符号特征），才能构成形象和风格。风格主要不表现在题材的特征上，而表现在如何通过题材特征来表现自我情感特征，以及如何驾驭、突破形式的审美规范特征上。风格之所以不等于人，甚至不等于人的情感，是因为不是每一个人都具有充分地表现自我的才能，也不是每个有表现自我才能的人都有充分驾驭、突破形式的审美规范的能力。

从风格的历史发展来看，人的情感世界是一个非常复杂的世界，直到今日，世界文学史对此的表现还是非常有限的。从某种意义上来看，世界文学史就是一种不断在广度上拓展，在深度上增加的表现人内心世界的历史，这个过程是积累性的递进的。当古典主义君临艺术世界时，文学所表现的人类内心世界主要是理性世界；当浪漫主义崛起时，引起了文学中情感的解放，但用那种直接倾泻的方法，表现是有限的，解放并没有达到人类情感的深层；现实主义的高度繁荣，使人类对情感的较深层次以及这种深层情感与社会环境的关系，有了进一步的发现；而现代主义的贡献则是对人类情感的更深层次，那无意识的领域，人的本能、原始的冲动，包括智性、历史的积淀，都开始显露出来。这种表现的进化和深化过程永远不会终结。每一次进化，都产生了一批有风格的作家，他们都对现成形式的审美规范进行一次英勇的突破；而每一次突破都很少是平平静静的，往往伴随着剧烈的震荡。这一点我在前面已经讲过了。艺术的进化主要靠那些敢于打破传统审美规范、追求创造性风格的艺术家，没有这些艺术风格上的探险家，人类的文学就只能永远在原有的层次上徘徊，甚至发生退化。

尽管一代又一代才华横溢的作家不断更新着文学的风格，文学中已经表现的人类情感仍然是很少的一部分，艺术形式的潜在衍生性仍然没有得到充分的发挥。像人类情感世界是深不可测的一样，艺术形式的潜在衍生性能也是不可穷尽的。正因为这样，文学留给作家创造风格的天地是十分广袤而深远的。从风格的个体发生历程来看，即使那些才气过人的作家、有风格的作家，他们所表现出来的也只是他们情感世界的一部分，而不可能是全部。舒婷在诗作中表现了深沉的忧伤，表现了追求人与人之间的内心世界的沟通，表现了厌恶把人们隔开的无形的“墙”。但在生活中，她充满了自我保卫意识，以尖刻的言辞防止被进攻，同时她又那样调皮而乐观。然而在散文里，这一切都好像不存在。这倒不是她不想表现，而是她所掌握的那些特殊审美规范不适于表现这样的人格。每一个作家都要尽可能拓展表现自我的广度，但并不是每个作家都能幸运地、顺利地达到自己的目的。严峻的现实使作家往往是在一个方面顺利表现了自己的一部分，自由地驾驭形式的一方面，创造了一种新鲜的风格；而在情感的另一个方面却失去了自己，在形式的另一个方面失去了自由，写出一些没有风格的作品来。有时，一个作家终其一生也只能在一个有限的方面取得胜利，而在其他方面，即使百折不挠地探险，终究没有突破，只留下歪歪斜斜的脚印，给后来者以莫大的启示。

一个作家的成熟，一种艺术的形成，一个民族文学的划阶段的重大的进展，往往开始于一个方面的风格的创造。我国新时期的诗歌在1976年以后有过突飞猛进的发展，起始于所谓“朦胧诗”诞生。（虽然“朦胧诗”这个说法并不科学，也并不慎重，但由于已为大家习用，姑妄用之）“朦胧诗”表面上给人一种雾中看花的感觉，事实上它并不朦胧，它代表着新一代人的新的人生价值观和审美价值观。在这种观念诱导下，年轻一代的诗人找回了上一辈诗人长期失去了的真实自我，一种没有涂上人工油彩的自我。他们不像20世纪五六十年代的诗人那样，不敢相信自己的眼睛和耳朵，他们用自己的眼睛、耳朵、手掌重新审视、倾听、抚摸这个从诗国中放逐已久的自我，重新创造了适合表现这种自我的意象，革新了意象组合的原则、内心节奏的模式。于是，他们创造了一种新的风格，在新诗史上揭开了充满神奇色彩的一页，从而丰富了新诗的审美规范。在传统诗歌想象力的极限以外、审美世界以外，年轻一代的诗人找到了一个新的世界；在传统诗歌想象规范以内，他们发现了新的色彩、旋律和节奏。

每一种风格的创造都意味着一部分自我的回归。在诗人、作家把自己的而不是别人的感觉、知觉、想象、动机、情绪表达出来之前，人们对自己的这种感受是不清晰的、模糊的、不真切的，甚至于好像是不存在的。加西亚·马尔克斯身体健壮、性格活泼、好客、慷慨而幽默，但这并不是他灵魂的全部，他在小说中写了那么多孤独之后，孤独才进入大众的审美领域。凡在传统审美规范以外的自我，都是一种自在的世界，并不属于艺术的世界。没有风格的作家、诗人，往往只能在经典作家、影响最大的作家的作品中挪用自我。尽管每一个作家本来所要表现的是特殊的自我，但缺乏风格创造力的作家只能意识到、体验到那已经被他人艺术化了的自我。因而，他们往往只能重复表现别人已经表现过的个性，或是自己的个性与别人的个性重合的那一部分，在他们的作品中，他们的个性往往是别人的个性反复翻印的模糊的影像。这个模仿的过程，对每一个初入文坛的作家和诗人都是不可避免的。但处在这个阶段的作家都是没有风格的作家。如果作家的想象满足于在流行的公共的审美规范之内活动，就意味着满足于丧失自我的个性。要有风格，要有创造，就得突破这个共有的规范，让一部分在规范以外的自我，在艺术中获得生命，使个性的自我放逐化为个性的自我回归。越是回归，自我的个性就越是有风格。任何未经艺术表现过的个性都有某种原始形式，要从原始形式上升为艺术规范形式，要经历重重的艰难曲折。原始形式对作家的想象有一种自发的约束力，艺术家要冲破这种约束，就要打破某种传统的心理定式，没有不拘一格的想象力是不行的。

在创造风格的过程中，艺术家对形式的驯化能力十分重要。要突破形式规范的局限，常常得借用姊妹艺术的形式规范，并进行驯化，使之与固有的规范达到某种和谐。这是一种相当精致的劳动，一下子就十分成功是很少的，有时要经历漫长的历史时期。例如韩愈的“以文为诗”的主张，虽然扩大了诗的描绘及抒发性能，但诗的概括力和想象力受到了损害。五四时期，白话新诗借用散文的自由节奏以打破古典诗歌的固定节奏。半个多世纪过去了，多少有才能的诗人经历了艰难的劳顿，仍然未能使散文的节奏驯化。

要使自我的个性回归，就得驯化形式，缺乏驯化形式的能力，就不可能使个性风格化。驯化形式的困难在于形式并不是无限的，而是有限的，它只能容纳与它性能相适应的成分；即使是与形式相适应的成分，也不能直接升华为艺术风格。作家的生活经历、情感经历具有某种原始形式，而这种形式不是艺术的，它与艺术的规范形式的矛盾是永恒的。风格与自发性是不相容的，风格是有目的的创造。“强烈感情的自然流露”永远成不了诗，因为强烈感情中有许多成分永远是非诗的。因而在创作过程中，作家和艺术家不但要驯化形式，而且要驯化自我，不但要超越形式规范，而且要超越自我。超越自我是超越形式规范的一个重要条件。易卜生在《诗人的任务》中这样说：

> 鼓舞过我的，有的只是在偶然的、最顺利的时候活跃在我的心间，那是一种伟大的、美丽的东西。可以说，它高于日常的自我，我之所以受鼓舞，是因为我要正视它，要它变成我的一部分。可是，我也被相反的东西鼓舞过，反省起来，那是我自己天性中的渣滓沉淀。在这种情形下，创作好比洗澡，洗完之后我感到更清洁、更健康、更舒畅。……我们之中有没有这样的：他心里不时感到并且意识到，自己的语言与行动、意愿与责任、实践与理论之间发生矛盾？换句话说，我们之中有没有这样的人：他并没有，至少有的时候没有，满足于利己，却又半自觉、半好心地向他人、向自己掩饰自己的行为？①

易卜生在这里所说的，主要是从道德上着眼。艺术家在生活中有伟大的、高贵的情操，也有与之相反的渺小的、丑恶的情绪和冲动，而这一切在人际交往中，乃至面对自己内心时，都被掩饰了。在创作过程中，如果任一切自然流露，即使与艺术形式的审美规范不发生矛盾，也可能降低了自我形象，污染了作品风格。正因为这样，易卜生强调，在创作过程中要清洗自己灵魂中沉淀的渣滓，把伟大、美丽、纯洁的心灵奉献给读者。但是，这个问题不能仅仅从道德的眼光来看，有时，作家把自己写得很美好，有时，作家把自己写得

---

① 中国社会科学院外国文学研究所外国文学研究资料丛刊编辑委员会编：《外国现代剧作家论剧作》，中国社会科学出版社 1982 年版，第 3—4 页。

很傻、很土、很狼狈、很无赖（像李敖、柏杨、王了一、梁实秋、贾平凹的幽默散文）。韦勒克和沃伦在《文学理论》中说得很彻底：

> 与其说文学作品体现作家的实际生活，不如说它体现作家的“梦”；或者说，艺术作品可以算是隐藏着作家真实面目的“面具”或“反自我”。[①]

刘亮程本来是写诗的，后来闯入散文界，一鸣惊人。他对散文的贡献，并不是什么实感，而是借着这样的虚虚实实的感和情，表现了他不可重复的生命的体验。他把他的散文集叫作《一个人的村庄》，给人的感觉是他真是一个孤独的农民，成日无所事事。其实，他是一个农机员，他所假定的、虚拟的，是孤独一人和没有语言的植物、动物相对，在这个世界上，能独享生命的欢乐，也有比群居更深邃、更美好、更自由的对生命质量的思索和解读。而刘亮程的生活经历和生命体验环境，对文化人来说，是不可重复的。

创造风格的过程不但是一个自我回归、自我发现的过程，而且是一个自我净化、自我超越的过程。这种超越是自由的，它不但表现作家的自我个性，而且使自我个性在艺术境界中升华。风格是人格的升华，艺术是人格的创造。简单地把作品风格等于人，不但不合艺术规范，而且不合社会道德规范。

但作家创造风格，自我超越与形式超越的自由是相对的，在某种意义上，他还是不自由的。不管什么样的作家，不管他如何超越，都不可能是凭空的，必然受到社会政治、文化、伦理气候的诱导，受到社会历史条件的制约，因而个人风格创造与时代风格是不可分割的。如果作家在超越时无视这一点，就有可能脱离真实，成为落伍者。相反，一个有使命感的作家，就要有意识地与时代保持一致，把个人风格与时代风格统一起来。

不管作家怎么超越，他都是在民族文化的气候中、在民族文化的心理引力场中运动，总是要深深地受到这种心理文化氛围的熏染。从这个意思上说，绝对自由的自我表现是一种空想。弗洛伊德在《创造性作家与昼梦》中说，作家把自己心灵的一部分分配给他的人物；莫泊桑说，不论你写国王、妓女、菜市女商人、小偷，还是别的什么人，你都只能设想，假如自己当了国王、妓女、小偷、菜市女商人应当如何。所有这一切都有相当严重的片面性，因为他们把作家的自我表现看得好像是绝对不受任何约束的。其实，给作家的自我以限制的是民族文化心理结构。弗洛伊德的学生荣格，补充、发展了弗洛伊德的学说，他认为自我表现的自由是有限的：“艺术是一种天赋的刺激因素，它包容了整个的人，并使人成为自己的工具。艺术家不是一个赋有力求达到其目的的自由意志的个人，而是容许艺术通过自己以实现它目的的这样一个人：作为一个人，他可能具有一定的心情、意志和个人的目的，可是作为一个艺术家，他是一个更高意义上的人——他是一个‘集体的人’，表

---

① 韦勒克、沃伦：《文学理论》，刘象愚等译，江苏教育出版社 2005 年版，第 79—80 页。

现并形成人类的无意识心理生活的这样一个人。”[①]在生活中的作家的自由要大于在艺术形象中的作家的自由。在艺术形象中的作家应该是民族集体意识（没有意识的意识，潜意识或无意识）的表现者，艺术家的个性和“集体的人”并不完全统一，而是充满着矛盾。为了充分表现出民族的集体意识，一方面要调动作家的自我的一部分，另一方面又不能不抛弃作家自我的另一部分，以便让作家的自我与民族的集体的心理和谐地统一起来。荣格认为：

每一次当创作力量占据上风的时候，人类生活就趋向、形成一种潜意识的东西来对抗积极的意志，自觉的“我”就被地下潜流冲走，成为不过是一个对事件束手无策的观察者罢了。结果，作品成为诗人命运所系的东西，并决定着诗人的心理发展。不是歌德创造了浮士德，而是浮士德创造了歌德。[②]

这就说，在创造过程中，作家不仅表现自我，而且要创造自我；不仅是作家创造了作品的风格，而且作品帮助作家创造了自我的风格。荣格所说的显然比易卜生所说的更加深刻，他不像易卜生纯从道德的角度提出问题，而是从心理的角度，从意识深处个体与集体的心理机制之间的矛盾出发，因而在理论上达到了一个更高的层次。在创造风格的过程中，作家的个性与民族集体心理的历史积淀越融洽越好。从这个意义上完全可以说，愈是民族的就愈是创造的，愈是创造的就愈是世界的。哥伦比亚的加西亚·马尔克斯的《百年孤独》，没有囿于个人情感的有限经历和情感世界的有限边界，也没有满足于表现他在生活中的幽默、活泼和内心深处的孤独感，他把虚拟的马孔多小镇百年的兴衰和拉丁美洲的神话结合在一起，写死人复活、活人升天、鬼魂与活人对话、地毯腾空而去、天降花雨。正因为这样，艺术境界大大超越了马尔克斯本人的心灵境界，小说产生了世界性的巨大影响，获得了 1982 年的诺贝尔文学奖。

作家在风格创造中超越自我并不是一帆风顺的，有时由于超越不当可能失去自我。当代著名诗人郭小川生前最引起社会重视的是他的抒情诗和政治鼓动诗。在这些作品中，诗人展示了非常广阔的生活图景，但充满了粗糙的口号和政治图解。而在他的大部分叙事诗中，他深入到另一个深沉的内心世界，其中有来到延安的青年，因与革命队伍的集体生活格格不入而自杀（《深深的山谷》）；有革命战士的妻子，在后方医院中艰难地战胜了爱情的动摇（《白雪的赞歌》）；还有受冤的共产党人，以忠贞的行动感动了土匪、奸细和逃兵（《一个和八个》）。他的叙事诗中那种个人淡淡的失落乃至个人的悲剧感，表现出他灵魂深处的“小我”是非常强烈的。这是郭小川另一面。如果没有这一面，郭小川的政治抒情诗

① 中国社会科学院外国文学研究所外国文学研究资料丛刊编辑委员会编：《外国现代剧作家论剧作》，中国社会科学出版社 1982 年版，第 73 页。

② 中国社会科学院外国文学研究所外国文学研究资料丛刊编辑委员会编：《外国现代剧作家论剧作》，中国社会科学出版社 1982 年版，第 73 页。

在辉煌的色彩中有太多空泛之作，自我与时代、民族精神表面上的结合，掩盖着内在的裂痕。只有那些叙事诗，才深刻地表现了他的艺术风格。

自我的超越也不是绝对的，完全绝对的超越，必然导致虚妄和风格的虚假。

风格创造不是“风格即人”的线性结构，而是一个复杂的系统，它至少包含两个子系统：一个是自我对形式规范的超越和认同，一个是自我对个性的超越和认同。这两个子系统都包含着互相矛盾的因素，当各个因素都互相有机地联系在一起，形成一种张力时，作家对任何一个要素的调动都导致系统的各个因素的协同。所以，风格的更新与嬗变并不需要全部因素的变化，只要有个别因素的变化就足够了。作家只要调动其中一个因素，风格的系统就发生了结构质变，创新的风格就这样发生、演化。

讲到这里，我的课程算是完结了，表面看来它相当系统，甚至有一点自洽的、有机的结构。这个结构似乎是一个圆圈。

第一，在文学创作中，真、善、美不是统一的，不是重合的，也不是只有量的差异，如一个半径不同的同心圆。真、善、美是不同的价值观念，按美的价值和真的价值表现同样的事情，结果是大不相同的。因而，不能把文学说成是生活的反映，美只有和真、善拉开距离，才有感染力。但它们又不是分裂的，分裂了就诲淫诲盗了，而是拉开距离又有交叉，也就是我所说的错位。文学形象就是从这个错位结构中产生的。

第二，既然文学形象是真、善、美的错位，因而也不能把它说成是自我情感的表现，而是生活的特征和情感的特征的猝然遇合。但遇合的结果只能产生形象的胚胎。

第三，权威的审美价值把情感放在核心，简明地说，审美就是审情，但这个说法并不完善。情感不是孤立的，它的表层是感觉，它的深层是人的智性、意志等，所以，把审美绝对化是片面的。一切伟大的作品的审美价值不仅是情感价值，而且有智性的价值。一切伟大的作家都不能不是伟大的思想家，所以，我提出了一个范畴——“审智”，作为对审美的补充。审美和“审智”应该是统一的，没有思想的审美会变成滥情。

第四，形象的胚胎要变成形象还要有一个因素起作用，那就是审美形式的规范。不同的形式与不同的规范结合以后，才可能成为真正感人的形象。因为形式从草创到成熟，是千百年来人类的主观与客观生活遇合的经验的积累，个人如果拒绝在人类积累的艺术基础上前进，就只能是像从猿到人的爬行。

第五，形式的审美规范是公用的，而作家的情感和智性又是独特的，二者经常发生冲突。一味遵循规范只能产生平庸的作品。

第六，文学和其他艺术形式一样，其生命在于不断积累，又不断突破形式规范。其表现就是风格和流派。风格积累为流派，流派集中力量颠覆规范。

第七，文学艺术的历史就是不断积累规范，不断颠覆规范的过程。

这里，引一段中国现代文学前驱杜衡在《望舒草·序》中的一段话，供大家思考："人往往会同时走着两条绝对背驰的道路的：一方面正努力从旧的圈套脱逃出来，而另一方面又拼命把自己挤进新的圈套，原因是没有发现那新的东西也是一个圈套。"

自洽对学科体系来说意味着成功，对你们的思考来说却意味着画地为牢，对我的授课来说就是失败。我希望我的体系只是一种包装，你们之中最聪明的，可以不管这种学科体系的包装，专门在其中找漏洞、挑刺儿。要知道，在我们这个星球上，还没有一种理论体系是没有缺失的。既然是理论，就注定了有缺点、有毛病、有漏洞、有误导、有欺人之谈、有害人不浅的胡说八道。亚里士多德如此，柏拉图如此，康德如此，黑格尔如此，车尔尼雪夫斯基如此，高尔基、鲁迅亦复如此，胡塞尔、海德格尔如此，德里达、拉康、福柯如此，孙绍振也如此。用广东人的话来说，就是"杭不郎一塌括子"，都逃不过历史的和个人才智的局限。我最大的理想是，在我的讲授结束之时，就是你们怀疑、挑战的开始之日。

再见！我期待着在文学理论的论坛上迎接你们，期待我的最好的学生、最有出息的学生向我发出质疑和挑战。届时青梅煮酒，指点论坛，粪土霸权话语，可也；一言不合，大战三百回合，亦可也。大丈夫，体验生为人杰之乐，自知之明之快，何过于此哉！（全体热烈鼓掌）

附录

直面艺术欣赏与理论为敌的反思①

我年轻的时候，对文学理论感兴趣的目的很简单。第一，希望通过文学理论获得关于文学形象的艺术魅力的奥秘。我的希望非常具体，解读文学作品，从一首小诗到一部长篇，只要能揭示出一点艺术的道理来，我就满足了。第二，在欣赏的基础上，如果可能，获得创造形象的能力。正是为了这样一种朴素的愿望，20世纪50年代中期，我选择了北京大学中文系。但不久我就后悔了。我把生命中最有活力的那一段奉献给了文学理论，可是越学越觉得那样的理论不但不可爱，而且越来越可恨。当时主流文学理论最基本的命题，是周扬从俄国人车尔尼雪夫斯基那里引进的“美是生活”。我觉得这样的命题当然没有错，但是说了也等于没有说，因为生活和艺术有着根本的区别，可是文学理论最多只承认二者之间仅有量的、程度上的差异。从方法论上来说，这种理论所强调的是生活和艺术的统一性。这与我所学到的辩证法，事物的本质在于内在和外在的矛盾的信念，在根本上背道而驰。尊重艺术本身的规律的愿望被反复申说，但由于艺术与生活的矛盾被忽视，总是不得要领，甚至连所谓“形象思维”的讨论也流于空谈，公式化、概念化的批评成为不治之顽症。

教条式地演绎俄国文论，并不能解决中国文学的问题，20世纪80年代初，主流文论的衰败就是必然的了。跟随而来的是西方文论的大规模引进，全新的、多元的话语和方法为当代的文学理论带来了生机。我国文论进入一个可能是“五四”以来最为繁荣的时期，但在繁荣的外表之下，不是没有问题。那就是我所追求的文学形象的奥秘、艺术魅力的规律，仍然没有得到令人信服的解决。除少数例外，新时期引进的西方文论，比之传统的主流文论并不更重视艺术本身的奥秘。某些西方大师根本就没有把文学与文化的区别当作一个探索的课题。从方法论上来说，这当然有了进步，文学与现实的区别得到了重视，但文学与

① 本文原为《文学解读基础——孙绍振课堂讲演录》（福建教育出版社2017年版）的前言一。

非文学的意识形态的统一性得到了空前的强调，艺术与非艺术之间的区别却公然遭到了蔑视。文化价值和艺术价值的矛盾被忽视的结果就是审美价值的撤退，文化价值第一，甚至唯一，成为潮流，与20世纪40年代意识形态标准第一，形成两个历史时期有趣的对称。

不应否认，文学理论在阐释文化心理的潜在成规，在揭示意识形态对人无形的约束方面，取得了巨大的进展。但是文学形象作为一种艺术文本，它的特点、规律依然是一片模糊。如果文学理论只是长于文化学的、意识形态领域奥秘的揭示，那又为什么把它叫作文学理论呢？把它称为别的任何理论不是更名副其实吗？

这不是一个纯理论问题，文化价值和艺术价值从来没有像今天这样被混淆。一系列问题在逼迫文学理论家作出正面的回答：关于经典、大师的称号，在艺术上是否应该有一个相对稳定的共识？茅盾和金庸在中国现当代文学史上对长篇小说这种文学样式的艺术贡献，如果可比，究竟是谁的贡献更大一些？如果把赵树理这样的作家称为“大师”，那么在艺术上是不是还有二流作家？联系处于类似的政治文化语境中的苏联作家肖洛霍夫，赵树理在艺术上如果真有开拓，那么他是不是也有艺术上后退的成分？余秋雨的散文是诗性的，抒情中渗透着文化智性的思考，能不能像朱大可先生那样仅仅以“煽情”为由，将其一笔抹杀？像《白鹿原》那样在语言上如此芜杂、冗赘的作品，其文化价值与艺术价值是不是存在着矛盾？当陈忠实笔下群众求雨长达三千字的大场面，多种人物的知觉、行为、语言没有任何差异、错位，而《子夜》开头吴老太爷到上海的大场面，众多人物生活在不同的焦虑中，二者相比，陈忠实在长篇小说的艺术上是不是一种倒退？如果《白鹿原》这种大场面的写法是艺术的，那么如何解释《红楼梦》林黛玉初见贾宝玉那个大场面中，贾母、林黛玉、王熙凤、贾宝玉等人人感觉不同，动机、逻辑不同？又如何解释托尔斯泰在《复活》中，写审判玛丝洛娃，几个法官都投了“有罪”的赞成票，但各有其不相同的动机和逻辑？难道曹雪芹在写大观园，托尔斯泰在写聂赫留朵夫探监这样的大场面时，不约而同、一以贯之的原则，有碍我国和俄罗斯民族文化心理的展现吗？如果不是，那么辛辛苦苦引进了一车子理论，就是为了让长篇小说作家连大场面的艺术入门都摸不着头脑，弄得读者对大场面的败笔也没有感觉？

没有理论显然是不成的，但是一些漠视艺术的理论却可能制造盲点。本来，光凭常识和阅读经验容易达成共识的问题，一旦上升到非常抽象的理念，就变得神秘万分。也许，一切文学理论都不可避免地有着某种与阅读为敌的副作用，但人们又不能完全依靠经验来系统解决问题。而有史以来，人类为文学所创造的理论浩如烟海，最为理想的办法就是首先梳理人类全部文学理论宝库；可是要穷尽全部理论宝库，一个人的生命绝对是不够的。

因而，对任何一个把生命奉献给文学理论的人来说，不能不作必要的选择。

在为自己的论文集《审美价值结构与情感逻辑》作序的时候，我回顾了二十多年来的学术道路，作过这样的总结："我的全部理论其实只有四种成分：一是作为美学观念基础的康德的审美价值论；二是作为具体方法的结构主义；三是作为内容的弗洛伊德的心理层次分析；四是将这一切综合起来使之成为系统的，是黑格尔的正反合螺旋式上升的辩证法模式。"

如今看来，这个说法并不全面，因为其中忽略了一个很重要的因素，那就是经典文本的阅读经验的直接归纳。上述四种成分只是给了我在方法上和观念上的向导，这样的向导，对所有文学理论领域的学人来说都是一样的。如果仅仅依靠这四种成分，充其量不过是为大师的理论提供例证而已。大师们的学术成果不过是一个基础，一个学人的创造，不能光凭学识，因为学识并不等于原创，有时，过多的学识还和原创性相敌对。

对一个真正的学人来说，重要的是对学术大师的超越，而超越的基础就是自己阅读作品时的特殊体悟、发现，在此基础上作原创性的归纳，从而建构起独创的理念以及由此而衍生出来的观念的系统。不对文本的第一手阅读经验进行归纳，就谈不上在理论上的创造和突破，最多不过是学术摊贩而已。

满足于对大师们原创理念的阐释，是不可能达到原创性的，甚至连亚原创性都难以达到。从文学文本阅读经验进行直接抽象，正是原创性的开始。没有直接抽象的勇气，没有把单纯的观念衍生为系统的勇气，就不可能有任何理论的创造。

事实上大多数中国和西方文论大师（也许康德是个例外），他们的理论就有很大一部分是从经典文本的独特解读中获得的。我在这方面也深有体会。一些我自认为比较好的见解、观念的萌发并非来自大师著作的演绎，而是对经典文本的体悟。

最明显的就是我全部理论的核心范畴——"错位"，最初就是从阅读海明威的小说触发的。我发现海明威笔下的主人公的对话常常不是心口如一的，其真实意图往往被说出来的话掩盖着，蕴含在对话的空白之中。起初我只是把这种现象叫作"心口误差"，后来我发现，不但海明威小说，而且一切经典小说中，动人的对话都有这样的特点。几乎所有小说中的人物，哪怕是关系极其亲密的，心理关系都和诗歌中不同：诗歌中可以是心心相印的，而小说中如果心心相印，不是小说失败了，就是小说该结束了。小说中人物有一种"心心相错"的特点。它既不是二元对立的，也不是一元延伸的，而是部分重合、部分外溢的。

我把它命名为“心理错位”。

我在把这一范畴写进我早期著作《文学创作论》有关小说的章节中以后，从天津一位法国文学专家那里得知，托多洛夫研究法国爱情小说，得出了一个公式：当A爱上了B，而B并不爱A，A乃设法使B爱上A，当B爱上了A以后，A却发现自己不爱B了。我立即请他把这一段给我翻译出来，引用在我当时正在写作的一篇论小说的审美规范的论文中。后来，我读到俄国形式主义更多的论文，才知道这个公式并不是托多洛夫的发明，而是什克洛夫斯基的首创。什克洛夫斯基在解读普希金的诗体小说《叶甫盖尼·奥涅金》时，对奥涅金和达吉雅娜的爱情故事进行归纳，认为这是一切“不美满的爱情小说”的通式。

钻研了更多的经典文本以后，我得出的结论是：在小说中，人物的心理情感“错位”是一种规律。这种规律不仅存在于不美满的爱情小说中，而且是一切艺术上及格的小说的共同特点。从林黛玉到安娜，从《复活》到《卡拉马佐夫兄弟》，从《阿Q正传》到《变形记》，毫无例外。不管朋友还是战友，不管夫妻还是兄弟，只要处于同一精神结构之中，他们之间的心理错位的程度和他们的艺术感染力成正比。一旦心理（感觉、知觉、想象、幻觉、语言、行为）“错位”消失，小说叙事的“心心相错”就变为诗的“心心相印”，抒情的审美价值可能是升值了，但叙事的审美价值贬值了。

以此观念来解读《三国演义》，特别是其中的“赤壁之战”，更证明了这一点。鲁迅曾经批评罗贯中把诸葛亮写得“多智而近妖”。以“心理错位”观念来衡量，这种批评就有两个方面的不足：第一，仅仅从认识价值（真实性）而不是从审美价值（心理错位）来衡量小说人物；第二，仅仅是对单个人物进行分析，而小说是一种人物之间“心理错位”的艺术，只能从人物之间的心理关系来分析。

诸葛亮的“多智”，从现代自然科学的认识价值来看，是不真实的，但古代英雄传奇的艺术感染力不在于是否有自然科学的真实性，而在于情感上的“错位”性。《三国演义》表面上是军事集团的斗智，而斗智充其量是一种实用价值，它真正的艺术力量不完全在于实用的斗智，而在于斗气，而斗气是审美情感“错位”，是不智的，是缺乏实用价值的。

诸葛亮超人的“多智”是他的盟友周瑜“多妒”刁难的结果，而诸葛亮神秘的、冒险的“多智”又引出了曹操的“多疑”。由于“多疑”，“多智”的冒险取得胜利，又刺激了周瑜更加“多妒”。《三国演义》魅力的奥秘，就产生于这种从“多智”到“多疑”，又从“多疑”到“多妒”的循环的“心理错位”之中。

这种“心理错位”的循环，不但是“赤壁之战”，而且是一切成功的小说的艺术力量的奥秘。不管是否有情节，“心理错位”正是小说与散文、诗歌之间最根本的区别。小说艺术的最基本的、普遍的规律就在于此。正是对这种规律的确信，我才始终对《白鹿原》在处理大场面上人物之间的心理缺乏“错位”幅度，坚持批评态度，这是艺术上很幼稚的错误，是艺术上不及格的表现。

这里涉及一个思维方法上的关键问题。

通常，引进西方文论最为普遍的方法是根据其大前提进行演绎。演绎法是人类思维的基本方法，但正像人类一切思维方法一样，演绎法也有局限性和遮蔽性。由于它的大前提必须是无所不包的，表面上它是由大前提演绎出了结论，但实际上它的大前提早已把结论包含在其中了，如果不把结论包含在前提之中，它就不可能是无所不包的。因而，演绎法究其根本来说，只能是从已知推出已知，而不能推演出未知。

光凭演绎是不可能有原创性的。

演绎法时刻都需要归纳法的帮助，但归纳法也有局限。归纳法需要完全，但人的经验是有限的，因而永远也不可能完全。这是人类思维的悖论。正因为这样，归纳必须用演绎来弥补。文学理论家也因此要把很大一部分生命用在钻研理论经典上。很可惜，在文学理论的建构和操作中，演绎法的局限往往被遗忘了。

就其总的倾向来说，目前文学理论的主流方法是演绎法。引进的西方文论，大体属于文化哲学理论，其外延包含文学，但其普遍性的内涵并不包含文学的特殊性，仅仅凭其普遍性大前提并不能演绎出文学的特殊性来。因而要得出文学的特殊性，特别是中国当代文学的许多特殊性质，只能从经典文学文本（包括西方文学的经典文本）的解读中进行第一手的直接抽象。

相对而言，要从经典文本的阅读中直接抽象出观点，从个别的观点衍生出系统的观念来，再经过反复验证将之上升为范畴，比之从现成的理论前提进行演绎要困难得多。也许正是由于困难，归纳法变成了新时期文学理论研究中一个小小的冷门。做冷门功夫需要特别的耐心。从1985年在《文学创作论》形成“错位”观念，到1988年将“错位”上升为范畴，引申到宏观的“真、善、美三维错位”结构中去，其间经历了三年。而把“错位”范畴从文学审美中引申到幽默学中，已是1992年的事了。那时，我在中央电视台主持《幽默漫谈》节目，并没有什么特别的理论参考，仅仅凭着对几个幽默文本的微观解读，事前毫无理论建构的准备。但在演播厅中，我即兴讲出了幽默在逻辑上的特点：既不是二元分离的，也不是一元到底的，而是一元逻辑运行到中途，一元逻辑发生中断，由于一个概念被偷换，在另一条思路上又贯通了。我把这叫作“逻辑错位”。

当然，这只是我一时的灵感。为了证明这一点，并弥补基于直接经验的归纳的不足，我不得不系统查阅了康德、叔本华、柏格森、弗洛伊德的文献，探寻康德、柏格森相互间的矛盾和联系，为康德的“预期的失落”找到了逻辑上的原因——一元逻辑的中断，又为柏格森的“预期落实”说找到了逻辑上的原因——逻辑在中断后又重新巧合地贯通，因此，我认为，幽默不是产生于显性的一元逻辑的“失落”，而是产生于隐性的“错位逻辑”的顿悟。我把这些发现写成专著，提出情感的递增导致滑稽上升为幽默，而智性的递增导致幽默上升为讽刺的规律，已是四五年以后的事了。

2000 年 5 月 25 日

2006 年 2 月 8 日修改

2015 年 9 月 16 日定稿

以作者身份参与创作过程代替读者被动接受的成规[①]

从根本上来说，文学理论这种学术之所以需要，就是因为它能够揭示文学创作和欣赏的规律，从而对创作和阅读欣赏有指导价值。指导创作是对于作家而言，作家毕竟是有限的，而且作家的主体性很强，完全可以不理睬文学理论，甚至把评论家当作寄生在作家身上的虱子。可是读者，尤其是中学、大学的文学教师，还有文学爱好者，其数量少说也得以千万计，却不懂憬着文学理论的指导。这数量最大、渴求最迫切的教师却是失望最大。不学文学理论还好，学了反倒把自己弄糊涂了。百多年来，我们从西欧、东欧、北美引进了那么多流派的文学理论，可对于文学创作、文学阅读，没有帮助就算了，当它没学。奇怪的是，到了20世纪后期，西方文学理论大师居然发展到根本否定文学存在的程度。他们否认文学，只承认“文学性”这个由俄国形式主义者提出的范畴，可又说文学性“是既可以在‘文学’作品中发现，也可以在文学作品之外的很多地方找到的”[②]。雅克·德里达说：“没有任何文本实质上是属于文学的。文学性不是一种自然本质，不是文本的内在物。它是对于文本的一种意向关系的相关物，这种意向关系……是社会性法则的比较含蓄的意识。”[③]对于西方大师在定义、范畴、概念上的严谨，我们当然是要学习的，但是，在学习的时候，我时常想起王安石的话：法先王之意，而不法其成法。我觉得这句话说得很有出息。恩格斯说，马克思主义是行动的指南，而不是教条。这句话和王安石所说的息息相通。要做西方大师的好学生，应该是师其意，而不是师其语（现成的结论）。他们的话语是从他们的

① 本文原为《文学解读基础——孙绍振课堂讲演录》（福建教育出版社2017年版）的前言二。

② 伊格尔顿：《二十世纪西方文学理论》，伍晓明译，北京大学出版社2007年版，第5页。

③ 雅克·德里达：《文学行动》，赵兴国等译，中国社会科学出版社1998年版，第11页。

历史和现状中建构出来的，拿到我国，肯定有格格不入之处。或者说得土一点，作为世界性的思想家，他们的知识结构并不是完整的。我们虽然外语不太行，但对西方的文化历史还是略知一二。而他们对于中国古典和现当代文学，可能像刁德一到了沙家浜——两眼一抹黑，却非常自信地建构着放之四海而皆准的文学原理。伊格尔顿的书，伍晓明将之译为“二十世纪西方文学理论”，可是原文为 *Literary Theory*: *An Introduction*，并没有地点（西方）和时间（二十世纪）的限制，不言而喻是超越时间和空间的世界性的文学理论导论。他们不是神仙，知识结构有缺陷，理论有偏颇是正常的事，不值得大惊小怪。但是，他们的理论还是值得我们学习的。我想，最可贵的应该是他们把权威当作对手（rival）的质疑精神。乔纳森·卡勒说过：从实际的效果上看，那些我们认为理应如此的“常识”实际上只是一种历史的建构，同时，理论探讨的是对文学研究中最基本的前提或假设提出质疑，对被认为是理所当然的事情提出质疑。理论就是对于“常识”的批评。我想他的话是很精彩的。最好的例子就是对于“文学”这样的常识加以质疑，得出的结论是，不存在文学这回事。世界上既没有共同的文学这样一个实体，也没有文学这样一个普遍理念。如果大家都相信了没有文学这么一回事，把它视为“理应如此”“理所当然”，那就该属于“常识”。但相信了他的结论，就违背了他的方法，因为他强调过，要对任何“被认为是理所当然的事情提出质疑”，对“常识”要加以批评。[①]这种质疑和批驳是不是包括乔纳森·卡勒的理论呢？如果包括，那就恰恰可能是对“没有文学”这一命题的否定；如果不包括他的理论，这就意味着他的理论不是“理所当然”的，那还有什么权力昭告世人对任何“一直被认为是理所当然的事情提出质疑”呢？

当然，西方大学者并非等闲之辈，对于这样的悖论，早就提前作了理论免疫。还是这个乔纳森·卡勒，他说，他们的理论之所以成为“理论”，是因为“它们提出的观点或论证对那些并不从事该学科研究的人具有启发作用，或者说可以让他们从中获益……提供借鉴”。简单地说，“被称为理论的作品的影响超出它们自己原来的领域”。原来，它们虽号称文学理论，可是对文学，你最好不要指望它管用。

说得更为实在的是伊格尔顿，他在《二十世纪西方文学理论》中先举了将文学定义为“虚构（fiction）意义上的想象性（imaginative）写作”的例子，接着说“只要稍微想一想人们通常用文学这一标题所概括的东西，我们就会发现这个定义是行不通的”。他举的例子涉及许多明显不是文学的论文、诗学（理论）、哲学。这当然不无道理，但是，我怀疑，世界上有没有这样一种简单化到把文学仅仅当作虚构和想象的文学理论。

他又提出俄国形式主义实际上把文学定义为：“能指与所指的比例不当”“是一种特殊

① 乔纳森·卡勒：《文学理论入门》，李平译，译林出版社2008年版，第4页。

的语言组织”“偏离于语言标准的语言，或一种语言暴力”“在文学手段的压力下，普通语言被强化、凝聚、扭曲、缩短、拉长、颠倒。这是被‘弄陌生’了的语言”（英文原文是“madestrange”，或“defamiliarizing”，俄语应该是 остранение）。他把俄国形式主义的文学主张归结为“文学不是由事物或感情而是由词语制造的”，应该说是非常到位的。由此，他批判俄国形式主义者“不仅把形式视为内容的表现，而且将这一关系头足倒置”。他认为关键在于两点。首先，根本不存在一种标准的、为各阶层共享的语言。其次，陌生化的语言在日常生活中同样广泛被运用，而且语言之陌生化与否，还可能因为时间、语境而变化。因而俄国形式主义者的文学定义也不能成立。至于对把文学的性质定为“非实用性”的理论，他认为这也不能算是给了文学一个“客观的定义”，因为有时，文学也被当作其他目的阅读，而且任何作品都可能被非实用性地阅读，正如任何作品都可以被诗意地阅读一样。即使把文学断定为“美文”这样的“价值判断”也是“暧昧”的。从价值观念来说，这样的判断也不可能具有客观性：

任何东西都能够成为文学，而任何一种被视为不可改变的和毫无疑问的文学（例如莎士比亚）又都能够不再成为文学。①

他的结论是：

在由于种种原因而被称为“文学”的一切中，想分离出一些永恒的内在特征也许不太容易……文学根本就没有什么“本质”。②

他的论断不是没有道理：从历史发展的过程中看，文学既没有统一的内涵，也没有统一的外延。他确信所谓的“文学经典”以及“民族文学”的无可怀疑的“伟大传统”却不得不被认为是一个特定人群出于特定理由而在某一时代形成的一种建构（construct），根本就没有本身（itself）即有价值的文学作品传统。③

他还用整整一章，以英国文学史为例来说明这一点。我想，他的论证是认真的，文学在历史发展过程中，并不具备稳定的内涵和外延。在中国也有类似的情况。如在《论语·先进》中，孔子把自己的弟子分成几类，其中属于“文学”的则是子游、子夏，后代的注释说这是“文章博学”之义。在《史记·儒林传》中，“文章”指的是学术。《汉书·公孙弘传赞》说“文章，则司马迁、相如”，和今日之文学有点相近，但文章与文学并未分开。到了近代，章太炎在《国故论衡·文学总略》中提及，“文学者，以有文字著于竹帛，故谓之文；论其法式，谓之文学……论文学者，不得以兴会神旨为上”，按他的意

① 伊格尔顿：《二十世纪西方文学理论》，伍晓明译，北京大学出版2007年版，第10页。
② 伊格尔顿：《二十世纪西方文学理论》，伍晓明译，北京大学出版2007年版，第8页。
③ 伊格尔顿：《二十世纪西方文学理论》，伍晓明译，北京大学出版2007年版，第11页。

见，应以表谱簿录为始；非但经中诸子为文学，即铸铜雕木之类，所以济文字之穷者，亦在文学之属也。这说明在古代，文学与艺术、文化、历史、哲学尚未分工，这是中外的共同现象。[①]

正是因为这样，要为文学下一个一劳永逸的定义，几乎是不可能的。

文学文本的解读，从“五四”以来就是难题。最初直截了当地讲出来的是叶圣陶，他说，中学语文教师反映，“语体文没有什么讲头”[②]。后来，主要是20世纪50年代以后，引进了苏联的认识论（反映论）的文学理论，其实是机械唯物论加狭隘功利论，以线性的反映社会真实、本质，为政治（政策）服务，对读者进行教化为唯一准则。论证了同样具认识价值的社会学、历史学乃至哲学的区别，坚持文学艺术的特征者蒋孔阳、钱谷融，不幸在1957年以后受到批判。僵化观念遂挟着政治权力统治学界二十年，也使理论与读者阅读时惊心动魄的审美体验为敌了二十年。到了新时期，陈腐观念遭到批判，在理论上基本瓦解，但是，在中学和大学的文学教学中，仍然犹如百足之虫，死而不僵，在某些权威的、流行的著作中，在具体分析文学历史和经典文本中，还雄踞主导地位。不过，总体上说，学生和读者已经厌倦其解读的无效性，甚至误效性的空话。经历了数十年的文学理论饥馑，20世纪80年代，目光放开了，饥不择食，引进了一波又一波的文学思想“新学科”：系统论、审美价值论、话语论、接受美学、结构主义、现象学、原型批评、解构主义、新历史主义、文化批评、女性批评等等。几乎在二十多年时间里，把西方近百年的文学理论照单全收。然而三十年来，对文学内在规律，对文学文本的解读追求，前景不但更加渺茫，而且近乎绝望了。

实践的碰壁，迫使人们反视此等思潮的源头。西欧和北美文论，在20世纪50年代以来，日新月异，花样翻新，其成效如何呢？

先后执教于芝加哥大学、加州大学洛杉矶分校、印第安纳大学、普林斯顿大学及香港中文大学的李欧梵先生在“全球文艺理论二十一世纪论坛”的演讲中勇敢地指陈西方文论流派纷纭，却很难达到对文学文本进行有效解读的目的。李先生的文章写得很幽默：

> 话说后现代某地有一城堡，无以为名，世称“文本”，数年来各路英雄好汉闻风而来，欲将此城堡据为己有，遂调兵遣将把此城堡团团围住，但屡攻不下。
>
> 从城墙开眼望去，但见各派人马旗帜鲜明，符旨符征样样具备，各自列出阵来，计有：武当结构派、少林解构派、黄山现象派、渤海读者反应派，把持四方，更有“新马”师门四宗、拉康弟子八人、新批评六将及其接班人耶鲁四人帮等等，真可谓洋

① 章太炎：《国故论衡》，上海古籍出版社2003年版，第49页。
② 叶圣陶：《叶圣陶语文教育论集》上册，教育科学出版社1980年版，第276页。

洋大观。

文本形势险恶，关节重重，数年前曾有独行侠罗兰·巴特探其幽径，画出四十八节机关图，巴特大侠在图中饮酒高歌，自得其乐，但不幸酒后不适，突然暴毙。武当结构掌门人观其图后叹曰：“此人原属本门弟子，惜其放浪形骸，武功未练成就私自出山，不胜可惜。依本门师宗真传秘诀，应先探其深层结构，机关再险，其建构原理仍基于二极重组之原则。以此招式深入虎穴，当可一举而攻下。”但少林（解构）帮主听后大笑不止，看法恰相反，认为城堡结构实属幻象，深不如浅，前巴特所测浮面之图，自有其道理，但巴特不知前景不如后迹，应以倒置招式寻迹而“解”之，城堡当可不攻而自破。但黄山现象大师摇头叹曰：“孺子所见差矣！实则攻家与堡主，实一体两面，堡后阴阳二气必先相融，否则谈何攻城阵式？”渤海（读者反应）派各师击掌称善，继曰：“攻者即读者，未读而攻乃愚勇也，应以奇招读之，查其机关密码后即可攻破。”新马四宗门人大怒，曰：“此等奇招怪式，实不足训，吾门祖师有言：山外有山，城外有城，文本非独立城堡，其后自有境界，……”言尚未止，突见身后一批人马簇拥而来，前锋手执大旗，上写“昆仑柏克莱新历史派”，后有数将，声势壮大。此军刚到，另有三支娘子军杀将过来，各以其身祭其女性符徽，大呼：“汝等鲁男子所见差也，待我英雌愿以崭新攻城之法……”话未说完，各路人马早已在城堡前混战起来，各露其招，互相残杀，人仰马翻，如此三天三夜而后止，待尘埃落定后，众英雄（雌）不禁大惊，文本城堡竟然屹立无恙，理论破而城堡在，谢天谢地。①

李先生的意思很清楚，检验理论的重要路径就是解读文本，理论层出不穷，旗号纷纭，文本的解读却毫无进展，理论的价值就值得怀疑了。不仅是李先生，就是美国文论权威希利斯·米勒（被李欧梵先生称之为“耶鲁四人帮”的领军者）也十分坦诚地表示：

您问我是否相信有一套“系统完整的批评方法，可以为一般的文学批评提供具有普遍意义的指导”，我的回答是，在西方有很多套此类的批评方法存在，其中也包括解构主义，但是没有任何一套方法能提供“普遍意义的指导”。不存在任何理论范式，可以保证在你竭力尽可能好地阅读特定文本时，帮助你做到有心理准备地接受你所找到的内容。因此，我的结论是，理论与阅读之间是不相容的。②

这位被中国许多理论家推崇备至的大家太坦诚了：西方不但“没有任何一套方法能提供‘普遍意义的指导’”，而且“理论与阅读之间是不相容的”。他在《小说与重复》中宣称，他们能做的，最多的就是把经典作品当作父亲的钟表，把自己当作孩子，拆开了钟表，

① 李欧梵：《世纪末的反思》，浙江人民出版社2002年版，第274—275页。
② J. 希利斯·米勒：《致张江的第二封信》，王敬慧译，《文学评论》2015年第4期。

而不能使之恢复原状。[①] 如此自信理论上强大，坦承在文本解读上无能的人，在西方，米勒先生并不是第一个，韦勒克、沃伦早在那本著名的《文学理论》中宣告："多数学者在遇到要对文学作品作实际分析和评价时，便会陷入一种令人吃惊的、一筹莫展的境地。"[②] 苏珊·朗格在她的《情感与形式》中也坦承，她的著作"不建立趣味的标准"，也"无助于任何人建立艺术观念"，"不去教会他如何运用艺术中介去实现它"。所有文学的"准则和规律"，在她看来，"均非哲学家分内之事"：

> 哲学家的职责在于澄清和形成概念……给出明确的、完整的含义。[③]

话说得似乎再明白不过了，不解决文学审美阅读的规律，并不是他们没有能耐，而是志不在此。也许正是因为这样，后来的大理论家乔纳森·卡勒就更加理直气壮了，不是理论家无能，而是文学这个对象根本就很虚幻，下不来定义。

> 任何东西都能够成为文学，而任何一种被视为不可改变的和毫无疑问的文学（例如莎士比亚）又都能够不再成为文学。[④]

伊格尔顿的论断不是没有道理：从历史发展的过程中看，文学没有统一的内涵。他确信所谓的"文学经典"以及"民族文学"的"伟大传统"本身（itself）根本就不存在。[⑤] 文学理论解决不了文学解读的问题，不能怪他们，而要怪文学本身的存在就是虚幻的。但是，如果文学真的只不过是梦幻泡影，那伊格尔顿和卡勒还有什么理由把自己的著作大言不惭地叫作"文学理论"呢？对于这样的尴尬处境，美国一位文学理论刊物的编辑W.J.T.米彻尔出来解嘲：

> 现在美国有一种流行的说法，理论死了，已经终结了，关于理论再也没有什么可说的了。

他作为一个文学理论刊物编辑，反对这种说法，但是反对的理由却是：

> 文学理论自身并没有消亡，只是发生了某种形式上的变化，它已经转而研究新的对象，如电影、电视、广告、大众文化、日常生活等。[⑥]

文学理论没有死，只是它不管文学的事了，而是管别的去了，这是百分之百的狡辩！就像说，电视机不能看图像了，不是电视机坏了，而是它被改装成收音机了。这无异于明确宣言，对于文学文本的解密，他们已经潇洒地金盆洗手了。

---

① J.希利斯·米勒：《小说与重复》，王宏图译，天津人民出版社2008年版，第6页。
② 韦勒克、沃伦：《文学理论》，刘象愚等译，江苏教育出版社2005年版，第155—156页。
③ 苏珊·朗格：《情感与形式》，刘大基等译，中国社会科学出版社1986年版，第1—2页。
④ 伊格尔顿：《二十世纪西方文学理论》，伍晓明译，北京大学出版社2007年版，第10页
⑤ 伊格尔顿：《二十世纪西方文学理论》，伍晓明译，北京大学出版社2007年版，第11页。
⑥ 米彻尔：《理论死了之后》，李平译，文化研究网站2004年7月26日。

但是，中国文学理论家并不需要太高的智商，不难看出西方权威理论家的狼狈相。对自身智商有信心的理论家，当然来不及幸灾乐祸、隔岸观火，而是感到肩头历史机遇的沉重，于是乃有废除这样的理论的宣言，[①]把希望放在文学批评和文学史的基础上，文学文本解读学的使命就这样落到了中国人的肩头。

要完成这样一个空前的历史任务，并不仅凭简单的愿望，因为这里要求相当的原创的自觉和能耐，其前提就是弄清导致西方前卫文学理论陷入绝境的原因。

我想，最关键的是他们忘记了他们的祖师爷海德格尔的教导：

> 作品的被创作存在只有在创作过程中才能为我们所把握。在这一事实的强迫下，我们不得不深入领会艺术家的活动，以便达到艺术作品的本源。完全根据作品自身来描述作品的作品存在，这种做法业已证明是行不通的。[②]

海德格尔说得很明白："完全根据作品自身来描述作品的作品存在，这种做法业已证明是行不通的。"但是，李欧梵先生所罗列的各色流派，虽然相互怒目而视，在一点上却是相同的，那就是"完全根据作品自身来描述作品的作品存在"。他们花样翻新而徒劳无功的要害就在于，他们总是把作品当作成品来接受，这种接受的特点乃是被动的。从这个意义上来说，国人迷信的"接受美学"其实是麻木地沉迷于被动的产物，与文学文本解读南辕北辙。海德格尔所说"作品的被创作存在只有在创作过程中才能为我们所把握"，恰恰是要摆脱这种被动状态，实质上是把"接受美学"颠倒过来，把自己当作作者与之对话，进入创作过程中，主动地解读作品。在这一点上，中国的诗话、词话、戏曲、小说评点，具有深厚的传统。中国的诗话、词话家都是诗人、小说评点家，不但能评点而且能修改，而脂砚斋是直接参与了《红楼梦》的创作。正是因为这样，我国传统的解读学，从理论上来说，不是美学，而是创作实践和解读实践，二者的经验升华为带着鲜明的创作论风格的文学理论。其姿态不仅仅是被动地接受，而且是主动地参与。参与的特点，主要就是不但看到作品如此这般写了，而且看出作品没有那样写。这一点鲁迅说得很明白：

> 凡是已有定评的大作家，他的作品，全部就说明着"应该怎样写"。只是读者很不容易看出，也就不能领悟。因为在学习者一方面，是必须知道了"不应该那么写"，这才会明白原来"应该这么写"的。
>
> 这"不应该那么写"，如何知道呢？惠列赛耶夫的《果戈理研究》第六章里，答复着这问题——

---

① 最早的是陈晓明，文载《中国社会科学》2004 年第 6 期；最近的是尤西林，为文曰《以文学批评为枢纽的文学理论建构》，文载《文艺理论研究》2015 年第 3 期。

② 马丁·海德格尔：《艺术作品的本源》，孙周兴选编：《海德格尔选集》(上)，上海三联出版社 1996 年版，第 278—279 页。

“应该这么写，必须从大作家们完成了的作品去领会。那么，不应该那么写这一面，恐怕最好是从那同一作品的未定稿本去学习了。在这里，简直好像艺术家在对我们用实物教授。恰如他指着每一行，直接对我们这样说——‘你看——哪，这是应该删去的。这要缩短，这要改作，因为不自然了。在这里，还得加些渲染，使形象更加显豁些。’”①

正是因为这样，中国诗话中的“推敲”（“推”字佳，还是“敲”字佳）才成为日常口语，“春风又绿江南岸”为什么比“春风又过江南岸”要精彩，凡是中学生都耳熟能详。至于白居易《长恨歌》中的名句“回眸一笑百媚生，六宫粉黛无颜色”的精妙，在西方文论家那里和一般读者那里，可能是可意会而不可言传，但是在诗话家那里，按创作论和作家对话：

韦苏州诗曰：“西施且一笑，众女安得妍？”而白乐天诗曰：“回眸一笑百媚生，六宫粉黛无颜色。”……吴曾《漫录》谓乐天“回眸一笑百媚生”，盖祖李白《清平词》“一笑皆生百媚”之语。仆谓李白之语，又有所自，观江总“回身转佩百媚生，插花照镜千娇出”，意又出此。②

《长恨歌》写美女“回眸一笑百媚生，六宫粉黛无颜色”自然是旷世经典。如果仅仅当作一次性完成的妙手自得，就被动了，就无法解艺术之密了。诗话将之还原到历史过程中去：这是几代诗人苦心孤诣修改提炼的结晶。最早来自南朝江总（519—594）的“回身转佩百媚生，插花照镜千娇出”。比之白居易，江总之失在脱离了视觉主体的感情效果，在“百媚”后面加上“千娇”，又添出华丽的装束来，使得意象特征变得芜杂，情调不免低俗。后来李白（701—762）的“一笑皆生百媚”，把“百媚”集中到“笑”上来，③而韦应物（737—792）“西施且一笑，众女安得妍”也是写笑，但是“众女安得妍”的“妍”全系概念，显得抽象。在白居易（772—846）笔下“百媚生”也是一个抽象概念，其妙处在于，将江总的“回身”转化为“回眸”，又将其效果强化到：杨贵妃回眸一笑，唐明皇的感觉就发生了变异：六宫粉黛、三千佳丽就一个个脸色苍白了。以效果来写美人之美，比之从美本身来写美，成就了空前的突破。这期间，经历了从6世纪到8世纪差不多两百年提炼。离开了其艰难提炼的历程，就难以化被动地接受为主动地比较，从而洞察艺术的奥秘。

经典在创作过程中不断积累升华的情况在小说中，特别是历史传奇中，更是比比皆是。鲁迅在《中国小说史略》中对《三国演义》颇有苛评：“欲显刘备之长厚而似伪，状诸葛之

① 鲁迅：《且介亭杂文二集》，《鲁迅全集》第六卷，人民文学出版社2005年版，第321页。
② 王楙：《野客丛书》卷十七。
③ 胡应麟《少室山房笔丛·艺林学山》、王世贞《艺苑卮言》等以为后人伪托。

多智而近妖"，但于关羽，却称赞写其"出身丰采及勇力""义勇之概，时时如见矣"。[①]《三国演义》先写华雄连斩袁绍手下两名骁将，从皆大惊失色之时，关公正式出场：

阶下一人大呼出曰，"小将愿往，斩华雄头献于帐下！"众视之：见其人身长九尺五寸，髯长一尺八寸，丹凤眼，卧蚕眉，面如重枣，声似巨钟，立于帐前。绍问何人。公孙瓒曰，"此刘玄德之弟关某也。"绍问见居何职。瓒曰，"跟随刘玄德充马弓手。"帐上袁术大喝曰，"汝欺吾众诸侯无大将耶？量一弓手，安敢乱言。与我乱棒打出！"曹操急止之曰，"公路息怒，此人既出大言，必有广学；试教出马，如其不胜，诛亦未迟。"……关某曰，"如不胜，请斩我头。"操教酾热酒一杯，与关某饮了上马。关某曰，"酒且斟下，某去便来。"出帐提刀，飞身上马。众诸侯听得寨外鼓声大震，喊声大举，如天摧地塌，岳撼山崩。众皆失惊，却欲探听。鸾铃响处，马到中军，云长提华雄之头，掷于地上；其酒尚温。……（第九回《曹操起兵伐董卓》）[②]

可是在正史《三国志·孙坚传》不过是一笔带过的一句话：

（孙）坚复相收兵，合战于阳人，大破卓军，枭其都督华雄等。

关公此后还有斩颜良、诛文丑之壮举，均为手起刀落斩于马下。唯独斩华雄得到鲁迅称道，原因在于，增加了一系列的细节，先是被袁绍看不起，后是袁术要以乱棒罚他，再是关公誓言："如不胜，请斩我头。"更为传奇的是，曹操"教酾热酒一杯"送上马。最关键的是，关公自信到"酒且斟下，某去便来"。结果斩了华雄回来"其酒尚温"。

与原生的历史材料对比，让读者想象作者文学创作的过程，从中不难洞悉形象的精彩，从中不难看出关公形象构成的奥秘。鲁迅说，显示了关公的"出身丰采及勇力"，似乎还不够，应该补充的是，这里有关公的自信。这种自信，到掌握军权变成了傲慢，成为他性格逻辑的核心。

在《水浒传》中，以纯粹艺术的角度观之，可能林冲的形象是最为深邃完整的。这样的形象高度成熟，并不是一蹴而就的，而是经历了千锤百炼。

林冲的情节在《宣和遗事》中并不存在，在现存资料中与之相近的情节见之于元初杨显之戏曲《郑孔目风雪酷寒亭》。其故事为，郑孔目娶妓女萧娥，萧娥与高成通奸。郑孔目归来发现，杀死萧娥，高成逃逸。郑孔目自首，被判发配，解差却是高成。行至"酷寒亭"，高成欲杀郑孔目，被郑孔目曾经搭救过的绿林好汉所救，乃随之落草。[③]这里似乎有了林冲逼上梁山的故事雏形，但是，只是一般的冤狱，仅为私仇，并非官方主使。据罗尔

---

① 鲁迅：《鲁迅全集》第九卷，人民文学出版社 2005 年版，第 135 页。

② 鲁迅：《鲁迅全集》第九卷，人民文学出版社 2005 年版，第 135 页。按今本不在第九回，当为《英雄谱》本，即《三国演义》《水浒传》的合刊本。

③ 参阅施耐庵《水浒传补证本》（上），盛巽昌补证，上海人民出版社 2010 年版，第 77 页。

纲先生考证，在罗贯中早期著作《三遂平妖传》第八回“张鸾野林救卜吉”中，《水浒传》林冲“野猪林”的框架开始显现出来：

当厅断了二十脊杖，唤个文字匠人刺了两金印，押了文牒，差两个防送公人：一个是董超，一个是薛霸，当厅押了卜吉，领了文牒，带卜吉出州衙前。……正走之间，只听得背后有个人叫声：“董牌！”董超交薛霸押着卜吉先行。那个人看着董超道：“我是知州相公心腹人，适间断配他出来，这厮在州衙前放刁；如今奉知州相公台旨，交你二人怎的做个道理，就僻静处结果了他，回来重重赏你。”董超应承了，自赶上来和薛霸知会：“只就前面林子里结果了他休。”两人押卜吉到一所空林子前，董超道：“我今日起得早了，就林子里睏睏则个。”薛霸道：“才离州衙行不得三十里路，如何便要歇？”董超道：“今日忒起得早了些，要歇一歇。只怕卜吉你逃走了时，生药铺里没买处。你等我们缚一缚，便是睡也心稳。”卜吉道：“上下要缚便缚，我决不走。”董超将条长索，把卜吉缚在树梢上，提起索头去那边树大枝梢上倒吊起来，手里拿着水火棍道：“卜吉！我们奉知州相公台旨交害你！却不干我们事。明年今月今日今时是你死忌！”卜道：“苦呀！我命休矣！”……说由未了，只见林子外面一人喝声道：“防送公人不要下手！我在此听得多时了。”董、薛二人吃了一惊，慌忙跑出林子外面看时，见一个先生，身长六尺，面如紫玉，目若怪星……牵拳曳步赶入林子里来。①

这里不但有了押解公人杀害流放者、意外未能得手的情节框架，而且叙述的口语（这厮、结果了他、则个、上下、水火棍）也与《水浒传》相近。许多细节更为丰富，甚至公差的名字都是一样的，地点也是林子。最主要的是，其中的因果关系，由私仇变成了州府官家主使。而到了《水浒传》里，这个官家竟是中央政权的高官。在《郑孔目风雪酷寒亭》中，被冤的郑孔目得救后，就干脆落草了，而林冲却在被救以后，仍然心甘情愿地带着枷具到达沧州草料场。这一笔强化了《水浒传》“逼上梁山”的主题，林冲本来温文尔雅，绝不想造反，即使妻子被顶头上司的衙内侮辱，自已被陷害、被冤枉到差一点丢了性命，得救后还是不想造反。对于人物刻画来说，也是一层深化。作为一个高级军官，他对于一次次的飞来横祸，是逆来顺受的。虽然差一点死于非命，他仍拒绝救了他的鲁智深的造反劝告，驯服地戴上枷继续流放的路程，这说明到此他并没有改变回归主流社会的幻想。读者不难看出，作为一个人，他既是正直的，又是窝囊的。直到火烧草料场，亲耳听知顶头上司还是要置他于死地，派来企图烧死他的还有他的朋友陆虞候。到这个程度上，他才横下一条心，义无反顾，把三个来人杀了。一旦杀了人，他就变成了另外一个人，把三个人头放在本来准备异日祈祷祝福的神柜上。他独自一人踉踉跄跄，来到一个庄子前，向人家讨

① 施耐庵：《水浒传补证本》（上），盛巽昌补证，上海人民出版社2010年版，第78页。

点酒喝，人家不给，他就抢，把人家都打倒在地。温文尔雅的、窝囊的林冲变得野蛮了，变得疯狂了，显出了英雄气概，和《三遂平妖传》中粗糙的卜吉的故事相比，显然艺术形象更完整有机了。艺术的奥秘就在从卜吉到林冲的演进过程之中。

这种千锤百炼的历程并不限于小说，散文也一样。例如郦道元（约 470—527）《水经注》中《三峡》一段，早他一百多年的袁山松（？—401）有过相近的文字：

常闻峡中水疾，书记及口传，悉以临惧相戒，曾无称有山水之美也。及余来践跻此境，既至欣然，始信耳闻之不如亲见矣。其叠崿秀峰，奇构异形，固难以辞叙，林木萧森，离离蔚蔚，乃在霞气之表，仰瞩俯映，弥习弥佳，流连信宿，不觉忘返，目所履历，未尝有也。既自欣得此奇观，山水有灵，亦当惊知己于千古矣。①

无生命的山水，被假定、被想象为“有灵”，不但有灵，而且成为他的“千古”“知己”，这明显是从写实上升到审美想象。他在《宜都记》中这样描写：

自黄牛滩东入西陵界，至峡口百许里，山水纡曲，而两岸高山重障，非日中夜半，不见日月，绝壁或千许丈，其石彩色，形容多所像类，林木高茂，略尽冬春，猿鸣至清，山谷传响，泠泠不绝。②

郦道元在北朝为官，不可能到南朝属下的三峡实地考察，而且他在《水经注》的《序》中这样说过“余少无寻山之趣，长违问津之性”③，可三峡到了他的笔下，则是另外一种精彩：

自三峡七百里中，两岸连山，略无阙处。重岩叠嶂，隐天蔽日，自非停午夜分，不见曦月。至于夏水襄陵，沿溯阻绝，或王命急宣，有时朝发白帝，暮到江陵，其间千二百里，虽乘奔御风，不以疾也。春冬之时，则素湍绿潭，回清倒影。绝巘多生怪柏，悬泉瀑布，飞漱其间，清荣峻茂，良多趣味。每至晴初霜旦，林寒涧肃，常有高猿长啸，属引凄异，空谷传响，哀转久绝。故渔者歌曰：“巴东三峡巫峡长，猿鸣三声泪沾裳。”④

郦道元之所以获得如此的成功，关键是在他以前，众多文献已经有了许多精彩的片段，多种版本为他准备了素材，主要是袁山松的《宜都记》和盛弘之⑤的《荆州记》。有人因而认为郦道元不过照搬了他们（尤其是盛弘之）的文字。⑥这个说法是不够全面的。《荆州记》（成书约于 432—439 年间）目前原书虽失，但其描绘三峡的语句仍然存在于一些古籍中。

① 郦道元：《水经注》，陈桥驿校证，中华书局 2007 年版，第 793 页。

② 郦道元：《水经注》，陈桥驿校证，中华书局 2007 年版，第 793 页，又见 788 页。

③ 郦道元：《水经注》，陈桥驿校证，中华书局 2007 年版，第 1 页。

④ 郦道元：《水经注》，陈桥驿校证，中华书局 2007 年版，第 790 页，又见 787 页。

⑤ 盛弘之生平不可考，仅知是南朝刘宋临川王刘义庆的侍郎。一说元嘉十四年（437）撰成《荆州记》三卷，一说成书约于 432—439 年间。

⑥ 弢甫：《〈水经·江水注〉巫峡那段非郦道元作》，《文学遗产》1985 年第 4 期。

据稍后于盛弘之三十年左右的刘孝标（462—521）注《世说新语·黜免篇二十八》所引，盛弘之的文字是这样的：

> 峡长七百里，两岸连山，略无绝处，重岩叠嶂，隐天蔽日。常有高猿长啸，属引清远。渔者歌曰："巴东三峡巫峡长，猿鸣三声泪沾裳。"①

盛弘之把袁山松的山行旅游（"行三十里入峡""复通高山"）改写成"两岸连山，略无绝处"，造成舟行的感觉，把"重障"改成"重岩叠嶂，隐天蔽日"，不但提高了意象的密度，而且在节奏上也变得严整。到了郦道元《水经注》卷三十四里，袁山松《宜都记》中对于三峡两岸的描写（自西陵溯江西北行三十里入峡，山行周围，隐映如绝，复通高山重障，非日中夜半，不见日月也）则变成了：

> 自三峡七百里中，两岸连山，略无阙处。重岩叠嶂，隐天蔽日，自非停午夜分，不见曦月。

郦道元把"日中夜半"改成"停午夜分"，把"日月"改成"曦月"，口语性质的白话因用了典故（日神羲和）而变得高雅。本来袁山松的原文直接从"高山重障"转入"非日中夜半，不见日月"多少有些突兀，郦道元增加了"隐天蔽日"，为下面的"自非停午夜分，不见曦月"提供了自然的过渡，意脉更加流畅。

在袁山松《宜都记》中，也写到猿，"猿鸣至清，山谷传响，泠泠不绝"是相当精炼的，但是，其基本格调聚焦在"清"和"泠"。对于袁山松的描述，盛弘之可能不太满意，把"猿鸣至清"改成了"高猿长啸"，一个"啸"字，就把清冷（凄凉）带上了凄厉的意味。盛弘之又把袁山松的"泠泠不绝"（不断）变成了"属引清远"，意味就多了一层：猿声相互连续，此起彼落，"清远"就不仅仅是不断，而且是越来越远，愈远愈弱，然而愈弱愈"清"。民歌的词语也有改动，袁山松记载的是"巴东三峡猿鸣悲"，与下句的"猿为三声"有重复。盛弘之还把"猿鸣悲"改成了"巫峡长"，这一改改出了意境，原来只是猿鸣不断，只是时间的延续，改后呈现猿声此起彼落，又有了巫峡悠长，猿声在巫峡漫长的空间中回荡，更添内心的悲凉，使"泪沾裳"的情感效果递增。

把外在的景观定性为悲凉的意象群落，应该说，盛弘之是很有才情的，但是其《荆州记》和郦道元《水经注》描写三峡的文章相比就相去甚远了。②

---

① 《世说新语》卷下之下，《四部丛刊·世说新语三》。

② 当然，也有人引《太平御览·地部》盛弘之写三峡的文章，和郦道元的几乎相同，但是，《太平御览》成书于太平兴国八年（983）十月，晚于盛弘之《荆州记》五百余年，晚于《水经注》四百余年，且只比盛弘之晚生三十年的"书痴"刘孝标（462—521）注《世说新语·黜免篇》所引只有"峡长七百里，两岸连山，略无绝处，重岩叠嶂，隐天蔽日。常有高猿长啸，属引清远。渔者歌曰：'巴东三峡巫峡长，猿鸣三声泪沾裳。'"刘孝标未见之文，四百年后何以得见？《太平御览》所引不足为据。

郦道元的贡献还在于，第一，一开头集中写其山之雄伟。其目的在结构上是以情绪的有序性（意脉，或文脉）为纲领来展开山水之美的。

第二，在“高猿长啸”前面增加了“至于夏水襄陵，沿溯阻绝，或王命急宣，有时朝发白帝，暮至江陵，其间千二百里，虽乘奔御风，不以疾也”这样的语句，强调的是水险而情豪，风驰电掣，一日千里，和前面表现山之雄伟，相得益彰，把二者统一起来的是潜在的豪迈的情调。

接下去增写的山水之美，就不停留在壮美上，而转向秀美，在意脉上就更是别开生面了：

> 春冬之时，则素湍绿潭，回清倒影。绝巘多生怪柏，悬泉瀑布，飞漱其间，清荣峻茂，良多趣味。①

“回清倒影”是静态的，而“悬泉瀑布”是动态的，动静相宜，与绝壁之怪柏反衬，统一于“清荣峻茂”。“清荣”，是透明清冽，“峻茂”则有棱角、有风骨，和前文壮美相比，则是秀美；而情调上，则是凝神的欣赏，是物我两忘的快慰。最后两个字“趣味”点明了情调的特点，豪迈的情调一变而为雅致。

“素湍绿潭”“回清倒影”“清荣峻茂”的妙处，与其说是对长江三峡的景观描述，不如说是在情调上和朝发暮至、乘奔御风的豪情的对比。郦道元没有直接游历过三峡，这样的增写显然出于想象，长江三峡江流湍急（在李白笔下是“登高壮观天地间，大江茫茫去不还。黄云万里动风色，白波九道流雪山”），怎么可能在春冬之际变成“素湍绿潭”，甚至水清到有“倒影”的效果，到了秋季水竟枯到“林寒涧肃”的程度？“湍”“潭”和“涧”怎么可能是江，连河都很难算得上！

郦道元不但在袁山松和盛弘之精彩的语言基础上，增加了自己的语言，将不同的语言转化为不同的情调，最重要的是，将不同的情调和谐地统一起来。

他遇到的难度是，不同的情调、情趣，在性质上差异甚大，生硬地联系在一起，跳跃性过大，意脉可能断裂。第一，江山之雄与山水之秀，难能贯通。第二，豪迈之气与悲凉之韵不相连续。郦道元的才气在于，对无序的素材作了大幅度的调整，以有序的意脉把反差强烈的意趣统一起来，在情趣上达到统一而丰富。

为了达到意脉上的和谐统一，郦道元的艺术气魄还表现在季节上作了不着痕迹的调整。在概述了两岸连山之后，其立意本该把三峡的自然景观按不同季节分别显示其变幻，但是，他并没有按春夏秋冬的时序展开，而是先写夏（“夏水襄陵”）再写春冬，最后写秋。一般读者被应接不暇的丰富景观骗过了。首先，在袁山松的《宜都记》中，并没有“林寒

① 郦道元：《水经注》卷三十四，影印文渊阁四库全书573册，第510页。

涧肃”，只有“林木高茂，略尽冬春”。就是到了秋冬也是林木茂盛的。郦道元虚构的秋景“林寒涧肃”如果直接和“朝发白帝，暮至江陵”“乘奔御风”相连，就显得突兀了。

“夏水襄陵”，江水暴涨，表面上和第一段“两岸连山”没有关系，但是这种美和前面的山之美，有内在的统一性，具体来说，也就是因果关系。因果之一，正因为江岸狭窄而高峻，江水才容易暴涨，涨到“襄陵”的程度；如果是平原，就是浩浩渺渺、横无际涯的景象了。因果之二，正因为夏天洪水猛涨，航路不通，但有最高当局的命令要紧急传达，也有例外，那就是顺流而下，速度就很惊人：“朝发白帝，暮到江陵，其间千二百里，虽乘奔御风，不以疾也。”这和前面所写的江岸之美，虽风格有异，但其间的内在联系是很紧密的。三峡的地形特点蕴含着双重内在的逻辑：其一，江水暴涨，是江岸狭窄高峻的结果；其二，航行如此超凡的迅猛，又是江流暴涨的结果。

朝发白帝，暮到江陵，风驰电掣，一日千里，乘风御奔，肯定是不现实的，但营造了豪迈之气。

结束了夏水之美以后，作者并没有按时节顺序写秋，而是接着表现“春冬之时”，这是因为一下子写秋之萧瑟、猿之悲鸣，和前面江山雄伟、情致豪迈在意脉上不够融通。表面上，从夏到春冬在时序上是跳跃的，但是，其实在逻辑上是对比的。夏天江水的特点是洪水汹涌澎湃，滔滔滚滚。春天和冬天则相反，水浅而宁静：“素湍绿潭，回清倒影”。素湍，是清的，应该是比较浅的，才是透明的；而绿潭，则是比较深的地方。水中有倒影，说明水十分清澈，而且宁静。这一笔和“夏水襄陵”显然是一种对比。这种对比是很强烈的，但又是很和谐的，因为对比外在景观上有过渡。“绝巘多生怪柏”，而在趣味上，则是“清荣峻茂”的风骨，不但趣味有渐变之妙，而且有从豪迈向猿鸣之悲过渡的功能。

把猿鸣之悲和秋之肃杀景观放到其后去，避免了在意脉上突兀。

写完了夏、春、冬，最后一段“晴初霜旦”，是秋天的特点。其“林寒涧肃”和“清荣峻茂”是自然贯穿的，表现了自然景观之美的高度统一，但是在表现情感方面，却有了比较明显的变化。“常有高猿长啸，属引凄异，空谷传响，哀转久绝。”虽然短短几句，然其间感触程序甚为精致：感之则寒，视之则肃，初闻之凄异，静聆之则哀转久绝，写出被吸引而凝神动性，构成了一种凄美、凄迷的情调。“巴东三峡巫峡长，猿鸣三声泪沾裳”，并不完全是对民歌客观的称引，而是从雄豪的极致转化为悲凄的极致。其动人就不完全在自然景观，而在于情志的意脉变化和谐地统一。为什么在如此美好的景观之中，有这样悲凄的情感？这里，值得注意的是“渔者歌曰”。三峡之舟行虽十分凶险，对于旅行者（如袁山松）来说，乃是自由的选择，而以渔为生者，则是别无选择的生计。《乐府诗集》有渔民的歌谣：

滟预大如马，瞿塘不可下；滟预大如猴，瞿塘不可游；滟预大如鼋，瞿塘不可回；滟预大如象，瞿塘不可上。[①]

这是从另外一个视角看三峡之美。这是一种凄美，一种悲情，这既有别于“乘奔御风”的壮美豪情，又有别于“素湍绿潭，回清倒影”的秀美和“清荣峻茂”的雅致。在强烈的反差中表现出某种递进的层次。

由此可见，在时序上将秋放在春冬之后，在情趣上将猿鸣之悲放在结尾，实际上，是反差与递进的统一，也是意脉的高潮。豪情之美、雅趣之美和悲凉之美乃构成三峡之美的主题的三重变奏。

从袁山松的审美情趣到盛弘之《荆州记》的积累，再到郦道元的《水经注・江水》，古代中国作家呕心沥血，前赴后继，跨越了上百年时间，才成就了这一段经典在情感上的有序和语言上的成熟。

正是因为这样，三峡，或者以三峡为代表的《水经注》中的山水散文，成为中国散文史奇峰突起，得到后世的极高评价，将其成就放在柳宗元之上。明人张岱曰“古人记山水，太上郦道元，其次柳子厚，近时袁中郎”[②]。

由于课时的限制，我只能就中国经典诗歌、散文作例举式的阐释，所用的方法是同一题材的发展提升，叫作同类比较，需要有相当的文献根据，这种文献在中国经典文学是相当普遍的。光是《三国演义》《水浒传》就有相当丰富的原始文献，其中《三国演义》有更突出的，如“草船借箭”“关公华容道义释曹操”。但是，也不能不承认，并不是所有的经典都能找到这样的原始资源。同类比较不够用了，这时，就得用上异类比较，对不同题材的作品先进行异中求同，然后进行母题发展的历史比较。这样的难度大一些，也就是抽象能力要高一些。但是，作为学术方法，抽象能力，也就是同中求异和异中求同，都是必须掌握的。这比较复杂，对我所用方法的系统性有兴趣的同学可以参阅我的《文学文本解读学》。

最后，声明一下，我所使用的方法，并不仅仅适用于中国文学，对于西方文学也是同样适用的。如莎士比亚，他的著名戏剧《罗密欧与朱丽叶》原始素材来自意大利，而《哈

① 《乐府诗集》载“淫豫歌二首”（“淫”或作“滟”，“豫”或作“预”）。引郦道元《水经注》曰：“白帝山城水门之西，江中有孤石，名淫豫石。冬出水二十馀丈，夏则没，亦有裁出焉。江水东径广溪峡，乃三峡之首也。峡中有瞿塘、黄龛二滩，夏水回复，沿溯所忌。”《十道志》曰：“淫豫石与城郭门外石潜通，蜀人往烧火伏石则淫预边沸。”《国史补》曰：“蜀之三峡，最号峻急，四月五月尤险，故行者歌之。滟预大如马，瞿塘不可下。滟预大如牛，瞿塘不可流。”

② 张岱：《琅嬛文集》卷五。刘熙载《艺概・文概》卷一评云：“郦道元叙山水，峻洁层深，奄有《楚辞》《山鬼》《招隐士》胜境。柳柳州游记，此其先导耶？”可备一说。（上海古籍出版社1978年版，第18页）

姆雷特》源自丹麦的故事，只有进入这些故事的演变中，才能洞悉莎士比亚的艺术奥秘。

以作者的身份和作者对话，才能摆脱被动接受的成规，这就要求读者把自己提升到作者的水平线上去。提出这样的要求，并不是我的发明，克罗齐（1866—1952）在几十年前就提出来了："要了解但丁，我们必须把自己提升到但丁的水准。"①

这个要求对大学生来说可能高了一些，但是主动和文本对话，至少在姿态上，在自信上，在反复钻研的过程中，是必要的，也许并不是难以企及的。正是因为在这一点上并不明确，所以西方文学理论走马灯似的花样翻新，但却离文学越来越远。

我国的文学理论传统却不同，诗话家就是诗人，甚至用诗歌的形式来论，杜甫、李白、元好问都有名作。我们的诗话家目的是"教人作诗之言"②。小说评点家金圣叹，会改写《水浒传》，许多地方改得更精彩了；脂砚斋甚至直接参与了《红楼梦》的写作。正是因为这样，我国的古典文学理论不同于西方文艺理论的美学/形而上学化，其核心是创作论。以创作论观之文学形象的奥秘，可望甚至可及，虽然，要一代又一代的才子把自己的生命奉献给这个精神的祭坛。

中文系大学生、研究生、博士生，把相当的精力用来钻研西方文学理论，也许是必要的，但是，那是在形而上学的意义上；而在解读文学形象的密码上，却可能是缘木求鱼。近二三十年的实践说明，这些号称文学理论的理论，虽然看起来很具严谨的学术规范，但是，却只是从概念到概念的空转。我们吃了这么多苦，上了那么多当，现在还不反思，就实在是太傻了。因而，我们在第一讲，就不得不对西方文学理论进行一番理论清场。

西方文论如此纷纭，又陷入如此混乱，在我看来，其根源在于他们的学术思想方法，那就是从定义出发作概念的演绎。这当然有他们的好处，那就是基本概念/范畴的内涵确定，成为积累研究成果的载体，有利于学术的进展，不会像我国古典文论的"道""志""风骨"那样内涵不确定，基本概念范畴内涵不确定，有碍于内涵的积累。正是因为这样，我们在新文化运动中，放弃了诗话、词话、小说、戏曲评点，采取了西方的文论模式。但是，世界上没有绝对完美的模式，近百年来，我们运用西方文论模式，产生了一些不可忽略的弊端。那就是，西方大师从定义出发，定义下不来，就否定对象的存在。

首先，研究问题具有统一内涵和外延的概念或定义，是研究的出发点还是终点？概念严密、逻辑统一是西方的学术传统，这传统有其优越性，也有其局限性，如经院哲学纠缠于烦琐概念。如果对其无限崇拜，就可能作茧自缚。我想，研究任何问题，可能有两种办

① 朱光潜：《克罗齐哲学述评　欣慨室逻辑学哲学散论》，《朱光潜全集》第九册，中华书局2012年版，第34页。

② 梁章钜：《退庵随笔》卷二十一，江苏广陵古籍刻印社重刊《笔记小说大观》1983年版，第19册，第227页。

法。一种是西方这种从概念到概念的，粗浅地说，属于演绎法，这种办法的最大坏处可能就是脱离实际。高尔基曾说过这样一个笑话：一个人掉到了深坑里，有人把绳子放下去救他，他不接绳子，却让放绳子的人先把绳子的定义告诉他，然后他才决定是不是接受这根绳子。这可能很荒谬，但是蕴含着相当严肃的学术内涵。例如医学界至今对死亡的定义还有争议，其内涵还在不断地发展，其定义还没有最后确定，难道我们就有权力不承认死亡作为 itself 的客观存在吗？

为了把这个关键问题讲得更清楚，请允许我作一可能过分冗长的引证。“美国趣味科学网站”2014 年 6 月 19 日载文曰：

有时候，生与死的分界线会很模糊，最近一名妇女心脏病发作后被错误地判定死亡，结果在停尸间的尸袋里被活活冻死；另一位女性在法律意义上死亡的三个月后产子；还有一名滑雪者在冰冻的水中被淹了好几个小时，但成功被救醒且没有受到任何脑损伤。诸如此类的例子揭示了区分生与死会有多么困难。随着呼吸机的出现，清晰明确的死亡定义现已让位于其他更具临床意义的定义。

但有专家称，这些措辞（比如脑死亡和循环系统死亡）在描述谁死和谁没有死时，含糊不清。

到底什么是死亡？

美国达特茅斯学院盖泽尔医学院神经学家詹姆斯·伯纳特说：“虽然‘临床死亡’这个词经常有人使用，但它其实没有一个一致认可的含义。”他指出大多数医院，病人的主治医生作出死亡论断，但什么时候该下达死亡通知并没有通用的指导准则。

伯纳特说：医生说你死了，你就是死了。

直到 20 世纪 50 年代，死亡还被认为是维持生命所必需的一个机能（心跳、脑电活动或呼吸停止），按照这种推理，整个系统的一个组成部分垮掉，其他部分很快就会停止运转。

但伯纳特表示，呼吸机的出现造就了一种新的死亡类型，那就是脑死亡。

研究死亡定义的美国沃尔斯大学哲学家莱利斯·惠茨廷说：如此一来，就出现了一类人，他们有体温、有血液循环，甚至能抵御感染和怀胎，但绝对没有了大脑功能。

一个人必须不可逆转地失去大脑所有组成部分的机能，他才能被宣布脑死亡。要作出这种诊断，医生会进行神经学检测来搜索脑电活动或大脑供血，并测试病人在呼吸机关闭后是否尝试自主呼吸。

器官移植的发展也推动了这个新死亡类型的确立。

伯纳特表示：“被论断为脑死亡的，非常适合捐赠多种器官。”因为他们的所有器官都有氧气供应，因此未受损坏。[1]

虽然，死亡的定义这样纷纭，但是，我们并不因此而把火葬场关闭，而医学家们并没有否认死亡的存在，只是不断对死亡的性质作出新的补充。

这是因为，绝大多数的定义属于内涵定义。人类的思维和语言导致自身不能一下子作出准确的内涵定义，这并不意味着，死亡作为一种外延就不存在。正如我们对于一个普通人、一块破砖头、一条旧袜子，很难作出准确的定义，但是，并不能因此而否定其作为外延的存在。

正是因为这样，文学一下子没有准确的内涵定义，并不妨碍人们欣赏《红楼梦》，难道因为文学定义缥缈，我们就可以否认《红楼梦》为文学了吗？

如果我们迷信西方大师，让文学不断发展变幻，因而不能建构放之四海而皆准的定义，当作否定文学存在的充分理由，那么，可以否定的学术就不仅是文学了。显而易见，美、幽默、人性、人文性、文化，在内涵和外延上，比之文学有更加突出的不确定性（据统计，“文化”这一概念的定义，在1920年只有6个，到了1952年增至160个），但这些概念并未因此而在学术领域退场。如果我有机会和伊格尔顿对话，我就提出要求，请他对伊格尔顿作一下定义。如果他不能下一个滴水不漏的定义，那我就拒绝与他对话，因为按照他的逻辑，他这个人并没有本质，也可以说并不存在。

具有反讽意味的是，文学性被否定了，否认文学性的文学理论却风行宇宙。文学理论与审美阅读经验为敌，令人难以忍受。正是在这个意义上，从美国来的王德威教授2015年在复旦大学演讲时说：“文学研究已如死水，亟须打破西方理论的话语霸权。”[2]

问题出在什么地方呢？有许多原因，我在这个系列演讲中会陆续涉及，但有一点最为重要，这里特别提出来一下，那就是历史方法问题。历史方法无疑是学术研究最根本的方法，研究任何一个问题，最重要的就是把它放到其产生的历史语境中去，观察它的变化和发展，进行系统的、严密的概括。正是因为这样，研究文学不能忽略其文史哲长期不分家的萌芽、草创状态，不能无视其从初级向高级状态进化的过程，但是，也不能否认日后其走向成熟状态的必然事实。18世纪以来，文学、文化、历史、哲学的分化，文学独立性，成为全人类共同的取向。

伊格尔顿们的思想方法的特点是，当你肯定一种观念，一定要为另一种观念留下余地。从方法论来说，当我们使用历史方法的时候，是不是也应该反思，一切事物、一切方法都有局限性，是不是应该为稳定的逻辑方法留下余地？

---

① 《参考消息》2014年6月22日。

② 据澎湃新闻记者徐萧2015年6月20日报道。

同样，“耶鲁四人帮”之首席希利斯·米勒也宣称：

> 每一种形式的文学研究应该自始至终好好地对它的理论前提进行思考，以免为它们所蒙蔽，譬如，把这些理论前提当作理所当然地视为正常的、普遍有效的，就会陷于盲目性。[①]

这样的忠言显然是具有普适意义的，因而也显然适用于米勒先生和他所代表的西方文论。如果我们把他们的理论当作理所当然的、普遍有效的，我们盲目了，就没有头脑了。从最根本的意义来说，没有一种理论是放之四海而皆准的，都是有漏洞的、有偏颇的。在我看来，西方前卫文论中文学虚无化的偏颇和漏洞特别大，在解读文本的“城堡”时特别无效。

历史方法是不是也有局限呢？历史方法面临的是特殊性、偶然性组成的无限丰富的动态和形成抽象概括所需要的相对静态的矛盾。自然科学家研究的对象是比较稳定的，他们用实验来进行研究的时候，还是尽量追求稳定的最大化。例如研究水的分子结构，并不考虑江河湖海中的水，也不考虑景阳冈下武松喝的酒中的水分和林黛玉的眼泪之间的悬殊差异，只需要一滴“纯粹”的水，就足以得出整个宇宙的水都是氧化氢的结论。社会科学家不能用实验来进行研究，唯一的手段是抽象思维，而抽象思维的前提是省略一切特殊性的“纯粹状态”。这是马克思说过的。[②] 绝对拘执于历史的无限可变性，必然剥夺人的抽象思维权利。

伊格尔顿们否定文学的思想方法，有一个软肋，那就是把历史性、变化性，也就是相对性绝对化了。研究当然要建立在历史的考察上，但历史的方法是绝对完美无缺的吗？文学性在历史发展的不同阶段不断变幻，未来发展的可能性更是无可估量。莎士比亚的作品可能被认为不是文学，这样的说法，在逻辑上似乎不能排除，但是，这样的猜想，按照波普尔的证伪高于证明说，是没有任何价值的。如果我说，明天会下雨，到了明天没有下雨，我被证明是错了，我们就可能研究为什么错了，被证伪的命题对于研究是有促进作用的。如果我说，明天可能下雨，也可能不下雨，既无法证明，也无法证伪，那就毫无价值。说莎士比亚的作品可能到某一天不再是文学作品，既不能证明，也不能证伪，从科学研究来说，完全是废话。

因此，在定义/演绎法之外，人类不得不启用另一种方法，暂时排除历时性的特殊性，在抽象的过程中获得复杂现象的最大公约数，也就是概念的纯粹性。纯粹的特点不但是超越特殊的，而且是超越历史的。这种方法就是归纳/逻辑的方法。没有这种抽象的纯粹性，

---

① J. 希利斯·米勒：《小说与重复》，天津人民出版社2008年版，第3页。

② 马克思说，科学的抽象要求对象性态“纯粹”“稳定”，不受“扰乱”。见马克思《资本论·初版的序》第一卷，人民出版社1965年版，第10页。

人类甚至不能形成任何概念。除了不能形成文学、美、幽默、文化、人文性等范畴外，人类甚至不能作起码的概括，如潜意识、社会主义等。进行抽象，加以简化，也就是纯粹化，是抽象思维必要的条件，甚至暂时地超越历史的省略是必要的代价。

文学也一样。如果你拘执于文学从最初的原生状态，如鲁迅所描述的抬木头发出“杭育杭育”的呼喊，到《红楼梦》的特殊差异，暂时不对其进行抽象概括，你就不能进行任何研究。当然不能不考虑逻辑归纳方法的局限性，那就是个人，乃至人类经验的狭隘性。这种危机当然需要预防和补救，那就是将演绎法和归纳法，历史和逻辑的方法结合起来，进行具体问题具体分析。从某种意义上说，具体分析就包含着特殊性和历史性的还原。

历史的方法和逻辑的方法都有局限，需要互补。正是因为这样，学术研究才分化为两种类型：一种是历史性的研究，一种是逻辑性的研究。研究资本主义，马克思用历史的方法写过《剩余价值学说史》，用逻辑的方法写了《资本论》，但在运用逻辑的方法时，也可能达到与历史的统一。

用逻辑的方法研究资本主义，马克思把早期资本主义的海盗、腐败、侵略等现象作为不纯粹状态的“杂质”排除掉，集中研究最平常、最常见、最一般的生产关系，形成抽象的（纯粹的）范畴：商品。商品的使用价值产生于具体劳动，具体劳动具有无限的差异性，在进行交换的时候，需剥离其历史的特殊性，只保留其抽象的统一属性，也就是劳动者所付出的体力和脑力的时间量，这就是抽象劳动。具体劳动创造使用价值，抽象劳动产生价值。一切商品交换在形式上是等价的，但劳动力却例外，这就产生了剩余价值。为利润而生产，必然榨取剩余价值，其结果是利润越高，购买力越低。这就必然导致生产过剩，也就是资本主义的经济危机。这里，逻辑的就与历史的统一了：逻辑的起点就是历史的起点，逻辑的终点也就是历史的终点。

对文学研究来说也是一样，如果因为逻辑的方法有局限，就忽视逻辑抽象的起码条件，不敢作超越历史的抽象，其结果是历史深度的消解和理论气魄的丧失。

我所使用的主要是逻辑的方法，也就是所谓共时性的方法，但我也力图把逻辑的延伸和历史的发展尽可能地结合起来。出发点不是文学性的定义，而是文学作品中最普通、最常见、最一般或者说是最纯粹的现象：意象。意象是形象的“胚胎”。“胚胎”要得到形式的规范才能成为审美形象。形式规范遵循逻辑层次，同时隐含着历史的演进过程，在诗与散文之间，在散文与小说之间，在风格与流派之间，都交织着逻辑发展和历史转化，体现着从建构走向解构的宏观过程。例如在诗歌中，浪漫派情感的过度放纵变成滥情，必然导致抒情的放逐，现代派冷峻的主智就应运而生，审美就越来越倾向于审智。在小说中，从片段情境到完整故事，从完整故事到完整人物，从无性格到有性格，从情节、性格、环境的强化到淡化，是逻辑的发展，又是历史的进程。

理论是灰色的，生活之树常青。这句话自歌德讲了以后，不知被重复了多少次，每重复一次，思维的冲击力就弱化一次，用上海话来形容，那就是耳朵里都听出老茧来了。但在讨论文学性有无的时候，我却禁不住再来引用一下。我由此联想到一个不伦不类的比喻：一伙人争论一个妇女会不会生孩子。从孩子的定义讲起，引经据典，等到人家把孩子生在那里了，而且是好几个，肤色还不一样，讨论却没有结束。主张不能生孩子的一派，如日中天，因为没有人能够为这些孩子下一个被认为是理所当然的定义。

我相信文学，相信文学性生生不息，相信文学是历史的建构，但又具有某种统一性。文学的历史建构与其他文化现象有所不同，那就是它的稳定性，或者说是相对的历史超越性。比起政治、经济、伦理、科学等，它有更强的继承性或统一性。一种文学形式，一种审美形式的规范，从草创到成熟，比之政治经济体制要艰难、缓慢得多。近体诗从南朝沈约开始讲究平平仄仄，到盛唐写出成熟的作品来，前后经历了四百年左右的时间。小说从魏晋志怪、《世说新语》的片段性，到唐宋传奇的完整情节，再到宋元话本、《水浒传》，直到《红楼梦》，人物性格和环境发生密切的关系，经历了一千多年。这期间，政治体制、经济体制、意识形态多次发生颠覆性的变化，而在诗歌和小说中，政治、伦理观念虽然有所变化，但其核心审美价值，更多的是一脉相承的进化，而不是颠覆。正是因为这样，文学性给不只一代人以不朽、永恒的感觉（或者错觉？）。文学价值相对稳定的根源是，审美情感积淀在人类文化心理的最深层，甚至在潜意识之中，在常规状态下，认识和实用价值占优势，它是难以触及的。

文学性之所以遭到质疑，可能还有一个原因，那就是它不但存在于纯文学作品中，而且存在于非文学作品中，视线难免被搅乱。它存在于庄子的哲学著作中，存在于宋徽宗的《罪己诏》中，存在于马丁·路德·金的演说中，甚至存在于商品广告中。多元文本中的文学性与纯文学作品中的文学性原生状态差异如此巨大，无疑加大了逻辑上还原的难度。这就像氧不但存在于空气中的纯氧中，而且存在于硫酸中，存在于二氧化碳中，存在于石灰中一样，但自然科学家不管其存在状态和性质多么悬殊，还是千方百计地把它还原出来，揭示其外层电子数毫无例外都是六个。这一点是确定的，从拉瓦锡到门捷列夫，一代又一代的化学家如果没有超越历史的气魄，是不可能把人类伟大的洞察力推向如此光辉的高峰的。

无论如何，我们得把聪明才智调动起来，冲破文学理论与文学阅读经验为敌的困境。谈到这里，我突然感到，这一切都近于废话，与讨论女人能不能生孩子相差无几。其实，“孩子”就在下面四十讲中，我起了个名字，叫作“文学”。这是为了避免迷信西方文论大师的同行发生不必要的纠缠，但是，我讲的文学，不是商品广告中的文学性。我想，如果还是有人认为我讲的这一切都不存在，那我只能报之以迦叶尊者的微笑，当然只看见佛祖手中拈着一朵花。

西方前卫文论在解读文本城堡时之所以“一筹莫展”，归根结底，几乎所有流派均不约而同地以读者身份被动地接受作品，把作品当作成品，而不是主动地运用自己的想象参与到作品建构的过程中去。正是因为这样，他们的文学理论越来越美学（哲学化），其结果是越是这样，离形象的奥秘越远。而按海德格尔的说法，参与到作品建构的过程中去，则需要另一种理论，那就是创作论。我们的课程，就是围绕创作论，有了这个基础，则有可能改变被动阅读作品。越是耗费一生追随西方文论，越是不懂文学，甚至当了教授、名教授还是对一首普通的古典诗歌束手无策，就只能信口开河、误人子弟了。

2006年3月7日

2015年9月18日改定